HEYNE BÜCHER

MARTIN CRUZ SMITH

POLAR STAR

Roman

WILHELM HEYNE VERLAG
MÜNCHEN

HEYNE ALLGEMEINE REIHE
Nr. 01/8338

Titel der Originalausgabe
POLAR STAR
Aus dem Amerikanischen übersetzt
von Gertrud Theiss

Wilhelm Heyne Verlag GmbH & Co. KG, München
Printed in Germany 1991
Umschlaggestaltung: Atelier Ingrid Schütz, München
Gesamtherstellung: Elsnerdruck, Berlin

ISBN 3-453-05267-6

Für EM

WASSER

1

Wie eine schnaubende Bestie wälzte sich das Netz über die Rampe und ins Licht der Wolframlampen auf dem Trawldeck. Wie ein schimmerndes Fell schmiegten sich rot-, blau- und orangegestreifte Flechten über die Maschen: »Häcksel-Haar« aus Plastikfasern, die das Netz auf dem felsigen Meeresgrund gleitfähiger machen sollten. Wie fauliger Atem entströmte diesem Haarfilz die Kälte der See und kränzte ihn mit dem Widerschein seiner eigenen Farben, weithin leuchtend in der trübverhangenen Nacht.

Wasser zischte aus dem Plastikhaar auf die Holzplanken, die den Männern an Deck Halt boten. Kleinere Fische wie Hering und Stint zappelten ins Freie, Seesterne plumpsten wie Steine hinterher. Ausgerissene Krabben landeten, obschon tot, auf den Zehenspitzen. Oben zogen Möwen und Sturmtaucher ihre Kreise um die gleißenden Lichtkegel der Scheinwerfer. Dann drehte sich der Wind, und die Vögel stoben in weißem Flügelgewirr auseinander.

Normalerweise wurde das Netz umgestülpt und zuerst kopfüber in die vorderen, dann vom Steert her in die hinteren Luken entleert. Öffnen ließ es sich von beiden Seiten, und zwar indem man den »Reißverschluß«, eine durch die Maschen geflochtene Nylonschnur, aufnestelte. Die Männer standen schon mit ihren Schaufeln bereit, doch der Trawlmaster winkte sie zurück. Er trat in die Wasserlache, die aus dem Plastikhaar geregnet war, nahm, um sich freie Sicht zu schaffen, eigens seinen Helm ab und spähte angestrengt hinauf ins Netz. Aus den bunten Fasern tropfte es wie frische Farbe. Der Mann streckte die Hand aus und teilte den Haarvorhang, dann hielt er in der Dunkelheit Ausschau nach dem anderen, schwächeren Licht, das draußen über den Wogen tanzen mußte, doch das Fangboot, welches das Netz geliefert hatte, war bereits im Nebel verschwunden. Der Trawlmaster zog ein zweischneidiges Messer aus dem Gürtel, langte durch das triefende Plastikhaar und kappte mit einem Kreuzschnitt den Bauch des Netzes. Erst einzeln, dann paarweise purzelten die Fische heraus. Ein letzter, heftiger Ruck mit dem Messer, und der Mann sprang beiseite.

Eine wahre Flut von Silberpollacks quoll ans Licht, ein ganzer Schwarm, der komplett ins Netz gegangen und heraufgehievt worden war, wie ein Berg funkelnder Münzen. Dicke Katzenwelse folgten, offenbar übel zugerichtet; Flundern schwappten darüber, blutrot auf der Seite, wo das Auge saß, weißlich-blaß auf der blinden; dann Seeskorpione mit drachenähnlichen Köpfen; Kabeljaue, manche von der Schwimmblase aufgebläht wie Ballons, andere zu wabbeligem Brei und rosigem Schleim zerplatzt; Korallenkrabben, behaart wie Taranteln. Die Prämie der nächtlichen See.

Und ein Mädchen. Behende wie eine Schwimmerin glitt sie mit dem Fischstrom aus dem Netz. Gemächlich, mit verdrehten Armen, rollte sie auf Deck gegen einen Berg Seezungen, und ein nackter Fuß verfing sich in den Krabben. Nein, kein Mädchen, eine junge Frau. Sie hatte kurzgeschnittenes Haar, Bluse und Jeans waren durchweicht und hingen an ihr wie Säcke, schwer von Wasser und Sand, nicht gerüstet für die Rückkehr in die Welt hier oben. Der Trawlmaster strich eine Haarsträhne zurück, die ihr über die Augen gefallen war, und enthüllte das unverhohlene Staunen in ihnen, als wären die im Licht der Schiffslampen badenden Nebelschwaden goldgeränderte Wolken, als wäre sie in einem Boot an die Oberfläche gekommen, das direkten Kurs auf den Himmel hielt.

2

Ursprünglich, als die *Polar Star* in Danzig vom Stapel gelaufen war, erstrahlten ihre vier Decksaufbauten in blendendem Weiß, Kräne und Ladebäume leuchteten bonbongelb. Die Decks waren blitzsauber und aufgeräumt; silberne Ketten schlangen sich um die Winschen; die Verkleidung an Ruder- und Kartenhaus wirkte schnittig, ja elegant. Kurz gesagt, die *Polar Star* hatte ausgesehen wie ein Schiff.

Zwanzig Jahre Fahrt im Salzwasser hatten ihr dann aber einen neuen Anstrich aus Rost verpaßt. Auf den oberen Decks türmten sich Holzplanken, Fässer voll Schmieröl und leere Fischtrankanister, die Reste undichter Rettungsgürtel und zerrissener Netze. Aus dem schwarzen Schornstein mit dem roten Sowjetstern quoll der rußige Rauch eines schlecht gewarteten Dieselmotors. Mittlerweile glich die *Polar Star* aus einigem Abstand, wenn der vom Entladen ihrer Begleittrawler bei stürmischer See lädierte Rumpf sichtbar wurde, weniger einem Fabrikschiff als vielmehr einer Kreuzung zwischen Fabrik und Schrottplatz, die man zu Wasser gelassen hatte, wo sie nun auf ungewisser Fahrt die Wogen durchpflügte.

Und doch machte das Schiff Tag und Nacht erstaunlich guten Fang. Nein, das war so nicht richtig; kleinere Trawler gingen auf Fischfang und übergaben ihre Netze dem Fabrikschiff zur Verarbeitung: zum Köpfen, Ausnehmen, Einfrieren.

Vier Monate folgte die *Polar Star* nun schon amerikanischen Fangbooten in amerikanischen Gewässern, von Sibirien nach Alaska, von der Beringstraße zu den Aleuten. Es handelte sich um ein Joint-venture. Einfach ausgedrückt, lieferten die Sowjets die Verarbeitungsschiffe und übernahmen den Fisch, während die Amerikaner Trawler und Dolmetscher zur Verfügung stellten und das Geld kassierten; gemanagt wurde das Ganze von einer Firma mit Sitz in Seattle, die zur einen Hälfte in sowjetischer, zur anderen in amerikanischer Hand war. Während der letzten vier Monate hatte die Mannschaft der *Polar Star* höchstens zweimal die Sonne gesehen, aber die Beringstraße trug schließlich den Beinamen »die graue Zone«.

Der Dritte Maat, Slawa Bukowski, schritt die Verarbeitungsgasse ab, wo die Männer gerade den Fang sortierten: Pollack auf das Förderband zu den Sägen, Makrelen und Rochen in die Fischmehlluke. Etliche Fische waren regelrecht explodiert, als ihre Schwimmblasen sich beim Aufstieg vom Meeresgrund überdehnten, und die übriggebliebenen Flocken klebten nun wie Gallert an Mützen, Ölzeugschürzen, Wimpern und Lippen.

An der Kreissäge vorbei gelangte er zur »Schmutzbrigade«, wo die Arbeiter zu zweit in engen Nischen beiderseits des Förderbands hantierten. Robotern gleich schlitzte das erste Paar die Fischbäuche der Länge nach auf, das zweite Paar saugte mit Staubsaugerdüsen Leber und Eingeweide heraus, und das dritte schwemmte mit Salzwasserstrahlen den Schleim von Schuppen, Kiemen und aus der Bauchhöhle; das letzte Paar saugte den Fisch noch einmal ab, bevor das ausgenommene und gereinigte Produkt dann auf ein Förderband gelangte, das zu den Gefrieranlagen führte. Im Laufe einer Acht-Stunden-Schicht breitete sich ein Schleier aus breiigem Mark und Blut über Förderband, Arbeiter und Laufgang. Die Leute hier verkörperten auch nicht annähernd den vielbeschworenen Helden der Arbeit, am allerwenigsten der hagere, blasse, dunkelhaarige Mann, der am Ende der Gasse die ausgeweideten Fische aufs Band lud.

»Renko!«

Arkadi saugte rötliches Wasser aus einem vorgereinigten Fischleib, warf ihn aufs Kühlband und griff zum nächsten. Der Pollack hatte kein festes Fleisch. Wenn man ihn nicht rasch genug säuberte und einfror, eignete er sich nicht mehr für den menschlichen Verzehr und wurde an Nerze verfüttert; war er auch für die nicht mehr genießbar, ging er als Auslandshilfe nach Afrika. Arkadis Hände waren taub vom langen Hantieren mit den Fischen, die kaum wärmer waren als Eis, aber wenigstens bediente er nicht die Säge wie Kolja. Bei schlechtem Wetter, wenn das Schiff zu schlingern begann, bedurfte es schon einer gehörigen Portion Konzentration, um mit gefrorenen, glitschigen Pollacks am Sägeblatt zurechtzukommen. Arkadi hatte gelernt, seine Stiefel mit den Zehen unterm Tisch festzukrallen, damit er auf den Laufbrettern nicht ausrutschte. Zu Beginn der Reise und nach ihrer Rückkehr wurde die ganze Fabrik abgespritzt und mit Ammoniak geschrubbt, aber in der Zwischenzeit war der Fischraum spiegelglatt, und ein dumpfig-organischer Geruch haftete ihm an. Selbst das Surren des Förderbandes, das Kreischen der Säge und das tiefe, rhythmische Ächzen des Schiffsrumpfes klangen wie das Röhren eines Leviatans, begierig, die See zu verschlingen.

Das Band blieb plötzlich stehen.

»Sie sind Seemann Renko, stimmt's?«

Arkadi stutzte einen Moment, ehe er den Dritten Maat erkannte, der sich nicht oft unter Deck blicken ließ. Israel, der Leiter der Fabrik, stand am Stromschalter. Er trug mehrere Sweater übereinander, und schwarze Bartstoppeln bedeckten sein Gesicht fast bis hinauf zu den Augen, die ungeduldig hin- und herrollten. Natascha Tschaikowskaia, eine junge Frau von mächtiger Statur in Ölzeugrüstung, die sich aber mit einem Hauch Lippenstift um eine weibliche Note bemühte, beugte sich verstohlen vor, um die Reeboks und die fleckenlosen Jeans des Dritten Maats besser in Augenschein nehmen zu können.

»Na, was ist, sind Sie's?« fragte Slawa noch einmal.

»Ist kein Geheimnis«, antwortete Arkadi.

»Das ist hier kein Tanzkurz für junge Pioniere«, knurrte Israel den Maat an. »Wenn Sie ihn haben wollen, nehmen Sie ihn mit.«

Das Förderband lief wieder an, als Arkadi dem Maat nach achtern folgte. Vorsichtig trat er über die Abflußrinnen, die flüssigen Schleim und Fischtran durch Öffnungen im Kielraum direkt ins offene Meer leiteten.

Slawa blieb stehen und musterte ihn, als versuche er, eine Maske zu durchdringen. »Sie sind doch Renko, der Ermittlungsbeamte?«

»Jetzt nicht mehr.«

»Aber Sie waren es«, sagte Slawa, »das reicht vollkommen.«

Sie stiegen die Treppe zum Hauptdeck hinauf. Arkadi nahm an, der Dritte Maat würde ihn zum Politoffizier bringen oder wollte seine Kabine durchsuchen, obwohl das auch ohne ihn hätte geschehen können. Sie kamen an der Kombüse vorbei, aus der ihnen Dampfschwaden und der Duft von Makkaroni entgegenschlugen. Vor einem Transparent mit dem Aufruf »Steigert die Produktion der Agrarindustrie! Unser Ziel ist die ausreichende Versorgung aller Genossen mit Fischprotein!« bogen sie links ab und blieben vor der Tür zum Krankentrakt stehen.

Die Tür wurde von zwei Mechanikern bewacht, die die roten Armbinden der freiwilligen Ordnungshüter trugen. Skiba und Slesko waren zwei Spitzel – miese Faulenzer in den Augen der übrigen Mannschaft. Schon als Arkadi und Slawa eintraten, zog Skiba ein Notizbuch aus der Tasche.

Die *Polar Star* verfügte über eine Klinik, größer, als die meisten Kleinstädte Rußlands eine besaßen: ein Sprechzimmer, ein Untersuchungsraum, ein Krankenrevier mit drei Betten, ein Quarantänezimmer und ein Operationssaal, in den Slawa jetzt Arkadi führte. An den Wänden standen weiße Schränke mit Glasbehältern, in denen die Instrumente in Alkohol aufbewahrt wurden, eine verschlossene rote Vitrine mit Zigaretten und Medikamenten, davor ein Handwagen mit einem grünen Sauerstofftank und einem roten für Lachgas, ein Aschenbecher auf einem Ständer und ein Spucknapf aus Messing. An einer Längswand hingen anatomische Karten, die Luft war geschwängert vom beißenden Geruch der Desinfektionsmittel. In einer Ecke stand ein Zahnarztstuhl. Über den Operationstisch in der Mitte des Raumes war ein Laken gebreitet. Unter dem völlig durchgeweichten Stoff zeichneten sich die Konturen eines Frauenkörpers ab. Vom Rand des Tisches baumelten Gurte hinab.

Die Bullaugen des Raumes waren wie helle Spiegel, denn draußen herrschte pechschwarze Nacht, sechs Uhr, noch eine Arbeitsstunde bis zur Morgendämmerung. Und wie fast jedesmal an diesem Punkt seiner Schicht staunte Arkadi darüber, wieviel Fisch es dort draußen gab. Seine Augen kamen ihm vor wie diese Bullaugen. »Was wollen Sie von mir?« fragte er.

»Wir haben eine Leiche«, versetzte Slawa.

»Das sehe ich.«

»Eins von den Mädchen aus der Kombüse. Sie ist über Bord gegangen.«

Arkadi blickte zur Tür und stellte sich vor, wie Skiba und Slesko auf der anderen Seite lauschten. »Was hab ich damit zu schaffen?«

»Liegt doch auf der Hand. Unser Gewerkschaftskomitee muß

über jeden Todesfall Bericht erstatten, und ich bin hier der Gewerkschaftsvertreter. Sie sind der einzige an Bord, der Erfahrung hat mit gewaltsamem Tod.«

»Und mit Auferstehung«, sagte Arkadi. Slawa blickte ihn verständnislos an. »Das ist so eine Art Rehabilitation, nur angeblich dauerhafter. Schon gut.« Arkadi betrachtete die Zigaretten im Laborschrank; *Papirossy*, Pappröhrchen, gestopft mit Tabak. Aber der Schrank war abgeschlossen. »Wo ist der Arzt?«

»Schauen Sie sich die Leiche an.«

»Zigarette?«

Der überrumpelte Slawa fummelte in seiner Brusttasche und brachte eine Packung Marlboro zum Vorschein. Arkadi war beeindruckt. »In dem Fall wasche ich mir vorher die Hände.«

Aus dem Wasserhahn kam eine braune Brühe, aber sie spülte Schleim und Schuppen von Arkadis Fingern. Altgediente Seeleute erkannte man an ihren verfärbten Zähnen, einem Zeichen dafür, daß sie ein Leben lang Wasser aus rostenden Tanks getrunken hatten. Über dem Becken hing der erste saubere Spiegel, in den Arkadi seit fast einem Jahr geblickt hatte. »Auferstehung« war ein gutes Wort. »Ausgegraben«, entschied er, paßte jedoch besser auf ihn. Die Nachtschicht auf dem Fabrikschiff hatte seinem ohnehin blassen Gesicht auch den letzten Rest Farbe entzogen. Dauerhafte Schatten schienen seine Augen zu umlagern. Sogar die Handtücher waren sauber. Er erwog, bei Gelegenheit krank zu werden.

»Wo waren Sie Ermittlungsbeamter?« fragte Slawa, während er ihm Feuer gab. Arkadi nahm einen tiefen Lungenzug.

»In Dutch Harbor gibt's doch Zigaretten?«

»Für welche Art von Verbrechen waren Sie zuständig?«

»Ich habe gehört, daß sich in Dutch Harbor die Zigaretten bis zur Decke stapeln. Und frisches Obst. Und Stereoanlagen.«

Slawa verlor die Geduld. »Wo haben Sie gearbeitet?«

»In Moskau.« Arkadi stieß den Rauch aus. Zum erstenmal wandte er seine ganze Aufmerksamkeit dem Tisch zu. »Und mit Unfällen hatte ich nichts zu schaffen. Wenn sie über Bord gegangen ist, wie habt ihr sie dann zurückgekriegt? Ich hab nicht gehört, daß die Maschinen gestoppt hätten, um sie aufzufischen. Wie ist die Leiche also hergekommen?«

»Das braucht Sie nicht zu kümmern.«

»Als ich noch Chefinspektor war«, sagte Arkadi, »mußte ich mir tote Menschen ansehen. Jetzt, wo ich ein einfacher russischer Arbeiter bin, reichen mir die toten Fische. Viel Glück.«

Er machte einen Schritt auf die Tür zu. Das wirkte wie ein Knopfdruck. »Sie ist im Netz hochgekommen«, versetzte Slawa rasch.

»Ach, wirklich?« Arkadis Interesse war unwillkürlich geweckt. »Das ist erstaunlich.«

»Bitte.«

Arkadi machte kehrt und zog das Laken zurück.

Obwohl ihre Arme über den Kopf ausgestreckt dalagen, sah er, daß die Frau klein war. Sehr weiß, wie gebleicht. Noch kalt. Die Kleider klebten an ihrem Körper wie ein nasses Totenhemd. Ein Fuß steckte in einem roten Plastikschuh. Braune Augen blickten träge aus einem dreieckigen Gesicht. Ihr Haar war kurz und blond, wuchs aber am Ansatz schwarz nach. Ein Muttermal, ein Leberfleck am Mund. Arkadi hob ihren Kopf. Als er ihn wieder losließ, glitt er schlaff auf den Tisch zurück. Er befühlte ihren Hals, die Arme. Die Ellbogen waren gebrochen, doch er konnte keine auffälligen Prellungen feststellen. Ihre Beine waren steif. Ein intensiver Geruch nach Meer ging von ihr aus, schlimmer als bei den Fischen unten. Sie hatte Sand im Schuh, also mußte sie auf Grund gegangen sein. An Unterarmen und Handflächen bemerkte er Hautabschürfungen, die wahrscheinlich vom Netz herrührten, das sie wieder heraufgebracht hatte.

»Sina Patiaschwili«, sagte Arkadi. Sie hatte in der Cafeteria gearbeitet, an der Essensausgabe, wo sie Kartoffeln, Kohl und Kompott austeilte.

»Sie sieht anders aus«, analysierte Slawa. »Anders als vorher, als sie noch gelebt hat, meine ich.«

Aus zwei Gründen, dachte Arkadi. Einmal durch den Tod, dann durch das Meer. »Wann ist sie über Bord gegangen?«

»Vor ein paar Stunden«, antwortete Slawa. Er baute sich in gebieterischer Haltung am Kopfende des Tisches auf. »Sie war wohl an der Reling und ist runtergestürzt, als das Netz eingeholt wurde.«

»Hat sie wer gesehen?«

»Nein, es war doch stockdunkel. Und dann der starke Nebel. Wahrscheinlich ist sie ertrunken, sowie sie ins Wasser eintauchte.

Oder der Schock hat sie umgebracht. Oder sie konnte nicht schwimmen.«

Arkadi betastete erneut den schlaffen Hals und sagte: »Ich würde eher sagen, sie ist seit gut vierundzwanzig Stunden tot. Die Leichenstarre fängt beim Kopf an und endet an den Füßen, und in genau der Reihenfolge läßt sie auch wieder nach.«

Slawa wiegte sich leicht auf den Absätzen, allerdings nicht wegen der Bewegung des Schiffes.

Arkadi warf einen Blick zur Tür und fragte dann mit gedämpfter Stimme: »Wie viele Amerikaner sind an Bord?«

»Vier. Drei Firmenvertreter und ein Beobachter von der amerikanischen Fischereibehörde.«

»Und? Wissen sie schon Bescheid?«

»Nein. Zwei lagen noch in ihrer Koje. Einer war an der Heckreling. Von dort bis zum Trawldeck ist es ein ganz schönes Stück. Und der andere, der von der Behörde, war irgendwo drinnen und hat seinen Tee getrunken. Zum Glück war der Trawlmaster intelligent genug, die Leiche wegzuschaffen, bevor einer von den Amerikanern sie entdecken konnte.«

»Aber das Netz wurde doch von einem amerikanischen Boot geliefert. Haben *die* denn nichts gesehen?«

»Die wissen immer erst, was sie gefangen haben, wenn wir es ihnen sagen.« Slawa überlegte. »Trotzdem sollten wir eine einleuchtende Erklärung vorbereiten, für alle Fälle.«

»Ach ja, eine Erklärung. Nun, sie hat doch in der Küche gearbeitet.«

»Ja, und?«

»Wie wär's mit Lebensmittelvergiftung?«

»So was hab ich nicht gemeint.« Slawa wurde rot. »Jedenfalls hat der Arzt sie untersucht, als wir sie herbrachten, und er sagt, sie ist erst seit zwei Stunden tot. Wenn Sie so ein guter Ermittlungsbeamter wären, dann säßen Sie jetzt noch in Moskau.«

»Stimmt.«

Arkadis Schicht war zu Ende, also ging er in die Kabine, die er mit Obidin, Kolja Mer und einem Elektriker namens Guri Gladki teilte. Den vorbildlichen Seemann hätte man unter diesen vieren vergeblich gesucht. Guri lag in der unteren Koje und blätterte in einem Sears-Katalog. Obidin hatte seinen Kittel in den Schrank gehängt und wusch sich den Schleim vom Gesicht, der in seinem Bart klebte wie Spinnweben an einem Federwisch. Ein übergroßes orthodoxes Kreuz baumelte auf seiner Brust. Wenn er sprach, hörte sich das an wie ein Poltern; einmal angenommen, ein Mann würde noch aus dem Grab reden können, dann würde seine Stimme sicher klingen wie die von Obidin. »Das ist die Anti-Bibel«, sagte er, mit einem Blick auf Kolja, zu Guri. »Das ist das Werk eines Antichristen.«

»Und dabei hat er ›The Sharper Image‹ noch gar nicht gesehen«, spottete Guri, als Arkadi in die obere Koje hinaufkletterte. In seiner Freizeit trug Guri stets eine dunkle Brille und eine schwarze Lederjacke, wie ein lässiger Pilot. »Weißt du, was er in Dutch Harbor vorhat? In die Kirche will er gehen.«

»Das Volk hat eine bewahrt«, warf Obidin ein. »Das letzte Wahrzeichen des Heiligen Rußland.«

»Heiliges Rußland? Volk? Menschenskind, du sprichst von den Aleuten, und das sind gottverdammte Wilde!«

Kolja zählte seine Blumentöpfe. Er besaß fünfzig Stück, alle aus Pappe und je fünf Zentimeter im Durchmesser. Er hatte Botanik studiert, und wenn man ihn über den Hafen von Dutch Harbor und die Insel Unalaska reden hörte, hätte man glauben können, das Schiff würde in einem Paradies anlegen, und er, Kolja Mer, könne sich dort seinen ganz persönlichen Garten Eden aussuchen.

»Ich werde der Erde Fischmehl beimischen, das wirkt Wunder«, sagte er.

»Meinst du wirklich, du kriegst das Zeug heil zurück nach Wladiwostok?« Guri dachte einen Moment nach und fragte dann: »Was für Blumen willst du eigentlich züchten?«

»Orchideen. Die sind zäher, als man denkt.«

»Amerikanische Orchideen? Das wär ein Bombenerfolg, da würdest du Hilfe brauchen beim Verkaufen.«

»Es sind die gleichen wie die sibirischen Sumpforchideen«, sagte Kolja. »Das ist der Punkt.«

»Das hier war alles mal Heiliges Rußland«, verkündete Obidin, als rufe er die Natur zum Zeugen auf.

»Arkadi, so hilf mir doch«, stöhnte Guri. »Was ist hier der Punkt? Wir haben einen einzigen Tag in einem amerikanischen Hafen. Mer wird ihn damit zubringen, hinter sibirischen Blumen herzujagen, und Obidin will mit den Kannibalen zusammen beten. Bring du sie zur Vernunft, auf dich hören sie! Wir halten es fünf Monate in dieser hochseetüchtigen Lokusschüssel aus, nur um diesen einen Tag im Hafen zu kriegen. Unter meiner Koje ist Platz für fünf Stereorecorder und an die hundert Kassetten. Oder Computer-Disketten. Alle Schulen in Wladiwostok sollen angeblich mit Yamahas ausgestattet werden – so heißt es jedenfalls. Irgendwann. Eines Tages wird es soweit sein. Und dann ist alles, was auf denen läuft, ein Vermögen wert. Wenn wir nach Hause kommen, will ich nicht die Gangway runtergehen und sagen: ›Seht her, was ich aus Amerika mitgebracht habe‹, und dann ein paar Töpfe mit sibirischen Blumen in die Höhe halten.«

Kolja räusperte sich. Er war der Kleinste in der Kabine und bewegte sich mit dem Unbehagen des schwächsten Fisches in einem Aquarium. »Was hat Bukowski von dir gewollt?« Fragend sah er Arkadi an.

»Dieser Bukowski geht mir derartig auf die Nerven.« Guri beugte sich über das Foto eines Farbfernsehers. »Seht euch das an: ›neunzehn Inches‹. Wie groß ist das? Ich hatte in meiner Wohnung einen Farbfernseher von Foton. Aber der Kasten ging hoch wie eine Bombe.«

»Bei denen ist was mit den Röhren nicht in Ordnung«, warf Kolja ein. »Ist doch allgemein bekannt.«

»Darum hatte ich ja auch zum Glück einen Eimer voll Sand neben dem Apparat stehen.« Guri lehnte sich aus seiner Koje und sah zu Arkadi hoch. »Also, was hat der Dritte Maat von dir gewollt?«

Zwischen Koje und Decke blieb gerade so viel Platz, daß Arkadi sich mit eingezogenem Kopf halb zum Sitzen aufrichten konnte. Durch das geöffnete Bullauge schimmerte ein matter, grauer Lichtstreifen. Sonnenaufgang über dem Beringmeer.

»Ihr kennt doch Sina, die aus der Küche?«

»Die Blonde«, sagte Guri.

»Aus Wladiwostok.« Kolja stapelte seine Töpfe übereinander.

Guri grinste. Seine Schneidezähne waren mit Porzellan und Gold überzogen, halb Schmuck, halb Reparatur. »Was denn, Bukowski ist hinter Sina her? Die macht ihm 'nen Knoten in den Schwanz und fragt ihn, ob er Brezeln mag. Tut er ja vielleicht sogar.«

Arkadi sah zu Obidin hinüber, gefaßt darauf, mit einem Urteil aus dem Alten Testament belehrt zu werden.

»Eine Hure.« Obidin musterte die Einmachgläser, die unten im Schrank aufgereiht waren, mit verkorkten Gummikanülen in den durchbohrten Deckeln. Er schraubte eines auf, und der süßliche Geruch gärender Rosinen erfüllte den Raum. Dann nahm er ein Glas mit Kartoffeln in die Hand.

»Ist das Zeug gefährlich?« Guris Frage richtete sich an Kolja. »Du bist hier der Wissenschaftler. Diese Dämpfe, ich meine, kann da was explodieren? Gibt es eigentlich irgendein Gemüse oder Obst, aus dem der Kerl keinen Alkohol machen kann? Erinnert ihr euch noch an die Bananen?«

Arkadi erinnerte sich nur zu gut. Der Schrank hatte gestunken wie ein modernder Tropenwald.

»Mit Hefe und Zucker kann man fast alles zur Gärung bringen«, erwiderte Kolja.

»Frauen gehören nicht auf ein Schiff«, sagte Obidin. An einem Nagel an der Rückwand des Schrankes hing eine kleine Ikone des heiligen Wladimir. Obidin legte Daumen und zwei Finger zusammen und berührte damit nacheinander Stirn, Brust, rechte und linke Schulter und schließlich das Herz. Dann hängte er ein Hemd über den Nagel. »Ich bete für unsere Erlösung.«

Neugierig sah Arkadi ihn an. »Erlösung – von wem denn?«

»Baptisten, Juden, Freimaurer.«

»Vorstellen kann man sich das allerdings kaum«, überlegte Guri laut, »Bukowski und Sina, meine ich.«

»Ihr Badeanzug, der hat mir imponiert«, sagte Kolja. »Wißt ihr noch, an dem Tag vor Sachalin?« Ein Wärmestrudel war vom Äquator nordwärts gewandert und hatte ihnen für ein paar trügerische Stunden Sommer vorgegaukelt. »Dieser Badeanzug mit den dünnen Trägern?«

»Ein aufrechter Mann verdeckt sein Gesicht mit einem Bart.« Obidin nickte Arkadi zu. »Eine sittsame Frau stellt sich nicht zur Schau.«

»Jetzt ist sie sittsam«, sagte Arkadi. »Sie ist tot.«

»Sina?« Guri stand auf, war jetzt auf Augenhöhe mit Arkadi und nahm die dunkle Brille ab.

»Tot?« Kolja wandte den Blick ab.

Obidin bekreuzigte sich abermals.

Arkadi hatte den Eindruck, daß jeder der drei vermutlich mehr über Sina Patiaschwili wußte als er. Ihm war vor allem jener ungewöhnliche Tag vor Sachalin noch im Gedächtnis, als sie in ihrem Badeanzug übers Volleyball-Deck paradiert war und sich hatte bewundern lassen. Die Russen waren ausgesprochene Sonnenanbeter. Und so hatte an dem bewußten Tag jeder auf dem Schiff nur das allernotwendigste bißchen Stoff am Leibe getragen, um soviel wie möglich von der blassen Haut der Sonne auszusetzen. Aber Sina hatte mehr zu bieten als nur einen knappen Badeanzug. Sie hatte einen Körper wie die Frauen aus dem Westen, schlank und sinnlich. Auf dem Tisch eben war sie dagegen nur mehr ein Wrack gewesen; wie ein feuchter Lumpen hatte sie dagelegen, keine Spur mehr von der Sina, die damals an der Reling auf und ab spaziert war und am Schandeck posiert hatte, vor den Augen eine Sonnenbrille, so undurchdringlich wie eine Maske.

»Sie ist über Bord gegangen. Aber ein Netz hat sie wieder raufgebracht.«

Die drei anderen starrten ihn nur an. Endlich brach Guri das Schweigen. »Und warum hat Bukowski dich geholt?«

Arkadi wußte nicht, wie er das erklären sollte. Jeder dieser Männer hatte seine Vergangenheit. Guri war immer ein Geschäftsmann gewesen, der teils legale, teils illegale Geschäfte machte, je nachdem. Kolja hatte man vom Studium fort ins Arbeitslager geschickt, und Obidin bewegte sich im Zickzackkurs zwischen Ausnüchterungszelle und Beichtstuhl. Seit er Moskau verlassen hatte, war Arkadi ständig mit Leuten ihresgleichen zusammen gewesen; nichts erweiterte Umgang und Horizont so wie das Exil im eigenen Land. Moskau war ein eintöniger Haufen von Apparatschiks im Vergleich zur Vielschichtigkeit Sibiriens. Trotzdem war er erleichtert, als es jetzt barsch an die Tür klopfte und Slawa Bukowski den Kopf hereinsteckte, auch wenn der Dritte Maat mit einer spöttischen Verbeugung eintrat und ihn in höhnischem Ton anredete.

»Genosse Kommissar, der Kapitän möchte Sie sprechen.«

3

Viktor Sergejwitsch Martschuk brauchte weder Uniform noch goldene Tressen, um sich als Kapitän kenntlich zu machen. Arkadi hatte sein Gesicht zum erstenmal vor dem Marineinstitut in Wladiwostok unter den gewaltigen Porträts der führenden Kapitäne der fernöstlichen Fischereiflotte gesehen. Allerdings hatte der Künstler seine Züge sanfter erscheinen lassen und Martschuks Kopf auf eine Büste mit Schlips und Kragen gesetzt, so daß er aussah wie ein Schreibtischkapitän.

In Wirklichkeit hatte Martschuk ein grobes, kantiges Gesicht, das, noch unterstrichen durch den schmucken, schwarzen Individualistenbart, wie aus Holz gehauen schien. In Wollpullover und Jeans, wie ein Naturbursche, befehligte er sein Schiff. Irgendwo in seinem Stammbaum gab es einen Asiaten und wohl auch einen Kosaken. Das gesamte Land wurde von einem neuen Menschenschlag aus Sibirien regiert – Volkswirtschaftler aus Nowosibirsk, Autoren aus Irkutsk und selbstbewußte Seeleute aus Wladiwostok.

Jetzt freilich, als sein Blick über das Durcheinander auf seinem Schreibtisch glitt, wirkte der Kapitän ratlos. Vor ihm lagen das Dossier eines einfachen Seemanns, ein Code-Buch und ein Dechiffrierschlüssel, ferner ein Notizzettel voller Zahlen, von denen manche rot eingekreist waren, und ein zweites, eng mit Buchstaben beschriebenes Blatt. Er hob den Kopf und sah Arkadi so durchdringend an, als wolle er sich sein Gesicht in allen Einzelheiten einprägen. Slawa Bukowski trat taktvoll einen Schritt beiseite, um den Kapitän nicht zu stören.

»Es ist immer wieder interessant, Mitglieder der Mannschaft kennenzulernen.« Martschuk deutete mit dem Kopf auf das Dossier. »Ehemaliger Ermittlungsbeamter. Ich habe per Funk zu Hause um nähere Angaben nachgesucht. Und daraufhin hat man mir ganz erstaunliche Informationen übermittelt.« Sein Zeigefinger pochte dumpf auf die dechiffrierten Meldungen. »Chefinspektor im Dienste der Moskauer Staatsanwaltschaft, wegen politischer Unzuverlässigkeit entlassen. Als nächstes finden wir Sie in der unbedeutenden Metropole von Norilsk, auf der Flucht. Keine große Schande, denn schließlich sind viele unserer hervorragendsten Bürger in Ketten im Osten angekommen. Solange sie besserungswillig sind, ist das kein Hindernis. In Norilsk haben Sie als Nachtwächter gearbeitet. Na, fanden Sie als Moskowiter die Nächte dort nicht ein bißchen frisch?«

»Ich habe mir immer gleich drei Teerfässer angezündet und im Kreis um mich herum aufgestellt. Dazwischen sah ich aus wie ein Menschenopfer.«

Während Martschuk sich eine Zigarette anzündete, blickte Arkadi sich in der Kajüte um: auf dem Boden ein Perser, in einer Ecke ein eingebautes Sofa, eine nautische Bibliothek auf einem fahrbaren Regal, ein Fernseher, ein Radio und ein antiker Schreibtisch so groß wie ein Rettungsboot. Über dem Sofa hing ein Foto von Lenin bei einer Ansprache vor Matrosen und Kadetten. Drei verschiedene Uhren zeigten Ortszeit, Wladiwostoker und Greenwicher Zeit an. Auf dem Schiff galt Wladiwostoker Zeit; das Logbuch wurde nach GMT geführt. Alles in allem sah die Kapitänskajüte aus wie ein ganz gewöhnliches Arbeitszimmer, das nur zufällig lindgrüne Schotten hatte.

»Entlassen wegen Vernichtung von Staatseigentum, heißt es hier. Das dürfte wohl der Teer gewesen sein. Dann ist es Ihnen gelungen, in einer Schlachterei unterzukommen.«

»Da habe ich Rentiere zur Schlachtbank geschleppt.«

»Aber wieder heißt es, Sie seien wegen politischer Aufwiegelei entlassen worden.«

»Ich hab mit zwei Burjaten zusammengearbeitet. Die verstanden beide kein Russisch. Aber vielleicht haben die Rentiere geplaudert.«

»Als nächstes finden wir Sie auf einem Küstentrawler vor Sachalin. Also das, Genosse Renko, überrascht mich wirklich. Auf einem dieser alten Trawler zu arbeiten, das ist ja schlimmer als auf dem Mond. Die denkbar mieseste Arbeit bei denkbar schlechter Bezahlung. Wer da anheuert, ist auf der Flucht vor seiner Frau oder vor Unterhaltszahlungen, ist ein Verbrecher oder vielleicht sogar ein Totschläger. Wir brauchen Mannschaften für die Pazifikküste, also kümmert sich keiner um die Vergangenheit. Und doch lese ich auch hier wieder: ›Wegen politischer Unzuverlässigkeit entlassen.‹ Sagen Sie uns doch bitte, was haben Sie in Moskau gemacht?«

»Meine Arbeit.«

Martschuk wedelte sich mit einer brüsken Handbewegung den Rauch aus dem Gesicht. »Renko, Sie sind nun schon fast zehn Monate auf der *Polar Star*. Und Sie haben das Schiff nicht einmal verlassen, als wir nach Wladiwostok zurückgekehrt sind.«

Wenn ein Seemann von Bord gehen wollte, mußte er die Grenzwache passieren, einen Vorposten des KGB.

»Ich schwärme eben für das Meer«, sagte Arkadi.

»Ich bin einer der leitenden Kapitäne der Fernost-Flotte«, versetzte Martschuk. »Und außerdem dekorierter Held der sozialistischen Arbeit, aber nicht einmal *ich* schwärme derart für das Meer. Wie dem auch sei, ich wollte Sie beglückwünschen. Der Arzt hat seine Diagnose widerrufen. Sina Patiaschwili ist nicht letzte Nacht gestorben, sondern schon in der vorletzten. In seiner Eigenschaft als Gewerkschaftsvertreter wird Genosse Bukowski natürlich für den Bericht über diesen Vorfall verantwortlich zeichnen.«

»Genosse Bukowski ist dieser Aufgabe zweifellos gewachsen.«

»Jedenfalls gibt er sich die größte Mühe. Trotzdem ist ein Dritter Maat kein Chefinspektor. Außer Ihnen haben wir niemand Qualifizierten an Bord.«

»Mir scheint, der junge Mann hat viel Unternehmungsgeist. Immerhin hat er schon bis in die Fabrik gefunden. Ich wünsche ihm Glück.«

»Lassen Sie uns doch wie Erwachsene miteinander reden. Die *Polar Star* verfügt über eine Mannschaft von zweihundertsiebzig Mann, Matrosen, Mechaniker und Fabrikarbeiter wie Sie. Fünfzig der Besatzungsmitglieder sind Frauen. Wir sind also gewissermaßen ein sowjetisches Dorf in amerikanischen Gewässern. Die Nachricht von einem ungewöhnlichen Todesfall auf der *Polar Star* wird unweigerlich Aufsehen erregen. Da ist es von größter Wichtigkeit, daß auch nicht der leiseste Verdacht entsteht, wir wollten etwas vertuschen oder hätten es gar an der nötigen Sorgfalt fehlen lassen.«

»Demnach wissen die Amerikaner also schon Bescheid?«

Martschuk versuchte nicht, das abzustreiten. »Ihre Chefbevollmächtigte hier an Bord hat mir bereits einen Besuch abgestattet. Der Umstand, daß dieses unglückliche Mädchen schon vor zwei Nächten ums Leben kam, macht die Lage natürlich erst recht prekär. Sie sprechen doch Englisch?«

»Hatte schon lange keine Gelegenheit mehr dazu. Aber die Amerikaner an Bord sprechen ja Russisch.«

»Sie tanzen nicht?«

»In letzter Zeit nicht mehr, nein.«

»Vorgestern abend hatten wir eine Tanzveranstaltung«, warf Slawa ein. »Zu Ehren der Fischer aller Nationen.«

»Da habe ich noch Fische gesäubert. Ich habe nur auf dem Weg zu meiner Schicht kurz reingeschaut.« Der Tanzabend hatte in der Cafeteria stattgefunden. Alles, was Arkadi vom Eingang aus hatte sehen können, waren undeutliche Gestalten, die im Lichterspiel einer sich drehenden Kristallkugel Verrenkungen machten. »Sie haben Saxophon gespielt«, sagte er zu Slawa.

»Wir hatten Gäste«, erklärte Martschuk. »Zwei amerikanische Fangboote haben an der *Polar Star* festgemacht, und die Leute haben an unserem Fest teilgenommen. Möglicherweise möchten Sie mit ihnen reden. Die Männer sprechen allerdings nicht Russisch. Natürlich ist das keine Untersuchung; die wird, wie Sie sagen, von den zuständigen Behörden durchgeführt werden, sobald wir nach Wladiwostok zurückkehren. Aber wir sollten schon jetzt, solange die Erinnerung noch frisch ist, Informationen sammeln. Bukowski braucht jemanden zur Unterstützung, jemanden, der in solchen Dingen Erfahrung hat und der Englisch spricht. Nur für heute.«

»Bei allem Respekt«, warf Slawa ein, »ich bin durchaus imstande, die nötigen Fragen korrekt zu stellen. Dazu brauche ich Renkos Hilfe nicht. Wir dürfen nicht vergessen, daß dieser Bericht vom Flottenkommando gelesen werden wird und vom Ministerium und . . .«

Martschuk fiel ihm ins Wort. »Denken Sie an Lenins Ausspruch: ›Die Bürokratie ist ein Scheißhaufen!‹« Zu Arkadi gewandt fuhr er fort: »Die Genossin Patiaschwili war auf dem Fest, und das fand zu der Zeit statt, in der sie nach Ihrer Ansicht ums Leben kam. Wir schätzen uns glücklich, jemanden mit Ihren Fähigkeiten auf der *Polar Star* zu haben, und ich nehme doch an, Sie freuen sich über diese Gelegenheit, Ihrem Schiff einen Dienst zu erweisen.«

Arkadis Blick streifte den Papierwust auf dem Schreibtisch. »Und wie steht es mit meiner politischen Zuverlässigkeit?«

Martschuks Lächeln stand in auffallendem Kontrast zu seinem strengen Bart. »Dafür haben wir einen Experten. Slawa, unser Freund, Genosse Wolowoi, hat ein gewisses Interesse am Genossen Renko bekundet. Selbstverständlich werden wir nichts ohne Wolowois Einverständnis unternehmen.«

Zweimal täglich gab es Filmvorführungen in der Cafeteria. Vom Gang her konnte Arkadi nichts weiter erkennen als verschwommene Bilder auf einer Leinwand, die über demselben Podium hing, auf dem Slawa und seine Band zwei Abende zuvor gespielt hatten. Eben landete eine Maschine auf einem supermodern ausgestatteten Flughafen – ein ausländischer Schauplatz. Mehrere Wagen fuhren am Terminal vor und hielten: Limousinen, vielleicht nicht mehr ganz neu und ein bißchen verbeult, aber unverkennbar amerikanischer Herkunft. Stimmen mit amerikanischem Akzent redeten einander mit »Mr. Dies« oder »Mr. Das« an. Die Kamera richtete sich auf ein Paar Joggingschuhe ausländischen Fabrikats.

»*Selbstschutz im Ausland*«, sagte ein Mann, der aus dem Vorführraum kam. »Dreht sich alles um die CIA.«

Der Mann war Karp Korobets. Mit der mächtig gewölbten Brust und dem Haaransatz, der nur Millimeter oberhalb seiner Brauen begann, ähnelte der Trawlmaster jenen wuchtigen Statuen, die man nach dem Krieg errichtet hatte: der Soldat mit geschultertem Gewehr, der Seemann, der seine Kanone abfeuerte – Standbilder, die suggerieren sollten, der einfache Mann habe dem Sozialismus zum Sieg verholfen. Auf der *Polar Star* verkörperte Korobets das Idealbild der Arbeiterklasse.

Auf einer Tafel im Mannschaftssaal wurden die Arbeitsergebnisse der drei Brigaden festgehalten, und jede Woche erhielt die im Wettstreit siegreiche Mannschaft einen goldenen Wimpel. Es gab eine gewisse Anzahl Punkte für das erreichte Fangquantum, für die Qualität der verarbeiteten Fische, für den Prozentsatz der alles entscheidenden Quote. Und Monat für Monat war es Karps Gruppe, die den Wimpel errang. Arkadi hatte die gleiche Schicht, und folglich zählte er mit zu den Gewinnern. »Ihr ernährt das sowjetische Volk und wirkt dadurch mit am Aufbau des Kommunismus!« stand auf dem Transparent über der Tafel. Damit waren er und Karp gemeint!

Lässig fischte der Trawlmaster eine Zigarette aus einem Päckchen. Deckmänner nahmen kaum Notiz von der Mannschaft, die unten in der Fabrik arbeitete, und so würdigte er Slawa kaum eines Blickes. Auf der Leinwand übergab ein Geheimagent einem anderen ein paar Beutel mit weißem Pulver.

»Heroin«, sagte Karp.

»Oder Zucker«, meinte Arkadi. Auch der war in Rußland schwer zu bekommen.

»Es war Trawlmaster Korobets, der Sina gefunden hat.« Slawa wollte endlich zur Sache kommen.

»Um welche Zeit war das?« fragte Arkadi.

»Gegen drei Uhr früh«, sagte Karp.

»War sonst noch was Ungewöhnliches im Netz?«

»Nein. Warum stellen *Sie* hier die Fragen?« wollte Karp wissen. Sein Blick hatte sich verändert – eine Statue schien plötzlich die Augen zu öffnen.

»Angeblich hat Genosse Renko Erfahrung in solchen Dingen«, sagte Slawa.

»Was denn, mit Leuten, die über Bord gehen?«

»Haben Sie das Mädchen gekannt?«

»Ich habe sie bloß ein paarmal gesehen. Sie war an der Essensausgabe.« Karps Interesse war jetzt sichtlich erwacht. Er wiederholte Arkadis Namen, als komme er ihm bekannt vor. »Renko, Renko. Woher stammen Sie?«

»Aus Moskau«, antwortete Slawa für Arkadi.

»Moskau?« Karp stieß einen anerkennenden Pfiff aus. »Sie müssen ja wirklich Scheiß gebaut haben, daß Sie hier gelandet sind.«

»Tja, aber da sind wir nun einmal, lauter stolze Arbeiter der Fernost-Flotte«, sagte Wolowoi, der mit vielsagendem Blick auf einen weiteren Neuankömmling hinzutrat, einen jungen Amerikaner mit Sommersprossen und schwungvoller Haartolle, der zögernd näher kam. »Bernie, bitte gehen Sie doch hinein«, rief Wolowoi ihm aufmunternd zu. »Sie zeigen einen Spionagefilm. Sehr spannend.«

»Sie meinen, wir sind wieder mal die Schurken, stimmt's?« Bernie lächelte schüchtern. Er sprach fast akzentfrei.

»Wie könnte es sonst ein Spionagefilm sein?« Wolowoi lachte.

»Nehmen Sie's als Komödie«, schlug Arkadi vor.

»Gut!« Das schien Bernie zu gefallen.

»Ich wünsche gute Unterhaltung«, sagte Wolowoi, der jetzt nicht mehr lachte. »Genosse Bukowski wird Ihnen einen guten Platz zuweisen.«

Der Erste Maat führte Arkadi den Gang hinunter in die Schiffsbibliothek, einen Raum, in dem man sich seitwärts zwischen den Regalen durchzwängen mußte. Es war aufschlußreich zu sehen, welche Autoren hier vertreten waren. Jack London war offenbar populär, ebenso Kriegsgeschichten, Science-fiction und eine literarische Gattung, die unter »Traktorromanzen« firmierte. Wolowoi schickte die Bibliothekarin fort und setzte sich an ihren Schreibtisch. Er schob ihren Teewärmer, Töpfe mit Klebstoff und Bücher, deren Rücken aus dem Leim gegangen waren, zur Seite, um für ein Dossier Platz zu schaffen, das er aus seiner Aktenmappe zog. Arkadi hatte bisher versucht, dem Parteifunktionär aus dem Weg zu gehen, indem er sich bei Versammlungen im Hintergrund hielt und Bordfesten grundsätzlich fernblieb. Es war das erste Mal, daß die beiden allein zusammentrafen.

Obschon Wolowoi der Erste Maat des Schiffes war und ständig in einer Fischerjacke aus Segeltuch und mit Stiefeln herumlief, kümmerte er sich weder ums Ruder noch um die Seekarten. Denn der Erste Maat war Parteifunktionär. Für so prosaische Angelegenheiten wie Fischerei und Navigation war ein Chefmaat zuständig. Eine höchst verwirrende Regelung. Wolowoi, der Erste Maat, sorgte für Disziplin und Moral an Bord; er war verantwortlich für die handgemalten Transparente im Korridor mit Texten wie: »Dritte Schicht erringt Goldwimpel im sozialistischen Wettstreit!« Jeden Mittag verlas er übers Schiffsradio die Nachrichten, ein Potpourri aus Telegrammen, die stolzen Matrosen mitteilten, daß sie daheim in Wladiwostok Vater geworden waren, und Meldungen aus dem revolutionären Mosambik. Er organisierte Filmvorführungen und Volleyball-Turniere, vor allem aber schrieb er die Gutachten über Arbeitsleistung und politische Einstellung eines jeden Besatzungsmitglieds, einschließlich des Kapitäns, und leitete diese Beurteilungen an die Abteilung Seefahrt des KGB weiter.

Wolowoi war nicht etwa ein Schwächling. Nein, er war der

beste Gewichtheber auf dem Schiff, einer jener Rothaarigen, die ständig Kaninchenaugen haben; seine Lider und Lippen waren fast immer von Ekzemen verkrustet, und die fleischigen, gepflegten Hände bedeckte ein goldener Flaum. Bei der Mannschaft hatten Parteifunktionäre den Spitznamen »Invalide«, weil sie keine wirkliche Arbeit verrichteten, doch Fedor Wolowoi war der rüstigste Invalide, den Arkadi je zu Gesicht bekommen hatte.

»Renko . . .« Wolowoi las in dem Dossier, als wolle er sich mit einem Problem vertraut machen. »Chefinspektor. Entlassen. Aus der Partei ausgestoßen. Aufgrund eines psychiatrischen Gutachtens zur Resozialisierung vorgeschlagen. Wie Sie sehen, habe ich die gleiche Akte wie der Kapitän. Überstellt zur Arbeit im östlichen Sektor der russischen Republik.«

»Sibirien.«

»Ich weiß, wo der östliche Sektor liegt. Und ich stelle fest, daß Sie Humor haben, Genosse.«

»Vor allem daran habe ich während der letzten Jahre gearbeitet.«

»Das trifft sich gut. Ich habe hier nämlich auch noch einen ausführlicheren Bericht.« Wolowoi legte ein Dossier auf den Tisch, das merklich dicker war als das erste. »Da ist die Rede von einem Mordfall in Moskau, der damit endete, daß Sie den Staatsanwalt erschossen, eine überraschende Wendung. Wer ist Oberst Pribluda?«

»Ein KGB-Offizier. Er hat sich bei der Untersuchung für mich eingesetzt, und darum wurde dann keine Anklage erhoben.«

»Aber Sie wurden aus der Partei ausgeschlossen und unter psychiatrische Beobachtung gestellt. Verfährt man so mit einem Unschuldigen?«

»Das war keine Frage von schuldig oder nicht schuldig.«

»Und wer ist Irina Asanowa?« Wolowoi las den Namen ab.

»Eine ehemalige Sowjetbürgerin.«

»Sie meinen, eine Frau, der Sie zur Flucht verholfen haben und die seitdem unablässig verleumderische Gerüchte über Ihr Schicksal in die Welt setzt.«

»Was nennen Sie Gerüchte?« fragte Arkadi. »Ich meine, wie groß ist der Abstand zur Wahrheit?«

»Halten Sie Verbindung mit ihr?«

»Was denn, von hier aus?«

»Sie sind früher schon verhört worden?«

»O ja, sehr oft sogar.«

Wolowoi blätterte flüchtig in dem Dossier. »Politische Unzuverlässigkeit ... Politische Unzuverlässigkeit. Ich will Ihnen sagen, was mir als Erstem Maat witzig vorkommt. In ein paar Tagen werden wir Dutch Harbor anlaufen. Jeder auf diesem Schiff wird von Bord gehen, um Einkäufe zu machen, mit einer Ausnahme: Sie. Und warum? Weil jeder auf diesem Schiff ein ordentliches Seefahrtsvisum hat, mit einer Ausnahme: Sie. Ich gehe wohl richtig in der Annahme, daß Sie nur ein eingeschränktes Visum haben, weil die Herrschaften, die es wissen müssen, der Ansicht sind, man dürfe Ihnen im Umgang mit Ausländern oder in einem ausländischen Hafen nicht trauen. Und doch sind ausgerechnet Sie der Mann, den der Kapitän als Mitarbeiter für Bukowski ausgesucht hat. Sogar bei den Gesprächen mit den Amerikanern hier an Bord oder auf den Trawlern sollen Sie ihn unterstützen. Also das ist entweder ein Witz oder doch sehr merkwürdig.«

Arkadi zuckte die Achseln. »Humor ist eine sehr persönliche Angelegenheit.«

»Aber ein Ausschluß aus der Partei ...« Der Invalide geht anscheinend gern in die vollen, dachte Arkadi. Entlassung und Exil waren halb so schlimm, aber sein Parteibuch zu verlieren, davor zitterte jeder Apparatschik. Molotow zum Beispiel war auf die Abschußliste gekommen, weil er über die Mordlisten Tausender von Stalin-Opfern Buch geführt hatte. Wirklich ernsthaft in Schwierigkeiten geriet er jedoch erst, als man sein Parteibuch einzog.

»Die Parteimitgliedschaft war eine zu hohe Ehre für mich. Dem Druck war ich nicht gewachsen.«

»Sieht ganz so aus.« Wolowoi versenkte sich wieder in die Akte. Aber vielleicht war das, was er da las, zu peinlich. Er blickte hinauf zu den Bücherregalen, als könne keine der Geschichten dort oben derart geschmacklos sein. »Der Kapitän ist natürlich Parteigenosse. Aber wie viele Seeleute ist er auch ein eigenwilliger Charakter, eine Persönlichkeit, die das Risiko liebt. Er versteht eine Menge vom Fischfang, weiß, wie man einem Eisberg ausweicht, auf schnellstem Wege nach steuerbord oder in den Hafen kommt. Doch Politik und die menschliche Natur sind komplizierter, gefährlicher. Selbstverständlich möchte er herausfinden, was mit dem toten Mädchen passiert ist. Wir alle wollen das. Nichts könnte im Augenblick wichtiger sein. Und darum ist auch die ordnungsgemäße Kontrolle der Untersuchung so entscheidend.«

»Das höre ich nicht zum erstenmal«, entgegnete Arkadi.

»Aber früher haben Sie sich nicht danach gerichtet. Doch damals waren Sie Parteigenosse, ein hoher Beamter, ein Mann mit einem Titel. Aus Ihrer Akte ersehe ich, daß Sie fast ein Jahr nicht mehr an Land gewesen sind. Renko, Sie sind ein Gefangener auf diesem Schiff. Wenn Sie in Wladiwostok von Bord gehen, werden Sie, während Ihre Kameraden zu ihren Mädchen oder zu ihrer Familie heimkehren, von der Grenzwache in Empfang genommen, einem Arm des Staatssicherheitsdienstes. Sie wissen das, denn andernfalls hätten Sie das Schiff verlassen, als wir das letztemal zu Hause waren. Aber Sie haben kein Zuhause, niemanden, zu dem Sie gehen könnten. Ihre einzige Hoffnung ist eine uneingeschränkt positive Beurteilung von der *Polar Star*. Und ich bin der Offizier, der diese Beurteilung schreiben wird.«

»Was wollen Sie von mir?«

»Ich erwarte«, sagte Wolowoi, »daß Sie mich eingehend und diskret informieren, bevor Sie dem Kapitän Bericht erstatten.«

»Aha.« Arkadi verneigte sich leicht. »Nun, eigentlich ist es keine richtige Untersuchung; es dreht sich nur darum, einen Tag lang Fragen zu stellen. Und außerdem bin ich nicht der Verantwortliche.«

»Da Slawa Bukowski kaum Englisch spricht, liegt es auf der Hand, daß Sie einige der Verhöre führen werden. Es ist notwendig, Fragen zu stellen, damit die Wahrheit ans Licht kommt. Nur so können exakte Folgerungen gezogen werden. Aber wir müssen auch dafür Sorge tragen, daß keine Informationen zu den Amerikanern durchsickern.«

»Ich kann nur mein Bestes tun. Wäre Ihnen ein Unfalltod recht? Wir haben schon eine Lebensmittelvergiftung in Erwägung gezogen. Oder ist Ihnen Mord lieber?«

»Es ist außerdem wichtig, den guten Namen des Schiffes zu bewahren.«

»Es gibt verschiedene Arten von Selbstmord.«

»Und wir müssen an den Ruf der unglücklichen Genossin denken.«

»Wir könnten ja erklären, sie sei noch am Leben, und sie zur Fischerkönigin küren. Was immer Sie wollen. Füllen Sie die entsprechenden Papiere aus, und ich werde auf der Stelle unterschreiben.«

Wolowoi klappte die Akte zu, verstaute sie in seiner Mappe, schob den Stuhl zurück und stand auf. Seine geröteten Augen wurden noch um eine Spur dunkler, sein Blick noch starrer, die instinktive Reaktion eines Mannes, der sich seinem natürlichen Feind gegenübersieht.

Arkadi hielt seinem Blick stand. *Ich durchschaue dich.* »Erlauben Sie, daß ich mich entferne, Genosse?«

»Bitte.« Wolowois Stimme klang tonlos. »Renko«, rief er, als Arkadi sich zum Gehen wandte.

»Ja?«

»Selbstmord ist, denke ich, Ihre große Stärke.«

4

Sina Patiaschwili lag auf dem Operationstisch, den Kopf von einem Holzblock gestützt. Sie war hübsch gewesen, mit jenem fast griechischen Profil, das man mitunter bei georgischen Mädchen findet. Volle Lippen, Hals und Glieder anmutig geformt, schwarzer Schambogen und ein blonder Haarschopf. Was hatte sie darstellen wollen, eine Skandinavierin? Sie war ins Meer gestürzt, auf Grund gegangen und abgesehen von der unwiderruflichen Stille des Todes ohne erkennbare Verfallserscheinungen zurückgekehrt. Doch sobald die Leichenstarre von ihr wich, erschlaffte alles Fleisch über den Knochen: die Brüste sackten auf die Rippen hinab, Mund und Kiefer lockerten sich, die Augen lagen eingesunken unter halb geschlossenen Lidern, die Haut zeigte eine phosphoreszierende Blässe, mit blauen Flecken gesprenkelt. Und dann der Geruch. Der Operationssaal war kein Leichenschauhaus, also auch nicht mit Formaldehyd ausgestattet, und so genügte dieser eine Leichnam, um den Raum mit einem Gestank wie von saurer Milch zu erfüllen.

Arkadi zündete sich eine zweite Belomor an der Kippe der ersten an und sog gierig den Rauch in die Lungen. Russischer Tabak, je stärker, desto besser. Auf ein Krankenblatt zeichnete er vier Silhouetten: einen Frauenkörper von vorn, von hinten, im rechten und linken Profil.

Sina schien im Blitzlicht von Slawas Kamera zu schweben, dann, als ihr Schatten verblaßte, senkte der Körper sich wieder auf den Tisch. Anfangs hatte der Dritte Maat sich geweigert, bei der Autopsie zugegen zu sein, doch Arkadi hatte darauf bestanden, damit Slawa, dessen Feindseligkeit er jetzt schon spürte, später nicht behaupten konnte, der Befund sei manipuliert oder unvollständig. Falls dies seinerseits ein letztes Aufblitzen berufsmäßigen Stolzes bedeutete, so wußte Arkadi nicht, ob er über sich lachen oder verärgert sein sollte. Die Abenteuer eines Fischputzers! Im Moment schoß Slawa ein Foto nach dem anderen, wie ein kampferprobter Bildreporter der Tass. Arkadi fühlte sich elend.

»Alles in allem«, sagte Dr. Wainu gerade, »ist diese Reise für mich eine große Enttäuschung gewesen. Auf dem Festland hatte ich einen gutgehenden Handel mit Sedativa. Walerianka, Pentalginum, sogar ausländische Präparate. Aber die Frauen auf diesem Schiff sind die reinsten Amazonen. Nicht einmal Abtreibungen sind gefragt.«

Wainu war ein junger Mann, ein Schwindsüchtiger, der seine Patienten in der Regel in Freizeitanzug und Slippern empfing, aber für die Autopsie hatte er einen weißen Laborkittel mit tintenbekleckster Tasche übergestreift. Er war Kettenraucher, und auch jetzt paffte er eine Zigarette nach der anderen, versetzt mit Antistormin gegen Seekrankheit. Er hielt die Zigarette zwischen kleinem und Ringfinger, so daß seine Hand jedesmal, wenn er einen Zug nahm, sein Gesicht verdeckte wie eine Maske. Auf einem Beistelltisch lag sein Operationsbesteck: Skalpelle, Winkelmesser, Klammern, eine kleine Kreissäge für Amputationen. Im Fach darunter stand eine Eisenwanne mit Sinas Kleidungsstücken.

»Tut mir leid, daß ich mich mit der Zeit verschätzt hatte«, sagte Wainu leichthin, »aber welcher vernünftige Mensch würde annehmen, daß ein Trawler sie auffischt, nachdem sie schon über einen Tag im Wasser lag?«

Arkadi versuchte, gleichzeitig zu rauchen und weiter zu zeichnen. In Moskau erledigte ein Pathologe die eigentliche Arbeit, und der jeweilige Ermittlungsbeamte schaute nur gelegentlich vorbei, um sich auf dem laufenden zu halten. Dort gab es Labors, ganze Teams von Gerichtsmedizinern, eben einen professionellen Apparat, und über allem waltete die beruhigende Hand der Routine. In den letzten Jahren hatte er einen gewissen Trost in dem Gedanken gefunden, daß er nie wieder mit Opfern zu tun haben würde. Und bestimmt nicht mit einem Mädchen, das man aus dem Meer gefischt hatte. Über dem Geruch des Todes lagerte die scharfe Ausdünstung des Salzwassers. Es war der gleiche Geruch, den er tagein, tagaus in der Fabrik einatmete und den nun dieses Mädchen verströmte; ihr Haar war verfilzt, Arme, Beine und Brust waren mit purpurnen Flecken überzogen.

»Außerdem ist es immer riskant, den Zeitpunkt des Todes nach der Leichenstarre zu beurteilen, besonders bei so niedrigen Temperaturen wie hier«, fuhr Wainu fort. »Schließlich ist die Totenstarre nichts weiter als eine Kontraktion, hervorgerufen durch chemische Reaktionen nach dem Exitus. Wenn man ein Fischfilet zerlegt, bevor die Leichenstarre eintritt, schrumpft das Fleisch trotzdem und wird zäh, wußten Sie das?«

Arkadi fiel der Stift aus der Hand. Als er sich danach bückte, stieß er mit dem Stiefel dagegen, und er rollte unter den Tisch.

»Man sollte meinen, das wäre Ihre erste Autopsie.« Slawa hob den Stift auf und analysierte mit kühlem Blick den Tisch. Dann wandte er sich an den Arzt. »Sie scheint ziemlich übel zugerichtet. Glauben Sie, daß sie gegen die Schiffsschraube geschlagen ist?«

»Nein, schließlich waren ihre Kleider ja nicht einmal zerrissen. Nach meiner Erfahrung war das nicht die Schiffsschraube, das waren Fäuste.«

Wainus Erfahrung? Er hatte mit Knochenbrüchen und Blinddarmoperationen zu tun. Alles übrige wurde mit grüner Salbe zum Einreiben behandelt oder mit Aspirin, denn, so argumentierte er, auf die Krankenstation kamen hauptsächlich Leute, die Probleme mit Alkohol oder Drogen hatten. Darum war der Tisch auch mit Gurten zum Festschnallen versehen. Vor einem Monat war auf der *Polar Star* das Morphium ausgegangen.

Arkadi las den Eintrag am Kopf der Karteikarte: »Patiaschwili, Sina Petrowna. Geboren 28/8/61, Tbilisi, G.S.S.R. Größe: 1,60 m. Gewicht: 48 kg. Haare: schwarz (blond gefärbt). Augen: braun.« Er reichte Wainu das Klemmbord und ging langsam um den Tisch herum. Wie ein Mann, der unter Höhenangst leidet, sich auf einer Leiter jeweils nur auf die Sprosse unmittelbar vor ihm konzentriert, hakte Arkadi einen Punkt nach dem anderen ab.

»Doktor, wollen Sie bitte vermerken, daß die Ellbogen gebrochen sind. Es sind kaum blaue Flecken zu erkennen, was darauf schließen läßt, daß ihr die Brüche erst nach Eintreten des Todes und bei niedriger Körpertemperatur zugefügt wurden.« Er holte tief Luft und winkelte dann Sinas Beine ab. »Vermerken Sie das gleiche für die Knie.«

Slawa trat vor, regulierte die Kameraeinstellung und machte eine weitere Aufnahme, wobei er den Schußwinkel so sorgfältig wählte wie ein Regisseur bei seinem ersten Kinostreifen.

»Was haben Sie für einen Film drin?« fragte Wainu. »Farbe oder Schwarzweiß?«

»Farbe.«

»Blutergüsse an Unterarmen und Schenkeln«, fuhr Arkadi fort, »aber nicht durch Prellungen hervorgerufen, sondern wahrscheinlich durch die Lage der Toten. Vermerken Sie das gleiche für die Brust.« Auf der Brust sah der Bluterguß unter der Haut aus wie ein zweites Paar rötlichbrauner Brustwarzen. Ich bin dem nicht gewachsen, dachte Arkadi, ich hätte mich weigern sollen, ihnen zu helfen. »Auf der linken Schulter sowie an der linken Seite des Brustkorbs und an der Hüfte eine Anzahl gleichmäßig verteilter blauer Flecke, nur schwach erkennbar.« Er nahm ein Lineal vom Labortisch. »Insgesamt zehn, in jeweils etwa fünf Zentimeter Abstand.«

»Könnten Sie das Lineal ein bißchen ruhiger halten?« verlangte Slawa und schoß ein weiteres Foto.

»Ich glaube, unser Ex-Chefinspektor braucht was zu trinken«, sagte Wainu.

Arkadi nickte zustimmend. Die Hände des Mädchens fühlten sich an wie kühler, weicher Ton.

»Keine abgebrochenen Nägel, kein Hautgewebe unter den Nägeln. Aber Sie sollten trotzdem Proben nehmen und sie unter dem Mikroskop untersuchen.«

»Was zu trinken oder eine Krücke«, sagte Slawa.

Arkadi nahm einen tiefen Zug aus der Belomor, ehe er Sinas Mund weit aufstemmte.

»Lippen und Zunge scheinen unverletzt.« Er schloß ihren Mund wieder und bog den Kopf der Toten zurück, um ihr in die Nasenlöcher zu schauen. Er drückte auf den Nasenrücken, zog dann die Lider eins nach dem anderen zurück und blickte in die elliptisch geformte Iris. »Notieren Sie eine Verfärbung im Weißen des linken Auges.«

»Und was heißt das?« fragte Slawa.

»Ein, allerdings nicht eindeutiges, Indiz für Gewalteinwirkung«, fuhr Arkadi fort. »Vermutlich eine Schockreaktion auf einen Schlag auf den Hinterkopf.« Er drehte Sina auf die Seite und strich ihr das vom Salzwasser verkrustete Haar aus dem Nacken. Die Haut war blau angelaufen. Er nahm Wainu das Klemmbord aus der Hand und sagte: »Öffnen Sie die Leiche.«

Der Arzt wählte ein Skalpell und machte, die Zigarette mit langer Asche noch im Mund, einen Schnitt längs der Halswirbel.

Arkadi hielt den Kopf, während Wainu sich über die Schnittfläche beugte, um sie zu untersuchen.

»Das ist Ihr Glückstag«, sagte der Arzt lakonisch. »Notieren Sie, erster Wirbel und Schädelbasis zertrümmert. Muß ja wie ein kleiner Triumph für Sie sein, was?« Er sah erst Arkadi an, dann die Säge auf dem Tisch. »Wir könnten das Gehirn rausholen, um ganz sicherzugehen. Oder den Brustkorb öffnen und die Atemwege auf Meerwasser hin untersuchen.«

Slawa machte ein Foto vom Hals der Toten. Als er sich wieder aufrichtete, schwankte er leicht.

»Nein.« Arkadi ließ Sinas Kopf auf den Holzblock zurückgleiten und schloß ihr die Augen. Dann wischte er sich die Hände an seiner Jacke ab, zündete sich wieder eine Belomor an der kaum zu Ende gerauchten letzten an, nahm einen tiefen Zug und machte sich daran, die Kleider in der Wanne zu sortieren. Wenn Sina ertrunken wäre, hätte er Risse in Nase und Mund gefunden; Bauchraum und Lungen hätten sich voll Wasser gesogen, und sie müßte jetzt noch bei jeder Erschütterung des Körpers tropfen wie ein nasser Schwamm. Außerdem gab es in Wladiwostok genügend Spezialisten, denen es ein Vergnügen sein würde, sie zu tranchieren und bis auf ihre atomaren Bestandteile zu analysieren. In der Wanne lagen ein roter Plastikschuh sowjetischen Fabrikats, eine blaue Trainingshose, ein Schlüpfer, eine weiße Baumwollbluse mit einem Etikett aus Hongkong und einem Abzeichen mit der Aufschrift: »I love L. A.« Ein internationales Mädchen, diese Sina. Aus einer Hosentasche quoll blauer Pappbrei, die durchweichten Überreste einer Packung Gauloises. Außerdem fand Arkadi eine Spielkarte, die Herzdame. Eine Romantikerin, diese Sina. Und ein robustes russisches Kondom. Anscheinend war sie auch praktisch veranlagt gewesen. Er betrachtete ihr wächsernes Gesicht, die Kopfhaut, die bereits die schwarzen Wurzeln ihres blonden Haares preisgab. Das Mädchen war tot, hatte ein Leben voller Träumereien hinter sich gelassen. Autopsien hatten Arkadi schon immer wütend gemacht – auf die Opfer ebenso wie auf die Mörder. Warum jagten sich gewisse Leute nicht einfach eine Kugel durch den Kopf, sobald sie zur Welt kamen?

Die *Polar Star* zog eine Schleife im Gefolge ihrer Fangboote.

Arkadi straffte sich unbewußt. Slawa rang sichtlich nach Haltung, vermied es aber eisern, den Tisch zu berühren.

»Was ist? Plötzlich nicht mehr seefest?« fragte Wainu.

Der Dritte Maat funkelte ihn zornig an. »Mir geht's bestens.«

Wainu feixte. »Wir sollten zumindest die Eingeweide ausräumen«, sagte er zu Arkadi.

Arkadi nahm die Kleidungsstücke aus der Wanne. Sie waren mit Fischblut besudelt und an mehreren Stellen von Fischstacheln zerrissen, aber nicht schlimmer, als man es nach einer Fahrt im Fangnetz erwarten würde. Auf einem Hosenknie war möglicherweise ein Ölfleck. Als er die Bluse glattstrich, bemerkte Arkadi vorn eine beschädigte Stelle, anders als die übrigen Risse: ein Schnitt.

Er beugte sich wieder über die Leiche. Gliedmaßen, Brust und die Haut rings um den Nabel waren kastanienbraun verfärbt. Vielleicht waren das nicht bloß Blutergüsse; vielleicht hatte er vorschnell geurteilt, nur um rascher von dem Leichnam fortzukommen. Und tatsächlich, als er über die Bauchdecke rings um den Nabel strich, sah er ein winziges Loch, eine Stichwunde, etwa zwei Zentimeter lang. Genau wie von einem Fischmesser. Jeder auf der *Polar Star* hatte so ein Messer mit weißem Plastikgriff und einer zwanzig Zentimeter langen, zweischneidigen Klinge zum Ausnehmen der Fische, oder um ein Netz aufzuschlitzen. Überall auf dem Schiff warnten Anschlagtafeln: »Trefft Vorkehrungen für Notfälle. Tragt euer Messer stets bei euch.« Arkadis Messer lag in seinem Spind.

»Lassen Sie mich das machen.« Wainu schob Arkadi mit dem Ellbogen beiseite.

»Sie haben eine Beule gefunden und einen Kratzer«, sagte Slawa. »Na und?«

»Es ist mehr als sich durch einen Sturz erklären ließe, selbst bei großer Fallhöhe«, erklärte Arkadi.

Wainu taumelte vom Tisch zurück. Arkadi dachte zuerst, er habe den Schnitt wohl vergrößert, denn ein kurzes Stück Darm, purpurgrau und glitschig, ragte aus der Öffnung hervor. Doch dann sah er, daß das vermeintliche Darmende lebendig war. Durch eine blubbernde Öffnung voll Salzwasser und schimmernder Brühe kroch es beharrlich aus dem Bauch des Mädchens.

»Ein Schleimaal!«

Schleimaal oder Inger. Gleich unter welchem Namen, es war eine primitive, aber funktionstüchtige Lebensform. Es kam vor, daß ein Netz einen Heilbutt von zwei Meter Länge heraufbrachte, einen Prachtkerl, der gut und gern seine Vierteltonne hätte wiegen müssen, in Wahrheit aber nichts weiter war als ein Sack aus Haut und Knochen mit einem Nest von Schleimaalen darin. Äußerlich konnte der Fisch völlig unversehrt sein; die Aale bahnten sich ihren Weg durch Mund oder After und arbeiteten sich dann in die Bauchhöhle vor. Wenn ein Aal in der Fabrik auftauchte, stoben die Frauen auseinander, bis die Männer ihn mit Schaufeln totgeschlagen hatten.

Der Kopf des Aals, ein blinder Stumpf mit fleischigen Fühlern und gespitztem Mund, peitschte gegen Sina Patiaschwilis Leib; dann, in scheinbar endlos langsamer Bewegung, glitt der ganze Aal, der die Länge eines Menschenarms hatte, aus dem Leichnam heraus, schnellte in die Luft empor und landete vor Wainus Füßen. Der Arzt stach zu, doch das Skalpell zerbrach auf den Bodenplanken. Er versetzte dem Aal einen Fußtritt und griff hastig nach einem anderen Messer. Wild um sich schlagend, wand sich der Aal durch den Raum. Sein stärkster Schutz war eine klebrige, durchsichtige Flüssigkeit, die ihn jedem Zugriff entzog. Ein einziger Aal konnte einen ganzen Eimer voll Schleim abgeben; ein weidender Aal konnte seine Beute mit einem Schleimkokon überziehen, den nicht einmal ein Hai anrühren mochte. Wieder brach die Spitze des Messers ab, flog in hohem Bogen durch den Raum und ritzte in Wainus Wange. Er stolperte, schlug der Länge nach auf den Rücken und beobachtete entsetzt, wie der Aal sich auf ihn zuschlängelte.

Arkadi rannte auf den Gang hinaus und kam mit einer Brandaxt zurück, die er, mit dem stumpfen Ende nach unten, auf den Aal niedersausen ließ. Bei jedem Hieb schlug der Aal wie wild um sich und besudelte den Fußboden. Arkadi verlor auf dem Schleim das Gleichgewicht, fing sich jedoch gleich wieder, drehte die Axt mit der Schneide nach unten und hackte den Aal in der Mitte durch. Doch die beiden Hälften zappelten jede für sich weiter, bis er auch sie noch einmal zerhackt hatte. Dann zuckten die vier zertrennten Stücke hilflos in Lachen aus Schleim und Blut.

Wainu stolperte zum Laborschrank, riß die Instrumente aus einem Sterilisationsbehälter, goß den Alkohol in zwei Gläser und reichte eins davon Arkadi. Slawa Bukowski war verschwunden. Arkadi erinnerte sich vage, daß er gesehen hatte, wie der

Dritte Maat, gleich nachdem der Aal aufgetaucht war, zur Tür gestürzt war.

»Das ist meine letzte Reise«, sagte Wainu grimmig.

»Wieso ist niemandem aufgefallen, daß sie bei der Arbeit fehlte?« fragte Arkadi. »War sie oft krank?«

»Sina?« Wainu hielt sein Glas mit beiden Händen umklammert. »Die doch nicht.«

Arkadi hatte den Alkohol in einem Zug hinuntergeschüttet. Das Zeug schmeckte ein bißchen antiseptisch, aber eigentlich nicht übel. Was für Ärzte, überlegte er, arbeiten normalerweise auf Fabrikschiffen? Bestimmt nicht solche, die wißbegierig das ganze Spektrum körperlicher Funktionsstörungen nebst Entbindungen, Kinderkrankheiten und Geriatrie abdecken wollen. Auf der *Polar Star* bestand nicht einmal das übliche Seefahrtsrisiko von Tropenkrankheiten. Für einen Mediziner war der Dienst im Nordpazifik ziemlich langweilig, weshalb die Schiffsärzte in diesen Gewässern entweder Trunkenbolde waren oder frisch Approbierte, die man zwangsverpflichtet hatte. Wainu gehörte in keine dieser beiden Kategorien. Er stammte aus Estland, einer baltischen Republik, in der man die Russen immer noch wie Besatzungstruppen behandelte. Ein Mann wie er hatte gewiß nicht viel Sympathie für die Mannschaft der *Polar Star*.

»Sie war also nie krank? Nicht einmal Schwindelanfälle, Kopfschmerzen, Übelkeit? Kein Drogenproblem? Haben Sie das Mädchen denn nie wegen irgendwas behandelt?«

»Sie haben doch ihre Akte gesehen. Die Frau war absolut sauber.«

»Wie kommt es dann, daß keiner sich über das Verschwinden dieser so tüchtigen Arbeitskraft gewundert hat?«

»Renko, ich habe den Eindruck, Sie sind der einzige Mann an Bord, der Sina nicht gekannt hat.«

Arkadi nickte. Allmählich kam ihm das auch so vor.

»Vergessen Sie Ihre Axt nicht«, sagte Wainu, als Arkadi zur Tür ging.

»Ich möchte Sie bitten festzustellen, ob das Mädchen kurz vor ihrem Tod Geschlechtsverkehr hatte. Nehmen Sie auch ihre Fingerabdrücke und eine Blutprobe, damit man die Blutgruppe bestimmen kann. Und ich fürchte, Sie werden den Unterleib ausräumen müssen.«

»Was ist, wenn . . .« Der Arzt deutete auf den zerstückelten Aal.

»Ach ja, richtig«, sagte Arkadi. »Behalten Sie die Axt.«

Slawa Bukowski stand draußen über die Reling gebeugt. Arkadi trat neben ihn, als wolle er frische Luft schnappen. Auf dem Trawldeck türmten sich haufenweise gelbe Seezungen, die darauf warteten, durch den Schacht in die Fabrik hinuntergeschaufelt zu werden. Ein amerikanisches Nylonnetz war zwischen zwei Masten gespannt, und eine Netznadel – ein Schiffchen mit gespaltener Spitze – hing in einem Riß, der noch nicht fertig geflickt war. Arkadi fragte sich, ob es das Netz war, das Sina heraufgebracht hatte. Slawa beobachtete das Meer.

Bisweilen legte sich der Nebel wie ein Ölfilm auf die Wasseroberfläche. Es herrschte Flaute, unbeweglich und schwarz dehnte sich die See, ein paar Möwen kreisten über einem Trawler, der nur zu erkennen war, weil die amerikanischen Schiffe so einen leuchtenden Anstrich hatten, wie Fischköder. Der Trawler war rot und weiß, die Mannschaft an Deck trug gelbe Regenmäntel. Wie ein Pendel schwang das kleinere Fahrzeug im Kielwasser der *Polar Star,* deren rostiger Rumpf das Fangboot um vierzig Fuß überragte. Aber die Amerikaner gingen auch jeweils nur für ein paar Wochen auf Fahrt, während die *Polar Star* ein halbes Jahr unterwegs war. Das amerikanische Boot lag im Wasser wie ein Spielzeug; die *Polar Star* war eine Welt für sich.

»So was kommt bei Autopsien normalerweise nicht vor«, sagte Arkadi leise.

Slawa wischte sich mit einem Taschentuch über den Mund. »Warum hätte jemand sie erstechen sollen, wenn sie doch schon tot war?«

»Im Magen finden sich Bakterien. Der Einstich war sicher dazu bestimmt, die Gase entweichen zu lassen, damit sie nicht wieder an die Oberfläche kam. Ich kann für eine Weile allein weitermachen. Warum ruhen Sie sich nicht ein bißchen aus und kommen nach, wenn Sie sich besser fühlen?«

Slawa richtete sich auf und legte sein Taschentuch zusammen. »Diese Untersuchung leite immer noch ich. Wir werden die Ermittlungen ganz normal fortsetzen.«

Arkadi zuckte die Achseln. »Normalerweise sucht man nach einem Mordfall den Fundort der Leiche mit Vergrößerungsglas und Metalldetektoren ab. Sehen Sie sich um. Ist da draußen eine bestimmte Welle, die Sie gern unter die Lupe nehmen würden?«

»Hören Sie auf, von Mord zu reden. Das ist Gerüchtemacherei.«

»Nicht bei den Wunden, die das Mädchen hat.«

»Die könnten auch von der Schiffsschraube stammen«, sagte Slawa.

»Wenn ihr jemand eins damit auf den Schädel gegeben hat.«

»Nichts deutet auf einen Kampf hin – das haben Sie selbst gesagt. Das größte Problem bei diesem Fall ist Ihre Einstellung. Aber ich werde mich nicht kompromittieren lassen.«

»Genosse Bukowski, ich bin nur ein einfacher Arbeiter aus der Fabrik, den man für einen Tag freigestellt hat. Sie dagegen sind ein Symbol der glorreichen sowjetischen Zukunft. Wie könnte ich Sie kompromittieren?«

»Spielen Sie mir nicht den einfachen Arbeiter vor. Wolowoi hat mich über Sie aufgeklärt. Sie haben in Moskau 'ne Riesenschweinerei angestellt. Kapitän Martschuk war verrückt, Sie freizustellen.«

»Warum hat er es eigentlich getan?« Arkadis Neugier war nicht gespielt.

»Weiß ich nicht.« Slawa schien ebenso ratlos wie Arkadi.

Sina Patiaschwilis Kabine unterschied sich in Größe und Aufteilung nicht von der Arkadis. Hier wie dort hausten vier Menschen in einem Quartier, das man als leidlich bequeme Kompressionskammer hätte ansehen können: vier Kojen, Tisch und Sitzbank, Schrank und Waschbecken. Und doch herrschte eine andere Atmosphäre. Statt Männerschweiß hing ein starkes Gemisch miteinander rivalisierender Parfums in der Luft. Anstelle von Guris Pin-up-Fotos und Obidins Ikone war die Schranktür geschmückt mit Postkarten aus Kuba, albernen Glückwunschkarten vom Internationalen Frauentag, Schnappschüssen von Kindern mit dem Halstuch der jungen Pioniere und mit Zeitungsfotos von Filmstars und Musikern. Arkadi erkannte den pummeligen sowjetischen Rock-Star Stas Namin und einen finster dreinblickenden Mick Jagger.

»Das hat Sina gehört.« Natascha Tschaikowskaia zeigte auf Jagger.

Die übrigen Bewohnerinnen der Kabine waren »Madame« Malsewa, die älteste von Arkadis Kollegen in der Fabrik, und eine kleine Usbekin, die man zu Ehren der Elektrifizierung Usbekistans Dynama getauft hatte. Ihre Familie hatte dem unschuldigen Mädchen damit keinen Gefallen erwiesen, denn in anspruchsvolleren Kreisen der Sowjetunion versteht man unter einer »Dynama« ein kokettes Frauenzimmer, das sich erst auf Kosten eines Mannes fürstlich bewirten läßt, dann dem armen Freier weismacht, sie wolle sich nur schnell mal die Nase pudern, und auf Nimmerwiedersehen verschwindet. Doch ihre Freunde zeigten Erbarmen und riefen sie Dynka. Ihre schwarzen Augen rollten ängstlich über gewaltigen Backenknochen. Ihr Haar war zu zwei Rattenschwänzen gebunden, die aussahen wie schwarze Flügel.

Um dem traurigen Anlaß Rechnung zu tragen, hatte Natascha auf den Lippenstift verzichtet, trug aber zum Ausgleich einen großen Kamm im Haar. Hinter ihrem Rücken nannte man sie Tschaika, nach der ausladenden Limousine. Es wäre ihr ein leichtes gewesen, Stas Namin mit einer einzigen Umarmung zu ersticken; Jagger hätte gegen sie erst recht keine Chance gehabt. Sie war eine Kugelstoßerin mit einem Herzen wie Carmen.

»Sina war ein braves Mädchen, sehr beliebt, sie brachte Leben aufs Schiff«, sagte Madame Malsewa und saß da, als hielte sie Soiree in einem Salon, trug einen quastengeschmückten Schal um die Schultern und stopfte ein Satinkissen, auf dem über aufgestickten Wellen die Einladung prangte: Besuchen Sie Odessa. »Wo immer es was zu lachen gab, war unsere Sina dabei.«

»Sina war so lieb zu mir«, sagte Dynka. »Wie oft ist sie zu mir in die Wäscherei gekommen und hat mir ein ›Sandwiss‹ gebracht.« Wie die meisten Usbeken konnte sie das »tsch« nicht aussprechen; sie ließ es einfach unter den Tisch fallen.

»Sie war eine aufrechte Arbeiterin der Sowjetunion und wird uns allen sehr fehlen.« Natascha war Parteigenossin und hatte als solche die Begabung, wie eine Tonbandaufnahme zu klingen.

»Ihre Aussagen sind sehr wertvoll für uns«, sagte Slawa.

Eine der beiden oberen Kojen war abgezogen. In einem Pappkarton, genormt für dreißig Kilo Fisch, lagen Kleider, Schuhe, ein Stereorecorder, Kassetten, Lockenwickler und Bürsten, ein graues Notizbuch, ein Schnappschuß von Sina im Badeanzug, ein anderer von ihr und Dynka und ein indonesischer Schmuckkasten, bezogen mit buntem Stoff und mit Spiegelscherben beklebt. Über der Koje war eine Tafel im Schott verschraubt, die den Posten der Besitzerin in einem Notfall anzeigte. Sinas Platz wäre bei den Feuerlöschern in der Küche gewesen.

Arkadi hätte auf Anhieb sagen können, wem die anderen Kojen gehörten. Eine ältere Frau hatte traditionsgemäß Anspruch auf eine untere; Madame Malsewas war mit Kissen aus verschiedenen Häfen bestückt – Sotschi, Tripolis, Tanger –, so daß sie wie auf einem weichen Atlas ruhen konnte. Nataschas Koje schmückte eine Auswahl von Faltblättern wie »Aufklärung über die Folgen sozialdemokratischen Abweichlertums« und »Der sichere Weg zu einem reinen Teint«. Vielleicht führte eins zum anderen; das wäre ein wirklicher Durchbruch für die Leute vom Propagandaministerium. Auf Dynas oberer Koje thronte ein Spielzeugkamel. Mit mehr Gespür für ihre Umgebung, als Männer es besaßen, hatten diese Frauen aus ihrer Kabine ein richtiges Zuhause gemacht, Arkadi kam sich vor wie ein Eindringling.

»Was uns beschäftigt«, sagte er, »ist die Frage, wieso niemand Sinas Verschwinden bemerkt hat. Sie haben die Kabine mit ihr geteilt. Wieso ist Ihnen nicht aufgefallen, daß sie einen Tag und eine ganze Nacht lang weg blieb?«

»Ach, sie war so ein unternehmungslustiges Mädchen«, sagte die Malsewa, »und dann hatte sie ja auch eine andere Schicht als wir. Sie wissen doch, Arkascha, wir arbeiten nachts. Sie dagegen hatte tagsüber Dienst. Manchmal haben wir Sina tagelang nicht angetroffen. Ich kann es gar nicht fassen, daß wir sie nie wiedersehen werden.«

»Ich kann mir gut vorstellen, wie nahe Ihnen das geht.« Arkadi hatte Madame Malsewa bei einigen Kriegsfilmen weinen sehen, auch als Deutsche erschossen wurden. Während die übrigen Zuschauer grölten: »Macht sie fertig, die Schweine!«, hatte die Malsewa in ihre Babuschka geschluchzt.

»Sie hat sich meine Duschhaube ausgeliehen, und ich hab sie nie zurückbekommen.« Die alte Frau sah aus trockenen Augen zu ihm auf.

»Wir sollten auch von den anderen Genossinnen Auskünfte einholen«, schlug Slawa vor.

»Hatte Sina Feinde?« fragte Arkadi. »Wüßten Sie jemanden, der ihr übel gesinnt war?«

»Nein!« riefen die drei Frauen im Chor.

»Für eine solche Frage besteht kein Anlaß«, warnte Slawa.

»Schön, streichen wir das. Und was hat Sina sonst noch gehört?« Arkadis Blick glitt forschend über die Fotomontage auf der Schranktür.

»Das da ist ihr Neffe.« Dynkas Finger deutete zaghaft auf einen Schnappschuß von einem dunkelhaarigen Jungen, der eine Weintraube mit Beeren so groß wie Feigen vor die Kamera hielt.

»Und das ist ihre Lieblingsschauspielerin.« Natascha zeigte auf ein Bild von Melina Mercouri mit Schmollmund, aus dem sich Zigarettenrauch kräuselte. Hatte Sina sich etwa als temperamentvolle Griechin gesehen?

»Hatte sie einen Freund?« fragte Arkadi.

Die Frauen sahen einander wie ratsuchend an. Schließlich antwortete Natascha: »Soweit wir wissen, gab es da niemand Spezielles.«

»Keinen einzelnen Mann«, ergänzte die Malsewa.

Dynka kicherte. »Nein, wahrhaftig nicht.«

»Am besten fährt immer der, der sich mit allen Genossen verbrüdert«, sagte Slawa.

»Haben Sie Sina auf der Tanzveranstaltung gesehen? Waren Sie dabei?« fragte Arkadi die Frauen.

»Nein, Arkascha, nicht in meinem Alter.« Die Malsewa gab sich geziert. »Und außerdem wurde in der Fabrik doch noch Fisch verarbeitet, während oben das Fest stattfand, wissen Sie das nicht mehr? Natascha, warst du nicht krank an dem Abend?«

»Ja.« Als Slawa, der Musiker, zusammenzuckte, fügte Natascha hastig hinzu: »Ich hab vielleicht mal kurz reingeschaut.« In einem Kleid, mutmaßte Arkadi.

»Und Sie, waren Sie auf dem Fest?« wandte sich Arkadi an Dynka.

»Ja. Aber die Amerikaner tanzen wie die Affen. Sina war die einzige, die tanzen konnte wie sie.«

»Auch *mit* ihnen?« wollte Arkadi wissen.

»Ich finde, wenn diese Amerikaner tanzen, dann hat das was gefährlich Sexuelles, direkt ungesund«, sagte Madame Malsewa.

»Das Fest sollte die Freundschaft zwischen den Arbeitern beider Nationen fördern«, erklärte Slawa. »Was spielt es schon für eine Rolle, mit wem sie getanzt hat. Nur weil sie später in derselben Nacht einen Unfall hatte?«

Arkadi leerte den Karton mit Sinas persönlicher Habe auf ihrer Koje aus. Den Kleidern, allesamt ausländischen Fabrikats, sah man an, wie oft sie getragen waren. Nichts in den Taschen. Kassetten von den Rolling Stones und mit Dire-Straits-Medleys, der Recorder von Sanyo. Er fand keinen Ausweis, was ihn aber nicht weiter überraschte; ihr Soldbuch und Visum lagen sicher im Schiffssafe. Im Hohlraum hinter der Koje fanden sich Lippenstifte und Parfumflaschen; wie lange würde der Duft von Sina Patiaschwili noch in der Kabine nachwirken? In ihrem Schmuckkästchen lagen eine unechte Perlenkette und ein halbes Kartenspiel, lauter Herzdamen. Außerdem ein Bündel »Pinkies«, Zehn-Rubel-Scheine, mit einem Gummiring zusammengehalten. Im Augenblick hatte er nicht die Zeit, Sinas Sachen gründlicher zu durchsuchen. Er stopfte alles zurück in den Karton.

»Ist das alles?« fragte er. »Ihre Kassetten zum Beispiel, sind das alle?«

Natascha rümpfte die Nase. »Ihre heißgeliebten Kassetten. Sie hat immer Kopfhörer benutzt. Wir haben von ihrer Musik nie was mitgekriegt.«

»Was suchen Sie eigentlich?« fragte Slawa gereizt. »Ich bin es leid, immer wie ein dummer Junge daneben zu stehen.«

»Aber ich bitte Sie! Ihnen ist doch sowieso schon klar, was passiert ist. Ich bin hier der Begriffsstutzige. Ich muß mich Schritt für Schritt an die Sache rantasten. Ich danke Ihnen«, sagte er zu den drei Frauen.

»Das ist alles, Genossinnen«, schnarrte Slawa im Kommandoton und griff nach dem Karton. »Den nehme ich.«

An der Tür drehte Arkadi sich noch einmal um und fragte: »Hat sie sich gut amüsiert auf dem Fest?«

»Schon möglich«, antwortete Natascha. »Genosse Renko, vielleicht sollten Sie auch mal zum Tanzen gehen. Es wäre wünschenswert, daß die Intelligenzija Kontakt zur Arbeiterklasse findet.«

Wie Natascha dazu kam, ihn mit diesem Etikett zu versehen, konnte Arkadi sich nicht erklären; die Fabrikstraße, in der er arbeitete, war keinesfalls eine Philosophenallee. Aber er spürte etwas Bedrohliches in Nataschas Miene, und um dem auszuweichen, fragte er Dynka: »Hatten Sie den Eindruck, daß es ihr vielleicht nicht gutging? War sie womöglich krank?«

Dynka schüttelte so heftig den Kopf, daß ihre Rattenschwänze durch die Luft flogen. »Sie war bester Laune, als sie das Fest verließ.«

»Um wieviel Uhr war das? Und wo ging sie hin?«

»Nach achtern. Wie spät es da war, das kann ich nicht sagen. Aber die anderen tanzten noch.«

»Wer hat sie begleitet?«

»Niemand. Sie war allein. Aber sie war glücklich, wie eine Märchenprinzessin.«

Er stand vor einem Phantasiegebilde, das weitaus blumiger war als die, welche Menschen sich normalerweise zusammenträumen. Diese Frauen glaubten allen Ernstes, sie könnten die Weltmeere besegeln und dabei all die üblichen Intrigen eines Frauenlebens weiterspinnen, so als sei es völlig undenkbar, daß jemand in die weite See hinausstürzte und einfach verschwand. Aber in den zehn Monaten, die er nun schon an Bord verbrachte, hatte Arkadi mehr und mehr das Gefühl gewonnen, daß der Ozean ein leerer Raum war, ein Vakuum, das die Menschen in jedem Augenblick verschlingen konnte. Sie täten gut daran, dachte er, in ihren Kojen zu bleiben und sich um ihr Leben zu sorgen, wenn sie einen Fuß an Deck setzen.

Als Slawa und Arkadi aufs Oberdeck kamen, sahen sie Wainu kraftlos über der Reling hängen. Sein Laborkittel war mit Blut und Schleim besudelt. Als er sie kommen sah, hob er zwei Finger.

»Noch zwei«, stieß er hervor und drehte das Gesicht wieder in den Wind.

Ein leerer Raum oder ein Quell von zuviel Leben. Du hast die Wahl, dachte Arkadi.

5

In gehobener Stimmung folgte Arkadi dem Dritten Maat zum Heck. Ihm war, als könnte er die Szenerie vor sich einatmen: eine einsame Gestalt an der Reling, im Mittelgrund ein Fangboot, tintenschwarze Wellen, die sich mit grauen Nebenschwaden vermischten. Eine willkommene Abwechslung nach der klaustrophobischen Atmosphäre unten in der Fabrik.

»Sehen Sie sich gefälligst um«, befahl Slawa. »Angeblich sind Sie doch der Experte, also träumen Sie nicht.«

»Richtig.« Arkadi blieb gehorsam stehen und drehte sich um. Viel zu sehen gab es allerdings nicht: Winschen und Klampen, angestrahlt von drei Scheinwerfern, die sogar am hellen Mittag wie giftige Monde glühten. In der Mitte des Decks befand sich ein offener Treppenschacht, der zu einem Absatz direkt über der Heckrampe führte. Heckrampen waren ein wichtiger Bestandteil des modernen Trawlerfischfangs: Die Rampe der *Polar Star* begann an der Wasserlinie und führte dann wie durch einen Tunnel bis hinauf zum Trawldeck auf der anderen Seite des Achterraums. Sichtbar war nur das Stück unter dem Schacht, und alles, was er auf dem Trawldeck ausmachen konnte, waren die Spitzen der Kräne und Ladebäume hinter dem Schornstein, um den sich Ölfässer, Ersatztaue und Ankertrossen stapelten. Auf dem Bootsdeck hingen Rettungsboote an Davits. Auf einer Seite lagen Gerätschaften zur Selbsthilfe in Notfällen: Brandäxte, eine Spitzhacke, Fischhaken und Spaten; als ob man ein Feuer bekämpfen könnte wie ein feindliches Heer, dachte er.

»Na und?« fragte Slawa ungeduldig. »Nach Aussage des Mädchens wollte Sina hierher. Glücklich wie eine Märchenprinzessin, das hat sie doch gesagt.« Er stockte, blieb stehen und flüsterte Arkadi zu: »Susan.«

»Suu-san?« Das war mal ein Name wie geschaffen für die russische Zunge.

»Scht!« Slawa wurde rot.

Die Gestalt an der Reling trug eine Segeltuchjacke mit Kapuze, unförmige Hosen und Gummistiefel. Arkadi hatte sich stets von den Amerikanern ferngehalten. In die Fabrik hinunter kamen sie nur selten, und an Deck hatte er dauernd das Gefühl, man beobachte ihn, erwarte geradezu, daß er mit ihnen Kontakt aufnehmen würde und daß er, täte er es tatsächlich, nicht nur sich, sondern auch die Amerikaner kompromittieren würde.

»Sie holt ein Netz rüber.« Slawa hielt Arkadi in respektvoller Entfernung zurück.

Susan Hightower stand mit dem Rücken zu ihnen und sprach in ein tragbares Funkgerät. Es klang, als antworte sie der *Eagle* auf englisch und erteile der Brücke der *Polar Star* zwischendurch Anweisungen auf russisch. Das Fangboot näherte sich, sein Bug teilte die Wellen. Plötzlich hörte Arkadi unter sich ein Rasseln. Als er in den Treppenschacht hinunterblickte, sah er ein Ankertau mit verschrammten rot-weißen Bojen die gerillte, rostbraune Schräge der Rampe hinunterkollern. »Solange sie zu tun hat«, sagte er, »können wir uns ja schon mal mit den anderen unterhalten.«

»Sie ist die Chefbevollmächtigte. Die Höflichkeit gebietet, daß wir zuerst mit ihr reden.«

Höflichkeit? Da standen sie bibbernd an Deck, ohne daß man Notiz von ihnen nahm, aber Slawa bemühte sich krampfhaft um Einhaltung der Etikette.

Auf dem Wasser straffte sich das Tau, während erst fünfundzwanzig, dann fünfzig und schließlich hundert Meter Kabel ausgerollt wurden. Jede Boje ritt auf ihrem eigenen Wellenkamm. Sobald die Leine voll ausgefahren war, drehte das amerikanische Boot nach Backbord bei und hielt sich dann auf gleicher Höhe neben dem Fabrikschiff.

»Das ist einfach faszinierend!« rief Slawa begeistert.

»Ja.« Arkadi drehte sich mit dem Rücken zum Wind. Auf dieser Länge gab es zwischen Nord- und Südpol weit und breit keinen Flecken Land, und jede Brise frischte rasch auf.

»Sie wissen ja, wie dicht die Schiffe bei uns in der Flotte normalerweise auffahren, wenn der Fang übergeben wird«, fuhr Slawa fort. »Dabei ist schon so mancher Rumpf lädiert worden und . . .«

»Ein lädierter Rumpf ist das Markenzeichen der sowjetischen Flotte«, fiel Arkadi ein.

»Dieses ›No-Contact‹-System, das die Amerikaner uns beigebracht haben, das funktioniert tadellos, aber es ist komplizierter und erfordert mehr Geschicklichkeit.«

»Wie Sex zwischen Spinnen«, sagte Susan, ohne sich umzudrehen.

Arkadi bewunderte die Manövriertechnik. Von dem amerikanischen Trawler warf ein Fischer mit sicherer Hand einen Landungshaken über die Schleppleine. Ein zweiter führte die Leine am Schandeckel vorbei zum Heck, wo ein prall gefülltes Netz das schmale Deck des Trawlers füllte. »Sie koppeln an«, meldete Susan auf russisch durchs Funkgerät.

Wie Sex zwischen Spinnen? Ein interessanter Vergleich, dachte Arkadi. Eine Bogenleine war relativ dünn. Es galt nicht nur, die Distanz zwischen den Schiffen exakt zu beurteilen, sondern auch ihre meist gegenläufige Bewegung durch den Wellengang. Wenn die Fahrzeuge zu weit auseinandertrieben, konnte die Leine unter der Anspannung reißen; waren sie sich zu nah, kam das Netz entweder nicht vom Trawler hoch oder sackte wieder zurück aufs Deck, wo der vertikale Zug das Seil sprengen konnte und Gerätschaften und Fisch im Wert von rund hunderttausend Dollar, nach amerikanischem Kurswert, zum Teufel gehen ließ.

»Wir holen ein«, sagte Susan, als das Netz vom Deck des Trawlers abhob. Schlagartig verlor die *Polar Star* unter dem Gewicht des Netzes einen halben Knoten Fahrt. Das Fangboot drehte ab, und gleichzeitig begannen die Winschen auf dem Trawldeck des Fabrikschiffs die Leine einzuholen.

Susan streifte Arkadi nur mit einem flüchtigen Blick, als er neben sie an die Reling trat. Sie muß ganze Lagen von Pullovern und Hosen übereinandertragen, daß sie so unförmig aussieht, dachte Arkadi, denn sie hatte ein auffallend schmales Gesicht. Ihre Augen waren braun und wirkten jetzt so konzentriert wie die eines Mädchens, das eine Kür auf einem Schwebebalken absolviert und sich nicht im mindesten um das kümmert, was rings um sie vorgeht.

»Fünfzig Meter«, sagte sie auf russisch.

Möwen sammelten sich über ihnen. Arkadi fand es immer wieder rätselhaft, daß, wo eben noch kein einziger Vogel zu sehen gewesen war, im nächsten Augenblick gleich Dutzende auftauchten, als sei der Nebel ein Zaubermantel, dem sie entstiegen.

Hinter dem Vorgeschwader der Bojen wogte das ankommende Netz mit naßschimmerndem, orange-schwarzem Plastikhaar auf die *Polar Star* zu. Ein Trawlmaster lief über Deck und rannte die Stufen des Schachts hinunter, um seinen Posten auf dem Absatz der Rampe einzunehmen. Das dünne Kabel tauchte straff und triefend aus dem Wasser. Bojen hüpften die Rampe hinauf. An seinem Stahlbügel wurde das Netz aus dem Wasser und über den unteren Rand der Rampe gehievt.

»Jetzt vorsichtig nachlassen!« kommandierte Susan.

Die *Polar Star* drosselte ihre Fahrt, bis das Schiff fast auf der Stelle stampfte. Es bedurfte äußerster Vorsicht, dreißig Tonnen Fisch einzuholen, die, sobald sie über Wasser kamen, ihr Gewicht fast verdoppelten. Nur eine Spur zuviel Spannung auf der Winsch, eine ruckhafte Vorwärtsbewegung des Schiffes, und das Seil würde reißen. Andererseits konnte der völlige Stillstand der Maschinen das Netz in die Schiffsschraube treiben lassen. Langsam, aber stetig manövrierte das Kabel seine Fracht bis auf halbe Höhe der Rampe, während das Schiff im Schrittempo dahintrieb. Wie erschöpft hielt das Netz in seiner Bewegung inne, Wasser schoß in Strömen heraus und spülte Krabben und Seesterne mit ins Freie.

»Sie arbeiten also in der Fabrik?« wandte Susan sich an Arkadi.

»Ja.«

»Der geheimnisvolle Fremde aus der Unterwelt.«

Slawa zog Arkadi zum Treppenschacht. »Stören Sie sie jetzt nicht.«

Über das Geländer vor dem Schacht sahen sie unten den Trawlmaster winken, als die Stahlnetzsicherung an der Rampe hochging und zwei Männer mit Sturmhelmen, Schwimmwesten und Rettungsleinen um die Taille schwere Führungskabel hinunter zum Netz schleppten. Je näher sie dem Netz kamen, desto steiler neigte sich die Förderrinne dem Wasser entgegen. Ein Scheinwerfer im Schacht markierte die Stelle, wo die Rampe, gleich unter der Ausbauchung des Netzes, abrupt endete.

Der erste der beiden Männer kam ins Rutschen, stieß einen Schrei aus und klammerte sich an die Rettungsleine. Es war der Matrose Pawel, die Augen vor Schreck weit aufgerissen.

Der Trawlmaster oben auf dem Absatz rief ihm ermutigende Worte zu. »Mann, du torkelst da rum wie ein Besoffener beim Tanzen. Willst du vielleicht noch ein Paar Schlittschuhe?«

»Karp«, sagte Slawa voller Bewunderung.

Karps Sweater spannte sich über breiten Schultern. Er wandte den wuchtigen Schädel und zeigte grinsend seine Goldzähne. Er und seine Männer hatten eine Extraschicht eingelegt; auch aus diesem Grund waren sie beim Ersten Maat besonders beliebt. »Wenn wir erst die Eisdecke erreicht haben«, brüllte er hinauf, »dann wird Pawel auf der Rampe erst richtig Schlittschuh laufen.«

Arkadi fiel das halbgeflickte Netz ein, das er kurz vorher auf dem Trawldeck gesehen hatte.

»Haben Sie Sina rausgeschnitten?« rief er zu Karp hinunter.

»Genau.« Das goldblitzende Lächeln verschwand. »Was dagegen?«

»Durchaus nicht.« Arkadi fand es einfach nur interessant, daß Karp Korobets, dieses Muster eines Trawlmasters, es riskiert hatte, ein teures amerikanisches Netz zu ruinieren, statt es wie gewohnt auszuleeren und zu warten, bis der Leichnam von allein herauskam.

Unter ihnen bemühte sich Pawel, die Netzschließen zu entwirren, damit sein Kamerad die G-förmigen Haken des Führungskabels befestigen und so die Bojenleine entlasten konnte. Es war schon schlimm genug, wenn ein Kabel auf offenem Deck riß und davonschnellte; nicht auszudenken, was eine solche Panne im engen Tunnel der Rampe anrichten würde.

»Waren Sie auch auf der Tanzgeschichte?« rief Arkadi zu Karp hinunter.

»Nein«, brüllte Karp. »Übrigens, Renko, Sie haben immer noch nicht meine Frage beantwortet. Bei was für einer Sauerei hat man Sie damals geschnappt?«

Arkadi hörte einen leichten Moskauer Akzent heraus.

Susan drehte sich um. »Habt ihr da hinten ein Problem?«

Im selben Augenblick verlor Pawel wieder den Halt; diesmal rutschte er auf dem Bauch bis halb über das Netz, ehe die Rettungsleine seinen Sturz bremsen konnte. Ein Brecher schwappte über die Rampe, riß das Netz hoch und ließ es dann langsam auf ihn niederrollen. Arkadi hatte erlebt, wie Männer auf diese Weise den Tod fanden. Das Gewicht blockierte die Atemwege, und außerdem wurde ein Teil des Netzes immer wieder von Wellen überspült. Pawels Kollege rief ihn an und zerrte am Rettungsseil, doch er war machtlos gegen die zwanzig Tonnen Fisch, unter die

Pawel geraten war. Da half auch kein Schreien. Als der nächste Brecher hereinschlug, rollte das Netz noch heftiger hin und her, wie ein Walroß, das einen jungen Seehund zerquetscht. Das zurückflutende Wasser versuchte den Fang mit zurück ins Meer zu reißen, und sein Sog kappte die Rettungsleine.

Karp hechtete vom Treppenabsatz hinunter aufs Netz – was bedeuteten bei zwanzig Tonnen schon zwei Zentner mehr? Der nächste Brecher tauchte ihn bis zur Taille in eiskaltes Wasser, doch er klammerte sich mit eiserner Faust ans Netz, während er mit der anderen Hand Pawel aus dem Plastiktang des Häckselhaars herauszerrte. Karp lachte. Als sich Pawel dann spuckend und pustend wieder aus eigener Kraft auf den Beinen halten konnte, hangelte sich der Trawlmaster vor zum Scherbrett und half, die G-förmigen Haken einzuklinken. Das ganze Rettungsmanöver hatte nur Sekunden gedauert. Worüber Arkadi am meisten staunte war, daß Karp auch nicht einen Augenblick gezögert hatte; er hatte so unvermittelt und schnell gehandelt, als erforderte die Rettung eines Menschenlebens nicht mehr Mut als eine Riesenwelle am Reck.

Der Trawler glitt zurück ins Kielwasser der *Polar Star,* um die Ertragsmeldung seines Fanges abzuwarten – so viele Tonnen, davon so viel Seezunge, Krabben, Schlamm. Möwen umflatterten die Öffnung zur Rampe, auf jeden kleinen Fisch lauernd, der vielleicht noch durch die Maschen schlüpfte.

»Einer von den Schleimputzern hat uns jetzt hier gerade noch gefehlt«, sagte Susan zu Slawa. »Bringen Sie ihn in meine Kabine.«

Als die G-Haken alle festsaßen, beeilten sich Karp und seine Männer, wieder die Rampe heraufzukommen; Schritt für Schritt zogen sie sich an der einen noch verbliebenen Rettungsleine nach oben. Hinter ihnen kam das Netz in Bewegung. Die *Polar Star* hatte ein Plansoll zu erfüllen, fünfzigtausend Tonnen Fisch pro Reise – tiefgefrorene Filets, Fischmehl und Lebertran für eine Nation, die nach Proteinen lechzte, um die notwendigen Muskeln für den Siegeszug des Kommunismus auszubilden. Schätzungsweise zehn Prozent des gesamten Fanges gingen schon an Bord durch Gefrierschwund verloren, weitere zehn Prozent mußten nach der Landung als verdorben aussortiert werden, zehn Prozent wurden zwischen Hafenmeister und Flottenkommandant aufgeteilt, zehn Prozent gingen auf unbefestigten Straßen verloren, die in Dörfer führten, in denen es vielleicht einen funktionierenden Kühlschrank zur Rettung der weitgereisten Filets gab; vielleicht aber auch nicht.

Kein Wunder also, daß das Netz so ungeduldig dem Trawldeck entgegenstrebte.

Slawa bugsierte Arkadi übers Trawldeck nach vorn und mittschiffs an dem weißen Schuppen vorbei, in dem der Maschinist seine Werkstatt hatte. »Ist ihr Russisch nicht unglaublich?« fragte er. »Praktisch ohne Akzent. Susan ist eine fantastische Frau. Sie spricht unsere Sprache tatsächlich noch um etliches besser als diese Usbekin – wie heißt sie doch gleich?«

»Dynka.«

»Richtig, Dynka. Kein Mensch spricht heute mehr einwandfreies Russisch.«

Was stimmte. Besonders Russen mit Blick nach oben benutzten das immer beliebtere »Politbüro-Ukrainisch«. Seit Chruschtschow sprach die Führungselite des Landes, die zumeist aus der Ukraine stammte, ein primitives, holpriges Russisch, was nach und nach dazu geführt hatte, daß im Kreml praktisch jeder, ob er nun aus Samarkand oder aus Sibirien kam, der Aussprache nach auch in Kiew hätte geboren sein können.

»Sagen Sie doch mal Ihren Namen«, bat Arkadi.

»Slawa.« Bukowski beäugte Arkadi mißtrauisch. »Ich weiß zwar nicht genau, was los ist, aber ich habe das Gefühl, Sie machen dauernd irgendwelche Anspielungen.«

Auf dem dunklen Streif am Horizont, wo Nebel und Wasser zusammenflossen, tanzte das Licht eines anderen Fangbootes, das eben sein Schleppnetz ausgeworfen hatte.

»Wie viele Fahrzeuge haben wir eigentlich bei uns?« fragte Arkadi.

»Normalerweise eine Viererflotte: die *Alaska Miss,* die *Merry Jane,* die *Aurora* und die *Eagle*.«

»Und die waren alle auf dem Fest?«

»Nein, die *Alaska Miss* stand gerade vor einem Mannschaftswechsel, und die *Aurora* hatte Probleme mit dem Lenkgetriebe. Da wir für die Nacht den Fang bereits eingestellt hatten und sowieso als nächstes nach Dutch Harbor kommen, haben sie sich entschlossen, den Hafen schon früher anzulaufen. Auf dem Fest waren nur die Leute von den beiden Booten, die auch jetzt noch mit uns fahren.«

»Ist die Band gut?«

»Es gibt schlechtere«, antwortete Slawa diplomatisch.

Das Vorderdeck teilte sich in einen Volleyballplatz und das Verladedeck, über das sie eben gingen. Das Spielfeld war eingezäunt. Trotzdem landete ab und zu ein Ball im Wasser; wenn das passierte, steuerte der Kapitän die *Polar Star* genau bis zu der Stelle zurück, wo sie den Ball verloren hatten, ein Manöver, das ungefähr so haarig war wie die Aufgabe, eine riesige Muttersau durch zähen Morast an einen bestimmten Platz zu bugsieren. Aber Volleybälle waren eben rar im Beringmeer.

Die Amerikaner an Bord waren im Vorderhaus untergebracht, auf dem Deck unter den Offizierskabinen und der Brücke. Susan mußte jeden Augenblick kommen. Arkadi und Slawa trafen auf ihre drei Landsleute. Bernie war der sommersprossige Jüngling, den Arkadi und Wolowoi vor der Cafeteria getroffen hatten. Sein Freund Day trug eine Nickelbrille, die den puppenhaften Gelehrtenernst seiner Miene noch unterstrich. Beide trugen Jeans und Sweater, die zwar abgetragen, dennoch von deutlich besserer Qualität waren als die Kleidung der russischen Mannschaft. Lantz war von der Fischereiwirtschaft der USA als Beobachter entsandt, der dafür zu sorgen hatte, daß die *Polar Star* keine geschützten Arten an Bord nahm und sich an die vorgeschriebenen Bestimmungen hielt. Da er gleich Dienst hatte, trug er einen ölverschmierten Overall, ein kariertes Hemd mit Gummistulpen an den Ärmeln und an einer Hand einen Gummihandschuh; aus seiner Hemdtasche hing wie ein Taschentuch ein Operationshandschuh. Eine Zigarette im Mundwinkel, döste er vor sich hin und mußte sich wegen seiner Größe auf der kleinen in die Kabine eingebauten Bank förmlich zusammenrollen. Während sie auf Susan warteten, unterhielt Slawa sich mit den dreien auf russisch, so angeregt und unbefangen, wie es seiner Meinung nach unter Freunden, Alters- und Gesinnungsgenossen üblich war.

Susans Kabine war an sich nicht sonderlich komfortabler als die Quartiere der Mannschaften. Immerhin, zwei Kojen statt vier, und als einzige Amerikanerin hatte sie den Raum für sich allein. In einer Ecke stand ein halbhoher ZIL-Kühlschrank. Es roch nach Pulverkaffee. Auf der oberen Koje eine Schreibmaschine, Aktenordner und in Kartons gestapelte Bücher – Pasternak, Nabokov, Blok. Arkadi sah russischsprachige Ausgaben, die sich in jeder sowjetischen Buchhandlung binnen Sekunden verkauft oder die in einer Moskauer Seitengasse für Hunderte von Rubeln den Besitzer gewechselt hätten. Kartons, die Gold wert waren. Und Susan konnte das alles lesen?

Day bat Slawa gerade: »Bitte noch einmal. Wer ist er?«

»Unsere Arbeiter sind vielseitig. Genosse Renko ist eigentlich in der Fabrik beschäftigt, aber er hat auch Erfahrung mit Unfallrecherchen.«

»Das mit Sina ist schrecklich«, sagte Bernie. »Sie war 'ne Wucht.«

Lantz blies einen Rauchkringel und erkundigte sich dann träge auf englisch: »Woher willst du das wissen?«

»Was ist ihr eigentlich zugestoßen?« fragte Day.

Arkadi stöhnte innerlich, als Slawa antwortete: »Es scheint, ihr ist schlecht geworden, weshalb sie an Deck ging, wo sie dann womöglich das Gleichgewicht verloren hat.«

»Und dann womöglich im Netz wieder hochgekommen ist?« fragte Lantz.

»Hat jemand gesehen, wie sie über Bord fiel?« fragte Bernie.

»Nein«, sagte Slawa. Das war der Hauptfehler, den Neulinge bei Ermittlungen machten: die Neigung, Fragen zu beantworten, statt sie zu stellen. »Es war stockdunkel und neblig. Sie war allein. So was passiert eben manchmal auf See. Tja, das ist vorläufig alles, was wir an Informationen haben, aber wenn Sie etwas wissen . . .«

Slawa zu assistieren, das war, als folge man einem Lemming. Die drei Amerikaner zuckten die Achseln und sagten im Chor: »Nein.«

»Eigentlich sollten wir auf Susan warten, aber ich glaube nicht, daß wir noch Fragen haben«, wandte Slawa sich an Arkadi.

»Ich jedenfalls nicht«, sagte Arkadi und fügte auf englisch hinzu: »Ihr Russisch ist ausgezeichnet.«

»Wir studieren noch«, antwortete Day. »Diesen Job haben wir nur angenommen, um unser Russisch zu verbessern.«

»Und ich staune, wie gut Sie unsere Mannschaft kennen.«

»Alle kannten Sina«, sagte Bernie.

»Sie war sehr beliebt«, sagte Day.

Arkadi merkte, wie Slawa das Gespräch im stillen übersetzte, bemüht, den Faden nicht zu verlieren.

»Sie hat in der Mannschaftsküche gearbeitet«, sagte Arkadi zu Day. »Sind Sie auch von ihr bedient worden?«

»Nein, wir essen in der Offiziersmesse. Sina hat nur zu Anfang der Reise da gearbeitet, dann wurde sie versetzt.«

»Später haben wir sie eigentlich nur noch an Deck gesehen – genauer gesagt an der Heckreling«, sagte Bernie.

»Ist das Ihr Posten?«

»Ja. Einer von uns ist immer am Heck, wenn der Fang übergeben wird. Sina kam rauf und sah sich zusammen mit uns an, wie das Netz eingeholt wurde.«

»Oft?«

»O ja.«

»Und Sie arbeiten wo?« erkundigte Arkadi sich bei Lantz.

»Auf dem Trawldeck.«

»Sie hatten Dienst, als das Netz mit Sina an Deck kam?«

Lantz klopfte sich Zigarettenasche vom Sweater und setzte sich auf. Für seine Größe hatte er einen erstaunlich kleinen Kopf, sein penibel frisiertes Haar ließ auf einen Narzißten schließen. »Es war eine kalte Nacht. Ich bin reingegangen und hab einen Tee getrunken. Die Matrosen wissen, daß sie mir Bescheid geben sollen, wenn ein Netz die Rampe hochkommt.«

Sogar bei dem Krach, der unten in der Fabrik herrschte, konnte Arkadi hören, wann ein Netz an Bord kam; er merkte es am schrillen Kreischen der hydraulischen Winsch und dem Drosseln der Maschinen von halber auf langsame Fahrt, wenn das Netz aus dem Wasser auftauchte, und schließlich wieder dem Wechsel zurück auf halbe Fahrt, wenn das Netz auf der Rampe gelandet war. Selbst im Schlaf wußte er, wann eine Ladung Fisch an Bord kam. Niemand hatte Lantz von seiner Teepause fortzurufen brauchen.

»Hat Ihnen das Fest gefallen?« fragte Arkadi.

»Großartig«, sagte Bernie.

»Vor allem Slawas Band«, lobte Day.

»Haben Sie mit Sina getanzt?« fragte Arkadi weiter.

»Sina interessierte sich mehr für die Motorradclique«, sagte Lantz.

»Clique?«

»Ein paar von den Fischern«, erklärte Bernie. »Amerikaner, keine von Ihren Leuten.«

»Mann, Ihr Englisch ist wirklich gut«, sagte Day anerkennend. »Sie sind aus der Fabrik?«

»Einer von den Schleimputzern.« Susan kam herein und warf ihre Jacke auf eine der Kojen. Sie streifte eine Wollmütze vom Kopf, unter der kurzgeschnittenes, dichtes blondes Haar zum Vorschein kam. »Sie haben ohne mich angefangen, Slawa. Aber ich bin hier der Chef. Sie wissen doch, daß Sie ohne mich nicht mit meinen Leuten zu reden haben.«

»Tut mir leid, Susan«, sagte Slawa zerknirscht.

»Schon gut, ich wollte das bloß klarstellen.«

»Ja, natürlich.«

Susan hatte unverkennbar das Kommando übernommen, und zwar mit jener herrischen Art, in der kleine Leute sich manchmal in den Mittelpunkt des Geschehens rücken. Ihr Blick schoß wie zum Appell durch die Kabine.

»Es geht um Sina und die Party«, sagte Bernie. »Dieser Renko hier, den Slawa mitgebracht hat, behauptet zwar, er hätte keine Fragen, aber ich glaube doch, daß er einiges wissen möchte.«

»Und er stellt seine Fragen auf englisch«, sagte Susan. »Ich hab's gehört.« Sie wandte sich jetzt direkt an Arkadi. »Sie möchten also wissen, wer mit Sina getanzt hat? Schwer zu sagen. Es war dunkel, und alle hopsten kreuz und quer durcheinander. Eben noch tanzte man zu zweit, im nächsten Augenblick schon zu viert, mit Frauen, mit Männern oder auch mit Frauen und Männern. Wie Wasserpolo ohne Wasser. Aber reden wir von Ihnen. Wie ich von Slawa höre, haben Sie Erfahrung mit Unfällen?«

»Genosse Renko hat früher als Ermittlungsbeamter für die Moskauer Staatsanwaltschaft gearbeitet«, sagte Slawa.

»Und was haben Sie da untersucht?«

»Sehr schwere Unfälle.«

Sie musterte Arkadi wie einen Schauspieler, der für eine Rolle vorspricht und nicht gut dabei abschneidet. »Wie praktisch, daß Sie zufällig in der Fabrik dieses Schiffes arbeiten. Ein Ermittlungsbeamter, der den ganzen Weg von Moskau hierhergekommen ist? Und fließend Englisch spricht? Um hier Fische auszunehmen?«

»Die Sowjetunion garantiert ihren Bürgern Vollbeschäftigung«, sagte Arkadi.

»Na schön«, sagte Susan. »Doch schlage ich vor, daß Sie sich alle weiteren Fragen für Ihre Sowjetbürger aufsparen. Sina ist ein sowjetisches Problem. Wenn mir zu Ohren kommt, daß Sie noch einmal versuchen, einen auf diesem Schiff stationierten Amerikaner auszuhorchen, wende ich mich umgehend an Kapitän Martschuk.«

»Keine weiteren Fragen«, sagte Slawa und schob Arkadi zur Tür.

»Nur noch eine letzte«, sagte Arkadi und wandte sich an die drei Männer: »Freuen Sie sich auf Dutch Harbor?«

Das lockerte die Spannung ein wenig.

»Noch zwei Tage«, sagte Bernie. »Sobald wir an Land sind, nehme ich mir das beste Hotelzimmer in der Stadt, setze mich unter die heiße Dusche und trinke einen eiskalten Sechserpack Bier.«

»Und Sie, Suu-san?« Arkadi machte es Spaß, Ihren Namen so auszusprechen, daß er wie ein russischer klang.

»Noch zwei Tage, und ich bin weg«, sagte sie. »In Dutch kommt ein neuer Chefbevollmächtigter an Bord, und ich werde aus dieser Waschküche rausfliegen nach Kalifornien. Abschiedsgrüße werden schon heute dankend entgegengenommen.«

»Alle anderen von uns kommen zurück.« Day nickte Slawa tröstend zu. »Wir haben noch zwei Monate mit den Fischen.«

»Nur mit den Fischen«, versprach Slawa. »Mit der Fragerei ist Schluß. Wir sollten immer daran denken, daß wir Schiffskameraden sind – und Freunde.«

Arkadi erinnerte sich, daß die *Polar Star* kurz nach dem Auslaufen aus dem Hafen von Wladiwostok Tarn- und Strahlenschutzübungen abgehalten hatte. Jeder sowjetische Seemann wußte, daß im Safe des Kapitäns ein versiegeltes Päckchen lag, das nur im Ernstfall, beim Eintreffen einer verschlüsselten Kriegsmeldung, zu öffnen war; dieses Päckchen enthielt Instruktionen darüber, wie feindlichen Unterseebooten auszuweichen war, wo das Schiff Kontakt mit den eigenen Truppen aufzunehmen und wie man gegebenenfalls mit Gefangenen zu verfahren hatte.

6

Normalerweise hatte Arkadi nichts übrig für Vergnügungstouren, aber diese Fahrt machte ihm Spaß. Dabei war der Transportkäfig keinesfalls luxuriös: Eine einfache Kette diente als Sicherheitssperre, und ein Autoreifen unter dem Boden sollte den Aufprall bei der Landung dämpfen. Mit einem kräftig straffen Ruck des Krankabels hob der Förderkorb vom Deck der *Polar Star* ab, stieg schwankend in die Lüfte und schwebte einen Moment lang ruhig über dem Schiff, wie ein übergroßer Vogelkäfig, dem Flügel gewachsen waren. Dann senkte er sich langsam auf die *Merry Jane* hinunter. Neben dem hochaufragenden Rumpf des Fabrikschiffes mußte sich jedes Fangboot winzig ausnehmen, doch maß die *Merry Jane* immerhin stolze vierzig Meter. Sie hatte den für einen Beringmeer-Trawler charakteristischen hohen Bug; Ruderhaus und Schornstein lagen vorn, der Mast war mit Antennen und Scheinwerfern bestückt, das hölzerne Deck mit einem eigenen Ladebaum ausgerüstet, und auf der Heckrampe waren drei ordentlich aufgerollte Netze zu sehen. Der Rumpf war blau mit einem weißen Rand, das Ruderhaus, ebenfalls blau, hatte weiße Zierstreifen, und das ganze Schiff wirkte wie ein schmuckes Spielzeug, das sich im Takt der Wellen gegen den schwarzen Fender der *Polar Star* wiegte. Drei Fischer in Regenmänteln dirigierten den Käfig, als er auf Deck niederging. Slawa hakte die Sicherungskette auf und kletterte als erster hinaus. Arkadi folgte ihm. Zum erstenmal seit fast einem Jahr hatte er heute das Fabrikschiff verlassen. Hatte die *Polar Star* verlassen und ein amerikanisches Schiff betreten. Die Fischer umringten ihn, jeder wollte der erste sein, der ihm die Hand schüttelte, und neugierige Stimmen fragten: *»Fala português?«*

Zwei hießen Diego und einer Marco, lauter kleine, dunkelhäutige Männer mit dem seelenvollen Blick der Ausgestoßenen. Keiner der drei sprach Russisch, und ihr Englisch war mehr als stümperhaft. Slawa bugsierte Arkadi eilig die Stufen zum Ruderhaus hinauf, wo Kapitän Thorwald sie erwartete, ein hünenhafter Norweger mit rosigem Gesicht.

»Verrückt, was?« rief Thorwald. »Das Schiff läuft unter amerikanischer Flagge, doch damit hat sich's auch schon. Diese Portugiesen verbringen zehn Monate des Jahres hier oben auf Fischfang, und ihre Familien sitzen daheim in Portugal. Gemessen an dem, was sie zu Hause verdienen würden, machen sie auf dem Kahn ein Vermögen. Das gilt auch für mich. Nun ja, ich fahre nach Hause, um Schnee zu schaufeln, und sie, um Sardinen zu braten. Aber zwei Monate an Land reichen uns.«

Der Kapitän der *Merry Jane* trug einen Pyjama, dessen Jacke am Hals offenstand, so daß man die Goldketten auf seiner rotbehaarten Brust sehen konnte. Angeblich führten die Russen ihren Stammbaum auf Wikinger-Plünderer zurück; »Russe« kommt von Rot, der Haarfarbe der Invasoren. Thorwald sah aus wie einer, den allenfalls ein Plündererheer der Wikinger aus seiner Ruhe hätte aufschrecken können.

»Die Männer sprechen offenbar kein Englisch«, sagte Arkadi.

»Das erspart ihnen eine Menge Ärger. Sie verstehen ihre Arbeit, was brauchen sie also groß zu reden. Sie sind vielleicht ziemlich kurz geraten, aber, abgesehen von uns Norwegern, sind es die besten Seeleute, die man sich wünschen kann.«

»Was für ein Lob«, sagte Arkadi. »Schönes Schiff haben Sie.«

Schon die feudale Brücke war eine Offenbarung. Der Kartentisch war aus lackiertem Teakholz, das unter seiner Politur glänzte wie Achat; auf den Planken lag ein Teppich, so dick, als sei er für ein Mitglied des Zentralkomitees ausgerollt worden; und vor den Ruderrädern an jedem Ende der Konsole standen gepolsterte Drehstühle. Der Platz auf der Steuerbordseite war umgeben von Farbmonitoren von Fischpeilgeräten, Radarschirmen und Digitallesern für Funksprüche.

Thorwald fuhr mit der Hand in seine Pyjamahose und kratzte sich. »Ja, der Kahn ist solide gebaut, genau richtig fürs Beringmeer. Warten Sie nur, bis wir auf Eis stoßen. Wenn Sie mich fragen, ist es verrückt, eine Nußschale wie die *Eagle* in diesen Gewässern einzusetzen. Genauso verrückt, wie Frauen auf eine solche Fahrt mitzunehmen.«

»Haben Sie Sina Patiaschwili gekannt?« fragte Slawa.

»Wenn ich fische, fische ich. Wenn ich ficke, dann ficke ich. Entweder oder.«

»Sehr vernünftig.«

Thorwald fuhr ungerührt fort: »Ich habe Sina nicht gekannt, und ich war auch nicht auf diesem Fest. Ich hab mit Martschuk und Morgan in der Offiziersmesse gesessen und versucht, ihnen zu zeigen, wo wir auf wirklich gute Fischgründe stoßen würden. Manchmal habe ich den Eindruck, Russen und Amerikaner sind eigentlich gar nicht an Fischen interessiert.«

Slawa und Arkadi stiegen hinunter in die Kombüse, wo die Mannschaft sich zu einer Mahlzeit aus gesalzenem Kabeljau und Wein zusammengefunden hatte, einem Mittagessen, wie man es sich schwerlich auf einem sowjetischen Schiff hätte vorstellen können. Fischen war in jedem Fall Knochenarbeit, doch auch hier unten war Arkadi wieder verblüfft über die Annehmlichkeiten auf der *Merry Jane*: der große Herd mit den Schiebegittern, damit die Töpfe bei hohem Seegang nicht runterfielen; der Tisch mit den rutschsicheren Gedeckunterlagen, die gepolsterte Bank, die Kaffeemaschine mit der sorgsam festgeschnallten Kanne. Und dann die Kleinigkeiten, die einen Raum gemütlich machen: An einem Lampenzug hing das Holzmodell eines Segelbootes mit gemalten Augen auf dem Bug; an der Wand ein Poster von einem weißgetünchten Dorf am Meer. Welch ein Unterschied zu der Kombüse des russischen Trawlers, auf dem Arkadi vor Sachalin gedient hatte. Dort war nicht einmal so viel Platz gewesen, daß die Mannschaft zum Essen ihre Mäntel ausziehen konnte, und alles hatte nach Schimmel und Fisch geschmeckt.

Während des Essens sahen sich die Portugiesen ein Videoband an. Bis auf ein höfliches Nicken nahmen sie keine Notiz von ihren Gästen. Arkadi hatte Verständnis dafür. Wenn jemand kam, um ihnen Fragen zu stellen, dann sollte der gefälligst ihre Sprache sprechen. Schließlich hatte Portugal bereits ein Weltreich befehligt, als die Russen noch in Ruderbooten vor der Küste herumgeschippert waren. Auf dem Bildschirm war ein flaues Fußballspiel im Gange, das von einer hysterischen Stimme kommentiert wurde.

»Sina Patiaschwili«, nahm Slawa das Wort. »Kennt einer von euch Sina? Sind Sie ... seid ihr ... hat jemand ...?« Er wandte sich an Arkadi. »Das ist reine Zeitverschwendung.«

»Fußball«, sagte Arkadi und setzte sich.

Der Diego neben Arkadi schenkte ihm ein Glas Wein ein. »*Campeonato do mundo*. Du?«

»Torwart.« Ist zwanzig Jahre her, dachte Arkadi.

»Stürmer.« Der Fischer zeigte erst auf sich, dann auf den anderen Diego und auf Marco. »Stürmer. Verteidiger.« Er wies mit dem Finger auf den Fernseher. »Portugal weiß, *Ingles* gestreift. Ganz schlecht.«

Die drei Portugiesen fuhren zusammen, als eine Gestalt in gestreiftem Trikot durchbrach und ein Tor schoß. Wie oft mögen sie die Aufzeichnung wohl schon gesehen haben, fragte sich Arkadi, zehnmal, hundertmal? Während einer langen Seereise gewöhnte man sich daran, daß die Männer wieder und wieder die gleichen Geschichten erzählten. Das hier war nur die subtilere Tortur moderner Technologie.

Als Diego endlich den Blick vom Bildschirm wandte, zeigte Arkadi ihm den Schnappschuß von Sina und Dynka.

»Das Foto haben Sie gestohlen«, sagte Slawa. »Hier, das ist Sina.« Arkadi sah die Augen des Fischers zwischen den beiden Frauen hin und her wandern. Dann schüttelte er den Kopf. Arkadi zeigte das Foto auch den beiden anderen, zunächst ebenso erfolglos, doch dann bat der erste Diego ihn noch einmal um das Bild.

»No baile«, erklärte er Arkadi. *»A loura da Rússia. A mulher com os americanos.«* Er war sichtlich erregt. *»Entende? Com americanos.«*

»Aha, sie tanzte also mit den Amerikanern. Das hab ich mir beinahe gedacht«, sagte Arkadi.

»Beba, beba.« Diego schenkte ihm nach.

»Danke sehr.«

»Muito obrigado«, belehrte ihn Diego.

»Muito obrigado.«

»Meu prazer.«

Arkadi hielt sich an der Stützstange fest, während der Transportkäfig schaukelnd auf den zweiten Trawler niederging. Slawa machte ein immer kläglicheres Gesicht, wie ein Vogel, der zusammen mit einer Katze eingesperrt ist.

»Das bringt den ganzen Arbeitsplan durcheinander.«

»Betrachten Sie's als Feiertag«, sagte Arkadi.

»Ha!« Griesgrämig beobachtete Slawa eine Möwe, die vor einer Luke im Kielraum der *Polar Star* auf die Exkremente wartete, die dort ausgeleert wurden. »Ich weiß genau, was Sie denken.«

»So, was denn?« fragte Arkadi ehrlich verwundert.

»Daß ich vom Podium aus sehen konnte, mit wem Sina getanzt hat. Aber Sie irren sich. Wenn man auf dem Podium spielt, scheint einem das Licht direkt in die Augen. Fragen Sie nur die anderen aus der Band. Die werden Ihnen das bestätigen. Wir konnten niemanden erkennen.«

»Stellen Sie nur die Fragen«, sagte Arkadi. »Schließlich leiten Sie diese Untersuchung.«

Die *Eagle* war kleiner als die *Merry Jane,* ihr rot-weißer Rumpf lag flach im Wasser, an Deck erkannte Arkadi einen Seitenkran und einen Ladebaum mit einer einzigen Spule. Und anders als auf der *Merry Jane* war hier niemand an Deck gekommen, um sie zu begrüßen. Die beiden stiegen aus der Gondel und gingen über die Holzplanken, auf denen noch der Abfall vom letzten Fang lag: schlaffe Flundern, skelettartige Krabben.

»Ich verstehe das nicht«, sagte Slawa. »Sonst sind sie immer so freundlich.«

»Sie spüren also auch was?« fragte Arkadi. »Eine gewisse Distanziertheit, nicht? Direkt zum Frösteln. Ach, übrigens, in welcher Sprache werden wir uns diesmal unterhalten? Auf schwedisch? Oder spanisch? Was für Amerikaner erwarten uns hier?«

»Sie wollen mich durcheinanderbringen, stimmt's?«

Arkadi musterte Slawa von Kopf bis Fuß. »Sie tragen Joggingschuhe und Jeans. Sie sind ein Prachtexemplar von einem jungen Kommunisten. Ich denke, wir können uns dem Kapitän präsentieren.«

»Einen schönen Assistenten hab ich mir da eingehandelt, einen, der vor der Justiz auf der Flucht ist.«

»Schlimmer noch, einen, der nichts zu verlieren hat. Nach Ihnen.«

Die Brücke der *Eagle* war kleiner als die der *Merry Jane,* es gab weder einen Teppich noch Teakholz, doch ansonsten entsprach die Ausstattung dem, was sich Arkadi unter einer amerikanischen Brücke vorstellte: ein Aufgebot an Farbmonitoren wie in einer Raumkapsel war neben und hinter dem Stuhl des Kapitäns montiert; dazu ein Kreis von Radarschirmen und das Kathodengrün von Fischpeilgeräten, auf denen man die anvisierten Schwärme als wandernde orangefarbene Wolken verfolgen konnte. Von der Decke hingen Funkgeräte, deren rote Ziffern in der Statik offener Kanäle schwammen. Die Chromteile an Kompaß und Tochterkompaß waren auf Hochglanz poliert und schimmerten wie Kristall. Alles vom Feinsten, aber schlicht.

Der Mann im Kapitänssessel paßte gut auf seinen Platz. Die meisten Fischer haben Narben von Messern, Stacheln und durchgescheuerten Seilen, ihre Gesichter sind gezeichnet von rauher Luft und Salzwasser, aber Morgan schien durch eine ganz besonders harte Schule gegangen zu sein. Er wirkte nicht nur hager, sondern abgezehrt, sein Haar war vorzeitig ergraut. Trotz seiner saloppen Kleidung – er trug Mütze und Sweatshirt – strahlten er und seine Brücke eine Art mönchischer Disziplin aus; Morgan war offenbar ein Mann, dem die eigene Gesellschaft vollauf genügte und der keinen anderen Mann neben sich duldete. Als er sich jetzt von seinem Platz erhob, machte Slawa vor ihm eine fast unterwürfige Verbeugung, und Arkadi dachte unwillkürlich, daß der Dritte Maat einen guten Hund abgegeben hätte.

»George, das ist Genosse Renko. Sie können ihn auch Arkadi nennen, ganz wie Sie wollen.« Zu Arkadi sagte er: »Kapitän Morgan.«

Morgan bedachte Arkadi mit einem flüchtigen Händedruck. »Das mit Sina Pischwili tut uns leid.«

»Patiaschwili.« Slawa machte eine Geste, die anzudeuten schien, daß ein Name so albern war wie der andere und daß es eigentlich nicht darauf ankam.

»Paschwili? Entschuldigung.« Zu Arkadi gewandt fuhr Morgan fort: »Ich spreche kein Russisch. Den Nachrichtenverkehr der Schiffe untereinander regeln die Firmenvertreter auf der *Polar Star*. Vielleicht sollten Sie einen von denen herbitten, denn so, wie's jetzt läuft, verlieren wir Trawlzeit, und das bedeutet, wir verlieren Geld. Möchten Sie was trinken?« Auf dem Kartentisch stand ein Tablett mit drei Gläsern und einer Flasche russischem Wodka. Besserer Wodka, als die Russen zu Hause ihn tranken – Exportqualität. »Oder haben Sie's eilig?« Morgan hob die Flasche einen Millimeter vom Tablett, wie um das notwendige Mindestmaß an Gastfreundlichkeit abzuschätzen.

»Nein, danke vielmals.« Slawa konnte einen Wink verstehen.

»Warum nicht?« fragte Arkadi.

Slawa zischte ihn an: »Erst Wein und jetzt Wodka?«

»Ist wie Silvester, nicht?« sagte Arkadi.

Morgan reichte Arkadi ein halbvolles Glas und schenkte sich dann gedankenverloren selbst einen Wodka ein. Slawa blieb standhaft.

»Nasdrowja«, sagte Morgan. »So heißt es doch?«

»Cheers«, sagte Arkadi.

Arkadi trank sein Glas mit drei Schlucken aus, Morgan leerte das seine auf einen Zug und entblößte dann lächelnd zwei Reihen ebenmäßiger Zähne. »Sie brauchen keinen Dolmetscher.«

»Wir werden versuchen, allein zurechtzukommen.« Das letzte, was Arkadi sich gewünscht hätte, wäre gewesen, daß Susan an ihrem Gespräch teilgenommen hätte.

»Also, Arkadi, dann mal los, fragen Sie.«

Morgan war so selbstsicher, daß Arkadi unwillkürlich überlegte, was diesen Mann wohl erschüttern könnte.

»Ist Ihr Schiff eigentlich sicher?«

Slawa fuhr auf. »Renko, das geht ...«

»Schon gut«, beschwichtigte Morgan ihn. »Also die *Eagle* ist ein Golf-Fahrzeug mit Nordseetakelage und mißt fünfundsiebzig Fuß. Ursprünglich diente sie zur Wartung von Bohrinseln im Golf von Mexiko, aber als dann der Krabbenboom losbrach, wurde sie umgerüstet und den Verhältnissen hier oben angepaßt. Als das mit den Krabben sich als Reinfall entpuppte, bekamen wir einen Ladebaum fürs Trawlfischen und ein bißchen mehr Panzerung zum Schutz gegen das Eis. Aber das große Geld wurde da investiert, wo's drauf ankommt, in die Elektronik. Wir haben nicht all die Annehmlichkeiten unseres rundköpfigen Freundes und seiner drei Zwerge drüben auf der *Merry Jane,* aber wir machen mehr Fang.«

»Haben Sie Sina gekannt?«

»Nur vom Sehen. Sie war immer freundlich, hat jedem zugewinkt.«

»Und vom Tanzen?«

»Nein, ich hatte nicht das Vergnügen. Ich war in der Offiziersmesse und habe mit meinen Freunden Martschuk und Thorwald die Karten überprüft.«

»Macht Ihnen dieses Joint-venture Spaß?«

»Aber ja, ich find's spannend.«

»Spannend?« So hatte Arkadi es noch nie betrachtet. »Inwiefern?«

»Nun, zum Beispiel nach der Zwischenlandung in Dutch, da gehen wir rauf ins Eis. Eure russischen Kapitäne kennen keine Furcht. Letztes Jahr ist euch eine ganze Flotte, fünfzig Fischtrawler, vor Sibirien festgefroren. Um ein Haar wären die alle draufgegangen. Aber letztlich ist nur ein Fabrikschiff abgesoffen. Und die Crew ist nur deshalb nicht mit untergegangen, weil die Jungs sich noch übers Eis retten konnten.«

»Aber das waren sowjetische Schiffe«, warf Arkadi ein.

»Stimmt, und ich möchte nicht, daß meinem Schiff das gleiche passiert. Nicht, daß Sie mich falsch verstehen, ich mag die Russen. Sie sind die besten für so ein Joint-venture. Die Koreaner würden aus jedem Steert die Hälfte herausklauen. Die Japaner sind zu stolz zum Stehlen, aber dafür kälter als die Fische.« Morgan gehörte zu den Leuten, die lächeln, wenn sie eine Situation kritisch abschätzen. »Arkadi, wie kommt es, daß ich Ihnen noch nie auf der *Polar Star* begegnet bin? Sind Sie Flottenoffizier, oder kommen Sie vom Ministerium, oder was?«

»Ich arbeite in der Fabrik.«

»Er gehört zur Schmutzbrigade«, sagte Slawa.

»Und Sie sprechen fließend englisch und untersuchen Unfälle? Ich würde sagen, fürs Fische-Ausnehmen sind Sie überqualifiziert.« Der durchdringende Blick seiner glasblauen Augen verriet Slawa und Arkadi, daß Morgan sie für abgefeimte Lügner hielt. »Es war doch ein Unfall?«

»Daran besteht kein Zweifel«, versicherte Slawa eilig.

Morgan hatte Arkadi unverwandt angesehen. Jetzt glitt sein Blick hinüber zu dem Netz, das schlaff am Kran baumelte, und zu den beiden Männern in Ölzeug-Overalls, die eben die Außentreppe vom Zwischendeck heraufkamen. Doch gleich darauf wandte er sich wieder Arkadi zu. »Okay, war nett, daß Sie mich besucht haben. Aber vergessen Sie nicht, wir sind hier in amerikanischen Gewässern.«

Als die beiden Fischer eintraten, wurde es eng auf der Brücke. Sie gehörten zu den Amerikanern, auf die Arkadi neugierig war, seit Lantz von der »Motorradclique« gesprochen hatte. In der Sowjetunion, wo zwei Räder, in Verbindung mit einem Verbrennungsmotor, als Symbol persönlicher Freiheit galten, nannte man die Fahrer »Rocker«. Die Behörden versuchten immer wieder, sie in offiziell genehmigte Motodrome abzudrängen, aber die Rokkerbanden entwischten ihnen ein ums andere Mal; wie einst mongolische Reitertrupps überschwemmten sie ganze Dörfer und tauchten dann so schnell wieder unter, daß keine Patrouille sie zu fassen bekam.

Der größere der beiden Neuankömmlinge hatte ein blasses Gesicht, zusammengekniffene Augen, und die Art, in der seine kräftigen Arme neben dem Körper herabhingen, verriet, daß er gewohnt war, mit Reusen und Netzen zu hantieren. Kein umgänglicher Typ. Er musterte Arkadi von oben bis unten. »Was soll der Scheiß?«

»Das, Coletti«, belehrte ihn Morgan, »gehört zum Joint-venture. Der Mann neben unserem guten Freund Slawa spricht so gut Englisch, daß er Ihnen Unterricht geben könnte. Wir wollen die Angelegenheit rasch und sachlich hinter uns bringen.«

»Renko, das ist Mike«, stellte Slawa den jüngeren der beiden Fischer vor, einen Aleuten mit breitem Gesicht und angenehmen asiatischen Zügen. »Mike ist die Kurzform für Mikhail.«

»Was denn, ein russischer Name?« fragte Arkadi.

»Das ist hier oben nichts Besonderes.« Mike sprach mit leiser, schleppender Stimme. »Früher haben sich hier 'ne Menge heißblütiger Kosaken herumgetrieben.«

»Die Aleuten und Alaska haben einmal dem Zaren gehört«, sagte Morgan. »Das sollten Sie eigentlich wissen, Arkadi.«

»Sprechen Sie Russisch?« Endlich jemand, der mit Sina geredet haben könnte.

»Nein. Das heißt, wir benutzen schon einige Ausdrücke«, sagte Mike, »aber ohne wirklich zu wissen, was sie bedeuten, verstehen Sie? Sprichwörter zum Beispiel. Oder die Gebete in der Kirche, die sind zum Teil auch auf russisch.«

»In Dutch Harbor gibt es sogar noch eine russische Kirche«, sagte Slawa.

Der Aleute warf Coletti einen trotzigen Blick zu und sagte dann: »Das mit Sina tut uns allen aufrichtig leid. Ich kann es kaum glauben. Jedesmal, wenn wir unseren Fang übergaben, stand sie an der Heckreling und winkte uns zu. Ob bei Tag oder Nacht, bei jedem Wetter, sie war immer da.«

»Haben Sie mit ihr getanzt?« fragte Arkadi.

Coletti kam Mike zuvor. »Wir alle haben mit ihr getanzt.«

»Und hinterher, ich meine nach dem Fest?«

»Wir sind gegangen, noch bevor es zu Ende war.« Coletti hielt den Kopf schräg und fixierte Arkadi von der Seite.

»Sina war noch da?«

»Nein, die ist schon vor uns gegangen.«

»Könnte es sein, daß sie sich nicht wohl fühlte? Hatte sie zuviel getrunken, war ihr schwindlig, oder war sie irgendwie benommen? Nervös, bedrückt, ängstlich?«

»Nein.« Coletti beantwortete Arkadis Fragen wie ein Moskauer Milizsoldat, der Typ, der freiwillig keinerlei Informationen preisgibt.

»Mit wem ist sie denn fortgegangen?« fragte Arkadi.

»Wer weiß«, antwortete ein Neuankömmling, der eben über die Küchentreppe zur Brücke heraufstieg. Er hob die schmalen Brauen in gespieltem Bedauern, als hätte er den Anfang einer Party versäumt. Im linken Ohr trug er einen goldenen Ring, das lange Haar hatte er mit einem Lederriemen zum Pferdeschwanz gebunden. Sein Bart war strähnig, hatte etwas Feminines, wie der eines blutjungen Schauspielers. Er bot keinem die Hand, sondern wischte sich seine Hände an einem schmierigen Lappen ab. »Ich bin Ridley, der Ingenieur«, sagte er. »Ich wollte mein Beileid aussprechen. Sina war ein feiner Kerl.«

»Sie haben Sie also auf dem Fest getroffen?« fragte Arkadi.

»Tja, wissen Sie . . .« Ridley stockte verlegen. »Ihr Kapitän hat uns ein fürstliches Mahl aufgetischt, sobald wir an Bord kamen. Wurst, Bier, Brandy. Dann haben wir Susan und ihre Jungs besucht. Wir sind alte Freunde, also gab es wieder reichlich Bier und Wodka. Soviel ich weiß, verstößt es gegen Ihre Bestimmungen, an Bord Alkohol auszuschenken, aber jedesmal, wenn ich bisher auf der *Polar Star* gewesen bin, floß der Schnaps in Strömen. Hinzu kommt der Zeitfaktor. Euer Pott hat Wladiwostoker Zeit, das heißt, bei euch ist es drei Stunden früher als bei uns. Wenn ihr um neun mit einer Party anfangt, ist es bei uns schon Mitternacht. Um diese Zeit kommt unsereins ziemlich schnell in Stimmung.«

»Es war also eine gelungene Party?«

»Das will ich meinen! Die beste Rock-and-Roll-Band im ganzen Beringmeer.«

Slawa schüttelte sichtlich geschmeichelt den Kopf.

»Um ehrlich zu sein«, fuhr Ridley in vertraulichem Ton fort, »ich glaube, wenn wir auf die *Polar Star* kommen, ist das oft 'ne peinliche Geschichte. Wir lassen uns vollaufen und versuchen, dem Ruf der ausgeflippten Amis gerecht zu werden.«

»Nein, nein«, wehrte Slawa ab.

»O doch«, widersprach Ridley. »Ihr seid so gastfeundlich. Wir besaufen uns, und ihr lächelt selbst dann noch, wenn ihr uns vom Boden aufsammeln müßt. An dem Abend war ich jedenfalls so hinüber, daß ich vorzeitig zurück mußte.«

Jede Mannschaft hat ihren natürlichen Anführer. Obwohl kaum Platz war auf der schmalen Brücke, hatten Coletti und Mike sich merklich einen Schritt auf den Ingenieur zubewegt.

»Kennen wir uns nicht schon?« fragte Arkadi.

»Ridley ist zwei Wochen auf der *Polar Star* gefahren«, sagte Slawa.

Ridley nickte. »Auf der letzten Reise. Die Gesellschaft legt Wert darauf, daß wir uns mit euren Techniken vertraut machen. Und Sie können mir glauben, seit ich mit russischem Gerät gearbeitet habe, schätze ich russische Fischer höher denn je.«

Arkadi erinnerte sich, daß irgend jemand ihm damals den amerikanischen Ingenieur gezeigt hatte. »Sprechen Sie Russisch?«

»Nein, wir haben uns mit Händen und Füßen verständigt. Sprachen sind nicht meine Stärke. Stellen Sie sich vor, ich hatte einen Onkel, einen Junggesellen, der bei meiner Familie gewohnt hat. Er hat Esperanto studiert, diese künstliche Weltsprache. Nach langem Hin und Her fand er eine Frau, die sich auch mit Esperanto beschäftigte. Im Staate Washington gab's davon höchstens fünf. Jedenfalls, sie kommt angereist, und wir sind alle im Wohnzimmer und warten auf diesen großen Augenblick, zwei Menschen, die sich in esperanto unterhalten, wie ein goldener Zukunftsschimmer kam uns das vor. Aber es vergehen kaum zehn Sekunden, bis uns klar wird, daß die beiden einander überhaupt nicht verstehen. Sie bittet um ein Glas Wein, er sagt ihr, wie spät es ist. Genauso war's mit den Russen und mir. Traurig, aber nicht zu ändern. Sagen Sie, nur so aus Neugier, waren Sie in Afghanistan?«

»Da war ich schon zu alt, um meine ›Internationalistenpflicht‹ zu erfüllen«, sagte Arkadi. »Und Sie, waren Sie in Vietnam?«

»Zu jung. Aber was Sina angeht, so kann ich mich nicht einmal erinnern, ob ich ihr noch gute Nacht gesagt habe. Was ist eigentlich genau passiert? Ist sie verschwunden?«

»Nein, sie ist zurückgekommen.«

Ridley gefiel die Antwort; offenbar war dieser Arkadi endlich einmal jemand, mit dem sich zu reden lohnte. »Zurückgekommen? Von wo?«

»Wenn ich es richtig verstanden habe«, Morgan versuchte, das Gespräch in die gewohnten Bahnen zurückzulenken, »wurde ihr Leichnam von unserem Netz aufgefischt, und als es auf der *Polar Star* geöffnet wurde, hat man sie gefunden.«

»Lieber Gott«, rief Ridley, »das muß ja schaurig gewesen sein. Ist sie über Bord gefallen?«

»Ja«, sagte Slawa.

Coletti zeigte auf Arkadi. »Ich will's von dem da hören.«

»Das läßt sich jetzt noch nicht mit Bestimmtheit sagen«, antwortete Arkadi.

Coletti explodierte. »Schluß jetzt mit dem Scheiß! Wir wissen nicht, was mit Sina passiert ist. Ob sie 'ne Schwalbe gemacht hat oder was. Wir waren jedenfalls runter vom dem Scheißkahn, *bevor* es passiert ist.«

»Coletti!« Morgan trat vor ihn hin. »Eines Tages werde ich deinen Kopf knacken wie eine Nuß, nur um zu sehen, wie klein dein Hirn wirklich ist.«

Ridley legte Coletti beruhigend die Hand auf den Arm. »Aber, aber, wir sind doch alle Freunde. Nur keine Aufregung! Nehmt euch ein Beispiel an Arkadi. Der sieht sich das alles ganz ruhig an.«

»Natürlich.« Morgan nickte, dann sagte er zu Arkadi: »Entschuldigen Sie. Was auch immer Sina zugestoßen ist, es war eine Tragödie. Und wir hoffen alle, daß unser Joint-venture dadurch keinen Schaden nimmt. Daran liegt uns allen nämlich wirklich sehr viel.«

»Wir würden ganz schön beschissen dastehen, ohne diesen Job«, sagte Ridley. »Außerdem schließen wir gern neue Freundschaften. Und uns gefällt es, wenn Slawa uns was auf dem Saxophon vorspielt oder uns die Perestroika erklärt und wie man in der Sowjetunion von der Spitze bis zur Basis in neuen Kategorien denkt.«

»In neuen Kategorien denken« war ein Schlagwort der neuen Männer im Kreml. Als ob man ein Sowjethirn umpolen könnte wie einen Stromkreislauf, dachte Arkadi.

»Denken Sie auch in neuen Kategorien?« Ridley sah Arkadi herausfordernd an.

»Ich versuche es.«

»Ein Mann Ihres Ranges muß sehen, daß er Schritt hält«, sagte Ridley.

Slawa brummte: »Er arbeitet in der Fabrik.«

»Nein«, widersprach Coletti so bestimmt, als verfüge er über besondere Informationen. »Ich war mal Polizist, und ich kann riechen, wer ein Polyp ist. Der da ist einer.«

Der Förderkorb hievte sie am Rumpf der *Polar Star* empor wie an einem undurchdringlichen Vorhang aus eiterndem Stahl.

Slawa schäumte vor Wut. »Wir haben uns lächerlich gemacht. Das ist eine rein russische Angelegenheit, die haben nichts damit zu tun.«

»Sieht ganz so aus«, bestätigte Arkadi.

»Warum sind Sie dann so aufgeräumt?«

»Oh, ich denke bloß an all die Fische, die mir heute erspart geblieben sind.«

»Ist das alles?«

Arkadi sah durch die Gitterstäbe des Käfigs zur *Eagle* hinunter. »Hat einen ziemlich flachen Rumpf. Damit kommen sie nicht durchs Eis.«

»Was verstehen Sie schon von Trawlern?« herrschte Slawa ihn an.

Arkadi dachte an den Trawler, auf dem er vor Sachalin gefahren war. Es war ein kleiner Treibtrawler gewesen, den die Russen den Japanern während des Krieges abgejagt hatten, nichts weiter als ein poröser Holzrumpf, der einen altgedienten Dieselmotor umschloß. Wo immer Farbe abblätterte, waren gespenstisch anmutende japanische Zeichnungen zum Vorschein gekommen. Es war nicht schwer, einen Platz auf einem Schiff zu bekommen, das jeden Tag sinken konnte, besonders wenn der Kapitän ein nur unmenschlich zu nennendes Soll zu erfüllen hatte: Es galt, das Schiff so lange mit Lachs vollzustopfen, bis Wasser eindrang. Als der Neue mußte Arkadi sich ins Trossenloch zwängen, wenn das

Netz eingeholt wurde. In geduckter Haltung drehte er sich so lange um die eigene Achse, bis das mit abgewetzten Metallstiften bestückte Kabeltau aufgerollt war. Dann konnte er nur noch auf allen vieren rutschen, wie eine Ratte in einem Sarg; kaum fertig, mußte er auch schon wieder hinaus und helfen, das Netz auszuschütteln. Am zweiten Tag waren seine Hände wie taub gewesen, doch mit der Zeit, und nachdem er den Dreh raus hatte, waren seine Schultern wieder zu dem geworden, was sie während seiner Zeit beim Militär einmal gewesen waren.

Die Lektion, die er auf diesem verrotteten kleinen Kahn gelernt hatte, war die, daß Fischer imstande sein mußten, über eine lange Zeitspanne auf engstem Raum miteinander auszukommen. Alles übrige – Geschick im Taueaufwickeln oder Netzeflicken – brachte nichts, wenn ein Mann seine Kameraden nervös machte. Und selbst auf diesem alten Trawler hatte Arkadi nicht soviel Feindseligkeit erlebt wie eben auf der glitzernden Brücke der *Eagle*.

Slawa war so aufgebracht, daß der Käfig ziemlich ins Schaukeln geriet. »Ihren freien Tag haben Sie gehabt, und das war es doch, was Sie wollten.«

»Es war interessant«, räumte Arkadi ein. »Diese Amerikaner sind eine Abwechslung.«

»Sie werden nicht noch mal von der *Polar Star* runterkommen, das verspreche ich Ihnen. Was haben Sie jetzt vor?«

Arkadi zuckte die Achseln. »Ein paar von der Mannschaft hatten während des Festes Sonderdienst. Ich werde mich erkundigen, ob einer von denen Sina auf oder unter Deck gesehen hat. Und ich möchte herausfinden, wann die Amerikaner wirklich von Bord gegangen sind. Ich werde mit allen reden, die auf dem Fest waren. Und mit den Frauen, die mit ihr in der Küche gearbeitet haben. Ach ja, und dann hätte ich gern noch mal mit Karp gesprochen.«

»Wenn wir die Frauen verhört haben, teilen wir uns die Arbeit«, sagte Slawa. »Karp übernehme ich. Sie können mit der Mannschaft unter Deck reden – das ist sowieso Ihr Revier.«

Der Käfig schwebte jetzt über dem Schiff und senkte sich auf das vertraute, skrofulöse Deck, auf dem sich die Fässer wie eine Hochwasserlinie von Meeresabfall um den Schornstein stapelten.

»Sie irritieren die Leute«, sagte Slawa. »Normalerweise kommt man mit der Mannschaft von der *Eagle* großartig aus. Und Susan ist im Grunde der reinste Engel. Warum sind auf einmal alle so nervös? Schließlich sind wir hier doch in amerikanischen Gewässern.«

»Aber ein sowjetisches Schiff ist sowjetisches Territorium«, antwortete Arkadi. »Die haben allen Grund, nervös zu sein.«

7

Zu den Klängen einer Trompetenfanfare strahlte ein roter Stern weiße Linien aus. Natascha betätigte den Knopf für den Schnelldurchlauf, bis eine weiße Uhr auf blauem Grund ins Bild kam. Dann wieder Vorlauf bis zum schnörkeligen Logo der *Nowosti*-Nachrichten, gefolgt vom stummen Konterfei eines Mannes, der abgestandene Meldungen in zwei Mikrophone verlas; nochmals Vorlauf, bis endlich ein Mädchen in hautengem Gymnastikdreß auf dem Bildschirm erschien. Sie hatte eine sommersprossige Nase, trug große Ohrringe, und ihr kupferfarbenes Haar war zu Zöpfen geflochten. Sie fing an sich zu strecken, wie eine Weide, die sich im Wind wiegt.

In der Cafeteria der *Polar Star* waren zwanzig Frauen im Trainingsanzug versammelt. Den Blick starr auf die Fernseher-Videorecorder-Kombination gerichtet, folgten sie den Bewegungen eher ungelenk, wie sperrige Eichen. Wenn das Mädchen auf dem Bildschirm mit der Nase die Knie berührte, machten sie nur einen leichten Bückling, und wenn die Kleine locker auf der Stelle trippelte, stampften die Frauen wie eine donnernde Herde. Die Fabrikarbeiterin Natascha Tschaikowskaia führte die Riege zwar an, aber gleich hinter ihr kam Olimpiada Bowina, die schwergewichtige Chefköchin aus der Mannschaftsküche. Wie eine zu klein geratene Schleife auf einem riesigen Geschenkkarton schmückte ein taubenblaues Frotteeband Olimpiadas Stirn. Schweiß tropfte aus dem Band, sammelte sich um ihre kleinen Äuglein und rann ihr wie in Tränenbächen über die Wangen, während sie mit der grazilen, nimmermüden Akrobatin auf dem Bildschirm Schritt zu halten suchte.

Als Slawa ihren Namen rief, hielt Olimpiada keuchend inne, doch tat sie dies mit dem wehleidigen Zaudern einer Masochistin. Die beiden Männer zogen sich mit ihr in den hinteren Teil der Cafeteria zurück.

»Arme Sina. Mit ihr ist das Lachen aus der Küche verschwunden.« Olimpiada hatte die klangvolle Stimme eines Mezzosoprans.

»Sie war doch eine tüchtige Kraft, nicht wahr?« fragte Slawa.

»Aber ja, und immer gut aufgelegt. Und so voller Leben! Ein richtiger Schalk. Zum Beispiel hatte sie nie Lust, die Makkaroni zu rühren. Sie müssen wissen, bei uns gibt's oft Makkaroni.«

»Und ob ich das weiß«, sagte Arkadi.

»Na, und dann kam sie zu mir und sagte: ›Da, machen Sie weiter, Olimpiada, das ist ein prima Training für Ihre Gymnastik.‹ Ach, sie wird uns fehlen.«

Slawa nickte verständnisvoll. »Danke, Genossin Bowina, Sie können . . .«

»Sie war also ein lebhaftes Mädchen?« fragte Arkadi.

»Na, und ob!« sagte Olimpiada.

»Jung und hübsch. Vielleicht ein bißchen unruhig?«

»Allerdings, wie ein Sack Flöhe.«

»Den Tag nach dem Fest«, forschte Arkadi weiter, »da ist sie nicht zur Arbeit gekommen. Haben Sie jemanden nach ihr geschickt?«

»Ich brauche jede Kraft in meiner Küche. Wo kämen wir denn hin, wenn ich all meine Mädchen auf dem Schiff herumflanieren ließe? Auf meine Küche ist Verlaß, da läuft alles pünktlich und nach Plan. Und was die arme Sina angeht, ich dachte, das Kind ist krank oder noch erschöpft vom Abend zuvor. Frauen reagieren da anders, wenn Sie verstehen, was ich meine.«

»Apropos Männer . . .« Weiter kam Arkadi nicht.

»Sina hat da nie den Überblick verloren.«

»Und wen vor allem hatte sie im Blick?«

Olimpiada wurde rot und kicherte hinter vorgehaltener Hand. »Das sage ich besser nicht, Sie würden es respektlos finden.«

»Bitte«, drängte Arkadi.

»Ich wiederhole nur, was sie gesagt hat.«

»Bitte.«

»Sie hat gesagt, sie würde ihre Beziehung zu Männern im Sinne des Parteikongresses demokratisieren. Sie nannte das ›Umstrukturierung der Männergesellschaft‹.«

»Und es gab nicht einen oder zwei, mit denen sie besonders . . .?«

»Auf der *Polar Star*?«

»Wo denn sonst?«

»Ich weiß nicht.« Olimpiada war plötzlich zugeknöpft.

Slawa sagte: »Sie haben uns sehr geholfen, Genossin Bowina.«

Die Chefköchin watschelte zurück auf ihren Platz in der Gruppe. Das Mädchen auf dem Bildschirm streckte die Arme aus und begann sie kreisen zu lassen; sie wirkte so leicht, als könnte sie fliegen. Die Macht des Fernsehens hatte diese junge Tänzerin überall in der Sowjetunion zum neuen Frauenideal werden lassen, eine strahlende, springlebendige Ikone. Elegante Lettinnen, Asiatinnen in Filzzelten und Siedlerfrauen auf den Jungferninseln – sie alle sahen dieses Programm und ahmten getreulich jede der Bewegungen des Mädchens nach. Dank des Videorecorders konnten auch die Damen auf der *Polar Star* dabeisein, obgleich Arkadi sich beim Anblick ihrer breiten Rücken und der ausgestreckten drallen Arme weniger an Vögel als an ein startendes Bombergeschwader erinnert fühlte.

Der Videorecorder war ein Panasonic, ein Beutestück vom letzten Landgang in Dutch Harbor. In Wladiwostok blühten die Schwarzmarktgeschäfte mit japanischen Videorecordern. Nicht, daß sowjetische Fabrikate, allen voran die Geräte von Woronesch, nichts getaugt hätten – für sowjetische Videobänder genügten sie vollauf –, das Dumme war nur, daß sich mit den sowjetischen Apparaten keine Fernsehsendungen aufzeichnen ließen. Und genau wie in der Sowjetunion Eisenbahnschienen in weiterem Abstand verlegt wurden als im Ausland, um eine Invasion per Zug zu verhindern, so liefen sowjetische Videorecorder mit größeren Bändern, um dem Zustrom ausländischer Pornographie vorzubeugen.

»Weiber!« Slawa war empört. »Wie kann man nur ein so wichtiges Thema wie Umstrukturierung auf eine so banale Ebene herabziehen. Und im übrigen bin ich es leid, daß Sie hier die Fragen stellen und dauernd abschweifen. Ich habe meine eigenen Vorstellungen, und ich bin nicht auf Ihre Hilfe angewiesen.«

Olimpiada blickte über die Schulter zurück und sah, wie Slawa wütend aus der Cafeteria stürmte. Natascha wandte ihren dunklen Blick vom Fernseher und heftete ihn auf Arkadi.

Als Junge hatte Arkadi eine Armee kleiner Bleisoldaten besessen, die säbelschwingenden Kavalleristen des heldenhaften General Davidow, die Artillerie des listigen General Kutusow und die finsteren Grenadiere aus Napoleons Grande Armée, alle miteinander verwahrt in einer Schachtel unter seinem Bett, wo sie jedesmal heillos durcheinanderpurzelten, wenn er die Schachtel hervorzog, um mit den Figuren zu spielen, und sie dann wieder an ihren Platz zurückschob. Wie echte Kriegsversehrte verloren diese Spielzeugsoldaten mit der Zeit ihre ursprünglichen Uniformen, und auch von den Gesichtern blätterte die Farbe ab. Arkadi strich sie zwar immer wieder frisch an, doch tat er das von Mal zu Mal weniger sorgfältig.

Skiba und Slesko sahen aus wie ein Paar dieser Grenadiere gegen Ende ihrer Laufbahn; grimmig, mit rosig und grau gesprenkeltem Kinn, Goldfüllungen in den Zähnen, beide einander zum Verwechseln ähnlich, außer daß Skiba schwarze und Slesko graue Haare hatte. Sie waren mittschiffs an Deck, genau dort, wo sie auch während des Festes Dienst getan hatten. Es war ihre Aufgabe gewesen, den Transportkäfig zu beobachten, der die amerikanischen Fischer von ihren Booten herüberbrachte und wieder zurück.

»Die *Merry Jane* hatte also an der *Eagle* festgemacht und die wieder an Steuerbord unseres Schiffes?« fragte Arkadi.

»Wir möchten lieber dem Dritten Maat Rede und Antwort stehen«, entgegnete Skiba.

»Ich kann dem Kapitän melden, daß Sie sich geweigert haben, meine Fragen zu beantworten.«

Skiba und Slesko sahen in die Runde, wechselten dann einen Blick und kamen offenbar telepathisch zu einer Entscheidung.

»Reden wir weiter, wo wir ungestört sind«, sagte Slesko. Er ging voran, unter Deck, vorbei an der Maschinenwerkstatt und durch eine Tür in einen dumpfigen, schummrigen Raum mit Waschbekken und Klos. Die Waschbecken waren braun vom Schiffswasser, die Klos hatten Betonsitze mit Löchern in der Mitte. In Moskau wählten die Spitzel stets öffentliche Toiletten als Treffpunkt; und noch in der Wüste hätten sie eine Toilette ausgehoben, um sich dort mit ihren Auftraggebern zu besprechen.

Skiba verschränkte die Arme und stellte sich mit dem Rücken zur Tür, so als sei er vorübergehend in der Hand des Feindes.

»Also schön, ein oder zwei Fragen werden wir Ihnen beantworten.«

»Die Schiffe waren so gruppiert, wie ich es vorhin beschrieben habe?« fragte Arkadi.

»Ja.« Slesko schloß das Bullauge.

»Schön, und wann sind die Amerikaner wieder von Bord gegangen? In chronologischer Reihenfolge, bitte, und zwar nach unserer Zeit.« Arkadi machte das Bullauge wieder auf.

Skiba blätterte in einem Notizbuch. »Der Kapitän und die Mannschaft von der *Alaska Miss* sind um 23 Uhr auf ihr Boot zurückgekehrt und haben sofort abgelegt. Ein Mann von der *Eagle* ist um 23 Uhr 29 zurück auf sein Schiff, die beiden anderen und der Kapitän gingen um 23 Uhr 54. Die *Eagle* hat 00 Uhr 10 abgelegt.«

»Und als die Trawler abgelegt hatten, wie weit haben Sie sich da von unserem Schiff entfernt?« fragte Arkadi. »Hundert Meter? Oder außer Sichtweite?«

»Es war zu neblig, als daß wir das hätten feststellen können«, sagte Slesko nach längerem Nachdenken.

»Als die Amerikaner von Bord gingen, hat sie da von uns einer verabschiedet?« fragte Arkadi.

Während Skiba erneut sein Notizbuch konsultierte, fiel Arkadis Blick auf die Zeitungen, die in Körben neben den Klos steckten. Zerknitterte Schlagzeilen verkündeten: »Kühne Refor . . .« und »Neue Ära . . .« Skiba räusperte sich. »Die Chefbevollmächtigte Susan hat sie an Deck begleitet. Kapitän Martschuk verabschiedete Kapitän Morgan und wünschte ihm einen guten Fang.«

»Keine übertriebene Verbrüderung also«, sagte Arkadi. »Und sonst war niemand dabei?«

»Nein, niemand«, sagte Skiba.

»Und wen haben Sie ab 22 Uhr 30 sonst noch an Deck gesehen?«

»Oh.« Skiba blätterte in seinem Notizbuch, nervös, aber auch ärgerlich, als hätte er vorausgesehen, daß eine Überraschungsfrage kommen würde. »Den Kapitän habe ich schon erwähnt. Um 22 Uhr 40 gingen die Amerikaner Lantz und Day nach achtern.« Er tippte mit dem Finger aufs Papier, wie um sich zu vergewissern. »Um 23 Uhr 15 kam die Genossin Taratuta.« Sie betreute Kapitänskajüte und Offiziersmesse.

»Und wo ging sie hin?«

Als Slesko erst die linke und dann die rechte Hand hob, sah Skiba zur Tür und blickte rasch wieder weg.

»Von achtern . . .« begann Slesko.

»Zum Bug«, ergänzte Skiba.

»In neuen Kategorien denken. Was heißt das eigentlich?« fragte Guri. »Der alte Kurs, das war Breschnew . . .«

»Nein«, widersprach Arkadi. »Sie meinen vielleicht Breschnew, aber man nennt seinen Namen nicht. Breschnew existiert nicht mehr, geblieben sind nur die Probleme des alten Kurses, Obstruktionspolitik und Schlamperei.«

»Ganz schön verwirrend.«

»Um so besser. Ein guter Politiker führt das Volk mindestens die Hälfte der Zeit hinters Licht.«

Guri hatte einen ganzen Monat darauf verwandt, zwei amerikanische Bücher zu lesen, *In Pursuit of Excellence* und *The One-Minute-Manager,* eine Bravourleistung an Konzentration, gemessen an seinen kümmerlichen Englischkenntnissen. Allerdings hatte Arkadi einen Großteil dieser Chroniken der Profitgier für ihn übersetzt, und die Zusammenarbeit hatte sie, wenigstens in Guris Augen, Freunde werden lassen.

Jetzt sah Arkadi zu, wie Guri Kondome in einer Wanne testete. Benutzer hatten ihnen den Spitznamen »Galoschen« gegeben, und sie wurden, in Talkum gewälzt, jeweils paarweise in einer Papiertüte geliefert. Eine Puderwolke breitete sich aus, während Guri die Kondome eins nach dem anderen aufblies, abband und unter Wasser tauchte. Weißes Talkum rieselte auf seine Lederjacke.

Der Schauplatz, den Guri sich für seine Verbraucherprüfung ausgesucht hatte, war ein leerer Benzinbunker. Obwohl der Bunker angeblich gründlich gereinigt worden war, lag ein beißender Geruch in der Luft, der Kopfschmerzen verursachte, wenn nicht Schlimmeres. Wenn es keinen Wodka mehr gab, verlegten sich viele Seeleute aufs Schnüffeln; dann sah man sie unbeherrscht lachen oder schluchzen oder gegen die Wände torkeln. Oder auch in neuen Kategorien denken, ging es Arkadi durch den Kopf.

Als Guri sah, wie Bläschen wie Champagnerperlen an die Oberfläche stiegen und die Talkumschicht auf dem Wasser durchbrachen, schäumte er vor Wut. »So was nennt sich Qualitätskontrolle. Da fehlt doch jedes Engagement auf seiten des Managements, von Integrität bei der Fertigung ganz zu schweigen.«

Er warf das Kondom auf den wachsenden Haufen getesteter und aussortierter Proben, wickelte das nächste aus, blies es auf und hielt es unter Wasser. Er hatte sich nicht nur vorgenommen, in Dutch Harbor Radios und Kassettenrecorder zu kaufen, sondern auch so viele Batterien in elastischen, wasserdichten Behältern an Bord zu schmuggeln, wie sich in einem Ölfaß verstecken ließen.

Kondome waren leicht zu beschaffen; jedenfalls für Guri, der den Laden an Bord verwaltete. Das Problem war, daß der KGB Spitzel hatte, die noch nicht einmal Wolowoi bekannt waren. Irgend jemand schien immer Wind zu bekommen von dem Buch im Sandeimer oder den Nylonstrümpfen in der Ankertrommel. Etwas anderes wäre es natürlich, wenn Guri selbst zu diesen heimlichen Informanten des Komitees für Staatssicherheit zählte. Wo immer Arkadi auch gewesen war, stets hatte sich ihm ein neuer Spitzel an die Fersen geheftet – in Irkutsk, in der Schlachterei, sogar auf Sachalin. Als er in Wladiwostok auf der *Polar Star* anheuerte, hatte er ganz einfach vorausgesetzt, daß einer seiner Kabinengenossen ein Spitzel war, aber wer es auch sein mochte – Guri, Kolja oder Obidin –, Paranoia konnte nicht ewig gegen Freundschaft ankämpfen. Mittlerweile hatte es den Anschein, als seien sie alle vier gute Kumpel.

»Wie willst du die Batterien denn an Bord schaffen?« fragte Arkadi. »Die werden doch jeden filzen, wenn ihr zurück aufs Schiff kommt. Und manche werden sie bis auf die Haut ausziehen.«

»Mir wird schon was einfallen.«

Guri tüftelte ständig irgend etwas aus. Sein neuester Einfall war ein Buch, mit dem jedermann im Handumdrehen lernen würde, in neuen Kategorien zu denken. »Das Verrückte ist«, fuhr er fort, »daß ich wegen Umstrukturierung verurteilt wurde. Ich habe mich bemüht, mit diesem ganzen Krempel aufzuräumen – staatliche Planung, Initiativen . . .«

»Du wurdest verurteilt, weil du dir auf illegalem Wege einen staatseigenen Kaffeeröster besorgt, privat Kaffee verkauft und die Bohnen mit fünfzig Prozent Getreide versetzt hast.«

»Ich war eben ein Unternehmer, nur zu früh schon.«

Blasen trudelten an die Oberfläche und zerplatzten dort. »Du hast Sina Kondome verkauft«, sagte Arkadi.

»Sina war kein Mädchen, das Risiken einging.« Guri warf den defekten Gummi auf den Haufen, griff zum nächsten und nieste. »Jedenfalls nicht solche.«

»Hat sie die Dinger regulär gekauft?«

»Sie war kein Kind von Traurigkeit.«

»Und mit wem hat sie was gehabt?«

»Frag lieber, mit wem nicht. Sie war nicht unbedingt eine Nutte; sie hat kein Geld dafür genommen; sie wollte niemandem verpflichtet sein. *Sie* hat sich die Männer ausgesucht. Eine moderne Frau. Aha!« Er warf ein Kondom auf den guten Haufen. »Qualität ist im Kommen!«

»Ist das wirklich das Ziel, auf das unser Land zusteuert?« fragte Arkadi. »Eine Nation von Unternehmern, die sich damit begnügen, Kondome auszusortieren oder Autos oder Designer-Möbel?«

»Was ist denn daran schlecht?«

»Gogols große Vision von Rußland war die einer Troika, die in wilder Fahrt durch den Schnee braust, daß die Funken stieben, während die anderen Völker der Erde voll Ehrfurcht auf uns schauen. Deine Vision ist ein Kofferraum vollgepackt mit Stereogeräten.«

Guri zog die Nase hoch. »Ich denke eben in neuen Kategorien. Du offenbar nicht.«

»Wer waren Sinas Freunde?« fragte Arkadi.

»Männer. Sie schlief einmal mit dir, dann allerdings nicht mehr. Doch sie konnte nein sagen, ohne dich zu verletzen.«

»Und wie stand sie mit Frauen?«

»Mit Susan kam sie ganz gut aus. Hast du mit ihr gesprochen?«

»Ja.«

»Tolles Weib, nicht?«

»Ich fand sie ganz in Ordnung, ja.«

»Sie ist eine Schönheit. Du weißt doch, wie wenn ein Schiff vorbeifährt, das Kielwasser von der Biolumineszenz leuchtet? Mitunter, wenn ich sie irgendwo knapp verpaßt habe, wenn sie gerade weg ist, dann sehe ich noch dieses Leuchten.«

»Biolumineszenz? Vielleicht könntest du's abfüllen und flaschenweise verkaufen.«

»Weißt du«, sagte Guri, »du hast so was verdammt Nüchternes, Herbes; macht mir direkt Sorgen. Als rauskam, daß du ein Inspektor warst, da hab ich dich mit ganz neuen Augen gesehen. So als wäre da noch ein anderer in dir drin. Sieh mal, ich will doch nichts weiter als Geld verdienen. Die Sowjetunion steht kurz davor, aus dem neunzehnten Jahrhundert aufzutauchen, und wenn's soweit ist, dann wird . . .« Er merkte, daß er in seinem Redestrom schon ein Kondom durch die Luft schwenkte, und legte es seufzend beiseite. »Also dann wird alles anders werden. Du hast mir so geholfen mit diesen Büchern. Wenn wir die mit dem inspirierenden Vokabular der Partei kombinieren könnten . . .«

Unwillkürlich mußte Arkadi an die Phrasen denken, die Guri wahrscheinlich im Sinn hatte. Die Partei hatte sie losgelassen wie einen Steinregen, der einem immer höher reichte – bis zu den Knöcheln, bis an die Knie. »Du meinst so was wie Arbeiterklasse, Vorhut der Umstrukturierung, Erweiterung und gleichzeitige Festigung des ideologischen und moralischen Sieges?«

»Genau. Aber nicht so, wie du das sagst. Ich glaube an die Umstrukturierung.« Guri merkte, daß er schon wieder ein Kondom herumschwenkte. »Wie dem auch sei, meinst du denn nicht auch, daß wir Stagnation und Korruption hinter uns lassen sollten?« Er sah, wie Arkadis Blick die Wanne streifte. »Also das da würde ich nicht als Korruption bezeichnen – jedenfalls nicht im eigentlichen Sinne. Breschnews Tochter hat Diamanten geschmuggelt. Orgien veranstaltet, mit einem Zigeuner geschlafen. *Das* ist Korruption.«

»Sina hatte also keinen festen Freund?«

»Du hörst dich allmählich wirklich an wie ein Chefinspektor, das ist ja direkt unheimlich.« Guri testete ein weiteres Kondom. »Ich hab dir doch gesagt, sie war sehr demokratisch gesinnt. Sie war anders als andere Frauen. Ich will dir mal einen Rat geben. Finde heraus, was die hören wollen, und dann erzählst du ihnen genau das. Wenn du die Sache ernsthaft angehst, Arkadi, dann nageln die dich ans Kreuz wie Obidins Christus. Komm schon, Mann, nimm's nicht so schwer.«

Guri schien aufrichtig besorgt. Sie waren Kabinengenossen und Kameraden, beide mit einer leidvollen Vergangenheit. Wenn er es sich genau überlegte, so hatte Arkadi kein Recht, über die Ambitionen eines anderen zu spotten, zumal er überhaupt keine hatte, außer den Kopf einzuziehen und zu überleben. Woher kam plötzlich dieser Tugendeifer? Hatte er den nicht längst erstickt?

»Schon gut, du hast ja recht«, sagte er. »Ich werde in neuen Kategorien denken.«

»Gott sei Dank.« Erleichtert tauchte Guri ein neues Kondom ins Wasser. »In neuen und rentablen Kategorien, wenn's geht.«

Arkadi machte einen Versuch. »Angenommen, du versuchst gar nicht erst, den Geruch zu übertünchen, um die Grenzbeamten irrezuführen. Wenn wir nach Wladiwostok kommen, dann bring die Hunde von der Fährte ab, indem du ihnen ganz einfach was anderes zu schnüffeln gibst. Wie wär's zum Beispiel, wenn du ein bißchen Hunde- oder Katzenurin sammelst und auf ein paar Kisten schmierst?«

»Das gefällt mir«, sagte Guri. »Der neue Arkadi. Ich sag dir was, noch besteht Hoffnung.«

8

Es war Abend geworden, als Arkadi zur Kapitänskajüte zurückkehrte. Die meergrünen Wände verliehen dem Raum einen eigenartigen Unterwassereffekt. Rings um den Schreibtisch, auf dem eine schimmernde Batterie von Gläsern und Mineralwasserflaschen aufgebaut war, saßen Martschuk, der Erste Maat Wolowoi und ein dritter Mann, der nicht viel größer war als ein Kind. Seine umschatteten Lider zeugten von Schlafmangel, sein Haar war wirr und struppig wie Stroh, und in seinem Mundwinkel hing eine kalte Seemannspfeife. Das Außergewöhnliche an ihm war, daß Arkadi ihn nie zuvor gesehen hatte.

Slawa hatte bereits angefangen. Zu seinen Füßen lag ein Segeltuchsack. »Nach meinem Besuch auf der *Eagle* habe ich mich mit dem Ersten Maat Wolowoi beraten. Wir waren beide der Meinung, daß wir mit Unterstützung der Parteiaktivisten und einiger Freiwilliger unseres Schiffes imstande sein dürften, die gesamte Mannschaft der *Polar Star* zu verhören, um festzustellen, wo sich jeder einzelne in der Nacht von Sina Patiaschwilis Verschwinden aufgehalten hat. Diese kolossale Aufgabe war auch tatsächlich in zwei Stunden beendet. Wir haben erfahren, daß niemand die Genossin Patiaschwili nach dem Fest gesehen hat und daß niemand bei ihr war, als sie über Bord fiel. Wir haben eingehende Verhöre mit den Arbeitskameradinnen der Genossin Patiaschwili durchgeführt, sowohl um eventuelle Gerüchte im Keim zu erstikken als auch um endgültig Klarheit zu schaffen. Es gibt nämlich Leute, die eine natürliche Begabung dafür haben, einen Unfall zum Skandal aufzubauschen.«

»Außerdem«, sagte Wolowoi, »mußten wir unsere heikle Lage berücksichtigen, daß wir nämlich hier mit ausländischen Staatsangehörigen in ausländischen Gewässern zusammenarbeiten. Wäre es möglich, daß übermäßiges Fraternisieren mit den Amerikanern beim tragischen Tod dieser Genossin eine Rolle spielte? Es galt, den Fakten ins Auge zu sehen und unerbittliche Fragen zu stellen.«

Na großartig, dachte Arkadi. Da war er auf dem Schiff herumgehetzt, während Slawa und der Invalide an ihrer Rede gefeilt hatten.

»Wieder und wieder«, fuhr Slawa fort, »sind diese Verdachtsmomente von den Befragten für null und nichtig erklärt worden. Genossen, kein Zeugnis könnte mehr Gewicht vor einem sozialistischen Gericht haben als die Aussagen dieser Arbeiter, die Seite an Seite neben der Verstorbenen Dienst taten. In der Küche habe ich es ein ums andere Mal gehört: ›Die Patiaschwili war eine unermüdliche Kraft, die keine Arbeit scheute.‹ ›Die Patiaschwili hat nicht einen Tag krankgefeiert.‹ Und ... «, Slawa senkte respektvoll die Stimme, »›Sina war ein braves Mädchen.‹ Ihre Kabinenkolleginnen haben sich in ähnlicher Weise geäußert. Ich zitiere: ›Sie war eine rechtschaffene sowjetische Arbeiterin, wir alle werden sie sehr vermissen.‹ Und das von Natascha Tschaikowskaia, einer Parteigenossin und dekorierten Heldin der Arbeit.«

»Die Leute werden für ihre freimütigen Erklärungen belobigt«, sagte Wolowoi.

Bisher hatte niemand Arkadi begrüßt. Er fragte sich, ob er wieder gehen oder weiter wie ein Möbelstück herumstehen sollte. Ein freier Stuhl wäre ihm in dieser Situation sehr gelegen gekommen.

»Sodann habe ich erneut die Hilfe des Genossen Wolowoi in Anspruch genommen«, erkärte Slawa dem Kapitän. »Ich fragte Fedor Fedorowitsch: ›Was war Sina Patiaschwili für ein Mädchen?‹ Und er antwortete: ›Jung, voller Leben, aber politisch reif.‹«

»Typisch für die sowjetische Jugend«, sagte Wolowoi. Er trug zu diesem Anlaß einen abgetragenen Trainingsanzug, die gängige Kleidung der Politoffiziere. Es war Arkadi bis dahin noch nicht aufgefallen, daß das kurzgeschorene rote Haar des Ersten Maats aussah wie die Stoppeln auf einem Schweinerüssel.

Slawa sagte: »Der Trawlmaster, der ihre Leiche entdeckt hat, war völlig mit den Nerven runter.«

»Korobets«, brachte Wolowoi den anderen in Erinnerung. »Seine Deckbrigade ist führend im sozialistischen Wettstreit unseres Schiffes.«

»Ich habe auch ihn und seine Leute befragt. Obwohl er ihr nie außerhalb der Cafeteria begegnet ist, hat auch er sie als eine Arbeiterin in Erinnerung, die freigebig und großzügig war.«

Mit Kartoffelpüree? überlegte Arkadi.

Als könnte er Gedanken lesen, warf der Invalide Arkadi einen mißgünstigen Blick zu, ehe er seinen Teil des Duetts anstimmte. »Trotzdem mußten wir uns dem Rätsel stellen, um herauszufinden, was in der Nacht ihres Todes geschehen ist. Nicht nur um ihretwillen, sondern auch zum Wohle all ihrer Kameraden, damit sie diesen unglücklichen Vorfall hinter sich lassen und aufs neue ihre ganze Kraft unserer produktiven Zielsetzung widmen können.«

»Sehr richtig.« Slawa war rundum einverstanden. »Und genau das haben wir heute erreicht. Und zwar haben wir festgestellt, daß Sina Patiaschwili in der fraglichen Nacht auf dem Fest in der Cafeteria war. Ich selbst habe in der Band gespielt, und ich kann bezeugen, daß sich durch das lebhafte Treiben in dem geschlossenen Raum eine ziemliche Hitze entwickelt hat. Daher habe ich mich bei den weiblichen Besatzungsmitgliedern erkundigt, ob sie sich irgendwann einmal unwohl gefühlt hätten, weil es so drükkend war in der Cafeteria. Eine Reihe von ihnen bejahte das; sie hatten kurzzeitig hinausgehen und an Deck frische Luft schöpfen müssen. Daraufhin bin ich in den Krankentrakt gegangen und habe unseren Schiffsarzt gefragt, ob Sina Patiaschwili je über Schwindelanfälle oder Kopfschmerzen geklagt habe. Was er bejahte. Dr. Wainu hatte die Verstorbene zuvor obduziert. Ich fragte ihn, ob die Autopsie irgendwelche Anzeichen auf Verletzungen ergeben habe, die sich eindeutig nicht auf einen Unfall zurückführen ließen. ›Nein‹, sagte er. Gab es irgendeinen Befund, den er schwer erklärbar fände? fragte ich. Ja, da seien Verfärbungen an Rumpf und Gliedern sowie blaue Flecken in gleichmäßigem Abstand zueinander an Brust und Hüften, die er sich nicht recht erklären könne. Außerdem ein kleiner Einstich im Unterleib.

Genossen, ich darf Sie beruhigen, nichts von alledem ist im Moment noch rätselhaft. Ich selbst habe Sina Patiaschwilis Schritte in der Nacht ihres Verschwindens rekonstruiert. Weder auf den Korridoren, die zu ihrer Kabine führen, noch auf dem Trawldeck hat man sie gesehen. Sie kann also nur zum Heck gegangen sein. Wäre sie dort nun direkt über die Reling ins Wasser gefallen, ja, dann ließen sich die Verletzungen an ihrem Körper tatsächlich schwer erklären. Aber Sina Patiaschwili, die allein dort oben in die Dunkelheit hinaustrat, fiel nicht über die Seitenreling, sondern über das Geländer am offenen Treppenschacht über der Heckrampe und schlug im Sturz mit dem Hinterkopf auf. Als ihr Körper dann die Stufen hinunterrutschte, zog sie sich auch noch Prellungen an Gliedern und Rumpf zu.«

Ein sehr hilfreiches »Auch«, dachte Arkadi. Martschuk studierte mit ernster Miene den Autopsiebefund auf seinem Schreibtisch. Arkadi hatte fast Mitleid mit ihm. Viktor Martschuk wäre ohne Parteiausweis niemals Kapitän geworden, und mit den Amerikanern ließ man ihn nur fischen, weil er darüber hinaus auch noch Parteiaktivist war. Ein ehrgeiziger Mann, aber ein Kapitän mit echtem Seemannsblut. Der unbekannte Gast im dritten Sessel hielt den Kopf in die Hand gestützt. Auf seinem Gesicht lag der verständige Ausdruck eines Menschen, der sich selbst an den falschen Tönen im Klavierkonzert eines Amateurs erfreuen konnte.

»Die Treppe hat aber doch einen Absatz«, sagte Martschuk.

»Genau.« Slawa nickte bestätigend. »Und auf dem blieb Sina Patiaschwili liegen, solange das Fest andauerte. Und zwar lag sie mit dem Körper gegen das Außengeländer genau dieses Treppenabsatzes gepreßt, was die blauen Flecke an Brust und Hüften erklärt. Als das Fest dann vorüber war und die *Polar Star* ihre Arbeit wiederaufnahm, brachte die Erschütterung des Schiffes den Körper ins Rollen. Wie Sie alle wissen, verwenden unsere Konstrukteure viel Mühe darauf, für unsere sowjetischen Seeleute die sichersten Schiffe der Welt zu bauen. Leider kann man nicht jeden außergewöhnlichen Vorfall vorhersehen. Und so gibt es denn auch keinen Geländerschutz an der Innenseite des Treppenabsatzes. Sina Patiaschwili rollte also weiter hinunter und stürzte auf die Rampe. Weiter oben hat die Rampe ein Sicherheitsgitter, das verhindert, daß jemand vom Trawldeck fallen kann, doch das nützte der Ärmsten nichts, da sie ja den Treppenschacht hinunterstürzte. Sina Patiaschwili konnte wohl nicht mehr um Hilfe rufen, denn aller Wahrscheinlichkeit nach war sie bewußtlos, und so rutschte sie über die Rampe hinunter ins Wasser.«

Slawa referierte seine Schlußfolgerungen, als handele es sich um ein Hörspiel. Unwillkürlich sah Arkadi die Szene vor sich:

Das Mädchen aus Georgien in seinen Jeans und mit dem gebleichten Haar flüchtete aus dem Qualm und der Hitze der Cafeteria; benommen starrte sie in die wattige Leere des Nebels, trat unbedacht ein paar Schritte zurück bis zum Geländer am Treppenschacht ... Nein, das konnte er, offen gestanden, nicht sehen. Nicht Sina, das Mädchen mit der Herzdame in ihrer Tasche, nicht ganz allein, nicht so.

Unvermittelt fragte der Kapitän: »Was halten Sie von dieser Theorie, Genosse Renko?«

»Sehr spannend.«

Slawa fuhr fort: »Erfahrenen Seeleuten brauche ich nicht zu erkären, daß und warum Sina Patiaschwili in diesen eisigen Gewässern nur ganz kurz überlebt haben kann. Sagen wir, fünf Minuten? Allerhöchstens zehn. Der einzig ungelöste Punkt bleibt mithin die Einstichwunde in ihrem Unterleib, eine Wunde, auf die uns Genosse Renko hingewiesen hat. Nun ist Renko allerdings kein Fischer und nicht erfahren oder vertraut mit Trawlgeräten. Hat er je mit einem Kabel hantieren müssen, das völlig durchgescheuert ist, nachdem es vierzig Tonnen Fisch über den felsigen Meeresgrund geschleift hat?«

Aber ja doch, dachte Arkadi, wollte indes nicht unterbrechen, da der Dritte Maat gerade einen Höhepunkt ansteuerte oder zumindest zum Schluß zu kommen schien. Slawa knüpfte den Sack auf, der vor ihm auf dem Boden stand, zog eine aufgerollte ein Zentimeter dicke Stahltrosse heraus und hielt sie triumphierend in die Runde. An einigen Stellen stachen Stahlfasern wie Dornen aus dem Kabel hervor.

»Genau das meine ich, durchgescheuert wie dieses Kabel hier«, sagte Slawa. »Es ist erwiesen, daß der Leichnam von Sina Patiaschwili im Netz heraufkam. Wir Seeleute wissen, daß ein Netz oft von abgenutzten Kurrleinen gezogen wird. Und während sie das Netz durchs Wasser schleppen, vibrieren die Leinen, und dabei werden herausstehende Enden zu regelrechten Waffen, scharf und gefährlich. Eine solche Spitze hat Sina die Schnittwunde beigebracht. Damit wäre das Rätsel gelöst. Ein Mädchen geht zum Tanzen, ihr wird heiß, sie geht an Deck, allein, um sich abzukühlen, fällt über Bord und findet dabei – zu unser aller Bedauern – den Tod. Aber das ist *alles,* was passiert ist.«

Slawa zeigte die Kabelprobe erst Wolowoi, der großes Interesse heuchelte, dann dem Fremden, der abwinkte, und schließlich dem Kapitän, der jedoch bereits wieder in ein Dokument vertieft war. Martschuk hatte eine katzenhafte Art, sich, während er die Blätter studierte, den gepflegten schwarzen Bart zu streichen.

»In Ihrem Bericht empfehlen Sie, von weiteren Untersuchungen an Bord abzusehen und noch ausstehende Fragen den zuständigen Behörden in Wladiwostok zu überlassen.«

»Ja«, sagte Slawa. »Natürlich liegt die endgültige Entscheidung darüber bei Ihnen.«

»Soweit ich mich erinnere, haben Sie noch einige andere Vorschläge gemacht«, warf Wolowoi ein. »Aber ich habe den Bericht nur flüchtig durchgeblättert.«

»Das ist richtig«, antwortete Slawa gehorsam. Wirklich vortrefflich, dachte Arkadi, fast so gut wie Tischtennis. »Wenn wir aus diesem tragischen Vorfall eine Lehre ziehen können, dann die, daß Sicherheit an Bord niemals als selbstverständlich vorausgesetzt werden darf. Ich möchte Ihnen daher nachdrücklich zwei Empfehlungen unterbreiten. Erstens: Bei künftigen Geselligkeiten beziehen Freiwillige an beiden Seiten des Heckdecks Posten. Zweitens: Veranstaltungen finden in Zukunft, soweit möglich, nur noch während des Tages statt.«

»Dies sind nützliche Vorschläge, und ich bin sicher, sie werden mit großem Interesse auf unserer nächsten Vollversammlung diskutiert werden«, sagte Wolowoi. »Die gesamte Mannschaft schuldet Ihnen Dank für Ihre Bemühungen, für die Umsicht und Eile, mit der Sie Ihre Ermittlungen geführt haben, und nicht zuletzt für den ebenso sachlichen wie scharfsinnigen Charakter Ihrer Schlußfolgerungen.«

Tolstois Adlige ergingen sich in französischen Wortkaskaden. Die Enkel der Revolution sprachen ein schwerfälliges, ja stockendes Russisch, als sei jedes Wort soundsoviele Zentimeter lang und als müßten all diese Worte, sorgfältig aneinandergefügt, unwiderruflich zum Konsens führen. Was sie zu sagen hatten, brachten sie höflich und sachlich vor, denn das Eigentümliche der sowjetischen Demokratie bestand darin, daß alle Versammlungen in Einmütigkeit zu enden hatten. Angenommen, ein Arbeiter trat vor ein Fabrikkomitee und wies darauf hin, daß man Autos mit drei Rädern herstellte, oder erklärte einem Agrarkomitee, daß man Kälber mit zwei Köpfen züchtete. Solche Informationen hielten ein besonnenes, erfahrenes Komitee niemals davon ab, in geschlossener Formation auch weiterhin seinen Kurs beizubehalten.

Martschuk nippte an seinem Glas, zündete sich eine neue Zigarette an, eine Player's mit würzigem, ausländischem Aroma, und senkte seinen Blick wieder auf den Bericht, der vor ihm lag. In dieser Haltung kam die asiatische Form seiner Wangen besonders gut zur Geltung. Der Kapitän sah aus wie ein Mann, der dafür geschaffen war, die Taiga zu bezwingen, nicht aber dazu, sich durch Bürokratenlatein hindurchzukämpfen. Der Fremde im hellbeigen Sweater lächelte geduldig, als sei er durch Zufall in diese Versammlung geraten, schien aber dennoch keine Eile zu haben, wieder zu gehen.

Martschuk blickte auf. »Sie haben diese Nachforschungen doch zusammen mit dem Genossen Renko durchgeführt?«

»Ja«, antwortete Slawa zögernd.

»Aber ich sehe nur Ihre Unterschrift unter dem Bericht.«

»Das liegt daran, daß wir vor diesem Zusammentreffen keine Gelegenheit mehr hatten, uns abzusprechen.«

Martschuk winkte Arkadi zu sich heran. »Renko, haben Sie diesen Ausführungen etwas hinzuzufügen?«

Arkadi überlegte einen Moment und sagte: »Nein.«

»Würden Sie dann bitte auch unterschreiben?« Martschuk streckte ihm einen dicken Füllfederhalter hin, einen Monte Cristo, genau das Richtige für einen Kapitän.

»Nein.«

Martschuk schraubte den Federhalter wieder zu. Diese Angelegenheit wurde offenbar komplizierter, als er erwartet hatte.

Der Invalide goß sich Wasser nach und sagte: »Da Renko nicht die Hauptarbeit erledigt hat und da die in dem Bericht niedergelegten Empfehlungen allein vom Dritten Maat stammen, ist Renkos Unterschrift wohl auch gar nicht erforderlich.«

»Einen Moment noch.« Martschuk wandte sich wieder an Arkadi. »Sie sind also dagegen, daß wir die Aufklärung der letzten Ungereimtheiten den Behörden in Wladiwostok überlassen?«

»Nein.«

»Was stört Sie denn dann?«

»Bloß ...« Arkadi suchte nach der treffenden Formulierung, »... bloß die Fakten.«

»Ah.« Zum erstenmal setzte sich der Mann im hellbeigen Sweater auf, als habe er endlich ein Wort in einer Sprache gehört, die auch er verstand.

»Oh, Verzeihung. Genosse Renko, das ist Elektroingenieur Hess von der Flotte«, stellte Martschuk ihn vor. »Ich habe den Genossen Hess gebeten, heute abend seinen scharfen Verstand in den Dienst unserer Sache zu stellen. Wenn Sie nun ihm und mir erklären wollen, wie es möglich ist, daß Sie Bukowskis Schlußfolgerungen zustimmen, aber nicht einverstanden sind mit den von ihm dargelegten Fakten?«

Die *Polar Star* hatte die Flotte seit sechs Wochen nicht mehr gesehen und würde ihr erst frühestens in einem Monat wieder begegnen. Arkadi hätte gern gewußt, wo Hess die ganze Zeit über gesteckt hatte, doch zunächst konzentrierte er sich auf die Frage des Kapitäns.

»Sina Patiaschwili starb in der Nacht, als an Bord das Fest stattfand«, sagte Arkadi. »Da sie von niemandem unter Deck auf dem Weg zu ihrer Kabine gesehen wurde, ist sie vermutlich entweder in ein anderes Quartier nach achtern gegangen oder, wie der Dritte Maat meint, rauf an Deck. Aber wenn jemand ohnmächtig wird, dann fällt er um und nimmt nicht Anlauf, um über ein Geländer zu hechten, das Sina bis zur Brust gereicht haben dürfte. Für einen Tod durch Ertrinken gibt es eindeutige Anzeichen, Sinas Leiche weist keine davon auf, und wenn die in Wladiwostok ihre Lunge öffnen, werden sie vergeblich nach Salzwasser suchen. Male, wie wir sie an der Leiche gefunden haben – die Verfärbungen an Unterarmen, Schenkeln, Brüsten und Bauch –, entstehen so erst *nach* Eintritt des Todes. Der bereits leblose Körper muß längere Zeit irgendwo zusammengekrümmt gelegen haben; und die Prellungen an Hüften und Brustkorb stammen nicht vom Aufprall gegen ein Geländer, sondern daher, daß man die Tote brutal gegen irgendeinen harten Vorsprung geschleudert hat. Ich will damit sagen, Sina wurde auf der *Polar Star* getötet und an Bord versteckt. Was nun den Einstich in der Bauchdecke angeht, der wurde der Toten mit einem scharfen Messer, und zwar mit einem einzigen Stoß beigebracht. Die Wunde weist weder Kratzer noch Risse auf, und es ist auch kaum Blut ausgetreten. Ich würde sagen, diesen Messerstich versetzte man ihr, kurz bevor sie über Bord geworfen wurde, um zu verhindern, daß der Leichnam wieder an die Oberfläche steigen würde. Daß ihr nicht erst das Netz den Schnitt zugefügt haben kann, beweist ferner der Umstand, daß sich bereits dreißig Faden tief auf dem Meeresgrund Schleimaale durch die Wunde in den Bauchraum bohren und dort einnisten konnten.«

»In Ihrem Bericht steht aber gar nichts von Schleimaalen«, sagte Martschuk zu Slawa. Fischer grausten sich vor Schleimaalen, das war allgemein bekannt.

»Wollen Sie noch mehr hören?« fragte Arkadi.

»Bitte.«

»Sinas Kolleginnen behaupten im Verhör, Sina sei ein unermüdliches Arbeitstier gewesen, doch die Amerikaner haben ausgesagt, sie sei jedesmal, ob bei Tag oder bei Nacht, an der Heckreling erschienen, wenn die *Eagle* ein Netz brachte. Oft fiel die Übergabe in Sinas Schicht, was bedeutet, daß sie ihre Arbeit liegenließ, wann immer es ihr paßte, und für eine halbe Stunde verschwand.«

»Soll das etwa heißen, Russen lügen und Amerikaner sagen die Wahrheit?« fragte Wolowoi, als gelte es, sich über spitzfindige Unterscheidungskriterien klarzuwerden.

»Nein. Sina war auf dem Fest mit den Amerikanern von der *Eagle* zusammen, sie tanzten miteinander, man unterhielt sich. Ich glaube nicht, daß eine Frau mitten in der Nacht bei Regen zur Heckreling läuft, um irgendeiner Bootsmannschaft zuzuwinken. Sie tut es, weil sie *einen* Mann begrüßen will. Mit ziemlicher Sicherheit lügen die Amerikaner, wenn sie behaupten, sie hätten keine Ahnung, wer dieser Mann sein könnte.«

»Wollen Sie etwa andeuten, einer unserer Jungs sei eifersüchtig gewesen?« fragte Martschuk.

»Das wäre eine Verleumdung«, konstatierte Wolowoi, als sei die Frage damit erledigt. »Falls es aber zu Pflichtverletzungen in der Küche gekommen ist, falls eine der Arbeiterinnen ihren Dienst nicht vorschriftsmäßig versehen hat, dann werden wir das natürlich mit einem strengen Verweis ahnden.«

»Noch Wasser?« Martschuk reichte Wolowoi die Flasche.

»Gern.«

Blasen perlten im Glas des Invaliden. Um Martschuks Lippen spielte ein unheilvolles Lächeln, aber sein Ton blieb unverändert sowjetisch, nüchtern und geschäftsmäßig.

»Das Problem«, urteilte Martschuk, »sind die Amerikaner. Die werden darauf achten, ob wir die Ermittlungen offen und geradlinig führen.«

»Das werden wir«, sagte Wolowoi, »aber in Wladiwostok.«

»Natürlich.« Martschuk nickte. »Trotzdem, wir stehen hier vor einer ganz außergewöhnlichen Situation, die möglicherweise rascheres Handeln erfordert.« Er bot dem Invaliden eine Zigarette an. Bisher bewegte sich noch alles im vorschriftsmäßigen Rahmen sowjetischer Diskussionsführung. Es kam mitunter vor, daß Sofortmaßnahmen ergriffen werden mußten, um eine Krise abzuwenden, etwa wenn am Monatsende das Soll nur erfüllt werden konnte, indem man dreirädrige Autos auslieferte. Auf ein Fischereifahrzeug übertragen, hieß das, man erfüllte die Quote, indem man den gesamten Fang zu Fischmehl verarbeitete, ohne den bereits verdorbenen Fisch auszusondern.

»Der Arzt war mit dem Genossen Bukowski einig«, betonte Wolowoi.

»Der Arzt«, sagte Martschuk, bemüht, gemessen zu reagieren, »der Arzt konnte, wenn ich mich recht entsinne, noch nicht einmal den Zeitpunkt des Todes bestimmen. Für Gesunde mag er ja ein guter Arzt sein, aber bei Kranken oder gar Toten hab ich da meine Zweifel.«

»Der Bericht hat vielleicht ein paar Schwachstellen«, gab Wolowoi zu.

Mit einer Miene des Bedauerns wandte Martschuk sich an Slawa. »Verzeihen Sie, aber dieser Bericht ist ganz einfach Mist.« Und an Wolowoi gerichtet setzte er hinzu: »Ich bin sicher, er hat sein Bestes getan.«

Das letzte russische Schiff, mit dem die *Polar Star* zusammengetroffen war, war ein Frachter gewesen, der dreitausend Tonnen Seezunge, fünftausend Tonnen Pollack, achttausend Tonnen Fischmehl und fünfzig Tonnen Lebertran im Austausch gegen Mehl, Schinken, Kohl, Filmrollen, Post und Zeitschriften an Bord genommen hatte. Arkadi war an dem Tag mit an Deck gewesen. Aber er hatte keinen kleinwüchsigen Elektroingenieur bemerkt, der etwa den Flaschenzug dirigiert hätte.

Unter seinem dichten Haarschopf bestand das Gesicht von Anton Hess zur Hälfte aus Stirn; der Rest – gewölbte Brauen, vorspringende Nase, aufgeworfene Oberlippe und gespaltenes

Kinn – wurde dominiert von einem freundlichen, blauen Augenpaar. Hess sah aus wie ein deutscher Chorleiter, einer, der noch mit Brahms zusammengearbeitet haben könnte.

Ohne den wohlgesetzten Ton sowjetischer Behördensprache aufzugeben, vielmehr wie einer, der widerstrebend unangenehme Fakten offenlegt, ging der Erste Maat zum Angriff über.

»Seemann Renko, nur zu unserer Information: Ist es richtig, daß die Moskauer Staatsanwaltschaft Sie entlassen hat?«

»Ja.«

»Und stimmt es auch, daß Sie aus der Partei ausgeschlossen wurden?«

»Ja.«

Das düstere Schweigen, das diesem Wortwechsel folgte, war die angemessene Reaktion auf das Geständnis eines Mannes, der sich eben zu zwei unheilbaren Krankheiten bekannt hatte.

»Darf ich frei sprechen, Kapitän?« fragte Wolowoi.

»Bitte.«

»Ich war von Anfang an dagegen, diesen Arbeiter an den Ermittlungen zu beteiligen, ganz besonders, was die Befragung unserer amerikanischen Kollegen betrifft. Mir lag nämlich bereits ein Dossier mit negativen Informationen über Seemann Renko vor. Heute habe ich nun per Funk vom KGB in Wladiwostok weiteres Material angefordert, denn ich wollte den Mann ja nicht unfair beurteilen. Genossen, wir haben hier einen Menschen mit fragwürdiger Vergangenheit vor uns. Niemand will darüber sprechen, was genau damals in Moskau passiert ist. Erfahren konnte ich nur so viel, daß Renko in die Ermordung eines Staatsanwalts verwickelt war und daß er mit der Flucht einer früheren Sowjetbürgerin zu tun hatte. Mord und Verrat, das ist die Geschichte des Mannes, der hier vor Ihnen steht. Darum hetzt er von einer Arbeit zur nächsten, durch ganz Sibirien. Und sehen Sie ihn sich nur an: Er hat sich nicht zu seinem Vorteil entwickelt.«

Wie recht er hat, dachte Arkadi. Schon die mit Schuppen und getrocknetem Schleim verkrusteten Stiefel waren wahrhaftig nicht das Schuhwerk eines prosperierenden Mannes.

»Die ganze Wahrheit ist«, sagte Wolowoi in einem Ton, als kämen ihm die Worte nur widerstrebend über die Lippen, »daß man in Sachalin nach ihm fahndete, als er auf der *Polar Star* angeheuert hat. Warum man ihn suchte, konnte ich nicht in

Erfahrung bringen, aber bei einem seines Schlages kommen tausend Gründe in Betracht. Darf ich ganz offen sein?«

»Nur zu«, sagte Martschuk.

»Genossen, Wladiwostok wird primär nicht untersuchen, was einem x-beliebigen Mädchen namens Sina Patiaschwili zugestoßen ist, sondern ob wir auf unserem Schiff die politische Disziplin aufrechterhalten haben. Wladiwostok wird kein Verständnis dafür aufbringen, daß wir in eine so heikle Ermittlung einen Mann wie Renko einbeziehen, einen Mann, der politisch als so unzuverlässig gilt, daß wir ihn in einem amerikanischen Hafen nicht von Bord lassen können.«

»Ein ausgezeichnetes Argument«, räumte Martschuk ein.

»Im übrigen«, fuhr Wolowoi fort, »wäre es möglicherweise ratsam, eine allgemeine Urlaubssperre zu verhängen. Wir erreichen Dutch Harbor in zwei Tagen. Vielleicht wäre es das beste, die gesamte Mannschaft an Bord zu behalten.«

Bei diesem Vorschlag verdüsterte sich das Gesicht des Kapitäns. Er goß sich Wasser nach. »Nach vier Monaten auf See?« fragte er. »Nur darum machen die Leute doch die Fahrt mit, wegen dieses einen Tages im Hafen. Außerdem ist unsere Mannschaft ja gar nicht das Problem, und die Amerikaner können wir wohl kaum daran hindern, an Land zu gehen.«

Wolowoi zuckte die Achseln. »Die Bevollmächtigten würden es der Gesellschaft melden, sicher, aber schließlich ist die Firma zur Hälfte in sowjetischer Hand. Die Gesellschaft wird also nichts unternehmen.«

Martschuk drückte seine Zigarette aus und zeigte ein Lächeln, in dem mehr Ironie steckte als Humor. Seine Geduld schien erschöpft. »Die amerikanischen Beobachter werden ihrer Regierung Meldung machen, und die Fischer werden überall Gerüchte ausstreuen. Es wird heißen, ich hätte auf meinem Schiff einen Mord vertuscht.«

»Todesfälle sind immer tragisch«, sagte Wolowoi, »aber eine Untersuchung ist ein politischer Schritt. Es wäre ein Fehler, weitere Ermittlungen an Bord anzustellen. In dem Punkt muß ich für die Partei sprechen.«

In tausend Kolchosen, Fabriken, Universitäten und Gerichtssälen hätte man in einem solchen Augenblick die gleichen Worte hören können, denn keine ernsthafte Zusammenkunft zwischen

Direktoren, Führungskadern oder Anklägern wurde je zu Ende gebracht, ohne daß irgendwann einer aufstand und für die Partei sprach, womit der Sachlichkeit der Debatte der Garaus gemacht war; und selbst der Zigarettenqualm verzog sich vor diesem maßgeblichen, unabwendbaren Satz.

Martschuk jedoch kapitulierte nicht, sondern wandte sich an den Mann zu seiner Rechten: »Genosse Hess, haben Sie dazu etwas anzumerken?«

»Nun ja«, sagte der Elektroingenieur der Flotte, so als sei ihm eben etwas eingefallen. Seine Stimme hatte das Timbre eines Holzblasinstruments mit gesprungenem Mundstück, und er richtete seine Worte direkt an Wolowoi. »In der Vergangenheit, Genosse, wäre alles, was Sie vorgebracht haben, durchaus korrekt gewesen. Ich habe allerdings den Eindruck, daß die Lage sich inzwischen verändert hat. Wir haben eine neue Führung, die sich für mehr Initiative ausgesprochen hat und für eine schonungslosere Untersuchung unserer Fehler. Kapitän Martschuk ist ein treffliches Beispiel dieser jungen, freimütigen Führungsschicht. Ich meine, wir alle sollten ihn unterstützen. Was nun den Arbeiter Renko betrifft, so habe auch ich Informationen über ihn eingeholt. Er wurde weder wegen Mordes angeklagt noch als Verräter vor Gericht gestellt. Dagegen existiert ein Protokoll, demzufolge ein gewisser Oberst Pribluda vom KGB sich für ihn verbürgt hat. Renko mag politisch fahrlässig gehandelt haben, aber seine beruflichen Fähigkeiten sind nie angezweifelt worden. Darüber hinaus sollten wir bei all unseren Überlegungen die Prioritäten im Auge behalten. Dieses Gemeinschaftsprojekt, das wir mit den Amerikanern in Angriff genommen haben, ist bislang einzigartig. Aber nicht jeder begrüßt eine solche Zusammenarbeit. Unsere erste Frage sollte also lauten: Was wird aus unserer Mission? Was wird aus der internationalen Kooperation, wenn Gerüchte aufkommen, die besagen, daß man Russen, die mit Amerikanern fraternisieren, den Bauch aufschlitzt und sie über Bord wirft? Wir sollten uns jetzt und hier um ehrliche und aufrichtige Leistung bemühen und nicht nur auf Wladiwostok vertrauen. Der Dritte Maat Bukowski hat viel Energie bewiesen, aber er verfügt über keine Fachkenntnis auf diesem Sektor. Die hat niemand von uns, ausgenommen Renko. Lassen Sie uns mit mehr Selbstvertrauen an den Fall herangehen; bemühen wir uns, ihn aufzuklären.«

Arkadi erschien dieser Appell wie ein kleines Wunder. Dieses eine Mal hatte der Invalide die Debatte nicht für sich entschieden.

Wolowoi sagte: »Manchmal müssen momentane Gerüchte, so häßlich sie auch sein mögen, ignoriert werden. Es gilt, die Situation unter Kontrolle zu halten, statt den Vorfall aufzubauschen oder publik zu machen. Bedenken Sie doch: Wenn diese Patiaschwili ermordet wurde, wie Renko behauptet, dann haben wir es mit einem Kapitalverbrechen zu tun. Wenn wir die Untersuchung an Bord vorantreiben – sei sie nun intelligent oder stümperhaft geführt –, was wird dann die natürliche Reaktion des Schuldigen sein? Angst und Panik? Vermutlich wird der Betreffende alles daransetzen, um zu fliehen. Wenn wir aber erst einmal in Wladiwostok sind, hat er dazu keine Chance mehr. Denn bei einer ordnungsgemäßen Untersuchung in unserem eigenen Hafen ist er sicher in unserer Hand. Hier draußen sieht die Sache ganz anders aus. Hier haben wir das offene Meer gegen uns, die amerikanischen Schiffe und, am allergefährlichsten, einen amerikanischen Hafen. Übereifriges Handeln hier an Bord würde den Täter höchstens zu einer Verzweiflungstat hinreißen. Wäre es nicht denkbar, ja sogar logisch, daß ein Verbrecher, der fürchten muß, entlarvt zu werden, sich in Dutch Harbor absetzt und versucht, der sowjetischen Justiz zu entkommen, indem er behauptet, er suche um politisches Asyl nach? Ist das nicht der wahre Beweggrund vieler sogenannter Flüchtlinge? Die Amerikaner sind unberechenbar. Sowie eine Situation politisch wird, gerät sie außer Kontrolle, wird zur Zirkusfarce, in der Lügen und Wahrheit ununterscheidbar sind. Natürlich würde man uns den Mann über kurz oder lang ausliefern, aber dürfen wir riskieren, daß ein sowjetisches Schiff in einem solchen Licht erscheint? Mord? Skandal? Genossen, niemand wird bestreiten, daß unsere Mannschaft unter normalen Bedingungen nach vier Monaten harter Arbeit auf See ihren Landgang verdient hat. Trotzdem möchte ich nicht der Kapitän sein, der Prestige und Mission einer gesamten Flotte aufs Spiel setzt, nur damit seine Leute ausländische Joggingschuhe und Uhren einkaufen können.«

Nach dieser fabelhaften Pionierarbeit des Invaliden hielt Arkadi den Streitfall für begraben. Aber Hess konterte prompt.

»Lassen Sie uns die Probleme gesondert betrachten. Eine Untersuchung an Bord schafft unter Umständen einen Ausnahmezustand, und in einem Ausnahmezustand käme ein Landgang natürlich nicht in Frage. Mir scheint, die Lösung des einen könnte uns auch im anderen Punkt weiterbringen. Wir sind noch anderthalb Tage von Dutch Harbor entfernt, Zeit genug, um eindeutigere Schlüsse über den Tod dieses armen Mädchens zu ziehen. Wenn uns der Fall in sechsunddreißig Stunden immer noch verdächtig erscheint, können wir der Mannschaft den Landgang streichen. Wenn nicht, wollen wir ihnen den wohlverdienten Tag im Hafen gönnen. So oder so wird niemand entkommen, und wir können immer noch die umfassende Untersuchung abwarten, wenn wir nach Wladiwostok zurückkehren.«

»Was ist mit Selbstmord?« fragte Slawa. »Was ist, wenn sie über Bord gesprungen ist, durch den Treppenschacht oder wo auch immer?«

»Was meinen Sie dazu?« wandte Hess sich an Arkadi.

»Selbstmord ist immer ein Grenzfall«, sagte Arkadi. »Es gibt den Selbstmörder, der Komplizen preisgibt, ehe er die Garagentür zusperrt und seinen Wagen anläßt. Oder den Selbstmörder, der ›Nieder mit dem sowjetischen Schriftstellerverband!‹ auf die Küchenwand pinselt, bevor er seinen Kopf in den Ofen steckt. Sogar den Soldaten, der sagt: ›Betrachtet mich als guten Kommunisten‹, ehe er sein Maschinengewehr durchlädt.«

»Sie wollen damit sagen, daß der politische Faktor jeweils ein anderer ist?« fragte Hess.

»*Ich* entscheide über den politischen Faktor«, rief Wolowoi. »Ich bin immer noch der Politoffizier.«

»Ja«, bestätigte Martschuk kühl. »Aber nicht der Kapitän.«

»Bei einer solch heiklen Mission . . .«

Hess schnitt Wolowoi das Wort ab: »Es gibt mehr als nur eine Mission.«

Es entstand eine Pause, als sei das Schiff in eine völlig neue Richtung geschwenkt.

Als Martschuk Wolowoi eine Zigarette anbot und ihm Feuer gab, versengte die Flamme eine Haarsträhne, die dem Ersten Maat über die Augen hing. Wolowoi blies den Rauch aus und sagte: »Bukowski kann einen neuen Bericht schreiben.«

»Wenn wir Bukowskis und Renkos Ermittlungen zusammennehmen, läßt sich eine gute Bilanz ziehen, meinen Sie nicht auch?« fragte Hess. Und zu Arkadi gewandt fuhr er fort: »Ich habe die

Kabine des Zweiten Maats übernommen. Meine Tür steht Ihnen jederzeit offen.«

Wolowoi krümmte sich auf seinem Stuhl, als er merkte, daß die anderen einen Konsens erzielt hatten – das Ziel jedes sowjetischen Entscheidungsprozesses –, der ihn überrollte.

Martschuk wechselte das Thema. »Ich muß dauernd an das Mädchen denken, wie sie dort unten lag, und an diese gräßlichen Aale. Renko, wie hoch standen die Chancen, daß das Netz sie auffischen würde? Eins zu einer Million?«

Arkadi hatte auf Befehl an dieser Versammlung teilgenommen, doch es war auch eine Ehre gewesen – als würde ein Zeh eingeladen, den Überlegungen des Hirns beizuwohnen. Martschuks Frage war eine Geste, die diese Einbeziehung unterstrich.

»Eins zu einer Million – so etwa stehen die Chancen, daß Genossc Bukowski und ich den Fall aufklären werden«, sagte Arkadi. »Wladiwostok hat richtige Ermittlungsbeamte und die notwendigen Labors, und die Leute dort wissen, was sie zu suchen haben.«

»Mir kommt es auf die Ermittlungen hier und jetzt an«, sagte Martschuk. »Geben Sie mir Bericht über alles, was Sie herausfinden.«

»Nein«, widersprach Arkadi. »Ich bin mit Genosse Wolowoi der Meinung, wir sollten das Wladiwostok überlassen.«

»Ich verstehe, daß Sie diese Aufgabe nur ungern übernehmen. Aber bedenken Sie, daß Sie damit auch etwas für sich tun. Sie können vergangene Fehler wiedergutmachen . . .«

»Ich habe nichts wiedergutzumachen. Ich habe mich bereit erklärt, einen Tag lang Fragen zu stellen. Der Tag ist um.« Arkadi ging zur Tür. »Gute Nacht, Genossen.«

Sichtlich verblüfft stand Martschuk auf. Seine Bestürzung wandelte sich jedoch rasch in den Zorn eines mächtigen Mannes, der seine guten Absichten mißbraucht sieht. Wolowoi lehnte sich unterdessen zurück und schien diese Wende des Schicksals kaum fassen zu können.

»Renko, Sie behaupten erst, jemand habe dieses Mädchen ermordet, und weigern sich nun herauszufinden, wer?« fragte Hess.

»Ich glaube nicht, daß ich das könnte – und ich bin nicht interessiert an dem Fall.«

Martschuk sagte: »Ich befehle es Ihnen.«

»Und ich weigere mich.«

»Sie vergessen wohl, daß Sie mit Ihrem Kapitän sprechen?«

»Und Sie vergessen, daß Sie mit einem Mann reden, der ein Jahr in Ihrer Schmutzbrigade zugebracht hat.« Arkadi öffnete die Tür. »Was können Sie mir schon anhaben? Was könnte schlimmer sein?«

9

Der Wind hatte den Nebel zurückgetrieben und zu einer dichten, grauen Wand aufgetürmt. Als Arkadi das Deck überquerte, hatte er nur den einen Wunsch, so schnell wie möglich in seine Koje zu kommen. Da sah er seinen Kabinengenossen Kolja an der Reling stehen. In klaren Nächten zog es Kolja jedesmal an Deck; als würde der Mond eigens für ihn scheinen. Seine Haarspitzen kringelten sich um die Wollmütze, die lange Nase schien die Witterung von Meer und Luft aufzunehmen.

Was Arkadi an Kolja bewunderte war, daß er, der Botaniker, obwohl man ihn vom Festland verjagt und seines eigentlichen Arbeitsgebietes beraubt hatte, unbeirrt fortfuhr, wissenschaftliche Daten zu sammeln. Er besaß den Mut und die Energie eines Mönchs, der trotz seiner Sanftmut bereit ist, sich um seines Glaubens willen martern zu lassen. In seinen Händen blitzte, gleich einem kleinen Waldhorn, sein kostbarster Schatz, ein auf Hochglanz polierter, altmodischer Sextant aus Messing.

»Ist mit dem Kapitän alles geklärt?« fragte Kolja.

»Ja.«

Kolja war taktvoll genug, keine weiteren Fragen zu stellen, wie etwa: Warum hast du deinen Freunden verschwiegen, daß du früher einmal Kriminalbeamter warst? Und warum bist du's eigentlich heute nicht mehr? Was hast du über das tote Mädchen herausbekommen? Statt dessen sagte er aufgeräumt: »Das trifft sich gut, dann kannst du mir ja ein bißchen zur Hand gehen.« Damit drückte er Arkadi eine Uhr in die Hand, ein japanisches Fabrikat aus Plastik. »Hier, siehst du, der oberste Knopf beleuchtet die Digitalanzeige.«

»Warum machst du das eigentlich?« fragte Arkadi.

»Um meinen Geist am Leben zu erhalten, darum. Fertig?«

»Kann losgehen.«

Das Auge am Fernrohr seines Sextanten, schwenkte Kolja die

Maßschraube über den Spiegelbogen und peilte den Mond an. Die Faszination eines Sextanten, so hatte er Arkadi einmal erklärt, beruhe darauf, daß es ein ausgesprochen archaisches Instrument sei, einfach und kompliziert zugleich. Im wesentlichen bestand er aus zwei auf einem Bogen angeordneten Spiegeln, die dazu dienten, den Winkelabstand zweier Sterne, beziehungsweise die Höhe eines Sterns über dem Horizont zu messen.

»Achtung, jetzt!«

»10:15.31.«

»22:15.31.« Kolja rechnete auf nautische Zeit um.

Als junger Pionier hatte Arkadi auch einmal Astronavigation betrieben. Er erinnerte sich gut an all die nautischen Jahrbücher, die Höhentafeln, Himmelskarten und Kurslineale, nicht zu reden von den Stößen von Schmierpapier, die er dazu benötigt hatte. Kolja machte das alles im Kopf.

»Wie viele Almanache hast du eigentlich im Kopf?« fragte Arkadi.

»Sonne, Mond und Großer Bär.«

Arkadi legte den Kopf in den Nacken und sah nach oben. Wie hell die Sterne funkelten, und dabei wirkten sie doch so unendlich fern und unerreichbar, ein entrücktes Farbenspiel, aber intensiv wie bengalisches Feuer.

»Das ist der Kleine Bär.« Arkadi zeigte mit ausgestrecktem Arm direkt über sich.

»Den sieht man von hier aus immer«, sagte Kolja. »Auf dieser Breite sind wir dauernd unter dem Kleinen Bären.«

Wenn Kolja seine Berechnungen anstellte, trat jedesmal ein starrer, nach innen gekehrter Ausdruck in seine Augen, eine Art Verzückung. Arkadi erriet, daß er jetzt die Strahlenbrechung des Mondes subtrahierte, die Parallaxe addierte, um dann zur Deklination des Mondes zu kommen.

»Ich glaube fast, du bist schon zu lange unter dem Kleinen Bären. Ist doch verrückt, was du da machst.«

»Aber woher denn, das ist auch nicht schwerer, als blind Schach zu spielen.«

Kolja lächelte sogar, wie um zu beweisen, daß er sich gleichzeitig unterhalten und nachdenken konnte.

»Stört es dich eigentlich nicht, daß ein Sextant auf der Vorstellung beruht, die Sonne würde sich um die Erde drehen?«

Kolja zögerte einen Moment. »Im Gegensatz zu anderen Systemen funktioniert dieses zumindest.«

Sobald die Deklination stand, würde Kolja im Geiste die memorierten Tabellen durchsehen. Das war eine Anstrengung, wie sie nur ein im Grunde manischer Charakter freiwillig auf sich nehmen konnte, eben jemand, der auch im Dunkeln nach Walen Ausschau hielt. Das heißt, so dunkel war es eigentlich gar nicht. Wann immer die Wellenkämme den Widerschein des Mondes einfingen, war es, als sähe man das Meer ruhig und gleichmäßig atmen.

In seinem ersten Monat auf See hatte Arkadi viel Zeit an Deck verbracht, um Delphine, Seelöwen oder Wale zu beobachten, um zuzusehen, wie sie sich durchs Wasser bewegten. Das Meer gab einem die Illusion, daß man den Dingen entfliehen könnte. Aber nach einer Weile erkannte er, daß diese Geschöpfe des Meeres, auch wenn sie in stetem Wechsel bald hierhin, bald dorthin schwammen, doch ein Ziel hatten. Und genau das war es, was ihm fehlte.

Wieder blickte er hinauf zum Kleinen Bären und folgte dann seinem Schweif bis hinunter zum Polarstern. Ein russisches Märchen erzählte, der Polarstern sei in Wahrheit ein tollwütiger Hund, mit einer eisernen Kette an den Kleinen Bären gefesselt, und sollte diese Kette jemals reißen, dann sei das Ende der Welt gekommen.

»Packt dich eigentlich nie die Wut, Kolja? Wenn du daran denkst, daß du, ein Botaniker, hier festsitzt, viele Hundert Kilometer vom Festland entfernt?«

»Aber nur knapp hundert Faden über dem Meeresgrund. Und es entsteht ja dauernd neues Land. Die Aleuten zum Beispiel, die vergrößern sich immer noch und wachsen.«

»Ich glaube, das ist mir eine etwas zu langfristige Perspektive«, sagte Arkadi. Er spürte die Besorgnis des Freundes; Kolja wurde immer ängstlich, wenn er Arkadi deprimiert sah.

»Hast du dir jemals Gedanken darüber gemacht, wieviel die Wolowois dieser Welt uns kosten?« Kolja wechselte das Thema, so als hielte er ein gutes Rätsel für die beste Medizin. »Wieviel zahlen sie uns hier?«

»Ich denke, du berechnest den Mond?«

»Das geht beides gleichzeitig. Also, was verdienen wir?«

Das war eine schwierige Frage. Die Bezahlung auf der *Polar Star* war nach einem Koeffizienten gestaffelt, der von 2,55 Anteilen für den Kapitän bis hinunter zu 0,8 Anteilen für den einfachen Matrosen reichte. Dazu kamen ein Fixum von anderthalb Anteilen fürs Fischen in der Arktik, eine Zehn-Prozent-Prämie für einjährigen Dienst, ein weiterer Zehn-Prozent-Bonus für Normerfüllung und im Falle einer Übererfüllung gar eine Prämie von stolzen vierzig Prozent. Alles hing von der Fangquote ab. Sie konnte noch nach dem Auslaufen erhöht oder gesenkt werden, doch in der Regel wurde sie heraufgesetzt, weil der Flottenmeister eine um so höhere Prämie bekam, je mehr er an Heuer einsparte. Für die Fahrt zu den Fischgründen stand eine bestimmte Zeit zur Verfügung, und wenn der Kapitän das Schiff in einen Sturm steuerte, lief die gesamte Mannschaft Gefahr, Geld zu verlieren, weshalb sowjetische Schiffe bisweilen mit voller Kraft durch Nebel und stürmische See pflügten. Alles in allem war die Lohnskala eines russischen Fischers kaum weniger kompliziert als Astronomie.

»Also ich verdiene etwa dreihundert Rubel im Monat«, schätzte Arkadi.

»Nicht schlecht. Hast du auch die Amerikaner berücksichtigt?«

Weil Amerikaner an Bord waren, hatte man das Reglement geändert: ein niedrigeres Soll und langsamere Fahrt sollten bei den Gästen Eindruck schinden, ihnen Achtung abverlangen vor der Humanität der sowjetischen Fischindustrie.

»Na, sagen wir also dreihundertfünfundzwanzig Rubel.«

»Für einen Vollmatrosen dreihundertvierzig. Für dich zweihundertfünfzig. Für einen Invaliden wie Wolowoi vierhundertfünfundsiebzig.«

»Wenn das nicht Laune macht«, sagte Arkadi, der sich wirklich über die Virtuosität seines Kameraden amüsierte. Und Kolja lächelte grimmig wie ein Jongleur, der zusätzlich zu den Bällen, die er bereits in der Luft hat, noch einen weiteren fordert, um seine Meisterschaft unter Beweis stellen zu können.

»Es gibt fast zwanzigtausend sowjetische Fischtrawler und Fabrikschiffe, und auf all denen sitzen Politoffiziere, richtig? Gehen wir von durchschnittlich vierhundert Rubel aus, die jeder von ihnen im Monat bekommt, bedeutet das insgesamt einen Kostenaufwand von acht Millionen Rubel pro Jahr für diese vollkommen nutzlosen Invaliden. Und das ist allein die Fischereiflotte – das rechne jetzt mal auf die ganze Sowjetunion um . . .«

»Fisch! Wir sind hier, um Fische zu fangen, nicht um Mathematik zu betreiben, Genosse Mer!«

Als Wolowoi aus dem Schatten trat, schillerte sein Trainingsanzug im Mondlicht. Der Schlendergang des Ersten Maats hatte etwas besonders Hämisches, und Arkadi begriff, daß Wolowoi ihm im Triumph aus der Kapitänskajüte gefolgt war. Wie gewöhnlich blickte Kolja mechanisch zur Seite.

Wolowoi streckte die Hand nach dem Sextanten aus. »Was ist denn das?«

Kolja sagte: »Der gehört mir. Ich habe gerade den Stand des Mondes abgelesen.«

Wolowoi blickte mißtrauisch in den Himmel. »Und wozu?«

»Um unsere Position zu bestimmen.«

»Sie sind hier, um Fische auszunehmen. Was brauchen Sie dazu unsere Position?«

»Reine Neugier. Ist ein alter Sextant, eine Antiquität.«

»Und wo sind Ihre Karten?«

»Ich habe keine.«

»Versuchen Sie am Ende rauszukriegen, wie weit es noch bis Amerika ist?«

»Nein. Ich wollte bloß wissen, wo wir hier sind.«

Wolowoi zog den Reißverschluß seiner Trainingsjacke auf und schob den Sextanten hinein. »Der Kapitän weiß, wo wir uns befinden. Das dürfte genügen.«

Der Invalide wandte sich zum Gehen, ohne Arkadi eines Wortes zu würdigen; er konnte sich das leisten.

Also ab ins Bett.

In der Kabine war es finster wie in einem Grab – was der Situation durchaus entsprach. Kolja rollte sich schon neben seinen Blumentöpfen zusammen, während Arkadi noch die Stiefel auszog und in seine Koje kletterte, wo er sich die Decke fest um die Schultern wickelte. Der gärende Geruch von Obidins Selbstgebrautem hing schwer und betäubend in der Luft. Schon nach zwei Atemzügen war Arkadi eingeschlafen. Er fiel in eine lichtlose Leere, die er nur zu gut kannte.

An Moskaus Gartenring, unweit der Jugendbibliothek und dem Unterrichtsministerium, stand ein dreistöckiges Gebäude mit grauer Umzäunung, das Serbski-Institut für Forensische Psychiatrie. Der Zaun war oben mit elektrischen Drähten gesichert, die allerdings von der Straße aus nicht zu sehen waren. Zwischen Zaun und Institutsgebäude patrouillierten Wachen, deren Hunde darauf dressiert waren, nicht zu bellen. Im zweiten Stock der Klinik befand sich die Abteilung vier. Vom Flur mit seinem Parkettboden gingen drei allgemeine Krankensäle ab. Von alledem bekam Arkadi aber nur am Tag seiner Einlieferung und dann wieder bei der Entlassung etwas zu sehen. Er wurde in einem Isolierraum untergebracht, der nur mit Bett, Toilette und einer schummrigen nackten Glühbirne ausgestattet war. Bei seiner Einlieferung wurde er von den Pflegerinnen, zwei weißbekittelten alten Frauen, gebadet, und schließlich rasierte ein Mitpatient ihm Kopf, Achselhöhlen und Scham, damit er so sauber und haarlos wie ein gerade Neugeborenes vor die Ärzte hintreten konnte. Zum Anziehen gaben sie ihm einen gestreiften Pyjama und einen Bademantel ohne Gürtel. Sein Zimmer hatte keine Fenster, so daß er nie wußte, ob draußen Tag war oder Nacht. Die Diagnose lautete »prä-schizophrenes Syndrom«, als ob die Ärzte Propheten wären.

Die Koffein-Injektionen machten in gesprächig, und außerdem spritzte man ihm Barbiturate in die Armvene, um seinen Willen zu schwächen. Auf weißen Hockern saßen die Ärzte um ihn herum und fragten scheinbar sehr besorgt: »Wo ist Irina? Sie haben sie geliebt, bestimmt haben Sie Sehnsucht nach ihr. Haben Sie Pläne für ein Wiedersehen gemacht? Was glauben Sie, wird Irina jetzt machen? Wo meinen Sie, daß sie sich aufhält?« Sie nahmen erst den einen, dann den anderen Arm und mußten schließlich auf die Venen in seinen Beinen zurückgreifen, aber die Fragen blieben immer die gleichen, genau wie die Komik der Situation. Da er keine Ahnung hatte, wo Irina sich aufhielt oder was sie machte, beantwortete er jede Frage wahrheitsgemäß, und da die Ärzte überzeugt waren, daß er mehr wisse, dachten sie, er verheimliche ihnen etwas. »Sie leiden an Wahnvorstellungen«, versicherte er ihnen, was ihm aber nicht weiterhalf.

Frustration führte naturgemäß zu verschärften Sanktionen. Bevorzugt wurde die Lumbalpunktion. Sie schnallten ihn auf dem Bett fest, betupften seine Wirbelsäule mit Jod und jagten eine Nadel in ihn hinein. Was die Wirkung betraf, so spürte er zuerst einen stechenden Schmerz, wenn die Nadel eindrang, und litt danach stundenlang unter Krämpfen, ganz ähnlich der spaßigen Reaktion eines Froschschenkels auf einen Stromschlag.

Es war Schwerarbeit für alle Beteiligten. Nach einiger Zeit zogen sie ihm nur noch einen Bademantel über, um leichter an seine Venen heranzukommen. Die Ärzte streiften die Kittel ab und arbeiteten in ihren Uniformen, dunkelblau, mit den roten Schulterstücken der Miliz.

Zwischen den Sitzungen stellten sie ihn mit Aminazin ruhig. Es war so still um ihn, daß er tagsüber durch zwei schalldämpfende Türen das Schlurfen von Schuhen auf dem Flur hören konnte und nachts das Stiefelknarzen der Wachen. Das Licht brannte rund um die Uhr. Manchmal blinkte das Guckloch in der Tür: Kontrollgang.

»Sie täten besser daran, sich auszusprechen und sich von dieser Paranoia zu befreien. Sonst gibt es nur immer wieder Fragen – und neue Vernehmungsbeamte, wenn sie am wenigsten darauf gefaßt sind. Dann werden Sie eines Tages noch wirklich verrückt.«

Sie hatten recht, Arkadi spürte selbst, daß er die Herrschaft über sich verlor. Von der Straße her konnte er gelegentlich die Sirene eines Polizeiwagens oder der Feuerwehr hören, Hupen, das sich durch den Beton bohrte, und dann schmollte er wie ein Toter, dessen Grab geschändet wird. *Laßt mich in Frieden ruhen.*

Arkadi zerrte an den Gurten. »Was ist das eigentlich: ein ›präschizophrenes Syndrom‹?«

Der Arzt strahlte, faßte neuen Mut. »Man nennt es auch träge Schizophrenie.«

»Klingt scheußlich«, mußte Arkadi zugeben. »Und woran erkennt man diese Krankheit?«

»Oh, da gibt es viele Symptome. Mißtrauen und Verschlossenheit – sagt Ihnen das was? Teilnahmslosigkeit? Unverschämtheit?«

»Nach einer Spritze schon«, gestand Arkadi.

»Streitlust und Arroganz. Ein anomales Interesse an Philosophie, Religion oder Kunst.«

»Wie steht's mit Hoffnung?«

»In manchen Fällen«, sagte der Doktor, »durchaus.«

Die Wahrheit war, daß die Vernehmungsbeamten ihm tatsächlich Hoffnung gaben, einfach weil sie ihn niemals hierhergebracht hätten, würde es Irina nicht gutgehen. Der KGB tat nichts lieber, als einen Überläufer abzuschreiben – entweder als »wieder ein Emigrant, der als Tellerwäscher endet«, oder: »Der Westen war letztlich doch kein so feudales Lager, nicht einmal für eine Hure«, oder: »Sie haben sie ausgequetscht wie eine Zitrone und anschließend wieder vor die Tür gesetzt, und jetzt möchte sie zurück, aber natürlich ist es dafür nun zu spät.« Wenn sie wissen wollten, ob er versuchte, mit ihr Verbindung aufzunehmen, so gab das seiner Hoffnung neue Nahrung: Versuchte *sie* etwa, ihn zu kontaktieren?

Um Irina zu schützen, änderte er seine Strategie. Er wollte nichts ausplaudern, nicht einmal, wenn er einen absoluten Tiefpunkt erreichte, also dachte er so wenig wie möglich an sie, ja, er versuchte, sie aus seinem Gedächtnis zu verbannen. In gewissem Sinne schufen die Ärzte die Schizophrenie, die sie prophezeit hatten. Auch wenn er sich damit Mut machte, daß Irina davongekommen war, versuchte er doch gleichzeitig ihr Bild in seinem Innern zu löschen, es auszumerzen.

Außer dem Bademantel hatte Arkadi einen grünen Emaillekrug, ideal für einen wie ihn, etwas, das man nicht verschlucken, woran man sich weder schneiden noch aufhängen konnte. Manchmal stellte er den Krug direkt hinter die Tür, so daß die Ärzte ihn beim Eintreten umstießen. Dann ließ er es eine Woche lang sein, gerade lange genug, um das Personal ein klein wenig zu verunsichern. Eines Tages kamen sie im Pulk hereinmarschiert und holten den Krug fort.

Diesmal benutzten sie Insulin. Insulin war der primitivste aller Tranquilizer; in seinem Fall führte er zum Koma.

»Also, wir wollen Ihnen reinen Wein einschenken, sie ist verheiratet. Ja, diese Frau lebt nicht nur in dem Luxus, mit dem man Verräter dort drüben ködert, sondern sie lebt auch mit einem anderen Mann zusammen. Sie hat Sie vergessen.«

»Er hört ja nicht mal zu.«

»Der hört uns schon.«

»Versuchen Sie's mit Digitalis.«

»Das könnte einen Schock auslösen, dann hätten wir gar nichts gewonnen.«

»Sehen Sie sich doch bloß an, wie bleich er ist. Noch eine Minute länger, und er braucht eine Herzmassage.«

»Der verstellt sich bloß. Renko, Sie simulieren.«

»Er ist weiß wie ein Laken. So was schafft kein Simulant.«

»Scheiße.«

»Fackeln Sie nicht lange, sondern geben Sie ihm die Injektion.«

»Schon gut, schon gut. Mist, verdammter.«

»Sehen Sie sich doch bloß seine Augen an.«

»Ich geb's ihm ja schon.«

»Einer wie der bringt es fertig und kratzt Ihnen unter den Händen weg ab, das sag ich Ihnen.«

»Scheißkerl, verdammter.«

»Immer noch kein Puls.«

»Morgen ist er wieder auf dem Posten. Dann fangen wir noch mal von vorne an. So, das wär's.«

»Noch immer kein Puls.«

»Morgen wird der reden wie ein Papagei. Sie werden schon sehen.«

»Kein Puls.«

»Ich glaube immer noch, daß er simuliert.«

»Ich glaube, er ist tot.«

Nein, bloß weggetaucht ins Labyrinth der Dunkelheit.

»Nur halb hinüber«, urteilte der Besucher. Seine fleischige Nase zog sich zusammen, als er den beißenden Geruch in der Isolierzelle einatmete. »Ich bringe dich in ein anderes Quartier, Genosse, in eins, das ein bißchen spartanischer ist als dieser Kurort.«

Die Stimme kam ihm bekannt vor, und Arkadi versuchte, seinen Blick auf einen massigen, slawischen Schädel mit Schweinsäuglein und Hängebacken zu konzentrieren, der halslos aus der braun-roten Uniform mit dem KGB-Abzeichen hervorzuquellen schien.

»Major Pribluda?«

»Oberst Pribluda.« Der Besucher deutete auf seine neuen Epauletten, dann warf er der herbeieilenden Pflegerin eine Papiertüte zu. »Ziehen Sie ihn an.«

Es war immer wieder erfrischend mitanzusehen, welchen Effekt so ein Rohling haben konnte, wenn er nur die richtige Uniform trug, selbst auf die Götter in Weiß. Arkadi hatte geglaubt, er sei endgültig verloren, wie eine Larve in einem Bienenschwarm, doch Pribluda brauchte nur ganze zehn Minuten, um ihn aus der Klinik und hinaus auf die Straße zu schaffen. Da stand er nun, in Hosen und einem Mantel, die ihm beide mindestens zwei Nummern zu groß waren, aber er war draußen in der schneeklaren Luft, die ihn frösteln ließ, bis Pribluda ihn verächtlich in einen Wagen schubste.

Es war ein arg verbeulter Moskwitsch ohne Scheibenwischer und ohne Rückspiegel, kein Wolga mit offiziellem Nummernschild. Pribluda setzte eilig aus der Parklücke, wobei er durchs offene Seitenfenster den Platz abschätzte, dann zog er seinen Kopf wieder ins Wageninnere zurück und brach in schallendes Gelächter aus. »Keine schlechte Vorstellung, oder? Übrigens, du siehst grauenhaft aus.«

Arkadi kam sich lächerlich vor. Trunken vor Glück über die wiedergewonnene Freiheit und erschöpft von den wenigen Schritten bis zum Wagen sackte er auf seinem Sitz zusammen. »Hattest du denn keine Entlassungspapiere für mich?«

»Nicht mit meiner Unterschrift; so dumm bin ich schließlich nicht, Renko. Bevor gewisse Herren von der Sache Wind bekommen, bist du schon raus aus Moskau.«

Arkadi warf abermals einen Blick auf Pribludas Epauletten. »Haben sie dich also befördert. Gratuliere.«

»Das verdanke ich dir.« Pribluda mußte seinen Kopf abwechselnd rein- und rausstrecken, um gleichzeitig fahren und Arkadis Fragen beantworten zu können. »Ich war fein raus, als du zurückkamst. Sollte sich das Mädchen doch ruhig davonmachen, um sich dann in New York auf den Straßen verkaufen zu müssen – was hatte sie den Amerikanern schon für Staatsgeheimnisse anzubieten? Du hast dich verhalten wie ein guter Russe. Du hast getan, was du tun mußtest, und bist dann zurückgekommen.«

Schneeflocken sammelten sich auf Pribludas Haar und Augenbrauen und verliehen ihm das Aussehen eines Kutschers. »Das Problem ist der Staatsanwalt. Er hatte viele Freunde.«

»Er war eben auch beim KGB.«

Pribluda spielte den Gekränkten. »Du verstehst also, worauf ich hinauswill«, sagte er nach einer Pause. »Die glauben einfach nicht, daß du nicht noch mehr aufgedeckt hast. Um ihrer eigenen Sicherheit willen müssen sie dich nun auswringen wie einen nassen Lappen, bis sie auch den letzten Tropfen rausgequetscht haben, und ich spreche hier nicht von Wasser.«

»Wo ist Irina?« fragte Arkadi.

Pribluda lehnte sich wieder aus dem Fenster und wischte den Schnee von der Windschutzscheibe, ohne deswegen anzuhalten. Vor ihnen vollführte ein Wartburg aus der DDR, der aussah wie eine umgedrehte Badewanne, auf den Straßenbahnschienen eine Drehung um 360 Grad.

»Faschist!« Der Oberst schob sich eine Zigarette in den Mund und zündete sie an. »Vergiß sie. Für dich ist sie so gut wie tot – mehr als tot.«

»Das heißt, sie ist entweder sehr krank oder kerngesund.«

»Dir kann das egal sein.«

Der Wagen fuhr durch ein Tor und fing an zu holpern und zu rumpeln, als ginge es auf einmal übers freie Feld, was mitten in Moskau natürlich höchst unwahrscheinlich war. Doch dann erkannte Arkadi einen spärlich beleuchteten Rangierbahnhof; in Abständen waren Rampen über die Schienen gelegt, damit Lastwagen die Gleise passieren konnten. Ein Heer von Zügen baute sich wie eine Front bewaffneter Feinde vor ihnen auf – meist Plattformwagen, beladen mit Kabelrollen, Traktoren oder vorgefertigten Wänden, alles halb verborgen unter der weißen Schneedecke. In der Ferne reckten sich die gotischen Türme des Jaroslawler Bahnhofs den lautlos fallenden Flocken entgegen, als wollten sie höher und immer höher in den Himmel wachsen. Der Bahnhof war das Tor zum Osten. Pribluda hielt zwischen zwei Personenzügen, einer mit der kurzen, behelmten Lokomotive eines Vorortszuges, der andere mit den langgestreckten, roten Wagen der *Rossija,* der Transsibirischen Eisenbahn. Durch die Abteilfenster sah Arkadi, wie die Reisenden ihre Plätze einnahmen.

»Du machst Witze.«

»In Moskau bist du nur von Feinden umgeben«, sagte Pribluda. »Allein kannst du dich nicht schützen, und ich bin nicht in der Lage, dich ein zweites Mal zu retten – nicht hier. Das gleiche gilt für Leningrad, Kiew, Wladimir – jeden beliebigen Ort irgendwo in der Nähe. Du mußt dahin gehen, wohin dir niemand freiwillig folgen wird.«

»Die werden mir schon folgen, egal wohin.«

»Aber es werden zwei oder drei sein, statt zwanzig oder mehr, und du wirst immer wieder weiterziehen können. Ich glaube, du begreifst es immer noch nicht: Hier in Moskau bist du praktisch schon tot.«

»Dort draußen werde ich auch so gut wie tot sein.«

»Und genau das wird dich retten. Glaube mir, ich weiß, wie deren Hirn arbeitet.«

Das konnte Arkadi nicht bestreiten; die Grenzlinie zwischen »denen« und Pribluda war nur hauchdünn.

»Es ist ja bloß für zwei, drei Jahre«, sagte der Oberst tröstend. »Mit dem neuen Regime ändert sich alles – wenn auch, soweit es mich betrifft, nicht nur zum besten. Wie dem auch sei, gib denen eine Chance, dich zu vergessen, und dann kannst du zurückkommen.«

»Wirklich eine gute Vorstellung«, sagte Arkadi, »aber es ist zu einfach. Da steckt doch irgendwas dahinter.«

Pribluda stellte den Motor ab, und einen Augenblick lang hörte man keinen Laut, bis auf das leise Rieseln des Schnees, all dieser Tonnen von Flocken, die die Stadt mit einem weichen Teppich überzogen.

»Um dir das Leben zu retten.« Der Oberst war wütend. »Was ist da falsch dran?«

»Was hast du denen versprochen?«

»Keinen Kontakt, nicht einmal die Möglichkeit eines Kontakts zwischen dir und ihr.«

»Es gibt nur einen Weg, selbst die Möglichkeit eines Kontakts auszuschließen.«

»Hör auf, den Kriminalen zu spielen, wenn du mit mir sprichst. Du machst immer alles so kompliziert.« Pribludas kleine Augen blitzten unter seiner Mütze hervor wie in den Kopf getriebene Nägel. In diesen Augen Verlegenheit zu lesen, war ungewöhnlich. »Bin ich dein Freund oder nicht? Nun komm schon!«

Auf jedem der roten Eisenbahnwaggons prangten Hammer und Sichel in Gold neben einem Schild mit der Aufschrift »Moskau – Wladiwostok«. Pribluda mußte Arkadi die steilen Stufen zur Plattform eines Dritter-Klasse-Abteils hinauftragen. Exotisch aussehende Familien mit Käppchen und grellbunten Schals kampierten auf zusammengerolltem Bettzeug; ihre Kojen waren angefüllt mit brandneuen, noch originalverpackten Haushaltsgeräten – Waren, die es nur in Moskau zu kaufen gab. Dunkelhäutige Kinder lugten durch Vorhänge, die aufgerollt waren wie Flaggen.

Frauen öffneten Bündel, denen der Geruch von kaltem Lamm, Kefir und Käse entstieg. Studenten unterwegs zum Ural verstauten Rucksäcke und Gitarren. Pribluda sprach mit der Schaffnerin, einer vollbusigen Frau, die einen kurzen Rock trug und eine Kopfbedeckung, die aussah wie die Mütze eines Piloten auf einem Linienflug. Als er zurückkam, steckte er Arkadi eine Transitfahrkarte, einen Umschlag, prallgefüllt mit Rubel und einen blauen Arbeitspaß in die Manteltasche.

»Ich habe alles arrangiert«, sagte Pribluda. »Freunde werden dich in Krasnojarsk abholen und in ein Flugzeug nach Norilsk setzen. Man wird dir einen Posten als Nachtwächter geben, aber du solltest besser nicht zu lange dort bleiben. Wenn du erst einmal über dem Polarkreis bist, wird es zuviel Umstände machen, dich zurückzuholen. Und vergiß nicht, es ist bloß für ein paar Jahre, nicht fürs ganze Leben.«

Arkadi hatte nie jemanden so gehaßt wie Pribluda, und er wußte, daß der ihn umgekehrt genauso verabscheut hatte. Und doch besaß mittlerweile keiner der beiden einen verläßlicheren Freund unter den Lebenden. Es war, als durchlebten die Menschen die Welt im Dunkel, ohne zu wissen, wohin die Reise ging, als folgten sie blind einer Straße, die sich gabelte, dann anstieg und schließlich wieder nach unten führte. Die Hand, die einen gestern noch hinabgestoßen hatte, half einem heute wieder auf die Beine. Der einzig sichere Weg war . . . welcher? Der Zug!

»Ich hab das ehrlich gemeint mit der Beförderung«, sagte Arkadi. »Freut mich wirklich.«

Auf der Plattform hob die Riege der Schaffnerinnen ihre Kellen zum Zeichen, daß der Expreß abfahrbereit war. Vorn in der Lokomotive wurden die Druckluftbremsen gelöst, und ein Zittern lief durch die Wagenreihe. Der Oberst zögerte noch.

»Du kennst doch sicher die alte Weisheit.« Er lächelte.

»Nur raus damit«, sagte Arkadi gespannt. Daß Pribluda Humor hatte, war ihm neu.

»Ein altes Sprichwort besagt, daß manche Gewässer selbst Haien zu kalt sind.«

War Arkadi beim Verlassen der Klinik wie betäubt gewesen, so machte ihn der Dienst im Fuhrpark von Norilsk vollends empfindungslos. Damit die Motoren nicht einfroren, ließ man sie die

Nächte über mit sibirischem Diesel laufen, dem billigsten Kraftstoff auf Erden. Oder aber unter dem Motorblock mußte ein Feuer angezündet werden, was großer Vorsicht bedurfte, damit die Benzinleitung nicht explodierte. Das Problem dabei war, daß der Boden nur aus einer dünnen Moos- und Schlammdecke über solidem Dauerfrost bestand, und wenn das Erdreich rings um die Feuerstellen schmolz und wieder gefror, verwandelte sich das Gelände in einen eisigen Sumpf.

Eines Nachts, in seinem zweiten Monat auf diesem Posten, machte Arkadi gerade ein Feuer unter einem Belarus-Bulldozer, einem Zehnradfahrzeug von der Größe einer eisernen Festung, als er von entgegengesetzten Seiten des Hofes zwei Gestalten heranschleichen sah. Lastwagenfahrer trugen Stiefel, wattierte Jakken, Mützen. Diese beiden hatten Mäntel an, trugen Hüte und stiegen behutsam über die vereisten Furchen. Einer hob von einem Kohlenhaufen einen Pickel auf und nahm ihn mit. Diebstahl von Baumaterial, geheiligtem Staatseigentum, war nichts Ungewöhnliches; genau deshalb wurden ja Wachtposten angestellt. Wenn ihr das Ding haben wollt, laßt es mitgehen, dachte Arkadi ungerührt. Die beiden Männer duckten sich in den Schatten und warteten. Es war mindestens zehn Grad unter Null, und Arkadi spürte, wie die Kälte in ihm hochkroch. Irgendwie fühlte er sich, als schmore er an einem Bratspieß. Er stopfte sich einen Handschuh in den Mund, um zu verhindern, daß seine Zähne klapperten. In der Dunkelheit sah er, wie die beiden Männer fröstelten und mit verschränkten Armen auf der Stelle hüpften; ihr Atem wehte in kristallenen Wölkchen zu Boden. Endlich gaben sie auf und staksten steifbeinig zu dem Feuer, das in einer Öltonne brannte. Der mit dem Pickel streckte die Hand aus und löste behutsam die steifen Finger, die den Griff umschlossen hielten; der Pickel fiel hinunter und schlug gegen sein Knie, wovon der Mann nicht das geringste zu spüren schien. Der andere fror derartig, daß ihm Tränen über das Gesicht liefen, die in wächsernen Strömen auf seiner Haut gefroren. Er wollte rauchen, doch er bekam keine einzelne Zigarette zu fassen; die halbe Packung verstreute er teils in die Tonne, teils auf den Boden. Endlich verschwanden sie wieder, langsam und so gebeugt und schwankend, als kämpften sie gegen einen Sturm an. Arkadi hörte einen von ihnen stürzen: ein gedämpfter Aufprall und ein schmerzgequälter Fluch. Eine Minute später wurden Autotüren zugeschlagen, und ein Motor heulte auf.

Arkadi robbte auf allen vieren zur flackernden Tonne. Er goß Kerosin nach, kippte selbst einen tüchtigen Wodka, und als es Tag wurde, kehrte er nicht wieder in seine Unterkunft zurück. Stattdessen begab er sich zum Flughafen und bestieg eine Maschine nach Osten, floh weiter nach Sibirien hinein, wie ein Fuchs, der sich tiefer in den Wald zurückzieht.

Er war einigermaßen sicher. Bei dem Arbeitskräftemangel in Sibirien konnte man es sich nicht leisten, Fragen zu stellen. Und fürs Bahnschwellenverlegen, Eishacken oder Rentierschlachten zahlte man jedem kräftigen Mann die doppelte Prämie, denn auch sibirische Direktoren hatten ein Soll zu erfüllen. Ein Mann, der mit einer Kettensäge Eisblöcke zerlegte, mochte Alkoholiker sein, Verbrecher, Landstreicher oder auch ein Heiliger. Was spielte das schon für eine Rolle? Sobald das Soll erfüllt war, verglich ein ortsansässiger Apparatschik die Namen der Arbeiter mit einer Liste jener Personen, an denen der KGB oder die Miliz Interesse bekundet hatten. Aber keiner dieser Orte war mehr als ein winziger Punkt in einer Landmasse, zweimal so groß wie China. Darum waren Arbeitskräfte auch so besonders hoch geschätzt, Sibiriens fünfzehn Millionen Einwohnern stand schließlich eine Milliarde neidischer Chinesen gegenüber! Und wo immer ein Agent des Staatssicherheitsdienstes auftauchte, war Arkadi auch schon wieder verschwunden.

Merkwürdig war, daß Irina zwar aus Sibirien stammte, er aber nie auf eine Frau traf, die ihr irgendwie ähnlich gesehen hätte, weder in den Arbeitslagern noch in den Dörfern, durch die er kam. Ganz zu schweigen von den Usbekinnen, Burjatinnen oder jenen Frauen, die sich um die Zementmischmaschinen scharten, als gälte es, eine Kuh zu melken. Und natürlich glich ihr auch keines der Prinzeßchen von den Jungen Pionieren, die für jeweils sechs Monate herauskamen, um sich auf Traktoren fotografieren zu lassen und dann wieder heimzufliegen, nachdem sie ihr Lebensquantum an freiwilliger Arbeit abgeleistet hatten.

Aber wenn er sich Mühe gab, dann konnte er auf den Laufbrettern eines Arbeitslagers stehen und die Gewißheit spüren, daß die nächste Frau, die von einem Laster in den Schlamm springen würde, mit offener Jacke, ein Tuch über dem Haar und den

Henkelmann unterm Arm, daß diese Frau Irina sein würde. Irgendwie war sie zurückgekehrt und dank einer Kette von unwahrscheinlichen Zufällen genau am selben Ort gelandet wie er. Sein Herz stockte, bis sie sich aufrichtete und ihn ansah. Und dann glaubte er zuversichtlich, Irina würde die nächste auf dem Wagen sein. Es war wie ein Kinderspiel.

So entging er der Grübelei.

Am Ende des zweiten Jahres setzte er auf der Flucht vor den Grenzwachen von Sachalin zurück aufs Festland über und bestieg einen Zug Richtung Süden, fand also nach langer Zeit wieder Anschluß an die rote Linie der Transsibirischen Eisenbahn. Doch diesmal fuhr er draußen auf der Plattform, denn er stank wie ein ganzes Netz voller Fische. In der Dämmerung kam er in Wladiwostok an, dem größten Pazifikhafen der Sowjetunion, auch »Perle des Ozeans« genannt. Im Schein der hohen, kannelierten Straßenlaternen drängten sich gutgenährte, gutgekleidete Menschen auf den Gehsteigen. Motorräder fuhren mit Bussen um die Wette. Dem Bahnhof gegenüber wies ein Lenin-Denkmal den Weg zum Goldenen Horn, der Bucht von Wladiwostok, und vom Dachfirst über Lenins stählerner Stirn blinkte in Neonlettern ein Willkommensgruß: »Der Sieg des Kommunismus ist nahe!«

Der Sieg war nahe? Nach zwei Jahren Exil hatte Arkadi ganze zehn Rubel in der Tasche; sein restliches Geld war auf der Insel zurückgeblieben. Die Übernachtung im Matrosenwohnheim hatte zwar nur zehn Kopeken gekostet, aber er hatte schließlich auch essen müssen. Er folgte der Buslinie zum Schiffahrtsamt, wo ein Aushang über sämtliche zivilen Schiffe informierte, deren Heimathafen Wladiwostok war. Dem Aushang zufolge war die *Polar Star,* ein Fabrikschiff, an ebendiesem Tage ausgelaufen, doch als Arkadi zu den Docks hinunterkam, sah er, daß noch Kisten an Bord gebracht wurden und das Schiff gerade Treibstoff bunkerte. Portalkräne hievten im Scheinwerferlicht Fässer an Deck, die zuvor von den Grenzwachen kontrolliert worden waren, altgedienten Soldaten, die der KGB mit marineblauen Uniformen ausgestattet hatte. Ihre Hunde beschnüffelten jedes einzelne Faß; wie sie allerdings in dem stinkenden Gemisch aus Dieselöl und den ammoniakhaltigen Dämpfen der Gefrieranlagen noch irgendeine Witterung aufnehmen sollten, schien schwer begreiflich.

Am nächsten Morgen war Arkadi als erster im Personalbüro des

Schiffahrtsamtes, wo ein Angestellter nach einigem Hin und Her zugab, daß die *Polar Star* noch im Hafen liege und daß man auch noch einen Arbeiter für die Fischverarbeitung benötige. Hinter einer Stahltür, im Büro der KGB-Abteilung »Seefahrt«, ließ er seinen Arbeitspaß stempeln. Auf dem Schreibtisch standen zwei schwarze Telefone für den Kontakt mit den örtlichen Behörden und ein roter Apparat für die Direktverbindung mit Moskau. Arkadi war überrascht, denn bei der Küstenfischerei hatte es solche Sicherheitsvorkehrungen nicht gegeben. Die schwarzen Telefone bedeuteten keine Gefahr, es sei denn, der Offizier käme auf den Gedanken, in Sachalin anzurufen. Falls sich allerdings jemand die Mühe machen und seine Personalien über das rote Telefon nachprüfen sollte, dann wäre hier Endstation für ihn.

»Es sind Amerikaner dabei«, warnte der diensthabende KGB-Mann.

»Wie?« Arkadi hatte nur auf die Telefone geachtet.

»Die *Polar Star* hat Amerikaner an Bord. Benehmen Sie sich ganz natürlich und seien Sie freundlich, aber nicht zu freundlich. Am besten, Sie reden mit denen erst gar nicht.« Er drückte den Stempel in den Arbeitspaß, ohne auch nur nach Arkadis Namen zu sehen. »Das soll nicht unbedingt heißen, daß Sie sich vor denen verstecken müssen.«

Aber tat Arkadi denn nicht genau das? Sich verstecken? Zuerst im Labyrinth der psychologischen Anstalt. Dann, nachdem Pribluda ihn wiederbelebt hatte, in Sibirien und dann schließlich auf einem Schiff, wo er weiter den In-sich-Gekehrten, ja Leblosen spielte?

Als er jetzt schlafend in seiner engen Koje lag, fragte er sich im Traum: »Wäre es nicht schön, ins Leben zurückzukehren?«

Sina Patiaschwili war wieder aufgetaucht. Vielleicht würde es auch ihm gelingen.

10

Am nächsten Morgen machte sich Arkadi, frisch geduscht und rasiert, auf den Weg zum weißen Ruderhaus der *Polar Star* und zur Kabine des Elektroingenieurs der Flotte. Er hatte sich vorgenommen, Anton Hess um Rat zu fragen.

»Sie haben Glück, daß Sie mich erwischen«, sagte Hess. »Mein Dienst ist zwar gerade zu Ende, aber ich muß gleich wieder raus. Wollte mir nur rasch einen Tee kochen.«

Seine Unterkunft war nicht größer als eine Mannschaftskabine, doch da hier statt vier Leuten nur einer wohnte, war Platz genug für einen Schreibtisch und eine Wandkarte, auf der anscheinend jede einzelne Fischereiflotte der Sowjets im Nordpazifik markiert war. Auf einem Gummiuntersatz auf dem Schreibtisch stand statt des üblichen Samowars eine Kaffeemaschine, wie sie auch in Moskau die Zierde einer jeden Wohnung gewesen wäre.

Als er Hess ansah, fühlte Arkadi sich an die Besatzungsmitglieder eines U-Bootes erinnert, die er einmal nach ihrer Rückkehr von einer Polarfahrt gesehen hatte. Die Augen rot und entzündet, der Gang schlurfend und unsicher. Das Haar des kleinen Mannes war steif und so zerwühlt, als sei er von einer Katze angefallen worden. Sein Pullover stank nach Pfeifentabak. Aus der Kaffeemaschine quollen öligschwarze Tropfen. Hess schenkte zwei Tassen ein, gab einen reichlichen Schuß Kognak dazu und reichte die eine Tasse Arkadi. »Tod den Franzosen«, sagte er.

»Warum nicht.« Arkadi nickte.

Sein Herz reagierte sofort auf den Kaffee und begann unruhig zu schlagen. Hess seufzte und ließ sich wie in Zeitlupe in einen Sessel sinken. Sein müder Blick heftete sich auf eine hüfthohe, vertikale Glasröhre mit Stativ und Stromanschluß. Ultraviolette Strahlung. Sonnenlicht. Vitamin D. In Sibirien pflegten sie im Winter die Kinder um solche Röhren zu versammeln.

Auf Hess' bleichem Gesicht erschien ein Lächeln. »Meine Frau bestand darauf, daß ich das Ding mitnehme. Ich glaube, sie versucht sich einzubilden, ich wäre im Südpazifik unterwegs. Na, schmeckt der Tee?«

Tee und Kaffee, Franzosen und Amerikaner. Hess hatte den Hang, einen in die Irre zu führen – was Arkadi nur natürlich vorkam.

Es gab keinen Elektroingenieur der Flotte; das war einer jener Phantasietitel, die es einem Offizier vom KGB oder vom Marinenachrichtendienst gestatteten, ohne Aufsehen von Schiff zu Schiff zu wechseln. Die Frage war nur, welcher dieser beiden Organisationen der liebenswürdige Anton Hess angehörte. Der beste Indikator dafür schien Wolowoi, der Politoffizier der *Polar Star,* der Hess zugleich mit Respekt und Feindseligkeit behandelte. Auf jeden Fall wäre ein Name wie Hess beim KGB, der sich derzeit gern als rein russischer Klub aufspielte, von Nachteil gewesen. Bei der Marine hingegen zählten, sofern einer nicht Jude war, allein Kompetenz und Tüchtigkeit.

Auf der Karte reckte Alaska sich sehnsüchtig Sibirien entgegen. Oder war es umgekehrt? Wie auch immer, jedenfalls übersprenkelten sowjetische Trawler das Meer von Kamtschatka und vorbei am Inselbogen der Aleuten bis hinunter nach Oregon. Arkadi war sich bisher nicht bewußt gewesen, wie intensiv sie die Gewässer vor der amerikanischen Küste als Fanggründe nutzten. Gewiß, bei den russisch-amerikanischen Joint-ventures dienten die russischen Trawler als reine Verarbeitungsbasen; jede Flotte hatte ihre Begleitmannschaft amerikanischer Fangboote, und nur ein großes Fabrikschiff wie die *Polar Star* konnte unabhängig mit ihrem eigenen Trupp amerikanischer Fahrzeuge operieren. Der rote Punkt, der die *Polar Star* repräsentierte, befand sich etwa zwei Tagesreisen nördlich von Dutch Harbor und außer Reichweite sämtlicher anderer Verbände.

»Genosse Hess, verzeihen Sie bitte, wenn ich Sie störe . . .«

Hess schüttelte den Kopf, erschöpft, aber nachsichtig. »Aber Sie stören keineswegs. Ich freue mich, wenn ich Ihnen helfen kann.«

»Also gut«, sagte Arkadi. »Angenommen, Sina Patiaschwili hat sich nicht aus Versehen selbst zusammengeschlagen, erstochen und über Bord geworfen.«

»Sie haben Ihre Meinung geändert!« Hess war hocherfreut.

»Und nehmen wir zudem an, daß wir den Fall hier an Bord jetzt weiteruntersuchen. Keine richtige Untersuchung mit Detektiven und Labors, sondern nur mit den kümmerlichen Mitteln, die uns zur Verfügung stehen.«

»Wir haben immerhin Sie.«

»Dann müssen wir die, wenn auch geringe, Möglichkeit einkalkulieren, daß wir tatsächlich etwas herausfinden. Vielleicht sogar auf sehr vieles stoßen, darunter Dinge, nach denen wir gar nicht gesucht haben. Und darum brauche ich Ihren Rat.«

»Wirklich?« Hess beugte sich vor, seine ganze Haltung signalisierte Kontaktbereitschaft.

»Sehen Sie, mein Blickfeld – das eines Mannes, der im Frachtraum eines Schiffes Fische ausnimmt – ist stark begrenzt. Sie dagegen denken in Kategorien, die das ganze Schiff, ja die gesamte Flotte einschließen. Die Arbeit eines Elektroingenieurs der Flotte ist bestimmt sehr schwierig.« Besonders so weit weg von der Flotte, dachte Arkadi. »Ich stelle mir vor, daß Sie Faktoren und Überlegungen in Erwägung ziehen können, von denen ich keine Ahnung habe. Von denen ich vielleicht auch keine Ahnung haben *sollte.*«

Hess runzelte die Stirn, als könne er sich beim besten Willen nicht vorstellen, was für Faktoren das sein sollten.

»Sie meinen, es könnte aus bestimmten Gründen ratsam sein, keine Fragen zu stellen? Und wenn es solche Gründe gäbe, wäre es unter Umständen besser, erst gar nicht damit anzufangen, Fragen zu stellen, statt die Untersuchung stoppen zu müssen, wenn sie bereits in vollem Gange ist?«

»So gut hätte ich es selbst nicht formulieren können«, sagte Arkadi.

Hess rieb sich die Augen, hantierte mit seinem Tabaksbeutel und stopfte sich eine Pfeife. Es war eine Seemannspfeife, so konstruiert, daß sie dem Raucher beim Kartenstudium nicht im Wege war. Hess zündete sie an und paffte mit kurzen, saugenden Zügen; es klang wie das Knistern eines Heizkörpers.

»Genosse, einen solchen Grund kann ich mir beim besten Willen nicht vorstellen. Die Tote war allem Anschein nach ein ganz gewöhnliches Mädchen, jung, vielleicht ein bißchen locker in ihrer Auffassung von Moral. Ich glaube im übrigen, ich weiß, wo die Lösung für Ihr Problem liegt. Wenn Ihnen etwas ganz und gar Ungewöhnliches unterkommen sollte, irgendwas, das Ihnen Kopfzerbrechen macht, dann zögern Sie bitte nicht, sich damit zuallererst an mich zu wenden.«

»Es könnte mitunter schwierig sein, Sie zu finden.« Schließlich wußte ich bis gestern abend nicht einmal, daß Sie an Bord sind, dachte Arkadi.

»Die *Polar Star* ist zwar ein großes Schiff, aber eben doch nur ein Schiff. Kapitän Martschuk oder sein Chefmaat wissen immer, wo ich zu finden bin.«

»Sein Chefmaat, nicht der Erste Maat?«

»Nicht Genosse Wolowoi, nein.« Hess lächelte, als sei das ein ganz und gar abwegiger Gedanke.

Arkadi hätte gern mehr über den Mann gewußt. Jahrhundertelang hatte man deutsche Bauern ermuntert, sich an der Wolga anzusiedeln, Land urbar zu machen und zu kultivieren; das war so geblieben bis zum Großen Vaterländischen Krieg, als Stalin die Deutschen im Vorfeld der faschistischen Invasion von ihren Höfen vertrieben und über Nacht nach Asien verfrachtet hatte.

Hess seinerseits betrachtete Arkadi nicht minder forschend. »Ihr Vater war doch der General Renko, nicht wahr?«

»Ja.«

»Wo haben Sie Ihren Militärdienst abgeleistet?«

»In Berlin.«

»Ach, wirklich? Und was hatten Sie dort für eine Aufgabe?«

»Ich hab in einer Funkstation gesessen und amerikanische Sender abgehört.«

»Also waren Sie beim Geheimdienst!«

»Kaum der Rede wert.«

»Aber immerhin haben Sie Feindbewegungen überwacht. Und es sind Ihnen keine Fehler unterlaufen.«

»Zumindest habe ich nicht aus Versehen irgendeinen Krieg angezettelt, falls Sie das meinen.«

»Einen besseren Intelligenztest gibt es gar nicht.« Hess strich sein Haar glatt, das sich allerdings gleich wieder aufrichtete wie ein widerspenstiger Bart. »Sagen Sie mir ganz offen, was Sie brauchen.«

»Ich müßte von meinen normalen Pflichten freigestellt werden.«

»Natürlich.«

Arkadi bemühte sich, seine Stimme ruhig, ja unbeteiligt klingen zu lassen, doch in Wahrheit ließ jedes Wort das Blut in seinen Adern rauschen, ein Gefühl, das ihn erregte und gleichzeitig mit Scham erfüllte. »Ich kann zwar mit Slawa Bukowski zusammenarbeiten, aber ich werde außerdem einen Assistenten meiner eigenen Wahl brauchen. Und ich muß die Besatzung befragen, einschließlich der Offiziere.«

»Klingt alles vernünftig, solange es ohne Aufsehen geschieht.«

»Und wenn nötig, müßte ich auch die Amerikaner befragen dürfen.«

»Warum nicht? Ich sehe keinen Grund, warum die nicht kooperieren sollten. Schließlich geht es hier ja nur um eine Voruntersuchung zu den Ermittlungen in Wladiwostok.«

»Allerdings habe ich so meine Probleme mit ihnen.«

»Ich glaube, die Kabine der Chefbevollmächtigten liegt direkt unter meiner. Sie könnten jetzt gleich mit ihr sprechen.«

»Alles, was ich sage, scheint sie zu ärgern.«

»Aber ich bitte Sie! Wir sind hier doch alle ganz friedlich zusammen, um zu fischen. Reden Sie über das Meer.«

»Das Beringmeer?«

»Warum nicht?«

Hess hatte die Hände über dem Bauch gefaltet und sah aus wie ein kleiner deutscher Buddha. Er wirkte fast gelöst. War er doch vom KGB? Manchmal mußte man schon sehr gewieft sein, um das herauszufinden.

Arkadi sagte: »Als ich das erste Mal vom Beringmeer hörte, da war ich gerade acht Jahre alt. Eines Tages kam mit der Post ein neues Blatt für unsere Enzyklopädie. Allen Abonnenten wurde die gleiche Einlage zugeschickt, zusammen mit den notwendigen Erläuterungen, wie *Beria* herauszuschneiden sei, um statt dessen den so wichtigen neuen Artikel über das Beringmeer einkleben zu können. Natürlich war Beria da bereits erschossen worden und hatte aufgehört, ein Held der Sowjetunion zu sein. Es war eine der seltenen Gelegenheiten, bei denen ich meinen Vater wirklich glücklich gesehen habe, solchen Spaß machte es ihm, den Chef der Geheimpolizei da rauszuschneiden.«

Wenn Hess vom KGB ist, dachte Arkadi, dann muß die Unterredung jetzt eigentlich zu Ende sein. Und doch, sein Lächeln wirkte angestrengt, wie das eines Mannes, der eben feststellt, daß sein neuer Hund ein Wadenbeißer ist. »Sie haben in Moskau den Staatsanwalt, Ihren Chef, getötet. Da hatte Wolowoi recht.«

»Es war Notwehr.«

»Es mußten auch noch ein paar andere dran glauben.«

»Nicht durch mich.«

»Ein Deutscher und ein Amerikaner.«

»Die, ja.«

»Eine vertrackte Angelegenheit. Außerdem haben Sie einer Frau zur Flucht verholfen.«

»So kann man das eigentlich nicht sagen.« Arkadi wiegte den Kopf. »Ich hatte lediglich das Glück, ihr Lebewohl sagen zu dürfen.«

»Aber Sie sind nicht mit ihr gegangen. Als alles ausgestanden war, da haben Sie sich eben doch für Ihr Land entschieden. Und genau darauf bauen wir. Kennen Sie sich mit Robben aus?«

»Robben?«

»Die verstecken sich im Winter in der Nähe einer Öffnung unter der Eisdecke und kommen nur zum Luftholen an die Oberfläche. Machen Sie's im Moment nicht ganz ähnlich?«

Als Arkadi schwieg, sagte Hess: »Sie sollten den KGB nicht mit uns verwechseln. Manchmal erscheinen wir ganz schön hart, das gebe ich zu. In meiner Kadettenzeit – das war noch in der Ära Chruschtschow –, da haben wir im Nordpolarmeer mit Wasserstoffbomben experimentiert. Wir haben einmal eine Konstruktion in die Luft gejagt, die eine Sprengkraft von hunderttausend Kilotonnen TNT hatte, die größte, die jemals gezündet worden ist. Genaugenommen war es ein Fünfzigtausend-Kilotonnen-Sprengkopf in einer Uranhülle, eine Kombination, die den Strahlungsertrag verdoppeln sollte. Eine hundsgemeine Bombe. Wir haben damals weder die Schweden noch die Finnen und schon gar nicht unsere eigenen Landsleute gewarnt, die nach dem radioaktiven Niederschlag mindestens tausendmal so stark verseuchte Milch trinken mußten wie jetzt nach Tschernobyl. Und wir verschwiegen die Sache auch unseren Fischern im Nordpolarmeer. Ich hab als Dritter Maat bei der Flotte angeheuert, und mein Auftrag bestand darin, Messungen vorzunehmen, ohne daß jemand an Bord davon Wind bekam. Einmal ging uns ein Hai ins Netz, der vierhundert Röntgen hatte. Was hätte ich dem Kapitän raten sollen – sein kostbares Liefersoll über Bord zu werfen?

Dann hätte die Mannschaft Fragen gestellt, Gerüchte wären entstanden und hätten sich wie ein Lauffeuer verbreitet. Also haben wir statt unserer Leute die Amerikaner alarmiert, mit dem Ergebnis, daß Kennedy sich aus lauter Angst mit uns an einen Tisch setzte und ein Teststoppabkommen unterzeichnete.«

Hess lächelte jetzt nicht mehr; sein Blick ruhte so starr auf Arkadi wie der eines Henkers, der den eigenen Sohn für einen kurzen Moment sein wahres Gesicht sehen läßt. Doch schon im nächsten Augenblick hellte seine Miene sich wieder auf. »Wie auch immer, für das Gros der Mannschaft unterscheidet sich der Dienst auf der *Polar Star* kaum von der Arbeit in einer x-beliebigen Fabrik irgendwo auf dem Festland, abgesehen von der erfreulichen Aussicht, einen amerikanischen Hafen anzulaufen, und der unerfreulichen, eventuell seekrank zu werden. Einige wenige aber sind durchdrungen von der Faszination der Freiheit. Das Meer hat nun einmal diese Aura. Wir sind weit, sehr weit vom Heimathafen entfernt. Die Grenzwachen haben wir auf der anderen Hälfte der Erdkugel hinter uns gelassen, und wir bewegen uns in der Welt der Pazifikflotte.«

»Heißt das nun, ich habe Ihre Unterstützung, oder nicht?«

»Aber gewiß doch! Meine Unterstützung und mein wachsendes Interesse.«

Als er aus der Kabine trat, sah Arkadi gerade noch, wie die Spitzel Skiba und Slesko am Ende des Korridors um die Ecke bogen. Langsam, nicht so hastig, damit ihr nicht stolpert, dachte Arkadi. Fallt nicht auf die Schnauze, bevor ihr dem Invaliden gemeldet habt, welcher einfache Arbeiter soeben in der Unterkunft des Elektroingenieurs der Flotte war. Tragt die Information weiter, als wäre es eine Tasse Tee von Hess persönlich. Ohne einen Tropfen zu verschütten.

Susan saß in ihrer Kabine am Tisch, den Kopf in die Hand gestützt, und Zigarettenrauch kräuselte sich hinauf in ihr dichtes Haar. Es war genaugenommen eine sehr russische Pose, denn sie hatte zugleich etwas Poetisches und einen Hauch von Tragik. Slawa war bei ihr, und auf dem Tisch standen Suppe und Brot, wie Arkadi annahm, direkt aus der Küche.

»Hoffentlich störe ich nicht?« fragte Arkadi. »Ich wäre nicht einfach so reingeplatzt, aber die Tür stand offen.«

»Ich hab's mir zur Regel gemacht, die Tür aufzulassen, wenn ich russischen Herrenbesuch habe«, sagte Susan. »Auch dann, wenn er ein ausgefallenes Frühstück mitbringt.«

Ohne ihre dicke Jacke und die Stiefel war sie praktisch noch ein Mädchen. Braune Augen und blondes Haar ergaben einen reizvollen Kontrast, waren allerdings kaum einmalig. Ihr Gesicht besaß weder die vollendet ovale Rundung noch die slawischen Backenknochen russischer Frauen. Die Zigarette betonte ihre etwas zu vollen Lippen, und um ihre Augen begannen sich jene feinen Linien abzuzeichnen, die eine Frau wirklich zur Frau machen. Aber sie war zu dünn, das russische Essen schien bei ihr nicht anzuschlagen. Zugegeben, die Suppe war nichts weiter als eine kleistrige Brühe, auf der ein paar Fettaugen schwammen. Susan fischte beiläufig einen Knochen heraus und ließ ihn gleich wieder in den Eintopf zurückfallen.

»Da ist frische Butter drin«, erklärte Slawa stolz. »Ich hab Olimpiada extra eingeschärft: ›Keine Knoblauchzehen!‹ Ja, was ich sagen wollte – Sie müssen unbedingt den Baikalsee kennenlernen. Sechzehn Prozent des reinsten Wassers der ganzen Welt sind in dem See enthalten.«

»Und wieviel davon ist in dieser Schüssel?« fragte Susan.

Arkadi versuchte es noch einmal: »Ich würde nur gern wissen . . .«

Slawa holte tief Luft. Falls Arkadi ihm wirklich sein kleines Essen zu zweit verderben wollte, dann würde der Dritte Maat ihm das heimzahlen. »Renko, wenn Sie noch Fragen haben, die hätten Sie gestern stellen sollen. Ich glaub, ich höre, wie die Schmutzbrigade nach Ihnen ruft.«

»Mir ist schon aufgefallen«, sagte Susan, »daß Sie dauernd ›gern irgendwas wissen‹ möchten. Also, was ist es diesmal?«

»Was halten Sie vom Fischen?« fragte Arkadi.

»Was ich vom Fischen halte? Du lieber Himmel, ich find's großartig, sonst wäre ich wohl kaum hier, oder?«

»Dann versuchen Sie's doch mal so.« Arkadi nahm ihr den Löffel aus der Hand. »Wenn Sie die Knochen wollen, dann machen Sie ruhig weiter so wie bisher und suchen den Boden ab. Aber alles andere verteilt sich auf verschiedene Ebenen. Kohl und Kartoffeln zum Beispiel schwimmen ein bißchen höher.«

»Im Baikalsee sind sogar Robben heimisch . . . blinde Fische ...« Slawa bemühte sich krampfhaft, seinen Monolog aufrechtzuerhalten. »Überhaupt, eine Artenvielfalt ...«

»Eine Zwiebel zu fangen, das ist schon schwieriger«, fuhr Arkadi in seiner Erklärung fort. »Um die zu erwischen, braucht man Hochseeerfahrung. Ah!« Triumphierend schöpfte er eine verbrannte Perlzwiebel aus der Suppe.

»Wie steht's mit Fleisch?« fragte Susan. »Das ist nämlich ein Fleischeintopf.«

»Theoretisch.« Arkadi gab ihr den Löffel zurück.

Susan aß die Zwiebel.

Slawa verlor die Geduld. »Renko, Ihre Schicht hat längst begonnen.«

»Die Frage mag Ihnen albern vorkommen«, sagte Arkadi zu Susan, »aber ich hätte gern gewußt, was Sie auf dem Fest anhatten.«

Sie mußte unwillkürlich lachen. »Jedenfalls nicht mein Ballkleid aus Collegezeiten.«

»Ballkleid?«

»Mit Reifrock und Mieder. Aber lassen wir das. Sagen wir, ich war in Bluse und Jeans da.«

»Eine weiße Bluse und Blue jeans?«

»Ja. Warum fragen Sie?

»Waren Sie zwischendurch mal draußen, um Luft zu schöpfen? Vielleicht sogar an Deck?«

Susan schwieg. Sie lehnte sich zurück und musterte ihn mit offenem Mißtrauen. »Sie stellen immer noch Nachforschungen über Sina an?«

Slawa war nicht minder empört. »Das ist erledigt. Haben Sie gestern abend doch selbst gesagt.«

»Schon«, räumte Arkadi ein, »aber heute morgen habe ich meine Meinung geändert.«

»Warum sind Sie so auf uns Amerikaner fixiert?« fragte Susan. »Auf diesem Fabrikschiff gibt es Hunderte von Russen, aber Sie kommen immer wieder zu uns. Wie mein Radio, das bringt auch immer dasselbe.« Sie wies mit der Zigarette auf einen eingebauten Lautsprecher in der Ecke ihrer Kabine. »Anfangs habe ich mich gewundert, weil es nicht funktionierte. Dann bin ich hochgeklettert, und was habe ich gefunden? Eine Wanze! Sehen Sie, der Apparat ging schon, bloß nicht so, wie ich es erwartet hatte.« Sie legte den Kopf schräg und blies den Rauch so durch die Nase, daß er wie ein Pfeil auf Arkadi zutrieb. »Wenn ich in Dutch Harbor von Bord gehe, dann ist ein für allemal Schluß mit falschen Radios und falschen Detektiven. Sonst noch Fragen?«

»Davon hatte ich keine Ahnung«, versicherte Slawa.

»Nehmen Sie Ihre Bücher mit?« fragte Arkadi.

Auf der oberen Koje standen die Schreibmaschine und die Bücherkartons, die Arkadi schon tags zuvor bewundert hatte. Was russische Poesie und Toilettenpapier gemeinsam hatten, war ihre Knappheit, dank der Probleme der russischen Papierindustrie, und das, obwohl das Land über die größten Waldbestände der Welt verfügte.

»Möchten Sie eins? Sind Sie also nicht nur in der Schmutzbrigade und ein Kriminaler, sondern auch noch vernarrt in Bücher?«

»Einige.«

»Welche?«

»Susan schreibt selbst«, sagte Slawa. »Ich persönlich schwärme für Hemingway.«

»Ich spreche von russischen Autoren«, sagte Susan zu Arkadi. »Sie sind Russe, und Sie haben eine russische Seele. Nur zu, welches wollen Sie haben?«

»Sie haben so viele.« Mehr gute Bücher als die Bordbibliothek, dachte er.

»Mögen Sie die Achmatowa?«

»Welche Frage.« Arkadi zuckte die Schultern.

Susan hob die Stimme:

»›Was willst du?‹ fragte ich.
›Mit dir durch die Hölle gehen . . .‹«

Arkadi übernahm die nächsten Verse:

»Er hob die schmale Hand,
liebkoste sacht die Blumen:
›Sprich, wie küssen Männer dich,
wie küßt du, Mädchen, sprich.‹«

Slawas Blick wanderte mißtrauisch zwischen Susan und Arkadi hin und her.

»Das kennt bei uns jeder auswendig«, erkärte Arkadi. »So ist das nun mal, wenn's keine Bücher zu kaufen gibt.«

Susan ließ ihre Zigarette in die Suppe fallen, stand auf, griff nach dem ersten Buch, das sie von unten erreichen konnte, und warf es Arkadi zu. »Ein Abschiedsgeschenk«, sagte sie. »Und jetzt Schluß mit der Fragerei. Ich kann wohl von Glück sagen, daß Sie erst gegen Ende der Reise hier oben aufgetaucht sind.«

»Ich wage zu behaupten«, erwiderte Arkadi zögernd, »daß Sie in anderer Hinsicht noch sehr viel mehr Glück hatten.«

»Können Sie sich nicht ein bißchen deutlicher ausdrücken?«

»Nun, Sie waren genauso angezogen wie Sina. Falls jemand Sina über Bord geworfen hat, dann ist es ein Glück, daß dieser Jemand nicht aus Versehen Sie erwischt hat.«

11

Die Kabine der verstorbenen Sina Patiaschwili vermittelte eine Atmosphäre, so intim wie ein Traum; schon als er das Licht einschaltete, fühlte Arkadi sich wie ein Eindringling.

Dynka zum Beispiel kam aus Usbekistan, und davon zeugte das Spielzeugkamel auf dem Kissen ihrer Koje, eine zweihöckrige Miniatur mit einem Samarkand-Teppich geschmückt. Dann waren da Madame Malsewas bestickte Kissen, die sämtlich nach Puder und Pomade dufteten. Ihr Album mit den ausländischen Postkarten zeigte Minarette und Tempelruinen. Ein geprägtes Porträt von Lenin bewachte Natascha Tschaikowskaias Koje, über der außerdem ein Schnappschuß von einer mütterlichen Frau hing, die schüchtern inmitten von Sonnenblumen in die Kamera lächelte, sowie ein Hochglanzfoto von Julio Iglesias.

Ein Windglockenspiel aus Rauchglas schaukelte vor dem Bullauge und warf romantische, kastanienbraune Schatten auf die Schotten der Kabine. Der Raum hatte etwas Schwindelerregendes, war wie eine Nautilusmuschel aus Farben, Falten und Kissen, voller miteinander wetteifernder Düfte, stark wie Weihrauch, war Leben, zusammengedrängt in einem stählernen Kämmerchen. Es hingen mehr Bilder in der Kabine als zuvor, als hätte Sinas Verschwinden den drei verbleibenden Zimmergenossinnen auch die letzte Befangenheit genommen. Die Schranktür war mit noch mehr usbekischen und sibirischen Bauarbeitern geschmückt, deren Konterfeis im blassen Widerschein des Windglockenspiels schimmerten.

Arkadi steckte eben den Kopf unter Sinas abgezogene Matratze, als Natascha hereinkam. Sie trug einen klammen blauen Trainingsanzug, den Einheitsanzug aller sowjetischen Sportler. Schweiß lag wie Tau auf ihren Wangen, aber ihre Lippen waren frisch geschminkt. »Sie erinnern mich an eine Krähe«, sagte sie zu Arkadi. »An einen Aasfresser.«

»Sie haben eine scharfe Beobachtungsgabe.« Er sagte nicht, woran sie ihn erinnerte, nämlich an eine Tschaika, jene große Limousine, der sie ihren Spitznamen verdankte. Eine kurzatmige Tschaika in blauem Ölzeug.

»Ich war an Deck und hab ein paar Übungen gemacht. Man sagte mir, Sie wollten mich sprechen.«

Da Arkadi Gummihandschuhe aus dem Krankentrakt übergestreift hatte, mußte er sich mit allen Sinnen auf sein Tastgefühl konzentrieren. Als er ein kleines Loch in der Matratze weiter aufriß, fiel eine Kassette heraus. »Van Halen« stand auf dem Gehäuse. Er stöberte weiter in der Matratze herum und brachte drei weitere Kassetten sowie ein kleines russisch-englisches Wörterbuch zum Vorschein. Beim Durchblättern sah er, daß einige Wörter mit Bleistift unterstrichen waren. Die Striche verrieten die anmaßende Naivität eines Schulmädchens, genau wie die Vokabeln, die alle mit Sex zu tun hatten.

»Na, ist das der große Durchbruch?« fragte Natascha.

»Noch nicht ganz.«

»Ist es nicht Vorschrift, daß bei einer polizeilichen Durchsuchung immer zwei Zeugen anwesend sind?«

»Es handelt sich hier nicht um eine offizielle Durchsuchung. Das ist reine Neugier meinerseits. Die Genossin Patiaschwili ist vielleicht einem Unfall zum Opfer gefallen, vielleicht auch nicht. Der Kapitän hat mich beauftragt, das herauszufinden.«

»Ha!«

»Genau meine Meinung. Ich war übrigens früher einmal Ermittlungsbeamter.«

»In Moskau. Ich weiß Bescheid. Sie haben sich auf eine antisowjetische Intrige eingelassen.«

»Nun, das ist eine Frage der Auslegung. Die Sache ist die, daß ich nun schon ein ganzes Jahr unten in diesem Schiff eingeschlossen bin. Natürlich war es mir eine Ehre, daran mitzuwirken, daß der große Sowjetmarkt mit Frischfisch beliefert wird.«

»Wir verpflegen die Sowjetunion.«

»Was für ein wunderbarer Slogan! Doch da ich auf diesen Ausnahmefall nicht vorbereitet war, habe ich meine Fachkenntnisse als Kriminalbeamter grob vernachlässigt. Ich bin gewissermaßen aus der Übung.«

Natascha machte ein finsteres Gesicht, schien einen fremden

Gegenstand zu mustern, von dem sie nicht recht wußte, wie damit umzugehen war. »Wenn der Kapitän Sie mit dieser Aufgabe betraut hat, dann sollten Sie alles daransetzen, sie erfolgreich zu lösen.«

»Ja. Aber da ist noch eine Schwierigkeit, Natascha. Sie und ich, wir arbeiten doch zusammen in der Fabrik. Nun entsinne ich mich, daß Sie einmal die Meinung äußerten, ein paar der Männer dort unten seien nichts weiter als weichbäuchige Intellektuelle.«

»Die könnten ihren eigenen Schwanz nicht finden, wenn er ihnen nicht angewachsen wäre.«

»Danke. Sie selbst haben einen anderen Hintergrund!«

»Das will ich meinen! Zwei Generationen meiner Familie haben am Aufbau neuer Wasserkraftwerke mitgewirkt. Meine Mutter war am oberen Bratsk-Damm, und ich war Brigadeleiterin in Botschugani.«

»Und man hat Ihnen den Titel ›Held der Arbeit‹ verliehen.«

»Den Orden trage ich, jawohl.« Natascha nahm Komplimente mit ungerührter Miene entgegen.

»Und Sie sind Parteimitglied?«

»Eine Auszeichnung, auf die ich stolz bin.«

»Trotzdem scheint mir, daß Ihre Intelligenz und Initiative unterschätzt werden.«

Arkadi erinnerte sich an den Tag, an dem Kolja einen Finger in der Säge verloren hatte. Das Blut spritzte von seiner Hand über sein Gesicht, die Fische und alle Umstehenden. Da war es Natascha gewesen, die ohne Zögern ihr Kopftuch nahm und ihm damit die Hand abband. Dann sorgte sie dafür, daß er sich hinlegte, die Füße hochgelagert, und bewachte ihn mit Argusaugen, bis man eine Bahre brachte. Als sie ihn in den Krankentrakt schafften, kroch sie auf allen vieren über den Boden und suchte nach dem Finger, damit der Arzt ihn wieder annähen konnte.

»Mir genügt die Wertschätzung der Partei. Warum wollten Sie, daß ich herunterkomme?«

»Warum haben Sie Ihre Arbeit als Brigadeleiterin aufgegeben und putzen hier jetzt Fisch? Auf den Dämmen gibt's doch doppelt soviel Lohn und auf manchen außerdem noch eine Arktik-Prämie. Ganz zu schweigen von der frischen Luft.«

Natascha verschränkte die Arme. Ihre Wangen hatten sich gerötet.

Ein Mann! Natürlich. Zwar waren auch auf einer Baustelle die Männer in der Überzahl, aber nicht so extrem wie auf einem Schiff, wo mehr als zweihundert gesunde Männer monatelang mit vielleicht fünfzig Frauen zusammengesperrt waren, von denen die Hälfte ihre Großmütter hätten sein können, so daß für die restlichen Frauen ein Verhältnis von zehn zu eins blieb. Natascha flanierte dauernd in ihrem Trainingsanzug oder einem Mantel mit Fuchsbesatz übers Deck; und an Tagen, wenn das Wetter nur einigermaßen mild war, erschien sie in einem blumenbedruckten Strandkleid, das ihr Ähnlichkeit mit einer übergroßen Kamelie verlieh. Fast schämte Arkadi sich seiner Begriffsstutzigkeit.

»Reiselust«, sagte sie.

»Verstehe, genau wie bei mir.«

»Aber Sie gehen in ausländischen Häfen nicht an Land. Sie bleiben auf dem Schiff.«

»Ich bin eben ein Purist.«

»Blödsinn! Sie haben ein Visum zweiter Klasse, das ist der Grund.«

»Das kommt noch hinzu. Aber was schlimmer ist, ich hab nur eine zweitklassige Neugier. Ich war so zufrieden und ausgefüllt mit meiner Arbeit in der Fabrik, daß ich mich nicht genügend am gesellschaftlichen und kulturellen Leben an Bord beteiligt habe.«

»Sie meinen die Tanzveranstaltungen.«

»Genau. Es ist fast so, als sei ich überhaupt nicht hier gewesen. Ich weiß nichts von den Frauen oder von den Amerikanern – oder, um mich präziser auszudrücken, von Sina Patiaschwili.«

»Sie war ein rechtschaffenes Mitglied der sowjetischen Arbeiterklasse, und sie wird uns allen sehr fehlen.«

Arkadi machte den Schrank auf. Die Kleidungsstücke hingen nach Besitzerinnen geordnet auf den Bügeln: Dynkas Sachen, fast noch in Kindergröße, Madame Malsewas schlampige Kluft, Nataschas faltenreiche rote Abendrobe, ihre Strandkleider und Blusen in Pastelltönen. Von Dynkas Garderobe war er enttäuscht, denn er hatte farbenprächtige usbekische Stickereien erwartet oder Hosen aus Goldbrokat, doch alles, was er an Auffälligem entdekken konnte, war eine chinesische Jacke.

»Sinas Kleider haben Sie schon abgeholt«, sagte Natascha.

»Ja, war alles sehr ordentlich zusammengepackt.«

Drei Schubladen enthielten Wäsche, Strümpfe, Halstücher,

Medikamente; in Nataschas Fach fand er sogar einen Badeanzug. Die vierte Schublade war leer. Er betastete Rück- und Unterseite, um festzustellen, ob daran irgendwo etwas klebte.

»Was suchen Sie eigentlich?« fragte Natascha streng.

»Ich weiß nicht.«

»Sie sind mir ein Ermittlungsbeamter.«

Arkadi zog einen Spiegel aus der Tasche und kontrollierte damit die Unterseite von Waschbecken und Sitzbank.

»Wollen Sie nicht auch gleich Fingerabdrücke nehmen?«

»Das kommt später.« Er kontrollierte den Hohlraum unter den Kojen, indem er den Spiegel gegen die Bücher auf Sinas Matratze lehnte. »Was ich brauche, ist jemand, der mit der Mannschaft vertraut ist. Aber keinen Offizier und auch nicht jemanden wie mich.«

»Ich bin Parteimitglied, aber kein Spion. Wenn Sie einen Schnüffler suchen, dann halten Sie sich an Typen wie Skiba und Slesko.«

»Ich brauche einen Assistenten, keinen Spitzel.« Arkadi trat abermals vor den geöffneten Schrank. »In einer Kabine wie dieser gibt es nur eine begrenzte Anzahl von Verstecken.«

»Verstecke? Wofür denn?«

Er spürte, wie Natascha neben ihm nervös wurde. Ihm war, als hätte er das schon einmal bemerkt. Sie schien sich zu recken, als er erneut ihre Schublade aufzog. Es war der Badeanzug, aber natürlich, ein grün-blauer Bikini, dessen Höschen sie nicht einmal bis über die Knie kriegen würde, der Bikini, den Sina mit der Sonnenbrille an jenem warmen Tag an Deck getragen hatte.

Auf einem Schiff galt der gleiche Moralkodex wie im Gefängnis. Das schlimmste Verbrechen – abscheulicher noch als Mord – war Diebstahl. Andererseits war es nur natürlich, daß die Lebenden den Besitz eines Toten unter sich aufteilten. Dennoch, wenn herauskam, daß Natascha sich den Bikini heimlich angeeignet und versteckt hatte, dann würde sie das ihren geheiligten Parteiausweis kosten.

»Ich wette, in Ihrer Kabine geht's genauso zu wie in meiner«, sagte Arkadi. »Ständig borgt und verleiht man seine Sachen untereinander, stimmt's? Manchmal fällt es schwer, noch zu unterscheiden, was ursprünglich wem gehört hat. Ich bin froh, daß wir dieses Ding gefunden haben.«

»Er war für meine Nichte bestimmt.«

»Verstehe.«

Arkadi legte den Bikini aufs Bett. Im Spiegel konnte er sehen, daß Natascha den Blick fest auf den Schrank geheftet hielt. Zwar fand er den Trick mit dem Spiegel schamlos, doch er hatte weder die Zeit noch die Mittel für eine moralisch einwandfreie, systematisch exakte Untersuchung. Er trat wieder neben Natascha und ging noch einmal die Kleiderstange durch. Grob verallgemeinernd hätte man sagen können, daß die meisten russischen Frauen eine Metamorphose durchmachten, die sie mit einer rubensschen Körperfülle zum Schutz gegen den russischen Winter ausstattete. Sina war Georgierin gewesen, kam also aus dem Süden. Die einzige ihrer drei Kabinengenossinnen, der ihre Sachen gepaßt hätten, war die zierliche Dynka, und das einzige Kleidungsstück mit jenem Schmiß, der Sina offenbar zu eigen gewesen war, war Dynkas rote, wattierte chinesische Jacke. In fast allen ausländischen Häfen gab es schäbige Läden, die sich auf jene billigen Waren spezialisiert hatten, die russische Seeleute und Fischer sich leisten konnten. Oft lagen diese Läden in Armenvierteln, weit entfernt von den Docks, und man sah die Russen in Gruppen meilenweit dorthinpilgern, nur um das Geld fürs Taxi zu sparen. Eins der begehrtesten Souvenirs war eine Jacke wie diese, rot mit goldenen Drachen und Druckknopftaschen. Dumm war nur, daß dies Dynkas erste Seereise war und sie bisher noch keinen Landgang gehabt hatten. Mit ein bißchen mehr Kombinationsgabe hätte er auf den Spiegel verzichten können. Arkadi schämte sich jetzt tatsächlich.

Als er die Jacke vom Bügel nahm, weiteten sich Nataschas Augen wie die eines Mädchens, das zum erstenmal einer Zaubervorstellung beiwohnt. »Und die hier?« fragte er. »Die hat Dynka sich wohl noch vor dem Tanzabend von Sina geborgt?«

»Ja.« Und mit festerer Stimme setzte sie hinzu: »Dynka würde niemals etwas stehlen. Sina hat sich dauernd von anderen Geld geliehen und nie was zurückgezahlt. Dynka würde nie stehlen.«

»Das ist doch meine Rede.«

»Sina hat die Jacke nie getragen. Sie hat dauernd damit rumhantiert, aber an Bord hat sie sie nie getragen. Sie sagte, sie wolle sie aufheben für Wladiwostok.« Sichtlich erleichtert sprudelte Natascha die Worte heraus. Dem Schrank schenkte sie keine Beachtung mehr.

»Herumhantiert?«

»Ja, sie hat Nähte ausgebessert, hier und da was gestopft.«

Arkadi kam die Jacke ganz neu vor. Er befühlte die Steppnähte und die gepolsterten Schulterstücke. Auf dem Etikett stand: »Hongkong. Rayon.«

»Haben Sie ein Messer?«

»Augenblick.« Natascha holte eines aus einer Schürze, die an der Tür hing.

»Sie sollten Ihr Messer stets bei sich tragen«, hielt Arkadi ihr vor. »Sie wissen doch: ›Seid immer gerüstet für den Notfall.‹«

Er tastete die Wattierung an Rücken und Ärmeln ab, dann die Säume am Hals und am unteren Rand. Als er den Saum am Aufschlag aufschlitzte, fiel ein Stein von der Größe eines rautenförmigen Bonbons in seine Handfläche. Er faßte nach, und schon kollerten noch mehr Steine heraus, bis er ein ganzes Häufchen roter, hellvioletter und tiefdunkler Amethyste, Rubine und Saphire in der hohlen Hand hielt. Glitzernde, aber ungeschliffene Edelsteine, und, soweit Arkadi das beurteilen konnte, keine erstklassigen Stücke.

Er schüttete die Steine in eine Tasche der chinesischen Jacke und machte den Druckknopf zu. Dann zog er sich die Gummihandschuhe von den Fingern.

»Die Steine könnten aus Korea stammen, aber auch von den Philippinen oder aus Indien. Aber bestimmt gibt es solche Steine nirgends, wo wir gewesen sind, also muß Sina sie von einem anderen Schiff bekommen haben. Wir sollten froh sein, daß Dynka nicht versucht hat, mit dieser Jacke durch die Grenzkontrolle zu kommen.«

»Arme Dynka!« Natascha seufzte angesichts der Vorstellung, wie ihre Freundin wegen Schmuggels verhaftet wurde. »Aber wie hätte Sina die Steine von Bord bringen wollen?«

»Vermutlich hätte sie sie verschluckt, die Jacke wieder zugenäht und wäre damit von Bord gegangen, genau wie sie's gesagt hat. Die Steine hätte sie dann später wieder eingesammelt.«

Natascha war empört. »Ich wußte, daß Sina unverfroren war. Ich wußte, sie war eine Georgierin. Aber das . . .«

Arkadi schlug zu, solange die Tschaika noch unter dem Eindruck seiner eingängigen Logik und seines glücklichen Zufallsfundes stand. »Sehen Sie, ich wußte nicht, daß Sina ›unverfroren‹

war. Ich wußte bisher überhaupt nichts über die Mannschaft. Und darum brauche ich Sie, Natascha.«

»Sie meinen, Sie und ich, wir sollten zusammenarbeiten?«

»Warum denn nicht? Schließlich haben wir das schon ein halbes Jahr lang in der Fabrik getan. Sie handeln überlegt und haben starke Nerven. Ich vertraue Ihnen, genauso, wie Sie mir vertrauen können.«

Sie warf einen scheelen Blick auf den Bikini und die Jacke. »Und wenn ich nicht mitmache?«

»Nein, nein, nur keine Angst! Ich werde sagen, ich hätte die Sachen unter ihrer Matratze gefunden. Der Dritte Maat und ich, wir hätten da schon früher nachschauen sollen.«

Natascha strich sich eine feuchte Locke aus der Stirn. »Ich gehöre nicht zu denen, die ihre Kameraden verpfeifen.«

Sie hatte hübsche Augen, so schwarz wie die von Stalin, aber trotzdem hübsch. Auffallend hübsch sogar, im Unterschied zu dem blauen Trainingsanzug.

»Sie brauchen auch niemanden zu bespitzeln, lediglich Fragen zu stellen. Und später berichten Sie mir, was Sie erfahren haben.«

»Ich weiß nicht recht.«

»Der Kapitän möchte rauskriegen, was mit Sina geschehen ist, bevor wir Dutch Harbor anlaufen. Der Erste Maat meint, wir sollten den Landurlaub für alle streichen.«

»Dieser Schuft! Wolowoi rührt keinen Finger, außer um den Filmprojektor zu bedienen. Und wir haben vier Monate lang Fische ausgenommen.«

»Sie haben nur noch eine Schicht in der Fabrik. Und die können Sie ausfallen lassen. Wenn Sie mit mir zusammenarbeiten.«

Natascha musterte Arkadi, als sähe sie ihn zum erstenmal. »Und das wäre keine antisowjetische Agitation?«

»Alles geht streng nach Leninistischen Normen«, versicherte er.

Ein letztes Mal zögerte sie. »Und Sie wollen wirklich mich?«

12

Arkadi stand im Kranführerhaus und genoß die Aussicht: Auf den Oberdecks stapelten sich Netze und Planken, wie Schattenrisse ragten die gelben Ladegeschirre aus dem Nebel auf, Möwen wiegten sich im Wind. Vor ihm, auf dem Vorderdeck, spannten sich zwischen den Ladebäumen gleich einem Spinnennetz die Drahtantennen zum Langwellenempfang. Eine Phalanx von Dipol-Rutenantennen für Kurzwellenverkehr reckte sich der Brise entgegen. Zwei ineinandergreifende Signalkreise dienten dem Peilfunk, die sternförmigen Antennen weiter oben dem Orten von Satelliten. Allem Anschein zum Trotz war die *Polar Star* nicht allein.

»Und Bukowski ist einverstanden damit, daß ich Ihre Assistentin werde?« fragte Natascha.

»Er wird sich schon an den Gedanken gewöhnen.« Arkadi war bester Laune, denn das Buch, das Susan ihm geschenkt hatte, war von Mandelstam, einem wunderbaren Dichter, weltläufig, geheimnisvoll und vermutlich absolut nicht nach Nataschas sozialistischem Geschmack. Zwar war es nur eine Briefsammlung, aber Arkadi hatte das Bändchen bereits so behutsam unter seiner Matratze versteckt, als wäre es aus Blattgold.

»Da kommt er«, rief Natascha.

Tatsächlich! Der Dritte Maat flog förmlich übers Vorderdeck, vorbei an einer Gruppe von Mechanikern, die lustlos einen Volleyball übers Netz schlugen.

»Er sieht aber gar nicht glücklich aus«, setzte Natascha besorgt hinzu.

Slawa verschwand unter Deck, und Arkadi glaubte, das Echo seiner Reeboks zu hören, während der Dritte Maat die drei Treppen zu ihnen hinaufgerannt kam. In wahrhaft olympischem Tempo erschien er wieder auf dem Oberdeck und zwängte sich zu den beiden ins Kranführerhaus. »Was höre ich da von einer neuen

Assistentin?« Slawa rang nach Atem. »Und wie kommen Sie dazu, mich rufen zu lassen? Wer leitet hier die Ermittlungen?«

»Sie natürlich«, sagte Arkadi. »Ich dachte nur, hier oben hätten wir ein bißchen frische Luft und wären außerdem ungestört. Beides zusammen bekommt man auf diesem Schiff nur selten geboten.«

Ein verschwiegeneres Plätzchen als das Kranführerhaus ließ sich wirklich kaum denken, denn die zerbrochenen Fensterscheiben, die mit Dichtungsplatten und Bolzen gekittet waren, wölbten sich so schräg nach innen, daß man wohl oder übel zusammenrükken mußte, wenn mehr als eine Person in der Kanzel Platz finden sollte. Trotzdem war die Aussicht unübertrefflich.

Natascha sagte: »Genosse Renko meint, ich könnte ihm nützlich sein.«

»Der Elektroingenieur und der Kapitän haben die Genossin Tschaikowskaia bereits freigestellt«, sagte Arkadi. »Aber da Sie diesen Fall leiten, hielt ich es für meine Pflicht, Sie ebenfalls zu informieren. Und dann wollte ich Ihnen noch sagen, daß ich eine Liste von Sinas persönlichen Dingen zusammengestellt habe.«

»Das ist doch längst erledigt«, knurrte Slawa. »Wir haben ihre Kleider durchgesehen, der Arzt hat die Leiche untersucht. Warum suchen Sie also nicht nach einem Abschiedsbrief?«

»Opfer hinterlassen selten Abschiedsbriefe. Es würde sehr verdächtig wirken, wenn wir gleich auf so etwas stießen.«

Natascha lachte und räusperte sich dann. Da sie die Hälfte des Platzes in der engen Kabine einnahm, konnte man von ihr kaum Feinsinnigkeit erwarten.

»Und was wird Ihre Aufgabe sein?« Slawa funkelte sie an.

»Ich soll Informationen beschaffen.«

Slawa stieß ein bitteres Lachen aus. »Na großartig! Das heißt also, es wird noch mehr Dreck aufgewühlt. Ich begreife es einfach nicht. Meine allererste Fahrt als Offizier, und schon machen Sie mich zum Gewerkschaftsvertreter. Was verstehe ich denn schon von Arbeitern? Oder gar von Mord?«

»Jeder muß irgendwann mal anfangen«, sagte Arkadi.

»Ich glaube, Martschuk kann mich nicht ausstehen.«

»Aber er hat Sie doch mit dieser brisanten Mission betraut.«

Der Dritte Maat plumpste mit dem Rücken gegen das Schott, sein Gesicht war ein Bild des Jammers, sein von Natur aus lockiges Haar hing ihm vor Selbstmitleid schlaff in die Stirn. »Und zu allem Überfluß noch ihr beide, die Jammergestalten aus der Schmutzbrigade. Renko, woher kommt nur Ihr pathologischer Drang, jeden Stein umzudrehen? Ich weiß doch, daß Wolowoi den Schlußbericht über diesen Fall schreiben wird. Es ist immer ein Wolowoi, der das letzte . . . Achtung, Vorsicht!«

Die Wand unterhalb des Kranführerhauses hallte wider, als der Volleyball von ihr abprallte. Er fiel zurück auf Deck und rollte unbeachtet an den Mechanikern vorbei, die zu dem Dreier oben in der Kabine hinaufspähten.

»Na, was hab ich gesagt?« knurrte Slawa. »Die Mannschaft hat bereits Wind davon bekommen, daß ihr Landgang von dieser sogenannten Untersuchung abhängt. Wir können von Glück sagen, wenn uns nicht früher oder später irgendwer ein Messer in den Rücken jagt.«

Die Portalkräne hatten, so erinnerte sich Arkadi, auch noch einen anderen Namen: Galgen. Eine Reihe leuchtend gelber Galgen, die durch den Nebel segelten.

»Aber soll ich Ihnen verraten, was mich wirklich krank macht?« fragte Slawa. »Je mieser unsere Lage wird, desto aufgeräumter werden Sie. Was macht es denn für einen Unterschied, ob wir zu zweit sind oder zu dritt? Glauben Sie allen Ernstes, daß wir was rauskriegen über Sina?«

»Nein«, gestand Arkadi. Doch da ihm nicht entgangen war, daß Natascha sich von Slawas Pessimismus anstecken ließ, fügte er hinzu: »Trotzdem sollten wir nicht zögern, sondern uns lieber ein Beispiel an Lenin nehmen.«

»Lenin?« Natascha wurde gleich wieder munter. »Was sagt denn Lenin über Mord?«

»Nichts. Aber in puncto Zögern hat er gesagt: ›Handle zuerst, und dann warte ab, was passiert.‹«

Arkadi, der wieder Gummihandschuhe trug, legte Jeans und Blusen mit ausländischen Etiketten auf dem Operationstisch aus. Soldbuch. Wörterbuch. Ein Schnappschuß von einem Jungen mit einem Arm voller Weintrauben. Ein Autogrammfoto von einer griechischen Schauspielerin mit Augen wie ein Waschbär. Lockenwickler und Bürsten, in denen noch gebleichte Haare hingen. Ein Sanyo-Kassettenrecorder mit Kopfhörer und sechs Kassetten mit westlicher Musik. Ein Bikini für einen einzigen Sonnentag. Ein Ringheft. Ein Schmuckkasten mit falschen Perlen, Spielkarten und ein Bündel rosafarbener Zehn-Rubel-Scheine. Eine bestickte chinesische Jacke mit einer Tasche voller Edelsteine.

Das Soldbuch: Patiaschwili, S. P. Geboren in Tbilisi, G.S.S.R. Ausbildung in der Nahrungsmittelindustrie. Drei Jahre Küchendienst bei der Schwarzmeerflotte in Odessa. Ein Monat in Irkutsk. Zwei Monate Dienst in einem Speisewagen auf der Baikal-Amur-Hauptstrecke. Achtzehn Monate im Restaurant Goldenes Horn in Wladiwostok. Auf der *Polar Star* hatte sie ihre erste Pazifikreise gemacht.

Arkadi zündete sich eine Belomor an und sog den beißenden Rauch ein. Zum erstenmal war er allein mit Sina – nicht mit der kalten Leiche, sondern mit all ihren kleinen Habseligkeiten, die, wenngleich leblos, doch etwas von ihrer Seele enthielten. Irgendwie erschien ihm die Sache ungezwungener, wenn er dabei rauchte.

Odessa war seit jeher ausgesprochen wohlhabend und weltlich gesinnt. Mit dem Schmuggel von Halbedelsteinen gab man sich dort nicht ab; vielmehr schaffte man für die Einheimischen Goldbarren aus Indien heran und säckeweise afghanisches Hasch für den Tauschhandel mit Moskau. Für ein Mädchen wie Sina hätte Odessa eigentlich der ideale Standort sein müssen.

Irkutsk? Fanatische Junge Kommunisten mochten sich freiwillig melden, um in Sibirien Bahnschwellen zu verlegen und Würstchen zu braten, aber doch nicht ein Mädchen wie Sina. Also war in Odessa etwas vorgefallen.

Er zählte die Geldscheine. Tausend Rubel, eine Menge Geld für eine einfache Arbeiterin auf einem Fabrikschiff.

Wladiwostok. Es war klug von Sina gewesen, als Kellnerin ins Goldene Horn zu gehen. Die Fischer kauften den Schnaps dort flaschenweise, um sich für die trockenen Monate auf See zu entschädigen, und ihre schwer verdiente Polarprämie betrachteten sie als lästige Bürde, die sie nur zu gern mit der ersten entgegenkommenden Frau teilten, die ihnen über den Weg lief. Gewiß hatte Sina dort gute Geschäfte gemacht.

Nutte. Schmugglerin. Je nach politischer Auffassung oder Vorurteil würde es nicht schwerfallen, Sina entweder als korrupte Materialistin oder als typische Georgierin einzustufen. Nur daß normalerweise nicht die georgischen Frauen die gerissenen Freibeuter waren, sondern ihre Männer. Irgendwie war Sina von Anfang an eine Ausnahme.

Er fächerte die Spielkarten auf. Es war eine Sammlung, kein zusammengehöriges Spiel. Eine Anzahl abgegriffener russischer Karten mit geknickten Ecken, die auf einer Seite grellbunte Bauernmädchen zeigten und auf der anderen eine Weizengarbe mit einem Stern. Schwedische Karten mit drallen Nackten. Eine mit Elisabeth von England anläßlich ihres fünfundzwanzigjährigen Thronjubiläums. Lauter Herzdamen.

Arkadi hatte die Rolling Stones schon lange nicht mehr gehört. Er legte die Kassette ein und drückte auf Play. Aus dem Lautsprecher drang ein Klangwirrwarr, als würde Jagger aus ziemlicher Höhe aufs Schlagzeug geworfen und anschließend mit Gitarren bearbeitet; manche Dinge änderten sich eben nie. Schnellvorlauf. In der Mitte des Bandes immer noch die Stones. Schnellvorlauf. Die Stones auch am Ende. Er drehte die Kassette um und hörte sich die andere Seite an.

Arkadi riß ein Stück Papier von der Rolle am Elektrokardiographen und entwarf darauf eine Skizze des Schiffes; er markierte die Cafeteria, in der das Tanzfest stattgefunden hatte, Sinas Kabine und jede nur mögliche Verbindung zwischen beiden Orten. Dann zeichnete er noch die Position sämtlicher Wachtposten ein sowie den Transportkäfig auf dem Trawldeck.

Raus mit den Stones, rein mit Police. »Ihre kostbaren Kassetten«, hatte Natascha gesagt. »Sie benutzte immer Kopfhörer. Wir haben nie was mitgekriegt.«

Schnellvorlauf. Mit der von achtern auflaufenden See gewann das Schiff anscheinend an Fahrt. Es war, als stürzten sie bergab und pflügten blind durch den Schnee. Sehen konnte Arkadi zwar nichts, aber er spürte es.

Warum hatte Sina auf der *Polar Star* angemustert? Wegen des Geldes? Den Matrosen im Goldenen Horn hätte sie bestimmt mehr abknöpfen können. Ausländische Waren? Die Fischer konnten ihr alles beschaffen, was sie sich nur wünschte. Fernweh? Nach den Aleuten?

Raus mit Police, rein mit den Dire Straits.

Er zeichnete das Heckdeck ein und den Treppenschacht hinunter zur Rampe. Umbringen hätte man sie dort gewiß können, doch es fehlte ein Versteck für die Leiche.

Was hatte sie doch gleich in den Taschen gehabt? Gauloises, eine Spielkarte, ein Kondom. Die drei großen Freuden des Lebens? Die Karte war eine Herzdame eines ihm unbekannten Typus. Schnellvorlauf. Unter die *Polar Star* zeichnete er die *Eagle*.

»Politisch gereift«, hieß das Etikett, das die Partei jedem jungen Menschen anheftete, der kein Sträfling war, kein Dissident oder ausdrücklicher Befürworter westlicher Musik, was schon für sich genommen als staatsgefährdend galt. Es gab überalterte »Hippies«, die immer noch die Beatles spielten und in den Altai pilgerten, um dort in den Bergen zu meditieren oder Trips einzuwerfen. Die ganz Jungen tendierten mehr zu den »Breakers«, die auf Rap-Musik oder »Metallisti« standen und die sich an Heavy-Metal berauschten und an martialischer Lederkluft. Trotz ihres Faibles für westliche Musik, trotz ihres häufigen Fehlens in der Küche und trotz ihrer offenbar ebenso flüchtigen wie zahlreichen sexuellen Abenteuer, war Sina nach Auskunft eines so konservativen Richters wie Wolowoi dennoch eine »rechtschaffene Arbeiterin, fleißig und politisch gereift«. Was nur dann einen Sinn ergab, wenn man die Aufgabe des Ersten Maats, ausländische Provokateure zu beobachten, in Betracht zog. Schnellvorlauf.

Nutte, Schmugglerin, Spitzel. Eine hübsche, runde Summe. So verschob man die Kugeln auf einem Abakus. Antwort per Addition. Ein Mädchen aus Georgien. Eine Ausbildung, die sich zunächst darauf beschränkte, Suppe auszuteilen. Dann erweitert auf Schmuggel in Odessa. Männergeschichten in Wladiwostok. Spitzeldienste auf See. Ein armseliges Leben, von Anfang bis Ende in Unwissenheit zugebracht, ohne Moral, ohne Seele oder einen einzigen tieferen Gedanken. Zumindest schien es so.

Arkadi bemerkte, daß die Tonsicherung der Van-Halen-Kassette durchstoßen war. Er legte sie ein und hörte eine Frauenstimme mit georgischem Akzent sagen: »Sing mir was vor, bitte, sing doch.« Es war Sinas Stimme. Arkadi kannte sie von der Cafeteria her. In ihr Abspielgerät war also ein Mikrophon eingebaut.

Gitarrenmusik erklang, und ein Mann begann zu singen.

»Die Kehle schlitzt mir auf,
Die Hände hackt mir ab,
Aber meine Gitarrensaiten, die laßt heil.

Laßt sie mich in den Dreck treten,
Laßt sie mich unter Wasser drücken,
Nur meine silbernen Saiten, die rührt nicht an.«

Während Arkadi noch lauschte, zog er ein paar Löffel aus einer Schreibtischschublade und sah sich unter den Medikamenten nach Jod-Kristallen um. Da er keine finden konnte, suchte er als nächstes nach Jod-Tabletten. In einer Ecke stand ein Metallschrank für Strahlenmedizin – mit anderen Worten, für einen Kriegseinsatz. Er brach das Vorhängeschloß auf, indem er einen Schraubenzieher in den Schaft rammte, doch drinnen war nichts weiter als zwei Flaschen Scotch und ein Leitfaden für die erfolgreiche Anwendung von Jod und Vitamin E im Falle einer Atomexplosion. Das Jod fand er schließlich in einem unverschlossenen Schrank.

»Sing weiter«, sagte Sina. »Noch eine Räuberballade.«

Der Mann auf dem Band lachte und flüsterte: »Andere Lieder kenne ich auch gar nicht.«

Arkadi konnte zwar die Stimme des Mannes nicht einordnen, aber das Lied kannte er. Es war nicht die Spur westlich angehaucht und weder von Rock noch Rap beeinflußt. Das Lied stammte von einem Moskauer Schauspieler namens Wysotski, der in ganz Rußland in der Untergrundbewegung berühmt geworden war, weil er eben jene wehmütig klagenden Balladen über Verbrecher und Sträflinge schrieb und auch selbst vortrug, begleitet von einer siebensaitigen russischen Gitarre, dem am leichtesten zu spielenden Instrument auf Erden. Per Magnatisdat, der Bandvariante des Samisdat, wurde jede seiner Weisen verbreitet, und dann hatte Wysotski seinen Ruhm endgültig dadurch besiegelt, daß er sich in noch recht jungen Jahren zu Tode gesoffen hatte. Der sowjetische Rundfunk bot in seinem Programm lediglich geistlos-seichte Musik an – »Ich liebe das Leben, ja, ich liebe es immer wieder« –, daß man hätte meinen sollen, die Hörer würden sich die Ohren verstopfen, doch in Wahrheit war kein anderes Land so abhängig und empfänglich für Musik wie die Sowjetunion. Nach siebzig Jahren Sozialismus waren die Räuberballaden zu Gegenhymnen der Sowjetunion avanciert. Der Sänger auf der Kassette war zwar nicht Wysotski, aber er machte seine Sache nicht schlecht:

»Die Wolfshatz ist los, die Jagd geht an!
Man hetzt sie, die grauen Räuber, alte wie junge.
Die Treiber lärmen, die Hunde rennen sich die Seele aus dem Leib.
Seht die Blutspuren im Schnee und die rotbeflaggten Grenzpfähle.
Aber unsere Zähne sind stark und unsere Beine flink.
Warum also, Rudelführer, sag an,
laufen wir immer den Schützen entgegen,
statt daß wir versuchen, über die Grenze zu fliehen?«

Am Ende des Bandes sagte Sina: »Ich weiß, daß du keine anderen Lieder kennst. Aber gerade diese mag ich ja.« Arkadi gefiel es, daß es solche Lieder waren, die ihr gefielen. Das nächste Band jedoch brachte ganz etwas anderes. Auf einmal sprach Sina mit leiser, müder Stimme. »Modigliani hat die Achmatowa sechzehnmal gemalt. So lernt man einen Mann wirklich kennen, wenn er einen malt. Spätestens beim zehntenmal muß man doch merken, wie er einen wirklich sieht. Aber auf mich fliegen immer die falschen Männer. Keine Maler. Sie packen mich zwar, als wäre ich eine Farbtube, die sie mit einem Druck leerquetschen müßten. Aber es sind eben keine Maler.«

Sinas Stimme konnte honigsüß klingen oder todmüde, manchmal beides in ein und demselben Satz, als spiele sie beiläufig auf einem Instrument.

»In der Schmutzbrigade ist ein Mann, der recht interessant aussieht. Bleicher als ein Fisch. Und sein Blick ist so verschleiert wie der eines Schlafwandlers. Mich hat er überhaupt noch nicht bemerkt. Bestimmt würde es sich lohnen, ihn aufzuwecken. Aber andererseits habe ich genug von den Männern. Der eine denkt, er kann mich herumkommandieren. Der zweite denkt, er kann mich herumkommandieren. Der dritte denkt, er kann mich herumkommandieren, und mit dem vierten ist es nicht anders. Dabei weiß ich ganz allein, was ich zu tun habe.«

Eine Pause trat ein, dann sprach sie weiter: »Die Männer sehen mich bloß an, sie können mich nicht denken hören. Sie haben mich nie denken gehört.«

Was würden sie wohl tun, wenn sie dich hören könnten? fragte Arkadi sich unwillkürlich.

»Er würde mich umbringen, wenn er meine Gedanken hören könnte«, fuhr Sina fort. »Er sagt, Wölfe paaren sich fürs ganze Leben. Ich glaube, er würde erst mich umbringen und dann sich selbst.«

Auch auf der fünften Kassette war die Musik überspielt worden. Es begann mit dem geheimnisvollen Rascheln von Kleidern, unterbrochen durch einen gelegentlichen dumpfen Aufschlag. Dann sagte eine Männerstimme: »Sina.« Die Stimme gehörte einem jüngeren Mann, nicht dem Sänger.

»Wo sind wir denn hier?«

»Sinouschka.«

»Und wenn sie uns erwischen?«

»Der Chef schläft. Ich bestimme, wer hier ein und aus gehen darf. So halt doch still!«

»Langsam, nimm dir Zeit. Du bist wie ein kleiner Junge. Wie hast du nur all den Kram hier runtergeschafft?«

»Das geht dich nichts an.«

»Ist das ein Fernseher?«

»Zieh sie runter.«

»Nicht so hastig.«

»Bitte.«

»Ich werde mich nicht ganz ausziehen.«

»Ist doch warm hier drin. Einundzwanzig Grad Celsius, vierzig Prozent Luftfeuchtigkeit. Es ist der angenehmste Ort auf dem ganzen Schiff.«

»Wie bist du nur an einen solchen Raum gekommen? Mein Bett ist furchtbar kalt.«

»Ich würde trotzdem jederzeit reinsteigen, Sinouschka, aber hier sind wir ungestörter.«

»Wozu ist denn das Feldbett da? Schläfst du hier?«

»Wir machen häufig Überstunden.«

»Vor dem Fernseher. Und das nennst du Arbeit?«

»Geistige Arbeit. Aber denk jetzt nicht daran. Komm, Sinouschka, hilf mir.«

»Bist du sicher, daß du jetzt nicht eigentlich wichtige Geistesarbeit verrichten solltest?«

»Nicht während wir ein Netz einholen.«

»Ein Netz! Als ich dich im Goldenen Horn kennengelernt habe, da warst du ein gutaussehender Leutnant. Und was bist du jetzt?

Ein Langweiler, der unten im Fischraum hockt. Woher weißt du übrigens, daß wir gerade ein Netz einholen?«

»Du redest zuviel und küßt zuwenig.«

»Und wie gefällt dir das?«

»Schon besser.«

»Und das?«

»Viel besser.«

»Und das?«

»Sinouschka.«

Offenbar schaltete sich das Mikrophon akustisch ein, und Sina hatte keine Gelegenheit gehabt, es abzustellen. Wahrscheinlich trug sie das Bandgerät in der Tasche ihrer Fischerjacke, und die lag während des Gesprächs entweder unter ihr oder hing neben dem Feldbett. Arkadi hatte noch zwei Zigaretten übrig. Er riß ein Streichholz an, und die Flamme tanzte auf seine Finger zu.

Er war fünf Jahre alt. Südlich von Moskau war schon der Sommer eingekehrt, und in den warmen Nächten schliefen sie alle draußen auf der Veranda. Türen und Fenster standen weit offen. Strom gab es keinen in der Datscha. Motten flogen herein und tanzten um die Lampen, so dicht, daß er immer darauf wartete, daß sie in Flammen aufgingen, wie brennende Papierschnipsel. Ein paar Freunde seines Vaters, Offiziere wie er, waren zu einem Büfett vorbeigekommen. Das von Stalin propagierte Gesellschaftsmodell sah Diners vor, die um Mitternacht begannen und im Morgengrauen in sinnloser Betrunkenheit endeten, und Arkadis Vater, einer der Lieblingsgeneräle des Führers der Menschheit, folgte diesem Stil, obgleich er, während die anderen immer betrunkener wurden, immer nur noch mehr Zorn in sich ansammelte. Und dann drehte er irgendwann das Grammophon auf und spielte wieder und wieder dieselbe Platte. Es war eine Aufnahme des Moldauischen Staatsorchesters, das General Renkos Truppen seinerzeit an die Zweite Ukrainische Front gefolgt war und jeweils am Tage nach der Befreiung von den Deutschen in sämtlichen Marktflecken aufgespielt hatte. Die Musiker waren auf Jazz spezialisiert, und auf jener Platte spielten sie den »Chattanooga Choo-Choo«.

Die anderen Offiziere waren ohne ihre Damen gekommen, und so ließ der General sie mit seiner Frau tanzen. Das machte den

Herren Freude, denn keiner von ihnen hatte eine so schlanke, hochgewachsene und schöne Frau. »Katharina, bring dich in Stimmung!« kommandierte der General. Von der Veranda her spürte der kleine Arkadi, wie die Dielen unter den schweren Stiefeln erzitterten. Die Füße seiner Mutter hörte er dagegen überhaupt nicht; es war, als wirbelten die Offiziere Mama durch die Luft.

Am schlimmsten wurde es immer, wenn die Gäste gegangen waren. Dann legten sich die Eltern in ihr Bett hinter einem Wandschirm ganz am anderen Ende der Veranda. Zuerst das flüsternde Zwiegespräch, eine Stimme, leise und flehend, die andere so voll unterdrückter Wut, daß es ihm das Herz zusammenzog. Und dann schwankte die ganze Datscha wie eine Wippe.

Eines Morgens saß Arkadi draußen unter den Birken beim Frühstück. Es gab Rosinenbrötchen und Tee. Seine Mutter kam heraus, noch im Nachthemd, einem Traum aus Seide und Spitze, den sein Vater ihr aus Berlin mitgebracht hatte. Gegen die kühle Morgenluft hatte sie einen Schal um die Schultern geschlungen. Ihr langes, schwarzes Haar floß ihr offen über den Rücken.

Sie erkundigte sich, ob er während der Nacht irgend etwas gehört habe. Nein, versicherte er ihr zuliebe, nichts.

Als sie sich wieder dem Haus zuwandte, verfing sich der Schal in einem Ast und rutschte ihr von der Schulter. Ihre Arme waren voller blauer Flecke, ganz deutlich die Abdrücke einzelner Finger. Anmutig bückte sie sich, nahm den Schal vom Boden auf und legte ihn sich wieder um. Im übrigen, setzte sie hinzu, mache es jetzt auch keinen Unterschied mehr, alles sei vorbei. Ihre Augen strahlten so heiter, daß er ihr beinahe geglaubt hätte.

Ihm war, als könnte er die Melodie jetzt hören: »Chattanooga Choo-Choo.«

»Im Ernst, Sina, der Chef würde mir und dir an den Kragen gehen, wenn er davon Wind bekäme. Du darfst niemandem ein Wort sagen, hörst du?«

»Wovon? Meinst du *das* hier?«

»Nicht, Sina, laß das, ich versuche ernsthaft, dir etwas zu erklären.«

»Ach, meinst du etwa dein kleines Zimmerchen hier unten?«

»Ja.«

»Wer würde sich dafür schon interessieren? Das ist doch nichts weiter als ein Kleiner-Jungen-Unterschlupf im Schiffsbauch.«

»Nun sei doch mal ernst.«

Jede Kassette war genau dreißig Minuten lang. Während das letzte schmale schwarze Band sich abspulte, hatte Sina keine Chance, den Recorder abzustellen. Ihr Begleiter hätte das Knakken der Stopptaste gehört.

»Eben noch hieß es ›Sinka, ich liebe dich‹, und jetzt verlangst du, ich soll ernst sein. Du bist ein richtiger Wirrkopf.«

»Dieser Raum hier, das ist ein Geheimnis, Sina.«

»Ein Geheimnis? Auf der *Polar Star*? Wollt ihr die Fische bespitzeln? Oder die Amerikaner? Die sind noch dümmer als die Fische.«

»Das glaubst du!«

»Ist das deine Hand?«

»Behalte Susan im Auge.«

»Warum?«

»Mehr sage ich nicht. Schau, ich versuche nicht, vor dir zu prahlen, ich möchte dir nur helfen. Wir sollten uns gegenseitig helfen, weißt du. Es wird eine lange Reise werden. Ohne jemanden wie dich, Sina, würde ich verrückt werden auf diesem Schiff.«

»Ah, wir haben also aufgehört, ernsthaft zu sein?«

»Wo willst du denn hin? Wir haben doch noch Zeit.«

»Du schon, aber ich nicht. Meine Schicht hat längst angefangen, und Lidia, diese Schlampe, lauert nur auf einen Grund, um mir Ärger zu machen.«

»Bloß noch ein paar Minuten!«

Grober Stoff kratzte übers Mikrophon, und das Feldbett quietschte unter einem sich aufrichtenden Körper.

»Mach du dich nur wieder an deine Kopfarbeit! Ich für mein Teil muß die Suppe umrühren gehen.«

»Scheiße! Warte wenigstens, bis ich nachgesehen habe, ob die Luft rein ist.«

»Hast du eigentlich eine Ahnung, wie albern du jetzt eben aussiehst?«

»Gut, kein Mensch weit und breit. Du kannst gehen.«

»Danke.«

»Sinka, ich bitte dich, erzähl's niemandem.«

»Keiner Menschenseele.«

»Sinka, sehen wir uns morgen?«

Eine Tür schloß sich widerstrebend. Klick.

Die Rückseite des Bandes fing unbespielt an. Schnellvorlauf. Aber anscheinend war die Seite völlig leer.

Arkadi blätterte in dem Ringheft. Auf der ersten Seite war eine Karte des Pazifischen Ozeans eingeklebt. Sina hatte Augen und Mund hineingemalt, so daß Alaska sich wie ein bärtiger Mann dem scheuen, femininen Sibirien entgegenneigte. Die Aleuten langten wie ein Arm nach Rußland hinüber.

Die letzte Kassette begann mit Duran Duran. Schnellvorlauf.

Auf der zweiten Seite des Ringheftes prangte ein Foto von der *Eagle*, wie sie in einer von schneebedeckten Bergen umgebenen Bucht ankerte. Auf dem dritten Blatt wiederum die *Eagle*, diesmal schlingernd in unruhiger See.

»Ich baue eine *Baidarka*«, erklang es auf englisch vom Band. »Das ist so was Ähnliches wie ein Kajak. Weiß du, was ein Kajak ist? Na ja, es ist länger und schmaler, mit quadratischem Heck. Früher wurden sie aus Fell und Elfenbein gemacht, sogar die Fugen waren aus Elfenbein, so daß die Baidarkas nur so über die Wellen tanzten. Als Bering mit den ersten russischen Schiffen kam, konnte er es zunächst gar nicht glauben, wie schnell unsere Baidarkas waren. Die besten Baidarkas kommen seit jeher aus Unalaska. Verstehst du eigentlich auch nur ein Wort von dem, was ich sage?«

»Ich weiß, was ein Kajak ist«, antwortete Sina langsam in holprigem Englisch.

»Na, ich werde dir eine Baidarka zeigen, und dann wirst du schon sehen, was ich meine. Ich werde damit um die *Polar Star* herumpaddeln.«

»Wenn du das tust, sollte ich aber einen Fotoapparat haben.«

»Ich wünschte, wir könnten uns noch viel mehr leisten. Weißt du, was ich am liebsten täte? Ich möchte dir die Welt zeigen. Überall würden wir hinfahren – nach Kalifornien, nach Mexiko und nach Hawaii. Es gibt ja so viele schöne Orte auf der Welt. Ach, das wäre traumhaft.«

»Wenn ich ihm zuhöre«, sagte Sina auf der Rückseite des Bandes, »dann komme ich mir vor wie ein ganz, ganz junges Mädchen mit seinem ersten Freund. Männer sind wie bösartige Kinder, aber er ist wie der liebe, süße, erste Freund. Vielleicht ist er ein Wassermann, ein Kind des Meeres. Bei stürmischer See halte ich mich auf dem großen Schiff an der Reling fest. Aber er steht unten auf seinem kleinen Deck ganz ruhig, als ritte er auf den Wellen. Ich lausche seiner unschuldigen Stimme wieder und immer wieder. Es wäre traumhaft, sagt er.«

Auf den nächsten zehn oder zwölf Seiten klebten Fotos von ein und demselben Mann: glattes dunkles Haar, dunkle Augen mit schweren Lidern, breite Backenknochen, die eine schmale Nase und einen feingezeichneten Mund umrahmten. Der Amerikaner. Der Aleute mit dem russischen Namen. Mike. Mikhail. Die Bilder, allesamt von oben und aus einiger Entfernung aufgenommen, zeigten ihn an Deck der *Eagle*, einmal wie er den Kran bediente, dann in Pose am Bug, mal beim Netzeflicken, mal, wie er der Fotografin zuwinkte.

Arkadi rauchte die letzte betäubend starke Zigarette. Er erinnerte sich an die Sina, die in ebendiesem Raum auf dem Obduktionstisch gelegen hatte, erinnerte sich ihres schwabbeligen Fleisches und der gebleichten Haare. Der Leichnam war dem Leben so weit entrückt gewesen, wie eine Muschel am Strand es ist. Diese Stimme hingegen – das war Sina, eine Frau, wie keiner auf dem Schiff sie gekannt hatte. Es war, als sei sie zur Tür hereinspaziert, habe sich ihm gegenüber auf den Schreibtisch gesetzt, in den Schatten gleich außerhalb des Lichtscheins der Lampe, habe sich eine Geisterzigarette angezündet und, da sie endlich auf ein verständnisvolles Ohr gestoßen war, ihre ganze Geschichte gebeichtet.

Natürlich wäre es Arkadi lieber gewesen, wenn das technische Labor daheim in Moskau sein imponierendes Aufgebot an Lösungsmitteln und Reagenzien, die mörsergroßen deutschen Mikroskope und Gaschromatographen hätte zum Einsatz bringen können. Doch er mußte sich nun einmal mit dem behelfen, was zur Hand war. Vor dem Ringheft legte er die Löffel aus sowie die Tabletten und die Karte mit den Fingerabdrücken, die Wainu von der Leiche genommen hatte. Er zerrieb die Tabletten zwischen zwei Löffeln, wickelte seinen Ärmel um den Stiel des Löffels, in den er das pulverisierte Jod geschüttet hatte, riß ein Streichholz an und hielt die Flamme unter die Löffelmulde. Dabei bewegte er seine Hand dicht über dem Ringheft auf und ab, damit die Dämpfe des erhitzten Jods in das Blatt gegenüber der Kartenskizze einziehen konnten. Für diese Methode mußte man laut Vorschrift Jodkristalle über einem Spiritusbrenner in einem Glasbehälter verwenden. Arkadi rief sich in Erinnerung, daß nach dem vom letzten Parteikongreß propagierten Umdenken alle guten Sowjets willens waren, die Theorie zugunsten praktischer Anwendung zu beugen.

Joddämpfe reagieren rasch auf die Schweißrückstände von Fingerabdrücken. Zuerst erschienen die gespenstischen Umrisse einer linken Hand, sepiabraun wie auf einer alten Fotografie. Handfläche, Ballen, Daumen und vier Finger zeichneten sich in genau der Stellung ab, die sie eingenommen haben dürften, als Sina das Heft glattstrich, um ein Bild oder eine Zeichnung einzukleben. Dann wurden die Details sichtbar: Windungen, Deltas, Furchen, Radialschleifen. Er konzentrierte sich auf den Zeigefinger und verglich ihn mit dem auf der Karteikarte. Eine Doppelschleife, wie Yin und Yang. Eine Insel im rechten Delta der Schleife. Ein Schnitt im linken Delta. Karte und Ringheftblatt stimmten überein; dies war Sinas Buch, und der Abdruck war der ihrer Hand, so deutlich, als strecke sie sich ihm entgegen. Daneben fanden sich noch zwei andere Abdrücke, und zwar männliche, nach der Größe zu urteilen, grobe, flüchtige Spuren.

Als das Streichholz heruntergebrannt war, begann die Hand zu verblassen, und in der nächsten Minute war sie wieder verschwunden. Arkadi packte alle Utensilien ordentlich zusammen. Er hatte Sina gefunden. Nun galt es, den Leutnant zu finden, der sie Sinouschka nannte.

13

Unter Deck war alles auf die Fischladeräume hin ausgerichtet. Gewiß hatte es schon auf Noahs Arche so etwas wie einen Fischladeraum gegeben. Als er Petrus einen »Menschenfischer« nannte, würdigte Jesus damit indirekt bestimmt auch die Vorteile eines solchen prall gefüllten Lagerraumes. Falls unsere Kosmonauten jemals auf Solarwinden fliegen sollten, um Proben galaktischen Lebens einzufangen, werden auch sie so eine Art Fischladeraum an Bord ihrer Raumfähren brauchen.

Und doch war auf der *Polar Star* nun schon seit zehn Monaten der vordere Laderaum außer Betrieb. Verschiedene Erklärungen dafür waren im Umlauf: Angeblich gingen dauernd irgendwelche Rohre zu Bruch, ein unauffindbarer Kurzschluß legte die Wärmepumpe lahm, die Plastikisolierung sonderte einen gefährlichen Giftstoff ab. Was auch immer der Grund sein mochte, jedenfalls mußten die Entladeschiffe häufiger als gewöhnlich mit der *Polar Star* zusammentreffen, um den Fang zu übernehmen, der sich in den beiden anderen Laderäumen staute. Außerdem war der Platz rings um den unbenutzten Laderaum nach und nach zu einer Art Schutthalde für Stahlplatten und ausgediente Faßdauben geworden. Als sich immer mehr Abfall im Laufgang sammelte, ging die Mannschaft dazu über, einen zwar längeren, dafür aber zügigeren Weg zu benutzen, um an Deck zu kommen.

Eine Kette von Glühbirnen beleuchtete den Gang zwischen Schott und Laderaum, dessen wasserdichter Zugang mit einer Rampe versehen war, die dazu diente, die Kisten mit gefrorenem Fisch über das Süll zu hieven. Das Rad an der Tür war mit einem imponierend großen Vorhängeschloß gesichert. Neben der Tür befand sich eine Wärmepumpe, deren Verkleidung abmontiert worden war und die ein erstaunliches Gewirr miteinander verbundener Drähte den Blicken darbot. Auf der anderen Seite der Tür stand eine Öltonne voll mit Ankerspillen. Auf dem Boden der

Tonne wimmelte es von Ratten. Seit Arkadi an Bord war, hatte man das Schiff nicht mehr ausgeräuchert. Er fand es bemerkenswert, daß Ratten neben Brot und Käse auch Farbe, Plastikrohre, Leitungsnetze, Matratzen und Kleidungsstücke fraßen – eigentlich alles, bis auf gefrorenen Fisch.

Es schien ihm, als hätten zwei Sinas existiert. Da war einmal die Sina, die praktisch mit jedem ins Bett gestiegen war, und dann gab es da noch jene andere Frau, die still für sich in einer Welt versteckter Fotos und geheimer Tonbandaufnahmen gelebt hatte. Eines dieser Bänder konnte man nur als gefährlich bezeichnen. Der verliebte Leutnant hatte mit der Schlafzimmertemperatur und den vierzig Prozent Luftfeuchtigkeit im Fischladeraum geprahlt. Erst einmal hatte Arkadi bis dahin gehört, daß jemand sich die Mühe machte, den Feuchtigkeitswert eines Raumes zu erwähnen – im Computerraum des Milizhauptquartiers in der Petrowka-Straße in Moskau.

So weit, so gut. Arkadi hegte keinen Groll gegen den Marinegeheimdienst. Jeder sowjetische Frachter an der Pazifikküste wußte schließlich, daß amerikanische U-Boote andauernd in die Hoheitsgewässer der Sowjetunion eindrangen. In besonders finsteren Nächten beispielsweise tauchten im Tatarischen Sund plötzlich Periskope auf. Der Feind folgte sowjetischen Kriegsschiffen sogar bis in den Hafen von Wladiwostok. Was Arkadi nicht verstand war, wie eine mögliche Abhörstation in einem Fischladeraum in der Lage sein sollte, irgend etwas auszukundschaften. Ein Echolot informierte nur über das, was sich unmittelbar unter ihm befand, und kein U-Boot würde sich direkt unter einen Trawler wagen. Soweit Arkadi wußte, konnte man mit Passiv-Sonar, einem Hydrophon beispielsweise, auch Klangwellen aus etlicher Entfernung auffangen, aber alte Fabrikschiffe wie die *Polar Star* besaßen eine Außenhaut, die unter allen Standards lag, so dünn, daß sie sich mit jeder Welle vor- und zurückbog und dabei dröhnte wie eine Trommel. Die Platten waren längst nicht optimal verschweißt, mit fehlerhaften und zu kleinen Nieten versehen, mit porösem Zement abgedichtet und mit Balken abgestützt, die knarrten wie morsche Knochen. All das machte das Schiff zwar in gewisser Weise menschlicher, ja sogar vertrauenswürdiger, etwa so wie ein zusammengeflickter alter Veteran ungeachtet all seiner Beschwerden zuverlässiger war als ein hübscher junger Rekrut. Trotzdem, die *Polar Star* pflügte durchs Meer wie eine Blaskapelle. Der Lärm, den sie veranstaltete, würde das Flüstern eines U-Bootes mit Sicherheit übertönen.

Arkadi interessierte sich nicht für Spionage. Als er während seiner Militärzeit gezwungen gewesen war, stundenlang in einer Funkstation auf dem Dach des Hotel Adler in Ost-Berlin zu hocken, da hatte er sich angewöhnt, irgendeine Melodie vor sich hinzusummen – Presley, Prokofieff, was ihm gerade in den Sinn kam. Die anderen fragten ihn, warum er denn nicht auch einmal durchs Fernglas hinüber zu den Amerikanern auf dem Dach des Sheraton in West-Berlin schauen wolle. Vielleicht mangelte es ihm an Phantasie. Er mußte erst einen anderen Menschen leibhaftig vor sich sehen, ehe sein Interesse geweckt wurde. Im Augenblick stand er vor dem Problem, daß der Laderaum trotz Sinas geheimnisvoller Bandaufnahme von außen aussah wie ein ganz gewöhnlicher Fischladeraum und nichts weiter.

Der Leutnant hatte Sina gegenüber ein Sichtloch erwähnt. Doch Arkadi konnte keines entdecken. Die Tür fühlte sich feuchtkalt und klebrig an, überhaupt nicht anheimelnd. Abwägend betrachtete er die Ankerwinden in der Öltonne, zögerte einen Moment und suchte sich dann eine aus. Das Ding war schwer wie ein Brecheisen. Wenn er es erst einmal bis zur Schulter hochgewuchtet hatte, würde er einer Ratte, die vielleicht mit herauskroch, hilflos ausgeliefert sein. Schon der bloße Gedanke brachte ihn ins Schwitzen. Aber die Nagetiere hielten sich zurück, und als Arkadi das Spill in die Haspe am Vorhängeschloß rammte und daran ruckte, sprang das Schloß auf wie eine Feder – noch ein Minuspunkt für die staatlichen Qualitätskontrollen. Das eigentliche Sperrad gab erst nach, als er sich mit einem Fuß gegen die Pumpe stemmte. Dann drehte es sich widerstrebend mit einem metallischen Knirschen, und er stieß die Tür auf.

Der Laderaum erstreckte sich über drei Decks der *Polar Star*, ein dunkler Schacht, notdürftig erhellt von einer einzigen nackten Birne, die auf Arkadis Ebene hing. Normalerweise hatte jede Ebene eines solchen Laderaums ihr eigenes Deck mit jeweils einer Öffnung in der Mitte, um Fischkisten von unten heraufzuhieven. Dieser durchgehende, steile Schacht hier kam ihm merkwürdig vor; es hatte fast den Anschein, als habe nie die Absicht bestanden, den Laderaum überhaupt zu nutzen. Ein wasserdichter Lukendeckel oben im Hauptdeck sorgte dafür, daß der abgestandene Geruch von Fisch und Salzwasser hübsch konserviert wurde. Die Rohrleitungen an den Seitenwänden, durch die für gewöhnlich das Kühlwasser zirkulierte, waren von einem Holzplankengitter überzogen. Von der Luke im Hauptdeck führte eine Leiter an der Tür vorbei hinunter zum Bodendeck. Arkadi schloß die Tür hinter sich und begann, die Sprossen hinabzuklettern.

Beim Abstieg gewöhnten sich seine Augen allmählich an die Dunkelheit. Hin und wieder erhaschte sein Blick eine Ratte, die über die Rohre davonflitzte. Ratten versuchten nie, in einen Kühlraum einzudringen, der in Betrieb war – ein Zeichen von Intelligenz. Es wäre, ging es ihm durch den Kopf, ein Zeichen von Intelligenz seinerseits gewesen, eine Taschenlampe mitzubringen. Es gab so viele Ratten, daß sich ihr Hin-und-her-Gehusche anhörte wie ein leichter Wind, der durch das Geäst eines Waldes raschelte.

Dort unten hätten eigentlich Decks sein müssen, ein Flaschenzug, mit Rauhreif bedeckte Kisten. Das Beladen eines solchen Depots war eine regelrechte Seemannskunst. Die Kästen mit gefrorenem Fisch mußten nicht nur rutschsicher gestapelt, sondern auch durch Planken so weit voneinander getrennt werden, daß träge Luftmassen, die unter dem Nullpunkt lagen, dazwischen zirkulieren konnten. Arkadi aber fand nichts von alledem. Auf jeder Ebene, zu der er hinabstieg, befanden sich lediglich eine Tür, eine Steckdose und ein Thermostat. Jede neue Ebene war finsterer als die vorhergehende, und als er von der letzten Sprosse auf das geräumigere Bodendeck trat, kam er sich fast vor wie ein Blinder, obgleich er spürte, daß seine Pupillen sich bis zu den Rändern geweitet hatten. Wie ein Krater, dachte er, zum Mittelpunkt der Erde.

Er riß ein Streichholz an. Das Deck bestand aus Planken, die ebenfalls über ein Rohrgitter führten, unter dem ein Zementboden sichtbar wurde. Arkadi entdeckte Apfelsinenschalen, ein Brett, leere Farbdosen und eine Decke; irgendwer hatte den Fischraum benutzt, um hier heimlich Verdünnungsmittel zu schnüffeln. Ein kammartiges Skelett löste das Rätsel, was aus der Schiffskatze geworden war. Was Arkadi nirgends entdecken konnte, waren ein Leutnant des Marinegeheimdienstes, ein Feldbett, ein Fernseher oder ein Computerterminal. Unter dem Boden befanden sich nur noch Benzin- und Wassertanks und der Zweihüllenrumpf der *Polar Star*. Dort war zwar möglicherweise Platz genug, um Schmuggelware zu verstecken, aber wohl kaum für ein komplett eingerichtetes Zimmer. Arkadi steckte ein abgebrochenes Brett in einen Spalt in der Wandverschalung. Keine Geheimtür, die sich plötzlich vor ihm auftat. Er versuchte es noch an mehreren Stellen, doch als alle Finessen erfolglos blieben, schmetterte er das Brett schließlich mit voller Wucht gegen die Planken. In das dröhnende Echo mischten sich schrille Proteste der Rattengalerie über ihm, Offiziere des Marinenachrichtendienstes erschienen nicht.

Als er die Leiter wieder hinaufkletterte, fühlte Arkadi sich wie einer, der nach einem Tauchgang an die Wasseroberfläche zurückkehrt; es war, als halte er den Atem an und schwimme der Glühbirne dort oben entgegen. Sinas Band ergab nun keinen Sinn mehr. Vielleicht hatte er das Gespräch auch mißverstanden. Vielleicht würde er in Wainus Sprechzimmer einen Schluck Wodka finden. Ein kleiner Wodka in einem hellerleuchteten Raum, das wäre schön. Wieder auf gleicher Höhe mit der Glühbirne, stieß er die Tür auf, durch die er gekommen war, und schwang sich hinaus. Die Faßdauben und die Wärmepumpe kamen ihm schon ganz vertraut vor, schienen ihn willkommen zu heißen. Er streifte das kaputte Vorhängeschloß wieder übers Rad; Guri, der »Biznessman«, würde ihm helfen, ein neues aufzutreiben.

Als Arkadi sich in Richtung Fabrik wandte, erloschen plötzlich die Lichter über der Wärmepumpe und dem Caisson, der inmitten all des Gerümpels stand. Aus der Dunkelheit löste sich eine Gestalt und rammte ihm eine Faust in den Magen. Er klappte zusammen, würgte keuchend, und schon stopfte ihm jemand einen nassen Lumpen zwischen die Zähne. Ein zweiter Lappen wurde ihm über den Mund gebunden und im Nacken verknotet. Dann streifte man ihm einen Sack über Kopf und Schultern bis hinunter zu den Füßen. Über diesen Sack wurde in Brusthöhe eine Art Gürtel geschnallt. Er reagierte genau richtig, winkelte die Arme ab und atmete tief durch, wobei er einen Erstickungsanfall erlitt, da der Lumpen in seinem Mund mit Benzin getränkt war. Der Knebel hatte die Zunge so weit zurückgepreßt, daß er nahe daran war, sie zu verschlucken. Um sie freizubekommen, atmete er mit einem Ruck aus, und im selben Moment wurde der Gürtel nachgezogen, wie ein Sattelgurt.

Er wurde hochgehoben und weggetragen – wenn er sich nicht täuschte, von drei Männern. Einer würde außerdem noch vorneweg gehen, um den Weg freizumachen oder eventuell Entgegenkommende abzulenken, und möglicherweise war auch noch jemand hinter ihnen. Sie waren stark und gingen mit ihm um wie mit einem Besenstiel. Er gab sich alle Mühe, die Benzindämpfe nicht einzuatmen. Auf langen Seereisen taten sich mitunter einzelne Matrosen zusammen, um sich einen kleinen Rausch anzuschnüffeln. Trotz aller Anstrengung stahlen sich immer wieder beißende Dämpfe seine Kehle hinunter.

Sie hätten ihn einfach in den Fischraum werfen können; es wären Tage vergangen, ehe man ihn dort gefunden hätte. Also war es vielleicht ein gutes Zeichen, daß sie ihn statt dessen geknebelt und in den Sack gesteckt hatten. Er war noch nie zuvor entführt worden, auch nicht in all den Jahren bei der Staatsanwaltschaft in Moskau, und so war er mit den Gepflogenheiten von Kidnappern nicht näher vertraut. Trotzdem war er sich ziemlich sicher, daß sie ihn nicht gleich umbringen wollten. Wahrscheinlich waren es Leute aus der Mannschaft, voller Wut darüber, daß ihr Landgang ins Wasser zu fallen drohte. Selbst wenn sie ihn nicht aus dem Sack herausließen, konnte er mit etwas Glück vielleicht eine Stimme erkennen, sollten seine Entführer miteinander flüstern.

Es wurde nur ein kurzer Spaziergang. Als sie stehenblieben, hörte er, wie an einem Türrad gedreht wurde. Arkadi hatte nicht bemerkt, daß die Männer nach rechts oder links abgebogen wären. Ob sie ihn geradewegs zum Fischraum zurückgebracht hatten? Die einzigen wasserdichten Eingänge auf dieser Ebene führten jedenfalls zu den Laderäumen. Die Tür sprang quietschend auf, und gleichzeitig hörte er Eis splittern. Aus einem Schmelzofen schlagen glühende Hitzeschwaden, aus einem Kühlhaus mit einer Temperatur von minus vierzig Grad dringt ein schwächerer, frostiger Luftzug. Trotzdem konnte Arkadi ihn selbst durch den Sack hindurch spüren, und er fing an zu strampeln und sich mit aller Kraft hin und her zu winden. Zu spät. Sie warfen ihn hinein.

Beim Aufprall riß der Gürtel. Arkadi rappelte sich auf, doch noch bevor er den Sack abstreifen konnte, hörte er die Tür zuschlagen und das Schloß einrasten. Er stellte fest, daß er auf einer Holzkiste stand. Als er das Tuch vor seinem Mund aufgeknüpft und den Knebel herausgezogen hatte, verbrannte ihm der erste freie Atemzug schier die Lungen. Es war ein Witz, es konnte nur ein Witz sein. Weißer, fast flüssiger Dampf waberte aus dem Bohlenbelag und drang aus den Wänden. Durch die Planken sah er den Kühlrost und die mit Eisskeletten überzogenen Rohrleitungen. Seine Füße standen in einem Nebel aus milchigem Dampf. Er konnte zusehen, wie sich die Haare auf seinem Handrücken aufstellten und mit Reif überzogen. Sein Atem gefror ihm fast noch auf den Lippen und verwandelte sich im Nu in glitzernde Schneekristalle.

Seine Hand langte schon nach dem Rad der Tür, als er sich eben noch rechtzeitig besann. Mit der bloßen Hand wäre er unweigerlich am Metall klebengeblieben. Also umwickelte er das Rad mit dem Sack und warf sich dann mit voller Wucht dagegen, doch nichts regte sich. Die Männer draußen hielten die Tür aller Wahrscheinlichkeit nach zu, und es bestand nicht die leiseste Chance, daß er drei oder vier von ihnen allein würde überwältigen können. Er rief um Hilfe. Aber der Kühlraum war mit zehn Zentimeter dickem Fiberglas isoliert, sogar die Innenseite der Tür war abgedichtet. Niemand würde ihn hören, es sei denn, jemand ginge zufällig direkt draußen vorbei. Während der letzten Woche war der Fisch aus den Schnellgefriermaschinen im Achterraum verstaut worden, um Gleichlastigkeit zu erzielen. Falls er sich nun im Laderaum mitschiffs befand, so würde sich wohl kaum jemand hierher verirren, der seine Rufe hätte hören können. Über ihm, aber außer Reichweite, befand sich eine isolierte, wasserdichte Luke. Auch durch die würde ihn niemand hören. Zwei Kisten weiter unten befanden sich eins der eingesetzten Zwischendecks und der Zugang zu einer tieferen Ebene sowie eine weitere Tür. Arkadi hatte keine Ahnung, wie er die zwei Kisten hätte wegrükken sollen, von denen jede ihre Vierteltonne wog. Auf einer von beiden lag eine zusammengeknüllte Plane, steifgefroren. Der Stempel auf den Kisten lautete: »Gefrorene Seezunge – Erzeugnis der USSR.« Das Ganze war alles andere als ein Witz, dennoch kam ihm die Sache irgendwie komisch vor.

Erfahrene Nordlandschiffer kannten alle Stadien der Unterkühlung. Er zitterte. Zittern war gut. Eine Weile konnte der Körper seine Normaltemperatur durch tüchtiges Frösteln und

Bibbern halten. Trotzdem sank die Temperatur unter Umständen wie diesen etwa alle drei Minuten um jeweils ein Grad. Wenn sie um zwei Grad gefallen war, würde er aufhören zu zittern, sein Herz würde langsamer schlagen und die Blutzufuhr zu Haut und Gliedern würde unterbrochen werden, um Kernwärme zu speichern; so kam es zu Frostbeulen und Erfrierungen. Sobald die Körpertemperatur um elf Grad gesunken war, würde sein Herz ganz aussetzen. Das Koma trat auf halbem Wege ein, ihm blieben also rund fünfzehn Minuten.

Und da gab es ein weiteres Problem. Arkadi spürte die klassischen Vergiftungserscheinungen, wie er sie schon öfter bei Seeleuten beobachtet hatte, die Dämpfe schnüffelten: Blinzeln, Schwindelgefühl, Rauschzustand. Manchmal heulten die Männer wie Hyänen, manchmal tanzten sie die Wände hoch. Arkadi verspürte den unüberwindlichen Drang zu lachen. War er zur See gegangen, um in diesem Eiskasten zu sterben? Welch ein Witz!

Seine Arme schnellten krampfhaft auf und nieder, als ob ein Wahnsinniger ihm die Knochen verrenkte. Er hatte schon bei solcher Kälte gearbeitet – zugegeben, in gefüttertem Overall, Filzstiefeln und pelzverbrämter Kapuze. Rauhreif zauberte jetzt einen ganz besonderen weißen Pelz auf seine Schuhe und die Aufschläge seiner Hose. Er schwankte, versuchte aber eisern, das Gleichgewicht zu halten und nicht in den Spalt zwischen den Kisten zu treten. Er war sicher, falls er ausrutschen sollte, würde er seine Beine nicht wieder freibekommen.

In Brusthöhe vor sich sah er ein Siebblech, das den Thermostat schützte. Mit den Fingernägeln schaffte er es nicht, das Blech zu öffnen – wieder ein gutes Beispiel für jene Notfälle, derentwegen ein Seemann sein Messer stets bei sich tragen sollte.

Er fischte die Streichhölzer aus seiner Tasche und ließ sie fallen. Da er versuchte, nicht umzukippen, bückte er sich mit einer so übertriebenen Verrenkung nach der Schachtel, daß es aussah wie ehedem der Kratzfuß eines französischen Stutzers, der galant das Taschentuch einer Dame vom Boden aufhob. Wieder entglitten ihm die Streichhölzer, und diesmal ließ er sich auf alle viere nieder, um sie wiederzubekommen. Die Flamme war nichts weiter als ein winziges gelbes Kügelchen, im Nu erstickt von der Kälte, aber auf dem Thermostat bildeten sich unter ihrem wärmenden Hauch dennoch ein paar kostbare Tauperlen. Nur leider zitterten Arkadis Hände so stark, daß er die Flamme nicht länger als jeweils eine Sekunde an die Anzeigetafel halten konnte.

Ihn auf diese Weise umzubringen, entbehrte nicht einer gewissen verschlagenen Klugheit. Man würde ihn erst gefrieren lassen, so überlegte er, anschließend seinen Leichnam irgendwohin schaffen, wo er auftauen konnte, und ihn erst dann an den Platz verlegen, wo er gefunden werden sollte. Inzwischen stand fest, daß Wainu nicht eben ein kompetenter Pathologe war, und das einzig auffällige Indiz, das er finden würde, würden Anzeichen von Schnüffelei sein, dem tragischen Laster des Petroleumzeitalters. Nach dieser Diagnose würde man seine Leiche mit offizieller Genehmigung wieder zurück in den Kühlraum schaffen und dort lassen, bis die *Polar Star* nach Wladiwostok zurückkehrte. Arkadi sah sich selbst auf einem Eisblock nach Hause fahren.

Es waren ausgezeichnete Streichhölzer: Holzspäne mit Phosphorkuppen und Wachsüberzug, speziell für die stürmische Witterung erdacht, mit der ein Seemann immer rechnen mußte. Auf der Schachtel war ein Schiffsbug abgebildet, der eine gischtgekrönte Welle teilte. Auf dem Schornstein des Schiffes prangten Hammer und Sichel. Inzwischen zitterte Arkadi am ganzen Körper so arg, daß es im schwerfiel, die Flamme auch nur in die Nähe der Anzeigetafel zu bringen. Aus unerfindlichem Grund fiel ihm plötzlich eine Selbstmordvariante ein, die sogar noch besser war als die, die er Martschuk und Wolowoi vorgeschlagen hatte. In Sachalin hatte sich ein Seemann erhängt. Der Fall wurde nicht untersucht, weil der junge Mensch den Strick am Hammer-und-Sichel-Emblem des Schiffsschornsteins festgemacht hatte. Der Leichnam wurde abgenommen und noch am selben Tag begraben, weil niemand Lust hatte, Fragen zu stellen, die ihn womöglich selbst in eine peinliche Lage hätten bringen können.

Zumindest hatte er aufgehört zu zittern und konnte das Streichholz ruhig halten. Als er an sich herunterblickte, sah Arkadi, daß seine Hosenbeine von flockigem Rauhreif überzogen waren. Selbst große Fische, Heilbutt etwa, konnten binnen anderthalb Stunden durch und durch steinhart gefroren sein. Die Schachtel rutschte ihm aus den Fingern. Seine Hände färbten sich allmählich blau, und die Finger bewegten sich unnatürlich langsam. Als er sich hinkniete, um die Schachtel wieder aufzuheben, tappten seine Hände so ungeschickt über den Boden wie ein Paar Metallhaken.

Kaum hatte er das nächste Streichholz angezündet, als die Schachtel erneut herunterfiel, an der Kiste abprallte und in den Spalt zwischen ihr und der Wand rutschte. Er hörte, wie sie im Fallen immer wieder gegen die Kiste schlug, ehe sie endlich auf dem Bodendeck landete.

Mit äußerster Konzentration hielt er abermals ein kleines Flämmchen unter den Thermostat. Wie erstaunlich, daß dieses Fünkchen schwacher Wärme sich sichtbar wie Tau auf der metallenen Scheibe ausbreitete. Das war also jetzt sein letztes Streichholz. Er hielt es selbst dann noch fest, als die Flamme ihm schon die Fingernägel versengte. Als er sich vorhin den Knebel aus dem Mund gezerrt hatte, war etwas Benzin an seine Hände geraten. Nun züngelten dort vereinzelte Flämmchen empor wie Kerzenlicht. Es tat nicht weh. Arkadi starrte auf die kleinen Flammen, die ihm so außergewöhnlich vorkamen wie eine mystische Erscheinung. Langsam wanderte sein Blick weiter zu den Lumpen am Boden. Ob Fische auch so träge und schwerfällig dachten? Als die Streichholzflamme schon fast am Verglimmen war, stieß er sie mitsamt seiner Hand in die Stoffetzen, die im Nu zu einer wunderhübschen Feuerblume erblühten. Mit dem Fuß schob Arkadi die brennenden Lumpen dicht unter den Thermostat.

Das Häuflein Stoff verwandelte sich rasch in ein blauviolettes Flammenspiel, das gleich darauf in dicken schwarzen Rauch überging. Rings um das Feuer, auf Bohlen und Kisten, bildete sich dort, wo das Eis taute, wieder gefror und abermals schmolz, eine feuchtschimmernde Glasur. Arkadi saß neben dem Feuerchen und hielt die Hände über die Flamme, um ihre Wärme einzufangen. Er erinnerte sich an ein Picknick in Sibirien, bei dem es gefrorene Fischfilets gegeben hatte, gefrorene Streifen Rentierschinken, gefrorene Beeren in Pastetchenform und sibirischen Wodka, der ständig über dem Feuer gewendet werden mußte. Im Jahr zuvor hatte ein Intourist-Führer eine amerikanische Reisegruppe in die Taiga begleitet und ihnen ein noch viel üppigeres Mahl vorgesetzt. Dabei hatte er allerdings vergessen, den Wodka am Feuer zu erwärmen. Nach zahlreichen Trinksprüchen mit heißem Tee auf die internationale Freundschaft, auf gegenseitige Achtung und ein besseres Verständnis der Völker untereinander, schenkte der junge Mann den fast gefrorenen Wodka in die Gläser und zeigte seinen Gästen, wie man ihn in einem Zug hinunterkippte. »Schauen Sie, so«, sagte er, neigte das Glas, trank es aus und fiel tot um. Was der Ärmste nicht bedacht hatte war, daß sibirischer Wodka fast purer Alkohol ist und daher selbst bei einer Temperatur noch flüssig bleibt, bei der die Speiseröhre gefriert und das Herz wie von einem Schwerthieb getroffen stehenbleibt. Der bloße Schock reichte aus, den armen Jungen zu töten. Natürlich war das traurig, aber es war andererseits auch wahnsinnig lustig. Man stelle sich nur vor, wie die verdutzten Amerikaner um ihr Lagerfeuer herumsaßen, ihren russischen Führer anstaunten und einander fragten: »Ist das *wirklich* ein typisch sibirisches Picknick?«

Es war ein ungleicher Kampf, dieses Ringen zwischen dem mageren Lumpenfeuer und dem Eiskäfig des Laderaums. Die Flammen schrumpften zu Lichteraugen, zu einem Nest inbrünstig sich windender Glühwürmchen und erloschen schließlich in einem letzten schwarzen Rauchfähnlein über einem Häufchen Asche. Kisten und Planken waren zwar rußig, aber nicht einmal verkohlt.

Benzin hatte durchaus Ähnlichkeit mit sibirischem Wodka. Mit jedem Moment fühlte sich Arkadi sibirischer. Jetzt, da er vor der Küste Amerikas segelte, hatte er diesen ehrenvollen Grad endlich errungen. Immer weiter kroch der Rauhreif an seinen Hosenbeinen und Ärmeln hoch. Er zwinkerte, damit die Augen nicht zufrieren konnten, und sah zu, wie sein Atem sich in gleißende Kristalle verwandelte, die erst emporschwebten und dann wie ein zarter Flockenreigen niedergingen. Aber wie sollte ein Sibirier auch sonst atmen? Hätte er nicht einen guten Führer abgegeben? Nur für wen?

Zeit, sich hinzulegen. Er versuchte, die Plane von der Kiste zu zerren. Das würde eine brauchbare Decke abgeben. Als das steifgefrorene Tuch endlich nachgab und wegrutschte, kam darunter Sina Patiaschwili in einem durchsichtigen Plastiksack zum Vorschein. Auf der Innenseite war der Sack mit herrlichen Mustern aus Eiskristallen überzogen, so daß es aussah, als trüge der Leichnam ein diamantenbesticktes Gewand. Sina war weiß wie Schnee, und ihr Haar war mit Eissplittern bestäubt. Ein Auge stand offen, als wundere sie sich, wer ihr da Gesellschaft leisten kam.

So weit wie möglich von Sina entfernt, rollte Arkadi sich in einer Ecke zusammen. Er glaubte nicht, daß das Rad sich wirklich drehte, bis die Tür quietschend aufsprang. Natascha Tschaikowskaia füllte den Türrahmen und starrte mit weit aufgerissenen Augen und offenem Mund erst die Überreste des Feuers, dann Sina und schließlich ihn an. Im nächsten Augenblick stürzte sie herein und hob Arkadi hoch, behutsam zunächst, damit er sich nicht die Haut aufriß, doch als sie ihn einmal vom Boden gelöst hatte, stemmte sie ihn so mühelos wie ein Gewichtheber seine Hantel. Arkadi war bis jetzt noch nie von einer Frau getragen worden. Aber vermutlich würde Natascha das nicht als Kompliment auffassen.

»Ich hab Feuer gemacht«, erklärte er ihr. Offenbar hatte es also doch funktioniert. Er hatte die Temperatur so weit verändern können, daß die hochempfindliche Sicherungsanlage ausgelöst worden war. »Sie haben den Alarm gehört?«

»Nein, nein. Hier gibt's keine Alarmanlage. Ich kam ganz zufällig vorbei und habe Sie drinnen gehört.«

»Hab ich denn um Hilfe gerufen?« Arkadi konnte sich nicht erinnern.

»Nein, gelacht.« Natascha verlagerte sein Gewicht auf ihren Schultern, um ihn leichter durch die Tür bugsieren zu können. Sie war erschrocken, aber auch angewidert, wie wohl jeder angesichts eines sinnlos Betrunkenen. »Sie haben sich halb totgelacht.«

14

Als Israel Israelowitsch behutsam Arkadis Finger massierte und Natascha seine Zehen warmrieb, reagierte ihr Patient mit Erfrierungskrämpfen. In der Miene des Fabrikleiters kämpften Hohn und Enttäuschung, als er jetzt in Arkadis Augen blickte, die rot waren und verquollen von den Benzindämpfen.

»Bei jedem anderen hätte ich ja damit gerechnet, daß er ein Säufer oder Schnüffler ist, aber bei Ihnen wirklich nicht«, sagte Israel. »Geschieht Ihnen ganz recht, daß Sie im Rausch in den Kühlraum geraten sind und dort beinahe erfroren wären.«

Als die Taubheit aus seinem Körper wich, begann er an allen Gliedern zu zittern; ihm war, als brenne seine Haut lichterloh und als müßten seine Kapillargefäße jeden Augenblick zerplatzen. Zum Glück war von seinen Kabinenkameraden keiner da, als Israel und Natascha ihn in die Kabine geschafft und auf die untere Koje gebettet hatten. Jede Berührung verursachte ihm Schmerzen, und als sie ihn in warme Decken packten, war das ein Gefühl, als wickele man ihn in Glassplitter.

Fischschuppen blitzten vom Pullover und aus Israels Bart; er war geradewegs von der Schmutzbrigade hergeeilt, um Natascha zu helfen, die Arkadi möglichst unauffällig in seine Kabine schaffen wollte. »Wahrhaftig, man sollte Benzin, Farbe und Verdünnungsmittel genauso verschließen wie teure ausländische Schnäpse!«

»Männer sind eben schwach«, gab Natascha zu bedenken.

Israel schüttelte mißmutig den Kopf. »Ein Russe ist wie ein Schwamm. Seine wahre Gestalt kennt man erst, wenn er sich vollgesogen hat. Aber ich dachte, Renko sei anders.«

Natascha hauchte ihren warmen Atem auf jeden nackten Zeh und massierte ihn dann liebevoll. Arkadi kam es vor, als würden ihm glühende Nadeln unter die Nägel getrieben. »Vielleicht sollten wir ihn zu Dr. Wainu bringen«, schlug sie vor.

»Nein«, preßte Arkadi mühsam hervor. Seine Lippen waren wie Gummi, auch dies eine Nachwirkung der Dämpfe.

Israel brummte: »Ich habe Sie freigestellt, weil Sie diese Untersuchung für den Kapitän durchführen sollten, und nicht, damit Sie völlig durchdrehen.«

»Sina war im Kühlraum«, sagte Natascha zu Israel.

»Wo sollten wir sie denn sonst hintun? Sagten Sie nicht vorhin, er hätte Feuer gelegt?« Israel war sichtlich besorgt. »Hat er womöglich Fisch aufgetaut?«

»Ach was, er konnte ja nicht mal sich selbst auftauen.« Natascha widmete sich einem Zeh, der besonders blau war.

»Wenn er mir was vom Fisch ruiniert hat . . .«

»Ach, verfluchter Fisch! Entschuldigung«, sagte sie.

»Ich meine ja bloß, wenn einer sich umbringen will, von mir aus – aber bitte nicht in meinem Fischraum.« Israel nahm Arkadis andere Hand und rubbelte sie kräftig.

Natascha kam ein Gedanke, der ihr sichtlich unangenehm war, denn ihre Stirn legte sich in düstere Falten. »Hat das was mit Sina zu tun?«

»Nein«, log Arkadi. Geht weg, laßt mich allein, wollte er sagen, aber mehr als ein Wort auf einmal konnte er nicht durch die klappernden Zähne pressen.

»Haben Sie dort unten was gesucht?« fragte sie weiter.

»Nein.« Wie hätte er ihr auch erklären sollen, daß er hinter einem Leutnant her war, der womöglich gar nicht existierte? Er mußte dieses Zittern unterdrücken und seinen traumatisierten Nerven ein bißchen Ruhe verschaffen; dann würde er wieder anfangen können, Fragen zu stellen.

»Vielleicht sollte ich den Kapitän verständigen«, sagte Israel.

»Nein!« Arkadi versuchte, sich aufzurichten.

»Schon gut, schon gut. Das scheint ja wohl das einzige Wort zu sein, das Sie behalten haben«, sagte Israel. »Und sollte das Ganze ein Überfall gewesen sein, würde es mich nicht wundern. Ich bin zwar nicht einer Meinung mit der Mannschaft, aber die Leute sind nun mal aufgebracht wegen dieses Gerüchts, daß es Ihretwegen nichts wird mit Dutch Harbor. Was glauben Sie wohl, warum die Leute auf diesem Scheißkahn anheuern? Etwa wegen der Fische? Wollen Sie die Mannschaft allen Ernstes um ihren Landurlaub bringen, bloß um rauszukriegen, was mit Sina passiert ist?

Mann, dieses Schiff wimmelt von verrückten Weibern. Warum regen Sie sich derartig über die Geschichte auf?«

Als das Zittern endlich nachgelassen hatte, versank Arkadi in einen komaartigen Zustand. Er sah noch, daß man ihm die steifgefrorenen Sachen ausgezogen und ihn in trockene Kleider gesteckt hatte. Wahrscheinlich hatten Israel und Natascha gemeinsam dieses Kunststück vollbracht, einen Akt, ungefähr so erotisch wie das Ausnehmen eines Fisches. Arkadi hatte eine Vision, in der er sich selbst auf einem Förderband auf die Säge zutreiben sah.

Obidin und Kolja kamen herein, rumorten stumm im Schrank, holten ein paar Sachen heraus und gingen wieder, ohne von Arkadi Notiz zu nehmen oder davon, daß er in der falschen Koje lag. Auf einem Schiff war es Ehrensache, den Schlaf eines Kameraden nicht zu stören.

Als Arkadi wieder zu sich kam, saß Natascha auf der Pritsche ihm gegenüber. Sobald sie merkte, daß er aufgewacht war, fragte sie: »Israel Israelowitsch hat sich gewundert, warum Sie soviel Aufhebens um Sina machen. Haben Sie sie gekannt?«

Er fühlte sich seltsam schwach, als sei er im Schlaf verprügelt worden und habe obendrein einen bösen Sonnenbrand abbekommen. Immerhin konnte er jetzt wieder sprechen, oder zumindest zwischen zwei Krampfanfällen einen Wortschwall ausstoßen. »Sie wissen doch, daß ich Sina nicht kannte.«

»Ich glaubte es zu wissen, ja, doch jetzt frage ich mich eben auch, warum Sie sich ihretwegen so viele Gedanken machen.« Sie sah ihn an, wandte den Blick dann ab. »Ich nehme an, es hilft einem, wenn man sich so engagiert – beruflich, meine ich.«

»Ganz recht, es ist ein berufsmäßiger Tick, nichts weiter. Natascha, was machen Sie hier eigentlich?«

»Ich dachte, sie würden vielleicht wiederkommen.«

»Wer?«

Sie verschränkte die Arme, als wollte sie sagen, daß sie für Ratespiele nicht aufgelegt sei. »Sie haben Augen wie ein Kaninchen.«

»Besten Dank.«

»Sind alle Ermittlungen so wie diese?«

Er rülpste im Schlaf, und im Handumdrehn stank die ganze Kabine wie eine Tankstelle. Als Natascha das Bullauge öffnete, um frische Luft hereinzulassen, drang von draußen ein klagender Gesang herein:

> »Ihr Wölfe, wo seid ihr, ihr Bestien aus grauer Vorzeit?
> Wo seid ihr, wo, ihr mein goldäugiger Stamm?«

Wieder eine Räuberballade, wieder eine über Wölfe, auf denkbar sentimentale Weise interpretiert von einem der hartgesottenen Fischer. Oder auch von einem Mechaniker in schmierigem Ölzeug oder gar von einem so pedantisch steifen Offizier wie Slawa Bukowski, denn privat sangen sie alle diese Lieder. Vornehmlich aber waren es die Arbeiter, die gern sangen und dazu ihre auf D-G-B-d-g-b-d gestimmte Gitarre spielten.

> »Die Hunde, unsre zahmen Verwandten,
> Die wir uns ausgeliefert wähnten,
> Sie haben mich eingekreist.«

Im Westen stellte man sich den Russen gern als einen langsamen, tapsigen Bären vor. Der russische Mann aber sah sich selbst als Wolf, hager und wild, kaum zähmbar. Auch diese Ballade stammte aus der Feder Wysotskis. Seine Landsleute verehrten Wysotski nicht zuletzt wegen seiner Laster, seiner Sauftouren und seines waghalsigen Fahrstils. Man erzählte sich, ihm sei ein »Torpedo« in den Hintern gepflanzt worden. Ein »Torpedo« war eine Kapsel, die dafür sorgte, das Wysotski jedesmal schlecht wurde, wenn er Alkohol zu sich nahm. Und trotzdem trank er weiter!

> »Ich zeige dem Feind mein wölfisches Grinsen,
> Blecke die fauligen Stumpen meiner Zähne,
> Und blutgefleckter Schnee tropft schmelzend
> Vom Schild mit dem Spruch: ›Wir sind keine Wölfe mehr!‹«

Als Natascha das Bullauge wieder schließen wollte, kam Arkadi vollends zu sich. »Nein, lassen Sie's auf«, bat er.

»Aber es zieht.«

»Bitte.«

Zu spät. Das Lied war zu Ende; alles, was er jetzt noch hören konnte, war das dumpfe Seufzen der Bugwellen. Der Sänger war derselbe gewesen, den er schon auf Sinas Kassette gehört hatte. Jedenfalls schien es ihm so. Wenn ich ihn doch noch einmal hören könnte, dachte Arkadi, dann würde ich Gewißheit haben. Doch er fing wieder an zu zittern, und Natascha schloß das Bullauge.

Die Tür ging auf, und Arkadi schnellte aus dem Schlaf hoch, das Messer in der Hand. Natascha machte Licht und betrachtete ihn sorgenvoll. »Wen haben Sie erwartet?«

»Niemanden.«

»Das ist auch gut so, in Ihrem Zustand könnten Sie nämlich nicht mal eine Maus erschrecken.« Sie löste seine verkrampften Finger vom Griff des Messers. »Außerdem haben Sie es nicht nötig, Gewalt anzuwenden. Sie haben Grips und schalten schneller als die anderen.«

»Und was nützt mir das? Schließlich kann ich mich doch nicht von diesem Schiff fortdenken.«

»Verstand ist schon was Wunderbares.« Sie legte das Messer beiseite.

»Ich wünschte, er wäre eine Fahrkarte. Wie lange habe ich geschlafen?«

»Eine Stunde, vielleicht auch zwei. Erzählen Sie mir von Sina.« Sie wischte ihm den Schweiß von der Stirn und drückte seinen Kopf sacht in die Kissen zurück. Seine Hand war noch verkrampft, so fest hatte er das Messer umklammert, und sie begann, seine Finger zu massieren. »Selbst wenn Sie sich irren, mir gefällt es, wie Sie denken.«

»Wirklich?«

»Es ist, als hörte man jemanden Klavier spielen. Warum ist sie auf die *Polar Star* gekommen – um diese Steine zu schmuggeln?«

»Nein, die waren nicht wertvoll genug. Natascha, ich möchte das Messer wiederhaben.«

»Aber für sie allein hätten die Steine doch vielleicht genug eingebracht.«

»Sowjetische Diebe arbeiten nur selten allein. Einen sowjetischen Verbrecher finden Sie fast nie allein auf der Anklagebank. Da marschieren immer gleich zehn oder gar zwanzig zusammen.«

»Wenn es kein Unfall war – und ich behaupte nicht eine Sekunde lang, daß es etwas anderes gewesen ist –, dann war es vielleicht ein Verbrechen aus Leidenschaft.«

»Dafür war es ein zu glatter Mord. Und er war geplant. Damit sich Blutergüsse bilden konnten, wie wir sie an der Leiche gefunden haben, muß sie mindestens einen halben Tag auf engstem Raum verstaut gewesen sein, bevor sie ins Wasser kam. Das heißt, man mußte sie irgendwohin in ein Versteck schaffen und dann noch einmal transportieren, um sie über Bord zu werfen. An dem fraglichen Tag haben wir aber noch wesentlich mehr Fang gemacht als jetzt; es waren ständig Leute an Deck.«

Arkadi hielt inne, um Atem zu schöpfen. Nataschas Massage unterschied sich kaum von einer Folter.

»Nur weiter«, ermunterte Natascha ihn.

»Sina hat mit den Amerikanern angebändelt, und das konnte sie nur mit Wolowois Zustimmung. Sie muß also für ihn Kurierdienste geleistet haben. Darum brauchte sie auch keine Verweise von seiten des Küchenpersonals zu befürchten. Denen hatte man nämlich klargemacht, daß sie ungehindert und nach eigenem Gutdünken auf dem Schiff herumstreifen dürfe. Und Olimpiada hat sie vermutlich bei Laune gehalten, indem sie sie mit Schokolade und Schnaps versorgte. Aber warum ging Sina immer dann zum Heck, wenn die *Eagle* ein Netz übergab? Und zwar *nur*, wenn die *Eagle* ihren Fang ablieferte? Nie, wenn ein anderes Boot festmachte? Um einem Mann zuzuwinken, mit dem sie vielleicht alle zwei, drei Monate einen Abend lang tanzen konnte? Ist Slawas Kapelle wirklich so gut? Vielleicht sollte man die Frage umgekehrt stellen. Wonach hielten die Amerikaner Ausschau, wenn sie ihren Fisch ablieferten?«

Arkadi verschwieg die Möglichkeit, daß es auf der *Polar Star* eine geheime Nachrichtenstation geben könnte. Auf dem Band hatte der Leutnant Sina in die Station eingeladen, während die *Polar Star* ein Netz an Bord holte. Arbeitete die Horchstation vielleicht nur, wenn gerade keine Netze übernommen wurden? Hatte es mit den Netzen oder den Amerikanern zu tun?

»Wie auch immer«, sagte er, »Amerikaner, mehrere Liebhaber, Wolowoi – eine Menge Leute haben Sina benutzt oder wurden von ihr benutzt. Wir brauchen gar nicht brillant zu sein; es kommt nur darauf an, das System zu erkennen.«

Er erinnerte sich an ihre Stimme auf dem Band: »Der eine denkt, er kann mich herumkommandieren. Der zweite denkt ebenfalls, er kann mich herumkommandieren ...« Arkadi zählte nach. Vier Männer, und darunter war einer, von dem Sina gewußt hatte, daß er ein potentieller Mörder war.

»Was denn für Leute?« fragte Natascha.

»Zum einen ein Offizier. Der könnte um seinen Ruf gefürchtet haben.«

»Und wer ist das?« Natascha war sichtlich erschrocken.

Er schüttelte den Kopf. Seine Hände waren gerötet, als hätte er sie gerade in kochendes Wasser getaucht. So fühlten sie sich auch an.

»Was glauben denn Sie?« fragte er zurück.

»Was den Ersten Maat betrifft, so bin ich nicht Ihrer Meinung. Die Amerikaner, nun, die müssen selbst Rede und Antwort stehen. Aber was Olimpiada und die Schokolade angeht – da haben Sie vielleicht recht.«

Als er das nächste Mal aufwachte, war Natascha wieder da. Sie hatte einen riesigen Samowar mitgebracht, eine silbrig glänzende Teemaschine mit einem Hahn wie einer Nase und Wangen, die wohlige Wärme ausstrahlten. Während sie aus dampfenden Gläsern ihren Tee tranken, säbelte Natascha dicke Scheiben von einem runden Brotlaib.

»Meine Mutter hat Lastwagen gefahren. Erinnern Sie sich, wie wir damals unsere Laster konstruierten, als die Fabriken ihr Soll noch nach Bruttogewicht erfüllten? Jeder Laster wog doppelt soviel wie in jedem anderen Land der Erde. Versuchen Sie mal, so ein Ungetüm durch den Schnee zu steuern. Die Route führte über einen zugefrorenen See. Meine Mutter gehörte zur vordersten Reihe kommunistischer Arbeiter, sie saß immer im ersten Laster. Sie war beliebt. Sie hatte ein Fotoalbum, und einmal hat sie mir ein Bild meines Vaters gezeigt. Er war auch Lastwagenfahrer. Vielleicht würden Sie's nicht glauben, aber er sah erstaunlich intellektuell aus. Er las alles, was ihm in die Finger kam, konnte mit jedem diskutieren. Er trug eine Brille. Sein Haar war blond, aber ansonsten sah er Ihnen ein bißchen ähnlich. Meine Mutter sagte, sein Problem war, daß er zu viele romantische Flausen im Kopf hatte. Er hatte ständig Ärger mit seinen Vorgesetzten. Sie wollten heiraten, aber dann im Frühjahr, als das Tauwetter einsetzte, da ist sein Laster im Eis eingebrochen.

Ich bin bei den Dämmen aufgewachsen. Ich hab sie von klein auf geliebt. Nichts auf Erden ist so schön und so nützlich für die Menschheit. Meine Altersgenossen interessierten sich für weiterführende Kurse, wollten studieren, aber ich konnte die Schule gar nicht schnell genug hinter mich bringen. Und dann nichts wie rauf auf ein Baugerüst und an die Zementmischmaschine. Eine Frau kann genausogut Zement mischen wie jeder Mann. Am aufregendsten ist es, nachts unter eben den Lichtern zu arbeiten, die vom letzten Damm gespeist werden, an dem man selbst mitgebaut hat. Da spürt man: Ich bin jemand. Unter den Männern da sind allerdings viele Herumtreiber, die von einem Ort zum anderen zigeunern, weil sie soviel Geld verdienen. Das ist ihr Pech. Sie verdienen so viel, daß sie ihren Lohn versaufen müssen oder am Schwarzen Meer verjubeln oder für ein Mädchen wie Sina rauswerfen. Solche Männer gründen kein Zuhause. Aber das ist nicht ihr Fehler. Schuld sind die Baudirektoren, die schamlos jeden Preis bieten, nur damit ihr Projekt als erstes fertig wird. Natürlich fragen sich dann die Männer, warum soll ich an einem Ort bleiben, wenn ich mich woanders für mehr Geld verkaufen kann? Das ist das Sibirien von heute.«

Das Netz glitt über die Heckrampe in den Lichtschein der Natriumdampflampen, wurde von den Krankabeln hochgehievt und wiegte sich daran wie ein lebender Körper. Meerwasser troff aus dem Häckselhaar und floß an Deck zu seichten Lachen zusammen. Vierzig oder fünfzig Tonnen Fisch, vielleicht sogar noch mehr! Das Soll einer halben Nacht in einem einzigen Schleppzug. Krabben tanzten über die Holzplanken. Straff gespannte Leinen ächzten unter dem Gewicht des Fangs, als der Trawlmeister mit gezücktem Skalpell Anlauf nahm und den Bauch des Netzes von einem Ende zum anderen aufschlitzte. Es war, als risse das ganze Netz auf einmal entzwei und überflute das Deck bis hinauf zur Schandeckelreling und zur Bootsdecktreppe mit einer gespenstisch lebendigen, zuckenden Masse von Schleimaalen, die im Scheinwerferlicht milchig–blau schimmerten . . .

Arkadi schreckte aus seinem Traum hoch, warf die Decken zur Seite, zog seine Stiefel an, nahm sein Messer und stieß die Tür auf.

Es war nicht bloß ein Anfall von Klaustrophobie, der ihn da in der Kabine überfallen hatte, sondern das Gefühl, lebendig begraben zu sein. Es reichte nicht, aus dem Bett aufzustehen, solange er sich noch unter stählernen Decks befand.

Draußen waren die Lichter von dampfenden Nebelwolken verhüllt, die qualmten wie ein schlecht ziehendes Feuer. Er hatte also den ganzen Nachmittag verschlafen. Erst anderthalb Tage war es her, daß er Bekanntschaft mit Sina Patiaschwilis Leichnam gemacht hatte, und doch fühlte er sich bereits selbst fast wie ein Toter. In weniger als zwölf Stunden sollte er eine aufsehenerregende Entdeckung machen, die den rätselhaften Tod Sina Patiaschwilis zu jedermanns Zufriedenheit lösen und der Mannschaft ihren Landgang sichern würde. Er stolperte gegen die Reling und hangelte sich zentimeterweise vom Trawldeck vor zum Bug. Die Fangfahrzeuge waren verschwunden, und so gab es weder fremde Lichter noch Sterne, die das Auge von den mattschimmernden Lampen der *Polar Star* abgelenkt hätten.

Das Deck war leer, die Mannschaft saß beim Abendessen. Der Schichtdienst war ausgesetzt, da das Fabrikschiff keinen Fisch mehr an Bord nahm, sondern mit voller Kraft dem Hafen zusteuerte. Alle arbeiteten jetzt nach demselben Zeitplan. Arkadi schob einen Arm über die Reling, um sich abzustützen. Dies würde kein zwangloser Bummel an Deck werden. Auf dem Gang, den Arkadi jetzt antrat, würde er reichlich Zeit haben, übers Ertrinken nachzudenken und über die Angst, die auf ihm lastete wie ein klammes Leichentuch. Er maß sein Vorwärtskommen an der Entfernung zur Werkstatt. Die Brücke war ein allzu entlegenes Ziel, das er im Nebel ohnehin nur verschwommen erkennen konnte.

»Ach, der Literaturfreund.«

Arkadi wandte sich nach der Stimme um. Er hatte Susan nicht kommen hören.

»Machen Sie einen kleinen Spaziergang?«

»Ich liebe die Seeluft.«

»Sie sehen ganz danach aus.« Sie lehnte sich neben ihn an die Reling, schob ihre Kapuze zurück und steckte sich eine Zigarette an. Dann hielt sie ihm die Streichholzflamme dicht vor die Augen. »Um Gottes willen!«

»Immer noch rot?«

»Was ist denn mit Ihnen passiert?«

Seine Muskeln waren noch immer verkrampft, fühlten sich abwechselnd taub und brennend an. So beiläufig wie möglich griff er nach dem Geländer. Wenn er seinen Beinen einen würdevollen Abgang zugetraut hätte, wäre er einfach weitergegangen und hätte sie stehenlassen. »Ich habe bloß versucht, in neuen Kategorien zu denken. Dabei habe ich mich wohl überanstrengt.«

»Oh, jetzt verstehe ich«, sagte Susan und blickte sich auf dem Deck um. »Wir sind hier am Schauplatz des Unfalls. Es ist doch nach wie vor ein Unfall, oder?«

»Einer der ungeklärten Art«, schränkte Arkadi ein.

»Ich bin sicher, daß Sie die richtige Erklärung finden werden. Die hätten Sie nicht ausgesucht, wenn sie nicht wüßten, daß Sie's können.«

»Danke für Ihr Vertrauen.« Er spürte, wie seine Knie verräterisch nachgaben. Warum zog sie denn nicht endlich ab, wenn sie ihn so sehr verachtete?

»Ich hab mich nur gefragt . . .«, sagte sie.

»Ach, auf einmal fragen *Sie* sich was?«

»Na ja, Sie haben die Fischer auf den Fangbooten befragt. Waren die nicht schon alle runter von der *Polar Star*, als das mit Sina passierte?«

»Scheint so.« Sie will's tatsächlich wissen, dachte er.

»Sie meinen es wirklich ernst, stimmt's? Wie ich höre, läuft Slawa überall herum und sucht nach einem Abschiedsbrief, Sie dagegen stolpern durch die Gegend, als wollten Sie wirklich herausfinden, was passiert ist. Warum?«

»Das ist uns allen ein Geheimnis.« Obgleich er einen Geschmack im Mund spürte, als hätte er einen ganzen Benzintank verschluckt, verspürte er dennoch das Verlangen nach einer Zigarette. Er klopfte seine Taschen ab.

»Da.« Susan steckte ihm ihre Zigarette zwischen die Lippen und trat dann einen Schritt von der Reling zurück. Zuerst dachte er, sie suche Abstand von ihm, aber dann sah er, daß die *Eagle* aus dem Nebel aufgetaucht war und längsseits beidrehte. Als der Trawler näher kam, erkannte er George Morgan auf der abgedunkelten Brücke. Auf dem erleuchteten Deck stopften zwei Fischer in Regenmänteln Abfall in zerrissene Netze und schickten sich an, den Müll ins Meer zu werfen. Arkadi erkannte Coletti an seiner mürrischen Miene; der andere, der mit dem freimütigen Lächeln, war Mike. Der Aleute sah genauso aus wie auf Sinas Foto: arglos und ein bißchen einfältig.

Das Deck, auf dem die Männer arbeiteten, war naß, überall lagen glitschige Flundern und Krabben herum, der unverwertbare Abfall vom letzten Fang. Obwohl der Trawler weit stärker stampfte als die *Polar Star*, standen die Amerikaner wie festgewachsen auf Deck, mit vorgeneigtem Oberkörper und festen Knien. Zwischen den beiden Schiffen flatterte ein Vogelschwarm, der wie gewöhnlich aus dem Nichts aufgetaucht zu sein schien. An die hundert mochten es sein – Seeschwalben mit schwarzgefiedertem Schopf, Sturmvögel mit maskenartiger Kopfbildung und milchweiße Möwen, die sich hoch über den anderen im Wind schaukelten. Es sah aus, als hätte jemand einen Papierkorb über Bord geleert und die Blätter wären dem Schiff nachgeflogen und hielten nun mit ihm Schritt. Sobald ein Vogel auch nur ein kleines bißchen tiefer ging, paßte der ganze Schwarm sich ihm kreischend und mit schimmerndem Flügelschlag an.

Mike winkte, und da erst merkte Arkadi, daß eine dritte Person sich zu ihm und Susan an die Reling gestellt hatte. »Ich habe jemanden gefunden, der mit Ihnen reden möchte«, flüsterte Natascha ihm ins Ohr. »Ich wollte Sie aus Ihrer Kabine holen, aber Sie waren schon fort. Warum sind Sie aufgestanden?«

Als er eben ansetzte, ihr die heilsame Wirkung frischer Luft zu erklären, wurde Arkadi von einem Hustenanfall erfaßt, unter dem sich sein ganzer Körper schmerzhaft zusammenkrümmte. Es war, als hätte er lauter Eisstückchen im Leib, die langsam auftauten und dabei einen Kältestrom durch seine Adern schickten, der ihm alle Kraft entzog.

Mit einem scheelen Blick auf Susan fuhr Natascha so gleichmütig fort, als hätte man sich zum Tee an der Reling getroffen: »Jetzt muß ich meinen Vortrag halten. Anschließend werden wir uns dann mit meiner Freundin unterhalten.«

»Sie halten einen Vortrag?« Susan zeigte deutlich, daß sie sich das Lachen verkneifen mußte.

»Ich bin auf diesem Schiff die Vertreterin des gewerkschaftsübergreifenden Bildungsvereins.«

»Ach richtig, wie konnte ich das nur vergessen?« fragte Susan.

Es wäre weniger grausam gewesen, hätte sie ungeniert herausgelacht, denn Natascha spürte, daß man sich über sie lustig machte, so wie eine Frau, deren Unterrock hinten unter ihrem Kleid hervorschaut, eine vage Ahnung haben mag, daß sie ausgelacht wird, ohne zu wissen, warum. Aus reiner Nervosität nahm sie Arkadi die Zigarette aus dem Mund. »In Ihrem Zustand ist das wahrhaftig das letzte, was Sie nötig haben.« Sie wandte sich an Susan. »Das ist die abscheulichste Angewohnheit unserer sowjetischen Männer. Rauchen ist das Widernatürlichste, was der Mensch tun kann.«

Sie warf die Zigarette den Vögeln zu. Eine Möwe senkte die Flügel und packte die Zigarette mit dem Schnabel, ließ sie aber gleich wieder fallen. Ein Sturmvogel schoß nach vorn, fing die trudelnde Zigarette, fraß sie zur Hälfte und spuckte den Rest aus. Der Filter landete im Wasser, wo er von einer Seeschwalbe begutachtet wurde.

»Das sind offenbar russische Vögel«, bemerkte Susan.

Arkadi krümmte sich gerade unter einem neuerlichen Hustenanfall, als ihm plötzlich etwas auffiel. Susan trug eine Fischerjacke, und Natascha hatte ebenfalls eine an; das war auch schon alles, was die beiden Frauen gemeinsam hatten. Wo war eigentlich Sinas Fischerjacke? Er hatte bisher nicht darüber nachgedacht, weil schließlich niemand in einer Fischerjacke zum Tanzen ging, und in den kurzen Pausen, in denen die Frauen an Deck kamen, um Luft zu schnappen, brauchten sie keine warme Kleidung, um sich gegen die subarktische Kälte zu schützen. Erst recht eine Russin würde sich nicht mit einer Jacke belasten, die bei einer Umarmung doch nur hinderlich wäre. Unter ihrer gleichmütigen Fassade verbarg sich eine Seele so voller Romantik, daß sie sich schon bei der leichtesten Brise wie eine Taube in die Lüfte schwang.

Als Arkadi endlich den Hustenreiz bezwang und sich aufrichtete, zündete sich Susan eine neue Zigarette an, die sie freilich für sich behielt.

»Renko, sind Sie nun derjenige, der die Untersuchung durchführt, oder das Opfer?«

»Er weiß schon, was er tut«, sagte Natascha.

»Sieht er darum so aus, als wollte man ihn den Haien zum Mittagessen vorsetzen?«

»Er hat ein System.«

Und welches bitte? fragte sich Arkadi.

Morgans Stimme ertönte aus dem Funkgerät in Susans Tasche: »Fragen Sie Renko, was mit Sina passiert ist. Wir alle sind gespannt, das zu erfahren.«

Auf dem Deck der *Eagle* winkte Mike wieder und machte Natascha Zeichen, als wolle er sie zu einem Besuch herüberbitten. Ihre Wangen röteten sich, doch sie zeigte dem Fischer die kalte Schulter, um ihm zu bedeuten, daß Fraternisieren, sofern es sie betraf, strikt der Vergangenheit angehörte. »Wir müssen jetzt zum Vortrag«, sagte sie streng.

»Aber die da unten wollen wissen, was mit Sina passiert ist«, wandte Susan ein.

Arkadi, der seinen Beinen noch nicht ganz traute, erprobte seine Standfestigkeit, indem er vorsichtig die Füße hin und her schob.

»Was soll ich den Leuten sagen?« fragte Susan.

»Sagen Sie ihnen ...« Arkadi zögerte. »Sagen Sie ihnen, sie wüßten immer noch mehr als ich.«

15

Der inspirierende Vortrag über die wissenschaftlichen Grundlagen des Atheismus, den Natascha Tschaikowskaia, korrespondierendes Mitglied im Bildungsverein der Gewerkschaft, in der Cafeteria hielt, erfreute sich reger Beteiligung, weil nämlich Wolowoi hinten im Saal stand und nicht nur die Anwesenden zählte, sondern auch deren Enthusiasmus prüfte. Skiba und Slesko saßen als zwei zusätzliche Augenpaare des Invaliden in der letzten Bankreihe. Wie auf jeder Reise war auch diesmal der Tag vor dem Landgang der kritischste: Der Hafenurlaub konnte aus allen möglichen Gründen gestrichen werden – Zeitknappheit, Verzögerung beim Geldtransfer, Schwankungen im politischen Klima.

Die Vorfreude auf Dutch Harbor hatte einen jeden an Bord gepackt wie ein Fieber. Denn es war nicht nur der erste Landgang nach mehr als vier Monaten auf See, dieser heißersehnte, kurze Aufenthalt in einem amerikanischen Laden, noch dazu mit ausländischer Währung in der Tasche, es war vielmehr der Kernpunkt der ganzen Reise. Wenn ein Mann auf Fischfang gehen oder eine Frau Fische ausnehmen wollte, so konnten sie das beide auch vor der sowjetischen Küste tun und brauchten nicht ein halbes Jahr im Beringmeer zu verbringen. Die Frauen trugen frischgewaschene Blusen mit eben erblühtem Blumendruck, und ihre Frisuren waren mit Haarnadeln gespickt. Bei den Männern gab es ziemliche Unterschiede. Das Schiff steuerte mit voller Kraft auf die Aleuten zu, und da wurden auch die Boiler für die Duschen aufgeheizt, was etwa die Hälfte der Männer ausgenutzt hatte, die nun sauber geschrubbt und in saloppen Freizeithemden erschienen waren. Die andere Hälfte, die Skeptiker, hatten vorsichtshalber Dreckkruste und Bartstoppeln noch behalten.

»Die Religion«, las Natascha von einem Flugblatt ab, »die Religion lehrt, daß Arbeit kein freiwillig geleisteter Beitrag zum Wohle des Staates sei, sondern eine uns von Gott auferlegte

Verpflichtung. Ein Bürger, der diese Meinung vertritt, wird sich wohl kaum bemüßigt fühlen, sparsam mit den ihm anvertrauten Materialien umzugehen.«

Aus der mittleren Reihe meldete sich Obidin zu Wort. »Hat Gott etwa gespart, als er Himmel und Erde schuf? Oder als er den Elefanten erschaffen hat? Vielleicht legt Gott ja gar keinen Wert auf Materialersparnis.«

»Und wenn dieses Material Staatseigentum ist?« Natascha war empört.

»Warum versuchen Sie, Natascha umzukrempeln?« Wolowoi hatte sich unbemerkt an Arkadi herangemacht. »Sie ist eine einfache Arbeiterin. Warum wollen Sie sie in Ihre Drecksarbeit hineinziehen?«

Natascha hatte Arkadi mit zu ihrem Vortrag geschleppt. Nicht, daß er sich hätte widersetzen können, schwach, wie er war. Er war stehengeblieben, aus Angst, andernfalls womöglich nicht wieder auf die Füße zu kommen. Um sein fiebriges Zittern vor den Umstehenden zu verbergen, hielt er die Arme über der Brust verschränkt. Aufgebrachte Stimmen schrien Obidin zu: »Halt die Klappe! Hör lieber zu und lerne was!«

»Noch vor zwei Tagen wußte die Hälfte der Leute auf diesem Schiff nicht einmal, wer Sie sind«, fuhr Wolowoi fort. »Heute sind Sie der meistgehaßte Mann an Bord. Sie haben sich selbst reingelegt. Zuerst sagen Sie, Sina Patiaschwili ist ermordet worden. Und jetzt können Sie diesen Leuten, die doch Ihre Kameraden sind, nicht zu ihrem wohlverdienten Landgang verhelfen, ohne Ihre Behauptung zu widerrufen.«

»Irgendwer hat es wohl so hingestellt, als ob das von mir abhinge«, sagte Arkadi.

»Gerüchte haben immer tausend Zungen.« Wolowoi warf einen Blick auf seine Uhr. »Nun, es bleiben Ihnen noch genau elf Stunden, um Ihre große Entscheidung zu fällen: Dürfen wir in Dutch Harbor an Land gehen oder nicht? Werden Sie zugeben, daß Sie sich geirrt haben, oder wollen Sie sich allein gegen die gesamte Mannschaft stellen? Einige vertrauen vielleicht darauf, daß Sie einen Kompromiß suchen werden. Ich kenne Sie persönlich zwar nicht besonders gut, aber Ihren Typ, den kenne ich. Sie würden eher die ganze Mannschaft von Dutch Harbor fernhalten, als zuzugeben, daß Sie einen Fehler begangen haben.«

»Die Wissenschaft ist zu der Erkenntnis gelangt«, verkündete Natascha vorn am Rednerpult, »daß die brennenden Kerzen auf dem Altar einer Kirche hypnotische Wirkung haben. Im Vergleich dazu dürfen wir sie, die Wissenschaft, als Elektrifizierung des Geistes betrachten.«

»Sehen wir's doch mal realistisch«, sagte Wolowoi. »Was haben Sie schon zu verlieren? Sie haben keinen Parteiausweis, keine Familie.«

»Haben Sie Familie?« Arkadi fragte das aus ehrlichem Interesse. Er sah die Wohnung des Invaliden in einem der tristen Hochhäuser von Wladiwostok vor sich: eine geistlose Ehefrau, eine Schar von kleinen Wolowois, die sich, geschmückt mit den roten Halstüchern der jungen Pioniere, um den Fernseher scharten.

»Meine Frau ist zweite Sekretärin der Stadtverwaltung.«

Streichen wir die geistlose Ehefrau, dachte Arkadi. Ersetzen wir sie durch eine gleichwertige Partnerin, und schon haben wir jenen Hammer und jenen Amboß, denen wir die nächste Kommunistengeneration verdanken werden.

»Und ich habe einen Sohn«, setzte Wolowoi hinzu. »Sie sehen also, meine Frau und ich, wir haben in die Zukunft investiert. Was man von Ihnen nun wirklich nicht behaupten kann. Sie sind der sprichwörtliche faule Apfel. Und ich möchte nicht, daß Sie die Genossin Tschaikowskaia anstecken.«

Natascha war inzwischen von der Elektrifizierung des Geistes zur Evolution des Fleisches fortgeschritten, vom Homo erectus zum sozialistischen Tatmenschen. Ihr Auffrischungskurs in Atheismus war auf die Tagesordnung gesetzt worden, um der orthodoxen Kirche in Dutch Harbor Paroli zu bieten, indem man die Wissenschaft gegen die altvertrauten Geister ins Feld führte.

»Wieso glauben Sie, daß ich Natascha anstecken könnte?«

»Nun, Sie sind redegewandt und schlagfertig«, sagte Wolowoi. »Ihr Vater war ein großer Mann, Sie haben in Moskau die besten Schulen besucht, hatten alles, was wir übrigen uns nicht leisten konnten. Natascha könnten Sie durchaus beeindrucken – vielleicht mögen Sie sogar auf den Kapitän Eindruck machen –, aber ich sehe Sie so, wie Sie wirklich sind. Sie haben eine antisowjetische Einstellung, Renko. Ich kann das förmlich riechen.«

»Es besteht kein Unterschied«, sagte Natascha, »zwischen dem Glauben an eine übergeordnete Intelligenz und dem modisch bedingten Interesse an außerirdischen Lebewesen von einem anderen Stern.«

Irgend jemand wagte einen Einwand. »Statistisch gesehen, muß es auch auf anderen Planeten Lebewesen geben.«

»Aber sie besuchen uns nicht«, sagte Natascha.

»Wie sollen wir das wissen?« Es war Kolja, wer sonst? »Wenn ihnen der intergalaktische Flug gelungen ist, dann haben sie es bestimmt auch geschafft, sich unkenntlich zu machen.«

Niemand brachte Natascha so in Rage wie Kolja Mer. Es spielte keine Rolle, daß sie beide in der Fabrik Seite an Seite arbeiteten. Sogar der Umstand, daß sie ihm zu Hilfe gekommen war, als er sich den Finger abgesägt hatte, schien sie ihm eher zum Feind als zum Freund gemacht zu haben.

»Und warum sollten sie zu uns kommen?« fragte Natascha.

»Um sich den wissenschaftlich fundierten Sozialismus in der Praxis anzusehen«, antwortete Kolja und erntete mit dieser Replik beifälliges Gemurmel, Arkadi hingegen kam der Gedanke so vor, als pilgerte jemand rings um den Erdball, nur um einen Ameisenhügel zu betrachten.

»Ich stelle fest, daß Sie mich bisher noch nicht aufgesucht haben, um mir von Ihren Fortschritten zu berichten«, sagte Wolowoi.

»Ich denke, Sie sind ausreichend informiert«, versetzte Arkadi und dachte dabei an Slawa. »Im übrigen würde ich Sie doch nur bitten, Ihre Akte über Sina Patiaschwili einsehen zu dürfen, und Sie würden mir diese Bitte verweigern.«

»Da haben Sie allerdings recht.«

»Aber ich kann erraten, was drinsteht: ›Zuverlässige Arbeiterin, politisch gereift, stets hilfsbereit.‹ In Wirklichkeit allerdings hat sie ihre Arbeit alles andere als ernst genommen, sie war ein flatterhaftes Geschöpf, das mit jedem ins Bett ging, und Sie müssen das alles gewußt haben, woraus folgt, daß sie ein Spitzel war – nicht so wie Skiba oder Slesko, aber immerhin ein Spitzel. Entweder das, oder Sie haben selbst mit ihr geschlafen.«

»Haben Sie die Bibel gelesen?« fragte Obidin.

»Die brauche ich gar nicht erst zu lesen. Das ist das gleiche, als würden Sie sagen, man muß eine unheilbare Krankheit haben, um Arzt sein zu können«, sagte Natascha. »Ich kenne den Aufbau der Bibel, die Bücher und die Autoren.«

»Und die Wunder?« fragte Obidin.

»Pfui! Pfui!« Die Zuhörer rings um Obidin sprangen auf und versuchten, ihn zum Schweigen zu bringen. »Hör lieber auf Natascha! Sie ist die Expertin. Es gibt keine Wunder!«

Obidin brüllte zurück: »Eine Frau wird ermordet, sie verschwindet auf dem Meeresgrund, kehrt dann aber auf eben das Schiff zurück, auf dem sie getötet wurde – und ihr behauptet, es gebe keine Wunder!«

Immer mehr Leute erhoben sich von ihren Plätzen und schüttelten drohend die Fäuste. »Lügner! Fanatiker! Mit solchem Geschwafel wirst du uns noch Dutch Harbor vermasseln!«

Slesko erhob sich und zeigte auf Arkadi. Der glaubte, er blicke in die Mündung eines Heckenschützen. »Da steht er, der Provokateur, der uns einen Strich durch Dutch Harbor macht.«

»Wunder gibt es, die lassen sich nicht wegdiskutieren«, rief Obidin.

»Ein Wunder wäre es, wenn Sie lebend von diesem Schiff herunterkommen«, sagte Wolowoi zu Arkadi. »Ich hoffe, daß es Ihnen gelingt. Ich möchte nämlich zu gern sehen, wie Sie in Wladiwostok von Bord gehen und unten von der Grenzpolizei in Empfang genommen werden.«

Lidia Taratuta goß Arkadi ein Glas Dessertwein ein. Die Frau, der die Offiziersmesse unterstand, hatte Anspruch auf eine Zweibettkabine, aber Lidia schien die ihre ganz für sich allein zu haben. Rot war offenbar ihre Lieblingsfarbe. Ein rostbraun geflammter Perserteppich mit kunstvoll verschlungenen Mustern hing wie ein riesiger Schmetterling an der Wand. Auf dem Tisch standen rote Kerzen in Messinghaltern. Am Fußende der Koje lehnte ein Paar Filzstiefel. Die Atmosphäre in der Kabine ließ an eine Schauspielerin oder an eine Soubrette denken, deren Sinnlichkeit im Alter in Wollust umgeschlagen war. Lidias hennagefärbtes Haar wirkte eine Spur zu üppig, genau wie ihre vollen Lippen. Ein Bernsteinanhänger schmiegte sich in den Ausschnitt ihrer halb aufgeknöpften Bluse – das Dekolleté wirkte ein bißchen frivol, zugleich aber auch natürlich, so als wären die Knöpfe von selbst aufgegangen. Ein Kapitän der sowjetischen Fischereiflotte konnte nicht wählerisch sein – das Schiff, seine Offiziere, die Mannschaft, alles wurde ihm zugeteilt –, mit einer Ausnahme: seiner *Bufettschitsa.* Martschuk hatte diesen kleinen Entscheidungsspielraum anscheinend gut genutzt.

»Sie möchten also wissen, mit welchen Offizieren Sina geschlafen hat? Sie halten sie für eine Nutte? Wer gibt Ihnen das Recht, so über sie zu urteilen? Es ist gut, daß Natascha Ihnen zur Hand geht, denn wie ich sehe, verstehen Sie die Frauen nicht. Mag sein, daß Sie in Moskau mit Huren zu tun hatten. Ich kenne Moskau nicht. War nur einmal als Gewerkschaftsvertreterin auf einer Kundgebung. Im übrigen haben Sie wohl keine Ahnung, wie das Leben auf einem Schiff wie diesem hier aussieht. Also was ist schlimmer? Daß Sie die Frauen nicht verstehen oder daß Sie dieses Schiff nicht kennen? Nun, vielleicht werden Sie nie wieder auf einem Schiff fahren wollen. Noch einen Schluck Wein?«

Da Natascha sich für den Fall, daß Arkadi sich zu verabschieden gedachte, vor der Tür postiert hatte, ließ er sich noch einmal einschenken. Er hätte ohne weiteres zugegeben, daß er die Frauen nicht verstand. Vor allem konnte er sich nicht vorstellen, warum Natascha ihn hierhergebracht hatte.

»Er kann das Schiff nicht verlassen«, sagte Natascha. »Er ist zwar Ermittlungsbeamter, aber er steckt in Schwierigkeiten.«

»Also ein Mann mit Vergangenheit?« fragte Lidia.

»Vorübergehende politische Unzuverlässigkeit«, präzisierte Arkadi.

»Das klingt wie ein Schnupfen, aber nicht wie eine Vergangenheit. Ach ja, ihr Männer habt eben keine Vergangenheit. Ein Mann läßt sich treiben, wie ein welkes Blatt im Wind. Wir Frauen sind es, die mit der Vergangenheit leben. Ich jedenfalls habe eine.« Lidias Blick schweifte hinüber zum Schrank, auf dem ein gerahmtes Foto von zwei kleinen Mädchen stand, die wie ein Kakadupärchen zusammen auf einem Stuhl saßen; sie trugen weiße Kleidchen und hatten weiße Schleifen im Haar. »Das ist sie, meine Vergangenheit.«

»Wo ist der Vater?« erkundigte sich Arkadi, bemüht, höflich zu erscheinen.

»Was für eine gute Frage! Den habe ich nicht mehr gesehen, seit er mich damals, als ich im sechsten Monat schwanger war, die Treppe hinunterstieß. Tja, und nun habe ich zwei Töchter in einem Heim in Magadan. Dort kommen eine Krankenschwester und eine Betreuerin auf dreißig Kinder. Die Schwester ist eine alte

Frau und hat die Schwindsucht, die Betreuerin klaut. Von solchen Leuten werden nun meine beiden Engelchen erzogen. Den ganzen Winter über haben sie Husten. Aber diese Frauen verdienen nur lumpige neunzig Rubel im Monat, da müssen sie einfach stehlen, also schicke ich ihnen jedesmal, wenn wir in einen Hafen kommen, etwas extra, um sicherzugehen, daß meine Töchter nicht verhungern oder an Lungenentzündung sterben, bevor ich sie wiedersehe. Ich danke Gott, daß ich zur See fahren und für sie Geld verdienen kann, aber wenn mir ihr Vater je wieder über den Weg laufen sollte, dann hacke ich ihm den Pimmel ab und geh damit angeln. Er kann ja hinterhertauchen. Oder, Natascha?«

Ein Kichern drang wie eine Seifenblase aus Nataschas Mund, doch schon hatte sie sich wieder gefangen und blickte Arkadi ernsthaft an. »Sei vorsichtig, Lidia, er kann Gedanken lesen.«

»Aber nicht doch!« sagte Arkadi. »Glauben Sie mir, ich kann mich nicht erinnern, wann mich eine Situation je so verwirrt hätte wie diese.«

Lidia strich ihren Rock glatt. »Nun, was wissen Sie über die Mannschaft? Was wissen Sie zum Beispiel über Dynka?«

Wieder fühlte er sich überrumpelt. »Ich würde sagen, sie ist ein nettes ...« Weiter kam er nicht.

»Mit vierzehn hat man sie an einen Alkoholiker verheiratet. Einen Taxifahrer. Aber wenn ihr Ahmed eine Entziehungskur macht, nehmen sie ihm für fünf Jahre seine Lizenz weg, sowie er sich in der Klinik einschreibt. Also muß sie ihm auf dem Schwarzmarkt die nötigen Medikamente beschaffen. In Kasachstan würde sie nicht genug verdienen, um sich das leisten zu können, und darum muß sie hier draußen arbeiten. Die Alte in Nataschas Kabine, Elisaweta Fedorowna Malsewa, hockt den ganzen Tag über ihrer Stickerei. Ihr Mann war Zahlmeister bei der Schwarzmeerflotte, bis er sich an eine von den weiblichen Passagieren ranmachte, die prompt Anzeige erstattete: Vergewaltigung. Seit fünfzehn Jahren sitzt er in einem Arbeitslager. Die Malsewa kommt gerade so über die Runden, vorausgesetzt, sie kriegt ihre tägliche Dosis Valeryanka. Behalten Sie sie im Auge, wenn wir nach Dutch Harbor kommen; sie wird unter Garantie versuchen, sich Valium zu beschaffen. Immer die gleiche Geschichte. Sie sehen also, Genosse, Sie sind von lauter menschlichen Schwächen umgeben, von Frauen mit Vergangenheit – Schlampen, wenn Sie so wollen.«

»Das habe ich nie behauptet.« Tatsächlich war es Natascha gewesen, die Sina als erste eine Schlampe genannt hatte, aber Arkadi hatte nicht den Eindruck, daß es ihm weiterhelfen würde, sich auf irgendeine Logik zu berufen. Im übrigen wollte er gar nicht mehr gegen die Situation ankämpfen. Er hatte schon immer den Verdacht gehegt, daß Männer zwar recht gut als Polizisten taugten, Frauen aber die besseren Ermittlungsbeamten abgeben würden, zumindest jedoch eine andere Art, da sie die Indizien nach anderen Kriterien auswerten, sich eher seitwärts oder rückwärts orientieren würden, statt stur geradeaus und mit den Scheuklappen der Männer.

»Er interessiert sich eigentlich mehr für die Amerikaner«, sagte Natascha. »Wir sind oben auf Deck mit dieser affektierten Ziege, dieser Susan, zusammengestoßen.«

»Was hat er denn? Ist er krank?« fragte Lidia.

Arkadi hatte sich schon so an das Zittern gewöhnt, daß es ihm gar nicht mehr auffiel.

»Er gibt nicht acht auf sich«, sagte Natascha. »Er steckt seine Nase in Ecken, die er meiden sollte, und stellt Fragen, die er besser nicht stellen würde. Er will sich eben Klarheit verschaffen über Sinas Techtelmechtel mit den Offizieren.«

»Welche Offiziere?« fragte Lidia.

Arkadi wehrte ab: »Ich habe mich nur ganz allgemein bei Natascha erkundigt, ob es vorkommt, daß Offiziere mit Mädchen von der Mannschaft schlafen.«

»Das ist ein weites Feld.« Lidia füllte abermals sein Glas. »Auf einem Schiff wie diesem leben wir sechs Monate ohne Unterbrechung auf engstem Raum zusammen. Wir verbringen mehr Zeit auf See als daheim mit unseren Familien. Natürlich entwickeln sich da Beziehungen, schließlich sind wir alle nur Menschen. Mit normalen menschlichen Bedürfnissen. Aber wenn Sie davon etwas in Ihren Bericht schreiben, können Sie damit manch einen ruinieren. Ein Name, der einmal in einem Bericht auftaucht, wird nämlich nie wieder gelöscht. Von außen betrachtet, könnte eine solche Geschichte schlimmer aussehen, als sie ist. Da könnten Ihre Ermittlungen im Fall Sina Patiaschwili plötzlich eine umfassende Untersuchung nach sich ziehen, die Mannschaft könnte sich in Schürzenjäger und leichte Mädchen teilen. Verstehen Sie, was ich sagen will?«

»So langsam schon«, sagte Arkadi.

»Stimmt.« Natascha nickte.

»Sie sprechen von sich, von Ihrem guten Namen«, stellte Arkadi fest.

»Alle Welt weiß, was eine *Bufettschitsa* macht«, sagte Lidia gleichmütig. »Ich leite die Offiziersmesse, halte die Kapitänskajüte sauber und den Kapitän bei Laune. Das ist so üblich, und ich wußte es, als ich mich um diesen Posten bewarb. Das Fischereiministerium weiß es. Seine Frau weiß es. Wenn ich mich nicht um ihn kümmern würde, während wir auf See sind, würde er gleich an der Haustür über sie herfallen, also weiß sie Bescheid. Andere Offiziere haben andere Arrangements getroffen. Verstehen Sie, das macht uns menschlich, aber es macht uns noch lange nicht zu Verbrechern. Wenn Sie davon auch nur eine Andeutung in Ihren Bericht einfließen lassen, zwingen Sie das Ministerium und all die Ehefrauen, denen es weitaus lieber ist, zu Hause das Bild ihres Mannes zu küssen, als mit ihm auf der *Polar Star* zu fahren, die zwingen Sie dann, unseren Kopf zu fordern.«

Lidia nippte damenhaft an ihrem Wein. »Mit Sina war das eine andere Geschichte. Sie war nicht unbedingt ein Flittchen, es war bloß so, daß es ihr nicht das geringste bedeutete, mit einem Mann zu schlafen. Sie war eiskalt. Ich glaube nicht, daß sie je öfter als einmal mit ein und demselben geschlafen hat. So war sie nun mal. Als ich begriffen hatte, wie der Hase lief, habe ich natürlich dafür gesorgt, daß sie gewisse Leute nicht länger in Versuchung führen konnte.«

»Und wie?« fragte Arkadi.

»Zu Anfang hat sie in der Offiziersmesse gearbeitet. Ich habe sie zu den Mannschaften versetzt.«

»Das hört sich eher so an, als hätten Sie der Versuchung noch mehr Spielraum gegeben.«

»Wie dem auch sei, sie hat sich dann schon sehr bald auf die Amerikaner kapriziert«, sagte Lidia. »Sie sehen also, es besteht kein Grund, unsere guten russischen Männer überhaupt zu erwähnen.«

Arkadi fragte: »Hat sie sich ganz allgemein auf die Amerikaner kapriziert oder auf jemand bestimmten?«

»Da siehst du, wie scharfsinnig er ist!« rief Natascha stolz.

Lidia antwortete ausweichend. »Wer wußte das bei Sina schon so genau?«

Arkadi tippte sich an die Stirn, als könne er so einen Gedanken hervorlocken. Lidias Botschaft hatte er sehr wohl verstanden – er sollte die Schiffsoffiziere aus seinem Bericht herauslassen –, was er nicht begriff war, warum ihr soviel daran lag.

»Er denkt nach«, sagte Natascha.

Arkadi hatte eher das Gefühl, aufs neue seine Kopfschmerzen geweckt zu haben. »Waren Sie auch auf der Feier?« fragte er.

»Nein«, sagte Lidia. »An dem Abend mußte ich in der Offiziersmesse ein Büfett für die Amerikaner vorbereiten. Würstchen, Gepökeltes, Leckereien, die sie auf ihrem eigenen Boot nicht bekommen. Wir hatten keine Zeit zum Tanzen.«

»Wir?«

»Kapitän Martschuk, Kapitän Morgan, Kapitän Thorwald und ich. Die Mannschaften von den amerikanischen Schiffen gingen runter zum Fest, aber die Kapitäne haben Karten studiert, und ich hab bedient und abgeräumt.«

»Den ganzen Abend?«

»Ja. Oder nein, einmal habe ich kurz Pause gemacht und an Deck eine Zigarette geraucht.«

Arkadi erinnerte sich, daß Skiba sie um 11 Uhr 15 beobachtet hatte, wie sie nach mittschiffs ging. »Es hat Sie jemand gesehen.«

Lidia strengte sich mächtig an, um ihre Antwort hinauszuzögern, sie klimperte mit den Wimpern, und ihr gelang sogar ein schwermütiger Seufzer. »Nun ja, ich bin sicher, daß es nichts zu bedeuten hatte, aber ich habe Susan an der Heckreling gesehen.«

»Was hatte sie an?«

Diese Frage überraschte Lidia. »Also, ich glaube, eine weiße Bluse und Jeans.«

»Und Sina? Was hat sie angehabt?«

»Eine weiße Bluse, wenn ich mich recht erinnere, und eine blaue Hose.«

»Also haben Sie auch Sina gesehen.«

Lidia blinzelte, verwirrt, wie jemand, der unversehens aus dem Tritt gekommen ist. »Ja.«

»Und wo?«

»Am Heck.«

»Haben die beiden Sie auch gesehen?«

»Das glaube ich nicht.«

»Was denn, Sie waren den beiden nahe genug, um im Dunkeln sehen zu können, was sie anhatten, und keine von beiden hat Sie bemerkt?«

»Ich habe ausgezeichnete Augen. Der Kapitän sagt oft, er wünschte sich einen Offizier mit Augen wie meinen.«

»Wie oft sind Sie schon mit Kapitän Martschuk gefahren?«

Lidias ausgezeichnete Augen leuchteten auf wie zwei Kerzen. »Das ist meine dritte Reise mit Viktor Sergejwitsch. Auf unserer ersten Fahrt wurde er in die Reihen der führenden Flottenkapitäne aufgenommen. Auf der zweiten konnte er das Soll um vierzig Prozent übererfüllen, und zum Dank ernannte man ihn zum Helden der Sowjetunion. Außerdem wurde er als Delegierter in den Parteikongreß entsandt. Er ist bekannt in Moskau, man hat dort große Pläne mit ihm.«

Arkadi trank seinen Wein aus und stand auf. Seine Beine fühlten sich nicht sonderlich standfest an, aber immerhin halbwegs brauchbar. Sein Verstand arbeitete endlich wieder normal. »Ich danke Ihnen.«

»Ich kann Ihnen ein bißchen geräucherten Fisch anbieten«, meinte Lidia diensteifrig. »Wir könnten noch ein Gläschen trinken und eine Kleinigkeit dazu essen.«

Zaghaft machte er ein, zwei Schritte. Mit etwas Glück würde er es bis zur Tür schaffen.

»Arkadi«, sagte Natascha bittend, »passen Sie auf, wohin Sie den ersten Stein werfen.«

Die Brücke war dunkel bis auf das grünliche Flimmern von Radar- und Loran-Schirmen, von VHF und Seitenband-Radioanzeigern sowie der Glaskugel des Tochterkompasses und des mondgesichtigen Maschinentelegrafen. Links und rechts vom Fahrtpult flankierten die Ruderhebel das Deck wie ein Paar Zwillinge. Martschuk stand vor dem Fenster an Steuerbord; außer ihm war nur noch ein Rudergänger auf der Brücke. Arkadi hatte sich bisher nicht klargemacht, daß die *Polar Star* praktisch von allein lief. Mit bedächtigem Klicken sorgte die automatische Steueranlage dafür, daß der vorprogrammierte Kurs eingehalten wurde. Die Leuchtziffern der Armaturen, die frei in der Luft zu schweben schienen, lieferten fast ausschließlich Informationen über das, was gerade passiert war, während sie stampfend und schlingernd durch die Nacht pflügten.

»Ach, Sie sind's, Renko!« grüßte Martschuk, als er Arkadi erkannte. »Bukowski hat Sie schon überall gesucht. Er sagt, Sie hätten sich noch immer nicht bei ihm gemeldet.«

»Ein Weilchen wird er sich noch gedulden müssen. Genosse Kapitän, können wir hier ungestört reden?«

Arkadi spürte, wie der Steuermann ihn mißbilligend musterte. Fabrikarbeiter erschienen normalerweise nicht ungebeten auf der Brücke.

»Lassen Sie uns allein«, sagte Martschuk zu ihm.

»Aber . . .« Die Vorschrift verlangte, daß jederzeit zwei Offiziere oder ein Offizier und ein Steuermann auf der Brücke waren.

»Schon in Ordnung«, versicherte Martschuk. »Ich übernehme. Seemann Renko wird Himmel und Meer beobachten und uns vor Schaden bewahren.«

Nachdem er die Tür hinter dem Steuermann geschlossen hatte, warf Martschuk einen Blick in den Navigationsraum und vergewisserte sich, daß dort niemand war, dann postierte er sich hinter dem Ruder. Am Schott hinter ihm befanden sich ein Feuerleitstand und ein verschlossener Kasten mit Strahlungsmeßgeräten: Vorkehrungen für den Kriegsfall. Jedesmal, wenn der Autopilot sich mit leisem Klicken neu auf die Dünung einstellte, vollführte das Ruder eine kaum wahrnehmbare Drehung.

»Haben Sie mit Sina Patiaschwili geschlafen?« fragte Arkadi ohne Umschweife.

Martschuk antwortete nicht gleich. Übergroße Scheibenwischer verteilten den Schnee auf der Panoramascheibe. Durch die Schlieren sah Arkadi die Ankerwinden auf dem Bugdeck auf und nieder schaukeln und erkannte in den kleinen Arabesken rechts und links davon die entgegen dem Uhrzeigersinn aufgerollten Seilwinden. Weiter draußen prallte der Suchscheinwerfer an einer scheinbar undurchdringlichen Schneewand ab. Es war kalt auf der Brücke, und er begann wieder zu frösteln. Der Radarmonitor am Schaltpult vor der Windschutzscheibe war ein Foruna, ein japanisches Modell. Sein Peilstrahl, der, wenn auch durch den Schnee ein wenig verwischt, in ständiger Bewegung war, produzierte zwei Bildpunkte, die der *Polar Star* in gleichmäßigem Abstand folgten – vermutlich die *Eagle* und die *Merry Jane.* Wenigstens das Echolot war ein sowjetisches Fabrikat, ein Kalmar. Es zeigte an, daß die *Polar Star* fünfzehn Knoten Fahrt machte, was nur heißen konnte, daß die auflaufende See dem alten Schiff zu Hilfe kam. Nach den Bestimmungen der Joint-venture-Verträge durften sowjetische Schiffe ihr Echolot in amerikanischen Hoheitsgewässern nicht benutzen, aber solange kein Amerikaner auf der Brücke war, würde sich kein Kapitän auf eine Blindfahrt einlassen.

»Ist das Ihre Methode, eine Untersuchung zu führen?« fragte Martschuk endlich. »Indem Sie aufs Geratewohl mit Anschuldigungen um sich werfen?«

»Bei dem Zeitdruck, unter dem ich stehe, bleibt mir nichts anderes übrig.«

»Ich höre, Sie haben die Tschaikowskaia zu Ihrer Assistentin gemacht. Eine sonderbare Wahl.«

»Nicht sonderbarer als Ihr Auftrag an mich.«

»Auf dem Pult liegen Zigaretten, zünden Sie mir eine an.«

Marlboros. Als Arkadi die Zigarette für ihn ansteckte, starrte der Kapitän ihm über die Streichholzflamme hinweg in die Augen. Solcher Einschüchterungsversuche bedienten sich starke Männer gern, wenn sie prüfen wollten, ob und wo ihr Gegenüber verwundbar war. »Haben Sie Fieber?«

»Nur eine Erkältung.«

»Slawa bezeichnet Sie und Natascha als zwei seiner ›Waschlappen‹. Wie finden Sie das?«

»Slawa könnte ein paar Waschlappen ganz gut gebrauchen.«

»Hat Natascha was über mich und Sina gesagt?«

»Sie hat mich mit Lidia bekanntgemacht.«

»Was denn, Lidia hat's Ihnen erzählt?« fragte Martschuk bestürzt.

»Nicht mit Absicht.« Arkadi blies das Streichholz aus und wandte sich dann wieder der Windschutzscheibe und dem lethargischen Rhythmus der Wischer zu. Der schwere Nebel der letzten Tage hatte diesen Schneefall ausgebrütet. Wenn Nebel Denken bedeutete, stand Schnee für Handlung. »Sie hörte, daß ich mich nach Sina und ihrem Verhältnis zu den Offizieren erkundigt habe. Da sorgte sie sich um Ihren Ruf und ließ mich wissen, daß Sie bereits eine Geliebte hätten – nämlich sie selbst. Warum tat sie das? Wie sie richtig sagte, wissen alle, einschließlich Ihrer eigenen Frau, daß Sie mit Ihrer *Bufettschitsa* schlafen. Sogar ich wußte das. Sie hat versucht, Fragen zu unterbinden, die notwendigerweise in eine bestimmte Richtung gegangen wären; sie hat sich gewissermaßen um Ihretwillen vor einen fahrenden Zug geworfen.«

»Mithin stützen Sie sich also nur auf Vermutungen.«

»Das habe ich getan, bis *jetzt.* Wann ist es passiert?«

Das Rad klickte nach rechts, nach links und weiter nach links, hielt Kurs. Am Pult zeigte das Echolot die Tiefe an: zehn Faden. Erstaunlich seichte Gewässer.

Martschuk räusperte sich oder lachte, genau konnte Arkadi das nicht unterscheiden. »Im Hafen. Ich saß ziemlich lange dort fest, während das Schiff überholt wurde. Wissen Sie, normalerweise bin ich währenddessen sehr beschäftigt, weil die Reparaturbetriebe einem ständig Schrott und Pfusch unterjubeln – minderwertiges Material, fehlerhafte Schweißarbeiten, schadhafte Kesselarmaturen. Die hochwertige Ausstattung bleibt der Marine vorbehalten, und folglich ist es eine Mordsarbeit, den Leuten anständiges Material abzuschwatzen, Messing, Kupfer, Wechselstromgeneratoren. Aber diesmal war für alles gesorgt.

Kurz und gut, ich langweilte mich, und meine Frau war für einen Monat nach Kiew gefahren. Sie sehen, es ist die alte gefühlsduselige Geschichte. Eines Abends lud ich ein paar Marineoffiziere ein, die einmal in einem typischen Seemannslokal essen wollten. Wir gingen ins Goldene Horn. Sina arbeitete da als Kellnerin. Wir versuchten alle, mit ihr anzubändeln. Als meine Gäste so betrunken waren, daß sie nur noch ins Bett torkeln konnten, ging ich noch mal zurück. Das war das einzige Mal. Ich kannte nicht einmal ihren Nachnamen. Sie können sich mein Erstaunen vorstellen, als ich sie hier an Bord wiedersah.«

»Hat sie Sie um einen Posten auf der *Polar Star* gebeten?«

»Erkundigt hat sie sich, ja, aber als Kapitän habe ich gar nicht die Befugnis, Leute anzuheuern.«

Es klingt, als sage er die Wahrheit, dachte Arkadi. Und selbst wenn Martschuk ihr eine Stellung auf der *Polar Star* verschafft hätte, dann sicher nicht ausgerechnet unter Lidia Taratuta. »An dem Abend, als das Fest stattfand, haben Sie Sina da gesehen?«

»Ich war in der Offiziersmesse. Ich hatte die Amerikaner zu einem Büfett eingeladen.«

»Wen genau?«

»Die Kapitäne von der *Eagle* und von der *Merry Jane.* Die Mannschaften gingen aufs Fest, und die Kapitäne blieben mit mir in der Messe, wo wir über die weitere Route debattierten.«

»Kapitäne haben also verschiedene Ansichten?«

»Kaum, sonst wären sie nicht Kapitäne geworden. Natürlich spielt auch die unterschiedliche Qualifikation eine Rolle. Ein sowjetischer Kapitän muß sechs Jahre an der Marineakademie studieren, dann zwei Jahre als Küstenmaat und weitere zwei als Hochseemaat fahren, ehe er das Patent eines Hochseekapitäns erwerben kann. Es gibt immer ein paar – ich brauche wohl keine Namen zu nennen –, die sich einbilden, ein Vater im Ministerium könnte ihnen auch so zum Offizierspatent verhelfen, aber das sind die wenigsten. Ein sowjetischer Kapitän muß Prüfungen in Navigation, Elektronik, Baustoffkunde und Seerecht ablegen. Bei den Amerikanern dagegen genügt es, wenn einer sich ein Schiff kauft – damit wird er automatisch zum Kapitän. Der Streitpunkt neulich war der, daß wir, wenn wir Dutch Harbor verlassen, in vereiste Gewässer kommen. Da kann man zwar besonders guten Fang machen, aber man muß sich eben auskennen.«

»An dem Abend, als das Fest stattfand, war Lidia da bei Ihnen?«

»Ja, die ganze Zeit.«

Arkadi war gar nicht wohl bei dem Gedanken an das Eis. Schon jetzt war der Horizont von Nebel verhüllt. Wenn nun von unten her noch eine Eisdecke hinzukäme und das Wasser weiß einfärbte, würden sich die Dimensionen vollends verwischen. Außerdem verabscheute er die Kälte. »Wie weit ist es von der Offiziersmesse bis zum Heck?« fragte er.

»Etwa hundert Meter. Das sollten Sie aber inzwischen selbst wissen.«

»Ja, schon, aber sehen Sie, eines ist mir ganz und gar unverständlich. Lidia behauptet, sie sei aus der Messe hier herüber zum Ruderhaus gekommen, um eine Zigarette zu rauchen, und dabei habe sie Sina zufällig am Heck stehen sehen. Von hier aus kann man das Heck jedoch kaum erkennen, von einer Person an der Reling ganz zu schweigen. Die würde man nicht einmal mit so scharfen Augen, wie Lidia sie hat, wahrnehmen. Dazu müßte man schon viel näher herangehen. Das wären dann alles in allem an die zweihundert Meter, die ganze Länge des Schiffes hin und wieder zurück, die Lidia bei der Kälte zurückgelegt hätte, nur um eine Zigarette zu rauchen, wobei sie ganz zufällig auf eine junge Rivalin stößt, die noch in derselben Nacht ums Leben kommt. Warum sollte Lidia so was tun?«

»Vielleicht ist sie dumm.«

»Nein, ich glaube, sie liebt Sie.«

Martschuk schwieg. Der Schnee auf der Windschutzscheibe pappte zu nassen Kratern zusammen; die Außentemperatur mußte also gestiegen sein. Unter der Last des Schnees beruhigte sich auch das Wasser, und die *Polar Star* schien mit der Geschwindigkeit herunterzugehen und langsamer durch die Nacht zu fahren.

»Sie ist mir gefolgt«, sagte Martschuk. »Ich fand einen Zettel unter meiner Tür durchgeschoben, auf dem sie mich um eine Unterredung bat: ›Triff mich um elf am Heck.‹ Mehr stand nicht drauf.«

»Aber der Zettel war von Sina?«

»Ich habe ihre Schrift wiedererkannt.«

»Also hatte sie Ihnen schon vorher geschrieben?«

»Ein-, zweimal, ja. Lidia kam dahinter. Frauen haben ein feines Gespür in solchen Dingen. Sie wissen plötzlich ganz einfach, was los ist. Lidia ist eifersüchtiger als meine Frau. Jedenfalls, Sina wollte sich bloß erkundigen, mit wem sie in Dutch Harbor zum Landgang eingeteilt sei. Sie wollte keine alten Weiber am Hals haben. Ich habe ihr erklärt, daß nicht ich die Liste zusammenstelle, sondern Wolowoi.«

»Als Sie damals in Wladiwostok die Nacht mit ihr verbrachten, sind Sie da zu Sina nach Hause gegangen?«

»Ich hätte sie doch nicht mit zu mir nehmen können.«

»Beschreiben Sie mir ihre Wohnung.«

»Sie lag in der Russkaia-Straße. Eigentlich recht nett: afrikanische Skulpturen, japanische Drucke und eine Waffensammlung. Sie teilte sich die Wohnung mit irgendeinem Kerl, der aber gerade nicht in der Stadt war. Ich hätte ihn angezeigt wegen der Waffen, aber wie hätte ich erklären sollen, daß ich davon wußte? Dem Oberkommando der Flotte hätte das bestimmt nicht geschmeckt: ein führender Kapitän, der einen Mann anschwärzt, nachdem er dessen Freundin vernascht hat. Ich weiß gar nicht, warum ich Ihnen das alles erzähle.«

»Weil Sie später alles leugnen können. Darum haben Sie mich

doch überhaupt ausgewählt, um notfalls alles, was ich herausfinde, abtun zu können, sofern es Ihnen nicht in den Kram paßt. Was ich nicht verstehe ist, warum Sie überhaupt eine Untersuchung wollten, obwohl Sie doch wußten, was für Geschichten dabei an den Tag kommen würden. War das nun Leichtsinn oder einfach Dummheit?«

Martschuk schwieg so lange, daß Arkadi schon glaubte, er habe seine Frage vielleicht nicht gehört. Wie auch immer, der Kapitän war schließlich nicht der erste, der wegen einer Frau schwach geworden war.

Als Martschuk endlich antwortete, war seine Stimme halb erstickt vor Selbstekel. »Ich will Ihnen sagen, warum ich die Untersuchung angeordnet habe. Vor zwei Jahren hatte ich das Kommando über einen Trawler im Japanischen Meer. Eines Nachts, wir hatten schlechtes Wetter, Windstärke neun, aber ich wollte um jeden Preis mein Soll erfüllen, denn man hatte mich eben erst befördert, also kurz und gut, ich ließ meine Männer an Deck antreten. Ein Brecher schlug über die Breitseite. Das kommt vor. Wenn's vorüber ist, zählt man seine Leute. Uns fehlte in jener Nacht ein Mann. Seine Stiefel waren noch an Deck, aber sonst war nichts mehr von ihm zu sehen. Ob die Welle ihn über die Reling geworfen hat? Oder die Rampe runter? Ich weiß es nicht. Natürlich haben wir alle Maschinen gestoppt und sofort nach ihm gesucht, was allerdings bei dem Seegang ziemlich aussichtslos war. Im eisigen Wasser dürfte er binnen weniger Minuten an Unterkühlung gestorben sein. Oder aber er hat eine ordentliche Portion geschluckt und ist gleich auf Grund gegangen. Wir fanden jedenfalls keine Spur von ihm. Ich telegrafierte dem Flottenkommando in Wladiwostok und meldete den Todesfall. Von dort kam die Anweisung, die Suche fortzusetzen und außerdem zu kontrollieren, ob an Bord eine Schwimmweste oder sonst etwas Schwimmfähiges fehle. Einen halben Tag lang kreuzten wir hin und her, suchten das Meer ab, stellten das Schiff auf den Kopf und zählten Schwimmwesten, Bojen und Fässer. Erst als wir glaubhaft versichern konnten, daß nichts fehlte, erlaubte uns das Flottenkommando, wieder auf Fang zu gehen. Die Genossen aus Wladiwostok sprachen es zwar nie direkt aus, aber wir alle wußten, warum dieser ganze Zirkus veranstaltet wurde – weil unser Trawler nur zwanzig Seemeilen von Japan entfernt gewesen war.

Im Oberkommando bildete man sich ein, dieser Fischer hätte möglicherweise desertieren wollen und es gewagt, in einer stürmischen Nacht die eiskalten Gewässer zu durchschwimmen. Absurd, nicht wahr? Ich mußte die Freunde dieses Toten zwingen, nach ihrem Kameraden zu suchen, aber nicht, um seinen Leichnam bergen und der Familie übergeben zu können, sondern wir mußten so tun, als wäre er ein entsprungener Verbrecher, ja, als wären wir alle verdächtig. Ich gehorchte, aber damals habe ich mir geschworen, daß ich meine Mannschaft nie wieder der Willkür Wladiwostoks ausliefern würde. Sina war also nicht fehlerlos? Nun, das bin ich auch nicht. Finden Sie heraus, was mit ihr geschehen ist.«

»Im Interesse der Mannschaft?«

»Ja.«

Der Anblick fallenden Schnees war tröstlich und bedrückend zugleich. Das Radargerät hatte Knöpfe für Helligkeit, Farbe, Reichweite. Auf dem Bildschirm war vor ihnen nichts weiter zu sehen als verstreute grüne Pünktchen, die vom Seegang herrührten.

»Wie lange brauchen wir noch bis Dutch Harbor?«

»Zehn Stunden.«

»Wenn Sie was für Ihre Mannschaft tun wollen, Genosse Kapitän, dann genehmigen Sie den Landgang. In zehn Stunden erfahre ich bestimmt nichts, was uns weiterbringen könnte.«

»Sie sind mein Kompromiß mit Wolowoi. Er ist der Erste Maat. Sie haben ja gehört, was er gesagt hat.«

»Aber Sie sind immerhin der Kapitän. Wenn Sie Ihrer Mannschaft Landurlaub geben wollen, dann tun Sie's.«

Martschuk versank abermals in Schweigen. Die Zigarette zwischen seinen Lippen war bis auf einen glühenden Stummel heruntergebrannt. »Halten Sie Augen und Ohren offen«, sagte er endlich. »Vielleicht stoßen Sie ja doch noch auf was.«

Arkadi verließ die Brücke. Als er sich noch einmal umwandte und durchs Bullauge hineinblickte, stand Martschuk da, als ob er ans Ruder gekettet wäre.

16

Als Arkadi in seiner Kabine anlangte, zitterte er so stark, daß er beschloß, den Krämpfen die Stirn zu bieten und ihnen den Garaus zu machen. Er nahm sich ein Handtuch und ging dann ein Deck tiefer in ein kleines Duschbad mit Kleiderhaken im Vorraum, über denen ein Schild mit der Aufschrift hing: »Ein guter Sowjetbürger respektiert das Eigentum seiner Genossen.« Eine handgemalte Tafel weiter unten erteilte dagegen den weisen Rat: »Behalten Sie Ihre Wertgegenstände im Auge.«

Arkadi schob sein Messer unters Handtuch und näherte sich dem größten Luxus, den die *Polar Star* zu bieten hatte, der Sauna. Die Mannschaft hatte sie selbst gebaut, und auch wenn sie nicht viel größer war als eine Stallbox, so bestand sie doch ganz aus rotem Zedernholz. Glattgeschliffene Steine in einer Zedernkiste wurden über Rohre erhitzt, die den Dampf von der Wäscherei auf direktem Weg heraufleiteten. Neben der Kiste stand ein mit Wasser gefüllter Zederneimer samt Schöpfkelle aus Zedernholz. Als Arkadi eintrat, hingen bereits vielversprechende Dunstschwaden in der Luft. Zwei Paar Beine baumelten von der oberen Liegebank herunter, doch sie waren so spindeldürr, daß sie wohl nicht als Mörderbeine in Frage kamen.

Egal, ob er in einem Luxusbad in Moskau saß oder in einer ärmlichen Hütte in Sibirien, jeder Russe huldigte der Überzeugung, daß es keinen besseren Arzt gebe als die Sauna. Sie half gegen Erkältungen, Arthritis, nervöse Beschwerden und Erkrankungen der Atemwege, ganz besondere Linderung aber verschafften die wohltuenden Dämpfe bei einem heftigen Kater, und da die kleine Sauna auf der *Polar Star* ständig benutzt wurde, war sie auch immer beheizt. Arkadis Poren öffneten sich weit, und er spürte, wie auf Brust und Kopfhaut prickelnder Schweiß ausbrach. Obwohl seine Füße und Hände brannten, waren sie nicht weiß geworden, das erste Warnzeichen für Erfrierungserscheinungen.

Wenn er nur erst von diesem Zittern befreit wäre, dann würde er auch wieder wirklich klar denken können. Er goß Wasser über die Steine und sah zu, wie ihre schwarz glänzenden Oberflächen zischend zu mattem Grau trockneten. Der überhitzte Dampf wurde dichter. In der Ecke lehnte eine Birkenrute, mit der, wer wollte, sich nach einem schweren Gelage das Gift aus dem Körper peitschen konnte, doch Arkadi hatte nie etwas von Selbstzüchtigung gehalten, auch nicht unter dem Deckmantel medizinischer Autorität.

»Hast du vor, Stoff einzukaufen?« fragte eine Stimme auf englisch durch die Dampfwolke. Es war die des amerikanischen Fischereibeobachters Lantz. »Schnee oder Hasch, in Dutch Harbor kriegst du alles. Eine Menge dieser Fischerboote arbeiten auf die krumme Tour und beschaffen das Zeug auf Umwegen aus Baja California oder sogar aus Kolumbien.«

»Ich halte mich lieber an Bier.« Die andere Stimme gehörte dem Bevollmächtigten Day.

»Hast du's je mit Rock probiert? Raucht man in der Pfeife. Unheimlich stark. Entspannt dich im Handumdrehn.«

»Danke, nichts für mich.«

»Hast du etwa Angst? Ich besorg dir gern 'nen Cocktail zur Probe, sieht völlig harmlos aus, wie 'ne ganz normale Zigarette.«

»Ich rauche doch gar nicht. Wenn wir diese Fahrt hinter uns haben, gehe ich zurück auf die Uni. Ich habe nicht vor, im Yukon zu verenden. Also laß mich zufrieden.«

»Muttersöhnchen«, sagte Lantz, als Day von der umwölkten Bank herunterstieg und hinausging. Arkadi hörte, wie Lantz sich in sein Handtuch schneuzte und dann ebenfalls langsam von der Bank herunterrutschte. Er bestand nur aus Haut und Knochen, sah aus wie ein bleicher, langgliedriger Salamander. Als er merkte, daß jemand auf der unteren Bank Platz genommen hatte, kniff er die Augen zusammen und erkannte schließlich Arkadi. »Sieh mal an, wer da rumschleicht und die Leute belauscht! Na, wie steht's mit Ihnen, Renko? Werden Sie sich Ihre amerikanischen Dollar ausbezahlen lassen und in Dutch auf den Kopf hauen?«

»Ich glaube nicht, daß ich an Land gehe«, sagte Arkadi.

»Niemand wird gehen. Wie ich höre, haben Sie den Leuten die Sache vermasselt.«

»Könnte hinkommen.«

»Und ich habe auch gehört, daß, selbst wenn alle anderen gehen, Sie auf jeden Fall an Bord bleiben. Also was sind Sie, ein Bulle oder ein Gefangener?«

»Die Posten auf so einem Hochseedampfer sind begehrt.«

»Ja, wenn es ab und zu Landurlaub gibt, aber nicht, wenn man an Bord eingesperrt ist. Armer Genosse Renko.«

»Klingt ja ganz so, als würde ich eine Menge verpassen.«

»Ich würde eher sagen, Sie haben 'ne ganze Menge nötig. Sie werden also schön hierbleiben, an Deck auf und ab marschieren und hoffen, daß ein lieber Mitmensch Ihnen ein Päckchen Zigaretten mitbringt. Ein Jammer.«

»Das ist es.«

»Ich werd Ihnen 'ne Rolle Drops mitbringen. Das wird der Höhepunkt Ihrer Reise.«

Als Lantz die Tür öffnete und hinausging, entwich mit ihm eine Dampfwolke. Arkadi goß Wasser in die Kiste und ließ sich wieder auf die Bank fallen. Es machte ihm angst, daß selbst ein Amerikaner sehen konnte, wie tief er im Dreck saß.

Wie wenig er doch die Situation bis jetzt durchschaute; auch das machte ihm angst. Es ergab keinen Sinn, daß Sina das Fest verlassen haben sollte, nur um den Kapitän zu fragen, mit wem sie für die Einkäufe in Dutch Harbor eingeteilt war. Aber offenbar hatte sie es doch getan und war dann an Deck geblieben. Nach Skibas und Sleskos Aufzeichnungen hatte Lidia um 11 Uhr 15 das Deck überquert, und da war Sina noch am Leben gewesen und hatte draußen an der Heckreling gestanden. Vierzehn Minuten später war Ridley auf die *Eagle* zurückgekehrt, und fünfundfünfzig Minuten später hatte der Trawler abgelegt. Sina war zu klug, als daß sie einen Fluchtversuch unternommen hätte, solange ein amerikanisches Fangboot am Fabrikschiff festgemacht hatte. Wladiwostok würde in einem solchen Fall verlangen, daß man die *Eagle* und die *Merry Jane* durchsuchte, und die Gesellschaft, die zur Hälfte in russischer Hand war, würde ohne Frage ihre Einwilligung dazu geben. Nach dem, was Martschuk ihm erzählt hatte, bot ein Fluchtversuch nur dann Aussicht auf Erfolg, wenn die Amerikaner weiter entfernt waren, als man nach menschlichem Ermessen schwimmen konnte, und wenn von den Rettungsgeräten an Bord der *Polar Star* auch nicht eines fehlte. Wenn Flucht also praktisch unmöglich war, was hatte Sina dann gewollt?

Er verspürte Lust auf ein Bier. Die Trawler vor Sachalin hatten sich ein Zubrot verdient, indem sie Kisten japanischen Biers, festgeschnallt an Krabbenkörben, im Tausch gegen Lachsrogen an Bord nahmen. Ein solches Bier, eiskalt wie die See, hätte ihm jetzt gutgetan; damit konnte sich Obidins lauwarmes Gebräu, von dem man nur Kopfschmerzen bekam, nicht vergleichen.

Die Saunatür öffnete sich wieder, und in dem wallendem Dampf sah es zunächst so aus, als hätte der Neuankömmling seine Schuhe anbehalten; seine Füße waren dunkelblau, ja fast violett. Doch als er genauer hinsah, erkannte Arkadi, daß sie tätowiert waren – mit einem Muster aus blumig wuchernden Kringeln, von denen die Zehen abstachen wie grüne Klauen. Das Greifenmuster reichte über die Beine des Mannes bis hinauf zu den Knien. Seine Gestalt hätte ein Wissenschaftler vermutlich als mesomorph bezeichnet, es handelte sich um einen muskelbepackten Athletentyp, dessen Brustkasten fast ebenso tief wie breit war. Einige wohl schon ältere Tätowierungen waren verwischt und ausgebleicht, doch Arkadi erkannte dralle, in Ketten gelegte Frauen, die an den Schenkeln emporkrochen, direkt auf die rotglühenden Flammen zu, die über den Rand des Handtuchs züngelten, das der Mann um die Hüften geschlungen hatte. Seinen Bauch zierten blaue Wolken. Auf der rechten Brust prangte eine blutende Wunde mit der Inschrift Jesus Christus, auf der linken hielt ein Geier ein Herz im Schnabel. Dazwischen war die Brust des Mannes mit Narbengewebe überzogen. In den Arbeitslagern Sibiriens war dergleichen nicht ungewöhnlich: Wenn ein Lagerverwalter einen Häftling mit Tätowierungen erblickte, die ihm nicht gefielen, dann brannte er sie mit Kaliumpermanganat heraus. Die Arme des Mannes schimmerten grün; der rechte war mit inzwischen verblaßten Drachen tätowiert, der linke mit den Namen von Gefängnissen, Arbeits- und Durchgangslagern: Wladimir, Taschkent, Potma, Sosnowka, Kojma, Magadan und andere, eine Liste umfangreicher persönlicher Erfahrungen. Die Tätowierungen reichten bis zum Hals und zu den Handgelenken, das Ganze erweckte den Eindruck, als trüge der Mann einen hautengen dunklen Anzug oder als schwebten ein bleicher Kopf und ein Paar Hände frei im Raum. Im übrigen verrieten diese Tätowierungen dem Kundigen gleich, wen er da vor sich hatte: einen »Urka« nämlich, wie man in Rußland die Berufsverbrecher nannte.

Der Mann war niemand anderes als der Trawlmaster Karp Korobets. Er nickte Arkadi breit grinsend zu und sagte: »Sie sehen ja aus wie Hering mit Spucke.«

»Ich kenne Sie.« Das begreifen und es aussprechen war eins.

»Zwölf Jahre ist es nun her«, sagte Karp. »Neulich oben im Gang, als Sie anfingen, Fragen zu stellen, da hab ich mir gleich gesagt, Renko, Renko, den Namen hab ich doch schon mal gehört.«

»Paragraph 146, bewaffneter Raubüberfall.«

»Aber Sie haben versucht, mich wegen Mordes an den Galgen zu bringen«, erinnerte Korobets ihn grimmig.

Auf einmal arbeitete Arkadis Gedächtnis wieder tadellos. Vor zwölf Jahren war Korobets ein ungeschlachtes Riesenbaby gewesen und hatte sich sein Geld als Zuhälter in Marienhain, einem verrufenen Viertel Moskaus, verdient, wo er Huren für sich arbeiten ließ, die doppelt so alt waren wie er. Normalerweise hatte die Miliz ein Stillhalteabkommen mit den Luden, besonders zu der Zeit, als es in Rußland offiziell gar keine Prostitution gab, aber dieser Junge hatte sich angewöhnt, die Kunden seiner Pferdchen auszurauben, sobald sie die Hosen runterließen. Ein alter Herr, ein Kriegsveteran mit einer Brust voller Orden, setzte sich zur Wehr, und Karp brachte ihn mit einem Hammer zum Schweigen. Sein Haar war zu der Zeit noch heller gewesen und länger, über den Ohren zu auffallenden Zöpfchen geflochten. Arkadi, damals Chefinspektor beim Morddezernat, war im Prozeß später lediglich als Zeuge aufgetreten. Aber daß er Korobets nicht gleich wiedererkannt hatte, dafür gab es noch einen anderen Grund. Karps Gesicht hatte sich nämlich verändert, sein Haaransatz war erheblich niedriger als früher. Wenn ein Häftling sich Parolen wie »Sklave der USSR« auf die Stirn tätowieren ließ, wurde das operativ entfernt, ein Eingriff, bei dem die Kopfhaut ein gutes Stück nach vorn verschoben wurde.

»Was hatten Sie denn draufstehen?« Arkadi wies mit dem Zeigefinger auf Karps Stirn.

»›Kommunisten trinken das Blut des Volkes‹«, antwortete der Trawlmaster stolz.

»Was denn, das alles auf der Stirn?« Arkadi war ehrlich beeindruckt. Sein Blick fiel auf Karps vernarbte Brust. »Und da?«

»›Die Partei bedeutet Tod.‹ Das haben sie in Sosnowka mit

Säure weggeätzt. Dann habe ich mir draufschreiben lassen: ›Die Partei ist eine Hure.‹ Als sie das weggebrannt hatten, war die Haut zu rauh und ließ sich nicht mehr tätowieren.«

»Eine kurze Karriere. Nun ja, auch Puschkin ist jung gestorben.«

Karp wedelte eine Dampfwolke vor seinem Gesicht fort. Seine schieferblauen Augen lagen in einer Hautfalte, die sich quer über den Nasenrücken zog. Er strich sich das nasse Haar aus der Stirn. Es war oben auf dem Kopf füllig, an den Seiten aber kurz, ganz im linientreuen Sowjetstil. Sein Körper glich dem eines Neandertalers – eines tintengeschwärzten Neandertalers.

»Eigentlich müßte ich Ihnen dankbar sein«, sagte Karp. »Immerhin habe ich in Sosnowka einen Beruf erlernt.«

»Danken Sie nicht mir, sondern den Leuten, die Sie ausgeraubt und zusammengeschlagen haben. Die haben Sie identifiziert.«

»Sie haben uns beigebracht, wie man Fernsehgehäuse baut. Hatten Sie je einen Melodia? Wenn ja, vielleicht habe ich ihn gemacht. Natürlich ist das jetzt schon lange her, das war vor meiner Resozialisierung. Sehen Sie, wie sonderbar das Leben manchmal spielt? Heute bin ich ein Seemann erster Klasse, und Sie sind einer zweiter Klasse, das heißt also, ich stehe über Ihnen.«

»Das Meer ist eben ein sonderbarer Ort.«

»Sie waren der letzte, den ich auf der *Polar Star* erwartet hätte. Was ist denn aus dem Chefinspektor geworden, diesem arroganten Pinkel?«

»Auch an Land gibt es sonderbare Orte.«

»Für Sie ist jetzt einfach alles sonderbar. So geht's jedem, der seinen Schreibtisch und dann auch noch seinen Parteiausweis verliert. Nun verraten Sie mir mal, was Sie für diesen sogenannten Flotteningenieur anstellen.«

»Ich arbeite nicht für ihn, sondern für den Kapitän.«

»Scheiß auf den Kapitän. Was glauben Sie denn, wo Sie sind? Immer noch in Ihrem warmen Büro in Moskau? Auf der *Polar Star* gibt's rund zehn Offiziere, alle übrigen gehören zur Mannschaft. Wir haben hier unser eigenes System, wir regeln unsere Probleme selbst. Ich jedenfalls. Warum fragen Sie überall nach Sina Patiaschwili?«

»Sie hatte einen Unfall.«

»Das weiß ich auch, schließlich habe ich sie ja gefunden. Aber wenn es bloß ein Unfall war, warum hat man Sie dann extra aus der Fabrik geholt?«

»Wegen meiner Erfahrung. Sie wissen doch, daß ich Erfahrung habe. Und was wissen Sie von Sina?«

»Sie war eine rechtschaffene und fleißige Arbeiterin. Für uns alle ist ihr Tod ein großer Verlust.« Karp grinste so breit, daß seine goldenen Backenzähne sichtbar wurden. »Wie Sie sehen, habe ich's gelernt, diesen ganzen Scheiß runterzubeten.«

Arkadi erhob sich, und nun standen sie einander Auge in Auge gegenüber; an Gewicht freilich konnte er es mit dem Trawlmaster nicht aufnehmen. »Dumm von mir, daß ich Sie nicht gleich wiedererkannt habe. Aber noch mal so dumm, mir zu erzählen, wer Sie sind.«

Karp musterte ihn gekränkt. »Und ich dachte, es würde Sie freuen zu sehen, wie ich mich gebessert habe und was für ein vorbildlicher Arbeiter ich geworden bin. Ich hatte gehofft, nun könnten wir Freunde werden, aber ich sehe, Sie haben sich kein bißchen geändert.« Er seufzte, beugte sich dann aber in versöhnlicher Haltung vor, wie um Arkadi seinen Rat anzubieten: »In einem der Lager, in denen ich gesessen habe, war ein Typ, der mich an Sie erinnerte. Ein politischer Häftling. Ein Armeeoffizier, der sich geweigert hatte, mit seinen Panzern gegen die Konterrevolutionäre in der Tschechoslowakei vorzurücken. Im Lager war ich sein Gruppenführer, aber der Kerl konnte einfach nicht gehorchen, er benahm sich, als sei er immer noch in Amt und Würden. Wir arbeiteten an einem Bahndamm. In den umliegenden Wäldern mußten wir Bäume fällen und auf Güterwagen verladen. Wir waren ein Bauholz-Kollektiv, verstehen Sie? Leisteten gesunde Aufbauarbeit bei dreißig Grad unter Null. Richtig haarig wird die Sache, wenn man die Stämme endlich oben hat auf der Plattform; da muß man nämlich höllisch aufpassen, daß sie einem nicht wieder runterkullern. Komische Geschichte, daß ausgerechnet dieser eine Gebildete in meinem Trupp, eben der Offizier, diesen Unfall hatte, und er konnte nicht mal ehrlich zugeben, daß es ein Unfall gewesen war. Er behauptete, es hätten ihn welche auf den Schienen überfallen und fertiggemacht. Angeblich mit dem Griff von einer Axt. Ich meine, Oberarme, Unterarme, Hände, Finger – einfach alles hin. Können Sie sich das vorstellen, Renko?

Wir haben wohl beide schon allerhand Krüppel gesehen, der Körper hat schließlich jede Menge Knochen. Aber ich war dabei, und da hätte ich ja was davon mitbekommen müssen. So was kann nur passieren, wenn man einen groben Fehler macht und sich von einer ganzen Plattform voller Baumstämme überrollen läßt. Der arme Kerl hat den Verstand verloren und ist schließlich an einem Milzriß gestorben. Ich wette, gegen Ende hat er seinen Tod direkt herbeigesehnt: besser tot als leben wie ein Ei ohne Schale. Aber sei's drum. Ich hab den armen Teufel eigentlich nur erwähnt, weil Sie mich so an ihn erinnern und weil ein Schiff weit draußen auf hoher See ein gefährlicher Aufenthaltsort ist. Das ist alles, was ich Ihnen sagen wollte. Sie sollten sich vorsehen«, mahnte Karp, die Hand schon auf der Klinke. »Lernen Sie schwimmen, Renko.«

Arkadis Krämpfe kehrten in doppelter Stärke zurück. Hatte er, als er noch bei der Miliz gewesen war, je solche Angst gehabt? Vielleicht war es ganz angemessen, daß er diesen weiten Weg von Moskau zurückgelegt hatte, um auf ein und demselben Schiff mit Karp Korobets zu landen. Warum hatte er ihn nur nicht erkannt? Schließlich war das kein alltäglicher Name. Andererseits hätte wohl selbst Karps eigene Mutter ihn kaum wiedererkannt, so wie er jetzt aussah.

Der Trawlmaster war es, der ihn in den Laderaum gesperrt hatte. Das sagten ihm seine schlotternden Glieder, darum hatte er wieder angefangen zu zittern. Drei Männer hatten ihn getragen, einer war vorneweg gegangen und einer hinterher – Karp und seine Truppe, die gut aufeinander eingespielten Sieger im sozialistischen Wettbewerb.

Schweiß lief an Arkadis Körper herunter, überzog ihn mit einem Schimmer aus Furcht. Karp war wahnsinnig, das war kein »prä-schizophrenes Syndrom« mehr. Trotzdem war der Mann nicht dumm, warum also machte er Arkadi ausgerechnet jetzt, wo er, zumindest zeitweilig, über eine gewisse Autorität verfügte, auf sich aufmerksam?

Was hatte Karp ihm verraten, und was hatte er ausgelassen? Den Laderaum hatte er nicht erwähnt, aber wozu auch? Doch auch von Dutch Harbor hatte er nicht gesprochen. Alle anderen machten sich Sorgen um ihren Landgang, Karp offenbar nicht. Er hatte sich nach Hess erkundigt, über den wollte er Bescheid wissen. Vor allem aber hatte er Arkadi Angst einjagen wollen, und das war ihm gelungen.

Wieder öffnete sich die Tür zur Sauna. Arkadi erblickte einen dunklen Fuß und griff unwillkürlich nach seinem Messer. Doch als der kühle Luftzug, der durch den Türspalt drang, den Dunstschleier teilte, erkannte er, daß der vermeintliche Fuß ein Schuh war, ein blauer Reebok. »Slawa?«

Der Dritte Maat wedelte ärgerlich den Dampf beiseite. »Renko, ich habe Sie schon überall gesucht. Ich hab ihn gefunden! Ich hab den Abschiedsbrief gefunden.«

Arkadi war in Gedanken immer noch bei Karp. »Was? Wovon reden Sie?«

»Während Sie geschlafen und in der Sauna gefaulenzt haben, bin ich auf den Abschiedsbrief der Patiaschwili gestoßen. Sie hat tatsächlich einen geschrieben.« Slawa streckte den Kopf durch die Dunstwolke. »Sie hat Selbstmord verübt. Jetzt ist alles klar. Wir laufen den Hafen an.«

LAND

17

Dutch Harbor war umgeben von einem grünen, mit buschigen, subarktischen Gräsern bewachsenen Klippengürtel. Es gab keine Bäume, nur Buschwerk, und auch das höchstens brusthoch, aber wenn der Wind durchs Gras strich, dann war es, als habe ein Zauberer seinen Stab erhoben und die Hügel unversehens in Wellen verwandelt.

Die Insel hieß eigentlich Unalaska, und an einem Ende der Bucht befand sich auch ein Aleuten-Dorf dieses Namens; das heißt, im Grunde genommen waren es nur eine Handvoll Hütten am Strand, überragt von einer weißen russisch-orthodoxen Holzkirche. Das Städtchen Dutch Harbor konnte Arkadi indessen nicht sehen. Es lag hinter einem Tanklager jenseits des Hafendamms, auf dem ein paar Stapel ausgedienter Scherbretter inmitten schmutzig-grauer Schneewehen vor sich hin rotteten, drei oder vier Benzinzapfsäulen standen und haufenweise Krabbenkörbe herumlagen, jene Riesenkäfige, die jeweils auf eine halbe Tonne genormt waren. Weiter hinten war die Pier für die Fangboote, und dort lag auch ein ehemaliger Hochseedampfer, den man zu einer Konservenfabrik umgebaut hatte. Sein Rumpf war von einem Bollwerk aus Pfählen umgeben. Hinter alledem erhoben sich die Berge von Unalaska, deren Vulkangipfel von schwarzem Gestein und weißschimmerndem Schnee gesäumt waren.

Merkwürdig, dachte Arkadi, wie sehr das Auge nach längerem Aufenthalt auf See nach Farbe hungert. Die Wolkendecke war aufgerissen, und hier und da fiel ein schüchterner Sonnenstrahl auf die Bucht. Von den flacheren Klippen ließen sich Papageitaucher wie Felsbrocken ins Wasser plumpsen, während von den höheren Adler aufstiegen und im Erkundungsflug über die *Polar Star* schwebten. Es waren ungeheuer große Vögel mit bärenbraunem Gefieder und majestätischen weißen Köpfen. Ihnen zuzusehen, gab ihm das Gefühl, endlich wieder obenauf zu sein.

Die Amerikaner waren bereits mit dem Lotsenboot an Land gefahren. Susan würde nach Hause zurückkehren und als Geschenk der Mannschaft eine Fischerjacke, dekoriert mit Anstecknadeln aus allen größeren russischen Häfen, mitnehmen. Ehe sie von Bord gegangen war, hatte sie so großzügig Abschiedsküsse verteilt wie jemand, der endlich dem verhaßten Gefängnis entrinnt. Das Lotsenboot hatte einen neuen Chefbevollmächtigten gebracht, der einen Koffer mit einhunderttausend Dollar dabeihatte, die Devisen, die der *Polar Star* für den Landgang zustanden. Die gesamte Mannschaft hatte vor der Kapitänskajüte gewartet, während drinnen das Geld erst einmal und dann noch einmal gezählt wurde.

Und nun standen Arkadis Kollegen an der Steuerbordreling Schlange, um über die Gangway das Rettungsboot zu besteigen, das sie samt den ihnen zugeteilten Dollars in den Hafen bringen sollte, von dem sie die ganze Zeit über geträumt hatten. Was sie sich freilich nicht anmerken ließen. Ein russischer Seemann mag zwar zu besonderen Anlässen die Kleidung wechseln, aber er rasiert sich deswegen nicht unbedingt. Er putzt seine Schuhe, streicht sich die Haare nach hinten und zieht sein Sportjackett an, auch wenn ihm dessen Ärmel zu kurz geworden sind. Die Männer auf der *Polar Star* trugen außerdem ein möglichst unbeteiligtes Gesicht zur Schau, nicht nur, um Wolowoi einen Gefallen zu tun, sondern auch, weil ihr eigener Stolz es so verlangte; nur ihre wachsam zusammengekniffenen Augen verrieten Erwartung und Vorfreude.

Es gab indes auch Ausnahmen. So war Obidins Blick unter dem breiten Schild einer plumpen Bauernmütze starr auf die Kirche jenseits des Wassers gerichtet. Kolja Mer hatte sich seine Taschen mit Papptöpfen vollgestopft; er musterte die Hügel am Horizont wie ein zweiter Darwin, der sich den Galapagosinseln nähert. Die Frauen trugen ihre hübschesten Baumwollkleider, freilich unter der üblichen wärmenden Schicht von Pullovern und Kaninchenfellen. Auch sie hatten grimmige Touristenmienen aufgesetzt, doch wenn sie einander anschauten, konnten sie sich ein nervöses Lachen nicht verkneifen; hin und wieder winkten sie zu Natascha hinauf, die neben Arkadi auf dem Bootsdeck stand.

Naschas Wangen leuchteten fast so rot wie ihr Lippenstift, und sie trug nicht einen, sondern zwei Kämme im Haar, so als würde sie an Land Extra-Munition brauchen. »Ich bin zum erstenmal in den Vereinigten Staaten«, sagte sie zu Arkadi. »Sieht nicht viel anders aus als die Sowjetunion. Sie waren doch schon mal da. Wo eigentlich?«

»In New York.«

»Das ist natürlich etwas anderes.«

Arkadi zögerte, dann nickte er. »Ja.«

»Sie sind also gekommen, um mich zu verabschieden, wie nett von Ihnen.«

Natascha wirkte so aufgeregt, daß man hätte meinen können, sie würde sich jeden Augenblick in die Lüfte erheben und den jenseits des Wassers wartenden Geschäften entgegenfliegen. Arkadi war eigentlich an Deck gekommen, weil er sehen wollte, ob Karp an Land ging. Bis jetzt hatte er den Trawlmeister noch nirgends entdecken können. »Ganz recht. Ich bin gekommen, um Ihnen einen schönen Tag zu wünschen und um Ihnen zu danken.«

»In ein paar Stunden sind wir ja wieder zurück.«

»Trotzdem.«

Sie senkte Lider und Stimme. »Die Arbeit mit Ihnen war sehr anregend für mich, Arkadi Kirilowitsch. Sie haben doch nichts dagegen, daß ich Sie Arkadi Kirilowitsch nenne?«

»Durchaus nicht.«

»Sie sind keineswegs der Narr, für den ich Sie anfangs gehalten habe.«

»Besten Dank.«

»Und wir haben den Fall erfolgreich gelöst, nicht wahr?«

»Ja, der Kapitän hat die Untersuchungen offiziell für beendet erklärt. Vielleicht wird sogar Wladiwostok auf weitere Ermittlungen verzichten.«

»Es war sehr gut, daß der Dritte Maat Bukowski diesen Abschiedsbrief gefunden hat.«

»Das war nicht nur gut, das war geradezu ein Wunder«, sagte Arkadi und dachte daran, daß er jeden Zentimeter unter Sinas Matratze abgetastet hatte, lange bevor Slawa ihren Abschiedsbrief dort fand.

»Natascha!« Ihre Freundinnen, die an der Reling vorrückten, winkten ihr hektisch, endlich ihren Platz in der Schlange einzunehmen.

Natascha war bereit, zu rennen, zu schweben, ja zu fliegen, und doch zog sich eine Falte über ihre Brauen, denn sie war dabei gewesen, als Arkadi Sinas Bett untersucht hatte.

»Auf dem Fest wirkte sie gar nicht so deprimiert.«

»Das glaube ich gern.« Tanzen und Flirten waren nicht die üblichen Symptome einer Depression.

Nataschas letzte Frage bedeutete eine besondere Überwindung für sie. »Glauben Sie wirklich, daß es Selbstmord war? Ich meine, halten Sie es für möglich, daß sie eine solche Dummheit begangen hat?«

Arkadi überlegte sich seine Antwort sorgfältig, da er wußte, daß Natascha seit Monaten auf diesen einen Tagesausflug hingelebt hatte, aber trotzdem getreulich mit ihm an Bord bleiben würde, falls er ihr einen Grund dafür lieferte. »Dumm finde ich es, wenn Selbstmörder Abschiedsbriefe hinterlassen. Ich persönlich würde mich weigern.« Er deutete auf das Rettungsboot. »Sie müssen sich beeilen, sonst verlieren Sie Ihren Platz.«

»Was kann ich Ihnen mitbringen?« Nataschas eben noch umwölkte Stirn war wieder klar.

»Eine Ausgabe von Shakespeares Gesammelten Werken, eine Videokamera und ein Auto.«

»Das alles kann ich mir natürlich nicht leisten.« Sie war schon auf den Stufen, die hinunter zum Bootsdeck führten.

»Ein bißchen Obst tut's auch.«

Natascha drängelte sich zu ihren Freundinnen durch, die eben die Gangway betraten. Sie sind wie die Kinder, dachte Arkadi, wie Kinder, die an einem düsteren Dezembermorgen vor ihrer Schule in Moskau stehen, eingemummt bis hinauf zu den verschlossenen kleinen Gesichtern, und mit den Füßen im Schnee stampfen, bis endlich die Tür ins Warme aufgeht und ihre Augen aufleuchten läßt. Wie gern würde er mit ihnen von Bord gehen.

Das Rettungsboot sah aus wie ein aufgetauchtes U-Boot. Im Falle einer Havarie konnte es, wasserdicht verriegelt, bis zu vierzig Mann in Sicherheit bringen. Sein Rumpf leuchtete in jenem als »internationales Orange« bekannten Pastellton. Für den heutigen Landausflug hatte man die Luken geöffnet, damit Steuermann und Passagiere die frische Luft genießen konnten. Natascha winkte Arkadi noch einmal zu, ehe sie in einer Pose resoluter sowjetischer Ernsthaftigkeit erstarrte. Das Boot legte ab, und der eng zusammengedrängten Gesellschaft auf dem orangefarbenen Deck war nicht anzumerken, wohin sie fuhren, ob zu einer Beerdigung oder zu einem Picknick.

Die *Merry Jane* kam längsseits, um die nächste Gruppe an Land zu bringen, und schon bildete sich eine neue Schlange an der Reling. Unter den Wartenden war auch Pavel aus Karps Deckteam. Als er Arkadi erblickte, fuhr er sich in bedeutsamer Geste mit dem Finger über den Hals.

Land hat einen ganz eigenen Geruch, dachte Arkadi. Unalaska roch wie ein Garten, und er wünschte sich nichts sehnlicher, als den Pott, auf dem er nun schon seit zehn Monaten lebte, zu verlassen und über festen Boden zu schreiten, und sei es nur für eine Stunde.

Bis jetzt hatte er noch niemandem von dem Überfall erzählt. Was hätte er auch sagen können? Er hatte Karp und die anderen Männer schließlich nicht gesehen. Sein Wort stünde gegen das von sechs politisch zuverlässigen Seeleuten erster Klasse, die ihr gesellschaftliches Verantwortungsbewußtsein täglich unter Beweis stellten. Was ihn anging, so stand nur fest, daß er Dämpfe eingeatmet, davon Halluzinationen bekommen und außerdem versucht hatte, den Fischraum in Brand zu stecken.

Dort, wo Dutch Harbor liegen mußte, stieg schwärzlicher Rauch in den Himmel. Wie groß die Stadt wohl sein mochte? Hellere Rauchschwaden segelten vor den Berghängen – Berge, die direkt aus dem Meeresboden emporwuchsen. Er stellte sich vor, daß er über sie hinwegflöge und in einem grünen Tal niederginge, einem Tal, in dem Kolja Mers heißersehnte Sumpforchideen blühten. Dort würde er sich bücken, eine Handvoll Erde aufnehmen und daran riechen.

Das Rettungsboot näherte sich jetzt der Aleutensiedlung: Ein hübsches Bild war das, wie das orangefarbene Boot an der weißen Kirche vorüberglitt. Er stellte sich vor, Sina wäre an Bord.

»Das nenne ich Ironie«, sagte Hess, der unbemerkt neben Arkadi getreten war.

Der Elektroingenieur der Flotte hatte sich in Schale geworfen, zu einem schwarzglänzenden Parka trug er Jeans und sibirische Filzstiefel. Arkadi hatte ihn seit gestern morgen nicht mehr gesehen. Freilich, Hess war klein, vielleicht sogar klein genug, um sich, für die anderen unsichtbar, durch Schornsteine und Lüftungsrohre zwängen zu können.

»Was?« fragte Arkadi.

»Daß der einzige der Mannschaft, der überhaupt hätte desertieren können, der einzige, dessen Loyalität wirklich auf die Probe gestellt worden ist, auch der einzige ist, der nicht von Bord gehen darf.«

»In Ironie sind wir Weltmeister.«

Hess lächelte. Sein struppiges Haar flatterte im Wind, doch er stand breitbeinig und fest da, wie ein richtiger Seemann, während er seine Blicke in die Runde schweifen ließ.

»Ein hübscher Hafen. Während des Krieges hatten die Amerikaner fünfzigtausend Mann hier stationiert. Wenn wir Dutch Harbor bekommen hätten, wäre immer noch soviel Militär auf der Insel und nicht nur die paar Eingeborenen. Na ja, die Amerikaner können leicht wählerisch sein. Der Pazifik ist ja im Grunde nichts weiter als ein amerikanischer See. Alaska, San Francisco, Pearl Harbor, Midway, die Marshall- und die Fidschiinseln, Samoa, die Marianas, das alles gehört ihnen.«

»Sie gehen auch an Land?«

»Um mir die Beine zu vertreten, ja. Es könnte ganz interessant werden.«

Vielleicht nicht für einen Elektroingenieur, dachte Arkadi, aber für einen Offizier des Marinenachrichtendienstes mochte ein Spaziergang durch den Haupthafen der Aleuten allerdings aufschlußreich sein.

»Erlauben Sie mir«, sagte Hess, »Ihnen zu gratulieren, daß Sie den Fall dieses armen Mädchens gelöst haben.«

»Diese Glückwünsche gebühren ausschließlich Slawa Bukowski. Er hat den Abschiedsbrief gefunden. Ich habe Sinas Koje zwar auch durchsucht, dabei aber den Brief glatt übersehen.«

Arkadi hatte den Brief untersucht, sobald Slawa es müde war, ihn wie eine Trophäe vor seiner Nase zu schwenken. Er war auf einem halben linierten Blatt geschrieben, offenbar ein Stück von einer Seite aus Sinas Ringheft. Die Handschrift war ohne Zweifel die von Sina; die Fingerabdrücke auf dem Blatt stammten teils von ihr, teils von Slawa.

»Aber es war doch Selbstmord?«

»Ein Abschiedsbrief deutet allemal auf Selbstmord hin. Ein tödlicher Schlag auf den Hinterkopf und ein nachträglicher Messerstich in den Bauch legen freilich etwas anderes nahe.«

Hess schien ganz in den Anblick des Trawlers versunken, der eben an der *Polar Star* festmachte. Ist er ein Truppenoffizier? fragte sich Arkadi. Gemessen daran, wie langsam Deutsche normalerweise befördert wurden, war er dem Rang nach vielleicht nicht mehr als ein Zweiter Kapitän. Falls er dagegen in der Nähe von Leningrad stationiert war, beim Marinehauptquartier, und womöglich an einer der Offiziersschulen dort Unterricht gab, dann konnte er den Titel eines Professors führen. Hess hatte durchaus etwas Professorenhaftes an sich.

»Der Kapitän war sehr erleichtert, als er hörte, daß Sie sich mit Bukowskis Schlußfolgerungen einverstanden erklärt haben. Sie waren krank und lagen im Bett, sonst hätte er sich persönlich nach Ihrer Meinung erkundigt. Jetzt scheint es Ihnen ja wieder besser zu gehen.«

Die Krämpfe hatten Arkadi in seine Kabine zurückgescheucht, das stimmte, aber mittlerweile ging es ihm wirklich besser, ja sogar so gut, daß er sich eine Belomor anzünden und erneut anfangen konnte, sich zu vergiften. Er warf das Streichholz über Bord. »Und Sie, Genosse Hess, waren Sie auch erleichtert?«

Hess gestattete sich abermals ein Lächeln. »Es war eine allzu bequeme Lösung, als daß sie von Ihnen hätte kommen können. Aber Sie hätten Bukowski berichtigen und mit Ihrer Theorie zum Kapitän gehen können.«

»Und den Leuten das da verderben?« Arkadi sah zu, wie ein portugiesischer Matrose Madame Malsewa von der Gangway aufs Deck des Trawlers hinunterhalf. Sie hatte einen Schal um die Schultern geschlungen und trippelte so zierlich, als beträte sie eine venezianische Gondel. »Dieser Landurlaub ist Sinn und Zweck ihrer ganzen Reise. Ich werde ihnen die zwei Tage hier nicht nehmen. Ist Wolowoi eigentlich auch rübergefahren?«

»Nein, aber der Kapitän. Sie kennen ja die Vorschriften: Entweder der Kapitän oder der Kommissar, einer von beiden muß rund um die Uhr an Bord sein. Martschuk ist mit dem Lotsenboot rübergefahren, um dafür zu sorgen, daß die Geschäftsleute in Dutch Harbor für unsere Invasion gerüstet sind. Wie ich höre, sind sie nicht nur darauf vorbereitet, sondern erwarten uns bereits mit Ungeduld.« Er sah Arkadi an. »Also war es Mord? Wenn wir wieder auf See sind, werden Sie dann erneut anfangen, Fragen zu stellen? Offiziell ist die Untersuchung ja abgeschlossen. Auf die

Unterstützung des Kapitäns können Sie also wohl nicht mehr rechnen. Nicht einmal Bukowski wird Ihnen mehr zur Verfügung stehen. Sie werden ganz auf sich allein gestellt sein, ein einzelner Fabrikarbeiter aus der Schmutzbrigade gegen das gesamte Schiff. Das klingt gefährlich. Selbst angenommen, Sie wüßten, wer für den Tod des Mädchens verantwortlich ist, wäre es vielleicht besser, die ganze Geschichte zu vergessen.«

»Ja, das könnte ich vielleicht sogar.« Arkadi dachte darüber nach. »Aber wenn Sie der Mörder wären und wüßten, daß ich es weiß, würden Sie mich dann am Leben lassen, bis wir nach Wladiwostok zurückkehren?«

Hess überlegte. »Es könnte eine lange Reise für Sie werden.«

Oder eine sehr kurze, dachte Arkadi.

»Kommen Sie mit mir«, sagte Hess.

Er machte eine einladende Handbewegung, und Arkadi folgte ihm zum Achterhaus. Er nahm an, Hess wolle ihn an einen ruhigen Ort führen, um sich ungestört mit ihm zu unterhalten, doch statt dessen gingen sie direkt hinaus aufs Bootsdeck an der Backbordseite des Schiffes. Eine Jakobsleiter baumelte von der Reling hinunter zu einem Rettungsboot, das bereits zu Wasser gelassen war. Ein einzelner Rudergänger winkte zu ihnen herauf. Dem Flotteningenieur durfte man nicht zumuten, daß er sich mit der Mannschaft aufs überfüllte Deck eines Trawlers zwängte.

»Wir könnten gleich ablegen«, sagte Hess. »Kommen Sie mit mir nach Dutch Harbor. Alle anderen dürfen, dank Ihnen, ihren Landurlaub genießen. Dafür haben Sie, denke ich, eine kleine Belohnung verdient.«

»Sie wissen sehr gut, daß ich nicht das Erster-Klasse-Visum habe, das allein einfache Seeleute zum Landgang berechtigt.«

»Auf meine Verantwortung«, antwortete Hess leichthin, trotzdem klang es, als meine er, was er sagte.

Schon der Gedanke daran, an Land gehen zu können, wirkte belebend wie ein Glas Wodka. Die Perspektive veränderte sich, und im Nu rückten Häuser, Kirche und Berghänge näher. Der Wind strich einladend über Arkadis Gesicht, und die Wellen plätscherten melodisch gegen den Rumpf. Als Hess ein Paar schwarze Kalbslederhandschuhe überstreifte, sah Arkadi hinunter auf seine bloßen Hände, die fleckige Segeltuchjacke, die groben Arbeitshosen und die Gummistiefel. Hess bemerkte seinen kritischen Blick. »Immerhin sind Sie frisch rasiert«, meinte er aufmunternd. »Ein Mann, der sich rasiert hat, kann sich überall sehen lassen.«

»Und was ist mit dem Kapitän?«

»Kapitän Martschuk weiß, daß die neue Tagesparole ›Initiative‹ lautet. Und außerdem Vertrauen auf die Loyalität der Massen.«

Arkadi holte tief Luft. »Und Wolowoi?«

»Der steht auf der Brücke und guckt in die andere Richtung. Wenn er merkt, daß Sie an Land gehen, werden Sie bereits dort sein. Renko, Sie benehmen sich ja wie ein Löwe, der sieht, daß seine Käfigtür offensteht. Sie zögern.«

Arkadi hielt sich an der Reling fest, aus Angst, sonst das Gleichgewicht zu verlieren. »Es ist eben nicht so einfach.«

»Da wäre allerdings noch eine Kleinigkeit.« Hess zog ein Blatt Papier aus der Tasche seines Parka und entfaltete es auf dem Schott. Es war eine zweizeilige Anerkenntnis, daß Desertion von einem sowjetischen Schiff ein Staatsverbrechen sei, für das in Abwesenheit des Täters dessen Familie zur Rechenschaft zu ziehen war. »Das muß jeder unterzeichnen. Haben sie Familie? Eine Frau?«

»Wir sind geschieden.«

»Trotzdem, man wird sich gegebenenfalls an sie halten.« Als Arkadi seine Unterschrift unter das Dokument gesetzt hatte, sagte Hess: »Ja, noch was. Keine Messer. Nicht im Hafen.«

Arkadi holte das Messer aus seiner Jackentasche. Bis gestern hatte es unberührt in seinem Schrank gelegen. Jetzt aber war es ihm, als seien er und dieses Messer unzertrennlich.

»Ich werde es für Sie aufheben«, versprach Hess. »Ich fürchte, für Ihren unvorhergesehenen Landgang sind keine Devisen bereitgestellt worden. Sie haben wohl keine amerikanischen Dollar?«

»Nein, und auch keine Francs oder Yen. Bisher hätte ich dafür ja auch keine Verwendung gehabt.«

Hess faltete das Papier sorgfältig zusammen und schob es zurück in seinen Parka. Wie ein Gastgeber, der improvisierte Partys am meisten schätzt, sagte er: »Dann müssen Sie mein Gast sein. Kommen Sie, Genosse Renko, ich werde Ihnen das berühmte Dutch Harbor zeigen.«

Sie standen an der offenen Luke und atmeten den salzigen Geruch des Wassers ein, das unter einem Ölfilm seidig schimmerte. Arkadi war seit zehn Monaten nicht mehr so nahe an der Wasseroberfläche gewesen, von Land ganz zu schweigen. Als das Rettungsboot Kurs auf die Hafeneinfahrt nahm, sah er, daß die Aleuten-Häuser wie Schwalbennester zwischen Bucht und Bergen klebten. Wie stolz sie alle hinter der weißen Kirche mit ihrem Zwiebelturm aufmarschiert waren! In den Fenstern brannte schon Licht, und hier und da sah man im Lampenschein Gestalten sich bewegen wie Schattenrisse. Die bloße Existenz von Schatten erschien ihm nach fast einem Jahr in Nebel und Dunst bereits wie ein Wunder. Und die Vielfalt der Düfte war einfach überwältigend: Seetang, Sand und, mächtig wie die Schwerkraft der Erde, das würzig-süße Aroma von Gras und Moos. Sogar einen Friedhof gab es, mit orthodoxen Kreuzen, als ob Menschen ordentlich in der Erde beigesetzt werden könnten, statt einfach im unendlichen Grab des Meeres zu verschwinden.

Das Rettungsboot war mit einer Miniaturbrücke ausgerüstet, doch der Steuermann, ein blonder Junge mit einem dicken Pullover, benutzte das Außenruder. Die russische Nationalflagge, die hinter ihm an einer kurzen Fahnenstange flatterte, sah aus wie ein rotes Taschentuch.

»Eigens für den Krieg gebaut, und als er aus war, hat man's verfallen lassen.« Hess deutete auf ein Haus auf einem Klippenkamm. Das Dach und Teile der Außenmauern waren eingestürzt, so daß im Innern Treppenstufen und Stützgeländer sichtbar wurden wie die Windungen im Gehäuse einer Meeresschnecke. Arkadi blickte in die Runde und zählte auf den umliegenden Hügeln noch etwa ein Dutzend solcher armeegrauer Bauten. »Der Krieg, in dem wir Verbündete waren.« Hess' Worte waren für den jungen Steuermann bestimmt.

»Sie sagen es, Chef«, antwortete der forsch.

In der geschützten Bucht war vom Seegang kaum mehr etwas zu spüren. Wellenförmig, wie ein gezackter Ring, umspielten grünschillernde, reflektierende Lichter das Rettungsboot.

»Bestimmt waren Sie damals noch gar nicht auf der Welt«, wandte Arkadi sich an den Jungen, in dem er inzwischen einen Funktechniker namens Nikolai erkannt hatte. Er hätte gut auf eins der Plakate gepaßt, mit denen die Armee um Nachwuchs warb –

seidig schimmerndes weizenblondes Haar, kornblumenblaue Augen, dazu die breiten Schultern und das abgebrühte Lächeln des Athleten.

»Stimmt, das war der Krieg meines Großvaters.«

Augenblicklich fühlte sich Arkadi uralt, doch er wollte das Gespräch nicht abreißen lassen. »So, Ihr Großvater! Wo war er denn stationiert?«

»In Murmansk. Zehnmal ist er nach Amerika rüber und zurück«, antwortete Nikolai. »Zwei Schiffe sind unter ihm gesunken.«

»Aber Sie haben auch einen recht anspruchsvollen Beruf.«

Nikolai zuckte die Achseln. »Geistesarbeit, nichts Aufregendes.«

Mittlerweile hatte Arkadi die Stimme von Sinas Leutnant einwandfrei erkannt. Er sah den jungen Mann vor sich, wie er selbstsicher vor den Kellnerinnen im Goldenen Horn paradierte, die Sterne auf seinen Schulterstücken blitzen ließ und sich die Mütze in verwegen schiefem Winkel auf den Scheitel drückte. Nicht zum erstenmal kam Arkadi der Gedanke, daß der Überfall auf ihn erst erfolgt war, nachdem er versucht hatte, Hess' Assistenten ausfindig zu machen.

»Was für ein schöner Hafen.« Hess' Blicke wanderten vom Tanklager über das etwa eine Meile lange Betondock bis zum Funkturm auf dem Hügel, als nähme er eine unerforschte Tropeninsel in Augenschein.

Vielleicht, dachte Arkadi, hat niemand gesehen, wie ich in das Boot gestiegen bin. Wie einfach wäre es dann, mich loszuwerden. Es war gängige Praxis, daß die Schiffe sich, bevor sie in den Hafen einliefen, ihres mit Gewichten beschwerten Abfalls entledigten. Und an Bord eines jeden Rettungsbootes befand sich ein Reserveanker samt Kette.

Aber sie glitten ruhig weiter über die schillernde Wasseroberfläche, vorbei an Fangbooten in naßglänzenden Grundfarben, Boote, wie Arkadi sie nie zuvor gesehen hatte. Jetzt fuhren sie so dicht aneinander vorbei, daß er den Männern zuschauen konnte, wie sie das Deck schrubbten oder die Netze zum Flicken aufspannten. Von den Docks, die hinter dem schieferblauen Schiffsrumpf der Fischkonservenfabrik verborgen waren, hörte man Rufe und Lachen.

Während die Hügel langsam näher rückten und die Bucht sich zur Hafeneinfahrt hin verengte, entdeckte Arkadi hier und da arktische Blumen, die, winzigen Pünktchen gleich, zwischen den Schneeresten aus dem Gras hervorlugten. Der würzige Rauch von Holzfeuern stieg ihm in die Nase. Sobald sie das Konservenfabrikschiff passiert hatten, mündete die kleine Bucht in einen schmalen Flußlauf, und gleich darauf sah Arkadi vor sich eine Reihe von Piers für kleinere Boote, darunter Purseiner, die nicht größer waren als Ruderboote, ferner ein paar einmotorige Wasserflugzeuge und das unverwechselbare Orange des anderen Rettungsbootes von der *Polarstern*. Slawa Bukowski stand Wache und beobachtete erst erstaunt, dann mit wachsender Bestürzung ihre Ankunft. Hinter Slawa schnüffelten Hunde an Abfallhaufen, auf den Dächern nisteten Adler, und, was das wunderbarste war, Menschen gingen trockenen Fußes über festes Land.

18

Die sibirischen Orchideen waren restlos vergessen. Kolja stand am Ende der Ladentheke wie ein Wanderer, der sich drei Wegweisern gegenübersieht und nicht weiß, welchem er folgen soll. Zu seiner Linken stapelten sich Stereoanlagen mit Digital-Abstimmung und verchromtem, fünfstufigem Equalizer sowie schwarzen Hi-Tech-Lautsprechern. Zu seiner Rechten standen in langer Reihe Hi-Fi-Türme, Kassettenrecorder mit Dolby-System, die nicht nur der Wiedergabe dienten, sondern auch in Windeseile fertige Aufnahmen überspielen konnten. Geradeaus erhob sich ein veritables Bollwerk aus koffergroßen Empfangsgeräten nebst Kassettendecks in pinkfarbenem, türkisem oder elfenbein getöntem High-Impact-Plastik, mit denen sich westliche Musik aus dem Äther direkt ins russische Wohnzimmer holen ließ. Kolja wagte gar nicht erst, hinter sich zu blicken, denn in den Regalen dort lag Walkman an Walkman, daneben Schlüsselanhänger, die piepsten, wenn man in die Hände klatschte, kassettengespeiste Teddys, die sprechen konnten, Armbanduhren mit elektronischem Rechner, der sowohl als Meilenzähler benutzt werden konnte wie auch zum Pulsmessen – alles in allem das sich schwindelerregend rasch ausbreitende Rüstzeug einer Zivilisation, deren Grundstein der Mikrochip war.

Kolja begegnete dieser fremdartigen Situation mit altehrwürdiger sowjetischer Taktik: Er trat einen Schritt zurück und musterte jeden Artikel mit skeptischem Blick, als hätte er ranzige Butter vor sich, ein in der Sowjetunion sehr empfehlenswertes Verhalten, da dort die Regale für Waren mit dem Etikett »Defekte Lieferungen« mitunter voller waren als die Schaufenster. Kein erfahrener sowjetischer Kunde ging mit einem neuerworbenen Gerät aus dem Laden, bevor er es nicht aus dem Karton genommen, angeschlossen und sich vergewissert hatte, daß das Ding irgendwas machte. Außerdem sah ein russischer Kunde immer auch nach dem Herstellungsdatum auf dem Fabrikationsschild und hoffte auf ein Gerät, das nicht gegen Monatsende produziert worden war, wenn es der Werksleitung nur noch darauf ankam, ihr Soll an Fernsehern, Videorecordern oder Autos zu erfüllen, ob die Geräte nun alle erforderlichen Einzelteile enthielten oder nicht. Ebenso unbeliebt waren Apparate vom Monatsanfang, denn wenn das Werk bis Ultimo mit knapper Not sein Soll erfüllt hatte, waren die Arbeiter nach dem Ersten ein paar Tage lang sinnlos betrunken. In Dutch Harbor aber gab es weder randvolle Regale mit defekter Ware, noch trugen die Markenschildchen ein Herstellungsdatum, und so standen denn Kolja und mit ihm etwa hundert weitere Sowjetbürger wie betäubt am ersehnten Ziel ihrer Reise und starrten mit glänzenden Kinderaugen auf die ausländischen Radios, die elektronischen Rechner und die anderen Wunder der Technik, von denen sie so lange geträumt hatten.

»Arkadi!« Kolja war außer sich vor Freude, ihn zu sehen. »Du warst doch schon mal in Amerika und weißt, wie's dort zugeht. Wo sind denn die Verkäufer?«

Tatsächlich schien kein Personal dazusein. Russische Geschäfte verfügen über ein Heer von Angestellten, denn der Kunde muß seinen Einkauf in drei Etappen tätigen: Von einem Verkäufer läßt er sich eine Rechnung geben, beim nächsten bezahlt er, und dem dritten händigt er die Quittung aus – aber das Personal ist durchweg viel zu sehr an Privatgesprächen oder Telefonaten interessiert, als daß man die Unterbrechung durch einen Fremden, der da von der Straße hereinspaziert kommt, begrüßen würde. Außerdem verstecken sowjetische Angestellte Qualitätsware – frischen Fisch, die Neuübersetzung eines Buches, einen ungarischen Büstenhalter – gleich nach Lieferung unter dem Ladentisch oder in einem Hinterzimmer, und da es Leute sind, denen ihr Stolz verbietet, minderwertiges Zeug mit großem Eifer an den Mann zu bringen, ist ihnen das ganze Geschäft zuwider.

»Versuch es doch bei ihr«, schlug Arkadi vor.

Ein Großmütterchen war mit einladendem Lächeln hinter den Ladentisch getreten. Sie trug einen Mohairpullover so weiß wie ein Polarfuchs, und ihr Haar schimmerte erstaunlicherweise silberblau. Neben ihr auf der Theke stand eine Schale mit Apfelsinenscheiben und Apfelstückchen und Crackers, die mit Pastete bestrichen waren. Vor der Kaffeemaschine lehnte ein Schildchen, auf dem in russisch »Kaffee« geschrieben stand. Eben traten zwei erfahrene Seeleute mit ihren Stereogeräten an die Kasse, und die alte Frau nahm freundlich ihr Geld entgegen. Eine große Tafel hinter ihr verkündete, wiederum auf russisch: »Dutch Harbor grüßt die *Polar Star*!« Kolja schien erleichtert, doch dann maß er Arkadi mit ängstlichem Blick. »Sag mal, was machst du eigentlich hier? Du hast doch gar nicht das richtige Visum!«

»Ich habe eine Sondererlaubnis.«

Arkadi hatte sich immer noch nicht daran gewöhnt, so unverhofft wieder festen Boden unter den Füßen zu haben. Sogar auf einem solide gebauten Fabrikschiff spürte man ständig die Schlinger- und Stampfbewegungen des Schiffskörpers, und nach zehn Monaten an Bord traute sein Körper dem ebenen, unbeweglichen Land nicht mehr so ganz. Ihm war, als würden die Leuchtstofflampen und die bunten Waren vor ihm her durch den Laden schwimmen.

»Erst hab ich gedacht, du dürftest nicht an Land, und jetzt bist du auf einmal doch da.«

»Ich bin selbst ziemlich durcheinander«, gab Arkadi zu.

Kolja hatte zwar noch einiges fragen wollen, doch da fiel sein Blick auf ein Regal mit Low-bias-Leerkassetten, die ihn offenbar magisch anzogen. Auch ein paar andere Männer von der *Polar Star* hatten Arkadi schon neugierig angestarrt, doch ihnen allen war die kurze Zeit in diesem Paradies zu kostbar, um sie mit Fragen zu vergeuden. Einer allerdings blieb am Ende eines Durchgangs wie angewurzelt stehen und glotzte ihn fassungslos an; es war Slesko, der Spitzel. Ein blitzender Goldzahn verlieh seinem aschfahlen Gesicht ein bißchen Farbe. In der Hand hielt er eine Schachtel mit elektrischen Lockenwicklern, ein Indiz dafür, daß es irgendwo eine Frau Sleskowa gab.

»Igitt!« Ein Maschinist schauderte, nachdem er einen Bissen von einem der Cracker gekostet hatte. »Aus was für Fleisch ist denn diese Pastete?«

»Erdnüsse«, sagte Israel. »Das ist Erdnußbutter.«

»Oh.« Zaghaft probierte der Maschinist noch einmal. »Gar nicht übel.«

»Renko, Sie kommen mir vor wie Lazarus«, sagte Israel. »Eben noch denkt man, Sie kratzen jede Minute ab, und schon tauchen Sie putzmunter wieder auf. Diese Untersuchung wegen Sina ist noch nicht vorbei, habe ich recht? Ihr entschlossener Blick nimmt mir da jede Hoffnung.«

»Arkadi, Sie sind also doch gekommen!« Natascha nahm seinen Arm, als ob er der verspätete Ehrengast auf einem Ball wäre. »Das ist der beste Beweis dafür, daß Sie ein vertrauenswürdiger Staatsbürger sind. Sonst hätte man Sie nicht von Bord gelassen. Was hat Wolowoi dazu gesagt?«

»Ich kann's selbst kaum erwarten, das zu hören«, antwortete Arkadi. »Was haben Sie denn bisher Schönes eingekauft?«

Sie wurde rot. In ihrem Netz lagen nur zwei Apfelsinen. »Textilien sind oben«, sagte sie. »Jeans, Jogginganzüge, Turnschuhe.«

»Bademäntel und Slipper«, fiel Madame Malsewa ein.

Guri hatte sich eine schwere Safariuhr umgeschnallt, in deren Armband ein Kompaß eingebaut war. Als er jetzt zur Kasse vorging, drehte er seinen Arm mal hierhin, mal dorthin, wie ein Mann, der mit sich allein tanzt. *»Apple?«* Die Frau mit dem silberblauen Haar bot ihm eine Scheibe an.

»Yamaha please.« Guri probierte stockend sein angelesenes Englisch. »Software, Programme, Leerdisketten.«

Ohne Geld fühlte Arkadi sich unter seinen Kameraden wie ein Voyeur. Während die beiden Frauen die Treppe hinaufeilten, zog er sich in entgegengesetzter Richtung zurück. Als er an der Lebensmittelabteilung vorbeikam, sah er dort Lidia Taratuta, die ihren Wagen mit Pulverkaffee vollstopfte. Zwei Mechaniker hatten sich ein Eis am Stiel geangelt; nun lehnten sie wie Betrunkene vor der Tiefkühltruhe, jeder sein Eis in der Hand. Wie hätten sie auch dieser Angebotsfülle widerstehen können? In der Sowjetunion beschränkte sich alle Reklame auf die Direktive: »Kauft . . .!« Der Verpackungsschmuck bestand entweder aus einem Stern, einer Flagge oder einer Fabriksilhouette. Amerikanische Verpackungen warben dagegen mit bunten, verlockenden Bildern, auf denen unerreichbar schöne Frauen und goldige Kinder »neue und verbesserte« Waren genossen. Lidia war unterdessen zu den Waschmitteln vorgedrungen und auf dem besten Wege, ihren Einkaufswagen bis an den Rand zu füllen.

Auch Arkadi konnte am Obst- und Gemüsestand nicht einfach so vorbeigehen. Zugegeben, der Salat war in Zellophan verpackt und färbte sich an den Spitzen bereits braun, die Bananen hatten Altersflecke, und von den Weintrauben waren viele zerplatzt oder eingeschrumpelt, aber es waren die ersten frischen Früchte, die er zu Gesicht bekam, nachdem es vier Monate lang nur eingedickte Obstkonserven gegeben hatte, und so blieb er denn einen Augenblick andächtig davor stehen. Dann trat der einzige Mann der *Polar Star*, der den Verlockungen des Kapitalismus zu widerstehen vermochte, auf die Straße hinaus.

Der weite, ungepflasterte Platz, der das Zentrum von Dutch Harbor bildete, lag im gedämpften Spätnachmittagslicht. Die einzigen Häuser am Platz waren der Laden und das Hotel gleich gegenüber. Beides waren Fertigbauten mit geriffelten Blechwänden, Schiebefenstern und so wunderlichen Proportionen, daß man hätte glauben können, die Untergeschosse seien irgendwann im Schlamm versunken und nicht wieder aufgetaucht. Eine Reihe kleinerer Häuser, ebenfalls in Fertigbauweise, lagen im Schutze eines Hügelkamms. Schiffscontainer und Kipper standen teils zum Verladen, teils zur Müllbeseitigung bereit, in einer Ecke stapelten sich ausrangierte Saugschläuche, wie sie zum Löschen von Fisch verwendet wurden. Und überall Schlamm, Schlamm und nochmals Schlamm. Die Straßen bestanden aus gefrorenen Schlammwellen, über die Laster und Lieferwagen wie Schiffe hinwegstampften, wenn sie den Platz überquerten. Alle Fahrzeuge waren mit einer Schlammkruste überzogen. Sämtliche von Menschenhand errichteten Bauten waren entweder erdbraun, ocker oder lohfarben, offenbar eine bewußte Kapitulation vor dem allgegenwärtigen Schmutz. Sogar der Schnee war schlammverschmiert, und doch hätte Arkadi sich am liebsten zu Boden geworfen, um sich in diesem kalten, harten Schlamm zu wälzen.

Zehn, zwölf Russen standen vor dem Laden zusammen, sei es, weil sie den prickelnden Kaufakt noch hinauszögern wollten, sei es, weil schiere Aufregung sie genötigt hatte, eine Pause einzulegen und auf eine Zigarettenlänge ins Freie zu treten. Sie standen im Kreis, als fänden sie es sicherer, die Stadt über die Schulter eines Genossen hinweg zu betrachten.

»Wißt ihr, es ist nicht anders als daheim«, sagte einer. »Das könnte hier ebensogut Sibirien sein.«

»Wir bauen mit vorgefertigtem Beton«, hielt ihm ein anderer entgegen.

»Darauf kommt's doch nicht an. Ich meine bloß, es ist genauso, wie Wolowoi gesagt hat. Und ich wollte ihm nicht glauben.«

»Ist das denn eine typisch amerikanische Stadt?« fragte ein dritter.

»Jedenfalls sagt das der Erste Maat.«

»Hab ich mir irgendwie ganz anders vorgestellt.«

»Wir bauen mit Beton.«

»Aber darum geht's doch nicht.«

Als er sich umwandte, sah Arkadi, daß drei Straßen von dem Platz abzweigten: Eine führte an der Bucht entlang zum Tanklager, die zweite zum Aleuten-Dorf am anderen Ende der Bucht und die dritte landeinwärts. Noch vom Schiff aus hatte er auf der Insel ein paar weiter entfernt liegende Ankerplätze entdeckt und auch einen kleinen Flughafen.

Das Gespräch vor dem Laden wurde fortgesetzt. »Diese Berge von Lebensmittel und die vielen, vielen Radios. Glaubt ihr, das ist normal? Ich habe eine Dokumentation über die Vereinigten Staaten gesehen. Darin hieß es, ihre Geschäfte wären so voll mit Nahrungsmitteln, weil die Leute kein Geld hätten, sie zu kaufen.«

»Das glaubst du doch selbst nicht!«

»Aber wenn ich's euch sage! Posner hat das im Fernsehen erzählt. Er mag die Amerikaner, und trotzdem hat er's gesagt.«

Arkadi fischte eine Belomor aus der Brusttasche, obwohl er fand, daß sie nicht hierher paßten. Über dem Laden waren im ersten Stock eine Bank und im zweiten ein paar Büros untergebracht. In der zunehmenden Dämmerung vermittelten die Lichter hinter den Fenstern eine Vorstellung von wohliger Wärme. Das Hotel gegenüber hatte kleinere Fenster, die auch nicht so hell erleuchtet waren, bis auf die blitzende Spiegelglasfront einer Spirituosenhandlung im Parterre, vor deren Betreten die Mannschaft der *Polar Star* allerdings nachdrücklich gewarnt worden war.

»So was wie das Hotel da drüben haben wir zu Hause auch. Ein Seemannsheim, kostet zehn Kopeken die Nacht. Ich wüßte gern, wieviel die hier verlangen?«

»Und mich würde interessieren, mit wieviel Mann man sich da ein Zimmer teilen muß.«

Das Obergeschoß des Hotels war ein Stück vorgebaut, so daß ein überdachter Gehweg entstand, der den Passanten in der Regenzeit oder bei Schneefall Schutz bot. Freilich würde sich die Bevölkerung von Dutch Harbor wohl ab November, wenn die Fischsaison zu Ende ging, um die Hälfte verringern.

»Es ist wahrscheinlich einfach so, daß ein Ort, von dem man ein Leben lang nur erzählen hört, einem irgendwie märchenhaft vorkommt. So ist es auch einem Freund von mir gegangen, der eine Reise nach Ägypten gemacht hat. Vorher hat er begeistert alles mögliche über Pharaonen und Tempel und Pyramiden gelesen. Aber als er dann wieder zurückkam, hatte er sich die schrecklichsten Krankheiten geholt.«

»Pscht, sei still, da kommt eine von hier.«

Eine etwa dreißigjährige Frau ging auf den Laden zu. Ihr aufgehelltes Haar war stark toupiert, die Lippen hatte sie zu einem Schmollmund geschminkt. Trotz der Kälte trug sie nur eine kurze Kaninchenfelljacke, dazu Jeans und Cowboystiefel. Der Kreis sowjetischer Kosmopoliten bewunderte die Aussicht. Ein Afrikaner hätte mit gezücktem Speer auf sie zukommen können, ohne daß sie den Blick von der Bucht abgewandt hätten. Erst als die Frau schon ein gutes Stück vorbei war, schauten sie ihr nach.

»Nicht schlecht.«

»Aber auch nicht anders als unsere Frauen.«

»Was ich sage. Besser ist es hier auch nicht.« Der Sprecher bohrte fachmännisch seinen Absatz in den Schlamm, holte tief Luft und maß das schäbige Hotel, die Hügel und die Bucht mit abschätzigem Blick.

»Mir gefällt's.«

Einer nach dem anderen traten sie ihre Zigaretten aus, teilten sich stillschweigend in die vorgeschriebenen Vierergruppen, machten sich gegenseitig mit Nicken und Achselzucken Mut und marschierten nacheinander zurück in den Laden. »Ich wüßte nur gern«, sagte einer, schon auf der Schwelle, »ob es diese Stiefel auch hier zu kaufen gibt.«

Arkadi dachte an den Schluß von »Schuld und Sühne«, wo der gerettete Raskolnikow auf dem Uferdamm steht und aufs Meer hinausschaut. Vielleicht hatte Dostojewskis Porträt des scharfsichtigen Untersuchungsrichters Porfirij sein Teil dazu beigetragen, daß er selbst Ermittlungsbeamter geworden war; und doch stand er nun hier und war in der Mitte seines Lebens aufgrund einer Laune des Schicksals plötzlich kein Gesetzesvertreter mehr, sondern ein Krimineller, zwar nicht überführt, aber verurteilt, und genau wie Raskolnikow blickte auch er hinaus auf den Pazifik, nur eben von der entgegengesetzten Seite. Wie lange würde es dauern, bis Wolowoi ihn aufs Schiff zurückbringen ließ? Sollte er sich am Boden festkrallen wie eine Krabbe, wenn sie kamen, um ihn zu holen? Jedenfalls wollte er nicht wieder zurück, soviel wußte er. Es war so erholsam, im Schatten eines Hügels zu stehen und die Gewißheit zu haben, daß dieser Hügel fest im Erdreich verankert war und einem nicht unter den Füßen weggleiten konnte wie eine Welle. Das Gras, dessen Halme sich anmutig in der Brise wiegten, würde morgen noch immer auf demselben Hügel stehen. Die Wolken würden sich um dieselben Gipfel sammeln und bei Sonnenuntergang flammendrot aufleuchten. Der Schlamm würde, je nach Jahreszeit, gefrieren oder tauen, aber er würde hier bleiben.

»Wahrhaftig, Sie sind es! Ich dachte schon, ich sehe nicht richtig.« Susan war aus dem Hotel getreten und kam über den Platz auf ihn zu. Ihre Jacke, die, die sie geschenkt bekommen hatte, als sie von Bord gegangen war, hing schief und zerknittert von ihren Schultern, ihr Haar war zerzaust, und ihre Augen schienen aufgewühlt, als hätte sie geweint. »Aber dann hab ich mir gesagt: ›Natürlich ist er hier!‹ Ich meine, ich wäre um ein Haar drauf reingefallen, daß einer aus der Schmutzbrigade tatsächlich vor langer Zeit einmal Detektiv gewesen ist. Und Englisch spricht. Schließlich wäre so jemand genau der Mann, der sich so in die Nesseln setzen könnte, daß man ihm nicht mal mehr ein Visum für den Landgang bewilligt. Wäre doch immerhin denkbar. Aber dann sitze ich da unten, und als ich zur Tür rausschaue, wen sehe ich? Sie! Und Sie stehen da, als gehörte Ihnen die ganze Insel.«

Im ersten Augenblick dachte er, sie sei betrunken. Auch Frauen trinken, sogar Amerikanerinnen. Dann sah er Hess und Martschuk aus dem Hotel kommen, gefolgt von George Morgan. Alle drei waren in Hemdsärmeln, aber der Kapitän trug immerhin noch seine Mütze.

»Nun, was haben Sie heute für eine Story auf Lager?« fragte Susan. »Wie lautet das amtlich beglaubigte Märchen des Tages?«

»Sina hat Selbstmord begangen«, sagte Arkadi.

»Und zur Belohnung läßt man Sie an Land gehen? Ergibt das für Sie einen Sinn?«

»Nein«, gestand Arkadi.

»Versuchen wir's doch mal andersrum.« Sie wies mit dem Finger auf ihn wie mit einem Stock, den man gegen eine Schlange richtet. »Sie haben Sina umgebracht, und als Belohnung dafür dürfen Sie an Land. *Das* ergibt einen Sinn.«

Morgan packte Susan am Ärmel und zog sie von Arkadi fort. »Willst du gefälligst erst nachdenken, ehe du solche Behauptungen in die Welt setzt?«

»Ihr Scheißkerle!« Wütend machte sie sich von Morgan los. »Wahrscheinlich habt ihr das sogar zusammen ausgekocht.«

»Ich bitte dich doch nur«, beschwichtigte Morgan sie, »dir zu überlegen, was du sagst.«

Sie versuchte sich erneut Arkadi zu nähern, indem sie um Morgan herumging, doch der stellte sich ihr mit ausgebreiteten Armen in den Weg.

»Ein feines Paar seid ihr, wirklich!« rief sie verächtlich.

»Nun beruhige dich doch!« Morgan redete auf Susan ein, als hätte er ein Kind vor sich. »Sag nichts, was wir hinterher alle bereuen müßten. Ich kann sehr unangenehm werden, Susan. Das weißt du.«

»Zwei Scheißkerle, ein ideales Paar.« Angewidert wandte sie sich ab und sah hinauf in den Abendhimmel – das war, Arkadi wußte es nur zu gut, ein Trick, um die Tränen zurückzuhalten.

Morgan versuchte es noch einmal: »Susan ...« Aber sie brachte ihn mit erhobener Hand zum Schweigen und ging ohne ein weiteres Wort zurück zum Hotel.

Morgan bedachte Arkadi mit einem verkrampften Lächeln. »Tut mir leid, ich weiß auch nicht, was das sollte.«

Susan schob sich an Martschuk und Hess vorbei und verschwand im Hotel. Die beiden sahen ihr verwundert nach, dann traten sie zu Morgan und Arkadi auf den Platz hinaus. Das Glitzern in Martschuks Augen verriet, daß er sich bereits ein oder zwei Drinks genehmigt hatte. Mittlerweile war es so kalt geworden, daß der Atem in kleinen Wölkchen von Mund und Nase aufstieg. Nach Susans vehementem Abgang verharrten die vier Männer einen Moment in peinlichem Schweigen.

»Man muß ihr zugute halten«, sagte Morgan endlich, »daß sie es eben erst erfahren hat ... Ihr Nachfolger ist überraschend nach Seattle zurückbeordert worden. Susan wird also auf der *Polar Star* bleiben müssen.«

»Das wird's sein«, sagte Arkadi.

19

Arkadi und die beiden anderen Russen tranken Bier an einem plastiküberzogenen Redwood-Tisch. Als von hinten jemand mit dumpfem Aufprall gegen die schulterhohe Plastiktrennwand zur Bar fiel, bemerkte Martschuk: »Wenn Amerikaner sich betrinken, werden sie laut. Ein Russe dagegen wird im Suff besinnlich. Er trinkt, bis er mit Anstand umkippt, wie ein Baum.« Gedankenverloren blickte er in sein Glas. »Sagen Sie, Renko, Sie werden uns doch nicht davonlaufen?«

»Nein«, sagte Arkadi.

»Sehen Sie, es ist eine Sache, einen Mann aus der Schmutzbrigade abzuziehen und ihm zu erlauben, sich frei an Deck zu bewegen. Aber ihn vom Schiff runterzulassen, das ist eine riskante Geschichte. Was glauben Sie, erwartet einen Kapitän, dessen Seeleute desertieren? Und was droht wohl einem Kapitän, der einem Mann mit einem Zweiter-Klasse-Visum Landurlaub gewährt?« Er beugte sich vor und maß Arkadi mit durchdringendem Blick. »Sagen Sie's mir.«

»Wäre möglich, daß die in Norilsk noch einen Nachtwächter gebrauchen könnten.«

»Ich will Ihnen sagen, was passieren würde. Ich würde Sie jagen und mit meinen eigenen Händen umbringen. Natürlich haben Sie mein aufrichtiges Mitgefühl, aber ich dachte, Sie sollten wissen, wie Sie dran sind.«

»Prost!« Arkadi wußte einen ehrlichen Mann zu schätzen.

»Meinen Glückwunsch!« George Morgan zog sich einen Stuhl an den Tisch und stieß ebenfalls mit Arkadi an. »Wie ich höre, haben Sie das Rätsel gelöst. Selbstmord, wie?«

»Sie hat einen Abschiedsbrief hinterlassen.«

»Na so ein Glück!« Morgan hatte seinen Gleichmut zurückgewonnen und war wieder ganz Herr der Lage. Er war kein schwarzbärtiger Tiger wie Martschuk und auch kein geheimnisumwitterter Kobold wie Hess, sondern von Kopf bis Fuß ein Routinier, in dessen unbewegtem Gesicht nur das wache blaue Augenpaar Leben verriet.

»Wir haben eben darüber gesprochen, was Dutch Harbor doch für ein sonderbarer Ort ist«, sagte Hess verbindlich.

»Tja, wir sind hier näher am Nordpol als an den Vereinigten Staaten. Kein Wunder, daß einem da mitunter ein bißchen sonderbar zumute ist«, sagte Morgan.

Ungewohnt, dachte Arkadi. Eine russische Kneipe war ruhig, ein Treffpunkt für gesetzte Männer, doch diese Bar explodierte förmlich vor Geräuschen. An der Theke drängten sich hochgewachsene Männer, langhaarig und bärtig, in karierten Hemden und Mützen, die so entspannt wirkten, daß es nur natürlich schien, wenn hin und wieder einer dem anderen auf die Schulter klopfte oder wenn jemand aus der Flasche trank. Ein langgestreckter Spiegel über einer blitzenden Flaschenbatterie verdoppelte das lärmende Gedränge optisch noch. In einer Ecke spielten ein paar Aleuten Poolbillard. An einigen Tischen saßen Frauen, Mädchen mit abgehärmten Gesichtern und blondgefärbtem Haar, aber niemand nahm so recht Notiz von ihnen, bis auf Ridley, der ein paar von ihnen um sich versammelt hatte. Morgans Ingenieur hob sich im übrigen auch dadurch von den übrigen Gästen ab, daß er ein Samthemd trug und ein Goldkettchen auf der Brust. Er sah aus wie ein Renaissance-Fürst, der sich unter seine Bauern gemischt hat.

Ridley kam herüber und tippte Arkadi auf die Schulter. »He, Sie, die Damen möchten wissen, ob Sie einen Schwanz mit zwei Köpfen haben?«

»Was ist denn hier das Normale?« fragte Arkadi.

»Normal? Das Wort existiert hier nicht. Sehen Sie sich doch nur mal um! Lauter abenteuerlustige amerikanische Seeleute, die auf euch Kommunisten angewiesen sind. Ist doch wahr, Mann! Die Banken haben den Fischern sogar ihre Eier gepfändet, weil die armen Teufel sich während des Krabbenbooms alle bis über die Ohren verschuldet haben. Unser leichter Golfkahn ist ja ursprünglich auch wegen der Krabben hier hoch. Und als die Viecher dann plötzlich ausblieben, fing das große Elend an: Alles futsch – Schiffe, Ausrüstung, Autos, Eigenheime. Wenn wir nicht mit euch auf Fischfang gingen, müßten wir wahrscheinlich an irgend'ner gottverlassenen Tankstelle Benzin zapfen. Aber achtundsiebzig seid ihr dann auf der Bildfläche erschienen und kauft seitdem, was auch immer uns ins Netz geht. Danken wir Gott für die internationale Zusammenarbeit. Dem großen Bruder in Washington sind wir doch so was von egal. Verdrehte Verhältnisse, die sind hier das Normale.«

»Was verdienen Sie?«

»Ich? So zehn-, zwölftausend im Monat.«

Arkadi nahm an, daß er für seinen Sold bei einem realistischen Schwarzmarktkurs etwa hundert Dollar bekam.

»Verdrehte Welt«, gestand er ein.

Die Aleuten in ihrer Ecke konzentrierten sich düster und melancholisch auf ihren Pooltisch unter der Leuchtstoffhängelampe. Sie trugen Parkas, Mützen und dunkle Brillen; das heißt, alle bis auf Mike, den Decksmann von der *Eagle*. Er hielt die Luft an, als der Spielball gefährlich nah an ein Loch heranrollte, versenkte gleich noch eine weitere Kugel, hätte sich dabei allerdings um ein Haar einen Fehlstoß eingehandelt. Vor einer der Wände standen tuschelnd und kichernd drei Aleuten-Mädchen in hellen, wattierten Mänteln. Ihnen gegenüber saß ganz allein ein weißes Mädchen, das Kaugummi kaute und nur Augen für Mike und sein Spiel zu haben schien.

»Die ganze Insel ist Eigentum der Aleuten«, sagte Ridley zu Arkadi. »Während des Krieges hatte die Marine sie vertrieben, aber dann kam Carter und gab ihnen den Kuchen zurück. Sie haben es also gar nicht nötig, auf Fang zu gehen. Mike macht das nur, weil er das Meer so sehr liebt.«

»Und Sie?« fragte Arkadi. »Lieben Sie es auch, das Meer?«

Ridley hatte sich das Haar zu einem Pferdeschwanz zusammengebunden und aus zwei Strähnen über den Ohren Zöpfchen geflochten. Seine ironisch lächelnden Augen blitzten, als stünden sie unter Strom. »Ich hasse es, verdammt noch mal. Stahl auf Wasser schwimmen zu lassen, das ist doch wider die Natur. Diese Salzbrühe da draußen ist unser Feind. Selbst Eisen zerstört sie. Das Leben ist kurz genug.«

»Ihr Kollege Coletti war doch früher bei der Polizei, nicht wahr?«

»Ein Streifenpolizist, aber kein zweisprachiger Kriminaler wie Sie. Es sei denn, Sie zählen sein Italienisch.«

Der Scotch kam, und Morgan schenkte ein.

»Was mir auf See am meisten abgeht«, sinnierte Ridley, »das ist die Zivilisation. Zivilisation bedeutet Frauen, und in dem Punkt ist die *Polar Star* uns überlegen. Ich wette, selbst Christus, Freud und Karl Marx würden sich, wenn man sie sechs Monate lang auf so einen Kahn sperrte, über kurz oder lang genauso unflätig und primitiv gebärden wie wir.«

»Ihr Ingenieur ist ein Philosoph«, sagte Hess zu Morgan. »Ich erinnere mich, in den fünfziger Jahren, da hatten wir vor Kamtschatka Fabrikschiffe im Einsatz, auf denen etwa siebenhundert Frauen und ein Dutzend Männer arbeiteten. Krabben säubern und konservieren. Nun durften aber die Krabben nicht mit Metall in Berührung kommen, und deshalb verwendeten wir einen besonderen Isolierungsstoff, der in den Staaten hergestellt wurde. Doch dann meldete Ihre Regierung moralische Bedenken an, und prompt wurde die Lieferung weiteren Isoliermaterials für unsere kommunistischen Konserven unterbunden. Tja, das war das Ende unserer Krabbenindustrie.«

Arkadi erinnerte sich an Geschichten aus jener Zeit. An Bord der Schiffe war es immer wieder zu Ausschreitungen gekommen, weil Frauen über die wenigen Männer hergefallen waren und versucht hatten, sie zu vergewaltigen. Nicht sehr zivilisiert.

»Auf das Joint-venture.« Morgan hob sein Glas.

In der Sowjetunion war Poolbillard so gut wie unbekannt, aber Arkadi erinnerte sich daran, wie versessen die G.I. in Deutschland auf das Spiel gewesen waren. Offenbar war Mike dabei zu gewinnen, jedenfalls feuerte seine Kaugummi kauende Freundin ihn begeistert mit Kußhänden an. Ob die Aleuten, angenommen der Zar hätte Alaska nicht verkauft, heute Schach spielen würden?

Ridley folgte Arkadis Blick. »Früher sind die Aleuten für euch Russen auf Jagd gegangen. Seeotter, Seelöwen, Walrosse, Wale. Heute haben sie nichts anderes mehr im Kopf, als ihre Docks möglichst teuer an Exxon zu vermieten. All diese Eingeborenen sind zu amerikanischen Musterkapitalisten geworden. Kein Vergleich mit uns.«

»Meinen Sie sich und mich?«

»Aber sicher. Es ist eine Tatsache, daß Fischer untereinander mehr gemeinsam haben als mit irgend jemandem an Land. Nehmen Sie beispielsweise die Seelöwen. Wenn Landratten einen Seelöwen sehen, dann finden sie ihn allerliebst. Wenn dagegen mir einer unterkommt, sehe ich in ihm nur den Räuber. Im Golf von Schelichow, da liegen sie auf der Lauer – richtige Banden, vierzig, fünfzig auf einem Haufen. Die kennen keine Angst, im Gegenteil, sie schwimmen einem direkt vors Netz. Teufel, jeder von diesen Burschen wiegt gut und gern seine sechs-, siebenhundert Pfund. Die reinsten Bären sind das.«

»Seelöwen«, sagte Hess auf russisch zu Martschuk, und der rollte verständnisvoll mit den Augen.

»Sie tun vor allem zwei Dinge«, fuhr Ridley fort. »Zunächst einmal geben sie sich nicht damit zufrieden, einen Fisch aus dem Netz zu holen und damit zu verschwinden. Nein, sie reißen jeweils bloß einen Bissen aus dem Bauch jedes Fisches, den sie zu fassen kriegen. Wenn man Lachs im Netz hat, dann heißt das fünfzig Dollar pro Biß. Und dann, wenn er das Spiel satt hat, dann schnappt sich so ein Saukerl einen letzten Fisch zum Abschied und taucht damit unter. Und jetzt kommt es. Schließlich erscheint er noch ein letztes Mal an der Oberfläche, den Fisch im Maul, und winkt einem damit zu – als wollte er sagen: ›Ich scheiß auf dich, du Trottel.‹ Dagegen hilft nur eine schußbereite Magnum! Ich jedenfalls wüßte nichts, womit man diesen Riesenbullen sonst beikommen könnte. Oder? Was haben zum Beispiel Sie für eine Waffe, Kapitän?«

Hess übersetzte sehr sorgfältig, was Martschuk darauf zur Antwort gab. »Offiziell sind Seelöwen geschützt.«

»Na, ist doch genau meine Rede! Wir auf der *Eagle* haben ein ganzes Arsenal bereitliegen, um sie zu schützen.« Ridley nickte augenzwinkernd.

Nach Arkadis Geschmack wechselte Ridley allzu routiniert zwischen zwei Gesichtern hin und her, spielte in einem Augenblick den bezaubernden Charmeur und im nächsten schon den brutalen Schläger. Dabei sah er die ganze Zeit aus wie ein verträumter Dichter. Der Ingenieur fixierte ihn seinerseits nicht minder prüfend. »Nach Ihrer Miene zu schließen, halten Sie's schlichtweg für Mord«, sagte er.

»An wem?« fragte Arkadi.

»An den Seelöwen«, erklärte Ridley.

Martschuk erhob sein Glas. »Ich finde, ob wir nun Amerikaner sind oder Russen, darauf kommt es nicht an. Hauptsache ist, wir sind alle Fischer und lieben unsere Arbeit. Ich trinke auf alle glücklichen Menschen.«

»›Glück ist das Freisein vom Schmerz.‹« Ridley kippte seinen Scotch in einem Zug hinunter und stellte das Glas ab. »So, jetzt bin ich glücklich. Sagen Sie«, wandte er sich an Arkadi, »die Arbeit da unten in der Schmutzbrigade, in Kälte und Nässe zwischen all den stinkenden Fischabfällen, macht Sie das glücklich?«

»Wissen Sie«, entgegnete Arkadi, »wir von der Schmutzbrigade halten uns an ein anderes Sprichwort: ›Glück ist die größtmögliche Übereinstimmung von Realität und Wunschdenken.‹«

»Gute Antwort, Renko, darauf trinke ich!« rief Morgan. »Ist das Tolstoi?«

»Nein, Stalin«, sagte Arkadi. »Sie sehen, die sowjetische Philosophie ist voller Überraschungen.«

»Aus Ihrem Mund bestimmt«, meinte Susan trocken. Arkadi hatte keine Ahnung, wie lange sie schon neben ihrem Tisch gestanden haben mochte. Ihr nasses Haar war straff zurückgekämmt, die feuchten Wangen schimmerten blaß, wodurch das Rot ihrer Lippen und das tiefe Braun ihrer Augen noch hervorgehoben wurden. Dieser Kontrast verlieh ihr eine neue, intensive Ausstrahlung.

Ridley und Coletti waren losgezogen, um eine Kartenrunde zusammenzutrommeln. Martschuk hatte sich aufs Schiff zurückbringen lassen, damit auch Wolowoi in den Genuß des Landgangs kam. Wenn der Erste Maat erst erfuhr, daß Arkadi in Dutch Harbor war, würde er ihm nachsetzen wie ein geflügelter Henker. Aber selbst zwei Stunden an Land waren besser als keine. Sogar in dieser verrauchten Bar hatte Arkadi hier auf dem Festland doch jede Minute das Gefühl, endlich wieder klare und reine Luft zu atmen. Obwohl der Lärmpegel stetig anschwoll, nahm Arkadi ihn immer weniger wahr. Susan hatte sich mit angezogenen Beinen auf einen Hocker gesetzt, ihr Gesicht lag unter dem Kranz goldblonden Haars im Schatten. Der Panzer der Feindseligkeit, hinter dem sie sich bisher verschanzt hatte, schien einen Riß davongetragen zu haben, und darunter kam eine Person zum Vorschein, die dunkler und vielschichtiger zu sein versprach, als Arkadi erwartet hätte.

»Ich verabscheue Wolowoi, und trotzdem fällt es mir leichter, ihm zu vertrauen als Ihnen.«

»Stellen Sie mich auf die Probe.«

»Setzen Sie sich ein für Wahrheit, Gerechtigkeit und die neue sowjetische Denkrichtung?«

»Ich setze meinen Verstand ein, um von diesem Schiff runterzukommen.«

»Das ist ja der Witz. Wir müssen beide zurück, und dabei bin ich noch nicht mal Russin.«

»Kündigen Sie doch einfach.«

»Kann ich nicht.«

»Und wer zwingt Sie zu bleiben?« fragte Arkadi.

Sie zündete sich eine Zigarette an, goß Scotch über das Eis in ihrem Glas und schwieg.

»Dann werden wir also gemeinsam leiden«, sagte Arkadi.

George Morgan und Hess bedienten sich mit von ihrer Flasche. »Stellen Sie sich nur mal vor«, sagte Hess, »wie es wäre, wenn wir tatsächlich alles als Joint-venture aufziehen würden.«

»Sie meinen, wenn wir wirklich kooperierten?« fragte Morgan.

»Das Mißtrauen über Bord werfen und aufhören mit dem Versuch, uns gegenseitig fertigzumachen. Im Grunde wären wir doch natürliche Verbündete.«

»Wir könnten die Japaner übernehmen und ihr die Chinesen.«

»Die deutsche Teilung erhalten wir gemeinsam aufrecht.«

»Wie stellen Sie sich die Hölle vor?« fragte Susan.

Arkadi überlegte. »Als Parteikongreß. Mit vierstündiger Ansprache des Generalsekretärs. Nein, es müßte eine ewige Ansprache sein. Die Delegierten liegen herum wie die Flundern und müssen sich eine Rede anhören, die kein Ende nimmt.«

»Für mich wäre ein Abend mit Wolowoi die Hölle. Und ich müßte ihm beim Gewichtheben zuschauen. Entweder er oder ich, einer von beiden wäre nackt. So oder so, es wäre entsetzlich.«

»Er nennt Sie Suu-san.«

»Genau wie Sie. Gibt es einen Namen, den Sie besser aussprechen können?«

»Irina.«

»So, Irina . . . Wie sieht sie aus?«

»Hellbraunes Haar, braune Augen, aber sehr dunkel. Hochgewachsen. Sprühend vor Leben und Seele.«

»Sie ist nicht auf dem Schiff.«

»Nein.«

»Wartet sie zu Hause auf Sie?«

Arkadi wechselte das Thema. »Sie sind sehr beliebt auf der *Polar Star.*«

»Ich mag euch Russen auch, aber ich kann es nicht leiden, wenn man mir Wanzen in die Kabine schmuggelt. Ich brauche bloß mal zu erwähnen, daß Butter fehlt, schon serviert man mir einen ganzen Teller voll. Bernie diskutiert mit einem Matrosen über ein politisches Thema, und im Nu wird der Mann vom Schiff entfernt. Anfangs versucht man, nirgends anzuecken und sich zurückzuhalten, aber nach einer Weile muß man ganz einfach über Wolowoi und seine Spitzel herziehen, will man nicht verrückt werden. Die Hölle – das ist für mich nicht zuletzt die *Polar Star.* Und wie steht's mit Ihnen?«

»Sagen wir, die Vorhölle.«

»Es wäre durchaus möglich, alles als Joint-venture zu planen«, sagte Hess. »Der kürzeste Seeweg zwischen Europa und dem Pazifik führt über den nördlichen Polarkreis. Wir könnten die Eisbrecher bereitstellen, genau wie jetzt die *Polar Star* die *Eagle* durchs Eis führt.«

»Sie meinen, wir sollten uns von euch abhängig machen«, fragte Morgan. »Nun, ich glaube, so sehr haben sich die Verhältnisse nun doch nicht geändert.«

»Sie hatten Sina gern, nicht wahr?« fragte Arkadi. »Sie haben ihr Ihren Bikini geliehen und Ihre Sonnenbrille. Und was haben Sie dafür bekommen?«

Susan ließ sich mit der Antwort Zeit. Arkadi kam sich vor, als führe er im Dunkeln ein Gespräch mit einer schwarzen Katze. »Spaß«, sagte sie endlich.

»Sie erzählten ihr von Kalifornien, und Sina hat Ihnen von Wladiwostok erzählt. Ist das ein gerechter Handel?«

»Sie war halb Unschuld, halb Berechnung. Eine russische Norma Jean, gewissermaßen.«

»Das verstehe ich nicht.«

»Ist doch ganz einfach. Norma Jean bleichte sich die Haare und wurde Marilyn Monroe. Sina Patiaschwili bleichte sich die Haare und blieb Sina Patiaschwili. Beide Male der gleiche Ehrgeiz, aber mit unterschiedlichem Ergebnis.«

»Sie waren befreundet.«

Susan schenkte ihm nach und goß dabei sein Glas so voll, daß der Scotch wie eine Ölschicht auf dem Rand zitterte. Dann bediente sie sich genauso reichlich. »Das ist ein norwegisches Trinkspiel«, sagte sie. »Wer als erster was verschüttet, muß austrinken. Wer zweimal hintereinander verliert, muß sich auf einen Stuhl setzen, während sein Gegner ihm eins über den Schädel gibt und versucht, ihn umzuwerfen.«

»Das mit dem Schlagen lassen wir lieber. Also Sie waren mit Sina befreundet«, wiederholte Arkadi.

»Auf der *Polar Star* kommt man sich vor wie in Isolierhaft. Wissen Sie, wie schwer es ist, auf so einem Schiff jemanden zu finden, der ein bißchen Leben ausstrahlt und nicht total langweilig ist? Das Problem ist, daß ihr Russen eine so komische Vorstellung von Freundschaft habt. Wir sind lauter friedliebende Völker, bereit, einander zu helfen und beizustehen, aber Gott behüte, daß ein Amerikaner und ein Russe sich einmal zu nahe kommen! Das nächste, was man von so einem Russen dann hört, ist. daß er jetzt irgendwo vor Neuseeland angeheuert hat.«

»Sina hat man nicht fortgeschickt.«

»Nein, und damit war klar, daß sie uns bespitzelt und, wenigstens bis zu einem gewissen Grad, Informationen über uns weitergeleitet hat. Ich war bereit, das in Kauf zu nehmen, weil sie so lebendig war, so lustig und so viel gescheiter, als die Männer alle ahnten.«

»Mit wem von den Männern hat sie geschlafen?«

»Woher wissen Sie, daß sie überhaupt mit einem geschlafen hat?«

»Weil sie das immer tat. Es war ihre Arbeitsmethode. Wenn vier Amerikaner an Bord waren, dann hat sie mit mindestens einem von ihnen geschlafen.«

»Lantz.«

Arkadi erinnerte sich an Lantz, den schmächtigen, desinteressierten Beobachter aus der Sauna. »Und dann haben Sie sie zurückgepfiffen? Wolowoi hätte das nämlich bestimmt nicht getan.« Arkadi nahm einen vorsichtigen Schluck. »Guter Scotch.«

Der gefährlich hohe Whisky-Spiegel auf Susans Glas erzitterte leicht, doch es löste sich kein Tropfen von der Oberfläche, auf der das Neonlicht badete wie ein Mond.

»Mit wem schlafen Sie auf der *Polar Star*?« fragte sie.

»Ich? Mit niemandem.«

»Dann sitzen Sie also auch in Isolierhaft. Ich trinke auf Sie, Renko.«

Zum erstenmal wandte Morgan den Kopf nach Susan um, widmete sich aber gleich wieder Hess, der ihm eben eine Schilderung der jüngsten Invasion Moskaus gab. »Die Japaner sind einfach überall, jedenfalls in den besten Hotels. Das beste Restaurant in Moskau ist ein japanisches Lokal, aber es ist unmöglich, da hineinzukommen, weil sie ständig selbst alle da sind.«

»Sina hat Ihnen doch von sich und Kapitän Martschuk erzählt, stimmt's?« forschte Arkadi weiter. »Haben Sie mir darum verschwiegen, daß Sie die beiden am Abend des Festes zusammen an der Heckreling gesehen haben? Weil Sie ihn nicht in Verlegenheit bringen wollten?«

»Es war dunkel.«

»Er glaubt nicht, daß Sina der Typ war, der freiwillig aus dem Leben scheidet. Sie haben sich oft mit ihr unterhalten, hatten Sie den Eindruck, daß Sina depressiv war?«

»Sind Sie depressiv?« fragte Susan zurück. »Haben Sie Selbstmordgedanken?«

Wieder sah Arkadi sich von seiner Spur abgelenkt. Was Verhöre betraf, war er offenbar gründlich aus der Übung – er reagierte zu langsam, ließ sich zu leicht ablenken von Gegenfragen.

»Nein, ich würde mich eher als sorgenfreien Nachtschwärmer des Lebens bezeichnen. Natürlich war ich als Parteimitglied noch weit sorgloser.«

»Darauf möchte ich wetten.«

»Mit einem Parteiausweis kommt man nicht so leicht in Schwierigkeiten.«

»Ach ja? Und worin besteht der Unterschied?«

»Nehmen Sie zum Beispiel die Schmuggelei. Ohne Parteiausweis – eine Tragödie. Mit Ausweis dagegen wird's zur Komödie.«

»Das müssen Sie mir erklären.«

»Es funktioniert wie ein Drama. Nehmen wir an, der Zweite Maat wird erwischt. Dann tritt er vor die übrigen Offiziere hin und jammert: ›Ich weiß nicht, was über mich gekommen ist, Genossen. Ich habe so was noch nie im Leben gemacht. Bitte, gebt mir eine Chance, mich zu rehabilitieren.‹«

»Und dann?« Ihre Neugier hatte Susan aus dem Schatten ins Licht gelockt.

Hess und Morgan unterbrachen ihre Unterhaltung und hörten ebenfalls zu.

»Man nimmt eine Abstimmung vor«, sagte Arkadi, »mit dem Ergebnis, daß der Zweite Maat einen schweren Verweis im Führungszeugnis erhalten soll. Zwei Monate verstreichen, dann wird eine neue Versammlung anberaumt.«

»Und?« fragte Susan.

»Der Kapitän sagt: ›Der Fehltritt unseres Zweiten Maats hat uns alle schwer enttäuscht, und es gab einen Zeitpunkt, da dachte ich, daß ich nie wieder mit ihm auf Fahrt gehen könnte, doch nun habe ich mich überzeugen können, daß er sich ehrlich um seine Rehabilitierung bemüht.‹«

»Und der Parteifunktionär sagt . . .« soufflierte Susan.

»Der Parteifunktionär sagt: ›Er hat wieder vom klaren Quell des kommunistischen Gedankenguts getrunken. Und im Hinblick auf diese seine geistige Wiedergeburt schlage ich vor, den schweren Verweis aus seinem Führungszeugnis zu tilgen.‹ Was können Sie mehr an Komik erwarten?«

»Sie sind ein Spaßvogel, Renko«, sagte Susan.

»Er ist verbittert«, sagte Hess.

»So endet die Geschichte«, sagte Arkadi. »Wenn Sie Parteimitglied sind. Aber wenn Sie keinen Parteiausweis haben, sondern nur ein einfacher Arbeiter sind, und man erwischt Sie beim Schmuggeln von Videokassetten oder Edelsteinen, dann müssen Sie mit fünf Jahren Arbeitslager rechnen.«

»Erzählen Sie mir mehr von Irina«, sagte Susan. »Es klingt, als wäre sie eine interessante Person. Wo ist sie jetzt?«

»Ich weiß es nicht.«

»Irgendwo« – sie breitete die Arme aus – »da draußen?«

»Bei manchen Menschen ist das eben so«, sagte Arkadi. »Schauen Sie, es gibt den Nordpol und den Südpol, nicht wahr? Aber daneben gibt es noch einen weiteren, den Pol des Unerreichbaren. Früher, da glaubte man, das gesamte Eis im Polarmeer drehe sich um einen einzigen Punkt, einen mythischen Pol, umgeben von trudelndem Treibeis, das unpassierbar sei. Ich glaube, dort ist Irina.« Übergangslos schloß er seine nächste Frage an: »Auf dem Fest neulich, war Sina da deprimiert?«

»Ich habe nicht gesagt, daß ich mich an dem Abend mit ihr unterhalten hätte.«

»Wenn Sie ihr gesagt haben, sie solle sich von den Amerikanern auf der *Polar Star* fernhalten, dann darf ich doch wohl annehmen, daß Sie, was die Männer von der *Eagle* angeht, das gleiche von ihr verlangt haben, oder?«

»Sie sagte, sie hätte die wahre Liebe gefunden. Dagegen ist man machtlos.«

»Was hat sie genau gesagt? Erinnern Sie sich an den Wortlaut?«

»Sie sagte, niemand könne sie aufhalten.«

»Falls hier von Mike die Rede ist«, mischte Morgan sich ein, »so kann ich Sie beruhigen. Die beiden haben sich bloß ein paarmal auf ihren Tanzfesten getroffen. Sonst haben sie einander nur hin und wieder zugewinkt. Außerdem waren meine Männer alle schon zurück auf unserem Schiff, als es passiert ist. Was soll also dieses Verhör?«

»Nichts – es sei denn, Sina ist ermordet worden«, sagte Susan.

Morgan bedachte sie mit dem sarkastischen Lächeln eines Mannes, dem es allmählich die Geduld raubt, sich dauernd mit Einfaltspinseln abgeben zu müssen. Bis auf Hess fallen wir für ihn offenbar alle in diese Kategorie, dachte Arkadi.

»Ich hab keine Zigaretten mehr«, sagte Susan. »Unten im Hotel steht ein Automat. Dürfen Sie mich begleiten?« wandte sie sich an Arkadi.

Arkadi warf einen fragenden Blick auf Hess. Der nickte zögernd. Morgan sah Susan kopfschüttelnd an, doch sie tat so, als bemerke sie es nicht. »Wir sind gleich wieder da«, sagte sie.

Im Automaten gab es etwa ein Dutzend verschiedener Marken. Aber Susan hatte kein passendes Kleingeld.

»Ich weiß, Sie haben kein amerikanisches Geld.«

»Nein«, sagte Arkadi.

»Ich hab noch Zigaretten auf meinem Zimmer. Kommen Sie.«

Susans Zimmer lag im Obergeschoß des Hotels, ganz am Ende des Flurs, in dem die verschiedensten Geräusche widerhallten. Aus jedem der Zimmer schallte eine andere Unterhaltung, und von überall her dröhnte Musik. Susan griff zweimal nach der Wand, um das Gleichgewicht zu halten, und Arkadi überlegte, wie betrunken sie wirklich war.

Sie schloß die Tür zu einem Zimmer auf, das kaum größer

war als ihre Kabine auf der *Polar Star,* aber mit Doppelbett, Dusche und Telefon unvergleichlich komfortabler ausgestattet war. Anstelle des eingebauten russischen Zwei-Sender-Radios stand auf dem Schreibtisch ein Fernsehgerät. Arkadis Blick fiel auf eine Batterie von Flaschen, einen Eiskübel und eine Lampe mit Schwenkarm. Die Betten standen am Fenster, und obwohl es nur ein schmutziges kleines Guckloch ohne Doppelglasscheiben war, kam sich Arkadi vor wie in einem Luxusapartment.

Draußen war die Sonne untergegangen, und Dutch Harbor lag im Halbdunkel. Von oben sah Arkadi die Männer der *Polar Star* aus dem Laden kommen und sich auf dem Platz versammeln. Obwohl sie schwer beladen waren mit Plastiktaschen und Netzen, in die sie ihre Einkäufe gestopft hatten, zögerten sie den Rückweg zum Dock noch hinaus. Sie waren es gewohnt, stundenlang Schlange zu stehen, nur um eine einzige Ananas oder ein Paar Strümpfe zu ergattern. Die Schlepperei war nichts, das hier war das Paradies. Polaroidkameras blitzten auf, Freunde ließen sich gemeinsam fotografieren, blau-weiße Gestalten in einem amerikanischen Hafen. Natascha und Dynka. Natascha und Lidia. Auf dem Hügel über der Tankanlage flackerte ein Feuer wie ein Fanal. Ridley hatte gesagt, daß es hier ständig irgendwo brennen würde; Kinder steckten die vom Krieg übriggebliebenen Holzruinen an. Die Hügel waren in Nebel gehüllt, vor dem die Flammen auf dem Gipfel erglühten wie eine weithin leuchtende Blume.

Arkadi tastete nach dem Lichtschalter und knipste ihn an. »Was haben Sie vorhin gemeint, als Sie sagten, Morgan und ich, wir hätten etwas zusammen ausgeheckt?«

»Kapitän Morgan ist nicht gerade zimperlich in der Wahl seiner Freunde.« Susan schaltete das Licht wieder aus. »Das gleiche gilt wohl auch für mich.«

»Vor zwei Tagen hat jemand versucht, mich umzubringen.«

»Auf der *Polar Star*?«

»Wo sonst?«

»Schluß jetzt mit der Fragerei.« Sie legte ihm die Hand auf den Mund. »Du wirkst so echt«, sagte sie, »und doch weiß ich, daß du ein Schwindler sein mußt, weil einfach alles Betrug und Schwindel ist. Erinnerst du dich noch an das Gedicht?«

Ihre Augen schimmerten so unergründlich dunkel, daß Arkadi sich unwillkürlich fragte, wieviel er selbst wohl schon getrunken hatte. Er konnte die Feuchtigkeit riechen, die duftend aus ihrem Haar aufstieg.

»Ja.« Er wußte, welches Gedicht sie meinte.

»Wie ging es?«

»Sprich, wie küssen Männer dich.«

Ihr Körper schmiegte sich an ihn, und gleichzeitig stellte sie sich auf die Zehenspitzen, so daß ihr Gesicht auf gleicher Höhe mit dem seinen war. Ein Mann glaubt sich fast abgestorben, kalt, ohne Empfindung, aber dann flackert die richtige Flamme auf, und er fliegt hinein wie eine Motte.

Ihre Lippen öffneten sich ihm. »Wenn du doch echt wärst«, sagte sie.

»So echt wie du.«

Er hob sie hoch und trug sie zum Bett. Durchs Fenster sah er den Platz draußen unter den Blitzlichtern der Kameras aufleuchten wie unter einem stummen Feuerwerk. Die glücklichen Besucher, seine Schiffskameraden, machten noch ein paar letzte Schnappschüsse, bevor sie den Rückweg zum Dock antraten. Vorn an der Straße erfaßte ein Blitz Natascha in koketter Pose, die Jacke so geöffnet, daß eine Glasperlenkette sichtbar wurde, den Kopf im Profil, damit die glitzernden Ohrringe besser zur Geltung kamen. Arkadi erschien es seltsamerweise wie Verrat, sie ohne ihr Wissen aus einem Hotelfenster zu beobachten.

Unbeweglich verharrte er, über das Bett gebeugt, an einer jener Wegmarken, die über ein ganzes Leben entscheiden können. Wieder blitzte es draußen, diesmal waren es Guri und Natascha und zufällig auch Mike, der Aleute, der eben aus dem Hotel trat.

»Was ist denn?« fragte Susan.

Und wieder flammte ein Blitz auf, ergoß sich über die strahlende Madame Malsewa, die einen Ballen Satin im Arm hielt, und streifte gerade noch Wolowoi, ehe er im Eingang des Hotels verschwand.

»Ich muß gehen«, sagte Arkadi.

»Warum denn?«

»Wolowoi ist hier. Er sucht mich.«

»Willst du etwa mit ihm gehen?«

»Nein.«

»Also fliehst du?« Susan richtete sich auf.

»Nein. Selbst wenn ich es wollte, auf dieser Insel hätte ich keine

Chance. Ihr seid zu sehr auf uns angewiesen. An wen sonst sollten die Fischer ihren Fang verkaufen? Wer außer uns würde einen so weiten Weg auf sich nehmen, bloß um Stereoanlagen und Schuhe einzukaufen? Wenn ein Russe hier einen Fluchtversuch wagen sollte, würdet ihr doch alles daransetzen, ihn wieder auszuliefern.«

»Aber wo willst du denn dann hin?«

»Ich weiß es nicht. Jedenfalls nicht zurück aufs Schiff. Noch nicht.«

20

Als er den Hügel hinaufstieg, spürte Arkadi, wie das dichte Gras sich unter seinen Schritten niederbog und gleich wieder aufrichtete. Hinter ihm lag das Hotel in künstliches Licht getaucht, man hätte glauben können, die erleuchteten Fenster schwebten im freien Raum über der Straße, die sich als weißer, unbewegter Silberstrahl darunter abzeichnete. Auf dieser Straße schien sich eine Gestalt im Zeitlupentempo vorwärtszutasten, Wolowoi, der bald nach rechts, bald nach links in die Dunkelheit spähte.

Die letzten Nachzügler von der *Polar Star* trafen draußen auf dem Platz mit der Hauptgruppe zusammen, von der einige bereits den Docks zustrebten, die Vorhut der Herde. Ein paar Männer zögerten noch und beobachteten Lantz, der den Spirituosenladen betrat. Als er wieder herauskam, schleppte er einen Arm voller Halbliterflaschen Wodka mit sich, die er unter die Wartenden verteilte. Die Männer stopften sie sich lachend hinter den Hosenbund. Auch Natascha und Lidia blieben noch stehen, als wollten sie diesen herrlichen Abend ein letztes Mal umarmen. Amerika? Mit so vielen Russen hätte das da unten ebensogut ein sowjetisches Dorf sein können, mit russischen Hunden, die in den Höfen bellten, und einem russischen Grasteppich auf den Hügeln. Arkadi stellte sich vor, wie Kolja irgendwo in der Dunkelheit kniete und zarte Orchideenpflänzchen ausgrub, sah im Geiste, wie Obidin die weiße Kirche mit dem Zwiebelturm betrat.

Vom Hotel war er zielstrebig quer über den Platz gegangen und hatte sich dann im Schatten der Abfalltonnen neben dem Geschäft gehalten. Das Haus, in dem das Geschäft untergebracht war, hatte nur vorn zum Platz hin eine Fensterfront, und so tauchte er ungesehen ins Dunkel des Hinterhofes ein und schlich sich von dort zwischen den Wohnhäusern hügelaufwärts. Die Behausungen waren langgestreckte, vorgefertigte Blechkonstruktionen mit Aluminiumfenstern, in denen sich das wechselnde Farbenspiel einzelner Fernseher brach. Ein paar Hunde, schwarzweiß gefleckte Promenadenmischungen mit fahlen Augen, kläfften ihn an, doch ihre Besitzer ließen sich zum Glück nicht blicken. Die Höfe bargen tückische Hindernisse, überall lagen Autoteile und Saugpumpen herum, die man unter der Schneedecke nicht erkennen konnte, aber Arkadi stolperte nur einmal, bevor er den Hügelkamm erreichte. Mike, der sich mit einer Taschenlampe seinen Weg suchte, hatte einen ziemlichen Vorsprung. Bisher hatte er sich noch kein einziges Mal umgesehen.

Das Land war ja so verführerisch, dunkel zwar, aber fest und sicher unter seinen Füßen. Hin und wieder trat Arkadi auf ein Polster aus Blättern oder Moos. Welke Lupinen strichen gegen seine Handrücken. Durch den Dunstschleier erahnte er das Vulkangebirge, das sich wie eine Mauer vor ihm aufbaute, mehr, als daß er es sah. Auf einem Gipfel loderte ein Feuer. Die Lichter der Schiffe, die unten im Hafen vor Anker lagen, waren klar auszumachen. Die Laternen der *Polar Star* schienen auf einer schräggeneigten, schwarzglänzenden Wasserfläche zu schwimmen.

Und wenn er nun tatsächlich fliehen würde? Es gab keine Bäume oder sonst eine Zuflucht und sicher nur wenige Häuser, in denen er es würde wagen dürfen, um Hilfe zu bitten. Auf der anderen Seite der Insel befand sich zwar ein Flugplatz, aber was nützte ihm das? Sollte er sich etwa an das Fahrwerk einer startenden Maschine hängen?

Der humusreiche Boden erleichterte ihm den Aufstieg. Am Nordhang hatte sich der Schnee recht gut behauptet, und das Licht reichte eben hin, die Verwehungen bläulich aufschimmern zu lassen. Nach zehn Monaten auf See war es ihm, als stiege er geradewegs in den Himmel. Ein kalter Wind, der Vorbote des kommenden Winters, strich über Beerensträucher, Petersilie und Moos und entlockte der Landschaft erdig-schwere Düfte. Auch Mike schien der Ausflug Spaß zu machen, gemächlichen Schrittes folgte er dem Schein seiner Taschenlampe.

Als der Pfad auf eine unbefestigte Straße traf, verdichtete sich der Nebel wieder. An manchen Stellen fiel der Hang nach beiden Seiten steil ab, und Arkadi konnte praktisch nur dadurch zwischen sicherem Halt und freier Luft unterscheiden, daß er sich am Klang der Brandung orientierte, die von unten gegen die Klippen schlug. Die Richtung stimmte, immerhin, soviel verhieß ihm das

Feuer, das, wenn auch immer wieder von Nebelschwaden verdeckt, näher und heller brannte, wie die Fackel eines Leuchtturms.

Dann, nach nur wenigen Schritten, teilte sich plötzlich der Nebel und gab den Blick frei. Es war, als habe er die Oberfläche eines zweiten Ozeans mit einem weiteren Gebirgszug erklommen. Schwer und ruhig, wie weißer Schaum, lagerte der Nebel unter einem Nachthimmel, tief und klar wie das Universum. Die Berggipfel schwammen darin wie kleine Inseln, Zufluchtsorte aus purem schwarzen Gestein und sternfunkelndem, ewigem Eis.

Dort, wo das Feuer brannte, endete auch die Straße. Im Schein der Flammen erkannte Arkadi die Reste einer verlassenen Militärbasis: Erdwälle, von Gras überwuchert, verrostete Schießstände, wüst durcheinandergeworfenes Gerümpel, umzäunt von Stacheldraht. Inmitten des Durcheinanders loderte ein Scheiterhaufen aus Brettern, Sprungfedern, Ölkanistern und Autoreifen. Jenseits davon stemmte Mike eben eine schwere Tür auf, die in den Hang eingelassen war. Erst jetzt bemerkte Arkadi, daß Mike ein Gewehr bei sich trug.

Die Sterne schienen zum Greifen nahe. Der Kleine Bär war noch immer an den Polarstern gekettet. Orions Arm langte über den Horizont, als schleuderte er eine Handvoll Lichter ins All. Während der zehn Monate, die er nun schon auf dem Beringmeer verbrachte, hatte Arkadi noch keine so klare Nacht erlebt, und doch waren die Sterne immer dagewesen, gleich über dem Nebel.

Er ging um das Feuer herum auf die Tür zu. Es war eine Eisentür, eingefügt in einen Betonrahmen, der Eingang zu einem ehemaligen Bunker. Der Beton war an mehreren Stellen gerissen und außerdem mit Rostflecken übersät, und doch hatte er der Zeit wie auch der menschlichen Zerstörungswut getrotzt. Am Riegel hing ein neues Vorhängeschloß, ein Zeichen dafür, daß jemand den alten Bunker in Besitz genommen hatte; dank der frischgeölten Angeln war es ein leichtes, die Tür zu öffnen.

»Mike!« brüllte er.

Eine brennende Kerosinlampe stand auf dem Boden, und in ihrem Schein sah Arkadi, daß jemand sich nach besten Kräften bemüht hatte, den Bunker in eine Fischerhütte zu verwandeln. Ein Netz hing in kunstvollem Faltenwurf von der Decke. Die Wände säumten Regale, gefüllt mit Seesternen, Ohrschnecken und Haifischzähnen. Eine Pritsche stand davor, und Obstkisten, die als Bücherborde dienten, waren vollgestopft mit Taschenbüchern und zerlesenen Zeitschriften; in Fässern lagerte Altmaterial, hauptsächlich abgerissene Ankerschäkel und gespaltene Korken.

Als er das Gewehr auf dem Feldbett liegen sah, atmete Arkadi auf. »Mike?«

Auf einem Gestell, das die Mitte des Raums einnahm, prangte das größte Kajak, das Arkadi je gesehen hatte. Das Boot war mindestens sechs Meter lang, niedrig und schmal gebaut, mit zwei runden Luken, und obgleich es erst halb fertig war, erkannte man doch schon die ihm innewohnende Schnelligkeit und Anmut. Arkadi erinnerte sich an die Männerstimme auf einer von Sinas Kassetten, die ein Eingeborenenboot, eine Baidarka, beschrieben und davon geschwärmt hatte, mit einem solchen Gefährt um die *Polar Star* herumzupaddeln. Je aufmerksamer er das Boot betrachtete, desto mehr beeindruckte es ihn. Der hölzerne Kiel war mit Knochen und Gräten verfugt. Die Spanten waren gebogene Holzlatten, festgezurrt mit Sehnen. Im ganzen Boot konnte er keinen einzigen Nagel entdecken. Allein der Bootsmantel zeugte von einem Kompromiß mit der Moderne: Es war eine Umhüllung aus Fiberglas, mit Nylonfäden am Süll der hinteren Luke festgenäht und mit Klemmen gesichert. Auf einer Werkbank sah er ein Sortiment Schnitzmesser, Feilen, Segelnadeln und Zwirn, mehrere Malerpinsel, eine Gasmaske, einen elektrischen Fön sowie etliche Zwei-Liter-Kanister Kunstharz. Epoxyd ist ein flüchtiger Stoff. Rings um die Bank standen Sandeimer, und ein paar Farbstriche über die Außenhaut des Bootes hatten die Luft mit ätzenden Dämpfen geschwängert.

»Kommen Sie raus, Mike«, rief Arkadi. »Ich will mich nur mit Ihnen unterhalten.«

Angesichts des elegant geschwungenen Bugs konnte sich Arkadi gut vorstellen, wie die Baidarka leicht über die Wellen gleiten würde. Und er verstand auch, warum Sina sich so zu Mike hingezogen gefühlt hatte. Einen Wassermann, so hatte sie ihn genannt, einen romantischen Schwärmer, der davon träumte, mit ihr den Pazifischen Ozean zu überqueren. Wie anders war er selbst, Arkadi, doch dagegen, der sich nichts sehnlicher wünschte, als an Land bleiben zu können.

Der Fön war ein Indiz dafür, daß es irgendwo im Bunker Strom geben mußte. Arkadi entdeckte auf dem Fußboden eine Verlängerungsschnur und folgte ihr bis vor eine an der gegenüberliegenden Wand hängende Decke. Als er sie beiseite schob, öffnete sich dahinter ein zweiter, kleinerer Raum. Gleich am Eingang stand ein Generator mit Abgasrohr, das zu einem Abzugskanal führte. Ein umgestürzter Benzinkanister lag am Boden, daneben eine brennende Taschenlampe.

Um ein Haar wäre er über Mike gestolpert, der lang ausgestreckt dalag, als wolle er den unebenen Boden umarmen. Das linke Auge des Aleuten stand offen und glänzte matt wie ein nasser, dunkler Stein. Atmung und Pulsschlag hatten ausgesetzt, aber Arkadi sah auch kein Blut. Mike hatte den Bunker nur wenige Sekunden vor ihm betreten, die Kerosinlampe angezündet und vermutlich als nächstes den Generator in Betrieb nehmen wollen. Auch ein junger Mann konnte einen Herzinfarkt erleiden. Arkadi drehte den leblosen Körper um, knöpfte das Hemd auf und begann, mit rhythmischen Bewegungen die Brust zu bearbeiten. Mikes offenes Auge war starr auf ihn gerichtet.

»Nun mach schon, Junge, komm zu dir«, drängte Arkadi.

An einer Kette aus metallenen Perlen trug Mike ein Medaillon um den Hals, und bei jeder Pumpbewegung Arkadis klirrte die Kette hinten im Nacken. Der Körper war zu warm für einen Toten, zu jung und stark; außerdem wartete doch nebenan das halbfertige Boot.

»Mikhail! Los, Junge, wach auf!«

Arkadi öffnete Mike den Mund, leerte seine Lunge in ihn hinein und atmete Biergeruch. Wieder trommelte er auf die Brust des reglos Daliegenden, als gälte es, ein dort drinnen eingesperrtes Wesen zu wecken. Das Medaillon verrutschte, klirrte vernehmlich, und Mike starrte gebrochenen Auges ins Leere.

Oder es war ein Schlaganfall, dachte Arkadi und tastete in Mikes Mund nach der Zunge. Dabei berührte er etwas unnatürlich Hartes, und als er seine Hand zurückzog, waren die Fingerspitzen rot verschmiert. Er sperrte Mikes Mund so weit auf, wie es nur ging, leuchtete mit der Taschenlampe hinein und entdeckte eine Spitze, die aus der Zunge hervorragte wie ein silberner Dorn. Behutsam drehte er den Kopf des Jungen auf die Seite und strich ihm das dichte, schwarze Haar an der Schädelbasis zurück. Zum Vorschein kamen zwei stählerne Ovale, die aussahen wie eine altmodische Lorgnette, die sich in Mikes Haaren verfangen hatte. Amerikanische Männer hatten bekanntlich ihre Marotten: Manche trugen Ohrringe, andere protzige Fingerringe, Ledermanschetten oder Zöpfchen. Aber diese zwei blitzenden Ovale waren regelrecht in den Kopf eingegraben; es war der Griff einer Schere, die man zur Hälfte in den Schädel gerammt hatte, wie einen Eispickel, so glatt und sauber, daß kaum Blut ausgetreten war. Gegen diese Schere hatten die Kette und das Medaillon immer wieder geschlagen. Eine Hand allein kann nicht klatschen, und ein einzelnes Medaillon klirrt nicht. Geradezu dankbar sackte der Leichnam in sich zusammen, als Arkadi ihn zu Boden gleiten ließ.

Wolowoi betrat den Bunker, dicht gefolgt von Karp.

»Er ist tot«, sagte Arkadi.

Der Erste Maat und der Trawlmaster schienen sich allerdings mehr für den Bunker zu interessieren als für die Leiche. »Noch ein Selbstmord?« fragte Wolowoi beiläufig, während er sich neugierig umschaute.

»So könnte man sagen.« Arkadi stand auf. »Es ist Mike, der Aleute von der *Eagle*. Ich bin ihm nachgegangen, und er war höchstens eine Minute vor mir hier drin. Herausgekommen ist niemand. Sein Mörder könnte also durchaus noch im Bunker versteckt sein.«

»Bestimmt.« Wolowoi nickte.

Arkadi ließ den Strahl der Taschenlampe durch den zweiten Raum des Bunkers wandern. Bis auf den Generator war er leer; die nackten Wände waren mit allen möglichen Sachen vollgekritzelt. In einer Ecke glänzte eine Wasserlache, und darüber führte ein rostbraunes Rohr durch die bombensichere Decke bis zu einer geschlossenen Luke. Die Luke war außer Reichweite, doch ein abgebrochener Sockel zeugte davon, daß ursprünglich Treppenstufen zu ihr hinaufgeführt hatten.

»Bestimmt war hier ein Seil oder eine Leiter«, sagte Arkadi. »Wahrscheinlich hat der Kerl sie hochgezogen, als er oben war, und dann die Luke hinter sich zugemacht.«

»Wir sind Ihnen nachgegangen.« Karp nahm die Flinte vom Bett und drehte sie bewundernd zwischen den Händen. »Aber wir haben niemanden rauskommen sehen.«

»Warum sind Sie dem Amerikaner gefolgt?« fragte Wolowoi.

»Kommen Sie, wir wollen draußen nachsehen«, drängte Arkadi.

Karp stellte sich ihm in den Weg. »Warum sind Sie dem Mann gefolgt?« fragte Wolowoi noch einmal.

»Ich wollte ihn nach Sina fragen ...«

»Die Ermittlungen sind abgeschlossen«, fiel Wolowoi ihm ins Wort. »Das ist also kein statthafter Grund, jemandem nachzulaufen. Oder entgegen ausdrücklichen Befehl das Schiff zu verlassen, sich von Ihren Kameraden davonzuschleichen und nachts allein aus einem ausländischen Hafen zu entwischen. Aber mich wundert das nicht, weil ich mich über nichts mehr wundere, was Sie tun. Los, Karp, schlag zu.«

Wie einen Speer stieß der Trawlmaster Arkadi den Gewehrlauf zwischen die Schulterblätter, dann holte er aus, gleich einem Bauern, der wohlüberlegt seine Sense schwingt, und ließ den Lauf auf Arkadis Kniekehlen niedersausen. Mit einem unterdrückten Schmerzensschrei brach sein Opfer zusammen.

Wolowoi setzte sich auf die Pritsche und zündete sich eine Zigarette an. Er zog eine abgegriffene Illustrierte aus dem Bücherregal, schlug das doppelseitige Foto in der Mitte auf und klappte es gleich wieder zu. Abscheu und Ekel spiegelten sich auf seinem rosigen Gesicht.

»Ich habe so was schon lange kommen sehen. Laut Ihrer Akte haben Sie ja schon einmal einen Menschen getötet. Jetzt wollten Sie desertieren, zur anderen Seite überlaufen, bei der ersten sich bietenden Gelegenheit Ihre Kameraden und Ihr Schiff entehren. Für Ihre Flucht haben Sie sich den schwächsten der Amerikaner als Helfershelfer ausgesucht, diesen Eingeborenen hier, und als er nicht spuren wollte, da haben Sie ihn umgebracht.«

»Nein.«

Wolowoi gab Karp einen Wink, und diesmal schmetterte der Trawlmaster Arkadi den Gewehrkolben zwischen die Rippen. Die Jacke dämpfte den Schlag zwar ein wenig, aber Karp war ein überaus kräftiger Mann und als Assistent mit Leib und Seele bei der Sache.

»Der Abschiedsbrief, den Sina Patiaschwili hinterlassen hat«, sagte Wolowoi, »wurde im Bett der Toten gefunden. Ich habe mich persönlich bei Natascha Tschaikowskaia erkundigt, warum Sie nicht dort nachgesehen hätten. Natascha erklärte mir, das hätten Sie sehr wohl getan, und dennoch haben Sie den Brief nicht gemeldet.«

»Weil er nicht da war.«

Trotz der dumpfigen Kälte, die im Bunker herrschte, stand Wolowoi der Schweiß auf der Stirn. Zum einen schien die Kletterei ihn erhitzt zu haben, und zum anderen hatte Arkadi in der Vergangenheit öfter bemerkt, daß Verhöre für alle Beteiligten anstrengend sind. Im Schein der Lampe glänzte Wolowois Bürstenschnitt wie eine Dornenkrone. Karp, der die eigentliche Knochenarbeit leisten mußte, schwitzte noch stärker, wie Vulkan in seiner Schmiede.

»Sind Sie beide mir gemeinsam gefolgt?« fragte Arkadi.

»Hier stelle ich die Fragen. Er versteht immer noch nicht«, beklagte Wolowoi sich seufzend bei Karp.

Der Trawlmaster boxte Arkadi in den Magen. Bislang war es nichts weiter als routinemäßige Polizeiarbeit, dachte Arkadi. Ein gutes Zeichen, offenbar wollte man ihn bloß einschüchtern und hatte jedenfalls nichts Endgültiges vor. Doch dann preßte Karp ihm den Schaft des Gewehrs so gegen den Hals, daß er sich nicht mehr bewegen konnte, und holte zu einem ernsthafteren Schlag aus, einem, der dazu ausersehen war, vorne einzudringen und hinten wieder herauszukommen.

»Halt!«

»Warum denn?« Karps Stiefel war schon für den nächsten Tritt gerüstet.

»Warte.« Wolowoi lächelte nachsichtig, ein Führer konnte seinem Untergebenen schließlich nicht alles erklären.

Arkadi rappelte sich hoch und stützte sich auf die Ellbogen. Es war wichtig, nicht völlig reglos vor seinem Peiniger liegenzubleiben.

»Ich habe das alles vorausgesehen«, sagte Wolowoi wieder. »Resozialisierung mag ja in Moskau gut und richtig sein, aber wir sind hier sehr weit von Moskau entfernt. Hier draußen weiß man, daß, wer Steine umdreht, nur Schlangen aufscheucht. Wir werden ein Exempel statuieren.«

»Und wofür?« Arkadi bemühte sich verbissen, das Gespräch in Gang zu halten.

»Ein Exempel dafür, wie gefährlich es sein kann, Elemente Ihres Schlages zu ermuntern.«

Arkadi schleppte sich bis vor die Werkbank, setzte sich aber nicht auf, denn er durfte auch nicht den leisesten Eindruck erwekken, daß es ihm zu wohl ginge. »Ich fühle mich in keiner Weise ermutigt«, sagte er. »Und an was dachten Sie bei diesem Exempel? An einen Prozeß?«

»Bloß keinen Prozeß!« warnte Karp. »Sie haben ihn noch nicht vor einem Richter erlebt, Sie können sich nicht vorstellen, wie der Ihnen das Wort im Mund rumdreht.«

»Ich habe diesen Jungen nicht umgebracht«, sagte Arkadi. »Und wenn Sie beide es auch nicht getan haben, dann spaziert der Mörder in diesem Moment seelenruhig den Hügel hinunter.«

Er duckte sich, denn er sah den Kolben kommen, und so fegte Karp, statt ihm das Gesicht zu zermalmen, nur die Kanister von der Werkbank. Angst kroch in ihm hoch, denn das war nicht mehr die ihm bekannte, offiziell geduldete Verhörpraxis, wie man sie in russischen Polizeirevieren gewohnt war, sondern ein völlig unkontrollierter Racheakt.

»Genosse Korobets!« herrschte Wolowoi den Trawlmaster an. »Ich warne dich, das ist genug.«

»Wozu mit ihm reden?« begehrte Karp auf. »Der Kerl lügt ja doch bloß.«

Wolowoi sagte zu Arkadi: »Der gute Korobets ist bedauerlicherweise kein Intellektueller, aber dafür ein außergewöhnlich tüchtiger Arbeiter, und er beugt sich den Direktiven der Partei – etwas, das Sie nie getan haben.«

Bis auf den weißen Streifen auf seiner niederen Stirn, der die Stelle markierte, an der man ihm die Tätowierung wegoperiert hatte, war Karps Gesicht puterrot.

»Meinen Sie damit Ihre Direktiven?« Arkadi schob sich näher an ein Schnitzmesser heran, das mit den Kanistern von der Werkbank gefallen war.

»Wir haben ihn auf frischer Tat ertappt«, beharrte Karp wütend. »Er wollte fliehen, und er hat den Jungen umgebracht. Das reicht doch wohl. Wir brauchen ihn nicht am Leben zu lassen.«

»Darüber hast nicht du zu entscheiden«, versetzte Wolowoi scharf. »Schwerwiegende Fragen müssen gestellt und beantwortet werden. Zum Beispiel: Wer hat den Kapitän überredet, Renko in einem ausländischen Hafen von Bord zu lassen, obwohl allgemein bekannt ist, was für ein gefährlicher und labiler Charakter dieser Renko ist? Ferner: Was hat Renko mit dieser Bande von Amerikanern ausgeheckt? Neues Denken mag nötig sein, um die Produktivität unserer Arbeit zu steigern, aber was die politische Disziplin angeht, da ist unser Staat bereits allzu lasch geworden. Noch vor einem Jahr hätte es niemand gewagt, Renko an Land gehen zu lassen. Darum ist es von so großer Wichtigkeit, ein Exempel zu statuieren.«

»Ich habe nichts verbrochen«, sagte Arkadi.

Wolowoi dachte darüber nach. »Nun, da wären einmal Ihre provokativen Ermittlungsmethoden, ferner Ihre trickreichen Bemühungen, den gutgläubigen Kapitän und die Mannschaft der *Polar Star* zu beeinflussen, und natürlich der Fluchtversuch. Und wer weiß, in was Sie sonst noch alles verstrickt sind? Wir werden das ganze Schiff auseinandernehmen, jedes Schott und jeden Tank rausreißen. Martschuk wird schon kapieren, was die Glocke geschlagen hat. Alle Kapitäne der Flotte werden das kapieren.«

»Aber Renko ist doch kein Schmuggler«, wandte Karp ein.

»Wer weiß? Außerdem – irgendwas finden wir immer. Wenn ich mit ihr fertig bin, wird die *Polar Star* nur noch für den Schrott taugen.«

»Nennen Sie das etwa Umstrukturierung?« fragte Karp.

Wolowoi riß die Geduld. »Halt du dich da raus, Korobets. Ich werde doch nicht mit einem Sträfling über Politik diskutieren.«

»Dann will ich's dir beibringen, Genosse!« Karp bückte sich nach dem Messer am Boden, bevor Arkadi es erreichen konnte, sprang mit einem Satz zur Pritsche und stieß Wolowoi die Klinge bis zum Heft in den Hals.

»Nun weißt du, wie unter Sträflingen diskutiert wird«, keuchte Karp, während er Wolowois Hinterkopf packte und ihn mit aller Kraft gegen das Messer preßte.

Wolowoi wehrte sich verzweifelt, ein Blutstrahl spritzte hinter ihm über die Wand. Das Gesicht des Ersten Maats verfärbte sich. In seinen Augen stand ungläubiges Staunen zu lesen.

»Was denn? Keine Vorträge mehr?« fragte Karp höhnisch. »Die Umstrukturierung richtet sich nach den Bedürfnissen von ... was? Ich kann Sie nicht hören. Lauter, Genosse! ... richtet sich nach den Bedürfnissen der Arbeiterklasse. Das sollten Sie aber wissen, Genosse!«

Ein Mann übt sich im Gewichtheben, bleibt in Form, aber das

ist nicht das gleiche wie schwere körperliche Arbeit, und es war offensichtlich, daß Wolowois Muskeln im Vergleich zu Karps wachsweich waren. Der Erste Maat zappelte und schlug wild um sich, aber der Trawlmaster hielt das Messer so mühelos in seinem Hals fest, wie ein anderer einen Lichtschalter betätigt hätte. So verfuhren sie in den Arbeitslagern, wenn die Urkas einen Spitzel entlarvten. Immer zielten sie auf die Kehle ihres Opfers.

»Das Soll muß raufgesetzt werden? Noch mehr Arbeit? Was Sie nicht sagen, Genosse!« höhnte Karp.

Wolowois Gesicht wurde zusehends dunkler, und gleichzeitig färbten seine Augen sich weiß, so als würden all die Vorträge, die er noch gespeichert hatte, gewaltsam aus ihm herausgewrungen. Der wachsende Druck raubte ihm den Atem. Seine Zunge trat aus dem Mund.

»Hast du dir wirklich eingebildet, ich würde dir bis in alle Ewigkeit den Arsch lecken?« fragte Karp bitter.

Wolowois Gesicht war jetzt fast schwarz; die Pritsche stürzte gegen die Wand, und seine Hände schossen haltsuchend nach vorn. Seine Augen blickten so verwundert drein, als könne er es nicht fassen, daß all dies ihm selbst und nicht einem anderen zustieß.

Nein, dachte Arkadi, als er genauer hinsah, Wolowoi wundert sich über nichts mehr. Er ist bereits tot.

»Hätte er nur die Klappe gehalten«, knurrte Karp und bewegte das Messer noch einmal ruckartig erst nach rechts, dann nach links, um es schließlich wieder herauszuziehen.

Arkadi wäre am liebsten zur Tür hinausgestürzt, aber er schaffte es lediglich, sich halbwegs aufzurappeln und, als er wieder auf den Füßen stand, einen Kanister Epoxyd zur Verteidigung an sich zu reißen. »Sie haben die Beherrschung verloren.«

»Stimmt«, gab Karp zu, »aber ich glaube, man wird sagen, *Sie* hätten die Beherrschung verloren.«

Wolowoi saß immer noch aufrecht da, als könnte er jeden Augenblick wieder in das Gespräch eingreifen. Vom Hals bis zur Brust schien sein Körper unter dem Strom des ausgetretenen Blutes geborsten zu sein.

»Hat man Sie je in einer psychiatrischen Abteilung behandelt?« fragte Arkadi.

»Waren Sie mal in der Klapsmühle? Na bitte, dachte ich mir's doch.« Karp lächelte. »Ich bin geheilt. Ich bin ein ganz neuer Mensch. Und nun will ich Sie mal was fragen.«

»Nur zu.«

»Gefällt Ihnen Sibirien?«

»Wie bitte?«

»Ich möchte Ihre Meinung hören. Gefällt Ihnen Sibirien?«

»Sicher.«

»Was ist denn das für eine beschissene Antwort? Ich *liebe* Sibirien. Die Kälte, die Taiga, die Jagden, einfach alles, aber vor allem die Menschen. In Sibirien gibt es noch echte Menschen, wie die Eingeborenen hier oben. Die Leute in Moskau geben sich hart, aber in Wirklichkeit sind sie wie Schildkröten. Wenn man ihnen ihren Panzer nimmt oder sie in den Osten verpflanzt, dann kann man sie buchstäblich zertreten. Für mich war Sibirien das Beste, was mir passieren konnte. Da habe ich meine wahre Heimat gefunden.«

»Wie schön für Sie.«

»Wenn ich nur an die Jagden denke.« Karp wischte das Messer an Wolowois Ärmel ab. »Es gibt Leute, die steigen mit dem Helikopter auf und ballern mit Kalaschnikows aus der Luft um sich rum. Ich ziehe eine Dragunow vor, mit Infrarotvisier. Und manchmal mache ich mir nicht mal die Mühe zu schießen. Wie letzten Winter, als sich ein Tiger nach Wladiwostok rein verirrte und die Hunde anfiel. Stellen Sie sich das mal vor, ein wilder Tiger mitten in einer Großstadt! Natürlich hat die Miliz ihn erschossen. Hätte ich nicht gemacht. Wissen Sie, was ich getan hätte? Ich hätte ihn wieder rausgeführt aus der Stadt und hätte ihn laufenlassen. Das ist der Unterschied zwischen Ihnen und mir: Ich hätte den Tiger nicht getötet.« Er lehnte Wolowoi mit dem Rücken gegen die Wand. »Was meinen Sie, wie lange wird er so da sitzen bleiben können? Ich dachte mir nämlich, es wäre doch hübsch, euch beide als Paar da hinzupflanzen. Richtig schön symmetrisch, verstehen Sie?«

Symmetrie ist allemal ein interessanter Fetisch, dachte Arkadi. Er erinnerte sich an das Vorhängeschloß an der Tür zum Bunker. Wenn es ihm gelänge, hier herauszukommen, dann könnte er Karp einschließen.

»Aber es würde nicht plausibel wirken«, sagte er. »Sie wollen doch nicht drei Tote hier zurücklassen. So rechnet sich die Sache nicht. Wenn Sie mich als Täter hinstellen wollen, kann ich nicht gleichzeitig Opfer sein.«

»So sah mein Plan ursprünglich auch nicht aus«, gestand Karp, »aber Wolowoi war solch ein Arschloch. Mein Leben lang habe ich den Mund halten und Arschlöchern wie ihm zuhören müssen – oder solchen wie Ihnen. Sina . . .«

»Sina?«

»Sina sagte Dinge, die einen frei machten oder einem an die Nieren gingen oder einem das Herz aus dem Leib rissen. Jedes ihrer Worte, jedes einzelne, war eine Waffe oder eine Kette oder ein Paar Flügel, je nachdem. Sie kannten Sina nicht. Und *du,* du hast sie auch nicht gekannt«, fügte er, an Wolowoi gerichtet, hinzu. Der Parteifunktionär saß da, den Kopf leicht geneigt, und schien ihnen tatsächlich zuzuhören. »Ein Invalide will also nicht mit einem diskutieren, der aus dem Lager kommt? Ich könnte dir viel erzählen über die Arbeitslager.« Er drehte sich zu Arkadi um. »Und daß ich das kann, verdanke ich Ihnen.«

»Ich werde Sie wieder dorthin zurückschicken.«

»Wenn Sie's schaffen«, sagte Karp und breitete die Arme aus, als wollte er sagen: Endlich sind wir an dem Punkt angelangt, an dem Worte nichts mehr ausrichten können. Endlich bewegen wir uns auf meinem Terrain. Wie eine persönliche Schlußfolgerung setzte er hinzu: »Sie hätten besser daran getan, auf dem Schiff zu bleiben.«

Als Arkadi das Epoxyd nach ihm warf, hob Karp wie beiläufig den Arm und ließ den Kanister daran abprallen. Mit zwei Sätzen war Arkadi an der Tür und stieß sie auf. Aber Karps Faust packte ihn im Nacken und zerrte ihn zurück. Arkadi duckte sich unter dem Messer durch und umklammerte Karps Handgelenk mit jenem Spezialgriff, den er von einem Miliz-Ausbilder in Moskau gelernt hatte. Karp quittierte den Trick mit anerkennendem Gelächter. Er ließ das Messer fallen, schleuderte Arkadi dafür aber mit voller Wucht gegen das Bücherbord. Taschenbücher flatterten heraus wie verängstigte Vögel.

Als Arkadi abermals auf die Tür zuspringen wollte, hob Karp ihn mit bärenstarken Armen hoch und schmetterte ihn über die Baidarka hinweg an die gegenüberliegende Wand. Scheppernd fielen Haifischzähne und schillernde Muscheln auf den Bunkerboden. Karp stieß das Boot um und kauerte sich in der berüchtigten

Urka-Pose nieder, die Arkadi schon anderswo gesehen hatte – mit zwei gespreizten Fingern auf die Augen des Gegners zielend. Arkadi hechtete über die ausgestreckte Hand weg und schlug Karp voll auf den Mund, was den Trawlmaster allerdings nicht außer Gefecht setzen konnte. Also rammte Arkadi ihm die Faust in den Magen, der sich anfühlte wie aus Beton gegossen. Dann schnellte er den Ellbogen zu Karps Kinn hoch und zwang ihn damit endlich in die Knie.

Karp brüllte vor Schmerz, packte seinen Gegner und rammte ihn erst gegen die eine, dann gegen die andere Wand, bis Arkadi nach oben langte und sich an das Fischnetz klammern konnte, das von der Decke hing. Zwar riß Karp ihn gleich wieder herunter, doch Arkadi brachte ein tüchtiges Stück Netz mit, das er dem Trawlmaster über den Kopf warf, bevor er ihn mit einem gezielten Tritt zu Fall brachte. Als er ein drittes Mal versuchte, die Tür zu erreichen, stolperte er über die abgerissenen Spanten des Bootes, und ehe er sich wieder aufrichten konnte, hatte Karp ihn am Knöchel gepackt. Im Liegen hatte er gegen das Gewicht des Trawlmasters keine Chance, und Karp kletterte rittlings auf ihn, ohne sich weiter um Arkadis Schläge zu kümmern, bis der ihm ein Faß voller Ankerschäkel auf den Kopf knallte.

Arkadi wand sich frei. Er versuchte eben, die Tür zu öffnen, als das Faß an seinem Ohr vorbeiflog und den Ausgang blockierte. Karp riß ihn von der Klinke los und warf ihn neben Wolowoi auf die Pritsche. Als empfände er Mitleid mit ihm, sackte der Tote gegen Arkadis Schulter. Karp zog jetzt sein eigenes Messer aus der Tasche, das zweischneidige Fischmesser für den Notfall. Auf der Pritsche ertastete Arkadi unterdessen das blutige Schnitzmesser, das Karp zuvor achtlos dort hingeworfen hatte.

Karp war der Schnellere, und sein Hieb hätte Arkadi ohne Zweifel vom Nabel aufwärts entzweigeschlitzt, hätte der tote Wolowoi nicht endlich das Gleichgewicht verloren und wäre vor ihn hingerutscht. So traf Karps Messer den Ersten Maat, und während er sich vorbeugte, um die Klinge herauszuziehen, die ins falsche Ziel gegangen war, bot er sich seinem Gegner einen Augenblick lang vom Herzen bis zur Kehle ungeschützt dar. Arkadi zögerte. Dann war es zu spät. Karp warf die Pritsche um, und er war zwischen Bett und Wand gefangen. Beim Versuch, sich aufzurichten, verlor Arkadi auch noch sein Messer.

Karp zerrte ihn hinter der Pritsche hervor und warf ihn über Mikes Leichnam in den kleineren Raum. Dann wandte er sich noch einmal Wolowoi zu, beugte sich über dessen Leiche und schnappte sich sein Messer. Den Generator konnte Arkadi kaum von der Stelle bewegen, aber es gelang ihm, einen Kanister hochzuheben. Karp, der merkte, was Arkadi vorhatte, duckte sich, und der Kanister flog an ihm vorbei. Dann erst machte er einen Satz über Mike hinweg.

Mit melodischem Klirren zersprang irgendwo Glas. Der helle Ton erklang, noch bevor Karp zu seinem Sprung angesetzt hatte. Arkadi erinnerte sich im nachhinein der Verblüffung des Mannes vor dem Hintergrund eines grellweißen Leuchtens, als sei plötzlich eine Sonne hinter ihm aufgegangen. Der Explosion der Kerosinlampe und des Benzinkanisters folgte ein Zischen, mit dem das verschüttete Epoxyd sich entzündete. Benzin ergoß sich über den Boden, zuerst fingen die verstreut umherliegenden Bücher Feuer, dann das zerwühlte Bettzeug auf der Pritsche und schließlich der Rand der Werkbank. Karp schlug mit dem Messer nach Arkadi, doch es waren nur mehr halbherzige Stöße, der Trawlmaster war sichtlich außer Fassung. Eine zweite Explosion erfolgte, als auch noch der volle Eimer Epoxyd Feuer fing, und eine Stichflamme schoß bis hoch zur Decke. Dickbraune, ätzende Dämpfe quollen an den Wänden hoch.

»Noch besser«, rief Karp. Einmal noch schwang er sein Messer und rannte dann durch den brennenden Raum zurück zum Eingang; er sah aus wie ein Dämon, der sich aus der Hölle davonmacht. Er riß die Bunkertür auf, und als er sich ein letztes Mal nach Arkadi umsah, tanzten Flammen in seinen Augen. Dann stürzte er ins Freie, und die Tür schlug hinter ihm zu.

Die Baidarka hatte Feuer gefangen; schwarz standen die Spanten vor der durchscheinenden Bootsverkleidung, die brennende Epoxydtropfen ausschwitzte. Die Decke war bereits von giftigem Rauch verschleiert, der gleich einer Sturmwolke um sich griff. Arkadi beugte sich über den toten Mike. Eine denkwürdige Szene, dachte er. Sturm, Feuer, der Aleute, der ausgestreckt neben seinem brennenden Boot lag, Wolowoi auf seinem umgestürzten Scheiterhaufen, ein Ärmel schon von Flammen umzüngelt. Arkadi fiel eine Formulierung aus einem französischen Reiseführer ein: ». . . lohnt den Besuch.« Bisweilen spielte der Verstand einem kurz vor dem Ende noch solche Streiche und schwang sich zu einer eigenwilligen letzten Reise auf. Er hatte die Wahl, entweder im einen Raum zu verbrennen oder im anderen zu ersticken.

Die Hand über den Mund gepreßt, raste Arkadi durch die Flammen und warf sich mit voller Wucht gegen die Tür. Sie gab nach; das Vorhängeschloß war nicht eingeschnappt, sondern Karp blockierte den Eingang nur von außen mit seinem Körpergewicht. Genau wie im Laderaum. Die einfachsten Ideen waren die besten. Flammen leckten nach Arkadis Füßen. Er duckte sich unter der Rauchwolke und atmete keuchend, von Hustenanfällen geschüttelt. Es würde höchstens noch fünf oder vielleicht zehn Minuten dauern; dann konnte Karp die Tür wieder öffnen und sich von seinem Erfolg überzeugen.

Arkadi schob den inneren Riegel vor. Er hatte einmal einen Pathologen gekannt, der behauptete, Renkos größtes Talent bestehe nicht darin, verheerenden Situationen zu entkommen, sondern sie im Gegenteil noch zu komplizieren. Mit angehaltenem Atem kämpfte er sich durch das Feuer zurück, ergriff ein Faß, das im Weg stand, und rollte es in den angrenzenden Raum. Das Faß enthielt Mikes Sammlung ausrangierter Netze. Mit dem geübten Blick eines Fischers zog er das längste Stück Nylongeflecht heraus. Die Flammen aus dem Nebenraum verwandelten die Wasserlache in der Ecke in einen goldschimmernden Teich, in dessen Widerschein er mit Mühe den geborstenen Treppensockel erkennen konnte, darüber die zwei rostigen Eisenflansche unter der geschlossenen Luke. Er kippte das Faß senkrecht in die Pfütze und kletterte hinauf. Auf Zehen konnte er das Netz gerade so hoch schwingen, daß es knapp die Luke erreichte. Sie war nicht dicht, und jetzt quoll der Rauch von nebenan in den Raum, kroch an der Decke entlang und dem Luftzug entgegen, unter dem Arkadi sich mühsam im Gleichgewicht hielt. Das Netz verhakte sich an einem der Flansche, im selben Moment kippte das Faß um und rollte zur Seite. Arkadi gelang es, sich am Netz in die Höhe zu hangeln, von nebenan hörte er im anschwellenden Prasseln des Feuers, wie Flaschen zerbarsten. Er stieß die Luke auf. Rauchschwaden ballten sich unter der Öffnung zusammen, schienen ihn zurückdrängen zu wollen, aber da war er auch schon draußen und rollte über die Erdwälle durchs nebelnasse Gras dem Meer entgegen.

EIS

21

Die ersten Vorläufer des Eisgürtels waren ein paar geborstene Eisschollen, die glatt und weiß wie Marmor auf dem dunklen Wasser schwammen, und während die *Polar Star* und ihre Gefolgschaft von vier Fangbooten, nur begleitet vom Nordwind, rasch und zügig vorwärts kam, machte sich an Bord das beklemmende Gefühl breit, nun völlig isoliert zu sein. Unter Deck konnte man immer wieder ein bisher nicht dagewesenes, fremdartiges Geräusch vernehmen: Eis, das knirschend an der Wasserlinie scheuerte. An Deck lehnte sich die Mannschaft zurück und musterte prüfend die Ausrüstung, die sich über Brücke und Ladegeschirr spannte: langsam rotierende Elektronik, ineinandergreifende Ringe, sternförmige Antennen, Peitschen- und Hochantennen, Radar, VHF, ein Kurzwellensender, Peilfunk und Satelliten-Navigation. Das Bedürfnis, mit der, wenn auch noch so fernen Wirklichkeit Kontakt zu halten, wurde immer dringlicher, als die zunächst vereinzelten Eisschollen sich allmählich zu einem Irrgarten aus glattem, kreisförmigem Treibeis verdichteten. Immer enger schlossen die Trawler hinter der *Polar Star* auf, allen voran die *Eagle*, die für die warmen Gewässer im Golf von Mexiko gebaut war, nicht aber fürs Beringmeer.

Gegen Abend hatte der Wind aufgefrischt, schien rascher und leichter über das Eis hinwegzufegen als zuvor über das Wasser, und er hatte einen leichten Nieselregen mitgebracht, der augenblicklich auf der Windschutzscheibe der Brücke gefror. Die ganze Nacht hindurch spritzte die Mannschaft der *Polar Star* die Decks mit heißem Wasser aus den Boilern ab, damit sich kein Eis auf ihnen festsetzen konnte. Die Trawler, denen das entstabilisierende Gewicht des Eises noch mehr Probleme aufgab, machten es ebenso, und so pflügten sie hintereinander als dampfende Parade durch die Dunkelheit.

Die *Alaska Miss*, deren Schrauben sich beim Zusammenstoß mit einem schwimmenden Eisfeld verbogen hatten, kehrte in der Morgendämmerung um. Die anderen blieben, denn riesige Fischschwärme versprachen reichen Fang. Als es hell wurde, stellten die Kapitäne fest, daß die Eisschollen sich zu einer kompakten Decke zuammengefügt hatten. Vor ihnen dehnte sich ein ebenmäßiger weißer Panzer unter dem blauen Himmelsbogen. Im Kielwasser der *Polar Star* glänzte eine Fahrrinne kohlschwarzen Wassers, in das die Trawler, die untereinander je eine Meile Abstand hielten, ihre Netze tauchten. Aus irgendeinem Anlaß sammelte sich Grundfisch, vor allem Seezungen, mit Vorliebe dicht unter der Eisdecke und ballte sich dort buchstäblich in Schichten übereinander zusammen. Dreißig, vierzig Tonnen schwer kamen die Netze aus dem Wasser, und im Nu waren Fisch, Maschenwerk und Häckselhaar mit funkelnden Eiskristallen überzogen, so daß es aussah, als fischten die Trawler Edelsteine aus dem Meer. Und in gewissem Sinne stimmte das sogar. Die Amerikaner wurden reich, und die Russen verdoppelten ihr Tagessoll.

Trotzdem wehte die Flagge der *Polar Star* auf halbmast. Die gesamte Quote dieser Reise war dem Andenken Fedor Wolowois gewidmet worden. Beileidstelegramme an die Familie des Toten wurden versandt; umgekehrt empfing die *Polar Star* tröstenden Zuspruch vom Flottenkommando in Wladiwostok und von der Firmenverwaltung in Seattle. Die Parteizelle hatte Slawa Bukowski das Amt des Politoffiziers übertragen, und er hatte sich seufzend gefügt. Wolowoi würde die Heimreise im Proviantraum Nr. 2 verbringen, luftdicht verpackt in einem Plastiksack gleich neben dem von Sina Patiaschwili, deren Leiche man ebenfalls hierher überführt hatte, denn im Laderaum wurde jetzt jeder Zentimeter Raum gebraucht. An Bord munkelte man, der Erste Maat sei nicht einfach nur verkohlt, nein, seine Kehle ... In seiner Eigenschaft als Gewerkschaftsvertreter, zu dessen Aufgaben es auch gehörte, Totenscheine auszustellen, trat Slawa solchen und ähnlichen Gerüchten energisch entgegen, aber angesichts seiner zahlreichen neuen Pflichten schien der Dritte Maat eher von Depressionen heimgesucht als durch die unerwarteten Chancen beflügelt. Was Arkadi betraf, so schmerzten ihm zwar alle Glieder von Karps Schlägen, aber nicht ärger, als wäre er eine sehr lange Treppe hinuntergefallen.

Bei der Schmutzbrigade kam alle zehn Minuten eine halbe

Tonne Gelbflossenthunfisch die Förderrinne herunter, der ausgenommen, gesäubert und zerlegt werden mußte. Die Fische waren so stark vereist, daß Obidin, die Malsewa, Mer und die anderen von den Fingern bis hinauf zu den Schultern schon völlig taub waren. Das Kreischen der Sägen und das Gedudel aus dem Radio wurde übertönt vom dumpfen Hämmern des Eises gegen den Schiffsrumpf. Der Eisbrecherbug der *Polar Star* war so konstruiert, daß sich das Schiff durch eine bis zu einem Meter dicke Eisschicht hindurchschneiden konnte. Trotzdem schien der Stahl knirschend zu protestieren. Das ganze Schiff erbebte, und der Rumpf dröhnte unter dem Aufprall des Eises wie eine riesige Trommel.

Während sie die gesäuberten Fische durch die Säge lenkte, warf Natascha ein ums andere Mal einen fragenden Blick zu Arkadi hinüber, doch der konzentrierte sich ganz auf das Vorrücken des Schiffes, lauschte dem harschen Stöhnen des Eises, das sich zwar gegen den massigen Bug wehrte, dann aber doch unter seiner Gewalt brach. Die Erde schien zerbersten zu wollen.

Martschuk sah aus, als habe er eine anstrengende Klettertour hinter sich. Der Nebel, der immer und überall lauerte, bildete einen Dunstschleier, der auf der Windschutzscheibe der Brücke gefror, weshalb der Kapitän auf die Laufbrücke ausgewichen war. Sein Überzieher, die Stiefel, die Handschuhe, die die Finger freiließen, und die Kapitänsmütze waren in jeder Falte mit Eis gesäumt, und auf seinem Bart schimmerte Rauhreif. Als er schließlich seine Kajüte betrat und hinter dem Schreibtisch Platz nahm, bildete sich um ihn her auf dem Fußboden eine kleine Wasserlache. Seine roten Ohren zeugten davon, daß Martschuk seine Kapitänsmütze nicht gegen die mit Ohrenschützern versehene Wollmütze der einfachen Fischer vertauscht hatte. Anton Hess hatte sich draußen an Deck nicht blicken lassen, aber auch er trug zwei Pullover übereinander und die gleichen Handschuhe wie Martschuk. Ein russisches Schiff ist gewöhnlich überheizt – wohlige Wärme ist der Stolz eines jeden russischen Heims –, aber hier oben im Eis war die Wärme durch nichts zu halten. Unter seinem struppigen Haar, das ihm wirr in die Stirn fiel, waren Hess' Augen hohl vor Erschöpfung. Eigentlich waren sie beide, er und der Kapitän, äußerst robust, doch jetzt wirkten sie unsicher, fast verängstigt. Zum erstenmal in ihrem Leben waren sie ohne einen Wachhund der Partei unterwegs – schlimmer noch, sie fuhren mit einem toten Wachhund im Kühlraum.

Neben Arkadi und gleichzeitig so weit von ihm entfernt, wie sich das nur mit Blicken ausdrücken ließ, stand Slawa Bukowski. Es war genau die Gruppe, die sich schon einmal in der Kapitänskajüte versammelt hatte – fast, denn einer fehlte, was allen nur zu gut bewußt war.

»Ich bitte um Entschuldigung, daß ich diese Konferenz erst jetzt einberufe«, sagte Martschuk. »Aber als wir die Anker lichteten, war die ganze Angelegenheit noch zu verworren. Außerdem muß ich mich jedesmal, wenn wir ins Eis vorstoßen, zunächst dem Funkwetterbericht widmen. Die Amerikaner sind das Eis nicht gewöhnt, und darum muß ich ihnen gewissermaßen die Hand halten. Tja, Genosse Bukowski, ich habe Ihren Bericht gelesen, aber vielleicht sollten Sie ihn für die übrigen noch einmal rasch zusammenfassen.«

Slawa nutzte die Gelegenheit vorzutreten, um sich so einen weiteren Schritt von Arkadi zu entfernen. »Mein Bericht basiert auf dem amerikanischen Rapport. Ich habe ihn hier.«

Sowie Slawa seine Aktenmappe öffnete, flatterten die Papiere heraus und auf den Teppich. Arkadi kam der Gedanke, daß Martschuk, wäre er ein Hund, jetzt mit dem Schwanz wedeln würde.

Der Dritte Maat fand das Dokument, nach dem er gesucht hatte. Er las: »Die zuständigen Behörden in Dutch Harbor . . .«

»Wer sind die zuständigen Behörden?« unterbrach Hess.

»Der örtliche Feuerwehrhauptmann. Seiner Meinung nach ist das Feuer zufällig ausgebrochen, das heißt also, es war ein Unfall«, fuhr Slawa fort. »Der Eingeborene Mikhail Krukow war mehrfach gewarnt worden, keine volatilen Materialien mehr für den Bau seiner Boote zu verwenden, und in den Trümmern wurden eine Kerosinlampe, Benzin und Alkohol sichergestellt. Der Unfall ereignete sich in einem Betonbunker aus dem letzten Krieg, der weder über ausreichende Luftzufuhr noch über die vorgeschriebenen Sicherheitsvorkehrungen für den Generator verfügte, den Krukow benutzte. Wie es scheint, haben die Aleuten ohne Erlaubnis eine ganze Reihe von militärischen Einrichtungen übernommen. Daß Krukow sich als Bootsbauer betätigte, war am Ort hinlänglich bekannt. Die Amerikaner nehmen an, daß er Wolowoi eines seiner Modelle zeigen wollte. Die beiden haben sich dabei vermutlich ein paar Schnäpse genehmigt, und irgendwie muß es dann in dem stickigen Raum zu einem Mißgeschick gekommen sein, bei dem die Kerosinlampe zu Bruch ging. Diese setzte toxisches Material in Brand, welches daraufhin explodierte. Fedor Wolowoi wurde anscheinend von fliegenden Glassplittern getroffen. Die so entstandenen Verletzungen führten unmittelbar zum Tode. Mikhail Krukow, so wird angenommen, starb an Verbrennungen und den eingeatmeten giftigen Dämpfen.«

»Mikhail Krukow?« Martschuk hob die Brauen. »Ein russischer Name?«

»Er wurde Mike gerufen«, sagte Slawa.

»Die beiden waren also betrunken?« fragte Hess. »Ist das die Ansicht der zuständigen Behörden?«

»Genau wie bei uns ist auch hier die Bevölkerung für ihren Alkoholmißbrauch bekannt«, sagte Slawa.

Martschuk lächelte wie einer, dem man auf dem Weg zum Galgen einen Witz erzählt hat. Mit diesem Lächeln auf den Lippen wandte er sich an Arkadi. »Wolowoi trank nicht, und er verabscheute Boote. Aber so steht es nun einmal im Bericht. Und man erwartet von mir, daß ich diese Version in Wladiwostok vortrage. Irre ich mich, oder möchten Sie das Gehörte noch um einige Einzelheiten ergänzen?«

Das Schiff erzitterte, als die *Polar Star* sich durch ein Feld besonders festen Eises fraß. Arkadi wartete, bis das Knirschen etwas nachließ. »Nein«, erwiderte er dann knapp.

»Gar nichts?« fragte Martschuk. »Dabei hatte ich den Eindruck, Sie seien jederzeit für eine Überraschung gut.«

Arkadi zuckte die Achseln. Doch dann fragte er Slawa, so als sei ihm das eben erst eingefallen: »Wer hat die Leichen eigentlich entdeckt?«

»Karp.«

»Karp Korobets, der Trawlmaster«, erklärte der Kapitän, an Hess gewandt. »Er war zusammen mit einem Ingenieur von der *Eagle* losgezogen, um Wolowoi zu suchen.«

»Das war Ridley«, ergänzte Slawa. »Er hat Karp den Weg zum Bunker gezeigt.«

»Und um wieviel Uhr wurden die Leichen gefunden?« fragte Arkadi weiter.

»Gegen zehn«, sagte Slawa. »Sie mußten erst die Tür aufbrechen.«

»Haben Sie das mitbekommen?« Martschuk schaute Arkadi vielsagend an. »Sie mußten gewaltsam eindringen, weil die Tür von innen verriegelt war. Also das macht mir Spaß!«

»Karp und Ridley sind also zusammen in den Bunker gegangen?« forschte Arkadi weiter. »Und haben sich drinnen umgesehen?«

»Das nehme ich doch an«, sagte Slawa und zuckte zusammen, als der Kapitän seine Mütze gegen den Stiefel schlug, um das Wasser abzuschütteln. Martschuk setzte die Mütze seelenruhig wieder auf und zündete sich eine Zigarette an. »Nur weiter«, ermunterte er Slawa.

»Wolowoi wurde im Hauptraum des Bunkers gefunden, der Amerikaner in einem kleineren Raum gleich nebenan«, sagte Slawa. »In diesem zweiten Raum befand sich in der Decke eine Art Falltür, aber bei den Nachforschungen konnte keine dazugehörige Leiter entdeckt werden.«

»Mithin konnte man von innen also nicht hinaufgelangen«, sagte Martschuk. »Klingt alles sehr rätselhaft.«

»Ich habe nicht viel von Dutch Harbor gesehen«, bemerkte Arkadi.

»Wirklich nicht?« fragte Martschuk.

»Jedenfalls sind mir keinerlei medizinische Einrichtungen aufgefallen«, fuhr Arkadi fort. »Hat ein Arzt die Leichen untersucht?«

»O ja!« rief Slawa.

»In einem Labor?«

»Nein.« Slawa sah sich in die Defensive gedrängt. »Aber das Feuer und die Explosion konnten einwandfrei nachgewiesen werden, und die Leichen wiesen so starke Verbrennungen auf, daß sie fast nicht mehr transportfähig waren.«

»Geben sich die Amerikaner damit zufrieden?« fragte Arkadi.

»Andernfalls«, sagte Martschuk, »hätten sie die Leichen zur Untersuchung aufs Festland fliegen lassen müssen, und wir hätten ihnen Wolowoi keinesfalls überlassen. Man wird seine Leiche in Wladiwostok untersuchen. Wie dem auch sei, Kapitän Morgan hat den Bericht jedenfalls akzeptiert.«

»Aus reiner Neugier«, sagte Arkadi, »wer war eigentlich nach Korobets und Ridley als nächster am Unglücksort?«

»Morgan«, las Slawa aus seinem Bericht vor.

»Und Sie, Genosse Kapitän?« fragte Arkadi. »Finden Sie den Bericht auch zufriedenstellend?«

»Selbstverständlich. Zwei Männer finden den Tod, einer von uns und einer von den Amerikanern. Praktisch deuten alle Anzeichen darauf hin, daß sie sich betrunken haben und aufgrund irgendeiner Fahrlässigkeit verbrannt sind. Natürlich wird es Stunk geben, aber mit dieser Version können die Amerikaner und auch wir leben. Kooperation ist nun einmal der Inbegriff eines Jointventure.«

Der Kapitän schwieg einen Moment, dann richtete er das Wort an Slawa. »Wolowoi war ein mieser Charakter. Ich hoffe, Sie können ihn ersetzen.« Er beugte sich vor, nun wieder Arkadi zugewandt. »Aber wie, denken Sie, wird sich das für mich auswirken, wenn ich bei der Rückkehr nach Wladiwostok zwei von meinen Leuten in Plastiksäcken abliefern muß? Was wird man mir wohl als nächstes für ein Kommando übertragen? Vielleicht darf ich verseuchten Abfall nach Magadan befördern? Oder wie wär's mit Kamtschatka? Dort flößen sie immer noch Baumstämme. Vielleicht heben sie einen für mich auf.«

»Sie sind mit meiner ausdrücklichen Erlaubnis an Land gegangen«, sagte Hess zu Arkadi. »Ich nehme an, Sie waren immer noch bemüht, Informationen über das tote Mädchen zu sammeln.«

»Nochmals herzlichen Dank«, sagte Arkadi. »Es war sehr anregend und belebend für mich, wieder einmal festen Boden unter den Füßen zu spüren.«

»Aber jetzt haben wir drei Leichen statt einer«, fuhr Hess nachdrücklich fort, »und da einer der Toten zu Lebzeiten auf diesem Schiff die Interessen der Partei wahrnahm, wird die Partei natürlich unangenehme Fragen stellen, wenn wir wieder nach Hause kommen.«

»Irgendwie«, Martschuk starrte Arkadi durchdringend an, »irgendwie habe ich den Eindruck, das alles hängt mit Ihnen zusammen. Sie kommen an Bord, es gibt eine Tote. Sie gehen an Land, prompt haben wir zwei weitere Leichen am Hals. Verglichen mit Ihnen war Jonas der reinste Sonnenschein.«

»Sehen Sie«, fiel Hess ein, »die Frage ist: Wo waren *Sie*? Wolowoi verließ das Hotel, um nach Ihnen zu suchen. Aber sowohl er als auch Sie blieben spurlos verschwunden, und als der Kommissar schließlich entdeckt wurde, da war er nur noch eine verkohlte Leiche oben auf einem Hügel, wo er zusammen mit einem Indianer ...«

»Mit einem Aleuten«, korrigierte Slawa, »so steht es in meinem Bericht.«

»Egal, jedenfalls ein Eingeborener, mit dem Wolowoi zuvor kaum je ein Wort gewechselt hatte. Wie kam er, der sonst nie einen Tropfen Alkohol anrührte, dazu, sich mit einem Bootsbauer dort oben auf dem Hügel zu betrinken? Warum sollte er überhaupt dort raufklettern, wo er doch nach Ihnen suchen wollte?«

»Möchten Sie, daß ich versuche, das herauszufinden, Genosse Hess?« fragte Arkadi.

Hess quittierte Arkadis Gegenfrage mit dem anerkennenden Lächeln des Fachmanns, als zolle er einem Torwart Beifall, der einen harten Schuß gehalten und den Ball dann auch noch ins gegnerische Netz befördert hatte.

»Nein, nein!« wehrte Martschuk ab. »Auf Ihre Hilfe möchten wir von nun an lieber verzichten. Ich sehe schon die Gesichter der Genossen in Wladiwostok vor mir, wenn ich versuchen wollte, denen zu erklären, warum wir Sie mit der Untersuchung von Wolowois Tod beauftragt haben. Nein, jetzt leitet Genosse Bukowski die Ermittlungen.«

»Wieder? Meinen Glückwunsch«, sagte Arkadi zu Slawa.

»Ich habe Renko bereits verhört«, erklärte Slawa. »Er behauptet, nachdem er sich von Susan getrennt hatte, sei ihm übel geworden, weil er zuviel getrunken habe. Dann will er hinter dem Hotel das Bewußtsein verloren haben. Angeblich erinnert er sich an nichts weiter, bis zu dem Zeitpunkt, als wir ihn aus dem Wasser fischten. Er hat ausgesagt, er müsse wohl vom Dock gefallen sein.«

»Israel, der Fabrikleiter, hat mir berichtet, daß Sie erst neulich betrunken in einem der Laderäume gezündelt hätten und dabei um ein Haar erfroren wären«, sagte Martschuk. »Kein Wunder, daß man Ihren Parteiausweis eingezogen hat.«

»Die heimlichen Trinker sind die schlimmsten«, bestätigte Arkadi. »Aber eines ist mir dennoch unklar, Genosse Kapitän. Sie sagten eben, Sie seien mit dem Bericht der Amerikaner einverstanden. Nur, wenn der Brand wirklich ein Unfall gewesen ist, was soll Genosse Bukowski dann eigentlich untersuchen?«

»Ich werte lediglich unsere eigenen Erkenntnisse aus«, sagte Slawa. »Das bedeutet nicht notwendigerweise, daß ich weitere Ermittlungen anstellen werde.«

»Ich verstehe, das ist doch immer die beste Art der Untersuchung.« Arkadi nickte. »Ein geradliniges Verfahren, ohne gefährliche Kurven. Dabei fällt mir ein«, fuhr er an Hess gewandt fort, »könnte ich mein Messer zurückbekommen? Sie erinnern sich doch? Sie haben es an sich genommen, bevor wir an Land gingen.«

»Das müßte ich erst suchen.«

»Bitte, tun Sie das. Es ist schließlich Staatseigentum.«

Martschuk drückte seine Zigarette im Aschenbecher aus und warf einen Blick aufs Bullauge, über dem eine dicke Eisschicht lagerte. »Tja, Renko, damit wären Ihre Tage als Ermittlungsbeamter wieder einmal gezählt. Der Tod Sina Patiaschwilis wird zu den Akten gelegt, bis wir den Heimathafen anlaufen. Meine Herren, die Fische warten auf uns.« Er erhob sich, zog seine Mütze in die Stirn, klaubte den noch glühenden Stummel aus dem Aschenbecher und zündete sich damit eine neue Zigarette an. Seit Dutch Harbor rauchte jeder auf dem Schiff nur noch Marlboro. »Sie sind mir nicht unsympathisch, Renko, aber lassen Sie sich eines gesagt sein: Falls der Genosse Wolowoi nicht im Feuer erstickt ist, falls man ihm, nur mal angenommen, die Kehle durchgeschnitten hat, würde ich Sie als ersten verdächtigen. Noch haben wir allerdings keine Ahnung, wie es Ihnen gelungen sein könnte, ganz ohne Hilfe zwei Männer umzubringen und dann auch noch aus dem brennenden Bunker zu entkommen. Mir gefällt, wie Sie schließlich im Wasser gelandet sind. Auf diese Weise konnte man hinterher weder Rauch an Ihren Kleidern riechen noch irgendwelche Spuren an Ihren Stiefeln finden.« Er schlug seinen Mantelkragen hoch. »Meine Amerikaner warten. Ich komme mir vor, als sollte ich eine Schar kleiner Mädchen über einen zugefrorenen Teich lotsen.«

22

Susan stand an der Heckreling und richtete ihren Feldstecher auf das Kielwasser der *Polar Star*. Mit der bis ans Kinn zugeknöpften Jacke, den Fäustlingen und der Wollmütze sah sie aus wie eine Skifahrerin.

»Na, gibt's was Interessantes?« fragte Arkadi.

»Ich habe nur die *Eagle* beobachtet. Ein Golfschiff sollte nicht hier oben rumfahren.«

»Ich habe Sie gesucht.«

»Das ist ja komisch«, sagte Susan. »Ich bin Ihnen nämlich aus dem Weg gegangen.«

Schon gewohnheitsmäßig sah Arkadi sich um, um festzustellen, ob Karp in der Nähe war. »Auf einem Schiff ist es ziemlich schwer, jemandem aus dem Weg zu gehen.«

»Scheint so.«

»Darf ich mal durchsehen?« fragte er.

Sie reichte ihm den Feldstecher. Arkadi richtete das Glas auf die Wellen, die bis an die Rampe der *Polar Star* hinaufreichten und fast tropisch blau gegen den rostigen Schlund der Wasserrinne schimmerten. Wasser so kalt wie dieses sah aus wie geschmolzenes Blei. Meerwasser kristallisiert erst unter dem Gefrierpunkt, und weil es salzhaltig ist, wird es nicht gleich zu Eis, sondern wabert zunächst wellenförmig und durchscheinend auf schwarzer Dünung, ehe es, zu mattem Grau erlöschend, fest wird.

Die Trawler mußten sich dicht hinter ihrem Mutterschiff halten. Durch den Feldstecher beobachtete Arkadi, wie die *Merry Jane* an der *Eagle* vorbeiglitt und ein Netz einholte, das prall und naßglänzend auf Deck aufschlug. Die *Eagle* machte sich eben bereit, erneut ihr Netz auszuwerfen, und als der Trawler sich mit einer Woge hob, bekam Arkadi zwei Matrosen in gelben Regenmänteln ins Visier. Die Amerikaner benutzten keine Sicherheitsgatter. Das Wasser floß also ungehindert auf die Rampe und wieder zurück, doch die Männer kalkulierten geschickt jede Bewegung und retteten sich mit einem Sprung auf die Sprossen des Ladebaums, sobald eine größere Welle über den Schandeckel schwappte. Durch den Feldstecher erkannte Arkadi, daß es der ehemalige Polizist Coletti war, der die hydraulische Kranwinde bediente. Der Mann neben ihm warf aussortierte Krabben über Bord, und erst, als er sich umdrehte, erkannte Arkadi das spitze Gesicht und das schiefe Grinsen von Ridley.

»Arbeiten die nur noch mit zwei Mann?« fragte Arkadi. »Haben sie niemanden als Ersatz für Mike an Bord genommen?«

»Es sind eben Kapitalisten. Auf diese Weise brauchen sie ihre Heuer nur noch durch zwei zu teilen.«

Ein Fischnetz auszulegen, erforderte selbst unter günstigsten Bedingungen, nämlich bei ruhiger See und mit reichlich Spielraum zum Manövrieren, sehr viel Geschicklichkeit und Fingerspitzengefühl. Die *Aurora* hatte im Eis ihre Trawlleinen mit der Schraube zerfetzt und war ebenfalls schon nach Dutch Harbor zurückgekehrt. Morgan stand im Ruderhaus der *Eagle*, mit einer Baseballmütze auf dem Kopf, und betätigte abwechselnd die Drosselklappe und die Winschen hinter sich.

»Warum sind Sie nicht bei mir im Hotel geblieben?«

»Ich habe doch gesagt, daß Wolowoi hinter mir her war und mich aufs Schiff zurückbringen wollte.«

»Vielleicht wäre es besser gewesen, er hätte es getan. Dann wären gewisse Leute noch am Leben.«

Arkadi, der spitzen Bemerkungen gegenüber schon immer eine lange Leitung hatte, senkte schließlich verdutzt den Feldstecher und sah, daß Susans Wangen nicht nur vor Kälte brannten. Als was war er ihr vorgekommen, als er so plötzlich davongerannt war? Als Feigling, ein verhinderter Frauenheld? Wahrscheinlich eher wie ein Hanswurst.

»Tut mir leid, daß ich plötzlich verschwunden bin«, sagte er.

»Zu spät.« Susan seufzte. »Aber Sie sind nicht bloß vor Wolowoi davongerannt. Ich hab vom Fenster aus gesehen, wie Sie die Straße überquert haben und hinter Mike hergelaufen sind.« Ihr Atem stieg in lauter Wölkchen auf, die ihn zu verhöhnen schienen. »Ja, Sie sind hinter Mike her, und Wolowoi ist Ihnen gefolgt. Jetzt sind die beiden tot, und Sie machen eine Kreuzfahrt durchs Polarmeer.«

Arkadi war wirklich gekommen, um sich bei Susan zu entschuldigen, doch wie auch schon bei ihren früheren Begegnungen schien eine Barriere zwischen ihnen zu stehen, die er nicht überwinden konnte. Im übrigen, was hätte er zu seiner Verteidigung vorbringen können? Daß Mike bereits tot war, als er den Bunker betrat? Daß ein vorbildlicher Trawlmaster seinem Ersten Maat die Kehle durchgeschnitten hatte, obwohl Karp fraglos genügend Zeugen dafür würde beibringen können, daß er sich zum Zeitpunkt der Tat anderswo aufgehalten hatte, während Arkadi ganz allein stand? Und was sollte er ihr sagen, wenn sie ihn fragte, wie er ins Wasser gefallen war?

»Können Sie mir erklären, was sich wirklich abgespielt hat?«

»Nein«, gestand er.

»Dann will ich Ihnen sagen, wie ich es mir vorstelle. Ich glaube, Sie sind irgendwann wirklich mal eine Art Polizist gewesen. Sie tun so, als versuchten Sie, Sinas Tod aufzuklären, doch in Wahrheit hat man Ihnen die Chance eröffnet, von diesem Schiff runterzukommen, sofern Sie alles einem von uns, einem Amerikaner, in die Schuhe schieben. Eigentlich war Mike dafür ausersehen, doch nun, da auch er tot ist, müssen Sie sich jemand anders suchen. Was ich allerdings nicht verstehe«, fuhr sie nachdenklich fort, »ist meine eigene Reaktion. Drüben in Dutch Harbor habe ich Ihnen erst tatsächlich geglaubt. Aber dann sah ich Sie über die Straße schleichen und hinter Mike herlaufen.«

Arkadi wurde es allmählich unbehaglich. »Haben Sie jemandem erzählt, daß Sie mich gesehen haben?«

Sie wirkte verärgert, blickte aber wortlos zur *Eagle* hinüber. Arkadi hob wieder den Feldstecher an die Augen. Der Rumpf des Schiffes senkte sich, verschwand einen Augenblick hinter einer Dünung, und als er wieder auftauchte, sah Arkadi, daß Ridley und Coletti beide auf den Ladebaum geklettert waren, um sich vor dem hereinschlagenden Wasser zu retten, das ihnen andernfalls bis zu den Knien gereicht hätte. Morgan im Ruderhaus hatte inzwischen ebenfalls ein Fernglas genommen und beobachtete seinerseits Arkadi.

»Er wird sich weiter dicht hinter uns halten, nicht wahr?«

»Oder im Eis steckenbleiben«, ergänzte Susan.

»Würden Sie sagen, er ist mit Leib und Seele dabei?«

Eine schaumgekrönte Dünung wuchs wie ein glatter Felsen

zwischen den beiden Männern empor. Morgan hielt das Fernglas fest auf seine Zielperson gerichtet.

»Er ist ein Profi«, antwortete Susan.

»Wollten Sie ihn eifersüchtig machen?« fragte Arkadi »Haben Sie mich darum auf Ihr Zimmer eingeladen?«

Susan holte zum Schlag aus, ließ die Hand aber wieder sinken. Warum? grübelte Arkadi. Hielt sie eine solche Geste für zu banal, zu »bürgerlich«? Unsinn! Samstagsabends hallte die Metro in Moskau von Ohrfeigen nur so wider.

Die Schiffslautsprecher kreischten auf. Es war drei Uhr nachmittags, Zeit für das seichte musikalische Potpourri des Flottensenders. Zum Auftakt ertönte eine Rumba, deren Klänge kubanische Strände vorgaukelten und windbewegte Palmen. Sozialistische Marakas schlugen lateinamerikanische Rhythmen an.

»Die Musik bringt mich wieder darauf«, sagte Arkadi, »daß Sie uns doch ursprünglich in Dutch Harbor verlassen und auf Urlaub gehen wollten. Susan, warum sind Sie auf dieses russische Schiff zurückgekehrt, das Ihnen doch so verhaßt ist? Wegen der Fische? Reizt Sie die Spannung, ob es uns gelingt, unser Soll zu erfüllen?«

»Nein, aber vielleicht lohnt es sich, mitanzusehen, wie Sie in der Schmutzbrigade verrotten.«

Der Funkraum war backbord, gleich die erste Kabine hinter der Brücke. Nikolai, der junge Mann, der das Rettungsboot gesteuert hatte, in dem Hess und Arkadi nach Dutch Harbor gefahren waren, bastelte gelangweilt am Kreuzworträtsel des *Sowjetsport*, als Arkadi eintrat. Auf seinem Schreibtisch stapelten sich Radioempfänger, Verstärker und Aktendeckel, von denen einer mit der roten Banderole für Geheimcodes ausgewiesen war, doch daneben war noch Platz für eine Heizplatte und eine Kaffeekanne. Alles in allem ein recht gemütliches Bild. Die Rumbaklänge aus dem Lautsprecher schwollen an und verebbten wieder. Kein schlechter Dienst, den der Junge da hatte. In moderner Elektronik bewanderte Nachwuchsoffiziere wurden des öfteren bei Fischfangflotten eingesetzt, vorgeblich um Zivildienst in ausländischen Häfen zu leisten. Selbst in Trainingsanzug und Slippern vermittelte Nikolai noch den Eindruck eines frischgebackenen Leutnants, dem eine Zukunft mit goldenen Tressen winkte. Er maß Arkadi mit trägem Blick.

»Was Sie auch auf dem Herzen haben, alter Knabe, ich bin beschäftigt.«

Arkadi vergewisserte sich, daß niemand im Gang stand, dann schloß er die Tür, warf mit einem Ruck den Stuhl des Funkers um und stemmte dem völlig Überrumpelten den Fuß auf die Brust.

»Mein Junge, ich weiß Bescheid: Du hast Sina Patiaschwili gevögelt. Du hast sie auf die geheime Funkstation dieses Schiffes gebracht. Wenn dein Chef das erfährt, dann wanderst du in ein Arbeitslager, und falls du da lebend wieder rauskommst, kannst du von Glück sagen, wenn du noch Haare und Zähne hast.«

Obwohl er wehrlos wie ein Käfer auf dem Rücken lag, hielt Nikolai noch immer den Bleistift umklammert. Seine Augen glichen zwei makellosen blauen Seen. »Sie bluffen.«

»Wenn du meinst. Gehen wir also zu Hess und schenken ihm reinen Wein ein.«

Arkadi sah vor sich einen jungen Mann, der alle Schrecken des freien Falls zu durchleben schien und für den eine behagliche und vielversprechende Welt plötzlich zum Abgrund geworden war.

»Wie haben Sie das rausbekommen?« stammelte Nikolai.

»Schon besser.« Arkadi nahm den Fuß von der Brust des Jungen und half ihm, sich aufzurichten. »So, und nun stell den Stuhl wieder hin und setz dich.«

Nikolai gehorchte prompt, was immer ein gutes Zeichen war. Arkadi drehte den Radioapparat eine Spur lauter. Die Rumba wurde von einem bulgarischen Volkslied abgelöst.

Während Nikolai immer noch völlig perplex vor ihm saß, erwog Arkadi die verschiedenen Möglichkeiten, diese Unterredung fortzuführen: Sollte er sich selbst als früheren Liebhaber Sinas ausgeben oder als Erpresser auftreten oder einfach so tun, als leite er immer noch eine Untersuchung an Bord? Auf jeden Fall brauchte er einen Ansatz, der selbst einen forschen jungen Offizier des Marinenachrichtendienstes in äußerste Verzweiflung stürzen würde. Nikolai sollte das Gefühl bekommen, er befände sich bereits in den Händen des Feindes, den das Militär am meisten verabscheute. Also wählte Arkadi bewußt jene wahrheitsfernen Worte, mit denen der KGB stets seine zwangloseren Gespräche einzuleiten pflegte.

»Entspann dich. Wenn du die Wahrheit sagst, hast du nichts zu befürchten.«

Nikolai schrumpfte in seinem Stuhl zusammen. »Es ist nur ein einziges Mal passiert, bestimmt! Sie hat mich wiedererkannt, von Wladiwostok her. Ich hielt sie für eine harmlose Kellnerin. Wie hätte ich ahnen können, daß sie hier auf dem Schiff sein würde? Vielleicht hätte ich jemandem Meldung machen sollen, aber sie flehte mich an, nichts zu verraten, weil man sie sonst mit dem nächsten Frachter zurückschicken würde. Ich hatte Mitleid mit ihr, na ja, und dann führte eben eins zum anderen.«

»Genauer gesagt, dein Schweigen führte das Mädchen in dein Bett.«

»Aber das hatte ich nicht geplant! Auf einem Schiff existiert nun mal keine Privatsphäre. Und es ist auch nur ein einziges Mal vorgekommen.«

»Nein.«

»Doch!«

»Und was war in Wladiwostok? Erinnere dich: das Goldene Horn!«

»Sie haben Sina da auch schon observiert?«

»Na los, erzähl schon.«

Nikolais Geschichte unterschied sich nicht wesentlich von dem, was Martschuk erzählt hatte. Mit Freunden von seinem Truppenstützpunkt war er ins Goldene Horn gegangen. Alle hatten sie sich für Sina interessiert, doch sie schien nur Augen für ihn zu haben. Als das Lokal geschlossen wurde, nahm sie ihn mit zu sich nach Hause, wo sie Musik hörten, tanzten und schließlich miteinander ins Bett gingen. Und dann hatte er sich verabschiedet und sie nicht wiedergesehen, bis er seinen Dienst auf der *Polar Star* antrat. »Ich dachte, die Ermittlungen wegen Sina wären ausgesetzt worden«, sagte er kleinlaut. »Man hat mir erzählt, Sie würden wieder in der Fabrik arbeiten.«

»War sie eine gute Kellnerin?«

»Miserabel!«

»Worüber habt ihr euch unterhalten?«

Arkadi spürte, wie das Hirn des Funkers erstarrte, gleich einem verschreckten Kaninchen, das nicht weiß, wohin es fliehen soll. Nicht nur, daß er hier in eine mögliche Verschwörung an Bord des Schiffes verwickelt wurde, auf dem er Dienst tat, nein, schlimmer noch, das Verhör hatte sich zuletzt gefährlich auf die Vergangenheit verlagert, was ihn wiederum mit einem Verrat in Verbindung bringen konnte, und sei es auch nur rein zufällig. Die schlimmste Auslegung würde die sein, daß Sina die Pazifikflotte nicht nur einmal, sondern gleich doppelt unterwandert habe, und zwar beide Male mit seiner Hilfe. Wenn auch nicht unbedingt als Auslandsagentin; der KGB war allzeit darauf versessen, seine Spitzel in die Militärdienststellen einzuschleusen, und der Marinenachrichtendienst unternahm immer wieder geradezu paranoide Versuche, die Wachsamkeit der Offiziere aus den eigenen Reihen zu testen, um festzustellen, ob er das eigene Sicherheitssystem durchbrechen konnte.

Wie andere Männer in ähnlich prekärer Lage beschloß Nikolai, ein kleineres Verbrechen auf sich zu nehmen, um damit seine Aufrichtigkeit zu dokumentieren. »In Wladiwostok habe ich die besten Empfangsgeräte der Welt. Ich kann den amerikanischen Militärsender empfangen oder auch Manila oder Nome. Von Zeit zu Zeit muß ich sie ohnehin dienstlich abhören, also schneide ich auch gleich mit – bloß Musik und nur für mich, Geschäfte habe ich damit nie gemacht. Sina habe ich aus reiner Freundschaft ein Band angeboten und ihr gesagt, wir sollten irgendwohin gehen, wo wir es hören könnten. Schön, ja, das war Anmache, aber wir haben über nichts weiter gesprochen als über Musik. Sie wollte, daß ich die Bänder kopiere und durch sie vertreibe. Sina war eben durch und durch Georgierin. Aber ich habe nein gesagt. Wir sind zu ihr nach Hause gegangen und haben uns mein Band angehört. Sonst ist nichts gewesen.«

»Nicht ganz. Immerhin hast du erreicht, was du wolltest, und Sina ist mit dir ins Bett.«

Arkadi erkundigte sich nach Sinas Wohnung, und wieder ähnelte Nikolais Beschreibung der von Martschuk. Eine geräumige Wohnung in einem relativ neuen Gebäude, möglicherweise ein Genossenschaftshaus. Fernseher, Videorecorder, Stereoanlage. Japanische Drucke und Samurai-Schwerter. Türen und Bar mit rotem Plastik gepolstert. Eine Gewehrsammlung in einem verschlossenen Schaukasten. Zwar hatte Nikolai nirgends ein Foto gesehen, aber es war klar, daß ein Mann mit in der Wohnung lebte, und Nikolai hatte angenommen, daß Sinas Freund einflußreich sei und sehr vermögend, entweder ein Schwarzmarktmillionär oder ein hohes Tier in der Partei.

»Bist du Parteimitglied?« fragte Arkadi.

»Ich bin bei den Jungen Kommunisten.«

»Erzähl mir was über die Funkausrüstung hier auf dem Schiff.«

Nikolai war froh und erleichtert, das brenzlige Thema Sina Patiaschwili gegen seine vertraute Technik eintauschen zu können. Der Funkraum der *Polar Star* war ausgestattet mit einem VHF-Radio mit einer Reichweite von etwa fünfzig Kilometern zur Verständigung mit den Fangbooten; daneben standen zwei SSB-Anlagen für größere Reichweiten zur Verfügung. Eine dieser Anlagen war normalerweise auf den Flottensender eingestellt, während die zweite für Funkkonferenzen mit anderen russischen Schiffen im Beringmeer freigehalten wurde oder für den Kontakt mit der Flottenzentrale in Wladiwostok, respektive mit den Büros der Gesellschaft in Seattle. Dazwischen schaltete das Radio immer wieder auf einen Notrufkanal, den alle Schiffe vorschriftsmäßig offen hielten.

Über einen Kurzwellenempfänger konnten ferner Radio Moskau oder die BBC empfangen werden. »Ich werde Ihnen noch was zeigen.« Unter dem Schreibtisch holte Nikolai einen Apparat hervor, der nicht größer war als ein historischer Roman. »Das ist ein CB-Funkgerät. Hat natürlich nur eine sehr begrenzte Reichweite, aber über diesen Sender verkehren die Fangboote miteinander, wenn sie nicht wollen, daß wir zuhören. Ein Grund mehr für uns, auch so ein Ding zu besitzen.« Nikolai schaltete das Gerät ein, und Thorwald, der Kapitän der *Merry Jane*, dröhnte mit norwegischem Akzent: »Diese Scheißrussen haben die George Bank leergeräumt, und nun grasen sie die afrikanische Küste ab, bis es auch dort keinen Fisch mehr geben wird. Aber was soll's, wenigstens verdienen wir ein paar Dollar dabei.«

Arkadi stellte den CB-Funk ab. »Erzähl mir noch was über Sina.«

»Sie war keine richtige Blondine, aber sie hatte ganz schön Feuer.«

»Nein, Sex interessiert mich nicht. Ich möchte wissen, worüber ihr euch unterhalten habt.«

»Musik, das habe ich doch schon gesagt.« Nikolai machte ein Gesicht wie ein Schüler, der zwar kooperationswillig ist, aber nicht begreift, was sein Lehrer eigentlich von ihm erwartet.

»Habt ihr denn nicht auch mal übers Wetter gesprochen?« soufflierte Arkadi.

»Also ihr war es außer in Georgien überall zu kalt.«

»Georgien?«

»Sie hat behauptet, in Georgien wären die Männer so heiß, daß sie's mit allem treiben, was sich nach vorne beugt.«

»Und die Arbeit?«

»Dazu hatte sie eine sehr unsowjetische Einstellung.«

»Was mochte sie am liebsten?«

»Tanzen.«

»Und Männer, was haben ihr die bedeutet?«

»Geld.« Nikolai lachte. »Ich weiß gar nicht, warum ich das sage, denn mich hat sie nie nach Geld gefragt. Sie hatte so eine Art, einen eben noch anzusehen, als wäre man der begehrenswerteste Mann auf Erden, was einem ganz schön einheizte, und schon im nächsten Moment konnte sie einen so verächtlich fixieren, als würde man ihren Erwartungen auch nicht annähernd gerecht. Und wenn ich sie in so einem Moment dann fragte: ›Warum siehst du mich so an?‹, antwortete sie: ›Ich hab mir gerade vorgestellt, du wärst kein Marineleutnant, sondern ein *Afghantsi*, hättest losziehen müssen, um gegen Allah und seine Wahnsinnigen zu kämpfen, und eben hat man dich in einem Zinksarg heimgebracht, und das macht mich traurig.‹ Solche Grausamkeiten dachte sie sich fortwährend aus und kam mittendrin damit raus.«

»Was war mit den Waffen in ihrer Wohnung? Hat sie auch über die gesprochen?«

»Nein. Ich hatte das Gefühl, sie würde mich für einen Schwächling halten, wenn ich sie danach gefragt hätte. Sie hat mir allerdings erzählt, daß dieser Mann, wer immer das gewesen sein mag, mit einer Waffe unterm Kopfkissen schlafen würde. Und ich dachte mir, na ja, das ist eben typisch Sibirien.«

»Und hat sie dir Fragen gestellt?«

»Bloß über meine Familie, meine Eltern. Ob ich oft nach Hause schreiben würde wie ein guter Sohn und die üblichen Päckchen mit Tee und Kaffee heimschickte.«

»Hat die Marine nicht ihr eigenes Versandsystem, damit Pakete nicht erst Monate, nachdem sie verschickt wurden, und obendrein womöglich noch zerfetzt beim Empfänger eintreffen?«

»Die Marine sorgt eben für ihre Leute.«

»Und Sina hat dich gebeten, ein Päckchen für sie zu befördern?«

Der Funker sah höchst einfältig aus, als er jetzt die Augen aufriß. »Ja.«

»Was war drin? Tee?«

»Ja.«

»Und als sie dir das Päckchen gab, da war es bereits verpackt und verschnürt?«

»Ja. Aber in letzter Minute hat sie es sich dann doch noch anders überlegt, und ich bin mit leeren Händen von ihr weg. Das war auch so eine Situation, in der sie mich anschaute, als könnte ich ihren Ansprüchen nie und nimmer genügen.«

»Als ihr euch auf der *Polar Star* wiedergesehen habt, hat sie dir da erzählt, wie sie an Bord gekommen ist?«

»Sie sagte bloß, sie habe sich in dem Restaurant wahnsinnig gelangweilt. Alles sei ihr zu langweilig geworden – Wladiwostok, Sibirien. Als ich wissen wollte, wie sie an die Gewerkschaftskarte gekommen sei, lachte sie mir ins Gesicht und sagte, die habe sie gekauft, was denn sonst? Die diesbezüglichen Vorschriften sind ja allseits bekannt, aber auf Sina trafen sie offenbar nicht zu.«

»Sie war anders als andere Mädchen?«

Nikolai suchte vergeblich nach Worten und gab sich schließlich geschlagen. »Sie hätten sie kennen müssen.«

Arkadi wechselte das Thema. »Wie groß ist eigentlich die Reichweite der SSB-Anlagen?«

»Das ändert sich, je nach Wetterlage. Der Kapitän ist darüber manchmal ganz verzweifelt. Es gibt Tage, da kriegen wir sogar Mexiko rein, und an anderen geht wieder überhaupt nichts. Einige Mannschaftsmitglieder rufen schon mal bis nach Moskau durch, nach Hause; das geht über eine Radio-Telefon-Verbindung. Das Flottenkommando duldet es, weil das die Moral hebt.«

»Können andere Schiffe diese Gespräche abhören?«

»Wenn sie zufällig den richtigen Kanal erwischen, dann kriegen sie mit, was am anderen Ende gesprochen wird, aber nicht das, was wir hier auf dem Schiff sagen.«

»Sehr schön. Mach mir eine Verbindung mit dem Präsidium der Miliz in Odessa.«

»Kein Problem.« Nikolai brannte darauf, ihm einen Gefallen zu tun. »Natürlich müssen alle Anrufe zuerst vom Kapitän genehmigt werden.«

»Dieser nicht. Den wirst du nicht mal protokollieren. Laß uns die Situation rasch noch einmal rekapitulieren«, sagte Arkadi, weil er merkte, daß der Funker zu den jungen Leuten gehörte, die besonders sorgfältig instruiert werden mußten. »Als Marineoffizier kannst du schon allein dafür, daß du Sina Patiaschwili in die geheime Funkstation auf der *Polar Star* geführt hast, des Verrats angeklagt werden. Da du darüber hinaus bereits vorher ein Verhältnis mit diesem Mädchen unterhalten hast, stellt sich ferner die Frage, ob ihr nicht zusammen ein Komplott ausgebrütet und womöglich gemeinsam Landesverrat geplant habt. Aber selbst wenn du tatsächlich nur ganz harmlos versucht haben solltest, die Genossin zu verführen, dann kann man dich immer noch wegen Diskriminierung der sowjetischen Frauenschaft belangen. Hinzu kommt das Versäumnis, illegalen Waffenbesitz anzuzeigen, ferner Diebstahl von Staatseigentum – die Bänder – und Verbreitung antisowjetischer Propaganda – die westliche Musik. Deine Karriere als Marineoffizier wäre in jedem Fall zu Ende.«

Während Arkadi ihm die Rechnung aufmachte, sah Nikolai aus wie einer, der einen Fisch auf einen Bissen schluckt. »Das haben wir gleich, Genosse Renko. Das heißt, ein, zwei Stunden kann es schon dauern, aber ich mache Ihnen die Verbindung.«

»Ach, übrigens, wo du doch so ein Musikliebhaber bist: Wo warst du eigentlich während des Festes?«

»Ich konnte nicht teilnehmen, weil . . . meine anderen Pflichten.« Er senkte den Blick, ein Hinweis auf die geheime Nachrichtenstation unter Deck, die Arkadi bisher noch nicht gefunden hatte. »Es ist komisch, daß Sie von Musik sprechen. Ich meine, die Bänder, die Sina in ihrer Wohnung in Wladiwostok hatte? Ein paar waren Rock-Aufnahmen, aber die meisten waren *Magnatisdat.* Sie wissen schon, Räuberballaden.«

»›Die Kehle schlitzt mir auf, die Hände hackt mir ab, aber meiner Gitarre Saiten, die laßt heil.‹«

»Genau! Sie haben sie also doch gekannt.«

»Nein, aber jetzt kenne ich sie.«

Als er hinausging, mußte Arkadi sich eingestehen, daß er Nikolai härter angefaßt hatte, als nötig gewesen wäre. Die sarkastische Bemerkung über sein Alter – das war Nikolais Fehler gewesen. Arkadi merkte, wie er sich unbewußt mit der Hand übers Gesicht fuhr. Sah er alt aus? Er fühlte sich jedenfalls nicht so.

23

Unter Guris Koje lag ein neuer Nylonsack, vollgestopft mit Plastikbeute: Sony-Walkmen, Swatch-Uhren, Aiwa-Lautsprecher, Water-Pik-Mundduschen, ein Mickey-Mouse-Telefon und außerdem noch stangenweise Marlboro. An der Schranktür klebten Schnappschüsse von Obidin, der mit sauber gestriegeltem Bart vor der Holzkirche von Unalaska posierte, so bescheiden, als säße er neben seinem Schöpfer auf einer Wolke. Drinnen im Schrank mischten sich die Ausdünstungen der Gläser voll selbstgebranntem Fusel mit dem Duft frischer wie eingemachter Früchte aus dem Laden in Dutch Harbor. Wer immer hineinlangte und nach seiner Jacke griff, dem schlug das süßliche Aroma von Pfirsichen, Kirschen und Mandarinen entgegen. Doch der eigentliche Botanikerwinkel der Kabine war allerdings Koljas Bord mit den Pflanzen, die er auf der Insel gesammelt und in seine Papptöpfe gepflanzt hatte. Da standen unter anderem ein Miniaturstrauch mit winzigen purpurfarbenen Beeren, die sichelförmigen, papierdünnen Blätter einer Zwergiris und ein verwaister Stengel, dem nur noch eine einzige feuerrote Blüte geblieben war. Auf einer angefeuchteten Seite der *Prawda* prangte ein üppig mit gefiedertem Moos überwucherter Lavastein.

Kolja machte den Führer für Natascha; im milchigen Licht des mit Rauhreif überzogenen Bullauges glich seine Ecke der Kabine einem veritablen Gewächshaus. Zum erstenmal gelang es ihm, Natascha zu beeindrucken. »Jede Expeditionsgruppe ist so verfahren«, erklärte er. »Cook und Darwin füllten die engen Laderäume ihrer Segler mit botanischen Proben, stopften den Kettenkasten mit Pflanzenknollen voll und stapelten Brotfruchtbäume an Deck. Sie müssen nämlich wissen, Natascha: Leben gibt es überall. Nehmen Sie nur die Eisdecke, von der wir jetzt eingeschlossen sind. Unter der wachsen Massen von Algen. Und von denen wiederum nähren sich jene winzigen Lebewesen, die ihrerseits die Fische anlocken. Und natürlich folgen den Fischen größere Räuber: Robben, Wale, Eisbären. Sie sehen also, es wimmelt geradezu von Leben im scheinbar toten Eis.«

Arkadi war in Gedanken mit einer ganz anderen Art von Botanik beschäftigt. Er saß über den schmalen Tisch gebeugt, rauchte eine von Guris Zigaretten und dachte an wilden Hanf, an Tausende von Hektar üppigen, wilden mandschurischen Hanfs, schwer von rauschgifthaltigen Pollen, Blüten und Blattwerk. Wie bare Rubel wuchs und gedieh er überall in den zerklüfteten Bergtälern Asiens. Und jeden Herbst brach das »Grasfieber« aus, wie die Sibirier es nannten: Gleich Parteifreiwilligen – nein, motivierter – pilgerten die Leute dann in hellen Scharen zur Ernte aufs Land hinaus. Oft brauchten sie gar nicht weit zu fahren, denn der Hanf wuchs überall – im Straßengraben, im Kartoffelacker, im Tomatenbeet. Die unter dem Namen *Anascha* bekannte Ausbeute brachte man, in Säcke verpackt, auf Lastern nach Moskau, wo das Kraut entweder zu Zigaretten gedreht oder in Pfeifen gestopft und geraucht wurde.

Daneben gab es *Plan*. Haschisch. *Plan* kam kiloweise, zu Ziegeln gepreßt, aus Afghanistan oder Pakistan und wurde auf verschiedenen Routen nach Moskau befördert, teils mit Militärlastern auf dem Landweg, teils per Fähre übers Schwarze und Kaspische Meer, dann weiter durch Georgien und schließlich nordwärts der Hauptstadt zu.

»Eisbären wandern mitunter Hunderte von Kilometer weit aufs Eis hinaus«, sagte Kolja eben zu Natascha. »Niemand weiß, wie sie ihren Weg finden. Sie jagen auf zweierlei Art: Entweder warten sie vor den Löchern, wo die Robben zum Luftholen an die Oberfläche kommen, oder sie schwimmen unter der Eisdecke entlang und halten Ausschau nach dem Schatten einer Robbe über sich.«

Oder Mohn, dachte Arkadi. Wie viele Kolchosen in Georgien mochten wohl ihr Anbausoll dieser Wunderblume übererfüllen? Wieviel wurde heimlich von der Tenne gefegt, getrocknet, in Ballen verpackt, zu Morphium verarbeitet und dann scheinbar vom Wind nach Moskau geblasen?

Aus dem Blickwinkel eines Ermittlungsbeamten erschien Moskau wie eine unschuldige Eva, umgeben von gefährlichen Gärten, ständig in Versuchung geführt durch die schmeichlerischen

Schlangen Georgien, Afghanistan und Sibirien. Der »Tee«, den Sina durch Nikolai hatte verschicken wollen, war ohne Zweifel eine Rolle Hanf gewesen – *Anascha.* Sie hatte ihre Meinung geändert, vermutlich, weil die Lieferung zu klein und nicht das Risiko wert war. Trotzdem bewies auch dieser abgebrochene Versuch, daß zumindest einige Mitglieder eines Verteilernetzes hier auf diesem Schiff operierten.

»Und all diese Blumen haben Sie rund um den Laden in Dutch Harbor gefunden?« fragte Natascha.

»Nun ja, man muß wissen, wo es sich zu suchen lohnt«, sagte Kolja.

»Die Saat der Schönheit gedeiht überall.« Natascha trug ihr Haar zurückgekämmt, damit die Kristallohrgehänge, die sie in Dutch Harbor gekauft hatte, besser zur Geltung kamen. »Meinen Sie nicht auch, Arkadi?«

»Das läßt sich nicht leugnen.«

»Nun sehen Sie einmal, wie konstruktiv Genosse Mer seine Zeit an Land genutzt hat. Nicht so wie gewisse Leute, die sich erst abscheulich betrinken und dann ins Wasser fallen.«

»Ja, ja. Kolja, ich verneige mich vor deinem wissenschaftlichen Eifer.« Arkadi bemerkte, daß der Ringhefter seines Kabinenkameraden mit dem grauen Einband aus Krokodillederimitation einer von denen war, die im Schiffsladen verkauft wurden. Genauso einen hatte auch Sina gehabt. »Darf ich mal sehen?« Er blätterte flüchtig ein paar Einträge durch. Auf jeder Seite hatte Kolja eine seiner Pflanzen sowohl mit russischem wie mit lateinischem Namen katalogisiert und außerdem Fundort und -zeit vermerkt.

»Bei Ihrem Sturz ins Wasser, waren Sie da allein?« fragte Natascha.

»Dadurch war es nicht ganz so peinlich.«

»Susan war also nicht bei Ihnen?« forschte Natascha weiter.

»Nein, niemand.«

»Du hättest dich verletzen können.« Kolja war jetzt noch aufgebracht. »Alkohol trinken und dann ganz allein und bei Nacht ins Wasser torkeln.«

»Ich habe mich schon gefragt«, sagte Natascha, »was Sie vorhaben, wenn wir wieder in Wladiwostok sind. Als er noch lebte, hat Genosse Wolowoi angedeutet, daß Sie Schwierigkeiten mit den

Grenzkontrollen bekommen könnten. Da dürfte ein positiver Leumund seitens Ihrer Schiffskameraden hilfreich sein, vor allem, wenn es Parteimitglieder sind, die sich für Sie verwenden. Vielleicht möchten Sie ja irgendwo anders noch mal von vorn anfangen. Auf dem Jenissei werden zur Zeit ein paar sehr schöne Wasserkraftwerke gebaut. Die Arbeiter dort bekommen den üblichen Polarbonus, und außerdem gibt es einen Monat Urlaub an einem Ort ihrer Wahl. Sie würden doch im Handumdrehn lernen, mit einem Kran umzugehen.«

»Danke, ich werd's mir überlegen.«

»Wie viele ehemalige Ermittlungsbeamte aus Moskau können sagen, daß sie einen Damm gebaut haben?« fragte Natascha.

»Nicht viele.«

»Wir könnten uns eine Kuh halten. Ich meine, *Sie* könnten sich eine Kuh anschaffen, wenn Sie mögen. Jeder dort, der eine Kuh halten möchte, kriegt eine Genehmigung. Und ein eigenes Stück Land hätten Sie außerdem. Da wäre dann auch Auslauf für ein Schwein. Oder sogar Hühner, obwohl man für Geflügel im Winter ein warmes Plätzchen braucht.«

»Eine Kuh? Hühner?« Arkadi schüttelte den Kopf. Was war das jetzt wieder?

»Der Jenissei – ein interessantes Gebiet«, sagte Kolja versonnen.

»*Sehr* interessant sogar«, bekräftigte Natascha. »Wunderschöne Taiga mit Kiefern und Lärchen. Wild, Mooshühner.«

»Und eßbare Schnecken«, ergänzte Kolja.

»Aber man kann sich ja auch eine Kuh halten. Platz für ein Motorrad. Picknicks am Flußufer. Eine junge, moderne Stadt voller Leben, voller Kinder. Sie ...«

»Verstand Sina etwas von Schiffen?« unterbrach Arkadi ihren schwärmerischen Redefluß. »Ich meine, kannte sie sich mit den Fachbegriffen aus, wußte sie, wie man die verschiedenen Teile eines Schiffes nennt?«

Natascha traute ihren Ohren nicht. »Sina? Schon wieder?«

»Wenn Sie ›Fischraum‹ gesagt hätte, was hätte sie damit gemeint?«

»Sina ist tot. Und die Ermittlungen sind abgeschlossen.«

»Hätte sie den eigentlichen Fischladeraum gemeint oder irgendwas in der Nähe?« fragte Arkadi unbeirrt weiter.

»Sina wußte nichts von Schiffen, nichts von ihrer Arbeit, sie kannte überhaupt nichts außer ihren eigenen Interessen. Und sie ist tot«, sagte Natascha erbittert. »Woher diese plötzliche Faszination? Als sie noch lebte, haben Sie sich nicht den Deut um sie gekümmert. Es war etwas anderes, als der Kapitän Sie mit den Ermittlungen über ihren Tod beauftragt hatte. Aber mittlerweile ist Ihr Interesse an Sina ja direkt krankhaft, jawohl krankhaft und widerlich.«

Arkadi zog sich die Stiefel an. »Da könnten Sie recht haben«, sagte er.

»Ach, Arkascha, es tut mir leid. Das hätte ich nicht sagen sollen. Bitte, verzeihen Sie mir.«

»Sie brauchen sich nicht dafür zu entschuldigen, daß Sie mir ehrlich Ihre Meinung gesagt haben.« Arkadi griff nach seiner Jacke.

»Ich hasse das Meer.« Natascha seufzte. »Ich hätte nach Moskau gehen sollen. Dort hätte ich Arbeit in einer Fabrik gefunden und mir einen Mann suchen können, der zu mir paßt.«

»Die Fabriken sind Ausbeutungsbetriebe«, sagte Arkadi, »und Sie hätten sich mit einem Platz in einem Wohnheim begnügen müssen, wo einen von den Nachbarn nichts weiter als ein Vorhang trennt. Die Heime sind grauenhaft überfüllt. Sie hätten entsetzlich gelitten. Eine große Blume verdient viel Platz.«

»Ja, das stimmt wohl.« Sie war sichtlich geschmeichelt.

Unter Deck, im Bugraum, dröhnte und stampfte es so, als bräche die *Polar Star* nicht nur durch eine Eisdecke, sondern als pflügte sie durch eine unsichtbare Landschaft, wo sie Häuser und Bäume niederwalzte und ganze Felsblöcke zur Seite schob. Arkadi wäre nicht überrascht gewesen, wenn er gesehen hätte, wie Betten oder Äste den rostigen Stahlrumpf durchbohrten. Was wohl die Ratten davon halten mochten, die doch schon vor Generationen das Festland verlassen hatten? Ob dieser Lärm uralte Erinnerungen und wirre Träume in ihren Schlaf trug?

Sina hatte »Fischraum« gesagt, aber sie konnte nur den Kettenkasten *daneben* gemeint haben. Dieser Raum war der tiefste und am weitesten vorgelagerte des Schiffs, ein winkliger Behälter für allen möglichen Kleinkram, normalerweise vollgestopft mit Ankerketten und Trossen, ein dunkles Kabuff, das selbst ein gewissenhafter Bootsmann während der gesamten Reise höchstens ein-, zweimal aufsuchte. Nur ein Guckloch in einer Nische der wasserdichten Luke deutete darauf hin, daß es sich hier um keinen gewöhnlichen Zugang handelte. Bevor Arkadi anklopfen konnte, sprang die Luke mit einem Luftknall auf, der sich anhörte, als entkorke jemand eine Flasche. Kaum war er eingetreten, da hatte die Luke sich auch schon hinter ihm geschlossen, und Arkadi spürte einen starken Druck auf sein Trommelfell.

Im Licht einer roten Glühbirne, die schirmlos von der Decke hing, sah er Anton Hess in einem Drehstuhl sitzen. Bei dieser diffusen Beleuchtung hatten seine wild zu Berge stehenden Haare direkt etwas Verwegenes. Hinter Hess flimmerten drei Monitore, die an das Echolot der Brücke angeschlossen waren; auf ihren Bildschirmen wogten drei grüne Ozeane über drei orangefarbenen Meeresböden. Der Ingenieur sah aus wie ein Magier, der mit Bottichen voll fluoreszierender Farbe hantiert. Zu seiner Linken befanden sich zwei Loran-Systeme mit Leuchtfadenkreuzen, die Längen- und Breitengrade auf Karten markierten, ein Verfahren, das den Planschreibern entsprach, die Arkadi auf der *Eagle* gesehen hatte, und doch konnte sich die technische Ausrüstung auf Martschuks Brücke mit diesem hochmodernen Apparat in keiner Weise messen. Rechts neben Hess standen ein leeres Oszilloskop und ein Schallortungsgerät, komplett mit Überblendungseinrichtung und Kopfhörern. Darüber befand sich ein Monitor, dessen Bildschirm in grauen Halbtönen den Durchgang zwischen Kettenkasten und Laderaum zeigte, in dem Arkadi eben noch gestanden hatte. Ferner gab es eine kleine Computerzentraleinheit und ein Gestell voller Gerätschaften, die Arkadi freilich in dem rötlichen Dunstschleier nicht klar erkennen konnte, wenngleich sämtliche Apparaturen nebst Tisch und Feldbett in einem Raum zusammengepfercht waren, der nicht größer schien als ein geräumiger Kleiderschrank. Ein U-Bootfahrer mochte sich hier allerdings ganz wie zu Hause fühlen.

»Ich wundere mich nur, daß Sie solange gebraucht haben, um mich zu finden«, sagte Hess.

»Ich auch.«

»Nehmen Sie Platz.« Hess deutete auf die Pritsche. »Willkommen in unserer kleinen Funkstation. Leider herrscht hier Rauchverbot, weil die Luftzirkulation fehlt, aber es ist wie bei den Fallschirmjägern: Jeder schnürt seinen Schirm selber und ist folglich auch allein dafür verantwortlich. Ich habe diesen Raum hier entworfen, also kann ich auch niemand anderem die Schuld an irgendwas geben.«

Ein Grund dafür, daß die Funkstation so klein war, bildete die schwere Schallisolierung sämtlicher Oberflächen; sogar ein künstliches Deck hatte man eingezogen, dessen schalldichte Platten das Knirschen von Eis auf Stahl dämpften. Als Arkadis Augen sich an die diffusen Lichtverhältnisse gewöhnt hatten, entdeckte er noch einen zweiten Grund für die Enge: Im Deck war dort, wo die Schotten zusammenstießen, eine weiße Hemisphäre von einem Meter Durchmesser verankert. Und diese Kuppel schien der Deckel von irgendeiner größeren Apparatur zu sein, die offenbar direkt in den Schiffsboden eingelassen war.

»Beachtlich«, sagte Arkadi.

»Ach nein, eher bemitleidenswert. Sie sehen hier den verzweifelten Versuch, die mangelnde Fairneß der Geographie sowie die Last der Geschichte auszugleichen. Kein größerer Hafen der Sowjetunion mit direktem Zugang zum offenen Meer ist nicht sechs Monate im Jahr durch Eis blockiert. Von Wladiwostok aus muß unsere Flotte entweder durch den Kurilen-Graben oder durch die Straße von Korea. Im Kriegsfall würden wir wahrscheinlich kein einziges Überwasserschiff aufs offene Meer rausbekommen. Na ja, zum Glück gibt's ja U-Boote!«

Auf den drei Monitoren sah Arkadi ein orangefarbenes Flechtwerk wellengleich anschwellen, das Signal dafür, daß Grundfisch zur Nahrungsaufnahme hochstieg. Niemand wußte, warum, aber der Fisch bevorzugte nun einmal verschmutztes Wasser. Hess hielt Arkadi etwas Glitzerndes vor die Nase: eine Taschenflasche voll Brandy auf Körpertemperatur.

»Unter Wasser sind wir dem Gegner also ebenbürtig?«

»Wenn man davon absieht, daß sie sechzig Prozent ihrer Raketenträger ständig auf Patrouille halten können, während uns das nur mit knapp fünfzehn Prozent gelingt. Außerdem sind ihre Schiffe leiser, schneller und tauchen tiefer. Aber hier kommt Ironie ins Spiel, Renko. Ich weiß, Sie schätzen Ironie ebenso wie ich. Der einzige Ort, wo unsere U-Boote sich sicher verstecken können, ist hier, unter dem arktischen Eis, und der einzige Weg, auf dem die Amerikaner uns vom Pazifik aus folgen können, führt übers Beringmeer und durch die Beringstraße. Hier also haben zur Abwechslung einmal wir die Chance, *sie* abzuwürgen.«

Gastgeber und Gast tranken auf die Geographie. Als Arkadi sich zurücklehnte, quietschte das Feldbett unter ihm, und unwillkürlich dachte er an Sina, die auf ebendieser Pritsche gelegen hatte. Damals hatte freilich niemand Vorträge über Geographie oder Geschichte gehalten. »In gewissem Sinne haben also auch Sie Ihr Soll an Fischen«, sagte er.

»Schon, aber ich muß sie nicht fangen, sondern bloß belauschen. Sie wissen doch, daß die *Polar Star* im Trockendock war.«

»Ich hab mich schon die ganze Zeit gefragt, was für Arbeiten da eigentlich durchgeführt worden sind. Wir unten in der Fabrik konnten nämlich keinerlei Verbesserungen feststellen.«

»Ganz recht, Renko, was wir der *Polar Star* verpaßt haben, sind ein Paar Extra-Ohren!« Hess nickte zu der weißen, ins Deck eingelassenen Kuppel hinüber. »Ist eine hochempfindliche Sonar-Anlage, ein passives System, ein Kabel mit Hydrophonen, die mittels einer elektrischen Winsch unter dieser Kugel betrieben werden. Auf U-Booten installieren wir den Hohlbohrer, so nennt man das Ding, über dem Heck. Aber hier auf der *Polar Star* haben wir ihn am Bug montiert, um zu verhindern, daß sich das Kabel womöglich in einem amerikanischen Netz verfängt.«

»Und bevor ein Netz angeliefert wird«, ergänzte Arkadi, »holen Sie das Kabel ein.« Darum also hatte Nikolai Zeit gehabt, sich mit Sina zu beschäftigen – weil gerade eine Ladung Fisch an Bord kam.

»Für die Tiefsee ist das System nicht gerade effektiv, doch hier befinden wir uns zum Glück in relativ seichten Gewässern. U-Boote, selbst amerikanische, kommen mit seichten Gewässern sehr schlecht zurecht. Sie versuchen, eine Meerenge so schnell wie möglich zu passieren, aber je schneller sie fahren, desto lauter werden sie, und wir können sie dann wunderbar anpeilen. Jedes Schiff gibt nämlich seine eigenen, ganz unverwechselbaren Geräusche von sich, wissen Sie.« Hess wandte sich in seinem Drehstuhl einem Pult mit Computer, Monitor und einer Diskettendatei zu. »Hier haben wir die Klangkombinationen von fünfhundert U-Booten archiviert, eigenen und amerikanischen. In vergleichender Abstimmung ermitteln wir ihre Routen und Einsätze.

Natürlich könnten wir das auch auf einem unserer U-Boote oder Vermessungsschiffe machen, aber vor denen halten sie ihre Unterseeboote tunlichst versteckt. Die *Polar Star* dagegen, nun, das ist nur ein Fabrikschiff irgendwo im Beringmeer.«

Arkadi dachte an die Karte, die er in der Kabine des Flotteningenieurs gesehen hatte. »Eins von fünfzig harmlosen sowjetischen Fabrikschiffen in ihren Hoheitsgewässern?«

»Genau. Das ist der Leitgedanke, harmlos und unauffällig. Eines von vielen Erfolgsgeheimnissen.«

»Raffiniert.«

»Aber nein.« Hess winkte ab. »Ich will Ihnen mal ein raffiniertes System elektronischer Nachrichtenbeschaffung schildern. Die Amerikaner plazieren nukleargespeiste Monitore vor der sibirischen Küste. Ihre Container fassen sechs Tonnen Aufklärungsgerät plus einen gehörigen Plutonium-Vorrat, mit dem sie unbegrenzte Zeit direkt vor unserer Nase senden können. Amerikanische U-Boote laufen den Hafen von Murmansk an und montieren ihre Hydrophone direkt an unsere Unterseeboote. Die Amerikaner brüsten sich nun mal gern mit Trophäen. Umgekehrt würden sie, falls ihnen unser Kabel in die Hände fiele, das selbstredend in Washington an die große Glocke hängen, mit dem entsprechenden Medienrummel, versteht sich, den sie ja wahrlich meisterhaft zu inszenieren verstehen. Sie würden sich aufführen, als hätten sie nie zuvor eine Konservendose an einem Strick gesehen.«

»Das also ist Ihr heißer Draht – eine Dose an einem Strick?«

»Mikrophone, befestigt an einem dreihundert Meter langen Kabel, das ist im wesentlichen die Konstruktion, ja.« Hess gestattete sich ein flüchtiges Lächeln. »Interessant ist die Software; die wurde ursprünglich in Kalifornien zum Aufspüren von Walen entwickelt.«

»Kommt es auch vor, daß Sie mal ein Schiff mit einem Wal verwechseln?«

»Nein.« Hess strich mit dem Finger über den runden Schirm des Oszilloskops, so behutsam, als wäre es die Kristallkugel eines Hellsehers. Und wirklich zeugte das Gerät von jener besonderen handwerklichen Qualität, welche die vom Ministerium für Elektrotechnik erstellte Hochtechnologie bisweilen auszeichnete. »Wale und Delphine klingen wie Richtbaken in großer Tiefe. Es gibt Wale, die bis an die tausend Meter weit erkennbar sind – tiefe Baßtöne in der typischen Langwellenfrequenz. Daneben melden sich andere Fische, Robben, die Fischen nachjagen, Walrösser, die mit ihren Stoßzähnen den Meeresboden aufwühlen. Das alles hört sich an wie ein großes Orchester, das unermüdlich seine Instrumente stimmt. Und dann, auf einmal ertönt mittendrin ein ganz eigenartiges Zischen, das nicht dazugehört.«

»Sind Sie am Ende Musiker?« fragte Arkadi.

»Als Kind dachte ich, ich wäre zum Cellisten berufen.«

Arkadi sah auf die Monitore, beobachtete das dreifache Bild orangefarbener Fischschwärme, die in einem grünflimmernden Ozean emporstiegen. Die weiße Kuppel war mit Klammern befestigt, ließ sich also offenbar abnehmen. Was hätte Hess auch tun sollen, wenn die Winsch gewartet werden mußte, etwa einen Taucher hinunterschicken?

»Was glauben Sie, warum ich Sie von der Schmutzbrigade abziehen ließ?« forschte Hess. »Ich will es Ihnen sagen, mir war etwas höchst Verdächtiges zu Ohren gekommen: daß nämlich dieses tote Mädchen, diese Sina, die Angewohnheit hatte, jedesmal, wenn die *Eagle* uns ein Netz lieferte, an die Heckreling zu laufen. Warum? Um einem jungen Aleuten zuzuwinken? Nun, wir glauben doch wohl beide nicht an solche Kindereien. Die einzig denkbare Lösung war die, daß sie Kapitän Morgan signalisierte, ob wir das Kabel ausgefahren hatten oder nicht.«

»Ist es denn sichtbar?«

»Bei den Tests hatten wir nicht den Eindruck, aber sie muß irgendwie gemerkt haben, daß außer Morgans Netz da noch was anderes im Wasser war.«

»Wie ich höre, ist er ein guter Fischer.«

»George Morgan hat im Golf von Thailand gearbeitet, vor Guantanamo und Grenada. Mit dieser Erfahrung sollte er sein Handwerk verstehen. Darum habe ich ja auch anfangs die Untersuchung befürwortet. Weil ich es für ratsam hielt, die Wahrheit so bald wie möglich ans Licht zu bringen und den Verräter zu entlarven. Aber ich muß Ihnen sagen, Renko, daß es für meinen Geschmack inzwischen schon zu viele Leichen gegeben hat. Erst das Mädchen, dann Wolowoi und der Amerikaner. Und Sie schlängeln sich in allen Fällen rein und raus, ohne daß man Sie zu fassen bekäme.«

»Sinas Tod kann ich aufklären.«

»Und auch, wie unser Erster Maat zu Röstfleisch wurde? Nein, wir wollen das Wladiwostok überlassen. Mittlerweile haben sich zu viele Fragen angesammelt, einschließlich der, wie Sie in die Sache verstrickt sind.«

»Jemand versucht mich umzubringen.«

»Damit können Sie bei mir nicht landen. Sina-Susan-Morgan, das ist die Kette, an der ich interessiert bin. Sehen Sie zu, daß Sie sich da irgendwie reinfinden, und Sie haben mein Interesse gerechtfertigt. Alles übrige geht mich nichts an.«

»Es kümmert Sie also gar nicht, was mit Sina geschehen ist?«

»Für sich genommen? Natürlich nicht.«

»Und wie steht es mit Beweisen für Schmuggel an Bord? Würde Sie das interessieren?«

Hess wehrte entsetzt ab. »Um Himmels willen, nein! Das wäre doch bloß eine Einladung für den KGB, seine Nase in die Angelegenheiten des Nachrichtendienstes zu stecken. Renko, versuchen Sie doch mal, den Blick über solche Bagatellfälle zu erheben. Liefern Sie mir was Handfestes!«

»Zum Beispiel?«

»Susan. Ich habe Sie beide in Dutch Harbor beobachtet. Renko, Ihr angekränkelter Charme ist offenbar irgendwie unwiderstehlich. Susan jedenfalls hat Feuer gefangen. Machen Sie sich an das Mädchen ran. Geben Sie mir was gegen sie und Morgan in die Hand, und ich lasse eigens für Sie einen Kahn kommen, der Sie hinbringt, wohin immer Sie wollen.«

»Was hätten Sie denn gern? Belastende Schriftstücke? Geheimcodes?«

»Wir werden noch mal Wanzen in ihrer Kabine anbringen, oder wir könnten Ihnen unauffällig einen Sender mitgeben.«

»Es gibt unendlich viele Wege und Möglichkeiten, wie wir's anstellen könnten.«

»Wir richten uns da ganz nach Ihnen.«

»Ach, wissen Sie, eigentlich möchte ich doch lieber verzichten«, sagte Arkadi nach einiger Überlegung. »Im übrigen wollte ich ganz etwas anderes hier bei Ihnen.«

»Warum sind Sie gekommen?«

Arkadi stand auf, um die dunklen Winkel des Kettenkastens besser überblicken zu können. »Ich wollte bloß sehen, ob Sinas Leiche zunächst hier versteckt gehalten wurde.«

»Und?«

Die Beleuchtung war trübe und schwach, doch der Raum war auch sehr klein. »Nein«, entschied Arkadi.

Die beiden Männer sahen einander an, Hess mit der traurigen Miene desjenigen, der mit vertraulichen Mitteilungen und lukrativen Angeboten auf taube Ohren gestoßen ist.

»Bagatellfälle sind meine Passion«, erklärte Arkadi wie entschuldigend.

Die Luke sprang auf.

»Warten Sie noch«, rief Hess, als Arkadi sich schon zum Gehen wandte. Der kleine Mann kramte in einer Schublade und brachte abermals einen glänzenden Gegenstand zum Vorschein. Diesmal war es Arkadis Messer. Hess reichte es ihm. »Staatseigentum, nicht wahr? Viel Glück.«

Im Hinausgehen sah Arkadi sich noch einmal um. Unter dem schwarzweißen Monitor wirkte Anton Hess müde und erschöpft. Die farbigen Bildschirme daneben schienen in ihrer bunten Fröhlichkeit deplaziert, als wären sie auf eine glücklichere Wellenlänge geschaltet. In ihrem Lichtschein ähnelte die im schalldichten Boden versenkte Kuppel der Spitze eines rohen Eis, das der Flotteningenieur behutsam um die Welt bugsierte.

24

Der Regen peitschte fast horizontal aufs Deck der *Polar Star* nieder, wo die Tropfen im Nu zu weichem, matschigem Eis gefroren. Die Mannschaft war unermüdlich im Einsatz, um das Schiff mit Frischdampf aus den Boilern eisfrei zu spritzen, und das Trawldeck rauchte, als hätte es Feuer gefangen. Überall waren Seile gespannt, und die Männer klammerten sich daran fest, um nicht hinzufallen. Mit ihren Südwestern über pelzbesetzten Kapuzen sahen die Leute aus wie sibirische Bautrupps, das heißt alle außer Karp, der immer noch bloß im Pullover arbeitete, so als könnte die Kälte ihm nichts anhaben.

»Nun mal ganz ruhig!« Karp streckte dem näher kommenden Arkadi mit großer Geste die Hand entgegen. An einer Schlaufe im Gürtel des Trawlmasters baumelte ein Funkgerät. »Genießen Sie das erfrischende Klima des Beringmeers.«

»Sie haben mich gar nicht mehr verfolgt.« Arkadi zählte das Deckteam, um sicherzugehen, daß Karps Männer auch alle in Sicht waren. Zu beiden Seiten des Decks türmte sich Schellfisch fast bis über den Rand der Bunkerschotten. Im rauchenden Dunstschleier, vom gefrierenden Regen glasiert, funkelten die Fische im Schein der Lampen wie silberne Rüstungen.

»Ach, das hat keine Eile.« Karp grinste. »Schließlich können Sie ja von hier nicht türmen, stimmt's?« Der Trawlmaster holte einen Flaschenzug am Seil herunter und begann, mit dem Griff seines Messers das Eis von der Rolle zu schlagen. Der Kranführer war nicht in seiner Kabine. Wegen der Eisdecke kamen keine Fangboote längsseits. Die Sicht auf dem dampfenden Deck betrug zeitweise keine fünf Schritt. »Vermutlich könnte ich Sie jetzt gleich über Bord werfen, und kein Mensch würde was mitkriegen.«

»Und wenn ich nun aufs Eis aufschlüge und nicht unterginge?« wandte Arkadi ein. »Man muß so eine Sache immer bis zum Ende durchdenken, Korobets. Ihr Fehler ist, daß Sie zu impulsiv sind.«

Karp lachte. »Nerven wie Drahtseile, die haben Sie, das läßt sich nicht leugnen.«

»Welche Äußerung Wolowois hat Sie eigentlich so in Rage gebracht, daß Sie ihn erstochen haben?« fragte Arkadi. »War es seine Drohung, er würde das Schiff auseinandernehmen, wenn wir nach Wladiwostok zurückkommen? Die Gefahr haben Sie mit dem Mord nicht gebannt. Im Gegenteil! Der KGB wird uns jetzt erst recht unter die Lupe nehmen, sowie wir in den Hafen einlaufen.«

»Ridley wird aussagen, daß ich den ganzen Abend mit ihm zusammengewesen bin.« Karp kratzte die letzten Eisreste mit der Klinge aus den Ritzen. »Und was Wolowoi angeht, so machen Sie nur einen Muckser, und Sie können den Fischen guten Tag sagen.«

»Vergessen wir mal Wolowoi.« Arkadi zog eine Papirossa aus der Tasche, eine jener Zigaretten, die gegen Regen, Graupel, ja selbst Schneeschauer gefeit waren. »Ich bin nach wie vor an Sina interessiert.«

Bis zur Hüfte in dampfende Wolken gehüllt, arbeitete Pawel sich mit einem Schlauch, aus dem ein heißzischender Wasserstrahl spritzte, an die Reling vor. Karp winkte ihn zurück. »Und wieso interessieren Sie sich so für Sina?« fragte er Arkadi.

»Ganz einfach. Was immer sie gedreht hat, sie muß einen Partner gehabt haben. Sie hat nämlich nie allein operiert. Also habe ich mich auf dem Schiff umgesehen, und ich stelle fest, der einzige, mit dem sie zusammengearbeitet haben könnte, sind Sie. Aber Slawa haben Sie erzählt, Sie wären kaum mit ihr bekannt gewesen.«

»Wir waren Kollegen, das ist alles.«

»Sina war also nur eine einfache Arbeiterin, genau wie Sie?«

»Nein, ich bin ein vorbildlicher Arbeiter.« Karp warf sich in die Brust und breitete die Arme aus. »Sie haben keine Ahnung vom Arbeiter, Renko, weil Sie nämlich im Herzen keiner sind. Sie halten die Schmutzbrigade für einen üblen Arbeitsplatz?« Um seiner Frage Nachdruck zu verleihen, klopfte er Arkadi mit dem Messer auf die Schulter. »Haben Sie schon mal in 'nem Schlachthaus gearbeitet?«

»Ja.«

»In einer Rentierschlachterei?«

»Ja.«

»Wo man mit 'ner Ölplane auf der Schulter rumläuft und dauernd auf den Gedärmen ausrutscht?«

»Genau.«

»Am Aldan?« Der Aldan war ein Fluß im Osten Sibiriens.

»Jawohl.«

Karp zögerte. »Der Genossenschaftsdirektor ist Korjake, heißt Sinaneft und reitet auf einem Pony durch die Gegend?«

»Nein, Burjate, heißt Korin und fährt einen Moskwitsch mit Kufen an den Vorderrädern.«

»Na so was! Sie haben also tatsächlich dort gearbeitet.« Karp schien belustigt. »Korin hatte zwei Söhne.«

»Nein, Töchter.«

»Aber eine davon war tätowiert. Ist schon komisch, was? All die Jahre in den Lagern, die ganze Zeit in Sibirien habe ich mir gesagt, wenn es auf dieser Welt eine Gerechtigkeit gäbe, dann würden wir uns wiedertreffen, Sie und ich. Und nun stellt sich raus, daß das Schicksal die ganze Zeit über auf meiner Seite war.«

Über ihnen trug der Kranführer eine dampfende Tasse in seine Kabine. Der Amerikaner namens Bernie ging über Deck nach achtern. Fest in seinen Parka gemummelt, zog er sich am Seil vorwärts wie ein Kleinkind, das noch wackelig auf den Beinen ist. Aus Karps Funkgerät ertönte Thorwalds Stimme mit der Meldung, die *Merry Jane* nähere sich mit einem Netz. Der Trawlmaster steckte sein Messer ein, und das Arbeitstempo belebte sich schlagartig. Die Schläuche versiegten, Kabelrollen wurden an die Rampe geschleppt.

»Sie sind nicht dumm, nein, aber Sie denken nie mehr als einen Schritt weit voraus«, sagte Arkadi. »Sie hätten in Sibirien bleiben oder meinetwegen Videokassetten und Jeans schmuggeln sollen – jedenfalls kleine Dinger drehen und sich nicht an was Großes wagen.«

»Ach ja? Und nun zu Ihnen«, entgegnete Karp grimmig und kratzte Arkadi die Eiskruste von der Jacke. »Sie kommen mir vor wie ein Hund, den man vor die Tür gesetzt hat. Ein Weilchen ernähren Sie sich von wilden Pflanzen im Wald, und schon bilden Sie sich ein, Sie könnten mit den Wölfen mithalten. Aber in Wirklichkeit, tief im Innern, da wollen Sie ganz was anderes, Mann – nämlich einen einzelnen Wolf zur Strecke bringen, damit die Menschen Sie wieder in ihr Haus aufnehmen.« Er beugte sich vor, scheinbar um ein Eiskristall aus Arkadis Haar zu entfernen, und flüsterte ihm zu: »Sie schaffen's nie bis Wladiwostok!«

Die Mannschaft verwandelte sich in Wintergetier, selbst beim Essen behielt man die schweren, weiten Jacken an. In der Mitte des langen Tisches stand eine Terrine mit Kohlsuppe, die nach alten Socken roch und mit rohem Knoblauch gegessen wurde. Dazu gab es, auf extra Tellern, dunkles Brot und Gulasch. Getrunken wurde Tee, der so stark dampfte, daß sich in der Cafeteria Schwaden bildeten wie in einer Sauna. Israel Israelowitsch glitt neben Arkadi auf die Bank. Wie gewöhnlich hingen dem Fabrikleiter die Fischschuppen so reichlich im Bart, als hätte er sich von der Schmutzbrigade durch wahre Abfallberge in den Speisesaal kämpfen müssen. »Sie können Ihre sozialistischen Pflichten nicht länger ignorieren«, flüsterte er Arkadi zu. »Endweder Sie nehmen unverzüglich wieder Ihren Platz neben Ihren Kollegen in der Fabrik ein, oder ich muß Sie melden.«

Natascha saß Arkadi gegenüber. Sie hatte die hohe weiße Mütze aufbehalten, die die Frauen in der Schmutzbrigade laut Vorschrift zu tragen hatten, damit Ihnen die Haare nicht in den Fisch fielen.

»Hören Sie auf Israel Israelowitsch«, beschwor sie Arkadi. »Ich dachte schon, Sie wären krank. Aber dann bin ich in Ihre Kabine gegangen, und Sie waren nicht da.«

»Olimpiada hat ein Händchen für Kohl.« Arkadi bot Natascha eine Schöpfkelle voll Suppe an, doch sie schüttelte den Kopf. »Wo ist sie übrigens? Olimpiada meine ich. Ich hab sie heute noch gar nicht gesehen.«

Israelowitsch ließ sich nicht ablenken. »Ich werde Sie dem Kapitän melden müssen, Ihrer Gewerkschaft und natürlich auch der Partei.«

»Schade, daß Sie mich nicht mehr Wolowoi melden können. Das wäre interessant geworden. Natascha, nehmen Sie denn gar kein Gulasch?«

»Nein.«

»Dann wenigstens ein Stück Brot?«

»Danke, mir reicht ein Täßchen Tee.« Geziert schenkte Natascha sich ein.

»Ich meine es ganz im Ernst, Renko.« Israel bediente sich mit Suppe und Brot. »Sie können nicht auf dem Schiff herumspazieren, als ob Sie einen Spezialauftrag aus Moskau hätten.« Er biß in eine Knoblauchzehe und wiegte nachdenklich den Kopf. »Es sei denn, Sie haben so einen Auftrag.«

»Fasten Sie etwa, Natascha?« fragte Arkadi.

»Ich halte nur ein wenig Diät.«

»Und warum?«

»Ich habe meine Gründe.« Wenn sie das Haar so straff unter die Mütze zurückgekämmt trug, kamen ihre Wangenknochen besser zur Geltung, und ihre dunklen Augen wirkten größer und weicher.

Obidin saß neben Natascha und schaufelte sich reichlich Gulasch auf den Teller, wobei er kritisch den Fleischgehalt prüfte. »Ich habe gehört, die Genossen sind der Meinung, wir sollten da, wo wir Sina gefunden haben, nie wieder auf Fang gehen«, sagte er. »Aus Respekt vor den Toten.«

»Lächerlich!« Bei der Erwähnung von Sinas Namen war ein harter Glanz in Nataschas Augen getreten. »Wir sind schließlich nicht alle religiöse Fanatiker. Und wir leben im Zeitalter der Moderne. Haben Sie je von einem so abergläubischen Unsinn gehört?« fragte sie Israel.

»Und haben Sie schon mal von Kurejka gehört?« fragte Israel zurück. Ein Lächeln versteckte sich in seinem Bart. »Dorthin hat der Zar Stalin verbannt. Als Stalin dann ans Ruder kam, schickte er eine Armee von Häftlingen nach Kurejka, damit sie seine alte Hütte dort wieder zusammennagelten und einen Hangar ringsrum bauten, aus dem rund um die Uhr mehrere Scheinwerfer die Hütte sowie eine Marmorstatue von ihm bestrahlten. Ein riesiges Denkmal. Eines Tages, Jahre nach seinem Tod, wurde diese Statue heimlich umgestürzt und in den Fluß geworfen, und alle Schiffe machten danach einen Umweg, damit sie nur ja nicht über Stalins Kopf fuhren.«

»Woher wissen Sie das?« fragte Arkadi.

»Wie glauben Sie, fängt ein Jude es an, Sibirier zu werden?« fragte Israel zurück. »Mein Vater war am Bau des Hangars beteiligt.« Der Fabrikleiter biß ein Stück Brot ab. »Ich werde Sie nicht sofort melden«, sagte er dann. »Ein, zwei Tage gebe ich Ihnen noch.«

Auf dem Weg zur Funkbude hörte Arkadi plötzlich eine Stimme singen, die der auf Sinas Kassette zum Verwechseln ähnlich klang. Die volltönende Stimme und die romantische Gitarrenbegleitung drangen aus dem Krankentrakt. Dr. Wainu war es wohl kaum, der da sang.

»Eine Piratenbrigg setzt Segel
In sturmgepeitschter Nacht.«

Es war ein altes Seefahrerlied, wenngleich ein Matrose vermutlich schon so viel gebechert haben mußte, daß er nicht einmal mehr aufrecht um den Großmast herumgehen konnte, bevor ihm solch rührselige Schnulzen Freude machten.

»Die Totenkopfflagge, sie flattert im Wind.
Und unser Käptn singt dazu.
Hier, Freund, trink noch ein Gläschen Rum,
Dann singst auch du.«

Als Arkadi das Sprechzimmer betrat, brach die Musik ab.

»Verdammte Scheiße, ich dachte, es wäre abgeschlossen«, schimpfte Dr. Wainu, der herbeigeeilt kam, um Arkadi den Weg zu versperren. Arkadi sah gerade noch, wie das borschtrote Hinterteil Olimpiada Bovinas im angrenzenden Untersuchungsraum verschwand. Der Arzt trug einen Freizeitanzug und Slipper und sah, abgesehen davon, daß er die Schuhe vertauscht hatte, nur wenig derangiert aus. Als Paar paßten die Bovina und Wainu in Arkadis Augen ungefähr so gut zusammen wie eine Dampfwalze und ein Eichhörnchen.

»Sie können doch nicht einfach so hier reinplatzen«, protestierte Wainu.

»Nun bin ich aber schon mal hier.« Auf der Suche nach dem Sänger, den er von draußen gehört hatte, zwängte Arkadi sich an dem Arzt vorbei über den Korridor in den Operationssaal. Über den OP-Tisch war ein Laken gebreitet. Arkadi bemerkte, daß die Kiste mit Sinas persönlicher Habe noch immer auf einem Rollwagen in einer Ecke stand.

»Das ist eine Arztpraxis!« Wainu vergewisserte sich, daß der Reißverschluß an seiner Hose hochgezogen war.

Auf einem Stahltablett neben dem OP-Tisch standen ein Krug und zwei Gläser, die dem Geruch nach vermutlich Äthylalkohol enthielten. Daneben lag eine angebrochene Tafel Schokolade mit Cremefüllung. Arkadi fuhr mit der Hand über das Laken. Es war noch warm, wie die Motorhaube eines eben abgestellten Wagens.

»Sie dürfen hier nicht einfach unangemeldet reinkommen«, sagte Wainu wieder, doch es klang schon weniger überzeugt. Er lehnte sich gegen ein Regal und zündete sich zur Beruhigung eine Zigarette an. Neben der Kiste mit Sinas Sachen stand ein brandneuer japanischer Kassettenrecorder mit Stereolautsprechern Arkadi drückte auf die Rücklauftaste, dann auf Start. ». . . Totenkopfflagge, sie flattert im Wind.« Stop. »Tut mir leid«, sagte er.

Der Sänger war ohnehin nicht mit dem auf Sinas Kassetten identisch.

Oberst Pawlow-Saligins sonore Stimme überwand per Telefonleitung und Ätherwellen die riesige Entfernung zwischen Odessa und der *Polar Star*. Sein gemächlicher, voller Bariton erinnerte Arkadi daran, daß zwar die Eisdecke auf dem Beringmeer bereits weiter südwärts vorrücken mochte, in Georgien aber noch Trauben gekeltert wurden und die Schwarzmeerfähren die letzten Touristen des Jahres beförderten.

Der Oberst war hocherfreut, einem Kollegen draußen auf See behilflich sein zu können, auch wenn das bedeutete, daß er sich durch einen Berg langweiliger, alter Akten wühlen mußte. »Patiaschwili? Ja, ich war mit dem Fall befaßt, aber in letzter Zeit haben die hohen Herren sich entsetzlich pedantisch mit dem Gesetz. Rechtsanwälte stecken überall ihre Nase rein, beschuldigen uns der Gewalttätigkeit und fechten ganz hieb- und stichfeste Urteile an. Da haben Sie's dort draußen auf dem Beringmeer wesentlich besser, glauben Sie mir. Nun, ich werde mir den Fall noch mal ansehen und rufe Sie dann zurück.«

Arkadi erinnerte sich, daß andere Schiffe, sollten sie gerade zufällig den Kanal der *Polar Star* eingeschaltet haben, den ankommenden Teil des Gesprächs mithören konnten. Je weniger Anrufe, desto besser, selbst angenommen, er hätte die Chance, auch ein zweites Mal eine Verbindung zu bekommen. Nikolai beobachtete die Skala der SSB-Anlage; die Nadeln pendelten ziellos hin und her. »Das Wetter ist gegen uns«, erklärte er. »Der Empfang wird schlechter.«

»Ich habe keine Zeit zu verlieren«, sagte Arkadi in den Hörer.

»Heutzutage drucken sie die Briefe von Verbrechern in der Zeitung ab«, sagte Pawlow-Saligin. »Im Literarischen Anzeiger!«

»Sie ist tot!« rief Arkadi ungeduldig.

»Ach so«, sagte der Oberst. »Warten Sie, lassen Sie mich nachdenken.«

Jedes Wort kam erst mit vier Sekunden Verspätung beim Empfänger an, was die Verständigung natürlich zusätzlich beeinträchtigte. Statt eines Mikrophons hatte das Funkgerät einen Telefonhörer, auf dessen Sprechmuschel eine aufgemalte Margerite für altmodische Verschönerung sorgte. Als Arkadi sie ansah, kam ihm zum Bewußtsein, daß die gesamte moderne Technologie der *Polar Star* sich unten im Bug bei Hess befand.

»Das Problem war, wir hatten kein stichhaltiges Beweismaterial gegen sie«, gestand Pawlow-Saligin widerstrebend, »nichts, womit wir hätten vor Gericht gehen können. Wir haben ihre Wohnung durchsucht und sie in Untersuchungshaft genommen, aber wir hatten nicht genügend Beweise für eine Anklage. Doch abgesehen davon waren die Ermittlungen sehr erfolgreich.«

»Was denn für Ermittlungen?«

»Das stand sogar in der Prawda«, sagte der Oberst stolz. »Es war eine internationale Operation. Man hatte versucht, fünf Tonnen georgisches Haschisch auf einem sowjetischen Frachter von Odessa nach Montreal zu verschiffen. Hochkarätige Ware, alles in Ziegelform. Das Zeug steckte in Containern mit der Aufschrift »Rohwolle«. Unser Zoll hat das Rauschgift dennoch entdeckt. Normalerweise verhaften wir in so einem Fall die Beteiligten und vernichten die illegale Ladung, aber diesmal entschlossen wir uns, mit den Kanadiern zusammenzuarbeiten und hüben wie drüben Verhaftungen vorzunehmen.«

»Also ein Joint-venture.«

»Genau. Die Operation war ein Bombenerfolg. Sie haben bestimmt . . .«

»Ja. Und wie war Sina Patiaschwili in den Fall verwickelt?«

»Der Rädelsführer war ein Freund von ihr. Sie hatte ein halbes Jahr in der Kombüse des Frachters gearbeitet. Tatsächlich war das der einzige Frachter, auf dem sie je wirklich gearbeitet hat. Zeugen haben sie auf dem Dock gesehen, als das Schiff die Ladung an Bord nahm, aber ...«

Die atmosphärische Störung verstärkte sich und drückte die Empfangsanzeige fast bis auf Null.

»... an den Staatsanwalt. Trotzdem konnten wir sie aus der Stadt ausweisen.«

»Und die anderen Beteiligten sitzen noch in Straflagern?«

»Arbeitslager unter strikter Führung, genau. Ich weiß, daß es eine Amnestie gegeben hat, aber die ist nicht zu vergleichen mit der unter Chruschtschow, als wir alle und jeden laufen lassen mußten. Nein, als ...«

»Wir verlieren die Verbindung«, sagte Nikolai.

»Sie sagten eben, Sina habe sechs Monate auf dem Frachter gearbeitet, aber in ihrem Soldbuch steht, sie sei drei Jahre bei der Schwarzmeerflotte gewesen«, versuchte Arkadi es weiter.

»Schon, aber nicht als Küchenhilfe. Sie ... mit ... Empfehlungen und den üblichen Meistertiteln ...«

»Titel? War sie etwa eine Sportlerin?«

»Aber ja, sie war eine ausgezeichnete Schwimmerin.« Auf einmal kam die Stimme des Obersten wieder klar und dröhnend aus dem Äther. »Sie ist überall auf Wettkämpfen für die Schwarzmeerflotte an den Start gegangen. Und davor ist sie für ihre Berufsschule geschwommen. Es gab Leute, die meinten, sie hätte bei der Olympiade mitmachen können, wenn sie nur disziplinierter gewesen wäre.«

»Ein zierliches Mädchen, dunkles, aber blond gefärbtes Haar?« Arkadi konnte es kaum glauben, daß sie beide über dieselbe Frau sprachen.

»Das ist sie, aber ja. Nur war ihr Haar damals wirklich noch dunkel. Hübsches Ding eigentlich, bis auf die billige ... ausländische ... Hallo? ... Re ...«

Die Stimme des Obersten schwankte wie ein Schiff im Sturm und verlor sich dann in immer dichter werdenden Nebelbänken atmosphärischer Störungen.

»Er ist weg.« Nikolai wies auf die Nadel, die völlig im Aus pendelte.

Arkadi legte den Hörer auf die Gabel und lehnte sich zurück, ängstlich beobachtet von dem jungen Leutnant. Nikolai hatte auch allen Grund zur Besorgnis, denn es war eine Sache, wenn ein potenter junger Funker eine rechtschaffene Sowjetbürgerin in eine geheime Nachrichtenstation einschleuste, um sie auf die Pritsche zu bekommen, aber dafür, dieses Versteck an einen Kriminellen zu verraten, gab es einfach keine Entschuldigung mehr.

»Es tut mir wahnsinnig leid.« Nikolai konnte die Spannung nicht länger ertragen. »Ich wollte Sie schon viel früher in den Funkraum holen, als die Verbindung noch besser war, aber es gab soviel Trubel wegen eines Netzes, das wir verloren haben. Ich mußte Gespräche zur Flotte und nach Seattle durchstellen. Es war das letzte Netz, das die *Merry Jane* noch hatte.«

»Thorwald?«

»Der Norweger, ja. Er gibt uns die Schuld, aber wir machen ihn verantwortlich, weil er versucht hat, mehr als die maximal zulässige Ladung zu übergeben. Dabei hat er sein Schleppnetz samt Ausrüstung eingebüßt, und wegen des Eises ist es wohl unmöglich, das Zeug wiederzubekommen, und so muß Thorwald umkehren – zurück nach Dutch Harbor.«

»Dann bleibt uns also nur noch die *Eagle*?«

»Die Gesellschaft hat bereits drei weitere Fangboote zu uns in Marsch gesetzt. Sie können es sich nicht leisten, ein Fabrikschiff wie das unsere von einem einzigen Trawler abhängig zu machen.«

»Hat Sina erzählt, daß sie eine so großartige Schwimmerin war?«

Nikolai räusperte sich. »Sie hat bloß mal erwähnt, daß sie es kann.«

»Damals im Restaurant, im Goldenen Horn, war da noch jemand bei ihr, der jetzt mit uns auf dem Schiff ist?«

»Nein. Hören Sie, ich muß Sie nach Ihrem Bericht fragen. Was werden Sie über mich schreiben? Sie scheinen einfach alles zu wissen.«

»Wenn ich alles wüßte, würde ich keine Fragen mehr stellen.«

»Jaja, aber werden Sie mich in Ihrem Bericht erwähnen?« Nikolai rückte näher. Er gehört zu denen, dachte Arkadi, die versuchen, ihre Noten verkehrt herum vom Lehrerpult abzulesen. »Ich habe vielleicht kein Recht, danach zu fragen, aber ich bitte Sie zu berücksichtigen, was mit mir geschehen wird, wenn Sie sich in Ihrem Bericht nachteilig über mich äußern. Es geht mir dabei gar nicht um mich. Meine Mutter arbeitet in einer Konservenfabrik. Ich schicke von jeder Stoffration, die uns die Marine zuteilt, einen Ballen nach Hause, und sie näht daraus Röcke und Hosen, die sie an Freunde verkaufen kann. So kommt sie über die Runden. Meine Mutter lebt nur für mich, und eine so schlimme Sache würde sie umbringen, verstehen Sie?«

»Soll das etwa heißen, daß ich die Verantwortung tragen würde, wenn dieser Amtsmißbrauch die arme Frau in den Tod treiben würde?«

»Natürlich nicht! Nein, so habe ich das doch nicht gemeint!«

Wladiwostok würde Sinas Bänder abhören, ganz egal, was mit Arkadi passierte. Schon allein ihr Besuch im Bugraum würde den Leutnant hinter Gitter bringen. »Bevor wir wieder nach Hause kommen, würde ich mich Hess anvertrauen«, sagte Arkadi, der es eilig hatte, aus dem Funkraum herauszukommen. »Dann werden wir ja sehen, was weiter geschieht.«

»Wir haben doch letztesmal über Geld gesprochen«, sagte Nikolai hastig. »Und ich habe Ihnen gesagt, daß Sina von mir nie welches verlangt hat. Aber etwas anderes ist mir eingefallen. Sie wollte, daß ich ihr eine Spielkarte bringe, eine Herzdame. Nicht als Bezahlung, eher als ...«

»Als Souvenir?«

»Ich bin zum Offizier für Freizeitgestaltung gegangen und habe ihn um ein Kartenspiel gebeten. Können Sie sich vorstellen, daß wir für die ganze Mannschaft nur ein einziges Spiel an Bord haben? Und in dem fehlte ausgerechnet die Herzdame. So wie er gegrinst hat, war mir klar, daß er Bescheid wußte.«

»Und wer war der zuständige Offizier?« fragte Arkadi, obwohl für diese niedrigste Offiziersfunktion nur ein einziger Name in Frage kam.

»Slawa Bukowski.«

Wer sonst?

25

Arkadi fand Slawa im Schatten seiner oberen Koje sitzend, wo er, die Kopfhörer eines Walkman übergestülpt, auf dem Mundstück eines Saxophons blies und mit den bloßen Füßen den Takt dazu schlug. Arkadi setzte sich still an den Tisch inmitten der Kabine, wie jemand, der in ein Konzert hineinplatzt, die Vorstellung aber nicht stören will. Nur die Schirmlampe am Schreibtisch brannte, aber deren schwacher Lichtschein genügte ihm schon, um die für eine Offizierskabine übliche Einrichtung zu erkennen. Da waren einmal der Schreibtisch und die Bücherborde, dann ein hüfthoher Kühlschrank und eine Uhr unter einem wasserdichten Glassturz, als ob Slawas Kabine am ehesten Gefahr laufe, überflutet zu werden. Arkadi ermahnte sich, nicht zu selbstsicher aufzutreten; bis jetzt hatte Slawa jegliche engere Beziehung zu Sina erfolgreich vor ihm verborgen gehalten. Das Bücherbord füllten die üblichen Ratgeber für beliebte Spiele und empfohlenes Liedgut, die einem Unterhaltungsoffizier als Leitfaden dienten. Daneben standen allerdings auch dicke Wälzer über Lenin und über Dieselantrieb im Regal, denn der Zweite Maat, der mit Slawa die Kabine teilte, büffelte für die Prüfung, um zum Ersten Maat aufsteigen zu können.

Slawa blähte die Backen, schloß die Augen, wiegte seinen Oberkörper hin und her und entlockte dem Mundstück seelenvolle Töne. Im Kalender auf dem Schreibtisch steckte ein Wimpel, und davor stand ein Foto, auf dem eine Jungengruppe ein Motorrad umringte; Slawa saß im Beiwagen. An der Wand klebte die Liste der Parolen zum diesjährigen Maifeiertag. Nummer 14: »Werktätige des agrarindustriellen Bereiches! Ihr habt die patriotische Pflicht, euer Land rasch und zügig mit Lebensmitteln in ausreichendem Maße zu versorgen!«, war dick unterstrichen.

Der Dritte Maat nahm die Kopfhörer ab, quetschte einen letzten klagenden Ton aus dem Mundstück, ließ es dann sinken und bemerkte endlich, daß Arkadi hereingekommen war. »Back in the U.S.S.R.«, sagte er. »Die Beatles.«

»Ich hab's erkannt.«

»Ich kann jedes Instrument spielen. Nennen Sie mir eins.«

»Zither.«

»Nein, ein normales.«

»Laute, Leier, Steeldrums, Sitar, Panflöte?«

»Sie wissen schon, was ich meine.«

»Akkordeon?«

»Ja, sicher! Und Synthesizer, Schlagzeug, Gitarre.« Slawa sah Arkadi mißtrauisch an. »Was wollen Sie eigentlich hier?«

»Erinnern Sie sich noch an die Kiste mit Sinas Sachen, die Sie aus ihrer Kabine geschafft haben? Hatten Sie Gelegenheit, das Ringheft mit ihren persönlichen Notizen durchzublättern?«

»Nein, dazu hatte ich keine Zeit, weil ich noch am selben Tag an die hundert Leute verhören mußte.«

»Die Kiste steht noch auf der Krankenstation. Ich war eben dort und habe das Heft jetzt gründlicher auf Fingerabdrücke überprüft als beim erstenmal. Und da habe ich außer Sinas auch Ihre entdeckt. Ich habe sie mit denen auf dem Abschiedsbrief, den Sie gefunden haben, verglichen.«

»Na schön, ich habe also in ihrem blöden Heft geblättert. Dumm für Sie, daß Sie mich das nicht vor Zeugen gefragt haben. Aber nun will ich Sie mal was fragen: Warum rennen Sie eigentlich immer noch auf dem Schiff herum und denken allem Anschein nach nicht mal daran, sich an Ihrem Arbeitsplatz in der Fabrik zu melden?«

»Im Moment haben wir nicht viel Fisch zu säubern. Meine Brigade wird mich nicht vermissen.«

»Warum pfeift der Kapitän Sie nicht zurück?«

Darüber hatte Arkadi auch schon nachgedacht. »Tja, ich denke, das ist ein bißchen wie im ›Revisor‹. Sie erinnern sich? Das Stück von Gogol? Ein armer Tropf kommt in die Stadt, und die braven Bürger halten ihn für einen Offizier des Zaren? Außerdem – ein Mord verändert eben alles. Keiner weiß so recht, was zu tun ist, besonders jetzt, da Wolowoi nicht mehr da ist. Solange ich die Vorschriften nicht kritisiere, kann ich sie für eine Weile ignorieren. Zumindest solange die anderen nicht wissen, wieviel ich weiß – diese Ungewißheit macht ihnen Angst.«

»Es kommt also nur darauf an, daß man durchschaut, wann Sie bluffen?«

»Genau das ist es.«

Slawa setzte sich auf. »Ich könnte jetzt gleich auf die Brücke rausmarschieren und dem Kapitän melden, daß ein gewisser Seemann zweiter Klasse sich vor der Arbeit drückt, um die Mannschaft mit Fragen zu nerven, die zu stellen ihn niemand befugt hat.«

»Es marschiert sich besser mit Schuhen an den Füßen.«

»Das haben wir gleich!«

Slawa schob das Mundstück in seine Brusttasche und sprang von der Koje auf den Boden hinunter. Arkadi griff, während der Dritte Maat sich die Stiefel anzog, nach einem Aschenbecher auf dem Schreibtisch. »Sie warten hier?« erkundigte sich Slawa.

»Ich werde mich nicht von der Stelle rühren.«

Slawa warf seine Trainingsjacke über. »Soll ich dem Kapitän sonst noch was ausrichten?«

»Erzählen Sie ihm von sich und Sina.«

Die Tür fiel hinter Slawa ins Schloß.

Arkadi nahm ein Päckchen Zigaretten aus der Hosentasche und fischte eine Schachtel Streichhölzer aus dem Becher mit Bleistiften auf dem Schreibtisch. Er betrachtete die Aufschrift auf der Schachtel: »Prodintorg« stand in verschnörkelten Lettern auf einer Schleife. Er wußte, daß die Prodintorg zuständig war für den Außenhandel mit Tieren und Tierprodukten – Fischen, Krabben, Kaviar, Rennpferden und dem Nachwuchs für zoologische Gärten in aller Welt –, ein Grossounternehmen mit freiem Zugang zu den Wundern der Natur. Arkadi hatte sich eben erst eine Zigarette angezündet, da kam Slawa auch schon zurück. Er schloß die Tür mit dem Ellbogen. »Was ist mit Sina?«

»Ich sprach von Sina und *Ihnen*.«

»Sie versuchen sich schon wieder als Rätselonkel.«

»Nein, diesmal nicht.«

Wer ein Leben lang einer bestimmten Autorität ausgeliefert war, den hat diese Situation irgendwann geprägt. Slawa setzte sich auf die untere Koje und vergrub sein Gesicht in den Händen. »O Gott! Wenn mein Vater das erfährt.«

»Das wird vielleicht nicht nötig sein, aber mir müssen Sie die volle Wahrheit sagen.«

Slawa hob den Kopf, seine Augenlider zuckten, und er holte stoßweise Atem, schien nicht genügend Luft zu bekommen. »Er würde mich umbringen.«

Arkadi versuchte nachzuhelfen. »Ich glaube, ein- oder zweimal waren Sie nahe daran, mir alles zu erzählen, aber ich war scheinbar nicht in der Lage, Ihre Andeutungen zu verstehen. Zum Beispiel ist es mir nicht gelungen, herauszubringen, wer Sina den Posten auf diesem Schiff verschafft hat. Nur wenige dürften dafür über den nötigen Einfluß beim Flottenkommando verfügen.«

»Auf seine Art versucht er natürlich, mir zu helfen.«

»Ihr Vater?« Arkadi hielt die Streichholzschachtel hoch.

»Er ist stellvertretender Minister.« Slawa schwieg einen Moment. »Sina war ganz versessen darauf, auf dieses Schiff zu kommen, angeblich, um in meiner Nähe zu sein. Daß ich nicht lache! Kaum hatten wir den Hafen verlassen, war alles vorbei, als hätten wir uns nie gekannt.«

»Ihr Vater arrangierte es also, daß Sie selbst auf die *Polar Star* kamen, und gab dann auf Ihre Bitte hin Befehl, auch Sina an Bord zu nehmen?«

»O nein, er befiehlt nie irgendwas, er ruft einfach den Hafenmeister an und erkundigt sich, ob gute Gründe dagegen sprechen, daß irgend jemand auf einen bestimmten Platz versetzt oder irgendwas so oder so geregelt wird. Er läßt lediglich verlauten, daß der Minister daran interessiert sei, und den Wink versteht jeder. So erreichte er alles: die richtige Schule, die richtigen Lehrer, einen Dienstwagen, der mich nach Hause brachte. Das erste Zeichen der Umstrukturierung, das wir zu spüren bekamen, war sein Unvermögen, mich in der baltischen Flotte unterzubringen, es reichte nur für den Pazifik. Darum haßt Martschuk mich ja auch so.« Slawa starrte auf den Schreibtisch, als säße dort ein Geist vor einer Batterie von Telefonapparaten. »Sie können das nicht verstehen. Sie haben ja nie so einen Vater gehabt.«

»O doch, den hatte ich, aber ich habe ihn frühzeitig und gründlich enttäuscht. Wir alle machen Fehler«, versuchte Arkadi sein Gegenüber zu beruhigen. »Sie konnten ja nicht wissen, daß ich bereits unter dem Bett nachgesehen hatte, lange bevor Sie den Abschiedsbrief dort entdeckten. Oder besser gesagt, bevor Sie ihn dort deponierten, nachdem Sie ihn aus dem Ringheft gerissen hatten. Wie begriffsstutzig von mir, den Zusammenhang nicht gleich zu durchschauen. Stand in diesem Heft sonst noch was Wichtiges, das ich übersehen habe?«

Slawa ließ ein nervöses Kichern hören. »Es waren noch ein paar Abschiedsbriefe da – zwei oder drei auf ein und derselben Seite. Die übrigen habe ich weggeworfen. Was mag sie sich dabei nur gedacht haben? Wie oft hätte sie sich denn das Leben nehmen können?«

»Da waren Sie ja wirklich in einem schönen Dilemma: Sie leiten die Schiffskapelle und müssen zusehen, wie die Frau, der Sie zu ihrem Posten an Bord verholfen haben, mit den amerikanischen Fischern tanzt und Sie wie Luft behandelt.«

»Das wußte ja keiner.«

»Sie wußten es.«

»Es war scheußlich! Während der Pause verzog ich mich auf eine Zigarette in die Kombüse, bloß um nicht mit ihr zusammenzutreffen. Sina kam rein und ging wieder raus, ohne mich auch nur eines Blickes zu würdigen. Seit ich ihr nicht mehr nützlich sein konnte, existierte ich für sie einfach nicht mehr.«

»Das stand aber nicht in Ihrem Bericht.«

»Kein Mensch hat uns zusammen gesehen. Einmal habe ich versucht, mit ihr zu reden. Ich traf sie in der Offiziersmesse und sprach sie an, aber sie drohte mir, wenn ich sie weiter zu belästigen wagte, würde sie es dem Kapitän melden. Da begriff ich, was zwischen den beiden vorging, zwischen unserem hochgeachteten Kapitän und Sina. Was, wenn er nun auch über mich Bescheid wußte? Ich war doch nicht so blöd auszusagen, daß ich sie vielleicht als letzter lebend gesehen hatte.«

»Und waren Sie der letzte?«

Slawa schraubte das Mundstück auf und musterte das Rohrblatt. »Gesprungen! Es ist schon schwer genug, überhaupt ein Saxophon aufzutreiben, und wenn man dann eins zu kaufen kriegt, gibt's wieder keine Ersatzblätter. So oder so, irgendwie halten sie immer den Daumen drauf.« Behutsam, als füge er einen Rubin in die Fassung eines Ringes, legte er das Rohrblatt wieder ein. »Ich weiß nicht. Jedenfalls habe ich gesehen, wie sie einen Plastikbeutel aus einem Suppentopf nahm. Der Beutel war über und über mit Tesaband verklebt. Sie schob ihn unter ihre Jacke und ging damit rauf an Deck. Ich habe schon unzählige Male darüber nachgegrübelt. Ich hatte zwar den Eindruck, die oben an

Deck müßten sie noch nach mir gesehen haben, aber von denen hat keiner was von einer Jacke oder einem Plastikbeutel erwähnt. Ich tauge nun mal nicht zum Detektiv.«

»Wie groß war dieser Beutel? Und welche Farbe hatte er?«

»Es war einer von den großen. Schwarz.«

»Sehen Sie, daran erinnern Sie sich doch immerhin! Wie kommen Sie mit Ihrem Bericht über Wolowoi voran?«

»Ich habe eben daran gearbeitet, als Sie reinkamen.«

»Was denn, im Dunkeln?«

»Na und? Was ich auch schreibe, glauben wird mir sowieso keiner. Es gibt doch eine Möglichkeit, nicht wahr, am Zustand der Lunge zu überprüfen, ob er wirklich erstickt ist?« Slawa lachte bitter. »Martschuk sagt, wenn ich meine Sache gut mache, dann wird er meine Aufnahme in eine Parteischule unterstützen, mit anderen Worten, ich schaffe es nie bis zum Kapitän.«

»Vielleicht wäre das auch gar nicht das Richtige für Sie. Was ist mit dem Ministerium?«

»Wo ich unter meinem Vater arbeiten müßte?« Damit war Arkadis Frage beantwortet.

»Und die Musik?«

Slawa schwieg eine Weile, dann sagte er: »Bevor wir nach Moskau zogen, haben wir in Leningrad gewohnt. Kennen Sie Leningrad?«

Arkadi hatte bisher nicht begriffen, wie ungeheuer einsam Slawa war. Dieser weiche junge Mann, der da vor ihm im Schatten saß, war für ein mit Teppichen ausgelegtes Büro mit Blick auf die Newa bestimmt, nicht für eine sturmgepeitschte Brücke im Nordpazifik.

»Ja, ich kenne Leningrad.«

»Die Basketballplätze beim Newski-Prospekt? Nein? Sehen Sie, als ich fünf Jahre alt war, hat mich mal jemand dorthin mitgenommen, und ich sah zu, wie ein paar schwarze Amerikaner Basketball spielten. Sie schienen mir so fremd und rätselhaft, als kämen sie von einem anderen Planeten. Alles, was sie taten, war anders, als ich es gewohnt war – die Art, wie sie spielten, so leicht und unverkrampft, und auch ihre Art zu lachen, so laut, daß ich mir die Ohren zuhalten mußte. Dabei waren sie nicht mal eine richtige Mannschaft. Es waren Musiker, die bei einem Konzert im Haus der Kultur auftreten sollten, aber dann hatte man das Gastspiel kurzfristig abgesetzt, als herauskam, daß es Jazzmusiker waren. Also spielten sie statt dessen Basketball, doch ich konnte mir gut vorstellen, wie sie Musik gemacht hätten – wie schwarze Engel.«

»Was für Musik haben Sie denn zu Hause gespielt?«

»Rock. Wir hatten eine richtige Band auf dem Gymnasium, durften unsere eigenen Nummern schreiben und wurden nicht mal vom Kulturausschuß zensiert.«

»Sie müssen sehr beliebt gewesen sein.«

»Na ja, wir waren nicht gerade Anhänger der bestehenden Verhältnisse. Ich war eigentlich schon immer liberal eingestellt. Aber das verstehen die Idioten auf diesem Schiff ja nicht.«

»Haben Sie Sina auch bei einem Ihrer Konzerte kennengelernt? Oder in dem Restaurant, wo sie damals arbeitete?«

»Nein, weder noch. Kennen Sie Wladiwostok?«

»Ungefähr so gut, wie ich Leningrad kenne.«

»Ich hasse Wladiwostok! Na, jedenfalls gehört zum dortigen Stadion ein Stück Strand, wo im Sommer alles in hellen Scharen hinpilgert. Sie kennen das sicher: ein Pier voller Handtücher, Luftmatratzen, Schachbretter, dazu ausgelaufene Sonnencreme und eine Fleischparade, wie sie sich tunlichst nie in entblößtem Zustand zeigen sollte.«

»So was gefällt Ihnen also nicht?«

»Nein, wirklich nicht! Ich habe mir statt dessen ein Segelboot gemietet, eine Sechs-Meter-Yacht, und bin damit in der Bucht rumgekurvt. Sehr weit raus darf man nicht, wegen der Flotteneinfahrt. Aber man ist trotzdem weg von dem Trubel, denn die meisten Badegäste gehen bloß bis in hüfttiefes Wasser, und weiter als bis zu den Bojen oder gar an den Bademeistern in ihren Ruderbooten vorbei wagt sich praktisch niemand. Schon der Geräuschpegel am Ufer macht einen wahnsinnig, all das Gekreische und Geplansche und dazwischen die Trillerpfeifen der Bademeister. Auf meinem Boot konnte ich dem allen entkommen. Ein Mädchen allerdings schwamm so weit hinaus, daß sie mir einfach auffallen mußte. Ich nehme an, sie ist eine ganze Strecke getaucht, um den Bademeistern zu entwischen. Ich sah ihr eine ganze Weile zu und ließ mich so ablenken, daß ich beinahe zu hoch an den Wind ging. Ein Seil hing über Bord, das schnappte sie sich und zog sich daran an Deck, geradeso, als hätten wir das Treffen verabredet. Sie legte sich auf die Bank, um auszuruhen, und nahm ihre Badekappe ab. Damals hatte sie noch dunkles Haar, fast schwarz. Sie wissen doch, wie Wassertropfen in der Sonne perlen, nicht? Es sah aus, als sei sie mit lauter kleinen Diamanten übersät. Sie lachte, als sei es für sie die natürlichste Sache von der Welt, auf ein fremdes Boot zu klettern und mit jemandem herumzusegeln, den sie noch nie im Leben gesehen hatte. Wir blieben den ganzen Nachmittag draußen. Sie wollte, daß ich mit ihr in eine Disko ging, aber wir müßten uns dort treffen; sie wollte nicht, daß ich sie zu Hause abholte. Dann sprang sie zurück ins Wasser und war wieder verschwunden.

Nach der Disko machten wir noch eine Wanderung zu den Hügeln. Wir trafen uns fast täglich, aber sie erlaubte mir nie, sie abzuholen oder nach Hause zu bringen. Ich nahm an, sie wohne in ärmlichen Verhältnissen und schäme sich deswegen. An ihrem Akzent merkte ich natürlich, daß sie aus Georgien stammte, aber das störte mich nicht. Ich konnte mit ihr über alles reden, und sie schien mich zu verstehen. Im nachhinein wird mir klar, daß sie nie von sich gesprochen hat, außer daß sie mir erzählte, sie besäße eine Seefahrtslizenz und wolle mit mir auf der *Polar Star* anheuern. Sie hat mich zum Narren gehalten, und ich bin ihr in die Falle gegangen. Sina hat jeden Mann zum Narren gemacht.«

»Wer hat sie Ihrer Meinung nach getötet?«

»Praktisch kommt dafür jeder in Frage. Ich hatte nur Angst, eine Untersuchung würde früher oder später auf meine Spur führen, womit ich wohl nicht nur ein Narr, sondern obendrein noch ein Feigling bin. Habe ich nicht etwa recht?«

»Doch, Sie haben recht. Sagen Sie, das Wasser in der Bucht von Wladiwostok, war das sehr kalt?«

»Draußen, wo sie geschwommen ist? Eisig.«

»Sie haben mir doch bei anderer Gelegenheit gesagt«, forschte Arkadi weiter, »daß dies erst Ihre zweite Seereise ist.«

»Ja, das stimmt.«

»Sind Sie beim erstenmal auch mit Martschuk gefahren?«

»Ja.«

»Ist sonst noch jemand auf der *Polar Star,* den Sie von Ihrer ersten Reise her kennen?«

»Nein.« Slawa überlegte. »Das heißt, keiner von den Offizieren. Pawel und Karp waren allerdings schon beim erstenmal dabei. Sagen Sie, Renko, bin ich in Schwierigkeiten?«

»Ich fürchte, ja.«

»Ich habe bisher noch nie ernsthaft Scherereien mit den Behörden gehabt. Dazu war ich einfach nicht mutig genug. Das ist etwas ganz Neues für mich, völlig andere Möglichkeiten tun sich auf. Was haben Sie jetzt vor?«

»Ich gehe schlafen.«

»Schon? Es ist doch noch früh.«

»Ach, wissen Sie, wenn man in Schwierigkeiten steckt, kann selbst das Schlafengehen aufregend sein.«

Draußen an Deck spürte Arkadi, wie das Schiff vor dem Wind trieb, was nur heißen konnte, daß Martschuk die *Merry Jane* an den Rand der Eisdecke geleitet, dann gewendet hatte und nun wieder nordwärts ins Eis zurücksteuerte. Im stetig fallenden Nieselregen schimmerte das Eis rings um die *Polar Star* wie das Blau eines elektrischen Feldes. Arkadi drückte sich in den Schatten, bis seine Augen sich an die Lichtverhältnisse gewöhnt hatten.

Slawa hatte nichts über das Goldene Horn gewußt und kannte auch die Wohnung nicht, in die Sina Nikolai und Martschuk mitgenommen hatte, also hatte sie ihn von Anfang an gesondert behandelt. Keine lärmende Matrosenkneipe, keine Wohnung samt illegalem Waffenarsenal, nichts, wodurch der zartbesaitete Dritte Maat womöglich hätte abgeschreckt werden können. Sina hatte Slawa vielleicht wirklich bis zu dem Tage, an dem sie in sein Segelboot kletterte, nie gesehen – aber der Trawlmaster kannte ihn.

Jeden Augenblick mußte Arkadi darauf gefaßt sein, daß Karp sich von einem Spannseil herunterschwingen oder aus einer Luke springen würde. »Ganz ruhig«, hatte er gesagt. Warum, fragte Arkadi sich, warum hat er mich noch nicht umgebracht? Mein Verstand oder mein Glück haben mich bestimmt nicht gerettet. Die Offiziere hielten sich vornehmlich im Ruderhaus auf, verschanzten sich dort in ihrem Reich der Ahnungslosigkeit; die übrigen Räumlichkeiten des Fabrikschiffs mit seinen schlecht beleuchteten Gängen und schlüpfrigen Decks waren die Domäne des Trawlmasters. Arkadi konnte unbemerkt verschwinden, wann immer Karp es verlangte. Jeder Tag seit Dutch Harbor war für ihn eine Gnadenfrist gewesen. Daß ich noch lebe, dämmerte ihm jetzt, verdanke ich wohl nur dem Umstand, daß Wladiwostok einen dritten ungeklärten Todesfall nicht hinnehmen würde. Falls noch ein Unglück geschah, würde man die *Polar Star* wahrscheinlich unverzüglich in den Heimathafen zurückbeordern. Wenn aber ein Schiff vorzeitig zurückkam, weil es unter irgendeinen Verdacht geraten war, wimmelte es bei seinem Eintreffen von Grenztruppen, und die Mannschaft mußte so lange an Bord bleiben, bis man den Kahn auseinandergenommen und Zentimeter für Zentimeter untersucht hatte. Trotzdem, Karp mußte ihn loswerden. Der Trawlmaster hatte sich zwischen zwei Übeln zu entscheiden. Offenbar grübelte er noch darüber nach, und er konnte sich getrost Zeit lassen, denn was konnte Arkadi dem Kapitän schon verraten, das nicht ihn selbst mehr als jeden anderen belastet hätte? Karp hatte ein von mehreren Zeugen bestätigtes Alibi dafür, wo er sich aufgehalten hatte, als der Erste Maat ums Leben gekommen war. Und doch, trotz jenes »Ganz ruhig« tastete Arkadi sich so vorsichtig von einem Lichtkegel zum nächsten, als gälte es, haarfeine Punkte miteinander zu verbinden.

Die Mannschaft lag schon in ihren Kojen, und in Arkadis Kabine war nur Obidin noch wach.

»Ich habe gehört, daß sie einen Frachter aus Wladiwostok schicken, der dich abholen soll, Arkadi. Andere behaupten wieder, du wärst von der Tscheka.« Tscheka war der alte, ehrwürdige Name für den KGB. »Und dann gibt es welche, die sagen, du wüßtest selbst nicht, wo du hingehörst.« Der Geruch von selbstgebranntem Fusel stieg aus Obidins Bart auf wie Pollenduft aus einer Distel.

Arkadi zog die Stiefel aus und kletterte in seine Koje. »Und du, was glaubst du?«

»Daß sie allesamt Dummköpfe sind, was sonst? Das Geheimnis menschlichen Handelns läßt sich nicht nach politischen Kategorien definieren.«

»Du hast nichts übrig für die Politik, was?« Arkadi gähnte.

»Die schwarze Seele eines Politikers ist unerforschlich. Aber es dauert nicht mehr lange, dann stößt der Kreml mit jenem anderen Teufel zusammen.«

»Welchem? Den Amerikanern, den Chinesen oder den Juden?«

»Dem Papst.«

»Maul halten!« ließ Guris Stimme sich vernehmen. »Wir versuchen zu schlafen.«

Gott sei Dank, dachte Arkadi.

»Arkadi«, flüsterte Kolja kurz darauf, »bist du noch wach?«

»Was ist?«

»Hast du Natascha in letzter Zeit mal genauer angesehen? Sie sieht gut aus.«

26

Im Traum sah Arkadi, wie Sina Patiaschwili die Bucht von Wladiwostok durchschwamm, die genauso dalag, wie Slawa sie beschrieben hatte, nur daß die Sonnenanbeter lauter Robben waren, die sich im Sand wälzten und ihre Köpfe mit den langbewimperten, orientalischen Augen himmelwärts reckten. Sina trug denselben Bikini, mit dem sie an jenem sonnigen Tag an Deck der *Polar Star* herumstolziert war. Dazu dieselbe dunkle Brille, dasselbe blonde Haar mit den verräterisch dunklen Wurzeln. Es war ein herrlicher Tag. Längliche Bojen umsäumten wie Zuckerstangen das flache Kinderbecken. Vom nahegelegenen Verladehof waren einzelne Baumstämme abgetrieben worden, auf denen einige Jungen herumpaddelten, als wären es die Kanus eines Kriegervolks.

Weiter draußen, noch jenseits der Segelboote, die auf den Wellen tanzten, schwamm Sina; jetzt drehte sie sich auf den Rücken, damit sie die ineinandergreifenden Baumkronen der Stadt sehen konnte, die Bürogebäude und die römischen Säulen des Stadions.

Das »Dynamo-Stadion«. Jede Stadt hatte ihr Dynamo-, Spartakus- oder Torpedo-Irgendwas. Warum gab man den Stadien eigentlich immer solche Namen und nannte nicht zur Abwechslung einmal eines Kurzschluß- oder Pleite-Stadion?

Sina tauchte in stillere, kühlere Gewässer, in die das Licht nur noch schräg drang, wie durch eine Jalousie, erreichte eine Tiefe, in der das Wasser zugleich durchscheinend und tintenschwarz schimmerte, und schraubte sich von dort mit eleganten Stößen bis hinunter auf den weichen, lautlosen Grund der Bucht. Ein Fisch schoß an ihrem Gesicht vorbei, ja, ganze Fischschwärme begleiteten sie: Heringe so glitzernd wie ein Münzenregen, blaue Ströme von Kerzenfischen, der flüchtige Schatten eines Rochens, der vor zwei blendenden Scheinwerfern floh, die sich mit der Geschwindigkeit eines heranrasenden Zuges näherten. Stählerne Trawltüren gruben sich zu beiden Seiten in den Meeresgrund und schickten Wolken aufgewühlten Schlamms empor. Die Lichter an den Bugleinen blendeten das Mädchen, und doch sah es, wie der Grund förmlich explodierte, als das Fußtau niederging, sah Geysire von Schlick und Welle über Welle von Grundfisch nach oben schnellen. Doch so verzweifelt die Fische dem Schleppnetz auch zu entkommen suchten, es fing sie alle unbeirrbar ein. Sina wurde erst durch eine Wasserwand von dem Mahlstrom fortgetrieben, dann aber, im Gegendruck, geradewegs hineingepreßt in das verschlungene Geflecht aus gespanntem Netzwerk, Schlickwolken und glitzernden Fischschuppen.

Schweißnaß, als sei er eben dem Meer entstiegen, schreckte Arkadi aus seinem Traum hoch. Er hatte Natascha erklärt, es käme nur darauf an zu sehen, was man vor Augen habe, dazu bedürfe es keines Genies. Wie bewerkstelligte man Schmuggel auf offener See? Was kam und ging zwanzigmal am Tag? Wo würde ein Trawlmaster die eingeheimste Beute verstecken? Und plötzlich stand es ihm klar vor Augen: Wo hatte man ihn auf der *Polar Star* angegriffen?

Diesmal vergaß Arkadi die Taschenlampe nicht. Ratten huschten über die Balken, schlüpften zwischen den Planken durch und beäugten ihn mit roten Stecknadelaugen, als er die Leiter hinunterkletterte und sich zum vorderen Laderaum schlich. Kühlrohre echoten unter dem wendigen Trippeln des Rattenvolks. Zumindest kam ihm der Weg bei Licht kürzer vor.

Sorgfältig tastete er den Boden des Laderaums ab und dachte daran, wie er beim letztenmal ein loses Brett aus der Täfelung gebrochen und damit die Wände abgeklopft hatte, um einen Leutnant des Marinenachrichtendienstes aus seinem Versteck zu trommeln, während er die ganze Zeit über höchstwahrscheinlich auf dem Deckel einer Schatztruhe gestanden hatte. Der Strahl der Taschenlampe fand das abgerissene Brett, die Farbdosen und die Decke, und auch das Katzenskelett war noch da. Allerdings hatte es beim letztenmal mitten im Raum gelegen, während es nun in einer Ecke zusammengeschoben war. Auf den Bodenplanken entdeckte er Fußspuren und Einkerbungen. Er fuhr mit der Hand darüber. Nein, keine Kerben – Wasser.

In diesem Moment öffnete sich die Luke auf Arkadis Ebene,

und Pawel, der Decksmann aus Karps Brigade, schlüpfte herein. Er trug einen Helm, und seine Jacke war vom Regen völlig durchnäßt. Er hob die Hand und blinzelte ins Licht der Taschenlampe. »Bist du immer noch hier?« fragte er. Doch im nächsten Augenblick erkannte er Arkadi, schlug die Luke zu und verriegelte sie.

Arkadi kletterte die Leiter zur nächsten Ebene hinauf. Die Luke war verschlossen. Er hastete weiter zur Ebene, auf der er eingestiegen war, sein Herz hämmerte, als wäre in seinem Körper noch ein anderer Mensch eingeschlossen, der ihn die Sprossen hinaufhetzte. Arkadi stieß die Luke auf, rannte zur Treppe und sauste hinunter. Als er von außen wieder auf der untersten Ebene des Laderaums anlangte, war Pawel verschwunden, doch die nassen Fußabdrücke auf dem metallenen Deck zeigten wie Pfeile in die Richtung, die er genommen hatte. Daneben führten die schon fast getrockneten Spuren eines anderen Stiefelpaares den gleichen Weg entlang.

Arkadi rannte los, versessen darauf, den Gegner einzuholen. Die Spuren führten nach achtern, vorbei am zweiten Fischladeraum und über die Treppe mittschiffs zum vorderen Kran auf dem Trawldeck. Keine Menschenseele zu sehen – weder Pawel noch sonst jemand. Der Regen, der auf die Decksplanken niederging, wusch sie blank und verwischte alle Spuren. Arkadi steckte die Taschenlampe ein und holte statt dessen sein Messer hervor. Die große Lampe an der Winsch war ausgeschaltet; die Kranlampen trugen dicke Eiskrusten. Über das Deck hin starrte der Eingang zur Heckrampe ihm entgegen wie ein schwarzes Loch.

Jetzt brauchte er keine Richtungspfeile mehr. Erstaunlich schien nur, daß er noch nie zuvor auf der Rampe gewesen war. Die Lampen am Portalkran erfaßten eben noch die rauhe Wandbespannung und die übereinandergreifenden Eiszacken am oberen Rand der Schlippe. Doch mit jedem Schritt, den er weiter hinunterkam, wurde das Licht schwächer und der Neigungswinkel der Rampe abschüssiger. Weit vorn stieß der Bug der *Polar Star* auf eine kompaktere Eisschicht, und der Aufprall ließ den Rumpf erzittern. Tief im Heck, in der Rampe, die wie ein Resonanzboden wirkte, schwoll das Beben an und hallte einem Stöhnen gleich von den Wänden wider. Eine Welle rollte von achtern über die Rampe und verebbte mit einem Seufzer, ähnlich wie eine Meermuschel Töne erweitert und verstärkt oder wie das innere Ohr Herztöne taxiert.

Sollte er ausrutschen, würde Arkadi nur noch das Sicherheitsgatter vom Wasser trennen. So gut es ging, hielt er sich an der Seitenwand der Rampe fest, als er spürte, wie deren Oberfläche nachgab. Oben, am Treppenabsatz, wurde eine zweite schwache Lichtquelle sichtbar. Er merkte, daß die Kette des Sicherungsgatters an ihrem Haken an der Rampenwand festgemacht war, das Gatter selbst war hochgezogen. Er schaffte es nicht mehr, den Haken zu fassen, und kam ins Rutschen. Zuerst nur ein kleines Stückchen, jene ersten Millimeter, die einem schlagartig klarmachen, in welcher Lage man sich befindet, dann mit zunehmendem Schwung, der sich mit der stärker werdenden Neigung der Rampe nahezu verdoppelte. Alle viere ausgestreckt, das Gesicht nach unten, die Finger ins Eis gekrallt, schlitterte er auf eine von weißem Schaum gekrönte Welle zu, während das Messer, das seiner Hand entglitten war, klirrend ins Leere schoß. An der äußersten Kante öffnete sich die Rampe über dem schwarzen Strudel der Fahrrinne. Arkadi hörte nur noch das Quietschen der Schrauben und das Knirschen des Eises. Als das Wasser ihm schon drohend entgegenschwappte, bekam er an der Rampenwand neben sich ein Tau zu fassen, das er sich ums Handgelenk schlang. Er konnte seinen Sturz bremsen und sah noch unter sich einen Mann stehen; wie ein Wellenreiter trotzte er den Wogen, die den Boden der Rampe umspülten und nach seinen Stiefeln leckten. Um seine Taille war eine Leine geschlungen.

Karp trug einen dunklen Pullover und hatte die Wollmütze tief in die Stirn gezogen. Was er in den Händen hielt, sah aus wie ein Kissen. »Zu spät!« rief er Arkadi zu und warf das Ding rückwärts ins Wasser. Daran, wie dumpf es aufschlug und unterging, merkte Arkadi, daß das Päckchen mit Gewichten beschwert war. »Ein Vermögen«, sagte Karp. »Da steckt alles drin, was wir besaßen. Aber Sie hatten recht, wenn wir nach Wladiwostok zurückkommen, werden sie das ganze Schiff auseinandernehmen.«

Karp, der nun beide Hände frei hatte, lehnte sich zurück und steckte sich eine Zigarette an. Er bot das Bild eines Mannes, der sich aller Sorgen entledigt hat. Der phosphoreszierende Schimmer, der auf dem Kielwasser tanzte, verlor sich nach einigen Metern in der Dunkelheit. Arkadi rappelte sich hoch.

»Sie sehen ja aus, als hätten Sie Angst, Renko.«

»Habe ich auch.«

»Hier.« Karp beugte sich vor, gab Arkadi seine Zigarette und zündete sich eine neue an. Seine Augen blitzten auf, als er die Rampe über ihnen absuchte. »Sie sind allein gekommen?«

»Ja.«

»Wir werden das nachprüfen.«

Arkadi konzentrierte sich auf den Regen und auf ein Licht, das in der Ferne schwankte wie eine Laterne im Wind. Es war die *Eagle,* die sich schätzungsweise zweihundert Meter hinter dem Fabrikschiff hielt. »Haben Sie nicht die Befürchtung, das Netz könnte das, was Sie eben ins Wasser geworfen haben, wieder rausfischen?«

»Die *Eagle* hat kein Netz ausgeworfen, die sind zu sehr damit beschäftigt, das Eis vom Deck zu spritzen. Ganz schön topplastig für so ein leichtes Boot. Woher wußten Sie, daß Sie mich hier finden würden?«

Arkadi beschloß, seine Begegnung mit Pawel zu verschweigen. »Ich wollte nur sehen, wo Sina ins Wasser gegangen ist.«

»Ach? Und Sie meinen, das war hier?«

»Sie hat ihre Jacke und den Beutel entweder hier oder auf dem Treppenabsatz deponiert, bevor sie zum Tanzen ging. Wie sah sie eigentlich aus, als Sie sie aus dem Netz schnitten?«

Karp machte einen tiefen Zug. »Haben Sie schon mal einen Ertrunkenen gesehen?«

»Ja.«

»Na, dann wissen Sie ja Bescheid.« Karp wandte sich um und sah zu, wie das Licht der *Eagle* in einer Regenböe verblaßte. Er wirkte völlig ruhig, als warte er auf einen Freund. »Das Meer ist gefährlich, aber ich sollte Ihnen dankbar sein dafür, daß Sie mich aus Moskau rausgebracht haben. Was hab ich da schon verdient mit all der Zuhälterei und den Erpressungsgeschichten, na, was schätzen Sie? Zwanzig oder dreißig Rubel am Tag? Dabei sind Rubel in der restlichen Welt überhaupt kein Geld.«

»Sie leben aber in Rußland. Und da verdient ein Fischer einen Haufen Rubel.«

»Und was kann er sich dafür kaufen? Fleisch ist rationiert, Zucker ist rationiert. Umstrukturierung? Daß ich nicht lache. Der einzige Unterschied besteht darin, daß sie jetzt auch noch den

Wodka rationiert haben. Wer ist hier ein Verbrecher? Wer ein Schmuggler? Ehrenwerte Delegationen fliegen nach Washington, und wenn sie zurückkommen, haben sie Kleider, Badeschaum und Kronleuchter im Gepäck. Der Generalsekretär sammelte schnelle Autos, seine Tochter sammelte Diamanten. Und in den einzelnen Republiken ist es genau das gleiche. Ein Parteiführer hat einen Marmorpalast, ein anderer hat Koffer so voller Gold, daß man sie nicht vom Boden hochkriegt. Und ein dritter unterhält eine Lastwagenkolonne, die nichts als Hasch transportiert, und seine Laster werden von der Verkehrspolizei auch noch geschützt. Renko, Sie sind der einzige in diesem Scheißsystem, den ich nicht begreife. Sie führen sich auf wie ein Arzt im Freudenhaus.«

»Ich bin eben ein Romantiker. Also schön, Sie wollten hoch hinaus. Aber wie sind Sie gerade auf Drogen gekommen?«

Karps Schultern waren mit gefrorenen Regentropfen bestückt. Ihre Konturen erinnerten Arkadi an den Dunst in einer Nebelkammer, der die feuchte Fährte von Ionen verrät.

»Es ist die einzige Möglichkeit für einen Arbeiter, ans große Geld zu kommen, vorausgesetzt, er hat die Nerven dazu«, sagte Karp. »Darum ist die Regierung ja auch so gegen Drogen – weil sie die nicht kontrollieren kann. Wodka und Tabak, die kriegen sie in den Griff, aber Drogen nicht. Denken Sie nur an Amerika. Selbst die Schwarzen machen da Geld damit.«

»Sie glauben also, bei uns in der Sowjetunion wird es eines Tages genauso sein?«

»Eines Tages? Es ist doch heute schon so! Sie können auf einem Stützpunkt der Roten Armee unter der Hand Munition einkaufen, über die Grenze schaffen und an die Afghanen verscherbeln, die gegen uns kämpfen. Die *Duschmani* unterhalten Warenhäuser, in denen das Kokain bis unters Dach gestapelt ist. Das Zeug ist mehr wert als pures Gold. Es ist die neue Währung! Darum haben auch alle solche Angst vor den Veteranen, die da unten gekämpft haben – nicht bloß, weil die selber Drogen nehmen, sondern weil sie sich auskennen und wissen, was wirklich läuft.«

»Aber Sie gehören keinem der großen afghanischen Verteilernetze an«, sagte Arkadi. »Wenn ich richtig liege, dann handeln Sie mit sibirischem Stoff, mit *Anascha*. Wie ist denn der Wechselkurs bei euren Tauschgeschäften per Schleppnetz?«

Karps Lächeln blitzte golden in der Dunkelheit. »Ein, zwei Kiloblöcke von unserem Stoff gegen einen Löffel voll von ihrem. Scheint vielleicht auf den ersten Blick unfair, aber wissen Sie auch, was ein Gramm Kokain bei den Ölbohrtrupps in Sibirien einbringt? Fünfhundert Rubel! Alle Achtung, daß Sie den Dreh mit dem Netz allein rausgekriegt haben.«

»Was ich nicht verstehe ist, wie ihr es geschafft habt, das *Anascha* an den Kontrollen vorbei auf die *Polar Star* zu schmuggeln.«

Die Stimme des Trawlmasters hörte sich geschmeichelt an, wurde zutraulich, ja fast schien er es zu bedauern, daß sie sich nicht zusammenhocken und miteinander anstoßen konnten. Doch gleichzeitig war Arkadi klar, daß Karp eine Rolle spielte und es genoß, so unbestritten Herr der Situation zu sein.

»Das wird Ihnen gefallen«, sagte Karp. »Überlegen Sie mal, was kann ein Trawlmaster an Material anfordern? Netzwerk, Nadeln, Ankerschäkel, Taue. Die Werften drehen einem ihr schlechtestes Zeug an, darauf können Sie wetten. Na, und aus was sind die billigsten Taue gemacht?«

»Hanf!« Mandschurischer Hanf wurde ganz legal für die Herstellung von Seilen und Verpackungsschnüren angebaut; *Anascha* war lediglich die rauschgifthaltige, befruchtete Variante vom selben Strauch. »Sie haben das Zeug also in die Taue gepackt, Hanf in Hanf versteckt.« Arkadi konnte seine Bewunderung nicht verhehlen.

»Und zum guten Schluß tauschen wir Hasch gegen reines Gold. Zwei Kilo von dem Stoff bringen uns eine Million Rubel ein.«

»Aber nun werden Sie sich noch mal für sechs Monate verpflichten müssen, um eine zweite Ladung rüberzuschmuggeln.«

»Sicher, das hier war ein Rückschlag.« Karp blickte gedankenvoll auf die Rampe hinunter. »Kein so schlimmer wie der, der Sie erwartet, aber immerhin ein Rückschlag. Sie behaupten, Sie wären bei Nacht und Regen hier herausgekommen, bloß weil Sie sehen wollten, wo Sina ins Wasser gegangen ist. Das glaube ich Ihnen nicht, Renko.«

»Glauben Sie an Träume?«

»Nein.«

»Ich auch nicht.«

»Wissen Sie, warum ich diesen Mistkerl in Moskau umgebracht habe?« fragte Karp unvermittelt.

»Den, der mit der Prostituierten im Eisenbahndepot war?«

»Wegen dem Sie mich geschnappt haben, genau.«

»Demnach war es also kein Unfall? Sie wollten ihn umbringen?«

»Das ist lange vorbei, fünfzehn Jahre. Noch mal können Sie mir damit nicht mehr kommen.«

»Nun, und warum haben Sie ihn getötet?«

»Wissen Sie, wer die Hure war? Meine Mutter.«

»Davon hat sie nichts gesagt. Außerdem hatte sie einen anderen Namen.«

»Schon, aber der Saukerl, der hat's gewußt. Und er hat damit gedroht, es überall rumzuerzählen. Sie sehen also, ich hab nicht wegen nichts und wieder nichts durchgedreht.«

»Sie hätten Ihre Beweggründe vor Gericht nennen sollen.«

»Dann wäre ihre Strafe nur noch härter ausgefallen.«

Arkadi erinnerte sich dunkel an eine grell geschminkte Frau mit zinnoberrot gefärbtem Haar. Zu der Zeit gab es offiziell keine Prostitution in Rußland, und so hatte man sie wegen Komplizenschaft bei einem Raubüberfall verurteilt.

»Was ist aus ihr geworden?«

»Sie ist in einem Straflager umgekommen. Hat wattierte Jacken für Sibirien genäht. Wer weiß, vielleicht haben Sie oder ich mal eine getragen, die sie gemacht hat. Wie überall mußten sie ein Plansoll erfüllen, und wie überall war es fast unerreichbar hoch. Aber sie hat ein glückliches Ende gefunden. In dem Lager waren eine Menge Frauen mit Babys, sogar einen Kindergarten hatten sie, separat, mit Stacheldraht eingezäunt, und dort durfte sie putzen. Sie schrieb mir, daß er ihr guttat, der Umgang mit den Kindern. Allerdings ist sie an Lungenentzündung gestorben, und die hat sie sich wahrscheinlich von so einem rotznäsigen Bankert geholt. Ist schon komisch, nicht, woran man alles sterben kann.« Er schüttelte ein Messer aus seinem Ärmel.

Arkadi hörte Schritte über sich und blickte hoch. Im schwachen Lichtschimmer, der vom Trawldeck herunterdrang, konnte er eine Gestalt mit einem Südwester auf dem Kopf ausmachen, die die Rampe hinunterstieg und sich dabei an der Leine festhielt, die zu Karp führte.

»Das ist Pawel«, sagte Karp. »Er hat sich mächtig Zeit gelassen. Also sind Sie tatsächlich allein gekommen.«

Arkadi versuchte, sich Hand über Hand am Seil emporzuhangeln, doch Karp war schneller. Er hatte zwar eine Rettungsleine um die Taille geknotet, schien sie jedoch nicht zu brauchen, katzengleich sprang er die vereiste Schräge hinauf.

Die Gestalt oben auf dem Trawldeck hielt inne. Arkadi hätte einen weiten Bogen schlagen müssen, um an ihr vorbeizukommen, und er wußte, daß er, sowie er das Seil losließ, die Rampe hinunter und ins Wasser rutschen würde. Schon jetzt gaben seine Stiefel unter ihm nach. Wie schaffte Karp es nur, wie ein Teufel, der mit Zauberkräften eine Treppe hinauffliegt, die Schräge zu überwinden?

»Dafür hat sich's gelohnt zu warten«, sagte Karp. Er gab dem Seil einen Ruck, so daß Arkadi wieder das Gleichgewicht verlor, und dann packte er ihn an der Jacke.

»Arkadi, sind Sie das?« rief Natascha.

»Ja!«

Der Schatten, der sich oben über die Rampe beugte, war also nicht Pawel. Nun, da er dichter herankam, sah er, daß der vermeintliche Südwester ein Schal war, den Natascha sich um den Kopf geschlungen hatte.

»Wer ist denn da bei Ihnen?« fragte sie.

»Korobets«, sagte Arkadi. »Sie kennen doch Korobets?«

Arkadi hörte fast, wie der Trawlmaster fieberhaft seine Chancen berechnete. Würde es ihm gelingen, ihn *und* Natascha zu erwischen, bevor sie übers Trawldeck fliehen und um Hilfe rufen konnten?

»Wir beide sind alte Freunde.« Karp hielt Arkadi immer noch mit eisernem Griff an der Jacke fest. »Wir kennen uns schon sehr lange. Helfen Sie uns herauf.«

»Gehen Sie zurück an Deck«, sagte Arkadi zu Natascha. »Ich komme gleich nach.«

»Sie beide?« fragte Natascha mißtrauisch. »Sie sind befreundet?«

»Gehen Sie! Rasch!« befahl Arkadi. Er rührte sich nicht vom Fleck, damit Karp nicht an ihm vorbeikonnte.

»Was ist denn da unten los, Arkadi?« Natascha wich nicht von der Stelle.

»Warten Sie, Genossin!« rief Karp ihr zu.

»Ja, warten Sie hier«, bekräftigte Pawel, der jetzt über Natascha an der Rampe auftauchte. Er hielt eine Axt in der Hand.

Arkadi gelang es, Karp ein Bein zu stellen. Der Trawlmaster fiel vornüber und rutschte die Rampe hinunter, soweit seine Rettungsleine reichte. Arkadi hatte gehofft, er würde ins Wasser stürzen, doch Karp blieb hart über dem Kielwasserkamm hängen. Im Nu war er wieder auf den Füßen und erklomm die Rampe aufs neue, doch da hatte Arkadi schon den Haken erreicht, an dem die Kette befestigt war, die das Sicherungsgatter hochhielt. Er klinkte sie aus. Mit einem scharfen Luftzug schwang das Gatter herunter und rastete mit metallischem Klicken vor Karps Nase ein, so daß der Trawlmaster am unteren Ende der Rampe gefangen war.

Arkadi hastete an Natascha vorbei. Hinter sich hörte er Karp am Gatter rütteln, als wolle er das Stahlgeflecht mit bloßen Händen zerreißen. Dann war es plötzlich still. »Renko . . .«, drang die Stimme des Trawlmasters die Rampe hoch.

Pawel zögerte, als Arkadi auf ihn zukam. Seine Augen traten groß und rund aus den Höhlen; offenbar fürchtete er sich mehr vor Karp als vor Arkadi. »Sie versauen alles. Er hat's gleich gesagt.«

Karps Lachen hallte von der Rampe wider. »Renko, he, wohin wollen Sie denn fliehen?«

»Verpiß dich!« Natascha hatte den Ton getroffen, und Pawel machte sich davon.

27

»Wir sind doch ein gutes Team, nicht?« fragte Natascha.

Sie war noch ganz aufgekratzt und stolz auf die geglückte Flucht von der Rampe. Ihre Augen blitzten, und eine lange Haarsträhne, die sich gelöst hatte, hing ihr in die Stirn. Arkadi führte sie in die Cafeteria, die sich, wie sie beim Eintreten feststellen konnten, wieder in einen Tanzsaal verwandelt hatte.

Diesmal war die Festlichkeit nicht über Lautsprecher angekündigt worden. Slawa Bukowski, der für die Unterhaltung der Mannschaft zuständige Offizier, hatte zum Zwecke der moralischen Aufrüstung spontan seine Kapelle zusammengerufen und den Arbeitern unter Deck melden lassen, daß es in der Cafeteria Musik geben werde. Netze wurden keine erwartet, die Nacht war stürmisch, und so hatte die gesamte Mannschaft sich in ihren stickigen Kabinen gelangweilt. Jetzt drängten sie alle lebhaft und fröhlich in die Cafeteria. Diesmal waren keine Amerikaner dabei, nicht mal die von der *Polar Star,* und es wurde auch kein Rock gespielt. Die verspiegelte Kugel an der Decke drehte sich und ließ ihre blitzenden Reflexe wie Schneeflocken auf die Paare niederrieseln, die langsam und verträumt ihre Kreise zogen. Auf dem Podium entlockte Slawa seinem Saxophon einen süß-melancholischen Blues.

Arkadi und Natascha zwängten sich zu Dynka und Madame Malsewa auf eine Bank im Hintergrund. Die junge Usbekin klatschte in die Hände. »Ach, ich wünschte, mein Ahmed wäre jetzt hier!«

»Ich habe die Musiker von der Schwarzmeerflotte gehört.« Die Malsewa drapierte würdevoll eine Babuschka um ihre Schultern, setzte jedoch wohlwollend hinzu: »Eigentlich spielt unser Dritter Maat gar nicht schlecht.«

»Wir sollten zum Kapitän gehen«, flüsterte Natascha Arkadi ins Ohr, »und ihm melden, was passiert ist.«

»Was könnten wir ihm schon erzählen? Sie haben nichts weiter gesehen, als daß Karp und ich dort unten waren. Ein Trawlmaster hat alle möglichen Gründe, sich auf der Rampe aufzuhalten. Ich dagegen habe nicht einen.«

»Immerhin habe ich auch Pawel mit der Axt gesehen.«

»Die Männer haben den ganzen Tag Eis gehackt. Wer weiß, vielleicht ist Pawel ein Held der Arbeit.«

»Man hat Sie angegriffen.«

»Ich habe das Gatter auf Karp fallen lassen, nicht umgekehrt, und Sie haben bloß gehört, daß er mich einen alten Freund nannte. Der Mann ist ein Heiliger.«

Als nächstes erklang »Schwarze Augen«, ein sentimentales Lied, das von Zigeunerliebe handelte. Das Mädchen am Synthesizer imitierte in etwa das Zupfen einer Gitarre, während Slawa seinem Instrument lustvoll schluchzende Töne entlockte. Es war eine ebenso schamlose wie unwiderstehliche Melodie. Die Paare auf der Tanzfläche wiegten sich hingebungsvoll zu den schwülstigen Rhythmen.

»Sie und Karp«, sagte Natascha, »das ist wie Maus und Schlange. Ihr könnt nicht beide in derselben Höhle hausen.«

»Jedenfalls nicht mehr lange.«

»Was wollten Sie eigentlich auf der Rampe?«

»Möchten Sie tanzen?« fragte Arkadi.

Natascha war im Nu wie verwandelt. Auf einmal leuchteten nicht nur ihre Augen, ihr ganzes Gesicht strahlte. Wie eine Dame, die ihren kostbaren Zobel abstreift, legte sie langsam Fischerjacke und Schal ab, gab beides Dynka und zog dann den Kamm aus ihrem Haar, das nun in weichen Wellen auf ihre Schultern herabfloß.

»Fertig?« fragte Arkadi.

»Und ob!« Auch ihre Stimme war weicher geworden.

Sie bildeten ein ungleiches Paar: die vorbildliche Vertreterin der Partei und der Unruhestifter aus der Schmutzbrigade. Als Arkadi sie zwischen den Tischen hindurch zur Tanzfläche führte, begegnete Natascha den erstaunten Blicken der Genossen mit zugleich hochmütiger und gelassener Miene.

In Rußland erwartet man nicht viel Platz zum Tanzen, man ist es gewöhnt, ständig von anderen Paaren angerempelt zu werden, wie ein Pendel in einer Flasche. Die Enge gehört zum Tanzen, und man nimmt sie gutgelaunt in Kauf, besonders mitten im Eis, wenn ein scharfer Polarwind die Luken mit Rauhreif überzieht. Trotz ihrer kräftigen Statur schien Natascha in Arkadis Armen zu schweben, behutsam schmiegte sie ihre Wange an die seine.

»Ich entschuldige mich wegen meiner Stiefel«, hauchte sie.

»Aber nein«, sagte Arkadi, »*ich* entschuldige mich wegen *meiner* Stiefel.«

»Mögen Sie romantische Musik?«

»Ich schmelze bei romantischer Musik.«

»Ich auch.« Sie seufzte. »Ich weiß, daß Sie Gedichte lieben.«

»So? Woher wissen Sie das?«

»Ich habe Ihr Buch gefunden.«

»Ach ja?«

»Als Sie krank waren. Es lag unter Ihrer Matratze. Sie sind nicht der einzige, der weiß, wo man suchen muß.«

»Tatsächlich?« Er hielt sie einen Moment lang von sich ab. Beunruhigt stellte er fest, daß ihr Blick auch nicht die Spur von Verlegenheit verriet. »Es sind gar keine Gedichte«, sagte Arkadi. »Bloß ein paar Aufsätze und Briefe von Mandelstam.« Daß das Buch ein Geschenk von Susan war, erwähnte er nicht.

»Nun ja, die Aufsätze waren mir zu hochgestochen«, gestand Natascha, »aber die Briefe an seine Frau, die haben mir sehr gefallen.«

»An Nadeschda?«

»Ja, doch er hat ja noch so viele andere Namen für sie. Nadik, Nadja, Nadka, Nadenka, Nadjuscha, Nanuscha, Nadjuschok, Nanotschka, Nadenjisch, Niakuschka. Zehn insgesamt. Was für ein Dichter!« Sie schmiegte ihre Wange ein wenig fester an Arkadis.

Slawa und sein Saxophon versenkten sich mit Hingabe in die »Schwarzen Augen« und verwandelten Kitsch in Seelenkunst. Langsam drehten sich die Tänzer unter der gemächlich rotierenden Kristallkugel. Die niedrige Decke und die flackernden Lichter verliehen dem Raum etwas Höhlenartiges, das beruhigend auf russische Gemüter wirkte.

»Ihre Arbeit in der Fabrik habe ich immer bewundert«, gestand Natascha.

»Und ich die Ihre.«

»Sie haben soviel Geschick im Umgang mit den Fischen«, sagte sie, »besonders mit den schwierigen, den Seehechten.«

»Und Sie verstehen sich so gut aufs ... Entgräten.« Ich eigne mich nicht für so was, dachte Arkadi.

Sie räusperte sich. »Diese Probleme, die Sie in Moskau hatten? Ich halte es für möglich, daß der Partei da ein Fehler unterlaufen ist.«

Ein Fehler? Aus Nataschas Mund klang das so, als hätte sie gesagt, schwarz könne auch weiß sein, oder als hätte sie zumindest die Existenz von Grautönen zugestanden.

»Seltsamerweise«, entgegnete er, »hat die Partei sich in dem Fall nicht geirrt.«

»Jeder kann rehabilitiert werden.«

»In der Regel nach seinem Tod, ja. Aber machen Sie sich keine Sorgen. Es gibt auch Leben außerhalb der Partei, es ist sogar ganz unglaublich, wieviel Leben es da gibt.«

Natascha wurde nachdenklich. Ihre Überlegungen schienen ähnlich zu verlaufen wie die Bahnlinie Baikal–Amur mit ihren zahlreichen unvollendeten Streckenabschnitten und Tunnels, die in geheimnisvolle Richtungen abzweigten. Gedichte, Fisch, die Partei. Arkadi fragte sich, was ihr wohl als nächstes einfallen würde.

»Ich weiß, daß es da eine andere gibt«, sagte Natascha. »Eine andere Frau, meine ich.«

»Ja.«

Hatte er etwa ein Schluchzen gehört? Hoffentlich nicht!

»Das mußte ja so sein«, sagte sie nach einer langen Pause. »Ich wünsche mir nur eins.«

»Und das wäre?«

»Daß es nicht Susan ist.«

»Nein, es ist nicht Suu-san.«

»Und es war auch nicht Sina?«

»Nein.«

»Die Frau ist also gar nicht hier an Bord?«

»Nein, sie ist weit weg.«

»Sehr weit?«

»O ja, sehr weit«, versicherte er.

»Dann bin ich beruhigt.« Sie lehnte den Kopf an seine Schulter.

Ridley hat wohl recht gehabt, dachte Arkadi. Das ist zivilisiert, ja vielleicht der Gipfel der Zivilisation, wie sich diese Fischer und ihre Genossinnen in schweren Stiefeln auf dem Beringmeer im

Takt der Musik hin- und herwiegen. Dr. Wainu klammerte sich an Olimpiada, als gälte es, einen Findling über die Tanzfläche zu rollen. Dynka, die mit einem der Ingenieure tanzte, hielt ihren Partner auf Armeslänge von sich weg. Hier und da, wo es sich nicht anders ergeben hatte, tanzten auch Männer mit Männern und Frauen mit Frauen, damit sie in der Übung blieben. Manche hatten sich die Zeit genommen, einen frischen Pullover überzuziehen, doch die meisten waren in ihren Arbeitssachen gekommen, ganz im Sinne dieser improvisierten Festivität. Auch Arkadi fand Vergnügen an der Sache, bekam er doch dadurch eine Vorstellung davon, wie Sina ihre letzten Lebensstunden verbracht hatte. Es traf sich gut, daß er mit Natascha hier gelandet war, so rundete sich die Geschichte, ja, fast war ihm, als könnte Sina selbst jeden Augenblick an ihnen vorbeitanzen.

Natascha schrak zusammen. »Er ist da.«

Karp schlenderte langsam durch die Bankreihen im Hintergrund der Cafeteria; ganz entspannt wirkte er, während er seinen Blick über die Gestalten im Halbdunkel schweifen ließ. Arkadi führte Natascha zum Podium. »Kolja möchte auch gern mit Ihnen tanzen«, sagte er.

»Ach, wirklich?«

»Wenn Sie ihn sehen, dann geben Sie ihm eine Chance. Er ist ein gescheiter Mann, ein Wissenschaftler, Botaniker, um genau zu sein. Aber er braucht jemanden, der ihm hilft, auf den Boden der Tatsachen zurückzufinden.«

»Ich würde lieber Ihnen helfen.«

»Dann warten Sie, wenn ich jetzt gehe, eine halbe Minute und schalten anschließend für ein paar Sekunden die Scheinwerfer am Podium aus.«

»Es geht immer noch um Sina, nicht wahr?« Nataschas Stimme klang auf einmal ganz verzagt. »Warum verbeißen Sie sich dermaßen in diesen Fall?«

Arkadi war so verblüfft, daß er das erste sagte, was ihm in den Sinn kam: »Ich verabscheue Selbstmord.«

Slawa wirkte plötzlich ganz entkrampft, wie befreit, das Saxophon schien seine Seele wie eine Wünschelrute aufgespürt zu haben. Während der Dritte Maat wehklagende Töne aus seinem Instrument hervorzauberte, erreichten Arkadi und Natascha die Tür zum Küchentrakt.

»Sie hat sich also nicht selbst umgebracht?« fragte Natascha.

»Nein.«

»Hat Karp sie getötet?«

»Wissen Sie, das ist das erstaunlichste an der Sache – ich glaube nämlich nicht, daß er es war.«

Die Kombüse war ein enges Geviert, angefüllt mit stählernen Spülbecken, gestapelten Tabletts, so verbeult wie Kampfschilde, Türmen weißer Suppenschüsseln auf schmalen Arbeitsflächen, und an den Wänden hingen Pfannen und Tiegel so groß wie Waschtröge. Das Reich der Olimpiada Bovina. Kohl badete in siedendem Wasser, entweder in Vorbereitung fürs Frühstück oder um Klebstoff daraus herzustellen. Ein Rührlöffel stand aufrecht in einer Schüssel mit verkrustetem Eierkuchenteig. Arkadi ging bewußt den gleichen Weg, den Sina während der letzten Tanzveranstaltung sieben Nächte zuvor genommen hatte. Wie er von Slawa wußte, hatte sie einen Plastikbeutel aus einem Topf geholt. Was war in diesem Beutel gewesen? Und warum Plastik?

Doch die nächsten Zeugen, die Aussagen über ihren Verbleib machen konnten, hatten sie erst wieder oben an Deck gesehen.

Arkadi öffnete die Tür zum Gang gerade so weit, daß er Pawel erkennen konnte, der nervös an seiner Zigarette zog und Ausschau hielt, ob sich jemand vom Tanz entfernte. Im nächsten Moment ging die Melodie von »Schwarze Augen« in wüstem Geschrei unter: »He da! Licht!« – »Geh von meinen Füßen runter, du Trampel!« Pawel steckte den Kopf in die Tür zur Cafeteria, um nachzusehen, was da drinnen los war, und im selben Augenblick schlüpfte Arkadi aus der Kombüse und eilte den Korridor entlang.

Wer außer Kolja Mer konnte jetzt noch an der Reling stehen und die Freuden des Regens genießen, der sich in nasse, prickelnde Schneekristalle verwandelte und unter dem Druck des sinkenden Nebels seitwärts trieb? Als Arkadi vorbeihasten wollte, packte Kolja ihn am Arm.

»Du, ich wollte dir doch von den Blumen erzählen.«

»Was denn für Blumen?«

»Na ja, wo ich sie gepflückt habe, verstehst du?« Bloße Finger lugten aus Koljas abgeschnittenen Handschuhen hervor.

»Meinst du die Schwertlilien?«

»Genau. Natascha habe ich erzählt, ich hätte sie am Straßenrand vor dem Laden in Dutch Harbor gepflückt. Aber in Wirklichkeit wachsen Lilien weiter oben. Ich hab gesehen, wie du in meinem Notizbuch geblättert und die Einträge überprüft hast. Du weißt also, daß ich sie auf dem Hügel gefunden habe. Arkadi, ich hab gesehen, wie du dem Amerikaner nachgestiegen bist.« Kolja holte tief Luft, um sich Mut zu machen. »Wolowoi hat mich ausgequetscht.«

»Was denn, Wolowoi ist dir auf dem Hügel begegnet?«

»Er war hinter dir her. Er hat sogar gedroht, mir meine Blumen wegzunehmen, wenn ich ihm nicht helfen würde. Aber ich hab dich trotzdem nicht verraten.«

»Das hätte ich auch nicht von dir erwartet. War er allein?«

Sag nein, betete Arkadi heimlich. Sag, daß der Erste Maat Wolowoi mit Karp Korobets zusammen war, und wir können auf der Stelle gemeinsam zu Kapitän Martschuk gehen.

»Es war so neblig, da konnte ich nicht erkennen, ob jemand bei ihm war«, sagte Kolja.

Karp würde jede Minute an Deck auftauchen. Es sei denn, dachte Arkadi, er läuft unter Deck entlang, um mir vorn am Bug den Weg abzuschneiden.

Kolja starrte hinauf in den nebelverhangenen Himmel. »Es war die gleiche Waschküche wie heute nacht. Gleich wird es aufhören zu schneien, und dann sind wir bald völlig eingenebelt. Ach, mir fehlt mein Sextant.«

»Ohne Sterne würde er dir nicht viel nützen«, sagte Arkadi. »Geh rein, Kolja. Wärm dich auf. Tanz ein bißchen.«

Wäre er nicht draußen im Freien gewesen, wäre Arkadi kaum aufgefallen, daß sich das Stampfen der Maschinen plötzlich veränderte. Der Widerhall der Schrauben klang auf einmal tiefer, und das konnte nur bedeuten, daß die *Polar Star* ihr Tempo gedrosselt hatte. Doch das glitzernde Flockentreiben schuf die Illusion, das Fabrikschiff presche immer noch vorwärts wie ein gut gewachster Schlitten. Unter sich spürte er das stoßweise Beben der Maschinen und das Bersten der Eisdecke unter den Stahlplatten am Bug. Über ihm hüllte der Schnee Ladegeschirr, Antennen, Peilempfänger und Radar in seinen weißen Mantel, dessen Widerschein im Lampenlicht noch verstärkt wurde durch die Nebeldecke, die unmittelbar darüber lagerte. Wenn man dem Augenschein trauen durfte, so flog die *Polar Star* förmlich zwischen zwei Meeren dahin, eines über, das andere unter ihr.

Stiefel schlurften hinter Arkadi übers Deck. Vorn sah er einen Schatten die Stufen vom Bug hinuntergleiten. Arkadi schlüpfte unter dem Netz durch, das den Volleyballplatz einzäunte. Der Schnee auf den Maschen hatte sich in ein hauchdünnes Eiszelt verwandelt, das leise zitternd im Wind schwankte. Das Licht der Deckslampen warf verschwommene Schatten. Durch das schneebedeckte Netz sah er die beiden Gestalten aufeinandertreffen und sich beraten. Ich hätte mir in der Küche ein Messer einstecken sollen, dachte er. Das Volleyballnetz war samt seiner Verankerung abgebaut worden. Er konnte sich also auch nicht mit einem der Pfosten verteidigen, nicht einmal ein Ball lag mehr auf dem Spielfeld.

Hintereinander betraten die schattenhaften Gestalten den Platz. Arkadi hatte erwartet, daß sie sich trennen würden, doch sie blieben dicht zusammen. Unten war das Netz an Pflöcken festgemacht; Maschenwerk und Stahl waren so fest aneinandergefroren, daß da auf kein schnelles Durchschlüpfen zu hoffen war. Vielleicht konnte er wie ein Affe am Netz empor und auf der anderen Seite wieder hinunterklettern? Nein, das würde ihm wohl kaum gelingen. Aber das Deck war glatt wie eine Rutschbahn. Wenn er einen seiner Verfolger niederschlug, würde der dann den anderen vielleicht mit zu Fall bringen?

»Renko? Sind Sie das?«

Der Schatten neben dem, der ihn angerufen hatte, riß ein Streichholz an. In der aufflackernden Flamme erkannte Arkadi zwei Gesichter mit gnomenhafter Stirn und ängstlichem, goldblitzendem Lächeln. Skiba und Slesko, die beiden Spitzel Wolowois.

»Was wollt ihr von mir?« fragte Arkadi.

»Wir sind auf Ihrer Seite«, sagte Slesko.

»Die wollen Sie heute nacht erledigen«, fiel Skiba ein. »Ich hab gehört, wie sie sagten, Sie würden den morgigen Tag nicht mehr erleben.«

Arkadi fragte: »Und wer sind ›sie‹?«

»Das wissen Sie doch«, sagte Slesko in altehrwürdiger Sowjetmanier. Warum sich näher darüber auslassen?

»Wir wissen immer noch, wie wir unsere Arbeit zu tun haben«, versicherte Skiba. »Es war bloß keiner mehr da, dem wir Meldung machen konnten.«

Das Streichholz erlosch. Der Wind blähte das Netz wie ein Segel aus Eis.

»Disziplin und Wachsamkeit sind futsch«, sagte Slesko. »Unser Meldeweg ist abgeschnitten. Um ehrlich zu sein, wir wissen nicht mehr weiter.«

Skiba fuhr fort: »Sie müssen denen mächtig Angst eingejagt haben, denn sie suchen das ganze Schiff nach Ihnen ab. Wenn es sein muß, werden sie Ihnen in Ihrer eigenen Kabine den Hals durchschneiden. Oder sie erwischen Sie hier oben an Deck.«

»Warum erzählen Sie mir das?« fragte Arkadi.

»Nein, nein, Sie verstehen das falsch, wir erzählen nichts, wir erstatten Bericht«, korrigierte Slesko. »Wir tun nur unsere Pflicht.«

»Soll das heißen, ihr macht *mir* Meldung?«

Skiba nickte bekräftigend. »Wir haben uns das lange überlegt. Wir brauchen jemanden, dem wir Meldung machen können, und Sie sind der einzige, der die nötige Erfahrung hat, um ihn ersetzen zu können.«

»Wen, ihn?«

»Wolowoi, wen sonst?«

»Wir dachten«, erklärte Skiba, »daß Sie womöglich sowieso von der zuständigen Behörde kommen, so wie Sie in den letzten Tagen aufgetreten sind.«

»Und was wäre das für eine Behörde?«

»Das wissen Sie doch!« rief Slesko.

Ja, ich weiß, dachte Arkadi, der KGB. Es war verrückt. Skiba und Slesko hatten nur zu bereitwillig hinter ihm herspioniert und ihn als Volksfeind angeschwärzt, solange Wolowoi noch lebte. Doch nun, da er tot war, gebärdeten sie sich wie zwei Wachhunde, denen man plötzlich ihren Herrn geraubt hatte. Treue und Ergebenheit fehlten ihnen weniger als ein neuer Fisch, der am Haken zappelte. Nun, ein Bauer säte Korn, ein Schuster machte Schuhe, und diese beiden Spitzel brauchten eben einen neuen Wolowoi. Mithin hatten sie Arkadi einfach vom Opfer zum Herrn befördert. »Danke verbindlichst«, sagte Arkadi. »Ich werde eure Warnung beherzigen.«

»Ich verstehe nicht, warum Sie die Kerle nicht einfach festnehmen«, wandte Skiba ein. »Es sind doch bloß einfache Arbeiter.«

Slesko ergänzte: »Sie werden keine Ruhe haben, solange die frei rumlaufen.«

»Und ich rate euch«. entgegnete Arkadi, »auf euren eigenen Hals achtzugeben.«

Skibas Schatten ließ klagend den Kopf hängen. »Ach ja, in Zeiten wie diesen ist nichts und niemand mehr sicher.«

Auf der Brücke strahlten die Scheinwerfer von Bug und Ruderhaus mitten hinein ins Schneegestöber, und so konnte das Auge einzelnen Flocken folgen, konnte eine oder zwei herausgreifen von den Millionen, die aus dem Dunkel gegen die Windschutzscheibe wirbelten. Die Scheibe war schon so oft mit heißem Dampf abgespritzt worden, daß sie in zartem Firnglanz schimmerte. Stetig und emsig fegten die Scheibenwischer den Schnee beiseite, doch schon setzte sich an den Rändern wieder eine Eiskruste fest, die beharrlich weiter vordrang. Im Grunde, dachte Arkadi, macht das gar nichts aus. Denn was gab es schon zu sehen, außer Nebel und Eis, auf einer Linie, die sich über den Pol bis zum Atlantik erstreckte?

Die Deckenbeleuchtung war abgeblendet. Die Bildschirme von Radar und Echolot hatten einen grünen Hof. Der Kreiselkompaß schwamm in einem gleißenden Lichtkegel. Martschuk bediente das Ruder, Hess stand vor der Windschutzscheibe. Beide schienen nicht überrascht, Arkadi auf der Brücke zu sehen.

»Sieh da, Genosse Jonas«, sagte der Kapitän leise.

Es war kein Rudergänger auf der Brücke; der angrenzende Navigationsraum war leer. Der Maschinentelegraf stand zwischen »langsame Fahrt« und »Stop«.

»Warum drosseln wir das Tempo so drastisch?« fragte Arkadi.

Der Kapitän zeigte ein schmerzliches Lächeln. Er drückte seine Zigarette aus und sah aus wie einer, der das Leben von der letzten Stufe vor der Guillotine aus noch einmal Revue passieren läßt. Hess, der ganz in den wandernden Schatten eines Wischers versunken schien, stand höchstens einen Schritt hinter dem Kapitän.

»Ich hätte Sie unten in der Fabrik lassen sollen«, sagte Martschuk zu Arkadi. »Sie waren in der Schmutzbrigade verschwunden wie Jonas im Bauch des Wals. Wir müssen verrückt gewesen sein, als wir Sie da rausgeholt haben.«

»Stoppen wir etwa?« fragte Arkadi.

»Wir haben ein kleines Problem«, räumte Hess ein. »Es gibt nämlich außer Ihnen auch noch andere Probleme, müssen Sie wissen.«

Das Licht von draußen war fahl und kalt, aber der Flotteningenieur schien Arkadi dennoch besonders bleich zu sein.

»Geht's um Ihr Kabel?« fragte Arkadi.

»Ich hab Ihnen ja gesagt«, brachte Hess Martschuk in Erinnerung, »daß er heute meine Station gefunden hat.«

»Tja, Ihre Station ist wie die Perle in einer Auster, mithin mußte ein Mann von Renkos Fähigkeiten sie früher oder später aufspüren. Ein Grund mehr dafür, daß ich ihn hätte lassen sollen, wo er war.« Und zu Arkadi gewandt fuhr der Kapitän fort: »Ich habe ihm gesagt, daß der Grund hier zu zerklüftet und das Wasser zu seicht sei, aber er hat sein Kabel trotzdem ausgefahren.«

»Ein Hydrophonkabel ist eigens so konstruiert, daß es sich nicht verhaken kann«, sagte Hess. »Von den U-Booten wird es ständig eingesetzt, ohne Rücksicht auf die lokalen Gegebenheiten.«

»Und jetzt hat sich irgendwas im Kabel verheddert«, fuhr Martschuk fort, ohne Hess' Einwurf zu beachten. »Vielleicht ein Stück von einem Krabbenkorb, vielleicht auch ein Walroßschädel. Oder Stoßzähne, die am Meeresgrund treiben. Jedenfalls können wir das Kabel nicht einholen, und die Spannung, die darauf lastet, ist zu groß, als daß wir schnellere Fahrt wagen dürften.«

»Was immer sich da unten in der Leitung verfangen hat – irgendwann wird es sich schon wieder lösen«, sagte Hess.

»Aber bis es soweit ist«, fiel Martschuk grimmig ein, »müssen wir so schneckengleich weiterkriechen, wie sich das im Eis und bei Windstärke sieben nur eben bewerkstelligen läßt. Die Kapitäne in der Marine, Genosse Hess, die müssen die reinsten Zauberer sein.« Als er sich eine neue Zigarette angezündet hatte und den ersten tiefen Zug nahm, spiegelte sich die Glut in seinen Augen wider. »Aber halt, fast hätte ich vergessen, daß ihr bei der Marine mit euren Kabeln von U-Booten aus operiert und nicht von einem schwerfälligen Fabrikschiff im Eis.«

Die *Polar Star* erzitterte und hob sich ein wenig mit der unter dem Eisfeld verborgenen Dünung. Arkadi war zwar kein Ingenieur, aber auch er wußte, daß ein Schiff, gleich welcher Größe, einen gewissen Vortrieb brauchte, um das Eis sprengen zu können. Wenn sie weiter mit zu niedrigem Gang und gedrosselten Maschinen fuhren, dann würde es nicht mehr lange dauern, bis die Dieselmotoren den Kampf aufgaben. »Wie gut ist Morgan als Kapitän?« erkundigte er sich.

»Das«, entgegnete Martschuk, »werden wir jetzt rausfinden. Ein Kahn wie die *Eagle* sollte die Meere mit Blick auf Kokospalmen befahren und Shrimps fangen, sich aber tunlichst nicht in die Nähe einer Eisdecke wagen. In der Fahrrinne nimmt der Wellengang zu, und dafür sind Bug und Deck der *Eagle* nicht hoch genug. Morgan dürfte eigentlich nicht so hart am Wind fahren, aber er muß eben dicht hinter uns bleiben, wenn er nicht im Eis steckenbleiben will. Ziemlich vereist ist seine Nußschale ohnehin schon, und sie wird topplastig.«

Plötzlich merkte Arkadi auf. Ja, die Stille! Normalerweise war auf der Brücke immer ein Radio auf die Notfrequenz eingestellt. Martschuks Augen folgten Arkadis verwundertem Blick auf die SSB-Anlage. Der Kapitän trat hinter dem Ruder vor, um den Ton aufzudrehen; das Knistern deutete auf schwere atmosphärische Störungen hin.

»Morgan hat noch keinen Notruf gesendet«, sagte Hess.

»Er hat sich überhaupt nicht gemeldet«, präzisierte Martschuk.

»Warum rufen Sie ihn dann nicht an?« fragte Arkadi. Vor Sachalin hielten die Schiffe bei stürmischer See immer Verbindung untereinander.

»Das hab ich ja versucht, aber er antwortet nicht«, sagte Martschuk. »Vielleicht hat der Sturm eine von seinen Antennen abgeknickt.«

»An unserem Schneckentempo merkt Morgan natürlich, daß irgendwas nicht in Ordnung ist«, erklärte Hess. »Wahrscheinlich weiß er auch, daß mein Kabel ausgefahren ist. Und er ist ganz wild darauf, ein Stück davon zu ergattern. Sie sehen also, mein lieber Renko, wir sind es, die Probleme haben, nicht er. Für ihn ist dieses Wetter sogar ideal.«

Auf dem Radarschirm erschien die von der *Polar Star* freigepflügte Fahrrinne als schmale Gasse, übersät mit grünen Pünktchen: Das Meer gab die Radarsignale zurück. Etwa in der Mitte dieser Gasse, gut fünfhundert Meter hinter dem Fabrikschiff, flackerte der Echoimpuls, der die *Eagle* markierte, ansonsten war der Schirm leer. Arkadi schaltete hoch auf fünfzig Kilometer. Immer noch nichts zu sehen außer der *Eagle*. Angeblich hatte Seattle Ersatz für die verlorenen Fangboote geschickt, aber die verspäteten sich wohl wegen des schlechten Wetters.

»Morgan hat ebenfalls Radar an Bord«, sagte Hess. »Und ein Richtecholot. Falls sich wirklich was im Kabel verfangen hat, wird er es entdecken. Wahrscheinlich ist das genau die Gelegenheit, auf die er schon die ganze Zeit lauert.«

»Aber wenn er einen Antennenmast verloren hat«, wandte Martschuk ein, »dann ist sein Radar auch hin.«

Der Autopilot, der unbeirrbar und gewissenhaft seine Arbeit verrichtete, drehte das Ruder um ein Grad weiter.

»Genosse Kapitän«, sagte Hess, »ich verstehe Ihre Besorgnis um einen anderen Seeoffizier, und ich wünschte, Morgan wäre ebenso idealistisch eingestellt wie Sie. Leider ist er es nicht. Wir sind seine Beute. Er wird sich ruhig verhalten und dicht hinter uns bleiben, um zu sehen, ob wir einen Fehler machen, etwa zu beschleunigen. Was immer sich ans Kabel gehängt hat, könnte dann unmittelbar neben der *Eagle* an die Oberfläche kommen.«

»Und was ist, wenn das Kabel reißt?« fragte Arkadi.

»Das wird es nicht, wenn wir weiter auf langsamer Fahrt bleiben«, erklärte Hess.

»Aber wenn es nun doch passiert?« hakte Martschuk nach.

»Ausgeschlossen«, sagte Hess.

Was spielte Hess doch gleich wieder für ein Instrument? Richtig, Cello. Der Flotteningenieur erinnerte Arkadi an einen Cellisten, der verbissen weiterzuspielen versucht, während ihm, eine nach der anderen, die Saiten springen.

»Das Kabel wird nicht reißen«, versicherte Hess noch einmal mit Nachdruck. »Aber selbst wenn es wider alle Erwartungen doch geschehen sollte, wäre das für uns noch kein Beinbruch: Das Kabel hat nämlich negativen Auftrieb und würde also sinken. Das einzige Problem wäre dann für mich, nach Wladiwostok zurückzukehren und dem Flottenkommando beibringen zu müssen, daß ich ein Hydrophonkabel eingebüßt habe. Unsere Reise ist auch so schon katastrophal genug verlaufen, nicht wahr, Kapitän? Wir brauchen keine weiteren Pannen zu provozieren.«

»Aber warum beantwortet Morgan Ihre Funksprüche nicht?«

»Ich habe Ihnen doch gesagt, warum. Bis auf eine möglicherweise defekte Antenne läuft auf der *Eagle* alles normal. Alles andere existiert nur in Ihrer Phantasie.« Hess wurde ungehalten. »Ich gehe wieder nach unten. Vielleicht kann ich das Kabel doch ein Stück weit einziehen.« Er wandte sich zur Tür, blieb aber noch vor Arkadi stehen. »Erklären Sie dem Kapitän, daß diese Sina Patiaschwili nicht jedesmal, wenn die *Eagle* in unsere Nähe kam, an die Heckreling gerannt ist, um einem Matrosen Kußhändchen zuzuwerfen. Wie ich höre, wurde sie mit diesen und anderen Zärtlichkeiten schon reichlich durch meinen eigenen Funker versorgt. Wenn Sina jetzt hier im Raum stünde, ich würde sie eigenhändig ins Jenseits befördern.«

Der Flotteningenieur ging über die Laufbrücke an Deck. Bevor die Tür hinter ihm ins Schloß fiel, fegte eine Schneewolke herein, helle Flocken tanzten im Halbdunkel auf und nieder und erloschen dann.

»Dieser Zwischenfall entbehrt nicht einer gewissen Komik«, sagte Martschuk bitter. »Da hat das Schiff so lange im Trokkendock gelegen, bloß damit das verdammte Kabel installiert werden konnte, und jetzt muß ausgerechnet dieses kostbare Stück versagen.«

Der Kapitän lehnte sich gegen sein Pult und strich liebevoll über einen Tochterkompaß, dessen Haube er spielerisch auf- und zuschnappen ließ.

»Ich hoffe immer wieder, daß die Dinge sich eines Tages ändern werden, Renko, daß das Leben ehrlich und geradlinig sein kann, daß jeder, der willens ist, hart zu arbeiten, auch einen guten Kern in sich hat. Natürlich sind die Menschen nicht vollkommen – ich nicht, und die anderen ebensowenig. Aber ich halte sie im Grunde für gut. Bin ich deswegen ein Narr? Sagen Sie mir, wenn wir wieder in Wladiwostok sind, werden Sie den Behörden dann Meldung machen über mich und Sina?«

»Nein. Aber die werden Fotos von Offizieren und Mannschaft in dem Restaurant rumzeigen, in dem Sina gearbeitet hat, und die Angestellten dort werden Sie erkennen.«

»Also bin ich so oder so ein toter Mann.«

Nein, *ich* bin so oder so erledigt, dachte Arkadi. Karp und seine Brigade werden mich jagen, bis sie mich zur Strecke gebracht haben. Von Martschuk war keine Hilfe zu erwarten, der war ganz vom Drama des blockierten Kabels gefangen. Und selbst wenn er sich ihm gewidmet hätte, wie sollte er erklären, warum Karp ihm immer noch ans Leben wollte, obwohl die verräterische Schmuggelware längst beseitigt war? Bestenfalls würde sein Bericht sich anhören wie der eines Wahnsinnigen. Wahrscheinlich aber würde man ihm den Mord an Wolowoi und dem Aleuten anhängen.

»Wissen Sie, wie dieses Schiff geliefert wurde?« fragte Martschuk. »Wissen Sie, in welchem Zustand sämtliche Schiffe von der Werft kommen?«

»Wie neu?«

»Ach was, besser als neu! Die *Polar Star* ist auf einer polnischen Werft gebaut worden. Als sie übergeben wurde, da war alles komplett: Geschirr, Leinzeug, Vorhänge, Lampen, einfach alles, so daß man umgehend hätte in See stechen können. Aber dann kommt zuerst der KGB an Bord, dann die Vertreter der Ministerien, und sie kassieren das neue Geschirr und ersetzen es durch altes; sie nehmen Vorhänge und Leinzeug mit und vertauschen die hellen Glühbirnen durch trübe Funzeln, bei deren Licht man sich die Augen verdirbt. Sie gehen genauso vor, als würden sie systematisch ein Haus ausrauben. Die guten Leitungen werden herausgerissen und durch billige ersetzt. Sogar Matratzen und Türknäufe lassen sie mitgehen. Kurz gesagt, alles, was solide und brauchbar ist, wird durch Schrott ersetzt. Und dann übergeben sie das geplünderte Schiff der sowjetischen Fischereiflotte mit den Worten: ›Genossen, stecht in See!‹ Ja, die *Polar Star* war ursprünglich ein schönes, ein gutes Schiff.«

Martschuk senkte den Kopf, warf seine Zigarettenkippe auf den Boden und trat sie mit dem Absatz aus. »Tja, Renko, nun wissen Sie also, warum dieses Schiff auf Schneckenkurs dahinschleicht. Wollten Sie sonst noch was?«

»Nein.«

Der Kapitän starrte auf die mit Rauhreif überhauchte, gelblichweiß angestrahlte Windschutzscheibe. »Zu schade, diese Fehde zwischen uns und der *Eagle*«, sagte er. »Das Joint-venture ist eine gute Sache. Der andere Weg ist doch keine gangbare Alternative, oder? Der führt doch unweigerlich zurück in die Steinzeit – hab ich nicht recht?«

28

Arkadi schlich durch den Korridor, der vom Brückenhaus zu den unteren Decks führte, ohne zu wissen, wohin er sich wenden sollte. Er konnte nicht einfach in seine Kabine zurück und dort warten, soviel war klar. Aber auch auf der Tanzfläche wäre er nun nicht mehr sicher. Dies war genau die Art Kerkersituation, die ein Urka wie Karp so meisterlich beherrschte. Die Lichter würden ausgehen, und wenn sie wieder aufflammten, würde er schon in einem mit Gewichten beschwerten Sack die Rampe hinuntergestürzt sein. Oder man würde ihn in einem leeren Bunkerschott finden, neben sich einen Farbeimer: wieder ein Süchtiger, der sich beim Schnüffeln übernommen hatte. Ein Fall, aus dem man moralische Lehren ziehen mußte.

»Wir haben unser Spiel neulich nicht zu Ende gebracht«, sagte Susan.

Arkadi trat einen Schritt zurück und auf ihre offene Tür zu. Er war ganz unachtsam daran vorbeigegangen, weil die Kabine im Dunkeln lag.

»Nur keine Angst.« Susan schaltete das Deckenlicht gerade so lange ein, daß er die losen Drähte sehen konnte, die an Radio und Schreibtisch herunterhingen. Sie setzte sich auf die untere Koje, ihr Haar war feucht und zerstrubbelt. Sie schien eben aus der Dusche gekommen zu sein. Sie war barfuß, trug Jeans und darüber ein lose fallendes Jeanshemd. Ihre braunen Augen schienen auf einmal tiefschwarz. In der Hand balancierte sie ein randvolles Glas. Die Kabine roch nach Scotch. Am Schalter bei der Koje knipste sie das Licht wieder aus. »Mach die Tür zu«, sagte sie.

»Ich dachte, Sie würden die Tür nie zumachen, wenn Sie russischen Herrenbesuch empfangen?«

»Es gibt für alles ein erstes Mal. Normalerweise finden auf sowjetischen Schiffen nie außerplanmäßige Feste statt, aber wie ich höre, wird eben jetzt in der Cafeteria ganz spontan und ohne Vorankündigung getanzt. Meine Jungs sind gerade auch hingegangen, also ist es wohl genau der richtige Abend dafür, neue Regeln einzuführen.«

Arkadi schloß die Tür und tastete im Dunkeln nach dem Stuhl, den er zuvor neben der Koje hatte stehen sehen. Susan knipste ihre Nachtlampe an, eine Zwanzig-Watt-Birne, die kaum mehr Licht gab als eine heruntergebrannte Kerze.

»So habe ich mir zum Beispiel gesagt, daß ich heute den ersten Mann bumsen würde, der an meiner Tür vorbeikommt. Aber dann waren Sie dieser erste, Renko, und ich hab's mir anders überlegt. Die *Eagle* hat Probleme, stimmt's?«

»Ich weiß aus verläßlicher Quelle, daß es aufhören wird zu schneien.«

»Sie haben schon seit einer Stunde keine Funkverbindung mehr.«

»Aber wir haben sie immer noch auf dem Radarschirm. Sie sind nicht weit hinter uns.«

»Und was ist passiert?«

»Wahrscheinlich sind ihre Antennen vereist. So was kann hier oben jederzeit vorkommen.«

Susan drückte ihm ein Glas in die Hand und schenkte es haarscharf bis an den Rand voll. »Wie beim letztenmal: Wer als erster was verschüttet, bezieht Prügel.«

Arkadi runzelte die Stirn. »Schon wieder dieses norwegische Spiel?«

»Ganz recht. Man nennt die Leute dort oben nicht umsonst Rundköpfe.«

»Gibt es auch eine amerikanische Variante?«

»Freilich«, sagte Susan. »Der Verlierer wird erschossen.«

»Ah, eine sehr kurze Prozedur. Aber ich habe eine bessere Idee. Warum spielen wir es nicht so: Wer als erster was verschüttet, der muß die Wahrheit sagen?«

»Ist das die sowjetische Variante?«

»Ich wollte, es wäre so.«

»Nein«, sagte Susan, »ich bin dafür, daß alles gesagt werden darf, nur eben nicht die Wahrheit.«

»Wenn das so ist«, versetzte Arkadi und nippte vorsichtig an seinem Glas, »dann werde ich mogeln.«

Susan tat es ihm gleich und nahm ebenfalls einen Schluck. Sie war ihm offensichtlich um etliche Gläser voraus, wirkte indes nicht betrunken. Die Nachtlampe diente mehr der Zierde als zur Beleuchtung. Um Susans Augen lagerten dunkle Schatten, ihr Blick aber war nicht weicher geworden.

»Sie haben nicht zufällig irgendwelche Abschiedsbriefe einer Selbstmörderin verfaßt?« fragte Susan spöttisch.

Arkadi stellte das Glas auf den Boden und klopfte seine Taschen nach Zigaretten ab.

»Stecken Sie mir auch eine an«, bat sie.

»Abschiedsbriefe von Selbstmördern – das ist eine Kunst für sich.« Arkadi zündete zwei Belomor mit einem Streichholz an und gab eine davon Susan. Ihre Finger waren glatt und geschmeidig, nicht rissig und rauh vom Säubern steifgefrorenen Fischs wie die seinen.

»Ist das der Fachmann, der da spricht?«

»Nein, nein, ich studiere das Phänomen nur aus der Schülerperspektive. Für mich ist das ein literarischer Bereich, der leider viel zu sehr vernachlässigt wird. Dabei sind die letzten Äußerungen von Selbstmördern so vielseitig. Es gibt den nachdenklichen Abschiedsbrief, den bitteren, anklagenden oder auch den schuldbewußten. Humorvolles ist selten, weil diesen Texten ja immer eine gewisse Förmlichkeit anhaftet. Normalerweise unterschreibt der Verfasser mit seinem Namen oder schließt mit einer Floskel wie: ›Ich liebe dich‹, ›Es ist besser so‹, ›Behaltet mich als guten Kommunisten in Erinnerung.‹«

»Aber Sina tat nichts von alledem.«

»Und normalerweise deponiert man diesen Brief so, daß er gleichzeitig mit der Leiche gefunden wird. Oder dann, wenn der oder die Betreffende vermißt wird.«

»Und auch das hat Sina nicht beachtet.«

»Und weil dieser Brief gewissermaßen das letzte Vermächtnis des Schreibers ist, findet er selbstverständlich nichts dabei, ein ganzes Blatt Papier zu verwenden. Er nimmt nicht bloß einen Zettel oder eine halbe Seite aus einem Notizbuch, nicht für den letzten Brief des Lebens. Ach, dabei fällt mir ein: Wie kommen Sie mit Ihren Schreibversuchen voran?« Er deutete auf Susans Schreibmaschine und die Bücher.

»Gar nichts geht voran, ich bin blockiert. Ich dachte, ein Schiff wäre der ideale Platz zum Schreiben, aber ...« Sie starrte aufs Schott wie auf ein verblassendes Erinnerungsbild. »Zu viele Menschen auf zu engem Raum. Nein, das ist nicht fair. Eure sowjetischen Autoren müssen fast alle in Gemeinschaftswohnungen schreiben, nicht wahr? Ich habe doch immerhin diese Kabine für mich allein. Mir ist, als hätte ich zwar endlich die Chance, in meine ureigene Seemuschel hineinzuhorchen, aber sie gibt keinen Ton von sich.«

»Ich stelle es mir auch sehr schwer vor, auf der *Polar Star* eine Seemuschel zu hören.«

»Das stimmt allerdings. Wissen Sie, Renko, Sie sind ein komischer Kerl. Erinnern Sie sich noch an das Gedicht, das ...«

»Sprich, wie küssen Männer dich, wie küßt du, Mädchen, sprich.«

»Ja, das meine ich. Erinnern Sie sich auch noch an die letzte Strophe?« fragte Susan und trug sie auch schon vor:

»Oh, jetzt merk' ich, er will es wissen,
Darum kämpft er voll Inbrunst, mit Leidenschaft.
Von mir, da will er im Grunde nichts,
Was also könnte ich ihm verwehren.

Das genau sind Sie. Von allen Männern auf diesem Schiff sind Sie der einzige, der rein gar keine Wünsche hat.«

»Das stimmt nicht«, sagte Arkadi. Ich möchte am Leben bleiben, dachte er. Ich will diese Nacht überstehen.

»Ach, und was wünschen Sie sich?« fragte sie.

»Ich möchte herausfinden, was wirklich mit Sina passiert ist.«

»Und was kann ich dabei tun?«

»Sie waren doch die letzte, die Sina lebend gesehen hat. Ich wüßte gern, worüber Sie gesprochen haben?«

»Verstehen Sie jetzt, was ich eben meinte?« Susan lachte leise in sich hinein. »Okay, Sie wollen also wissen, worüber wir gesprochen haben? Ganz ehrlich?«

»Versuchen Sie's.«

Susan nahm einen wohlüberlegten Schluck. »Ich weiß nicht, dieses Spiel wird allmählich gefährlich.«

»Ich werde Ihnen sagen, was Sina meiner Meinung nach in jener Nacht zu Ihnen gesagt hat. Ich glaube, sie hat Ihnen erzählt, sie wisse, was die *Polar Star* durchs Wasser schleppt, wenn gerade kein Fisch angeliefert wird, und daß sie Ihnen Informationen über die Station geben könne, in der das Kabel kontrolliert wird.«

Susan zuckte die Achseln. »Was denn für ein Kabel? Wovon in aller Welt reden Sie bloß?«

»Darum ist Morgan da draußen, hinter uns, und darum sind auch Sie entgegen Ihrer Absicht hiergeblieben.«

»Das klingt ganz wie Wolowoi.«

»Es ist kein leichtes Spiel«, sagte Arkadi. Es war guter Scotch, er machte sogar die Papirossi süß wie Bonbons.

»Vielleicht sind Sie ein Spion«, sagte Susan.

»Nein, dazu fehlt mir die rechte Weltanschauung. Ich fühle mich wohler auf einem eher schlichten, menschlicheren Niveau. Und auch Sie würde ich eher für einen Amateur halten als für einen Profi. Aber Sie sind nun mal auf diesem Schiff gewesen, und wenn Morgan sagt, Sie bleiben drauf, dann bleiben Sie drauf.«

»Nun, ich habe eben eine Weltanschauung. Und im übrigen glaube ich nicht, daß Sina verzweifelt genug war, sich auf ein amerikanisches Schiff abzusetzen.«

»Sie . . .«

Er stockte und wandte lauschend den Kopf. Es waren keine Schritte, die über den Korridor kamen, sondern schwere Stiefel, die plötzlich vor der Tür stillstanden. Auf diesem Flur lagen sechs Kabinen, an jedem Ende führte eine Treppe hinauf zur Brücke, beziehungsweise hinunter aufs Hauptdeck. Jetzt rannten knarrende Stiefel die Treppe hinunter und blieben dann ebenfalls stehen. Die Tür zur Nachbarkabine öffnete und schloß sich. Dann wurde die Tür gegenüber aufgestoßen, und gleich darauf klopfte es an Susans Tür. »Suu-san?« Es war Karps Stimme.

Sie beobachtete, wie Arkadi seine Zigarette ausdrückte. Steht Panik in meinen Augen? fragte er sich. In den ihren las er eher Faszination.

Das zweite Klopfen klang schon nachdrücklicher. »Sind Sie allein?« fragte Karp durch die Tür.

»Gehen Sie weg, Korobets«, rief Susan, die Augen immer noch starr auf Arkadi gerichtet.

Der Türknauf drehte sich, hielt aber dem Druck von außen stand. Wenigstens ist es eine Metalltür, dachte Arkadi. Die Türen in russischen Häusern ließen sich so leicht eintreten, daß die

Schlösser nur als Dekoration gelten konnten. Susan stand auf, nahm eine Kassette und ein Abspielgerät von der oberen Koje, und gleich darauf erklang leise die Stimme von James Taylor.

»Suu-san?« rief Karp wieder.

»Gehen Sie weg, oder ich mache dem Kapitän Meldung«, sagte sie.

»Machen Sie auf!« befahl Karp. Vermutlich rammte er bloß mit der Schulter gegen die Türfüllung, und doch wäre das Schloß um ein Haar aufgesprungen.

»Moment«, sagte Susan und schaltete das Nachtlicht aus.

Während Arkadi mit seinem Stuhl aus dem Blickfeld rückte, ging Susan mit dem Glas in der Hand zur Tür und öffnete sie einen Spalt. Der Spiegel über dem Waschbecken hing schief, und Arkadi stellte fest, daß er sich zufällig genau in den richtigen Winkel plaziert hatte, um Karps Spiegelbild sehen zu können. Der Trawlmaster, der um einen ganzen Kopf größer war als Susan, spähte über sie hinweg in die Kabine. Im trüben Flurlicht drängte sich seine restliche Deckbrigade wie ein Rudel hinter dem Leitwolf. Die Kabine war finster – finster genug, so hoffte Arkadi, daß niemand ihn sehen konnte.

»Ich dachte, ich hätte hier drin Stimmen gehört«, erklärte Karp. »Wir wollten nur nachschauen, ob alles in Ordnung ist oder ob Sie vielleicht Probleme haben.«

»Die Probleme werden *Sie* kriegen«, versetzte Susan, »wenn ich zum Kapitän gehe und ihm berichte, daß seine Männer gewaltsam in meine Kabine eingedrungen sind.«

»Verzeihen Sie mir.« Karp schien Arkadi direkt ins Gesicht zu blicken. »Aber es war doch nur zu Ihrem Besten. Ein Irrtum, weiter nichts. Bitte entschuldigen Sie uns jetzt.«

»Oh, Sie sind entschuldigt, meine Herren!«

»Das klingt hübsch.« Karp behielt seinen Fuß in der Tür und lauschte der verhaltenen Männerstimme und der sie begleitenden Gitarre. Nach einer Weile blickte der Trawlmaster auf Susan hinunter, und sein anerkennendes Lächeln wich einem Ausdruck der Besorgnis. »Ich bin zwar nur ein einfacher Seemann, doch ich muß Sie warnen.«

»Weswegen?«

»Es tut nicht gut, wenn einer mit sich allein trinkt.«

Lange nachdem Susan die Tür wieder geschlossen hatte, verharrte Arkadi noch reglos auf seinem Platz. Die Stiefel draußen entfernten sich zwar, aber zu sehr im Gleichschritt. Er hörte, wie Susan durch die Kabine tappte und den Kassettenrecorder lauter stellte. Der Liedtext erschien ihm seltsam glatt und nichtssagend. Er hörte sie ihr Glas abstellen, es klang, als sei es leer. Nach sechs Monaten in diesem engen Kabuff fand sie sich auch im Dunkeln mühelos zurecht. Wieder machte sie ein paar Schritte, und dann spürte er ihre Finger auf seiner schweißglänzenden Stirn. »Sind die hinter Ihnen her?« flüsterte sie.

Behutsam legte er ihr die Hand auf den Mund. Mindestens einer stand draußen immer noch Wache, dessen war er ganz sicher. Susan faßte sein Handgelenk und schob seine Hand in ihre Bluse.

Ihre Brüste waren erstaunlich klein. Er zog seine Hand wieder heraus, um ihr die Bluse ganz aufzuknöpfen. Als sie seinen Kopf an sich zog, spürte er, wie ihr Körper weich wurde und nachgab. Er küßte ihr Gesicht und hob sie hoch. Wenn es möglich war, zu jenem Augenblick in Dutch Harbor zurückzukehren, bevor er sie so abrupt verlassen hatte, dann hatten sie diesen Punkt jetzt erreicht.

Sie schien leicht wie eine Feder. Lautlos versank der Rest der Welt, als spiele die Kassette in einem anderen Raum und als befände der Spitzel draußen im Gang sich auf einem anderen Schiff auf einem anderen Meer. Bluse und Jeans fielen geräuschlos zu ihren Füßen nieder. War es so, wie eine Frau sich anfühlte? Das feuchte Haar im Nacken? Zähne, die zubissen, während die Lippen sich gleichzeitig hungrig öffneten? Wie lange war es her?

Seine Jacke und die übrige Kleidung glitten zu Boden, abgestreift wie eine alte Haut. Vielleicht erkannte man daran, daß man noch lebendig war, an dem Herzen, das einem in der Brust hämmerte, an dem Echo eines zweiten Herzens, das von außen Antwort gab und einen doppelt lebendig machte. Sein Körper reagierte wie der eines anderen Mannes, der lange verschüttet gewesen war und nun, da man ihn freiließ, die Führung übernahm. Er selbst ließ sich willenlos treiben. Sie klammerte sich an ihn, umschlang ihn mit Armen und Beinen. Benommen taumelten sie gegen das Schott, und dann war er in ihr.

An welchem Punkt schwindet Feindschaft, wandelt sich und wird zu Begehren? Ist Leidenschaft so austauschbar, oder tarnt sie sich nur bisweilen? Warum trägt Argwohn die Antwort auf alle bangen Fragen bereits in sich? Woher hatte er gewußt, daß sie so riechen würde?

»Ich wußte, daß ich in Schwierigkeiten bin«, wisperte sie. »Als ich das von Wolowoi und Mike hörte, war mein erster Gedanke, wie geht's Arkadi?« Sie preßte sich an ihn, als fürchte sie um ihr Leben, und gleichzeitig nahmen ihre Muskeln ihn noch fester gefangen. Er stützte sie und half ihr, sich zu bewegen. In ihrer stehenden Vereinigung waren sie wie zwei Seiltänzer im Dunkeln, die so hoch oben balancierten, daß sie sich in der Finsternis sicherer fühlten.

»Susan . . .«

»Noch was Neues«, flüsterte sie ihm ins Ohr. »Du hast meinen Namen richtig gesagt.«

Langsam sanken sie in die Knie, dann lag sie auf dem Rücken, und er war über ihr. Arkadi fühlte sich von ihren großen braunen Augen beobachtet. Katzenaugen, Nachtaugen. Ihre Beine spreizten sich unter ihm wie Flügel.

So wie er sie vorhin im Stehen getragen hatte, trug sie jetzt ihn, auf ihrem Körper und zugleich tief in sich, sie trug ihn der unsichtbaren Fackel im Dunkel entgegen, und ihm war, als sei das kalte Metall des Decks auf einmal warmes, weiches Wasser.

»Dein Name gefällt mir«, flüsterte er. »Susan. Suu-san. Wie war das doch gleich mit Susanna im Bade?«

»Ich glaube, zwei Lustgreise haben sie verleumdet, als sie ihnen nicht zu Willen war. Du kennst also die Bibel?«

»Nun, sagen wir, ich weiß eine gute Geschichte zu schätzen, eine, in der Voyeurismus vorkommt und Verschwörung« – er hielt inne, um sich eine Zigarette an der ihren anzuzünden – »Verführung und Rache.«

Sie lagen auf ihrer Koje, sie gegen ihr Kissen gelehnt und er gegen ein behelfsmäßiges zweites, das sie aus ihren Decken gerollt hatten. Obwohl es empfindlich kühl war, fror er nicht. Ihr Kassettenrecorder stand jetzt auf dem Fußboden, zur Tür hin ausgerichtet. Jedesmal, wenn eine Seite abgespielt war, drehte sie die Kassette um und ließ sie wieder von vorn laufen.

»Du bist ein merkwürdiger Detektiv«, sagte Susan. »Du interessierst dich wohl sehr für Namen?«

»Ja. Da wäre beispielsweise Ridley. Das kommt von *riddle,* Rätsel, nicht wahr? Ein Mann, der voller Rätsel steckt. Morgan? Gab es nicht mal einen Piraten, der Morgan hieß?«

»Und Karp, woran erinnert dich sein Name?«

»An einen Fisch, einen großen Fisch.«

»Und Renko? Was bedeutet das?«

»Sohn von jemand. Fedorenko würde heißen: Sohn des Fedor. Aber ich bin bloß der Sohn von . . . irgendwas.«

»Das ist mir zu vage.« Sie fuhr mit dem Finger die Kontur seiner Lippen nach. »Sie werden von Minute zu Minute merkwürdiger, Herr Detektiv. Aber ich bin schließlich auch eine merkwürdige keusche Susanne. Wir beide sind also ein ideales Paar.«

Zumindest für eine Nacht, dachte Arkadi. Von der Tür war im Dunkeln nichts weiter zu sehen als ein schmaler Lichtstreifen. Falls Karp immer noch draußen Wache stand, dann war seine Brigade vermutlich oben an Deck. Die Männer konnten versuchen, durchs Bullauge hereinzuspähen, würden aber nichts weiter sehen können als einen zugezogenen Vorhang.

Arkadi nahm sein Glas vom Boden auf. »Wir sind noch nicht fertig mit unserem Spiel.«

»Du meinst dein ›Sag-die-Wahrheit‹-Spiel? Sieh mich doch an, ist das nicht ehrlich genug? Aber schön, ich will noch ehrlicher sein. Meine Tür stand nur für den Fall offen, daß du vorbeikommen würdest. Auch wenn ich keine Ahnung hatte, wie ich dich ansprechen sollte. Du machst mich völlig verrückt.« Mit sanfterer Stimme setzte sie hinzu: »Du *hast* mich verrückt gemacht. Aber dann habe ich mir eingestanden, daß dieses Feindseligkeitsritual zwischen uns nur ablief, weil du der letzte warst, in den ich mich verlieben wollte.«

»Vielleicht sind wir das ideale Mottenpaar.«

Doch er wußte, daß mehr dahintersteckte. Er war allmählich ins Leben zurückgekehrt, und jetzt, da er sie in den Armen hielt, fühlte er sich endlich wieder ganz belebt, als hätte ihre Glut ein letztes vereistes Schloß in seinem Innern gesprengt. Auch wenn sie in dieser engen, stählernen Kabine mitten im Eis gefangensaßen, war er doch lebendig, und sei es bloß für eine Nacht. Oder war das auch schon die Logik einer Motte?

»In Athen hat er mich angeworben«, sagte Susan.

»Wer? Morgan?«

»George, ja. Ich hatte mich dort an der Uni eingeschrieben, um Griechisch zu lernen, die Leidenschaft meines Lebens – zumindest glaubte ich das damals. Er war der Kapitän einer Yacht, die einem reichen Saudi gehörte. Angeblich beorderte dieser Ölscheich George telegrafisch mal hierhin, mal dorthin. Selbst ließ er sich nie blicken, aber George mußte das Boot von Zypern nach Tripolis und dann wieder zurück nach Griechenland bringen. Mich hat er rekrutiert, als ich endlich begriff, daß der Saudi gar nicht existierte.

Slawische Studien wurden meine nächste Passion. George sagte, ich sei sehr sprachbegabt. Er selbst hat kein Ohr dafür, obschon sein Arabisch ganz passabel ist. Er finanzierte mein Studium in Deutschland. Ich sah ihn bloß an Weihnachten und für eine kurze Woche im Sommer. Aber als ich die Prüfungen hinter mir hatte, eröffnete er mir, er habe sich selbständig gemacht. Er lasse sich nun nicht mehr von der Regierung schikanieren, sagte er.

Er hatte eine kleine Gesellschaft auf Rhodos, die darauf spezialisiert war, Embargos auszutricksen. Wir etikettierten einfach alles um: Konserven aus Südafrika, Orangen aus Israel, taiwanesische Software. Unsere Stammkunden kamen aus Angola, Kuba, der UdSSR. George pflegte zu sagen, die Kommunisten würden einem trauen, solange man Profit mache, und noch mehr, wenn sie Schmiergelder bekämen.

Es war einleuchtend. Er brauchte keine Direktiven mehr zu befolgen. Kein Aufsichtsgremium mehr und kein Papierkram, bloß alle vierzehn Tage ein Essen mit jemandem von Langley in Genf. George mußte sowieso hin und wieder dort zur Bank, also war dieses Arrangement ganz praktisch.

George ist ein kluger Kopf. Er hat als erster erkannt, welche Möglichkeiten sich den Sowjets durch die Schleppnetzfischerei hier oben bieten; er war nämlich von Anfang an sicher, daß ihr das gleiche macht wie er. Also schloß er binnen einer Woche die Firma und ging nach Seattle. Die Auswahl an Schiffen war reichlich. Ich glaube, er hat absichtlich ein schlechtes genommen, um kein zu großes Aufsehen zu erregen. Ganz bestimmt hätte er eine bessere Mannschaft kriegen können.

Ich kenne George jetzt seit vier Jahren, und seit dreien arbeite ich für ihn. Ein Jahr war ich in Deutschland, ein Jahr habe ich auf

Rhodos gearbeitet, und ein Jahr bin ich auf russischen Schiffen gefahren. In der ganzen Zeit sind er und ich bloß sechs Monate zusammengewesen. In den letzten zehn Monaten hatten wir nur zwei Tage für uns. Solch langen Trennungsphasen hält auch die größte Liebe nicht stand. Und so habe ich denn angefangen, auf jemanden wie dich zu warten. Ist das ehrlich genug?«

Waren Schiffe wie Frauen oder umgekehrt? Eine nächtliche Zuflucht, an die man sich im Traum klammerte?

Draußen auf dem Gang hörte Arkadi amerikanische Stimmen. Müde vom Tanzen und weil es so spät war, wankten die Männer in ihre Quartiere. Er hatte keine Uhr.

Sacht strich er ihr mit der Hand über Stirn, Nase und Kinn, zeichnete ihr Profil nach. Anfangs war ihr Gesicht ihm spitz und dreieckig erschienen, aber nun fand er, es sei genau der richtige Rahmen für diesen lebhaften Mund und die weit auseinanderstehenden Augen, ja das einzig mögliche Gesicht für solch eine kindliche Frisur. Als seine Finger über ihren Leib wanderten, drehte sie sich ihm zu, eine warme, heimelige Barke mit goldenem Segel.

»Auf den Bändern, die ich gefunden habe, erwähnt Sina irgendwas im Wasser, das ihr aufgefallen ist«, sagte Arkadi.

»Sie sprach auch von einem Marineoffizier, dem sie an Bord begegnet sei, dem Funker.« Susans Kopf ruhte auf Arkadis Brust. Sie teilten sich eine von ihren Zigaretten, eine Winston.

»Du hast sie also für einen Spitzel gehalten?«

»Zu Anfang ja. Schließlich hat sie Wolowoi gesteckt, daß sie und Lantz zusammen Grass geraucht haben. Das reichte, um ihn bei der Stange zu halten.«

»Mit solchen Informationen hat sie sich ihre Bewegungsfreiheit hier auf dem Schiff erkauft«, sagte Arkadi. Er gab ihr die Zigarette und legte seine Hand in ihre Halsgrube.

»Sina war zu ungestüm für einen Spitzel. Sie war sehr gescheit«, setzte Susan hinzu. »Die Männer haben das nie begriffen.«

»Du meinst, sie hätte sie manipuliert?«

»Wolowoi, Martschuk, Slawa. Ich weiß nicht, wen sonst noch alles. Vielleicht jeden außer dir.«

»Hat sie mit dir über Wladiwostok gesprochen? Über ihr Leben dort?«

»Sie hat mir nur erzählt, daß sie als Kellnerin gearbeitet hat und alle Hände voll zu tun hatte, um sich die Matrosen vom Leib zu halten.«

»Warum ist sie dann auf die *Polar Star* gekommen?« fragte Arkadi. »Sie mußte doch wissen, daß sie es hier nur noch schlimmer treffen würde.«

»Darüber habe ich mich auch gewundert. Aber das war ihr Geheimnis.«

»Hat sie dir von einem Mann in Wladiwostok erzählt? Ich meine, war da jemand, der ihr wirklich was bedeutete?«

»Sie hat nur Martschuk und den Funker erwähnt.«

»Waffen?«

»Nein.«

»Rauschgift?«

»Nein.«

»Was glaubst denn du, auf was Sina aus war, wenn sie immer wieder zu dir an die Heckreling kam?«

Susan lachte. »Die Frage geht dir wohl nicht aus dem Kopf, was?«

»Nein.« Er spürte, wie der Puls an ihrem Hals wieder rascher zu klopfen begann. »Gute Fragen langweilen mich nie. Was hat sie interessiert? Der Fang? Und wenn ja, warum dann nur der von der *Eagle*?«

»Ihr ging es um Männer, nicht um Fisch«, sagte Susan. »Mike war auf der *Eagle*, hast du das vergessen?«

Arkadi stellte sich vor, wie Sina an der Heckreling gestanden und dem amerikanischen Fangboot zugewinkt hatte. War es wichtig, wer zurückwinkte? »Morgan war auch auf der *Eagle*«, sagte er.

»Alles, was Morgan von Sina wollte, war die Bestätigung, daß so was wie Hess' Kabel existierte. Details hätte sie ihm ja auch gar nicht liefern können. Und ansonsten hatte er keine Verwendung für sie.«

»Und sie? Was wollte sie von ihm?«

»Zuviel.«

»Hast du ihr das an dem Abend auf dem Fest gesagt? Hast du versucht, ihr das klarzumachen, bevor sie verschwunden ist?«

»Ich habe nur versucht, ihr zu erklären, daß sie in Georges Kalkulationen kein Aktivposten war.«

»Und warum nicht?« Als Susan schwieg, fragte er weiter. »Was hast du gemeint, als du sagtest, sie hätte sich nicht von einem amerikanischen Schiff absetzen wollen?«

»Ganz einfach – Sina wollte türmen.«

Er lehnte den Kopf an ihre Schulter. Was für ein friedlicher Ruheplatz, dachte er, wie ein Kissen auf dem Mond.

»Möchtest du eigentlich weg von der *Polar Star*?« fragte sie.

»Ja.«

Er spürte, wie sie den Atem anhielt, bevor sie sprach. »Ich kann dir dabei helfen.«

Er hielt eine Zigarette in der einen, ein Streichholz in der anderen Hand, riß es jedoch nicht an. Er konzentrierte sich vielmehr auf das sachte Wogen ihrer Brust an seiner Wange. »Und wie?«

»Was du brauchst, ist Protektion. Ich kann Martschuk bitten, dich zum Dolmetscher zu ernennen. Einer wie du gehört doch nicht in die Schmutzbrigade! Und wenn du dolmetschen würdest, könnten wir öfter zusammensein!«

»Aber wie kannst du mir helfen, von der *Polar Star* runterzukommen?«

»Da würde uns schon was einfallen.«

»Und was müßte ich dafür tun?«

»Gar nichts! Wer ist eigentlich dieser Hess?«

Jetzt riß er das Streichholz an und hielt das gelbe Flämmchen zwischen den Fingern, bis der erste Schwefelschleier niedergebrannt war. »Was meinst du, sollten wir nicht aufhören zu rauchen?«

»Nein.«

Er machte einen Lungenzug. Kratzige Rauchschwaden, diesmal wieder russischer Tabak. »Hess ist gewissermaßen unser Morgan. Noch so ein harmloser Fischer.«

»Du hast das Kabel doch gesehen, nicht wahr?«

»Nur die Schutzhaube. Da war nicht viel zu sehen.«

»Aber du warst dort.«

Ehe er das Streichholz ausblies, bückte er sich nach dem Glas, das auf dem Boden stand. Es war halb voll, der Rest von ihrem Scotch. »Sollten wir nicht aufhören zu trinken?«

»Nein. Geh noch mal hin und sieh dich diesmal gründlicher um.«

»Hess würde mich nicht noch einmal reinlassen.« Er nahm einen kräftigen Schluck.

»Du kommst schon irgendwie rein. Ich habe den Eindruck, du verschaffst dir überall auf diesem Schiff Zutritt, wenn du nur willst.«

»Bis Karp mich erwischt.« Er reichte ihr das Glas.

»Ja, mit Karp müssen wir rechnen.« Sie trank aus und drehte den Kopf weg. »Aber dann können wir dich loseisen oder rausbringen.«

Er stützte sich auf den Ellbogen und starrte in die Dunkelheit, als könnte er sie sehen. Ihr Haar fühlte sich immer noch feucht an. Er faßte sie unters Kinn und drehte sich ihr Gesicht zu. »Loseisen oder rausbringen? Was soll das heißen?«

»Genau das, was ich gesagt habe.«

Die Flasche war leer, und die Winstons waren alle in einer schwebenden Qualmdecke aufgegangen. Als hätten er und Susan sich in Rauch aufgelöst.

»Ich will dich drinnen, nicht draußen«, hauchte sie.

Die Lampe über der Koje glomm mehr, als daß sie tatsächlich Licht spendete; trotzdem sah er, daß Susan die Augen zu ihm aufgeschlagen hatte, und sah sogar sein Spiegelbild in ihnen. War in ihr und gleichzeitig draußen.

»Hat Hess was über die Reichweite gesagt?« fragte Susan. »Oder über die Anzahl der Hydrophone? Er hat doch einen Computer und die entsprechende Software. Es wäre gut, wenn du mir eine Diskette beschaffen könntest. Oder noch besser eins von den Hydrophonen.«

Arkadi zündete sich eine Belomor an. »Langweilt dich das eigentlich nicht?« fragte er. »Dieses ewige Spionieren, meine ich, kommt dir das nicht vor wie ein Kartenspiel, das nie endet?«

»Als wir in Dutch Harbor waren, hat George deinen Ruf gecheckt. Er hat einen geheimen Draht. Er wollte wissen, ob man dir trauen kann.« Sie nahm ihm die Zigarette aus der Hand. »Das FBI sagt nein.«

»Der KGB sagt dasselbe. Da sind sie sich wenigstens mal einig.«

»Hast du etwa keine guten Gründe dafür, daß du hier weg willst?« Ihre Augen öffneten sich weit, als sie versuchte, ihn im Schein der Glut zu ergründen.

»In Dutch Harbor hast du den Verdacht geäußert, Morgan und ich, wir hätten Sina vielleicht gemeinsam umgebracht. Hast du am Ende eine Schwäche für Mörder?« fragte Arkadi.

»Nein.«

»Warum hast du es dann gesagt? Wenn du nun willst, daß ich ausgerechnet diesem Mann trauen soll?«

»George trifft keine Schuld.«

»Wen denn dann?« Als sie nicht antwortete, fuhr er fort: »Du und Sina, ihr wart in der fraglichen Nacht zusammen am Heck. In der Cafeteria wurde noch getanzt. Es war dunkel. Die *Eagle* machte längsseits fest. An der Reling hast du ihr gesagt, daß sie zuviel verlangt. Was hat sie dir darauf geantwortet?«

»Sie hat gesagt, ich könne sie nicht aufhalten.«

»Aber irgend jemand hat sie aufgehalten. Hat sie dir einen Plastikbeutel gezeigt?«

»Was denn für einen Beutel?«

»Einen mit Kleidungsstücken und einem Handtuch. Von einer ihrer Kabinengenossinnen hat sie sich eine Bademütze geliehen – und nie zurückgegeben.«

»Davon weiß ich nichts. Im übrigen, bei dir ist das etwas anderes, Arkadi, du bist – wie sagt man doch? – eine bekannte Größe. Und wenn du mir Material liefern kannst, das Hess entlarvt, dann können wir dir wirklich helfen. Zu Hause wartet doch nichts auf dich, oder? Warum solltest du zurückgehen wollen?«

»Kannst du mir tatsächlich helfen? Kannst du uns wirklich von hier verschwinden lassen? Siehst du uns unbeschwert über eine Straße schlendern, in einem Café sitzen, zusammen im Bett liegen – alles auf der anderen Hälfte der Erdkugel?«

»Du mußt nur daran glauben.«

»Ach, Susan! Wenn du mir wirklich helfen willst, dann sag mir, was Sina anfangs so oft an der Reling gesucht hat. Ich meine, bevor sie irgendwas über Morgan wußte oder über das Kabel oder den Funker. Warum kam sie da an die Reling?«

Sie schaltete die Lampe aus. »Komisch, nicht, diese ganze Nacht – wie Händchenhalten über einer Flamme.«

»Susan, ich bitte dich, sag's mir!«

Sie zögerte einen Moment in der Dunkelheit, und dann begann sie mit leiser Stimme zu erzählen. »Ich hab's wirklich nicht gewußt. Das heißt, ich war mir nicht sicher. Anfangs dachte ich, sie suche vielleicht nur ganz harmlos Kontakt, oder aber Wolowoi habe sie auf uns angesetzt. Manchmal spürt man einfach, daß um einen herum irgendwas schiefläuft, ohne daß man genau den Finger drauflegen könnte. Als wir uns dann anfreundeten, achtete ich nicht mehr darauf, weil ich es einfach schön fand, sie um mich zu haben. Erst als du auftauchtest, fing ich wieder an, mir Fragen zu stellen, und wirklich sicher bin ich mir erst seit Dutch Harbor, wo man mir sagte, ich müsse zurück auf die *Polar Star* und dafür sorgen, daß alles ruhig bleibe. Wir müßten das Team zusammenhalten, hieß es, und die Probleme, die sich uns in den Weg stellten, schrittweise meistern. Problemlösung durch Anpassung. Das ist der Haken bei uns. Man hat keinerlei Rückhalt, und wenn was schiefgeht, hilft einem niemand wieder auf die Füße. Also muß man sich auf Kompromisse einlassen, und die Helfer, die man für die Drecksarbeit anwirbt, haben demzufolge noch dreckigere Hände als drüben bei euch. George ist ein Kontrollfanatiker, der die Kontrolle verloren hat. Aber er wird sich rauslavieren. Er ist unverwüstlich, nicht so wie wir. Er hat früher als ich durchschaut, was Sina an der Reling wollte, und wenn er sagt, er hält seine Leute drüben auf der *Eagle* in Schach, dann wird er das auch tun. Aber er hat Sina nicht umgebracht, dafür garantiere ich.«

»Wie bist du nur darauf gekommen, daß ich sie getötet haben könnte?«

»Weil du mir so undurchsichtig erschienst, fast möchte ich sagen, unecht. Ein Kaliber wie du in der Schmutzbrigade? Und außerdem, weil Sina in jener Nacht sagte, sie würde zurückkommen.«

»Was denn, das hat sie gesagt?« Arkadi dachte an das Mädchen, das in die Bucht von Wladiwostok hinausgeschwommen war, das sich eine Badekappe borgte und nie zurückgab, das einen Plastikbeutel mit Tesaband verklebte. Wie oft hatte er schon über all das nachgegrübelt, und immer noch ergab es keinen Sinn. Er mußte sich einfach an den Gedanken gewöhnen, daß es zwei Sinas gab: die Sina, die Mike anhimmelte und für die Rolling Stones schwärmte, und jene andere Sina mit ihren geheimen Bandaufnahmen. Wäre Sina auf die *Eagle* geflüchtet, dann hätte sie ihre Bänder mitgenommen und einen gefälschten Abschiedsbrief hinterlassen, aber nicht seitenweise Entwürfe.

Und sie wäre wohl kaum so naiv gewesen, einen Selbstmord vorzutäuschen, solange ein amerikanisches Schiff ganz in der Nähe war. »Von wo wollte sie zurückkommen?« fragte er.

Als Susan antwortete, klang ihre Stimme müde und resigniert. »George meinte, er brauche mehr als nur ein paar gewöhnliche Fischer, und er hat ja auch bekommen, was er wollte. Er braucht nur einfach ein bißchen Zeit, um seine Mannschaft unter Kontrolle zu bekommen. Mit Sinas Tod hat er nichts zu tun. Mike und Wolowoi konnte er nicht retten, denn er hatte keine Ahnung davon, was ihnen zustoßen würde; er war bloß überrascht, nicht auch dich in dem Bunker zu finden.«

Arkadi dachte an Karp. »Geh und sag das alles Martschuk.«

»Ausgeschlossen! Ich kann das niemandem sonst erzählen. Im Notfall würde ich jedes Wort leugnen, und das weißt du auch.«

»Ja.«

»Es war bloß ein Spiel«, sagte sie. »Ein Was-wäre-wenn-Spiel.«

»So wie ›Was wäre, wenn es nie morgen würde‹?« fragte er.

Ihre Hand suchte die seine. »Jetzt sollst du mir einmal eine Frage beantworten: Wenn du jetzt die Chance hättest zu entkommen, wenn du von der *Polar Star* verschwinden könntest und nach Amerika fliehen, würdest du es tun?«

Arkadi lauschte seiner Antwort, gespannt darauf, ob es wirklich nur ein Spiel sei. »Nein.«

Auf der schmalen Koje schmiegten ihre schlafenden Körper sich fester aneinander, während die *Polar Star* schwerfällig ihren Bug hob, um ihn dann wieder tief in die Eisdecke zu versenken. Das Geräusch, das dabei entstand, war gedämpft, kaum stärker als ein kühler Windhauch auf der bloßen Haut oder fernes Donnergrollen, das langsam abzieht.

Arkadi zog den Vorhang beiseite, und graugläzende Helligkeit strömte durchs Bullauge herein. Es war nicht der glitzernde Reflex frisch gefallenen Schnees, sondern ein dichter und weicher gewobenes Licht – feldgraue Morgendämmerung im Beringmeer. »Wir liegen fest«, sagte er.

Die knirschende Reibung von Stahl auf Eis war verstummt, obgleich er in den Fußsohlen noch immer das Vibrieren der laufenden Maschinen spürte. Er knipste die Nachtlampe an und aus; offenbar war der Strom noch da. Das Schiff schien in einem Vakuum zu schweben, war zwar selbst nicht völlig verstummt, aber von Schweigen umgeben.

»Was ist mit der *Eagle*?« fragte Susan.

»Wenn wir festsitzen, tut es die *Eagle* auch.« Er bückte sich und hob Hose und Hemd vom Boden auf.

»Die Parole heißt, Führer, wir folgen, und nun habt endlich ihr die Führung übernommen?« Susan richtete sich auf.

»Stimmt genau.«

»Soviel zum hochgelobten Joint-venture! Die *Eagle* ist nicht fürs Eis gebaut, und Martschuk weiß das.«

Arkadi knöpfte sich das Hemd zu. »Geh in den Funkraum«, sagte er. »Versuch, Kontakt mit Dutch Harbor zu bekommen, oder probier's über den Notrufkanal.«

»Und wo willst du hin?«

Arkadi zog sich die Socken an. »Ich werde untertauchen. Die *Polar Star* ist ein großes Schiff.«

»Und wie lange wird dir das gelingen?«

»Ich betrachte es als eine Art sozialistischen Wettstreit.«

Er schlüpfte in seine Stiefel und nahm die Jacke vom Stuhl. Dunstiges Frühlicht hüllte Susan ein wie eine Wolke Staubflokken. Sie saß reglos da; nur ihre Augen, die Arkadi zur Tür folgten, schienen lebendig.

»Du willst dich gar nicht verstecken«, entschied sie. »Wo gehst du wirklich hin?«

Er nahm die Hand vom Türknauf. »Ich glaube, ich weiß jetzt, wo Sina gestorben ist.«

»Diese ganze Nacht, es ging dir also nur um Sina?«

»Nein.« Arkadi wandte ihr das Gesicht zu.

»Warum siehst du so glücklich aus?«

Fast schämte er sich. »Weil ich noch lebe. Wir beide leben noch. Ich denke, wir sind wohl doch keine Motten.«

»Okay.« Susan beugte sich vor. »Ich werde dir dasselbe sagen, was ich schon Sina gesagt habe: Geh nicht!«

Aber er war schon draußen.

29

Die *Polar Star* lag auf dem Grund eines weißen Brunnens. Nebel grenzte das Fabrikschiff von allen Seiten ein, und das Sonnenlicht, teils von der Eisdecke reflektiert, teils von Nebelschwaden gefiltert, schuf eine seltsame Beleuchtung – unscharf und überwältigend zugleich.

Der Schiffsrumpf glitzerte; wirklich überall hatte sich Eis gebildet. Das Deck war eine milchweiße Schlittschuhbahn. Das Netz rings um das Volleyballfeld funkelte wie ein Haus aus lauter kristallenen Bausteinen; die Antennen hoch droben hingen schwer nach unten wie Peitschen aus Panzerglas. Eis bedeckte die Bullaugen wie dunkle Abdecklinsen und überzog die Holzstapel auf den Decksaufbauten mit einer schimmernden Glasur. Das Schiff sah aus, als sei es aus dem Polarmeer aufgetaucht wie ein übergroßer Fisch.

»Schuld ist dieses verdammte Kabel, das sich irgendwo verklemmt hat und mittlerweile natürlich auf dem Meeresboden hoffnungslos im Schlamm feststeckt«, sagte Martschuk. Er hatte Arkadi in einen Winkel der Brücke geführt, wo der Rudergänger ihr Gespräch nicht belauschen konnte. Der Kapitän hatte die letzte Nacht nicht geschlafen. Sein Bart war nicht gestutzt, und als er die dunkle Brille abnahm, kamen entzündete Augen dahinter zum Vorschein. »Wir müssen hier warten wie eine lahmgeschossene Ente, während Hess unten hockt, sein Kabel auf- und abspult und versucht, es loszubekommen.«

»Was ist mit der *Eagle*?« wiederholte Arkadi die Frage, die Susan ihm gestellt hatte.

Die Wischblätter arbeiteten erfolgreich daran, das Eis in großen Bögen über die Windschutzscheibe zu verschmieren. Aber das Schiff machte schließlich keine Fahrt, und es gab nichts zu sehen außer fahlem Nebel. Arkadi schätzte die Sichtweite auf etwa hundert Meter.

»Seien Sie froh, daß Sie auf dem richtigen Schiff sind, Renko.«

»Sie haben also keinen Funkspruch mehr von der *Eagle* empfangen?«

»Morgans Funkgerät ist defekt.«

»Drei verschiedene Funkapparate und obendrein noch ein Reservesystem, und die sollen alle hin sein?«

»Vielleicht ist der Mast gebrochen. Wir wissen, daß sie eingeeist sind. Durchaus möglich, daß es ihren Mast erwischt hat.«

»Schicken Sie jemanden hin.«

Martschuk klopfte seine Taschen nach einem Päckchen Zigaretten ab, lehnte sich dann ans Pult vor der Windschutzscheibe und hustete, was fast so gut war wie Rauchen. Er räusperte sich. »Wissen Sie, was ich mache, wenn wir wieder zu Hause sind? Eine Liegekur. Kein Alkohol, keine Zigaretten. Ich gehe nach Sotschi oder irgendwo dort in der Nähe, wo sie einen durchputzen, in Schwefeldampf baden lassen und anschließend in heißen Schlamm packen. Mindestens sechs Monate möchte ich in dieser Schlammpackung bleiben, bis ich stinke wie ein chinesisches Ei. Erst dann weiß man nämlich, daß man auch wirklich geheilt ist. Ich werde da rauskommen, rosig wie ein neugeborenes Kind. Dann sollen sie mich meinethalben erschießen.« Er warf einen Blick auf den Rudergänger und spähte dann durch die offene Tür in den Navigationsraum, wo sich der Zweite Maat konzentriert über seine Karten beugte. Die *Polar Star* war zwar im Eis eingeschlossen, aber sie hatte deshalb nicht aufgehört, sich zu bewegen, denn die Eisdecke selbst bewegte sich langsam und unerbittlich weiter. »Wenn man so weit rauf in den Norden kommt, lassen einen die Geräte manchmal ganz schön im Stich, nicht nur die eigenen Augen spielen einem da Streiche. Ein Funksignal kann aufsteigen und gleich wieder zurückschnellen. Der Magnetismus ist so stark, daß Peilfunksignale einfach verschluckt werden. Sie brauchen nicht in den Weltraum hinauszufliegen, um ein schwarzes Loch zu finden, das kann ich Ihnen hier auch bieten.«

»Schicken Sie jemanden hin«, wiederholte Arkadi.

»Solange das Kabel nicht ordnungsgemäß eingefahren ist, bin ich dazu nicht befugt. Wenn es sich in irgendwas Tragendem verfangen hat, könnte es direkt unter dem Eis treiben; vielleicht ist es dann sogar sichtbar.«

»Wer ist der Kapitän auf diesem Schiff, Sie oder Hess?«

»Renko!« Martschuk wurde rot. Er war im Begriff, die Hände aus den Taschen zu nehmen, schob sie dann aber nur noch tiefer hinein. »Wer ist hier der Seemann zweiter Klasse, der froh sein sollte, daß man ihn nicht an seiner Koje festbindet?«

Arkadi trat vor den Radarschirm. Obwohl die *Eagle* sich nach wie vor im gleichen Abstand von zwei Kilometern hinter der *Polar Star* befand, sah man den grünen Punkt auf dem Bildschirm nur noch verschwommen.

»Die sinken nicht, keine Angst«, sagte Martschuk. »Sie sind nur völlig vereist, und Eis gibt kein Echo, wie Metall es tut. Hess sagt, sie wären in guter Verfassung; er meint sogar, ihre Funkgeräte wären betriebsbereit, und sie hätten womöglich sein Kabel geortet. Sie haben doch selbst gehört, wie er sagte, wir hätten Schwierigkeiten, nicht die *Eagle*.«

»Und wenn sie völlig verschwinden, wird Hess Ihnen einreden, die *Eagle* hätte sich in ein U-Boot verwandelt. Susan kann jede Minute auf die Brücke kommen. Wie wollen Sie ihr und den anderen Amerikanern die Lage erklären?«

»Ich werde sie in die Messe rufen und ihnen eine vollständige und freimütige Analyse der Situation liefern«, versetzte Martschuk ungerührt. »Hauptsache ist, wir halten die Amerikaner so lange vom Heck fern, bis das Kabel eingeholt ist.«

Fabrikschiff und Trawler waren beide im Eis festgefroren, den Bug nach Südost gerichtet, auf die Trawler zu, die man aus Seattle erwartete. Doch keines der avisierten Fangboote zeigte sich auf dem Radarschirm, gleichgültig, auf welche Reichweite Arkadi auch schaltete. Nach mehreren erfolglosen Versuchen stellte er das Feld wieder auf fünf Kilometer ein, so daß man die Peilung der *Eagle* auf dreihundert Grad empfangen konnte.

»Wenn Genosse Hess sein Kabel in einer Stunde immer noch nicht eingeholt hat«, sagte Martschuk, »werde ich persönlich eingreifen und aus dem Eis ausbrechen. Das wird Zeit brauchen, denn Wasser dieser Kälte hat eine ziemliche Dichte, und das Kabel wird langsam sinken. Dann kann ich zurück und die *Eagle* befreien. Ich werde Morgans Leute nicht sterben lassen, das verspreche ich Ihnen. Ich bin wie Sie, Renko, ich will die Männer draußen auf dem offenen Meer.«

»Nein«, sagte Arkadi. »In dem Punkt sind wir uns nicht einig – ich will sie genau da, wo sie jetzt sind.«

Martschuk wandte den dumpf scharrenden Wischern den Rükken zu. Unter ihm hob sich der Bug; der rostig-grüne Anstrich trug eine gespenstisch glimmende Eisglasur. Dahinter sah man nur ein weißliches Gebräu: kein Wasser, keinen Himmel, keine erkennbare Horizontlinie.

»Ich darf niemandem erlauben, jetzt das Schiff zu verlassen«, sagte Martschuk. »Erstens stehe ich Hess im Wort, zweitens wäre es sinnlos. Sind Sie schon mal über einen gefrorenen See gegangen?«

»Ja.«

»Das hier ist ganz etwas anderes. Das ist nicht der Baikalsee. Die Eisdecke über Salzwasser ist nur halb so stabil wie die über Süßwasser. Sie müssen sich den Unterschied etwa so vorstellen, wie den zwischen Treibsand und Beton. Da, schauen Sie doch raus! In solchem Nebel kann kein Mensch die Richtung halten. Schon nach hundert Metern hätte man die Orientierung verloren. Wenn ein Verrückter sich hier aufs Eis rauswagen würde, dann sollte er sich zuvor von allen verabschieden. Nein, ich darf das nicht erlauben.«

»Sind Sie jemals hier oben übers Eis gegangen?«

Martschuk, oder vielmehr seine Silhouette, nickte erinnerungsschwer. »Ja.«

»Und wie war es?«

»Es war« – der Kapitän breitete die Arme aus – »wunderschön.«

Aus einem Rettungsspind nahm Arkadi zwei Schwimmwesten und eine Leuchtpistole. Die Westen waren aus orangefarbener Baumwolle über Plastikbriketts, mit Taschen für Notrufpfeifen, die allerdings fehlten, und Gurten, die er in der Taille über seinem Pullover festschnallte. Die Waffe war eine alte Nagant, die man mit einem Speziallauf zum Verschießen von Signalmunition versehen hatte.

Das Trawldeck schien frei zu sein. Als er es überquerte, bemerkte Arkadi, freilich zu spät, daß jemand ihn vom Aussichtspunkt oben im Kranführerhaus beobachtete. Pawel war nur ein Schatten in der verglasten Kabine, abgesehen von einem dreieckigen Loch, durch das sein Gesicht hervorlugte. Er reagierte jedoch nicht. Erst als er schon im Achterhaus war, begriff Arkadi, daß er sich mit der tief ins Gesicht gezogenen Kapuze und den auftragenden Westen unter seiner Jacke, zumindest auf die Entfernung hin, unkenntlich gemacht hatte.

»Arkadi, bist du's?« Guri schlenderte im Gang vor der Küche auf und ab und drehte eine dampfend heiße Pilmeni zwischen den Händen. Mehlstaub lag wie Schuppen auf seinen Schultern.

Arkadi fuhr zusammen; es war die schiere Selbstverständlichkeit, mit der sein Kabinengenosse hier aus den Kohldünsten der Kombüse auftauchte, die ihn überraschte. Da es keine Arbeit für sie gab, konnten die Fischer unter Deck bleiben, Domino oder Schach spielen, Filme anschauen und sich ein Nickerchen genehmigen. Das Schiff war aus für sie ungeklärten Gründen zum Stillstand gekommen, aber die Leute waren es gewöhnt, daß man ihnen keine Gründe nannte. Sie spürten, daß die Maschinen unter ihnen im Leerlauf stampften, das Leben ging weiter.

»Arkadi, das mußt du dir ansehen! Fleischgefüllte Scheißravioli wie üblich, aber . . .« Guri biß in die Pilmeni hinein, schluckte eine Hälfte hinunter und hielt Arkadi den Rest hin.

»Na und?«

Guri grinste und hob die Pilmeni noch näher vor Arkadis Augen, so als zeige er ihm einen Brillantring. »Kein Fleisch! Ich meine, nicht der übliche Schwindel, wo sie uns statt Fleisch Knorpel und Knochen unterjubeln. Das Zeug hier ist doch Lichtjahre von jedem nur erdenklichen Säugetier entfernt. Sieh doch! Fischmehl und Soße.«

»Ich brauche deine Uhr.«

Guri war sichtlich verdutzt. »Willst du wissen, wie spät es ist?«

»Nein.« Arkadi band Guri seine neue Safariuhr vom Handgelenk. »Ich will mir bloß deine Uhr ausborgen.«

»Borgen? Hör mal, von allen Wörtern der russischen Sprache, einschließlich ›Scheiße‹ und ›Mord‹, ist ›borgen‹ vermutlich das gemeinste. ›Mieten‹, ›leasen‹, ›time-sharing‹ – das sind zeitgemäße Wörter, die sollten wir lernen.«

»Also schön, ich klau dir deine Uhr.« Der ins Armband eingearbeitete Kompaß hatte sogar Kerben zur Gradanzeige.

»Du bist ein ehrlicher Mann, Arkadi.«

»Wirst du Olimpiada melden, weil sie unser Essen panscht?«

Guri brauchte einen Moment, um zu seinem ursprünglichen Thema zurückzufinden. »Nein, wo denkst du hin! Ich hab mir nur überlegt, daß ich vielleicht, wenn wir nach Wladiwostok zurückkommen, ein Restaurant aufmache. Olimpiada ist ein Genie. Mit der als Kompagnon könnte ich glatt ein Vermögen verdienen.«

»Viel Glück.« Arkadi band sich die Uhr um.

»Danke.« Guri zog eine Grimasse. »Sag mal, was soll das heißen, viel Glück?« Als er sah, wie Arkadi zielstrebig aufs Trawldeck zusteuerte, steigerte sich seine Besorgnis. »Wo willst du eigentlich in dem Aufzug hin? Krieg ich meine Uhr auch wieder?«

Arkadi kletterte über den Verbindungssteg zur Heckreling hinauf und bemühte sich dabei bewußt, den schwerfälligen Gang eines gewichtigeren Mannes nachzuahmen. Er sah sich nicht nach dem Bootsdeck um, aus Angst, einer von Karps Brigade könne dort Wache stehen und ihn womöglich erkennen. Die rote Fahne an der Heckreling war steifgefroren. Nur wenige Fußspuren verunstalteten die schimmernde Patina des Decks. Am Treppenschacht über der Heckrampe standen zwei leidgeprüfte Matrosen mit der roten Armbinde der freiwilligen Ordnungshelfer: Skiba und Slesko mit Sonnenbrillen und Kaninchenfellmützen. Erst als Arkadi direkt vor ihnen stand, erkannten sie ihn. Die beiden wollten ihm den Weg verstellen, doch er winkte sie beiseite, eine brüske Gebärde, die mehr mit der Hand als mit dem Arm ausgeführt wurde, aber unfehlbar die eingelernte Reaktion hervorrief; mit ebendieser Bewegung jagte man Fußgänger aus der Bahn, um einer Wagenkolonne Platz zu schaffen, brachte Hunde auf eine heiße Fährte, ließ Ordonnanzen abtreten oder scheuchte Häftlinge auseinander.

Slesko wandte ein: »Der Kapitän hat angeordnet, daß ...«

»Niemand darf ...« sagte Skiba.

Arkadi nahm Skiba die Sonnenbrille ab.

»Warten Sie«, sagte Slesko und reichte Arkadi seine Schachtel Marlboro.

»Genossen!« Arkadi salutierte. »Betrachtet mich einfach als schlechten Kommunisten.«

Er stieg die Treppe hinunter. Auf der Plattform am Treppenabsatz, von wo die Trawlmaster normalerweise die aus dem Meer aufsteigenden Netze dirigierten, war das Rettungsseil am Geländerlauf festgefroren, und er mußte es erst losschlagen. Dann kletterte er über das Geländer und wickelte sich das Seil um den Ärmel. Sich an diesem steifen Strick herunterzulassen, war ungefähr so wie an einem Eiszapfen runterzurutschen. Er landete auf den Füßen, die freilich sofort unter ihm wegglitten; er ließ los und schlitterte das restliche Stück der Rampe bis aufs Eis hinab.

Hoch über ihm beugten sich Skiba und Slesko über die Heckreling, wie zwei Murmeltiere, die von einem Felsen in die Tiefe spähen. Als er wieder auf die Füße kam, orientierte Arkadi sich anhand des Kompasses an Guris Uhr. Das Eis schien ihm hart und fest wie Stein. Er marschierte los.

Er hätte doppelte Unterwäsche, zwei Paar Socken und Filzstiefel anziehen sollen. Wenigstens hatte er brauchbare Handschuhe, eine Wollmütze unter der Kapuze und die beiden Schwimmwesten, die eine erstaunlich gute Isolierung schufen. Und je energischer er ausschritt, desto wärmer wurde ihm.

Und desto weniger Sorgen machte er sich. Die Sonnenbrille verdunkelte den gleißenden Nebel weniger, als daß sie ihm Konturen verlieh, so daß er die Schleierschichten weißen Dunstes, die ihn umwehten, zu unterscheiden vermochte. Es war ein ganz ähnliches Gefühl wie damals, als er in einem Flugzeug gesessen und hinausgeblickt hatte, während die Maschine durch eine Wolkendecke brach. Das Eis war stabil und so makellos weiß, wie Meereis wird, wenn die Kälte die Sole herausgefroren hat. Und es strahlte hell wie ein Spiegel, wenngleich er sich nicht darin sehen konnte, oder doch nur als luftdurchsetzte Dunstsilhouette, die im Eis festgefroren schien. Als er sich umsah, verlor das Schiff sich bereits im Nebel. Und es fällt raus aus seiner eigentlichen Umgebung, dachte Arkadi. Denn die *Polar Star* erschien auf einmal nicht mehr wie ein Schiff im Ozean, sondern glich einem grauen, vom Himmel gefallenen Keil.

Zwei Kilometer in flottem Tempo. Zwanzig Minuten, vielleicht eine halbe Stunde. Wie viele Leute bekamen die Chance, übers Meer zu wandern?

Ob Sina wohl aus den Wellen hochgeblickt hatte zu der schemenhaft aufragenden grauen Schiffsflanke? Er hatte es da doch wesentlich leichter; das Wasser war zu Eis gefroren und bildete einen alabasternen Pflastersteig. Als er sich wieder umwandte, war die *Polar Star* verschwunden.

Er war immer noch auf einer Peilung von dreihundert Grad, obwohl die Kompaßnadel irritierend bald nach rechts, bald nach links pendelte. Hier, so nahe beim Pol, war der vertikale Sog so stark, daß es den Anschein hatte, als werde die Nadelspitze an unsichtbaren Fäden von einer Seite zur anderen gezogen. Aber es gab nichts anderes, woran er sich hätte orientieren können, kein Merkmal am Horizont, ja nicht einmal einen Horizont, keinen Spalt zwischen Eis und Nebel. In jeder Richtung, einschließlich oben und unten, bot sich ihm das gleiche Bild. Er war im Eisnebel eingeschlossen.

Als erstes hatte er vor, die Schränke und Kabinen der *Eagle* zu durchsuchen, dann die Lagerräume und den Maschinenraum. Irgendwo mußte Sina gewesen sein.

Martschuk hatte recht gehabt mit seiner Warnung vor Trugbildern. Vor sich sah Arkadi eine altmodische schwarze achtundsiebziger Vinylschallplatte, die sich, ganz allein und ohne einen Ton von sich zu geben, mitten im Eis drehte. Es war, als habe sein Verstand beschlossen, die gähnend weiße Leere mit dem ersten Gegenstand zu bestücken, den er seinem Gedächtnis entlocken konnte. Arkadi kontrollierte den Kompaßstand. Womöglich war er ja im Kreis gegangen. Im Nebel kam so etwas nicht selten vor. Einige Wissenschaftler behaupteten, Wanderer verirrten sich mitunter, weil ein Bein stärker sei als das andere, manche beriefen sich gar auf die Coriolis-Kraft und räumten dem Menschen gegenüber der Erdrotation nicht mehr Richtungskontrolle ein als Wind oder Wasser.

Die Platte drehte sich rascher, je näher er ihr kam, fing dann an zu eiern und löste sich bei seinen letzten Schritten zitternd in einen unebenen Kreis teerschwarzen Wassers auf, dessen gezackter Eisrand rot war von getrocknetem Blut.

Eisbären brachen mitunter durch das Atmungsloch einer Robbe, gerade, wenn sie zum Luftholen hochkam. Die Bären jagten bis zu zwei-, dreihundert Kilometer weit draußen auf dem Eis. Das Stampfen eines Eisbrechers verscheuchte sie in der Regel, aber die *Polar Star* machte keine Fahrt mehr. Arkadi hatte den Angriff nicht gehört, folglich mußte seitdem schon eine Weile vergangen sein. Andererseits führten weder Blut noch sonstige Spuren vom Loch weg. Der Bär hatte also seine Beute direkt mit runter ins Wasser genommen und war entweder noch nicht wieder aufgetaucht oder unter Wasser weiter zu einem anderen Loch geschwommen. Die zerfetzten, gesplitterten Eisränder ließen Arkadi an eine Explosion denken. Nach der Menge von Blut zu urteilen, die das Loch umgab, hätte man glauben können, auch die Robbe sei explodiert. Nur ein oder zwei Eisstücke tanzten auf dem dunklen Rund und gaben Zeugnis davon, daß das Wasser unter der Eisdecke nach wie vor in Bewegung war.

Na, dachte Arkadi, wenn das nicht ein unerwartetes Ende für eine Untersuchung wäre: Ermittlungsbeamter von Bären getötet. Eine Premiere? Nein, nicht in Rußland. Ob die Robbe wohl sehr überrascht gewesen war? Er kannte dieses Gefühl. Er studierte noch einmal den Kompaß und setzte seinen Weg fort.

Vor ihm ertönte ein scharfer Knall. Zuerst dachte er, es sei vielleicht der Bär, der durchs Eis bräche, dann kam ihm der Gedanke, daß sich die Eisdecke womöglich gespalten habe. Auf offenem Wasser konnte es sein, daß die Eisdecke, von Gezeiten und Strömungen gezogen, sich verlagerte, zerriß und wieder neu ausrichtete. Er fühlte sich dennoch nicht sonderlich bedroht. Wasser leitete Geräusche schneller und über weitere Entfernungen als trockene Luft. Und der Nebel dämpfte entgegen landläufiger Meinung Geräusche nicht, sondern verstärkte sie noch. Wenn das Eis also einen Riß bekommen hatte, dann war der vermutlich ziemlich weit weg.

Ich wünschte, dachte er, die Kompaßnadel würde aufhören, so unkontrolliert auszuschlagen. Wie viele Minunten war er schon gegangen? Der Uhr nach nicht mehr als zwanzig. Wie verläßlich wohl die Qualitätskontrollen der Japaner sein mochten. Von der *Eagle* war noch nichts zu sehen, aber als er sich noch einmal umblickte, erkannte er am äußersten Rand seines Blickfeldes eine Gestalt, die ihm folgte – schemenhaft wie ein Gespenst.

Eine graugemaserte Eisader gab unter seinen Füßen nach. Er bewegte sich seitwärts aufs weißer schimmernde Eis zu und kontrollierte abermals den Kompaßstand. In der Regel brach das Eis auf einer Südwest-Nordost-Achse, und das wäre für ihn nicht die richtige Richtung. Arkadi war jetzt auf der Hut. Das Wesen hinter ihm kam stetig und mit federnden Schritten näher, wie ein Bär, aber es ging aufrecht und war schwarz.

Inzwischen wußte Arkadi, daß er sich verirrt hatte. Entweder hatte er, ohne es zu merken, einen Haken geschlagen, oder er hatte die Entfernung der *Eagle* unterschätzt. Der Nebel geriet in Wallung und driftete von links nach rechts. Zum erstenmal bemerkte er die Seitwärtsbewegung der Eisdecke, die er für so stabil gehalten hatte. Vielleicht hatte dieser Sog ihn schon die ganze Zeit irregeführt. Die Nebelwolke trieb gleichfalls vorwärts und hüllte ihn ein. Hinter ihm, jetzt nur noch hundert Meter weit entfernt, hatte sein Verfolger Beine, Arme, Kopf und einen Bart bekommen. Martschuk. Skiba und Slesko waren gewiß unverzüglich zum Kapitän gelaufen, und es war typisch für einen Sibirier wie Martschuk, daß er allein die Verfolgung aufgenommen hatte. Nach nur wenigen Schritten hatte der Nebel Arkadi verschluckt, und Martschuk war seinen Blicken entschwunden.

Der Kapitän hatte ihn nicht angerufen. Worauf es Arkadi jetzt ankam war, die *Eagle* zu erreichen, ehe Martschuk ihn einholte und auf die *Polar Star* zurückschickte. Sie konnten gemeinsam an Bord des Trawlers gehen, solange Arkadi nur die Möglichkeit bekam, sich dort umzusehen. Ja, es war sogar sicherer, zu zweit aufzutreten, da Ridley und Coletti mit Karp unter einer Decke steckten. Morgan war vermutlich nicht mit im Komplott, obgleich kein Kapitän völlig ahnungslos sein konnte, was die Vorgänge auf seinem eigenen Schiff betraf.

Obwohl er blind durch den Nebel lief, sah Arkadi vor seinem geistigen Auge Fußstapfen, die geradliniger als ein Pfeil übers Eis auf die *Eagle* zuführten. Dieses innere Bild hatte eine Folgerichtigkeit, ja einen geradezu magnetischen Sinn – immer vorausgesetzt, daß er den Trawler nicht bereits verfehlt hatte und auf den Polarkreis zusteuerte.

Wieder hörte er das Knacken und Knirschen, diesmal schon deutlicher. Aber es war nicht das Geräusch berstenden Eises, sondern das von Hammerschlägen, die aufs Eis niedergingen, gefolgt von einem Echo, das klang wie splitterndes Glas. Unwillkürlich wandte Arkadi suchend den Kopf, als könnte er den Ursprung der Klänge ausmachen. Geräusche im Nebel konnten einen täuschen, da sie näher wirkten, als sie tatsächlich waren, und er widerstand der Versuchung, loszurennen, da er zu leicht in die falsche Richtung hätte gelenkt werden können. Inzwischen trieb der Nebel über ihn hinweg wie Brandungswogen, die ihn fortzutragen suchten. Wieviel Mut gehört wohl dazu, dachte er, in solch kaltem Wasser nur ein paar Stöße weit zu schwimmen? Er hatte selbst mitangesehen, wie Männer über Bord eines Trawlers gespült wurden und fast auf der Stelle einen Schlag erlitten, so daß jede Rettung zu spät kam.

Plötzlich drang das Hämmern laut und deutlich an sein Ohr. Die *Eagle* tauchte nicht mehr als zehn Meter vor ihm auf, vom Eis hochgepreßt und seitwärts geneigt. Die Nebelwolken, die über das Schiff hinfegten, erweckten den Anschein, als schösse der Trawler in rasendem Tempo durch stürmisches Gewässer.

Die *Polar Star*, die sich und dem nachfolgenden Fangboot den Weg gebahnt hatte, war im frischen Eis festgefroren. Die *Eagle* dagegen saß in den salzigen Wirbeln des Kielwassers fest, das sich in eine graue Eisdecke verwandelt und zu grotesken Stalagmiten aufgetürmt hatte, die sich, als die Temperatur weiter sank, mit glasigem Schimmer überzogen. Kaskadenartig schienen sich Eisströme die Ruderhaustreppe hinabzustürzen und aus den Speigatten zu fluten. Eiszapfen, die vom Schiff herabhingen, waren unten in der Eisdecke verankert. Coletti stand draußen vor dem Ruderhaus und versuchte mit einer Lötlampe die Fenster aufzutauen. Die Flamme beleuchtete sein blasses Gesicht. Das Licht, das aus dem Innenraum der Brücke drang, war schwach wie das einer Kerze, und doch sah Arkadi eine Gestalt im Kapitänssessel sitzen. Ridley hämmerte Eis von den Sprossen am Funkmast. Die Dipolantennen an der Spitze des Masts waren verschwunden und die Peitschenantenne um neunzig Grad heruntergebogen. Eisklumpen hingen daran wie zerrissenes Takelwerk. Mit dieser defekten Ausrüstung würde Morgan wohl kaum etwas hören können außer atmosphärischen Störungen. Der Nebel verlagerte sich und entzog die *Eagle* wieder seinen Blicken. Die Männer an Deck hatten ihn nicht gesehen. Arkadi steuerte auf das noch unsichtbare Heck zu.

Wieviel Vorsprung hatte er vor Martschuk? Zehn Schritt? Zwanzig? Das Hämmern würde auch dem Kapitän die Richtung weisen. Arkadi stolperte fast über die Heckrampe, ehe er sie sah. An dem Ladebaum über ihm hing ein aufgerolltes Netz; schwarze und orangefarbene Plastikstreifen hatte das Eis zu einem glanzlosen Schleier zusammengesponnen. Der Nebel trieb jetzt so heftig über das Schiff, daß er einen gespenstischen Strudel hinter sich herzog, einen finsteren Tunnel, an dessen Ende Martschuk wieder sichtbar wurde. Doch jetzt konnte der Kapitän ihn nicht mehr zurückbeordern. Er hatte es geschafft.

Als die Gestalt seines Verfolgers sich aus dem Nebel löste, sah Arkadi, daß der vermeintliche Bart in Wirklichkeit ein Pullover war, den der Mann sich bis über den Mund hochgezogen hatte. Im Näherkommen zerrte Karp den Pullover herunter. Wie Arkadi trug auch er eine dunkle Brille, aber mit seinen Filzstiefeln war er besser ausgerüstet als sein Opfer. Er hielt eine Axt in der Hand.

Blitzschnell erwog Arkadi seine Möglichkeiten. Ein Sprint nach rechts zum Nordpol? Oder die Langstrecke links nach Hawaii?

Die Rampe der *Eagle* war zwar niedrig, dafür aber spiegelglatt, und er robbte auf dem Bauch hinauf. An Deck waren Fische und Krabben ins Eis zementiert. Eiszapfen umkränzten das Schutzdeck. Ridley war mittlerweile bis zur Radarantenne vorgedrungen, die eine kompakte Eishaube trug. Der Atem des Fischers hatte sich in Rauhreif verwandelt, der wie weißer Schaum auf seinem langen Haar und dem Bart lagerte. Mit der Sorgfalt eines Juweliers, der an einer Kostbarkeit arbeitet, begann er, die Antenne freizuklopfen. Arkadi schätzte die Entfernung von der Rampe bis zum Ruderhaus auf fünfzehn Meter; am ungeschütztesten würde er auf den ersten fünf Metern sein, ehe er sich unter das Schutzdeck ducken konnte, das die Seitenfront abschirmte.

Langsam, aber stetig arbeitete Karp sich heran. Die Axt wie einen Reserveflügel in der Hand haltend, glich er einem übers Eis schwebenden Urvogel.

30

Arkadi rannte die wenigen Schritte bis in den Schatten des Schutzdecks: Zwar konnte er die Brücke nun nicht mehr sehen, aber umgekehrt konnte auch er nicht von der Brücke gesehen werden. Hinter ihm kam Karp mit dem sicheren Tritt des erfahrenen Deckmanns die Rampe herauf.

Arkadi schlüpfte ins Ruderhaus und gelangte durch einen Umkleideraum in die Kombüse der *Eagle*. Er nahm die Brille ab, um sich im fahlen Licht, das durch die beiden eisverkrusteten Bullaugen hereinsickerte, zurechtzufinden; in der Düsternis kam er sich vor wie auf einem U-Boot. Eine gepolsterte Bank umgab einen Tisch mit rutschfesten Untersetzern. Auf dem Herd lehnten Töpfe an der Schlingerleiste. Als er auf den Gang hinaustrat, sah er vor sich zwei Kabinentüren und eine Treppe, die aufwärts zur Brücke, beziehungsweise hinunter in den Maschinenraum führte.

Die Kabine an Backbord hatte zwei Kojen, von denen offenbar nur die untere benutzt wurde. Der Schrank hatte nicht die russischen Ausmaße, die es ermöglicht hätten, eine Leiche darin zu verstecken. Am Schott war ein leerer Gewehrständer befestigt. Er tastete unter der Matratze nach einer Handfeuerwaffe, einem Messer, irgendwas. Unter dem fleckigen Kissen lag ein Pornoheft. Am Boden, unter der Koje, fand er eine Kiste mit schmutziger Wäsche, weitere Pornohefte sowie Fachzeitschriften über Waffen und Überlebenstechnik, ein Bündel Hundert-Dollar-Noten in einem Strumpf versteckt, einen abgewetzten Schleifstein, eine Stange Zigaretten, eine leere Patronenschachtel.

»Colettis Kabine«, sagte Karp, als er hereinkam wie ein rüstiger Waldbewohner, der sich an einem frischen Morgen aufgemacht hat, um in der Taiga Bäume zu fällen. Er trug weder Jacke noch Schwimmweste, nur zwei Pullover übereinander, dicke Handschuhe, Stiefel, Mütze und Sonnenbrille, die er jetzt in die Stirn geschoben hatte. Er war nicht einmal außer Atem.

»Sie machen's einem so leicht.« Karp sagte es fast bedauernd. »Auf unserem Schiff wäre es ein bißchen schwierig geworden, Sie loszuwerden, aber hier draußen werden Sie ganz einfach verschwinden, und kein Mensch erfährt, daß ich überhaupt von Bord gegangen bin.«

Die Axt stammte vermutlich aus dem großen Arsenal zur Feuerbekämpfung vom Bootsdeck der *Polar Star*, und Arkadi hegte den Verdacht, daß Karp sie zu einem praktischen Zweck mitgebracht hatte – nämlich um ein Loch ins Eis zu schlagen und eine Leiche darin verschwinden zu lassen. Wie üblich hatte der Plan des Trawlmasters auch diesmal den Vorzug, schlicht und unkompliziert zu sein. Von draußen hörte man die Hammerschläge, mit denen an Deck der Kampf gegen das Eis fortgesetzt wurde. Dem Lärm nach hätte man glauben können, man befände sich in einer Gießerei und nicht auf einem Schiff. Die Amerikaner hatten offenbar noch nicht bemerkt, daß ungebetene Gäste an Bord gekommen waren.

»Warum sind Sie hier?« fragte Karp.

»Ich suche Spuren von Sina.«

Arkadi entsann sich der Leuchtpistole in seiner Tasche; das gäbe ein tolles Schauspiel in dieser engen Kabine. Doch als er die Hand hob, schlug Karp sie mit der Axt beiseite.

»Noch eine Untersuchung?«

»Nein, das mache ich auf eigene Faust. Niemand weiß davon. Übrigens kümmert es außer mir auch keinen.« Sein Handgelenk, das die Axt getroffen hatte, war taub. Ungefähr so mußte es sein, wenn man von einem Wolf in die Enge getrieben wurde.

»Jedesmal, wenn einer dran glauben muß, beschuldigen Sie mich«, sagte Karp.

»Nein, diesmal nicht. Sie waren überrascht, als Sina im Netz nach oben kam. Sie hätten sie mitsamt dem Fisch in eine Ladeluke kippen und später unbemerkt loswerden können. Statt dessen haben Sie sie rausgeschnitten. Nein, Sie wußten nicht Bescheid. Noch gestern abend auf der Rampe wußten Sie nicht, was wirklich gespielt wird.«

Wie beiläufig stupste die Axt Arkadis Hand abermals von der Jackentasche weg. Es war nicht fair, gar so hilflos sterben zu müssen. Er spürte, wie Panik in ihm hochkroch und seinen Denkapparat lahmzulegen drohte.

»Sie wollen doch nur Zeit schinden«, sagte Karp.

Arkadi war dazu viel zu verschreckt gewesen. »Wollen Sie denn nicht wissen, wer Sina umgebracht hat?« fragte er. *Jetzt* spielte er auf Zeit.

»Warum sollte mich das interessieren?«

»Sie war doch Ihr Mädchen«, sagte Arkadi. »Damals in Moskau muß ich tatsächlich noch um etliches schlauer gewesen sein. Lange Zeit konnte ich mir nicht mal erklären, wie Sina an den Posten auf der *Polar Star* gekommen ist. Dabei war es so einfach: durch Slawa natürlich. Aber wer hat ihn Sina gezeigt, als er mit seinem Boot in die Bucht hinaussegelte? Wer war vorher schon zusammen mit Slawa auf See gewesen?«

»Eine ganze Mannschaft.«

»Ja, aber nur drei davon sind auf die *Polar Star* gewechselt: Martschuk, Pawel und Sie. Sie waren es, der Slawa vom Pier aus beobachtet hat.«

»Papas Liebling auf seinem Spielzeugboot. Ohne die Beziehungen seines Vaters wäre der Kerl niemals auf ein richtiges Schiff gekommen.«

»Sina hat Slawa die hehre Unschuld vorgespielt. Darum nahm sie ihn auch nie mit in Ihre Wohnung.«

Karp setzte die Sonnenbrille ab. »Sie wissen, daß es meine Wohnung war?«

»Ich wußte, der Mann, dem sie gehörte, war jemand mit viel Geld und einem Waffentick, jemand, der außerdem verwegen genug war, sich aufs Drogengeschäft einzulassen.« Arkadi sprach jetzt sehr rasch. Wie herrlich doch ein kräftiger Adrenalinstoß die Fähigkeit, zwei und zwei zusammenzuzählen, unterstützen konnte. »Der einzige auf der *Polar Star*, auf den diese Beschreibung zutrifft, sind Sie. Geld hat Sina im Goldenen Horn reichlich verdient, also konnte nur etwas, das mehr wert war als Rubel, sie verlocken, auf der *Polar Star* anzuheuern. An Bord habt ihr euch voneinander ferngehalten, ja, aber doch nicht so strikt, wie Sie behaupten. Sie haben gesagt, Sie hätten Sina nur bei der Essensausgabe gesehen, aber das stimmt nicht. Jedesmal, wenn die *Eagle* ein Netz anlieferte, saht ihr euch am Heck. Noch bevor sie irgendeinen der Trawlfischer kennengelernt hatte, erschien sie schon regelmäßig an der Reling und wartete auf die *Eagle*. Sie gehörte Ihnen.«

»Das stimmt.« Karp sagte es stolz. »Sie sind gar nicht so dumm.«

Arkadi stellte sich vor, wie die Amerikaner über ihnen an Deck gegen die schrillen atmosphärischen Störungen ihrer Funkanlage ankämpften, er lauschte auf das Hämmern, mit dem die Matrosen das Eis zerschlugen. Er und Karp besprachen sich so leise wie Verschwörer, niemand wußte, daß sie an Bord waren.

»Wolowois große Angst«, sagte Arkadi. »Schmuggelei. Er mußte jedes Päckchen inspizieren, selbst die, welche ein russisches Schiff einem anderen zuwarf. Wie lautet übrigens die Parole?«

»Wachsamkeit.« Karp konnte sich das Lachen nicht verkneifen. Er hob die Axt auf seine Schulter. »Lassen Sie Ihre Hände da, wo ich sie sehen kann.«

»Das einzige, was der gute Wolowoi nicht verhindern konnte, war das Hin und Her der Netze zwischen uns und den Trawlern. Woran erkannten Sie denn, ob ein Päckchen mitkam?«

»Das war einfach«, sagte Karp. »Ridley winkte, wenn sie außer Fisch noch was anderes lieferten, und Coletti winkte, wenn nichts weiter im Netz war. Ich vergewisserte mich, wo Sina sich an der Reling postiert hatte, ob an der Steuerbordseite oder an Backbord. Je nachdem sagte ich dann den Männern an der Rampe, sie müßten sich in acht nehmen, das Netz sei sehr schwer – oder auch nicht.«

»Und im ersten Fall fanden Ihre Männer ein wasserdichtes Päckchen am Netz befestigt?«

»Gut kombiniert! Ja, Pawels Aufgabe war es, das Päckchen loszuschneiden und unter seiner Schwimmweste zu verstecken. Dann signalisierten wir Ridley, ob wir eine Lieferung zurückschickten. Renko, warum interessieren Sie sich immer noch so lebhaft für das alles? Sie kommen doch nicht lebend von hier weg.«

»Wenn man sich ums Überleben keine Sorgen mehr macht, kann man eine Menge lernen.«

»Ach so.« Der Gedanke schien Karp einzuleuchten.

»Und ich interessiere mich wirklich sehr für Sina«, setzte Arkadi hinzu.

»Jaja, ich weiß. Die Männer haben sich immer für Sina interessiert. Sie war wie eine Königin.« Karps Blick wanderte nach oben, von wo der Hammerchor mit unverminderter Lautstärke ertönte, doch schon im nächsten Moment konzentrierte er sich wieder auf

Arkadi, der sich nicht erinnern konnte, je so wachsame Augen gesehen zu haben.

»Hätten Sie mich einholen können, vorhin auf dem Eis?« fragte Arkadi.

»Wenn ich gewollt hätte.«

»Sie hätten mich also schon vor fünf oder gar vor zehn Minuten töten können?«

»Jederzeit.«

»Also wollen auch Sie herausfinden, was mit Sina passiert ist.«

»Ich will bloß wissen, was Sie meinten, als Sie gestern abend auf der Rampe sagten, Sina sei ins Wasser gestoßen worden.«

»Und das interessiert Sie einfach so aus Neugier?«

Karp stand unbeweglich wie eine Bildsäule. Nach einer langen Pause sagte er: »Fahren Sie fort, Genosse Chefinspektor. Sina war also auf dem Fest und hat getanzt ...«

»Sie hat nicht nur getanzt, sondern auch sehr heftig mit Mike geflirtet. Trotzdem verabschiedete sie sich nicht von ihm, als er auf die *Eagle* zurückkehrte. Sie war nämlich schon eine Dreiviertelstunde zuvor ans Heck gegangen. Dafür gibt es Zeugen: Martschuk, Lidia, Susan. Die letzte halbe Stunde, bevor Mike übersetzte, wurde Sina dann nicht mehr auf der *Polar Star* gesehen. Und als er übersetzte, war sie bereits tot.« Langsam zog Arkadi ein Blatt Papier aus der Tasche, entfaltete es und hielt es Karp hin. Es war eine Kopie des ärztlichen Befundes. »Sina wurde durch einen Schlag auf den Hinterkopf getötet. Hinterher brachte man ihr vorsorglich noch eine Stichwunde bei, damit die Leiche nicht an der Wasseroberfläche treiben würde. Irgendwo hier auf diesem Schiff wurde ihr Körper verstaut, zusammengekrümmt auf engstem Raum, daher rühren die in gleichmäßigem Abstand verteilten Male an ihrem Körper. Um diesen Platz zu finden, bin ich hier. Es könnte alles mögliche sein: ein Schrank, ein Spind, ein Laderaum, irgendein größerer Behälter.«

»Ein Stück Papier, weiter nichts.« Karp drückte ihm das Blatt wieder in die Hand.

»Alles hängt davon ab, daß ich dieses Versteck finde. Ich muß in der anderen Kabine nachsehen«, sagte Arkadi, der sich allerdings nicht zu rühren wagte.

Karp nahm die Axt von der Schulter und rollte sie nachdenklich zwischen den Händen. Die Schneide glänzte wie eine polierte

Münze. Der Trawlmaster stieß die Tür auf. »Wir werden es gemeinsam suchen.«

Als sie die Kombüse durchquerten, hörte Arkadi die Hämmer über sich mit voller Wucht dreinschlagen, als versuchten die Amerikaner, sich den Weg in die Heimat freizumeißeln. Er spürte die auf seinen Rücken zielende Axt und merkte, wie Schweißperlen seine Wirbelsäule hinunterrannen.

Karp stieß ihn in die Steuerbordkabine. Hier war eine saubere Decke über die Koje gebreitet. Auf einem Bord standen Bücher über Philosophie, Elektronik und Dieselantriebe. Am Schott hingen ein Pistolenhalfter und das Bild eines Mannes, der dem Betrachter die Zunge herausstreckte: Einstein.

»Hier wohnt vermutlich Ridley«, sagte Arkadi.

»Sie ist also von der *Polar Star* verschwunden – und was dann?« verlangte Karp zu wissen.

»Nun, rekapitulieren wir.« Arkadi sprach rascher. »Sie haben ihr Slawa gezeigt, als der mit seinem Boot draußen war.« In Ridleys Bettkasten lagen ordentlich gefaltete Kleidungsstücke, Ledermanschetten und silberne Ohrstecker, Fotos von ihm und zwei Frauen beim Skifahren, ein Schnappschuß, der ihn und ein Mädchen zeigte, wie sie sich mit Weingläsern zuprosteten, hinduistische Gebetbücher, Spielkarten, ein elektronisches Schachspiel, eine Minnie-Mouse-Anstecknadel. Arkadi nahm das Kartenspiel heraus und fächerte es auf dem Bett aus.

»Ich wollte Sina bei mir auf dem Schiff haben, und Bukowski hatte die nötigen Verbindungen. Was weiter?«

»Sie hatte die Angewohnheit, Männer auf ihren Schiffen zu besuchen, und für eine so ausgezeichnete Schwimmerin wie Sina muß es ein leichtes gewesen sein, die paar Stöße bis zur *Eagle* zurückzulegen, während der Trawler an der *Polar Star* festgemacht hatte. Sie ist einfach von der Heckrampe ins Wasser gesprungen, Madame Malsewas Badekappe auf dem Kopf, Schuhe und trokkene Kleider in einem schwarzen Plastikbeutel am Arm festgebunden. Selbst wenn jemand oben an der Reling gestanden hätte, hätte er sie vermutlich nicht sehen können.«

»Aber warum hätte sie das tun sollen?«

»Das war eben so ihre Art. Sie wanderte von einem Mann zum nächsten und von Schiff zu Schiff.«

»Nein, das ist keine Antwort auf meine Frage«, sagte Karp. »Sie wäre kein solches Risiko eingegangen, bloß um irgendeinen Kerl zu besuchen. Also, Genosse Chefinspektor, warum könnte sie's getan haben?«

»Genau das frage ich mich auch.«

»Ja, und?«

»Ich weiß es nicht.«

Karp benutzte die Axt wie einen verlängerten Arm, um Arkadi gegen die Wand zu stoßen. »In einem, Renko, haben Sie sich verrechnet. Sina hätte mich nie verlassen.«

»Sie hat immerhin mit anderen geschlafen.«

»Um sie zu benutzen, ja. Bedeutet haben diese Männer ihr nichts. Aber die Amerikaner waren unsere Partner, das war was anderes.«

»Jedenfalls ist sie hiergewesen.«

»Also, wenn ich mich so umschaue, dann sehe ich kein Versteck, wie Sie's beschrieben haben. Keine Spur von ihr.« Karp warf einen Blick auf den offenen Bettkasten. »Falls Sie gehofft haben, Sie würden hier eine Waffe finden, vergessen Sie's. Auf diesem Schiff tragen alle ihre Waffen ständig bei sich.«

»Wir müssen weitersuchen«, sagte Arkadi. Er erinnerte sich, wie er im Bunker gegen den Trawlmaster gekämpft hatte. Der letzte Platz, den er sich gewünscht hätte, um einer Axt ausweichen zu müssen, war die enge Kabine eines Fangbootes.

Karps Aufmerksamkeit richtete sich auf die Spielkarten, die Arkadi auf der Koje ausgebreitet hatte. Die Axt immer noch erhoben, sah er die Karten einzeln durch. »Rühren Sie sich nicht vom Fleck!« warnte er, stellte die Axt ab, nahm die Karten und blätterte sie gewissenhaft durch. Als er fertig war, schob er sie wieder zusammen und legte das Spiel zurück in den Bettkasten. Seine kleinen Augen brannten in einem bleichen, von Schmerz verzerrten Gesicht. Einen Moment lang glaubte Arkadi fast, Karp würde ohnmächtig zu Boden sinken. Doch der Trawlmaster hob seine Axt wieder auf und sagte mit fester Stimme: »Wir fangen im Maschinenraum an.«

Als sie die Tür zur Kombüse öffneten, begann über ihnen eine neue stürmische Attacke gegen das Eis. Der Trawlmaster sah nur flüchtig nach oben, als lausche er einem schweren Regenguß.

Die beiden Dieselmotoren der *Eagle* erzitterten auf ihren Stahlsockeln, eine Sechs-Zylinder-Haupt- und eine Vier-Zylinder-Hilfsmaschine. Dies war Ridleys Domäne, der warme Innenraum des Bootes unter Deck, wo man sich auskennen mußte, um sicheren Fußes zwischen Vorlegewellen und Flaschenzügen, Generatoren und hydraulischen Pumpen, Radventilen und Spiralrohren hindurchzufinden. Fußleisten, niedrig geführte Rohrleitungen und sonstige Fußangeln waren rot angestrichen. Der Durchgang zwischen den Maschinen war in Kreuzschraffierung plattiert.

Während Karp eher ziellos herumstreifte, wandte Arkadi sich dem vorderen Teil des Maschinenraums zu, wo man eine Art Reparaturwerkstatt eingerichtet hatte: Werkzeug, Hängeklampen, ein Tisch mit Gewindeschneider und Schraubstock, ein Gestell mit Sägen und Bohrern. Außerdem entdeckte er eine Tür, die scheinbar zu einem Kühlraum führte, aber wozu sollte die *Eagle*, die ihren Fang doch direkt an die *Polar Star* lieferte, Kühlvorrichtungen brauchen? Als er die Tür aufmachte, mußte Arkadi lachen. Vor seinen Augen stapelten sich bis in Taillenhöhe mahagonifarbene, harzige Kilobriketts mandschurischen Hanfs – *Anascha*. Nun ja, so arbeiteten eben die großen Gesellschaften. Weil der Rubel keine harte Währung war, wurden internationale Geschäfte per Tauschhandel abgewickelt. Russisches Gas, russisches Öl, warum also nicht auch russisches *Anascha*?

Im engen Bugende des Kühlraums hatten mit knapper Not ein paar Stühle und ein Schreibtisch Platz. Auf dem Tisch sah Arkadi Kopfhörer und Oszilloskop, Verstärker und Equalizer, eine Computerzentraleinheit, ein Dualsteuerpult und eine Diskettenkartei. Es war alles ganz ähnlich wie in Hess' Funkstation, nur daß die Hardware hier kompakter und blitzender war, mit Namen wie EDO und Raytheon. Arkadi bückte sich und entdeckte unter dem Tisch tatsächlich die erwartete Fiberglaskuppel. Er nahm eine Diskette aus der Kartei; sie trug die Aufschrift: »Bering Menu. Datei: SSBN – Los Angeles. USS Sawtooth, USS Patrick Henry, USS Manwaring, USS Ojai, USS Roger Owen.« Arkadi ging die übrigen Disketten durch und kontrollierte jeweils die Aufschrift: »SSBN-Ohio«, »SSGN«, »SSN«. Auf dem Tisch lag eine Klemmtafel mit einem in Rubriken unterteilten Blatt Papier: »Datum«, »Schiff«, »Position«, »Sendezeit«, »Dauer«. Die letzte Übertragung war vor zwei Tagen von der *Roger Owen* gesendet worden.

Arkadi zog die Schreibtischlade auf. Drinnen lagen ein Packen Handbücher und allerlei Tabellen. Er blätterte in einem Leitfaden: »Akustischer Simulator . . .« – »Isolierte Schleppkabel mit Schallsignal und schwingungsdämpfendem Modul . . .« – »Windentrommel kreuzt axial . . .« Auf einer Kladde stand in roten Lettern: »Dieses Buch ist ausschließlich in diesem Office zu benutzen.« Der Untertitel lautete: »Reservestatus, Außendienststellung, Abtakelung – 1. 1. 83.« Unter dem Stichwort »U-Boote« las er, daß die *USS Roger Owen* vor einem Jahr abgetakelt worden war und daß man die *USS Manwaring* und die *USS Ojai* aus dem Verkehr gezogen hatte.

Die Konturen eines ebenso kapitalen wie wundervollen Witzes zeichneten sich ab. Die elektronische Ausrüstung hier entsprach ganz der von Hess, freilich mit einem gravierenden Unterschied: Am Ende von Morgans Kabel befand sich kein Hydrophon zum Abhören, sondern ein wasserfester, akustischer Übertragungsapparat, der Töne auswarf wie einen Köder. Auf den Disketten waren Aufnahmen von U-Booten gespeichert, die samt und sonders ausgemustert oder abgetakelt waren. So also umkreisten Morgan und Hess einander auf dem Beringmeer: zwei Spione, von denen der eine getürkte Signale aussandte, die der andere im Triumph auffing und auswertete. Hess mußte glauben, die Amerikaner hätten ihre U-Boote scharenweise, ja wie Fischschwärme in diese Gewässer entsandt. Arkadi legte die Kladde zurück, steckte aber die Disketten ein. Karp vorn im Maschinenraum schenkte ihm keine Beachtung, als könne nichts, was Arkadi im Augenblick tat, von Bedeutung sein.

Durch den Umkleideraum, in dem feuchte Regenmäntel an Haken hingen und Gummistiefel auf Regalen aufgereiht waren, traten sie wieder hinaus in den Laufgang. Unter dem Schutzdeck lagen eisverkrustete Netzrollen, Säcke voller Bojen, ein Schweißapparat und ein Schraubstock, Backskisten, Ölfässer voll mit Schaufeln und Greifhaken. Das Hämmern über ihnen hatte ausgesetzt, doch Karp war nun nicht mehr zu halten. Die *Eagle* verfügte über eine Reihe von Laderäumen, die unbenutzt waren, seit das Fangboot seine Netze direkt an die Fabrikschiffe ablieferte. Mit der Axt schlug der Trawlmaster das Eis weg, das den Eingang zu ihnen bedeckte. Wie Prismen flogen die splitternden Eisstücke unter seinen Hieben auf. Karp mußte einen Greifhaken zu Hilfe nehmen, um den Riegel aufzustemmen. Doch nach aller Anstrengung standen sie schließlich vor einem leeren Laderaum.

Arkadi machte kehrt und lief zurück zu den Backskisten unter dem Schutzdeck. Aus der ersten räumte er lose Taue und Zugwerk; aus der zweiten Gummioveralls, Handschuhe, zerrissene Regenmäntel, Südwester. Früher einmal mußte diese Kiste Drahtseile enthalten haben, denn am Boden fand er Rückstände von Schmieröl und Rost. Ein Sarg. Arkadi erkannte deutlich die Abdrücke von Sinas Knien und Unterarmen. An einer Seitenwand waren in einer Reihe sechs Muttern verschraubt, jeweils in einem Abstand von knapp fünf Zentimetern; daher stammten die blauen Flecke an Sinas Leiche.

»Kommen Sie her und sehen Sie sich das an«, flüsterte Arkadi.

Karp beugte sich über die Kiste, und als er sich wieder aufrichtete, hielt er ein Büschel Haare in der Hand, blond mit schwarzen Wurzeln. Als Arkadi danach greifen wollte, spürte er etwas Kaltes im Nacken.

»Was macht ihr denn hier?« Ridley preßte die Mündung seines Schießeisens fester gegen Arkadis Hinterkopf. Aus dem Augenwinkel sah er, wie Coletti mit einer doppelläufigen Schrotflinte aus dem Umkleideraum trat.

»Ist das ein inoffizieller Besuch, meine Herren?« Morgan stand auf halber Treppe zum Ruderhaus.

Mit den Parkas unter ihren Regenmänteln wirkten Ridley und Coletti wie aufgepumpt. Ihre linke Hand steckte in dicken Handschuhen, die rechte war bloß, um die Abzugsbügel besser fassen zu können. Ihre Lippen waren aufgesprungen, ihr Atem hatte sich wie ein Rauhreifring um ihren Mund gelegt, die richtigen Gesichter für ein in Weiß gehülltes Schiff. Morgan in seiner Daunenweste und mit der Kapitänsmütze auf dem Kopf sah dagegen aus, als käme er aus anderen Breiten. Bis auf seine Augen, die hatten kristallene Facetten wie aus Eis. Er hatte eine gedrungene Maschinenpistole geschultert, eine Militärwaffe, deren Ladestreifen länger war als der Lauf.

»Sucht ihr am Ende unseren Wodka?« fragte Morgan. »Den werdet ihr da drin nicht finden.«

»Die *Polar Star* schickt uns«, sagte Arkadi. »Kapitän Martschuk wäre sicher dankbar, wenn Sie ihm melden würden, daß wir wohlbehalten angekommen sind.«

Morgan deutete auf den Mast. Trotz aller Anstrengungen seitens Ridleys war die Radarantenne immer noch festgeklemmt, und die Funkantennen waren nach wie vor verbogen und mit einer dicken Eisschicht ummantelt. »Unser Funksystem ist ausgefallen. Im übrigen seht ihr beiden mir nicht aus wie eine offizielle Rettungsmannschaft.«

»Da frieren wir uns den Arsch ab, um diesen Pott zu enteisen, und auf einmal hören wir so ein komisches Rumoren an Deck. Und als wir nachschauen, ertappen wir euch zwei, wie ihr unsere Ausrüstung durchwühlt wie ein paar Strauchdiebe. Versteht ihr das, ›Strauchdiebe‹?«

»Ich denke schon«, sagte Arkadi.

»Ich habe das Gefühl«, ergriff Morgan wieder das Wort, »auf der *Polar Star* weiß kein Mensch was von eurer kleinen Expedition. Und wenn sie's doch wissen, dann können sie nie und nimmer feststellen, ob ihr's wirklich bis hierher geschafft habt, Sie und der Trawlmaster. Also, nun mal raus mit der Sprache: Was sucht ihr wirklich hier?«

»Sina«, antwortete Arkadi.

»Was denn, immer noch?« fragte der Kapitän.

»Ganz recht, aber diesmal haben wir sie gefunden, das heißt, die einzigen Spuren, die von ihrem Aufenthalt hier an Bord übriggeblieben sind.«

»Und die wären?«

»Haare. Außerdem habe ich eine Probe von den Ölrückständen am Boden dieser Kiste entnommen, und ich denke, die werden mit den Flecken auf Sinas Hose übereinstimmen. Natürlich wäre es mir am liebsten, Sie würden mir die ganze Kiste überlassen.«

»Natürlich«, sagte Morgan. »Nun, wir werden die Kiste sauber schrubben wie einen Kinderpopo, ehe ihr zwei wieder auf der *Polar Star* ankommt, und was die Haare angeht, Renko, die könnten Sie überall herhaben.«

Alles, was Arkadi von Ridleys Waffe sehen konnte, war der Zylinder eines großkalibrigen Revolvers, eines typischen Cowboy-Colts. Mit der Waffe auf den Hinterkopf des Opfers zu zielen, das erinnerte an die Art und Weise, wie Mike und Sina umgekommen waren, aber wer immer die beiden auf dem Gewissen hatte, war ein Messerkünstler gewesen. Von Karp war keine Hilfe zu erwarten, der Trawlmaster stand da wie gelähmt, und seine Augen folgten verzweifelt der ihm unverständlichen Unterhaltung, der Greifhaken baumelte schlaff und vergessen zwischen seinen Fingern.

»Überdenken Sie doch mal die Lage, Kapitän«, wandte Ridley sich an Morgan. »Wir sitzen im selben Boot, wir haben 'ne Menge zu verlieren, und Sie genauso.«

»Sie meinen wohl das *Anascha*«, sagte Arkadi.

Ridley zögerte, dann sagte er zu Coletti: »Die Mistkerle sind auch unten gewesen.«

»Hier hört's bei mir auf«, erklärte Morgan energisch. »Ich werde nicht dulden, daß ihr vor meinen Augen einen Mord begeht.«

»Kapitän, so nehmen Sie doch Vernunft an!« sagte Ridley. »Wir sitzen in diesem Scheißeis fest wie die Maus in der Falle. Wenn Renko zurückgeht und Martschuk meldet, was er gesehen hat, dann latschen im Handumdrehn noch fünfzig Russen herüber, um bei uns rumzuschnüffeln. Hier geht's doch um die nationale Sicherheit, hab ich nicht recht?«

»Ihr wollt doch bloß euren Stoff schützen«, sagte Morgan wegwerfend.

»Na, na, ich könnte leicht auch persönlich werden«, warnte Ridley. »In Dutch Harbor hat Renko Ihr Mädchen gebumst. Er hat sie Ihnen einfach weggeschnappt. Wahrscheinlich hat er sie seitdem Nacht für Nacht gebumst.«

Morgan sah Arkadi durchdringend an. Der Augenblick, in dem er Ridleys Beschuldigung hätte leugnen können, verstrich ungenutzt.

»Na, was hab ich gesagt?« triumphierte Ridley. »Bingo! Wie steht's Kapitän, wollen Sie ihn immer noch ungeschoren abziehen lassen?«

»Allerdings! Das ist eben der Unterschied zwischen uns, Ridley. Ich bin ein Profi, Sie dagegen sind bloß ein raffgieriges, mieses Schwein.«

»Langsam, langsam, Kapitän, wir haben schließlich auch ein Recht auf unseren Anteil!«

»Warum habt ihr das *Anascha* eigentlich nicht schon in Dutch Harbor entladen?« fragte Arkadi.

»Mike war verrückt nach Sina«, entgegnete Ridley. »Er hat uns beim Kapitän verpfiffen. Dann war er tot, und weil wir uns vor dieser Aleutenmeute fürchteten, wollten wir bloß noch eins: so schnell wie möglich raus aus dem Hafen. Wir werden das Zeug später auf dem Festland abladen.« Er wandte sich wieder an Morgan: »Es ist doch so, Kapitän. Wir haben alle verschiedene Interessen, manche praktischer, andere rein patriotischer Natur. Die Frage ist«, fuhr er, unvermittelt ins Russische wechselnd, an Karp gewandt fort, »zu wem hältst du? Bist du Renkos Partner oder unserer?«

»Sie sprechen also Russisch?« fragte Arkadi.

»Besser als Esperanto.« Ridley grinste.

»Ich bin Renko gefolgt, weil ich ihn erledigen wollte«, sagte Karp.

»Na dann los, worauf wartest du noch, Mann?« rief Ridley.

»Laßt Renko gehen. Allein«, verlangte Morgan.

Ridley seufzte, dann fragte er Coletti: »Müssen wir uns diesen Schleimscheißer von einem Kapitän noch länger anhören?«

Arkadi hätte Morgan soviel Reaktionsschnelligkeit gar nicht zugetraut. Coletti fuhr herum, legte an und schoß, traf jedoch nur ein Bullauge an der Treppe, von der Morgan im selben Moment heruntergesprungen war. Doch noch ehe der Kapitän wieder festen Boden unter den Füßen hatte, feuerte Coletti den zweiten Schuß ab. Morgans Weste explodierte. In einem Regen aus Daunen und Blut stürzte der Kapitän aufs Deck nieder.

»Wie 'ne abgeschossene Ente, was?« Coletti klappte den Lauf seiner Flinte herunter und schob eine Patrone nach.

Morgan fand Halt an der Winsch und versuchte, nach seiner Waffe zu greifen, die unter ihn gerutscht war. Seine rechte Schulter und das Ohr waren nur noch roter Brei. Der Kiefer war wie mit roten Pocken übersät.

»Jetzt bist du dran«, sagte Ridley zu Karp. »Du wolltest doch Renko schnappen? Nur zu, er gehört dir.«

»Wer hat Sina umgebracht?« fragte Karp.

Coletti stand über Morgan gebeugt, den Lauf seiner Flinte auf dessen Kopf gerichtet, aber Karps Frage ließ ihn aufhorchen.

»Renko hat uns erzählt, sie wäre ertrunken ...«, sagte jetzt Ridley.

»Wir wissen, daß Sina hier an Bord war«, fiel Arkadi ihm ins Wort. »Auf dem Fest haben Sie nur den Betrunkenen gespielt.

Damit Sie früher als die anderen auf die *Eagle* zurückkehren und auf Sina warten konnten.«

»Nein!« rief Ridley. »Mir war schlecht, das hab ich doch schon gesagt.«

»Jedenfalls ist sie euch gefolgt«, beharrte Arkadi. »Wir haben Spuren gefunden, ihre Haare; ich kann beweisen, daß sie hier war.«

»Okay, okay! Also, ich kam nichtsahnend zurück, und plötzlich stand sie vor mir.« Obwohl er Ridley, der sich dicht hinter ihm hielt, nicht sehen konnte, spürte Arkadi doch, wie die Waffe in der Hand des Ingenieurs zitterte. »Karp, so hör doch, Mann, das ganze Unternehmen hing davon ab, daß alle spurten und jeder auf seinem Platz blieb: Amerikaner hier, Russen drüben – eben ein Joint-venture.«

»Sina war ein sehr hübsches Mädchen«, warf Arkadi ein.

»Wer hat sie umgebracht?« wiederholte Karp seine Frage.

Colettis Flinte war jetzt nicht mehr auf Morgan gerichtet.

»Niemand«, beteuerte Ridley hastig. »Sina hatte plötzlich diesen verrückten Einfall. Sie kam mit diesem Beutel an und wollte einen von unseren Rettungsanzügen mitnehmen. Den wollte sie tragen, wenn sie das nächste Mal über Bord gehen würde. Der blanke Wahnsinn! Sie hatte sich ausgerechnet, sie würde erst springen, wenn wir mit unserem Schiff schon wieder weit weg wären, und dann sollten wir sie meilenweit von der *Polar Star* entfernt auffischen. Sie hat behauptet, solange die drüben keine Überlebensausrüstung vermißten, würde man sie ohne viel Aufhebens für tot erklären.«

»Ich bin sicher, Sie haben hervorragende Rettungsanzüge.« Arkadi konnte nicht umhin, Sinas verwegenen Plan zu bewundern. Natürlich, deshalb war sie auf die *Eagle* gekommen. »Es hätte klappen können.«

»Karp, ich mache mir solche Vorwürfe, Mann«, sagte Ridley. »Aber ich habe ihr gesagt, sie sei dein Mädchen und sie müsse zurück auf die *Polar Star*, wie sie gekommen war. Wahrscheinlich hat sie's dann auf dem Rückweg nicht geschafft.«

»Dir fehlt 'ne Karte«, sagte Karp.

Ridley stutzte. »Eine Karte – was denn für eine Karte?«

»Die Herzdame«, erwiderte Karp. »Sina sammelte die von ihren Liebhabern.«

»Was redet Karp denn auf einmal für 'nen Scheiß zusammen?« fragte Coletti aufgebracht.

»Weiß nicht«, antwortete Ridley, »aber ich glaube, wir haben noch einen miesen Partner. Halt du den Clown in Schach.« Er ließ den Revolver, den er auf Arkadis Kopf gerichtet hatte, sinken. »Wir müssen Munition sparen.« Mit diesen Worten griff er unter seinen Regenmantel und holte einen Eispickel hervor. Ehe Arkadi noch zur Seite springen konnte, hatte Ridley ihm den Pickel bereits in die Brust getrieben.

Die Wucht des Schlages warf Arkadi aufs Deck. Er stolperte gegen eine Backskiste und tastete mit zitternder Hand unter seine Jacke.

»Sie hat mich verführt!« Ridley wandte sich Karp zu. »Nach vier Monaten auf See, wer hätte da schon einem Weib wie Sina widerstehen können? Aber mich von ihr erpressen lassen, um ihr zur Flucht zu verhelfen?« Er hob seinen Revolver. »Ihr Brüder lebt in einer anderen Welt. In einer verdammt anderen Welt.«

Arkadi feuerte die Leuchtpistole ab. Er hatte auf Ridleys Rükken gezielt, doch die Leuchtkugel prallte an der Mütze des Ingenieurs ab und setzte sie in Flammen wie einen Streichholzkopf.

Ridley riß sich die brennende Mütze herunter. Als er herumfuhr, um sich auf Arkadi zu stürzen, flog eine schwarze Spinne über die Schulter des Ingenieurs und landete voll in seinem Gesicht. Es war der dreizackige Greifhaken, den der Trawlmaster die ganze Zeit über in der Hand gehalten hatte. Während eine Zinke Ridleys Wange aufschlitzte, grub sich eine andere in sein Ohr. Karp warf Ridley einen Strick um den Hals. Ein kräftiger Ruck, und der Schmerzensschrei des Ingenieurs erstickte ungehört in seiner Kehle. Coletti suchte nach einem geeigneten Schußwinkel, aber Karp und der Ingenieur standen zu dicht beisammen. Karp fesselte Ridley mit dem Strick, als gälte es, Faßdauben festzusurren. Trotzdem gelang es dem Ingenieur noch, seinen Cowboy-Colt abzufeuern; zwei Schüsse gingen in die Luft, beim dritten traf der Hammer auf einen leeren Verschluß. Ridley verdrehte die Augen und ließ die Waffe fallen.

»Allmächtiger«, hauchte Coletti.

Arkadi zog den Eispickel heraus. Die Spitze war zwar rot, der Rest der Waffe aber war in den beiden Schwimmwesten, die er unter der Jacke trug, steckengeblieben.

»Coletti, du hast bloß noch einen Schuß!« Morgan wies mit einer Kopfbewegung auf Colettis Schrotflinte. Dem Kapitän war es endlich gelungen, seine Waffe unter sich vorzuziehen. Jetzt hielt er sie in der Rechten und zielte damit auf seinen Decksmann.

Ridley wehrte sich verzweifelt, als Karp ihn rückwärts wegzerrte; Eiszapfen brachen wie klingende Glockenspiele. Manchmal brachte ein Boot einen Heilbutt auf, einen mannsgroßen Fisch von entsprechender Kraft, dann galt es, rasch zu handeln und den zappelnden Burschen mit einem Bolzenschuß durchs Hirn unschädlich zu machen. Ridley, die Arme fest auf den Rücken gebunden, erinnerte jetzt ein bißchen an einen wehrlosen Fisch, doch Karp hatte offenbar keine Eile damit, ihn zu erledigen.

Arkadi stand auf. »Wo sind Sinas Jacke und ihr Beutel?«

»Die haben wir längst im Meer versenkt«, antwortete Coletti. »Kein Mensch wird das Zeug je finden. Ich meine, wer hätte schon damit rechnen könne, daß so ein Scheißnetz das Mädchen auffischt?«

»Ridley hat Sina umgebracht. Hat er auch Mike getötet?«

»Ich hab mit der ganzen Sache nichts zu tun. Ich war in der Bar. Dafür hab ich Zeugen«, beteuerte Coletti. »Außerdem, was nützt die Fragerei jetzt noch?«

»Ich verschaffe mir nun mal gern Gewißheit.«

Karp warf das freie Ende des Stricks vier Meter hoch über den Heckkran, schnappte das Seil, als es auf der anderen Seite herunterkam, und begann, Ridley Hand über Hand hochzuziehen. Der Ingenieur war ziemlich groß, und doch glitt das Seil reibungslos über den vereisten Balken. Der aufgeknüpfte Körper hatte zu zappeln aufgehört.

Arkadi trat zu Morgan. »Nun, Kapitän, wie fühlen Sie sich?«

»Danke, Renko, es könnte schlimmer sein. Wenigstens habe ich mir nichts gebrochen. Und wir haben Morphium und Penizillin an Bord.« Morgan hustete und spuckte winzige Splitter aufs Deck. »Stahl. Nicht so schlimm wie Blei.«

»Ach, wirklich?« Arkadi erinnerte sich, daß Susan den Kapitän unverwüstlich genannt hatte; nun, unverwundbar ist Morgan zwar offenbar nicht, dachte er, aber anscheinend wirklich ziemlich unverwüstlich. »Freut mich, daß Sie's so gelassen nehmen. Trotzdem, selbst ein Übermensch könnte ein Schiff nicht mit nur einem Arm steuern.«

»Uns wird schon was einfallen, dem Kapitän und mir.« Colettis Züge verrieten, daß er in Windeseile neue Berechnungen anstellte. »Eins sage ich Ihnen, Renko, ich hab 'ne bessere Chance als Sie. Wie weit glauben Sie wohl, wird Karp Sie kommen lassen?«

Karp schlang den Strick um die hydraulischen Hebel am Krangerüst, und Ridley schwebte nun ohne Bodenberührung über dem Deck.

Von unten sah es aus, als schraube sein Kopf sich von den Schultern los, von Ost nach West.

»Dies ist ein amerikanisches Schiff in amerikanischen Gewässern«, nahm Morgan wieder das Wort. »Sie haben keinerlei konkrete Beweise, Renko.«

Als Karp vom Portalkran zurücktrat, hob Coletti seine Flinte an die Wange. »Eine Kugel hab ich noch«, zischte er Arkadi zu. »Schaffen Sie diesen Irren von Bord!«

Karp beäugte Coletti abwägend, taxierte die Entfernung zwischen sich und ihm sowie seine Chancen gegen das Streuungsbild einer Schrotflinte. Aber er rührte sich nicht vom Fleck, sein Kampfgeist war erloschen.

Arkadi trat neben den Trawlmaster. »Jetzt wissen Sie Bescheid.«

»Renko!« rief Morgan.

»Ja, was ist?«

»Gehen Sie auf Ihr Schiff zurück«, sagte der Kapitän. »Ich werde den Funkmast wieder in Ordnung bringen und Martschuk melden, daß wir alles unter Kontrolle haben.«

Respektvoll sah Arkadi sich auf dem vereisten Schiff um, sein Blick wanderte von dem zerschossenen Bullauge zu Ridleys schwelender Mütze und hinauf zum Körper des Ingenieurs, der am Kreuzbalken des Portalkrans baumelte.

»Einverstanden«, sagte er. »Aber melden Sie Kapitän Martschuk, daß er *zwei* Fischer zurückerwarten soll.«

31

Arkadi fischte Sleskos Zigaretten aus der Tasche und teilte sie mit Karp. Man hätte glauben können, die beiden Männer hätten sich zu einem harmlosen Spaziergang getroffen.

»Kennen Sie das Lied von ›Ginger Moll‹?« fragte Karp.

»Ja.«

»›Du Schlampe, du zupfst dir die Brauen, für wen? Und warum trägst du dein blaues Hütchen, du Hur'?‹« Karp sang mit kehliger Tenorstimme. »Ja, so war das mit Sina und mir. Wie Dreck hat sie mich behandelt. ›Du weißt es, ich bin verrückt nach dir. Mit Freuden würd ich stehlen für dich, mein Leben lang. Seit kurzem aber, da treibst du's zu bunt, ja, hast mich betrogen Tag um Tag.‹«

»Ich habe Sie schon auf Sinas Kassette singen hören.«

»Meine Lieder, ja, die gefielen ihr. So haben wir uns überhaupt kennengelernt. Ich hatte so eine Art Stammtisch im Goldenen Horn. Ein paar Freunde, die sich zusammensetzten, um miteinander zu reden und zu singen. Ich sah, wie sie hinter der Theke stand, uns beobachtete und lauschte. Und da hab ich mir gesagt: ›Das wär die Richtige!‹ Eine Woche später ist sie zu mir gezogen. Ich wußte, daß sie auch mit anderen schlief, aber die Männer bedeuteten ihr nichts, wieso hätte ich also eifersüchtig sein sollen? Sie ließ sich nun mal nicht in die gängigen Schablonen pressen. Wenn Sina eine Schwäche hatte, dann war das ihr Fimmel mit dem Westen. Sie schwärmte davon, als wär's das Paradies. Das war ihr einziger Fehler.«

»Ich habe unter ihren Sachen eine Jacke mit einem Saum voller Edelsteine gefunden.«

»Ja, glitzernde Juwelen, die haben ihr auch gefallen.« Karp nickte. »Ich habe beobachtet, wie sie sich die *Polar Star* eroberte. Soviel ich auch bot, mit Geld konnte ich sie nicht aufs Schiff bringen. Aber dann haben wir Slawa gefunden, und mit Martschuk wurde Sina leicht fertig. Als wir dann auf See waren, schlief sie sich von den Offizieren zur Mannschaft durch. Wenn Sina gewollt hätte, dann hätte sie auch Sie gekriegt, Renko.«

»In gewisser Weise hat sie das auch.« Arkadi dachte an die Tonbänder.

Nach dem Kompaß marschierten sie in direkter Richtung auf die *Polar Star* zu. Doch im Nebel hatte es den Anschein, als kämen sie keinen Meter voran. Schritt für Schritt behielten sie denselben grauen Vorhang um sich, als träten sie beständig nur auf der Stelle. Die Schmerzen in Arkadis Brust strahlten langsam auf seinen ganzen Körper aus. Heil dir, Tabak, du Sedativ der Armen, dachte er. Vielleicht würde Morgan ja wirklich melden, daß zwei Mann auf dem Rückweg zur *Polar Star* waren, aber wer konnte beweisen, daß einer von beiden sich nicht verirrt hatte, von einem Bären angefallen worden war oder im weichen Eis eingebrochen und für immer vom glitzernden Antlitz der Erde verschwunden war?

»Ridley haben Sie kennengelernt, als er die zwei Wochen auf Ihrem Schiff Dienst tat, nicht wahr?« fragte Arkadi.

»Ja. In der zweiten Woche sagte er zu mir: ›Religion ist Opium fürs Volk.‹ Auf russisch. Und dann setzte er noch hinzu: ›Und Kokain ist das Geschäft des Volkes.‹ Ich wußte sofort Bescheid. Als ich nach Wladiwostok zurückkam, habe ich Sina von dieser phantastischen Verbindung erzählt, und ich sagte, es wäre ein Jammer, daß wir sie nicht an Bord bringen könnten. Aber sie fand einen Weg. Schicksal – was ist das eigentlich? Ein Vogel fliegt aus seinem Nest irgendwo in Afrika bis zu einem bestimmten Baum in Moskau. Jeden Winter dasselbe Nest, jeden Sommer derselbe Baum. Hat es was mit Magnetismus zu tun? Orientieren die Vögel sich an der Sonne? Oder nehmen Sie die Aale – die laichen alle in der Sargassosee, und dann machen die Jungen sich auf zu dem ihnen vorbestimmten Fluß. Manchmal sind sie jahrelang unterwegs, aber sie finden hin. Sina ist in Georgien geboren; was führte sie nach Sibirien, was aufs Meer?«

»Die gleichen Dinge«, versetzte Arkadi nachdenklich, »die uns zusammengebracht haben.«

»Und die wären?«

»Mord, Geld, Gier.«

»Das ist längst nicht alles. Leute wie Sina und ich, die sind ständig auf der Suche nach einem Ort, wo sie frei atmen können.

So frei wie jetzt, in diesem Augenblick, werden wir beide nie wieder sein, Renko. Morgan wird wegen Ridley keine Meldung machen, er war ja selbst bereit, ihn umzubringen. Ich habe mein Schmuggelgut versenkt. Folglich kann man mir überhaupt nichts anhängen.«

»Und was ist mit Wolowoi? Wenn die in Wladiwostok seine durchschnittene Kehle sehen, wird man erneut Fragen stellen.«

»Scheiße, ja! Da sehen Sie's – selbst wenn ich wollte, ich kann's mir gar nicht leisten, anständig zu werden.«

»Das Leben ist hart.«

Karp schmeichelte seiner Kippe noch einen letzten Zug ab. »Vorschriften!« sagte er verächtlich. »Es ist wie mit der blauen Linie an der Wand in der Schule. 'n blauer Strich an einer weißgetünchten Wand. In jedem Klassenzimmer, auf jedem Gang, in jeder Schule. Anfangs ist er in Schulterhöhe, dann wächst man, und der Strich rutscht runter bis zum Gürtel, aber er bleibt immer da. Ich meine, er scheint sich durchs ganze Land zu ziehen. Im Arbeitslager – die gleiche Linie. Im Büro der Volksmiliz – wieder dieser blaue Strich. Wissen Sie, wo er aufhört? Ich glaube, irgendwo bei Irkutsk.«

»Für mich endet er in Norilsk.«

»Egal. Jedenfalls, weit, weit draußen im Osten, da gibt's ihn nicht mehr. Vielleicht ist ihnen die Farbe ausgegangen. Vielleicht kann man aber auch Sibirien nicht anstreichen. Soll ich Ihnen sagen, was mir am meisten zusetzt? Daß Sina mit diesem Ridley geschlafen hat. Sie besorgte sich von jedem, mit dem sie ins Bett ging, eine Spielkarte, eine Herzdame, als Trophäe. Haben Sie sich die Karten auf Ridleys Koje genau angesehen? Die Herzdame fehlte. Da wußte ich, daß sie wirklich auf der *Eagle* war.«

Arkadi reichte Karp eine Karte mit einer stilisierten Dame in einem mit Herzen bestickten Umhang. »Die hab ich eingesteckt, ehe ich das Spiel umgedreht habe«, sagte er.

»Du Schwein!«

»Sie hätten es sonst nie kapiert.«

»Was sind Sie doch für ein durchtriebener Hund!« Karp blieb stehen und starrte ungläubig auf die Spielkarte in seiner Hand. »Und dabei sind Sie der einzige, den ich für ehrlich gehalten habe.«

»Nein, das bin ich nicht«, sagte Arkadi. »Jedenfalls nicht, wenn mich einer mit 'ner Axt in Schach hält. Immerhin, der Trick hat funktioniert. Wir haben Sinas Mörder überführt.«

»Trotzdem haben Sie mich verdammt aufs Kreuz gelegt!«

Sie gingen weiter. »Erinnern Sie sich noch an den Direktor aus dem Schlachthaus?« fragte Karp nach einer Weile. »Seine Töchter haben ein Rentierjunges aufgezogen wie ein Schoßtier. Aber eines Tages ist das dumme Vieh in den falschen Pferch gelaufen, und die Mädchen haben das ganze Schlachthaus nach ihm abgesucht. Komisch, nicht? Wer kann schon ein totes Rentier vom anderen unterscheiden? Nach dieser Geschichte ist eine von den beiden fortgegangen. Und gerade die hab ich ziemlich gemocht.«

Vor ihnen, nur früher als Arkadi erwartet hatte, tauchte das Robbenloch auf. Mit jedem Schritt war es deutlicher zu erkennen. Auf der ansonsten völlig gleichförmigen Oberfläche bildete es eine schwarze Lache, eingefaßt von einem Ring verkrusteten Blutes, eine klaffende Wunde im Nebelmeer. Mechanisch verlangsamte Karp seine Schritte und blickte suchend um sich. »Wir hätten uns irgendwann mal zusammen betrinken sollen, nur wir beide.« Er schnippte seine Kippe ins Wasser.

Arkadi warf die seine hinterher. Umweltverschmutzung im Beringmeer, ging es ihm durch den Kopf – noch ein Verbrechen. »Morgan hat der *Polar Star* durchgegeben, daß sie zwei Männer erwarten sollen«, rief er Karp in Erinnerung.

»Falls er's geschafft hat, seine Funkanlage wieder in Gang zu bringen. Und außerdem ist es hier draußen sehr gefährlich. Ein Funkspruch besagt da gar nichts.«

Das Loch war kreisförmiger, als Arkadi es in Erinnerung hatte, maß höchstens zwei Meter im Durchmesser, und doch verlieh es dem Nebel so etwas wie Kontur oder Präzision. Ein unzugänglicher Pol, hier manifestierte er sich. Das Eis an den Rändern war teils tiefrot verschmiert, teils hellrot gesprenkelt. Schwarzes Wasser schwappte mit rhythmischem Plätschern dagegen. Irgendwo dort drinnen schlägt ein Puls, dachte Arkadi. Wenn man nur lange genug wartete, würde man ihn vielleicht entdecken.

»Das Leben ist ein Scheißhaufen!« Mit einem seitwärts gezielten Tritt warf Karp ihn zu Boden, setzte sich rittlings auf seinen Rücken und verdrehte ihm den Kopf. Arkadi rollte sich herum und zielte mit dem Ellbogen auf Karps Kinn. Der Schlag saß, und der Trawlmaster fiel hintenüber.

»Es kommt mir vor, als hätte ich mein Leben lang versucht, Sie umzubringen«, keuchte Karp.

»Dann lassen Sie's endlich.«

»Das kann ich jetzt nicht mehr«, sagte Karp. »Im übrigen hab ich schon Kerle gesehen, denen man einen Pickel in den Leib gerammt hat, so wie Ihnen vorhin. Ich glaube, Sie sind schlimmer verletzt, als Sie denken.« Er rammte Arkadi die Faust in die Brust, genau auf die Wunde. Arkadi konnte sich nicht bewegen. Karp versetzte ihm noch einen Hieb, und alle Luft schien aus seinem Körper zu entweichen.

Der Trawlmaster wälzte ihn auf den Rücken, setzte sich wieder auf ihn und preßte Arkadis Schulter über den Rand des Eislochs ins Wasser. »Tut mir leid«, grinste er und tauchte Arkadis Kopf unter. Luftblasen quollen aus seinem Mund. Er sah silbrige Luft, die sich in seinen Wimpern und seinem Haar festsetzte. Das Wasser war unglaublich kalt, wie flüssiges Eis, und beißend salzig, aber nicht mehr schwarz, sondern durchsichtig, wie ein Vergrößerungsglas, das Karp, als er sich jetzt vorbeugte, um ihn nach einer kurzen Pause erneut unterzutauchen, zum Riesen machte. Er sah tatsächlich traurig aus, wie ein Mann, der eine unangenehme, aber gleichwohl notwendige Taufe vornahm. Arkadi konnte seine Hand aus dem Wasser befreien, griff nach Karps Pullover und zerrte ihn zu sich hinab.

Karp bäumte sich auf, wobei er Arkadi mit aus dem Wasser zog. Der hielt in der freien Hand den Eispickel, mit dem Ridley auf ihn losgegangen war, und preßte jetzt die blutverkrustete Spitze an Karps Hals, genau da, wo die wulstige Vene am Kinn in die Backe trat. Karp verdrehte die Augen, ängstlich bemüht, den Schaft der tödlichen Waffe im Blick zu behalten. Warum sollte ich ihn nicht erstechen? dachte Arkadi. Ich brauche bloß mein ganzes Gewicht hinter den Stahl zu stemmen, durchstoße die Vene und bohre den Pickel durch bis auf den Knochen. Auge in Auge, könnte es einen besseren Zeitpunkt für die Abrechnung geben?

Karp sackte seitlich weg. Bis auf eine Schramme war er unverletzt, aber aus seinem Körper schien alle Kraft geschwunden, als habe sich die Last eines ganzen Lebens plötzlich auf seine Brust gelegt.

»Es reicht«, keuchte er.

»Sie werden ja doch erfrieren. Es dauert gar nicht mehr lange«, sagte Karp. Er saß mit untergeschlagenen Beinen am Wasserloch und rauchte eine Zigarette, ein Sibirer, der sich eine Arbeitspause gönnte. »Ihre Jacke ist klatschnaß. In ein paar Minuten sind Sie ein wandelnder Eisblock.«

»Dann sollten wir schleunigst aufbrechen«, sagte Arkadi. Im Wechsel zwischen den dumpfen Schmerzstößen in seiner Brust und den Kälteschauern fiel es ihm jetzt schon schwer, einen klaren Gedanken zu fassen.

»Ich hab nur so nachgedacht.« Karp regte sich nicht. »Was glauben Sie, wie wäre Sinas Leben verlaufen, wenn sie's geschafft hätte? Mit solchen Träumen könnte man sich ein Leben lang beschäftigen. Haben Sie mal jemanden gekannt, der rübergegangen ist nach Amerika?«

»Ja, aber ich weiß nicht, wie's ihr geht.«

»Zumindest können Sie sich was ausmalen.« Karp stieß eine Rauchfahne aus, die die gleiche Farbe hatte wie der Nebel; er schien umgeben von einer Welt aufgeblähten Rauchs. »Ich hab mir's überlegt«, fuhr er fort. »Pawel hat jetzt schon die Hosen gestrichen voll. Sie haben ganz recht, sobald wir nach Wladiwostok kommen, werden die uns so lange in die Mangel nehmen, bis einer singt – Pawel oder einer von den anderen. Es kommt gar nicht drauf an, ob Sie's bis zum Schiff schaffen oder nicht, ich bin auf jeden Fall erledigt.«

»Geben Sie zu, daß Sie *Anascha* geschmuggelt haben«, schlug Arkadi vor. »Machen Sie Ihre Aussage, und man wird Sie wegen Wolowoi zu fünfzehn Jahren verurteilen, von denen Sie möglicherweise nur zehn absitzen müssen.«

»Mit meinem Vorstrafenregister?«

»Sie waren immerhin ein wichtiger Trawlmaster.«

»So wie Sie ein Arbeiter in der wichtigen Schmutzbrigade gewesen sind? Die Sieger im sozialistischen Wettstreit – Sie und ich! Nein, die werden auf heimtückischen Mord plädieren. Ich hab keine Lust, meine Zähne in einem Straflager zu verlieren. Und ich will schon gar nicht in einem Lager begraben werden. Haben Sie sich diese kleinen Parzellen gleich außerhalb der Umzäunung mal angesehen? Mit ein paar Gänseblümchen drauf für die armen Seelen, die nie freigekommen sind? Das ist nichts für mich.«

Auf Arkadis Haar und Brauen hatte sich Eis gebildet. Seine Jacke war mit Eis überzogen, und bei jeder Bewegung splitterten seine Ärmel wie Glas. »Alaska ist ein bißchen zu weit für uns. Los, Karp, gehen wir, wir können das unterwegs austragen. Im Gehen halten wir uns wenigstens warm.«

»Hier.« Karp war aufgestanden und hatte seinen Pullover ausgezogen. »Sie brauchen was Trockenes auf dem Leib.«

»Und was ist mit Ihnen?«

Karp streifte Arkadi die Jacke ab und half ihm, den Pullover überzuziehen. Der Trawlmaster trug noch einen zweiten.

»Danke«, sagte Arkadi. Zusammen mit den Schwimmwesten würde der Pullover möglicherweise für ausreichende Isolierung sorgen. »Wenn wir schnell genug gehen, schaffen wir's vielleicht beide.«

Karp bürstete Arkadi das Eis aus dem Haar. »Einer, der so lange in Sibirien gelebt hat wie Sie, sollte wissen, daß die meiste Körperwärme durch den Kopf entweicht. Wenn Sie noch lange hier rumstehen, werden Ihnen die Ohren abfrieren. Ich will ja nur einen Tauschhandel mit Ihnen machen.« Er stülpte Arkadi seine Mütze auf den Kopf und zog die Klappen über den Ohren fest.

»Ach ja? Und was kriegen Sie?«

»Die Zigaretten.« Karp fischte das Päckchen aus Arkadis Jacke, ehe er sie ihm zurückgab. »Manchmal mache ich mir ernsthaft Sorgen um Sie, Renko. Wenigstens eine muß doch trocken geblieben sein.«

Er brach eine undurchnäßte Hälfte ab und zündete sie an dem Stummel an, den er noch zwischen den Lippen hatte. Obwohl Arkadi das Gefühl hatte, sein Blut erstarre im Eis, schien Karp die Kälte überhaupt nicht zu spüren. »Freude.« Er stieß den Rauch aus. »So stand's auf einem der Plakate im Lager. ›Habt Freude an der Arbeit!‹ – ›Neue Generation.‹ Achten Sie mal auf die Marke.«

»Kommen Sie jetzt endlich?«

»An unserem letzten Tag in Wladiwostok haben wir ein Picknick gemacht, Sina und ich. Auf den Klippen, mit Blick aufs Meer. Da steht dieser Leuchtturm am Kap, sieht aus wie ein graues Schloß, das ins Meer versinkt, mit einer rot-weißen Kerze obendrauf. Renko, es ist phantastisch, sag ich Ihnen! Die Wellen brechen sich am Fuß der Klippen. Robben strecken den Kopf aus dem Wasser. Die Föhren oben auf den Klippen sind vom Wind gebeugt. Ich wünschte, ich hätte an dem Tag einen Fotoapparat dabeigehabt.«

Die Zigarette zwischen den Lippen, schälte Karp sich aus dem zweiten Pullover. Man hätte allerdings glauben können, er sei immer noch voll bekleidet, denn die Tätowierungen bedeckten seinen Rumpf und die Arme bis zum Hals und zu den Handgelenken.

»Sie kommen also nicht mit?« fragte Arkadi.

»Oder man kann in die Wälder gehen. Es ist zwar nicht die Taiga, nicht das, was die Leute sich vorstellen. Es ist ein Mischwald, Tannen und Ahorn auf den Hügeln, beschauliche Flüsse mit Wasserlilien drauf. Man wünscht sich, in den Wäldern zu übernachten, wo man möglicherweise einen Tiger hört. Zu sehen kriegt man zwar nie einen, außerdem stehen sie sowieso unter Naturschutz. Aber einen Tiger in der Nacht brüllen zu hören, das ist ein Erlebnis, das man nie vergißt.«

Karp hatte unterdessen auch Stiefel und Hose abgelegt und stand nun nackt da. Er klemmte den Stummel seiner Zigarette in den Mund, rauchte die pure Glut. Da seine Haut sich vor Kälte rötete, traten die Tätowierungen plastischer hervor.

»Tun Sie das nicht«, sagte Arkadi.

»Keiner kann mir nachsagen, daß ich Sina je weh getan hätte, nur das ist für mich wichtig. Nicht mal geschlagen habe ich sie. Wenn man jemanden liebt, dann verletzt man ihn nicht, und man läuft auch nicht davon. Sie wäre sowieso nicht geblieben.«

Orientalische Drachen klommen an Karps Armen empor, grüne Klauen spreizten sich auf seinen Füßen, tintenblaue Meerweiber wanden sich um seine mächtigen Schenkel, und bei jedem dampfenden Atemzug, den er tat, hackte der Geier nach seinem Herzen. Noch greller traten die weißen Narben hervor, tote Streifen auf seiner Brust, wo man die Protestparolen weggebrannt hatte. Über seine niedrige Stirn spannte sich ein aschfahles Band. Seine übrige Haut rötete sich, die Muskeln bebten und zuckten im Kampf gegen die Kälte und hauchten jeder einzelnen Tätowierung gespenstisches Leben ein. Arkadi erinnerte sich, welche Qualen er, obschon voll bekleidet, im Laderaum der *Polar Star* ausgestanden hatte. Von Sekunde zu Sekunde kostete es Karp merklich größere Anstrengung und Konzentration, ein Wort herauszubringen, ja auch nur einen Gedanken zu fassen.

»Karp, gehen Sie mit mir zurück«, drängte Arkadi.

»Zurück, zu was? Wozu? Nein, nein, Sie haben gewonnen.« Inzwischen zitterte Karp so heftig, daß er sich kaum noch aufrecht halten konnte, aber er nahm einen letzten, brennenden Zug, bevor er die Kippe, die bloß noch ein Funke war, ins Wasser warf. Triumphierend breitete er die Arme aus. »›Mit meinem Wolfsgrinsen lächle ich ihm zu, dem Feind, blecke die fauligen Stumpen meiner Zähne. Wir sind keine Wölfe mehr.‹« Er lachte Arkadi ins Gesicht, holte tief Atem und tauchte mit einem Kopfsprung ins Wasser.

Arkadi sah, wie Karp mit kraftvollen Stößen in die Tiefe schwamm, während klebrige Luftblasen hinter ihm aufstiegen. Die Tätowierungen wirkten jetzt sehr passend; im dämmrigen Wasser unter dem Eis erschienen sie eher wie Fischschuppen denn Menschenhaut. In etwa vier Meter Tiefe schien Karp sekundenlang zu verharren, bis er eine Lunge voll Luft ausstieß und dann in die nächste, tiefere Wasserschicht hinabsank. Die Strömung erfaßte ihn, und er begann zu treiben.

Karps Fußsohlen waren nicht tätowiert. Als der Körper des Trawlmasters seinen Blicken schon entschwunden war, sah Arkadi seine Füße immer noch vor sich, zwei bleiche Fische in schwarzem Wasser.

32

Arkadi schaute hinunter auf die Radaranlage des Patrouillenbootes, die grauen Schildpattgeschütze, die Torpedorohre. Die ganze Nacht, so schien es ihm, waren die Matrosen vom Marinegeheimdienst auf der *Polar Star* herumgeklettert und hatten Gerätschaften in versiegelten Kisten weggeschleppt. Jetzt, kurz vor Anbruch der Dämmerung, war es Zeit für Anton Hess' Abgang: Wie ein Schauspieler zwischen zwei Auftritten in unterschiedlichem Kostüm trug der Flotteningenieur noch immer seine Fischerjacke über Hosen mit militärisch korrekter Bügelfalte.

»Nett von Ihnen, daß Sie gekommen sind, mir Lebewohl zu sagen. Ich war immer der Überzeugung, daß Sie sich als nützlich erweisen würden, wenn Sie nur den richtigen Ansporn, den richtigen Preis vor Augen hätten. Tja, da wären wir also.«

»Im Finstern«, sagte Arkadi lakonisch.

»Aber von allem Verdacht gereinigt.« Hess zog Arkadi von der Reling fort. »Sie ahnen ja gar nicht, was für ein schmackhafter Knochen eine Panne des Marinenachrichtendienstes für den KGB sein kann! Man wird diese Affäre gebührend zu würdigen wissen.« Sein Seufzer ging in Lachen über. »Haben Sie Morgans Gesicht gesehen, als wir die *Eagle* aus dem Eis befreiten? Natürlich hatte er Schmerzen, ja, ich weiß, er wurde verwundet. Aber was ihm noch weitaus schlimmer zugesetzt hat war, daß er wußte, was Sie uns von seinem Schiff mitgebracht haben.«

Sobald das Fabrikschiff sie aus der Eisdecke befreit hatte, war die *Eagle* mit Kurs auf Alaska abgedreht, während die *Polar Star* ihre Fangfahrt vorzeitig abbrach. Das Schiff hatte Susan Hightower, die übrigen Bevollmächtigten und Lantz vor Dutch Harbor einem Lotsenboot übergeben.

»Das einzige, was ich nicht begriffen habe, war Susans Reaktion, als sie von Bord ging«, sagte Hess. »Worüber hat sie sich wohl so amüsiert?«

»Ach, das war nichts weiter als ein privater Spaß zwischen ihr und mir. Ich habe ihr für ihre Hilfe gedankt.« Schließlich hatte sie ihm verraten, was es zu stehlen galt, auch wenn er ihren Tip auf einem anderen Schiff in die Tat umgesetzt hatte.

Nikolai wartete im Transportkäfig, zusammen mit einem Marinesoldaten. Der mondgesichtige Jüngling hatte schwarze Ringe unter den Augen, trug eine Baskenmütze auf dem Kopf und ein Sturmgewehr über der Schulter. Nikolai sah nicht gerade glücklich aus; andererseits hatte man ihm keine Handschellen angelegt. Einen Augenblick lang schien es, als ginge Hess nur ungern von Bord, wie ein Mann, der das Ende einer langen und erfolgreichen Reise noch auskosten möchte.

»Renko, Sie verstehen hoffentlich, daß Ihr Name im Zusammenhang mit den Disketten nicht erwähnt werden darf. Wir wollen uns unseren Triumph schließlich nicht verderben. Auch wenn ich mir persönlich wünschen würde, das Lob mit Ihnen teilen zu können.«

»Lob dafür, daß Sie U-Boote abgehört haben, die schon vor Jahren abgetakelt wurden? Sie haben Boote belauscht, die gar nicht existieren«, sagte Arkadi.

»Ach, das spielt keine Rolle. Morgan wurde kompromittiert, und diesmal stecken wir den Sieg ein.«

»Disketten, auf denen nichts Verwertbares drauf ist.«

»Jaja, Gespenster und Phantome, die im Finstern rumoren. Aber Karrieren sind schon auf dürrerem Boden gediehen.« Hess trat in den Förderkorb und legte die Sicherheitskette vor. »Ich will Ihnen mal was sagen, Renko. Das Spiel geht immer weiter; mal geht eine Runde an uns, mal eine an die anderen, aber das ist letztlich unerheblich. Ich komme wieder.«

»Das ist übrigens noch ein Grund dafür, daß Susan so vergnügt war«, erwiderte Arkadi. »Sie kommt nicht zurück.«

Hess schien entschlossen, sich die Laune nicht verderben zu lassen. Er streckte Arkadi die Hand hin. »Wir sollten jetzt nicht streiten. Sie haben uns gute Dienste geleistet. Und Sie sind früh aufgestanden, um sich von mir zu verabschieden.«

»Eigentlich nicht deshalb.«

»Trotzdem«, beharrte Hess.

»Alles Gute.« Arkadi schüttelte Nikolai die Hand.

Als das Patrouillenboot abgelegt hatte, nahm die *Polar Star* wieder Fahrt auf. Die Zahl der Küstentrawler, die am nächtlichen Horizont auftauchten, wuchs stündlich. Auf etwa einen Kilometer Entfernung sah man nur die strahlende Kette ihrer Fischlaternen, jedes Schiff sein eigenes Sternbild, eine andere Kulisse, als er sie vom Abschied in Dutch Harbor in Erinnerung hatte. Dort war es einer jener regnerischen Nachmittage gewesen, an denen die Feuchtigkeit einen umhüllte wie eine zweite Haut, und die Amerikaner hatten sich auf der Überfahrt zum Pier im Innern der Brücke zusammengedrängt – alle außer Susan, die an Deck gestanden hatte, ohne zu winken, aber die Augen nicht von dem Schiff wandte, das sie gerade verlassen hatte.

Ein seltsames Leben, dachte Arkadi. Immer hing er am meisten an dem, was er verlor. Er hatte ihren Blick über die sich stetig verbreiternde Wasserstraße zwischen ihnen so deutlich gespürt wie in jener Nacht, als sie miteinander geschlafen hatten. Er hatte die Schwäche, sich immer wieder in aussichtslose Beziehungen zu verstricken.

»Ah, sieh da, Genosse Jonas!« Martschuk war unbemerkt neben ihn getreten.

»Kapitän.« Arkadi schreckte aus seiner Träumerei auf. »Ich finde das Fischen bei Nacht immer wieder schön.«

»Es wird gleich Tag.« Martschuk lehnte sich an die Reling. Der Kapitän bemühte sich um eine zwanglose Haltung, obwohl er zum erstenmal auf der Reise seine blaue Dienstuniform trug, vier goldene Streifen auf den Ärmelstulpen, eine goldene Tresse an der Mütze, lauter helle Flecken im schummrigen Licht an Deck. »Was macht Ihre Wunde?«

»Besser, danke. Wainu war damit ausnahmsweise mal nicht überfordert«, sagte Arkadi, der gleichwohl darauf bedacht war, flach zu atmen. »Tut mir leid um den Plan.«

»Ach, den haben wir korrigiert.« Martschuk zuckte die Achseln. »Das ist ja das Schöne an einem Plan. Trotzdem, es waren prächtige Fischgründe dort oben. Wir hätten uns aufs Fischen beschränken sollen.«

Mit Anbruch der Dämmerung verblaßten die Trawlerlampen, und vor dem Hintergrund zurückweichender Schatten nahm das Flechtwerk gewöhnlicher Ladegeschirre Gestalt an. Auf der Wasseroberfläche bildeten sich gischtgekrönte Ringe, als die Flotte ihre Netze eintauchte. Im Zwielicht wechselte eine Claque Möwen von Schiff zu Schiff. Auf der *Polar Star* kamen ständig weitere Mannschaftsmitglieder an Deck. Arkadi konnte sie an ihren glühenden Zigaretten auf dem Bootsdeck und entlang der Reling ausmachen.

»Sie waren doch kein Jonas«, nahm Martschuk die Unterhaltung wieder auf. »Wissen Sie, daß man in den Funkberichten anfängt, Sie als den *Ermittlungsbeamten* Renko zu titulieren, was immer das auch bedeuten mag.«

Unter ihnen flog eine Reihe plumper Schatten vorbei; mit stoßbereiten Schnäbeln glitten sie über die Mulde hinter der Bugwelle: Pelikane im Einsatz.

»Es könnte alles mögliche bedeuten«, sagte Arkadi.

»Stimmt.«

Die Trawler schimmerten in einem grauen Dunstschleier, kein Nebel, sondern nur die normale Ausdünstung des Meeres. Dies war jener Moment des Übergangs, in dem das Auge noch jedes Schiff vervollständigen mußte, hier einen Bug, dort einen Schornstein ergänzen, sich Farbe und Mannschaften hinzudenken und ihnen Leben einhauchen.

Arkadi sah hinauf zum Bootsdeck, wo Natascha ihr Gesicht der aufgehenden Sonne entgegenwandte. Ihre Augen leuchteten, das schwarze Haar war sekundenlang in Gold gefaßt. Neben ihr kontrollierte Kolja seine Uhr, und Dynka stellte sich auf die Zehenspitzen, während auch sie nach Osten spähte. Weiter hinten an der Reling erkannte er Israel in einem Pullover so frei von Fischschuppen, daß er aussah wie ein pummeliges Lamm. Daneben Lidia mit tränenüberströmtem Gesicht und Guri, der eben seine Sonnenbrille aufklappte.

Arkadi war nicht so zeitig aufgestanden, um Hess zu verabschieden, das, worauf er schon die ganze Nacht gewartet hatte, kam erst jetzt zum Vorschein.

Möwen schossen über die *Polar Star* hinweg, wie getrieben von einem Licht, das windgleich über das Fabrikschiff wehte. Wolken leuchteten hell. Die Bullaugen des Trawlers blitzten im Widerschein der aufgehenden Sonne, und dann, endlich, stieg er aus der Dunkelheit, der flache grüne Küstenstreifen der Heimat.

Dank

Ich danke Kapitän Boris Nadein und der Mannschaft der *Sulak,* Kapitän Mike Hastings und der Mannschaft der *Oceanic,* Sharon Gordon, Dennis McLaughlin und William Turner für ihre Gastfreundschaft im Beringmeer. Wertvolle Unterstützung erhielt ich auch von Martin Arnold, Kathy Blumenberg, Kapitän D. J. (Jack) Branning, Knox Burger, Dr. Gerald Freedman, Beatrice Golden, Prof. Robert Hughes, Kapitän James Robinson und Kitty Sprague. Besonders verpflichtet bin ich Alex Levin und Kapitän Vladil Lysenko für ihre Geduld.

Es gibt tatsächlich ein sowjetisches Fabrikschiff mit dem Namen *Polar Star*, aber genau wie die *Sulak* hat es nichts mit der *Polar Star* dieses Buches zu tun, die dem Reich der Fiktion angehört.

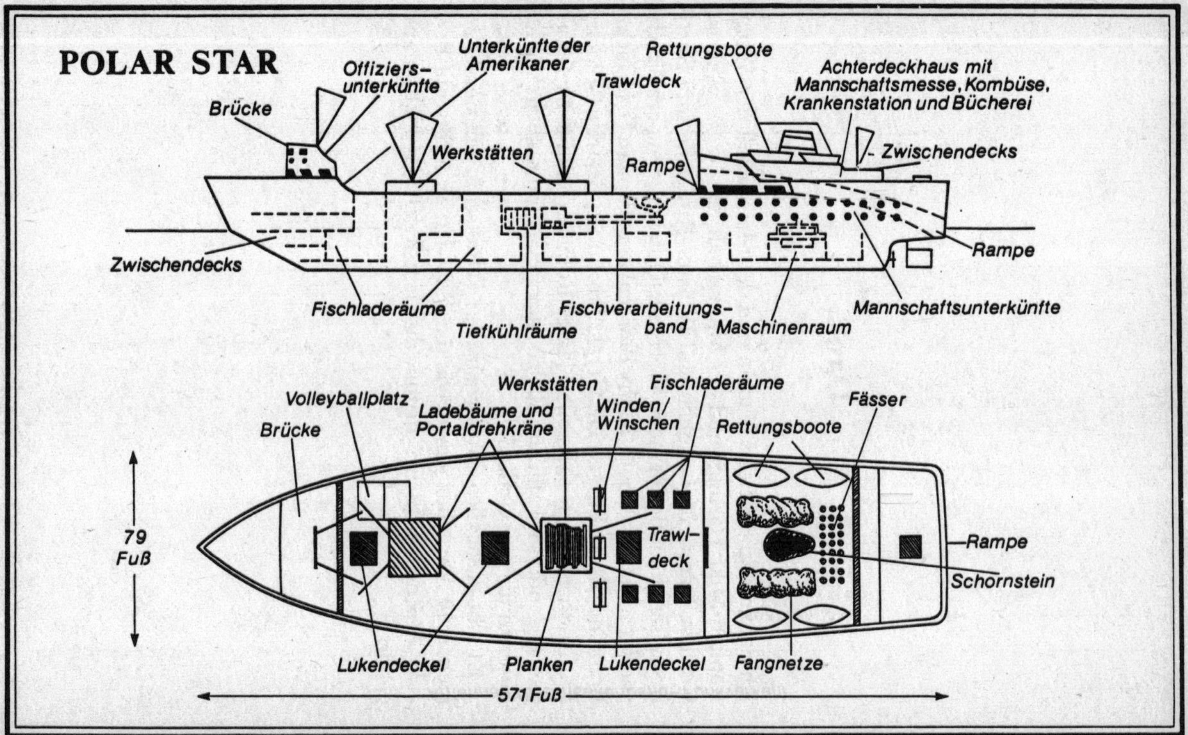
POLAR STAR
Brücke
Offiziers-
unterkünfte
Unterkünfte der
Amerikaner
Werkstätten
Trawldeck
Rettungsboote
Achterdeckhaus mit
Mannschaftsmesse, Kombüse,
Krankenstation und Bücherei
Zwischendecks
Rampe
Rampe
Zwischendecks
Fischladeräume
Tiefkühlräume
Fischverarbeitungs-
band
Maschinenraum
Mannschaftsunterkünfte
Brücke
Volleyballplatz
Ladebäume und
Portaldrehkräne
Werkstätten
Winden/
Winschen
Fischladeräume
Rettungsboote
Fässer
Trawl-
deck
Rampe
Schornstein
79
Fuß
Lukendeckel
Planken
Lukendeckel
Fangnetze
571 Fuß

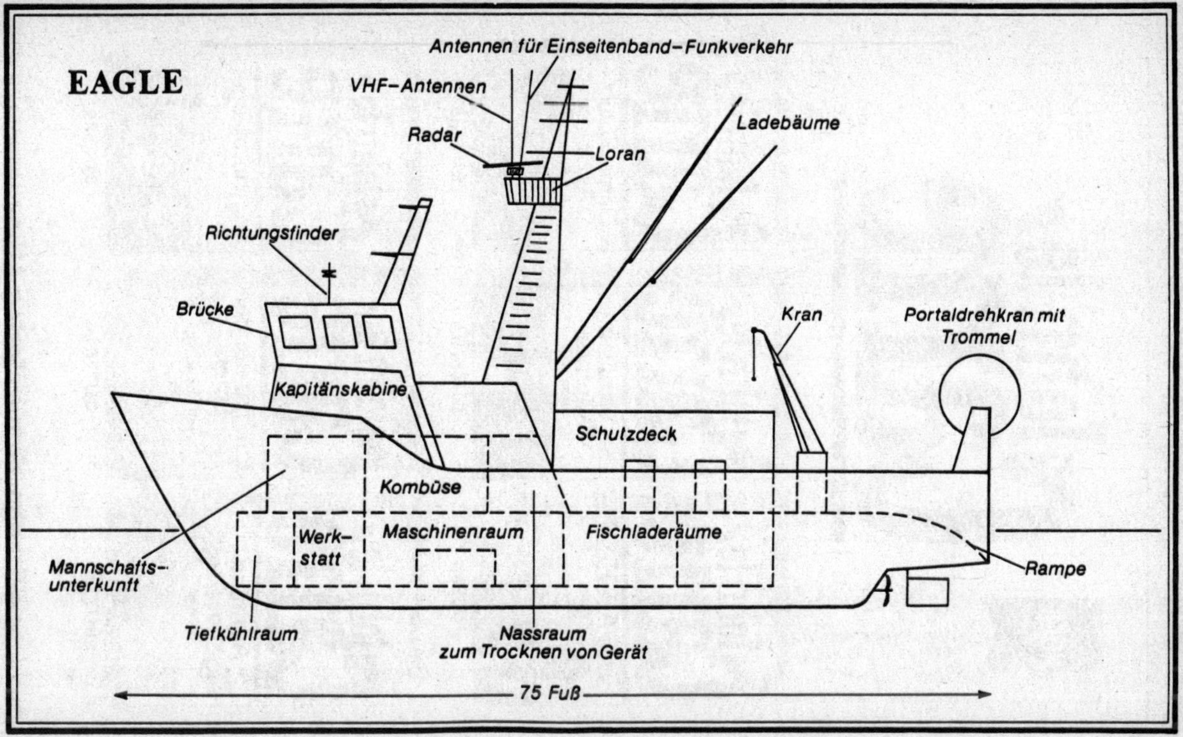
EAGLE
Antennen für Einseitenband-Funkverkehr
VHF-Antennen
Radar
Loran
Ladebäume
Richtungsfinder
Brücke
Kran
Portaldrehkran mit Trommel
Kapitänskabine
Schutzdeck
Kombüse
Werkstatt
Maschinenraum
Fischladeräume
Mannschaftsunterkunft
Rampe
Tiefkühlraum
Nassraum zum Trocknen von Gerät
75 Fuß